新潮文庫

オリヴァー・ツイスト

新潮社版

・

10753

オリヴァー・ツイスト

主要登場人物

オリヴァー・ツイスト…各地の救貧院を転々として生きる孤児。出生に大きな秘密を持つ。

バンブル……………………オリヴァーが暮らす救貧院のある教区の教区吏で、意地悪な性格の男。

サワベリー………………葬儀屋を営む温厚だが小心な人物。オリヴァーを徒弟として引き取る。

フェイギン………………少年少女を束ね、スリや強盗団を組織するユダヤ人の老人。

ビル・サイクス…………フェイギンの仲間で凶悪な犯罪者。

ジャック・ドーキンズ…フェイギン配下のスリ少年。オリヴァーの面倒をみる。

ナンシー……………………サイクスの情婦。純粋なオリヴァーに同情する。

ブラウンロー……………オリヴァーを保護し、教育を施そうとする紳士。

メイリー夫人……………自宅に侵入したオリヴァーを介抱する老婦人。

モンクス……………………陰惨な過去をもち、オリヴァーを敵視する情緒不安定な青年。

1

オリヴァー・ツイストの生まれた場所と、彼の誕生にまつわる事情

マドフォッグの町の公共施設のなかに、大小を問わずたいていの町に存在する誇り高いものがひとつある——救貧院だ。この救貧院で生まれたのが、本章の冒頭に名を掲げた人物で、生まれた日付については、物語のこの段階では読者になんらかかわりのないことだから、あえて記さないでおく。

教区選任の医師の手でこの悲しみと苦難の世界に導き出されてから長いあいだ、その子はよほどのことがないかぎり、名前がつくまで生き延びられないと思われていた。そうなれば、この回顧録はおそらく世に出なかったはずだし、かりに出たとしてもほんの数ページで終わり、古今東西の文学のなかでもっとも簡潔で忠実な伝記として計り知れない価値を有したことだろう。

救貧院で生まれること自体、ひとりの人間にとっていちばん幸運でうらやましい境遇だと決めつけるつもりはないが、オリヴァー・ツイストにかぎって言えば、考えうるな

かで最善の出来事だった。実際、オリヴァーに呼吸という仕事を引き受けさせるのは至難の業だったのだ。呼吸は面倒な活動ではあるものの、われわれが楽に生きるには不可欠な習慣である。彼はしばらく粗末な小さいマットレスの上であえぎ、この世とあの世のどちらに行ってもおかしくなかった——もちろん、後者のほうに傾いていたのだ。もしこの短いあいだに、注意深い祖母たちや心配するおばたち、経験豊かな看護婦や博識な医師に囲まれていたら、避けようもなく、ただちに殺されていたはずである。しかしそこには、めったにないビールの割当で頭に霞《かすみ》がかかった付き添いの婆《ばあ》さんと、契約で仕事をする教区の医師しかいなかった。オリヴァーと造物主は議論を戦わせて決着をつけた。その結果、ひと山もふた山も越えたあとでオリヴァーは呼吸し、くしゃみをして、教区に新しい重荷が押しつけられたことを救貧院の仲間に声高く宣言した。その泣き声は、発話能力というきわめて有用な手段を持たない男の子に期待される大きさで、ふつうなら三分十五秒というところ、それをはるかに上まわって続いた。

肺が支障なく正しく動く証拠をオリヴァーが初めて示すと、鉄のベッドに無造作にかけられた継ぎはぎの上がけがこすれて音を立てた。若い女の青白い顔が弱々しく枕《まくら》から持ち上がり、かすかな声でよく聞き取れないことばを発した。「赤ちゃんを見せて。それから死なせて」

医師は顔を暖炉の火に向けて坐《すわ》り、両手を温めてはこすり合わせていた。若い女の声を聞いて立ち上がると、ベッドの頭のほうに近づいて、彼にしてはやさしすぎることばをかけた。

「まだ死ぬなどという話をしてはいけないよ」

「かわいそうにねえ。そうですよ」付き添いの婆さんがあわてて緑のガラス壜《びん》をポケットにしまいながら割りこんだ。それまで部屋の隅でいかにも満足そうに中身を味わっていたのだ。

「かわいそうなこった。この人もわたしと同じ歳《とし》まで生きて、子供を十三人産んで、それがふたりを残してみな死んで、そのふたりもいっしょに救貧院にいるなんてことになったら、こんな情けないことは言わないはずですよ。神様、どうぞ憐《あわ》れみを！　母親になるってことを考えてみてごらんよ、いい子だから」

こうして母親としての将来の見通しを伝えても、充分な慰めにはならないようだった。若い女は首を振り、わが子のほうに手を伸ばした。

医師は赤ん坊を女の腕に抱かせた。女は情熱をこめて冷たく白い唇を赤ん坊の額に押し当て、両手で自分の顔をなで、必死にまわりを見たあと、ぶるっと体を震わせ、また倒れこんで――死んだ。医師と婆さんは彼女の胸や手やこめかみをさすって温めようとしたが、血の流れは永遠に止まっていた。彼らは希望や慰めについて話しはするものの、どちらとも久しく縁が切れていたのだ。

「臨終だ、ミセス・シンガミー」医師はついに言った。

「ああ、かわいそうにね。なんてこった」付き添いの婆さんが言い、さっき赤子を抱き上げるときに枕の上に落ちた緑の壜のコルク栓を拾った。「本当に！」

「この子が泣いても呼びにくる必要はないからね」医師は丁寧な手つきで手袋をはめながら婆さんに言った。「むずかるのはまちがいない。そうなったら薄粥《うすがゆ》を少しやりなさい」そして帽子をかぶり、出がけにベッドの横で立ち止まってつけ加えた。「きれいな娘だったが、どこから来た？」

「昨晩、ここに運びこまれたんですよ」老婆《ろうば》が答えた。「教区の民生委員の命令でね。通りに倒れてたようです。遠いところから歩いてきたらしくて、靴はぼろぼろでしたけど、どこから来たのか、どこへ行くつもりだったのか、誰にもわかりません」

医師は死んだ女を上からのぞきこんで、左手を持ち上げた。「よくある話だ」と言って、首を振った。「結婚指輪はないな。じゃあ、おやすみ！」

立派な医師は夕食に去り、婆さんはいま一度、緑の壜から酒を飲むと、暖炉のまえの低い椅子《いす》に腰をおろし、赤ん坊に服を着せはじめた。

幼いオリヴァー・ツイストが、これほど見事に衣装の力を知らしめるとは！　毛布一枚にくるまれていたときには、貴族の子にも物乞《ものご》いの子にも見えて、どれほど高慢な人間でも彼の社会的身分を言い当てることはむずかしかっただろうが、たびたび使われて黄ばんだ綿布《キャラコ》のローブに包まれると、彼は烙印《らくいん》を押され、名札をつけられたも同然で、たちまちいるべき場所に落ち着いた——教区の子——救貧院の孤児——餓《かつ》えた卑《いや》しい働き手——どこへ行っても叩《たた》かれ、殴られ——みなに蔑《さげす》まれ、誰からも憐れまれることがない子になったのだ。

オリヴァーは激しく泣いた。自分が孤児で、教区委員と民生委員の温かい慈悲にすがって生きていくしかないと知ったら、おそらくもっと大きな声で泣いたことだろう。

2

オリヴァー・ツイストの成長、教育、食事

続く八カ月から十カ月のあいだ、オリヴァーは組織的な背信と欺瞞《ぎまん》の犠牲になった。彼は哺乳壜《ほにゅうびん》で育てられた。幼い孤児の飢餓と栄養失調は、救貧院のお偉方から教区のお偉方に正式に報告された。教区のお偉方は厳正なる態度で、オリヴァー・ツイストに必要な安らぎと栄養を与えられる女性は救貧院に住んでいないのかと尋ねた。救貧院のお偉方はかしこまって、そのような者はおりませんと答えた。

それを受けて教区のお偉方は、寛大にして慈悲深く、オリヴァーを〝人手に預ける〟ことにした。言い換えれば、三マイルほど離れた救貧院の分所にまわすということだ。その家では、救貧法に抵触する二十人から三十人の子供が一日じゅう床に転がって、多すぎる食べ物や衣類に煩《わずら》わされることなく、母親代わりの年増《としま》の女に監督されていた。女は小さい頭ひとつにつき週七ペンス半の報酬をもらい、それ欲しさに子供たちを受け入れる。一週間に七ペンス半というのは、子供ひとりの食費としては充分だ。七ペンス

半あれば、その子の胃がもたれて気持ちが悪くなるほどの食べ物が買える。この年増女は知恵も経験も豊かな人で、子供のためになることのみならず、自分のためになることもきわめて正確に把握していた。だからこそ、毎週の固定給の大部分を自分のために使い、教区の次世代を支える子供たちには、そもそもの割当よりずっと少ない額しか使わなかった。そうして、いと深き淵《ふち》のさらに深き淵を発見し、みずから赫々《かくかく》たる実験哲学者（訳注　社会改革者のエドウィン・チャドウィックや哲学者・法学者のジェレミー・ベンサムらを指す）であることを証明していたのだ。

何も食べずに生きていられる馬について偉大な理論を打ち立てた実験哲学者のことは、誰もが知っている。実験は見事成功し、ついに彼の馬は一日に藁《わら》一本で生きられるようになり、やがては何ひとつ食べない元気な暴れ馬になるところだったが、空気という美《お》味《い》しい飼料だけを食べはじめる二十四時間前に死んでしまった。不幸なことに、オリヴァー・ツイストの養育をまかされたこの女性実験哲学者の手法によっても、だいたい似たような結果が生じた。この上なく水増しされた食べ物の、この上なく少ない分量で子供がどうにか生きられそうになったとたん、十人中八人は栄養不足と寒さで病気になるか、放っておかれたせいで暖炉の火のなかに倒れこむか、事故で喉《のど》を詰まらせる。するとたいてい、哀れな小さい子はあの世に召され、この世では知りえなかった父親たちに迎えられることになるのだった。

ベッドを壁に跳ね上げたときに見落とされて死んだ子や、たまたま洗濯をしたときに不注意で熱湯がかかって死んだ子がいて（この預かり所で洗濯めいたことはめったにやらなかったから、後者の事例はまれだが）、たまにふだんより興味深い死因審問がおこなわれると、陪審員がふと思い立って厄介な質問をしたり、教区民が反発して抗議書に署名を連ねたりすることもあった。しかし、そうした無礼な行動は、医師が示す証拠と、教区吏（訳注　教区の全般的な補佐役で、犯罪を取り締まる巡査や貧困者の世話をする教区委員を補佐した）の証言によってすみやかに阻止された。前者はつねに遺体を解剖するが、何も見つからず（食べていないのだから、それも道理である）、後者は例外なく教区に望ましいことを、ひたすら献身的に宣誓供述した。加えて、教区委員会は定期的に預かり所を視察することになっていたが、いつも前日に教区吏を送りこんで訪問する旨《むね》を知らせるので、子供たちは彼らが来たときには清潔で小ぎれいななりをしていた。それ以上何を望めるだろう！

　この預かり所の養育制度から、並はずれた、あるいは豊かな成果が得られることは期待できない。八歳の誕生日を迎えたオリヴァー・ツイストは青白く痩《や》せ細った子で、背も低く、胴まわりとなると明らかに小さかった。とはいえ、自然の力か遺伝によるものか、その胸には善良でたくましい精神が宿っていた。家の乏しい食事のおかげで、その精神が広がる余地はいくらでもあった。そもそも八歳の誕生日を迎えられたのも、こういう状況のなせる業かもしれない。ともかくこの日は誕生日で、オリヴァーはほかの選り抜きの若い紳士ふたりと、石炭庫のなかでそれを祝っていた。不届ききわまりないことに、腹が空《す》いたなどと言ったために、三人そろってしたたか打ちすえられたあと、閉じこめられていたのだ。一方、家主である心清き淑女のマン夫人は、教区吏のバンブル氏の思いがけない来訪に驚いた。教区吏は庭の門のくぐり戸の閂《かんぬき》をはずすのに苦労していた。

「なんということでしょう！　ミスター・バンブルでいらっしゃるの？」マン夫人は窓から首を出し、巧みにうれしくてたまらないふりをした。「（スーザン、オリヴァーとあのふたりを階下《した》から連れてきて、早く洗って）──わくわくしますよ！　ミスター・バンブル、お目にかかれてどれほどうれしいか、本当に！」

バンブル氏は太《ふと》り肉《じし》の癇癪《かんしゃく》持ちだったので、この親しみあふれる打ち解けた挨拶《あいさつ》には答えず、小さなくぐり戸をすさまじい力で揺すったうえに、教区吏の足でなければなしえない蹴《け》りも加えた。

「あらあら、気がつきませんで」マン夫人は外に走り出して──というのも、三人の少年がすでに解放されていたからだが──言った。「なんてことでしょう！　すっかり忘れておりました。内側から門をかっていたのです、大切な子供たちに何かあるといけませんから。どうぞお入りください、こちらへ、ミスター・バンブル、さあどうぞ」

誘《いざな》いの声をかけたあとで礼儀正しく膝《ひざ》を折ってお辞儀し、教区委員ごときならこれにほだされたかもしれないが、教区吏の怒りはおさまらなかった。

「こういうことが敬意あふれる正しいおこないだとお考えかな、ミセス・マン？」バンブル氏は杖《つえ》を握りしめて訊《き》いた。「教区の役人をおたくの庭の門で待たせることが？教区の孤児に関する教区の仕事をしにきたというのに。あなたは言うなれば教区の代理人であり、給料をもらう身であることを自覚しておられるのか」

「ミスター・バンブル、あなたを敬愛してやまない何人かの子に、おいでになったことを教えてやっていたのですよ」マン夫人は大いにへりくだって言った。

バンブル氏はみずからの能弁と貫禄《かんろく》に自信を持っていた。その能力を示し、貫禄があるところを証明したので、

「ほほう、ミセス・マン」バンブル氏は少し落ち着いて答えた。「そうかもしれんな。あなたの言うとおりかもしれん。さあ、なかへ案内してくれ、ミセス・マン。仕事の話で来たのだ。話さなければならんことがある」

マン夫人は教区吏を煉瓦《れんが》の床の小さな客間に招じ入れ、彼の坐《すわ》る椅子《いす》を出し、三角帽と杖を甲斐甲斐《かいがい》しく受け取って、まえの机にのせた。バンブル氏は歩いたことで額に浮いていた汗をふき、三角帽を満足げに眺めて微笑《ほほえ》んだ。そう、微笑んだのだ。教区吏も人である。だからバンブル氏も微笑んだ。

「わたくしが申し上げることに気を悪くしないでいただきたいのですが」マン夫人はなんとも魅力的なやさしさで言った。「遠路はるばる歩いてこられたのですもの。でなけ

れば、こんなことは申し上げません。何か少しお飲みになりませんか、ミスター・バンブル？」

「いやいや、おかまいなく」バンブル氏は、威厳の漂う落ち着いた態度で右手を振った。

「お飲みになりたいはずですわ」マン夫人は相手の断る口調とそぶりを読んで言った。

「ほんの少しいかがでしょう。冷たい水と砂糖ひとつを加えて？」

　バンブル氏は咳払《せきばら》いをした。

「本当に少しだけ」マン夫人はここぞとばかりに言い添えた。

「何があるのかな？」教区吏は訊いた。

「わが家の必需品として少しだけ置いてあるものです。神様に祝福された子供たちの具合が悪くなったときに、ダフィ（訳注　十八世紀から十九世紀に流行した万能薬ダフィーズ・エリキシル）に混ぜるために、ミスター・バンブル」マン夫人は答えながら部屋の隅の食器棚を開けて、壜《びん》とグラスを取り出した。「ジンですの」

「子供にダフィを与えるのかね？　ミセス・マン」バンブル氏は興味深い飲み物ができるのを眼で追いながら訊いた。

「ああ、可《か》愛《わい》いあの子たち。ええ、与えますとも。わたくしのこの眼のまえで、あの子たちが苦しむのはとても見ていられません。でしょう？」

「そうだな」とバンブル氏は認めた。「たしかに、見ていられないだろう。あなたは思いやりのある女性だ、ミセス・マン」（ここで彼女が飲み物のグラスを置いた。）「早い機会に委員会に報告しておこう、ミセス・マン」（とグラスを引き寄せた。）「本物の母親のように感じているのだな、ミセス・マン」（ジンの水割りを混ぜた。）「その――あなたの健康に喜んで乾杯するよ、ミセス・マン」そして一気に半分飲んだ。

「さて、仕事だ」教区吏は言い、革表紙の手帳を取り出した。「オリヴァー・ツイストという名で仮洗礼を受けた子が本日、八歳になった」

「あの子に憐《あわ》れみを！」マン夫人がことばを挟み、エプロンの端で左眼をこすって赤くした。

「十ポンドの賞金、のちにはそれが二十ポンドに値上げされたにもかかわらず、またこの教区の並々ならぬ、常軌を逸したと言ってもいい尽力にもかかわらず」バンブル氏は言った。「彼の父親は見つかっていない。母親の住所、名前、身分もわからない」

マン夫人は驚いて両手を上げたが、一瞬考えたのち言った。「だとしたら、そもそもどうして名前がついているのですか」

教区吏は誇らしげに胸を張って言った。「私がつけたのだ」

「あなたが？　ミスター・バンブル」

「私だ、ミセス・マン。われわれは、みなち子にアルファベット順に名前をつける。ひとりまえはSだったから、スワッブルと名づけた。そして今度はT、ツイストだ――これも私が名づけた。次はアンウィン、その次はヴィルキンス。アルファベットの終わりまで名前は用意してある。そしてZまで行ったら、また最初からだ」

「なんて文学的なかたなんでしょう、ミスター・バンブル！」

「いやまあ」教区吏はお世辞に満足した様子で言った。「そうかもしれん。たしかに、そうかもしれんな、ミセス・マン」ジンの水割りを飲み干して、つけ加えた。「オリヴァーはここに置くには大きくなりすぎたので、委員会は彼を救貧院に戻すことを決定した。私みずからあの子を連れていく。さっそく会わせてもらおうか」

「すぐ連れてまいります」マン夫人は言って、部屋から出ていった。やがて、顔や手にこびりついていた垢《あか》を一回洗って落とせるだけ落としたオリヴァー・ツイストが、慈悲深い庇護者《ひごしゃ》に導かれて部屋に入ってきた。

「この紳士にお辞儀をなさい、オリヴァー」マン夫人は言った。

オリヴァーはお辞儀をしたが、それは椅子に坐ったバンブル氏と、机の三角帽に半分ずつ向けられていた。

「私といっしょに行くかね、オリヴァー？」バンブル氏が堂々と響く声で言った。

誰といっしょでも喜んで出ていきます、とオリヴァーが答えようと上を向いたとき、教区吏の椅子のうしろに立ってすさまじい形相で拳《こぶし》を振り上げているマン夫人が目に入り、たちまち意図がわかった。その拳は彼の体に振りおろされすぎて、記憶に深く刻みこまれていたのだ。

「おばさんもいっしょに行く？」哀れなオリヴァーは訊いた。

「いや、行けない」バンブル氏は答えた。「だが、ときどき会いにきてくれる」

これはオリヴァーにとってあまり慰めにならなかったが、幼いなりに知恵はあり、出ていくのが悲しくてたまらないふりをすべきだというのはわかった。眼に涙を浮かべるのはさほどむずかしくなかった。泣きたければ、空腹と最近のひどい仕打ちを思い浮かべるだけでいい。オリヴァーはじつに自然に泣いた。マン夫人はこれでもかというほど彼を抱きしめ、救貧院に着いたときにあまりにも飢えて見えないように、バターを塗ったパンを少し――抱擁よりこちらのほうがよほどありがたかったが――与えた。そうしてオリヴァーは、薄いパンを手に持ち、教区支給の小さい茶色の布の帽子を頭にのせて、バンブル氏に連れられ、やさしいことばや眼差《まなざ》しが幼少期の暗い年月に光をもたらすことがついぞなかったみじめな家をあとにした。それでも門の外に出て扉が閉まると、急に子供らしい悲しみに打ちひしがれた。あとに残していく小さい仲間たちは不幸せで哀れだけれど、彼にとっては唯一《ゆいいつ》の友だちだったのだ。広い世界にひとりで出ていく孤独感が、初めて少年の胸に重く沈んだ。

バンブル氏は大股《おおまた》で歩きつづけた。小さなオリヴァーは金モールのついた袖口《そでぐち》を握りしめて小走りで横に並び、四分の一マイル行くごとに〝もうすぐ着く〟かと尋ねた。しつこい質問にバンブル氏はぴしりと短い答えを返した。ジンの水割りが人々にもたらす一時的な寛容がそのころには跡形もなく消え、またふだんの教区吏に戻っていたのだ。

救貧院の塀の内側に入ると、オリヴァーは老女に引き渡されたが、十五分とたたず、まだ二枚目のパンも食べ終わらないうちにバンブル氏が戻ってきて、今晩は委員会《ボード》が開かれるので、ただちに顔を出せとの指示だと告げた。

指示を出す生きた板《ボード》がどういうものか、オリヴァーははっきりと思い浮かべられず、そう言われても唖然《あぜん》として、笑うべきか泣くべきかわからなかった。しかし、考えている暇はなかった。バンブル氏が目を覚ませと杖で彼の頭を叩《たた》き、今度はしゃんとさせるために背中を叩いて、ついてこいと命じたからだ。連れられて広々とした白い部屋に入ると、太った紳士が八人から十人ほど机のまわりに坐っていた。上座にはほかより少し高い肘《ひじ》かけ椅子があり、まん丸の赤ら顔ででっぷりと太った紳士が坐っていた。

「委員会《ボード》にお辞儀しなさい」バンブル氏が言った。オリヴァーは眼に少し残っていた涙をぬぐい、机以外の板《ボード》が見えなかったので、運よくそこにお辞儀をした。

「おまえの名前は？」上座の紳士が言った。

オリヴァーはこれだけ多くの紳士のまえにいるのが怖くて体が震えた。おまけに教区吏がまた背中を杖で叩いたので、泣きだした。そのふたつの理由から、蚊の鳴くような声でつかえながら答えたところ、答えを聞いた白いチョッキの紳士が、こいつは馬鹿《ばか》だと言った。そのことばが見事に効いて、オリヴァーは元気が出、気持ちも楽になった。

「いいかね」高い椅子に坐った紳士が言った。「よく聞きなさい。自分が孤児だというのはわかっているな？」

「それはなんですか？」哀れなオリヴァーは訊いた。

「こいつは本物の馬鹿だ。私にはわかっていた」白チョッキの紳士が言った。

「静かに！」最初に口を開いた紳士が言った。「父も母もいないのは知っておるだろう。教区によって育てられたことも。どうだね？」

「はい」オリヴァーは泣きじゃくりながら答えた。

「何を泣いている？」白チョッキの紳士が訊いた。たしかに異常だった。何がそれほど泣けるというのだ。

「毎晩祈っておるだろうな」どら声の別の紳士が言った。「おまえに食べ物を与え、世話をしてくれている人たちのために祈っているといいがな——キリスト教徒らしく」

「は、はい」少年はつかえながら言った。最後に質問をした紳士のことばは、図らずも的を射ていた。食べ物を与え、世話をしてくれる人たちのために、もしオリヴァーが祈っていたら、非常にキリスト教徒らしいだけでなく、すばらしく模範的なキリスト教徒ということになるが、彼は祈っていなかった。誰も教えてくれなかったのだ。

「なるほど。おまえは教育を受け、有益な仕事を学ぶためにここに来たのだ」上座についた赤ら顔の紳士が言った。

「さっそく明日の朝六時から、槙肌《まいはだ》（訳注　槙《まき》や檜《ひのき》の木の皮、古いロープなどをほぐして繊維にしたもの。船や桶の板の継ぎ目に埋めて水もれを防ぐのに使う）を作ってもらう」白チョッキの無愛想な紳士が言い添えた。

槙肌作りというひとつの単純作業に、教育と有益な仕事というふたつの恵みがあることに対して、オリヴァーは教区吏の指示で深々と頭を下げたあと、休む間もなく大部屋に連れていかれた。そこの硬くざらざらしたベッドで、彼はすすり泣きながら眠った。この恵まれた国の法律がどれほど思いやりに満ちていることか――救貧法の適用者も眠らせてくれるのだ。

かわいそうなオリヴァー！　幸せなことに何も知らずに眠っている彼は、委員会がまさにその日、彼の将来のあらゆる運命に甚大《じんだい》な影響を及ぼす決定をしたことなど、考えもしなかった。だが決定は下され、それはこういうことだった――

この委員会のメンバーはみな非常に賢く、博学で、哲学的な人物だったので、救貧院に注意を向けたとたん、一般の人々がとても気づかないようなことに気づいた――貧乏人は救貧院が好きだったのだ！　貧しい階級にとって、そこは願ってもない公共娯楽施設、何も支払う必要のない酒場だった。一年をつうじて、みなに朝食、昼食、お茶、夕食が出され、遊びばかりで仕事のない、煉瓦と漆喰《しっくい》からなる理想郷《エリュシオン》である。「ははん！」委員たちはわが意を得たりとばかりに言った。「これをきちんと正すのは、われわれの仕事だ。こんなことは、いますぐやめる」そこで彼らは貧しい人々に選択肢を与える（なぜなら、彼らは誰にも無理強いしないからだ）というルールを定めた——救貧院に入ってじりじりと飢え死にするか、入らずにすぐさま飢え死にするか。そのために水道会社と供給無制限の契約を結び、穀物問屋からは定期的に少量のオートミールを届けてもらい、日に三回の薄粥《うすがゆ》と、週に二回のタマネギ、日曜にはロールパン半分を出すことにした。ほかにも婦人に関して賢明かつ人道的な規則を数多く作ったが、ここでくり返す必要はあるまい。ドクターズ・コモンズ（訳注　セントポール寺院の近くの建物で、民事関係の裁判所が置かれていた）の訴訟には多大な費用がかかるので、貧しい夫婦を親切にも別れさせ、それまでのように男に家族を養えと強いる代わりに、家族を遠ざけて独身者にしてやった！　最後の二点については、救貧院との抱き合わせでなければ、あらゆる社会階級からどれほど多くの申込者が集まったかわかったものではないが、委員会は賢人ぞろいだったので、抜かりなく厳しい条件をつけた。この救済には救貧院と薄粥がかならずついてきて、人々はそれで尻込《しりご》みするというわけだ。

オリヴァー・ツイストが移されてから三カ月のあいだ、この制度は本格的に運用された。葬儀屋からの請求が増えることと、貧困者全員の服を縫い縮めなければならないことから、少々高くはついた。薄粥の食事が一、二週間も続くと、衰弱して縮んだ体のまわりで服がぶかぶかになって、はためくのだ。しかし、貧困者も含めて救貧院の収容者の数は減り、委員たちはこの上なく喜んだ。

少年たちが食事を与えられる部屋は石造りの大きな広間で、一方の端に銅の大釜があった。食事の時間になると、そこでエプロンをつけた給仕係が一、二名の女の手伝いとともに杓子《しゃくし》で薄粥をつぐ。少年たちはそれを浅いボウルに一杯ずつもらうだけだった。ただし何かの祝いごとがあると、二オンスと四分の一のパンもついた。

ボウルを洗う必要はなかった。またぴかぴかになるまで、少年たちがスプーンで磨き上げるからだ。その作業が終わると（スプーンとボウルはほとんど同じ大きさなので、むろん時間はかからない）、彼らは坐ったまま、まるで竈《かまど》の煉瓦まで貪《むさぼ》り食おうとしているかのようにもの欲しそうな眼で銅の釜を見つめ、少しでも飛び散った粥の汁はないかと真剣に集中して指をなめつづける。少年は総じて食欲旺盛《おうせい》であり、オリヴァー・ツイストと仲間たちは三カ月にわたって、ゆるやかな飢餓という拷問《ごうもん》を受け、ついには飢えの限界に達して心がすさんだ。そこで歳《とし》のわりに背が高く、この手の苦しみに慣れていなかったひとりの少年が（というのも、実家が小料理店だったからだが）、毎日薄粥をもう一杯追加してくれなければ、いつか夜隣に寝ている子を食ってしまうかもしれないと暗い声で仲間に打ち明けた。たまたま隣は年端《としは》も行かない病弱な子だった。背の高い少年は飢えた凶暴な眼をしていて、まわりの連中はそのことばを信じた。相談がなされ、その日の夕食後に誰が給仕係のところまで歩いていってお代わりを要求するかを決める、くじ引きがおこなわれた。当たりを引いたのはオリヴァー・ツイストだった。

夜になり、少年たちが席についた。コックの服を着た給仕係が銅釜のまえに立ち、貧民の助手がうしろに控えた。薄粥が配られ、短い食事のまえに長い食前の祈りが唱えられた。粥がなくなった。少年たちが囁《ささや》き合って、オリヴァーに目配せした。隣の少年がオリヴァーを肘で小突いた。子供ながらに空腹のため絶望し、みじめで捨て鉢な気分になっていたオリヴァーは、机から立ち上がり、ボウルとスプーンを手に給仕係のところまで歩いていくと、自分の無謀さにいささか驚きつつ言った――。

「お願いします。お代わりをください」

給仕係は太った健康な男だったが、とたんに真っ青になった。びっくり仰天して、小さな反逆者を数秒見つめたあと、よろめいて竈の縁に手をかけた。助手は驚きで動けず、少年たちは恐怖で動けなかった。

「なんだと?」ついに給仕係がかすかな声で言った。

「お願いします」オリヴァーはくり返した。「お代わりをください」

給仕係はオリヴァーの頭に杓子の一撃を加えると、羽交い締めにし、上ずった大声で教区吏を呼んだ。

委員会が厳《おごそ》かな秘密会議を進めていた部屋に、バンブル氏があわてふためいて駆けこみ、高い椅子に坐っていた紳士に報告した。

「ミスター・リムキンズ、たいへん申しわけございません。オリヴァー・ツイストがお代わりを要求しました！」

一同はぎょっとした。どの顔にも恐怖が表れていた。

「お代わりだと！」リムキンズ氏が言った。「落ち着きたまえ、バンブル。はっきり答えてもらおう。彼は割り当てられた食事を平らげたあと、さらにお代わりを要求した。そういうことかな？」

「そのとおりでございます」バンブルが答えた。

「あいつは縛り首だ」白いチョッキの紳士が言った。「あれがいずれ縛り首になることはわかっとる」

予言者じみた紳士の意見に、誰も異議を唱えなかった。活発な議論が始まった。命令によりオリヴァー・ツイストはただちに監禁され、翌朝、救貧院の門の外に貼《は》り紙が出された——オリヴァー・ツイストを教区の手から引き取る者に五ポンドの謝礼。言い換えれば、いかなる商売、仕事、職業であれ、奉公人を雇おうという男女に五ポンドとオリヴァー・ツイストが与えられるということだった。

「わが人生でこれほど何かを確信したことはない」白チョッキの紳士は翌朝、門を叩きながら貼り紙を読んで言った。「人生でこれほど確信したことはないな。あの少年はいずれかならず縛り首になる」

白チョッキの紳士のことばが正しかったかどうかは、これからの章で明らかにしたい。いまここでオリヴァー・ツイストの伝記が長くなるか、短くなるかを仄《ほの》めかしたら、この物語の興趣が（多少なりともあったとして）損なわれてしまうだろう。

3

オリヴァー・ツイストに、閑職からはほど遠い働き口が見つかりそうになった件

お代わりを要求するという不信心で不遜《ふそん》な罪を犯してからの一週間、オリヴァーは委員会の叡智《えいち》と慈悲によって閉じこめられた暗く孤独な部屋で、囚人同然に暮らしていた。白チョッキの紳士の予言に相応の敬意を払う気持ちがあったなら、ハンカチの端を壁のフックに引っかけ、もう片方を自分の首に巻きつけて、一度きりの行為で聡明《そうめい》な紳士の予言者としての名声を永遠に確立してもよかった——一見そう思えるかもしれない。しかし、オリヴァーがその偉業をなしとげるには、ひとつ問題があった。ハンカチはまぎれもなく贅沢品《ぜいたくひん》だったから、未来永劫《えいごう》にわたって貧困者の鼻先から取り上げられていたのだ。それは会議に集まった委員たちがおのおの手蹟《しゅせき》と印鑑によって厳《おごそ》かに公布した命令だった。さらに大きな問題は、オリヴァーがまだ幼い子供だということだった。昼間は泣きじゃくるばかりで、長く陰鬱《いんうつ》な夜が始まると、闇《やみ》を締め出そうと眼のまえに小さな両手を広げ、部屋の隅にうずくまってうつらうつらするものの、ときおりはっと目覚

めては震え、ますます壁に身を寄せた。まるで冷たく硬い壁の表面ですら、まわりの暗がりや孤独から自分を守ってくれると感じているかのように。

〝体制〟に反対する者たちは、ひとりぼっちの監禁のあいだ、オリヴァーが運動や、愉《たの》しい交流や、宗教的な慰めといった権利を奪われていたと考えたがるかもしれないが、それはちがう。運動に関して言えば、文句なしの寒さのなか、毎朝、敷石の広場の井戸のポンプの下で水浴びが許されていた。風邪を引かさないようにいつもバンブル氏が立ち会い、くり返し杖《つえ》で打つので、体じゅうがひりひりして温かかった。人との交流については、少年たちが食事をする広間に一日おきに連れていかれ、そこでも彼らへの警告と見せしめのために、なごやかに打ちすえられた。さらに、宗教的な慰めを得られないどころか、彼は毎晩、祈りの時間になると同じ部屋に蹴《け》り入れられ、仲間の連禱《れんとう》を聞いて心を慰めることが認められていた。祈りの文言には、権威ある委員会からの指示で特別な一節が挿入され、みな善良、高潔で、足るを知る従順な人間になって、オリヴァー・ツイストの罪と悪徳から守られますようにと嘆願した。その祈りでは、オリヴァーが邪悪な力の寵愛《ちょうあい》と庇護《ひご》のもとにあり、悪魔そのものの工場で作られた代物《しろもの》であると名指しで攻撃されていた。

ところがある朝、オリヴァーを取り巻く状況がかくも明るく快適だったときに、煙突掃除夫のガムフィールド氏がロバを連れてハイ・ストリートを歩きながら、支払いが遅れて家主にせっつかれるまでになっていた家賃をどうしようかと思案に暮れていた。金の出入りをどう楽観的に見積もっても、必要な額にたっぷり五ポンドは足りない。このどうしようもない数字をまえにして必死で知恵を絞り、ロバを棍棒《こんぼう》で殴っていると、救貧院のまえを通りかかって、ふと門の貼《は》り紙に眼が留まった。

「止まれ！」ガムフィールド氏はロバに言った。

ロバは完全な放心状態だった。おそらく、小さな荷車にのせた煤《すす》の袋ふたつをおろしたら、キャベツの芯《しん》の一、二個でももらえるにちがいないと考えていたのだ。だから主人の命令に気づかず、まえに進みつづけた。

ガムフィールド氏は日頃からロバをこきおろしていたが、この日はとくに、目腐れ畜生と激しく罵《ののし》り、走ってロバに追いつくと、頭を一発殴りつけた。ロバ以外の頭だったらまちがいなく骨にめりこんでいただろう。そして手綱をつかみ、主人がいることをやさしく思い出させるつもりでロバの顎《あご》をひねり上げて振り向かせ、頭にもう一発食らわせた。一度くらっとさせて引き戻すためである。そこまでやってから、門に近づいて貼り紙を読んだ。

白いチョッキの紳士が、委員会室で深遠な意見を述べたあと、手をうしろで組んで門のまえに立っていた。ガムフィールド氏とロバの小競《こぜ》り合いに気づき、当人が貼り紙を読むために寄ってくると、うれしそうに微笑《ほほえ》んだ。オリヴァー・ツイストの主人にぴったりの人物であることをすぐに見て取ったからだ。ガムフィールド氏も貼り紙を熟読して微笑んだ。ちょうど五ポンド欲しかったところだ。押しつけられる少年については、救貧院の食事がどういうものか知っていたので、空気窓つきの煙突の掃除におあつらえ向きの小柄な体格であることはたやすく想像がついた。貼り紙を最初から最後まで一語ももらさず読み直すと、毛皮の帽子に触れて謙遜の意を表し、白チョッキの紳士に声をかけた。

「この少年ってのは、旦那《だんな》、教区が奉公に出すってことですかい？」ガムフィールド氏は言った。

「そうだ」白チョッキの紳士は見下すような笑みを浮かべて言った。「彼がどうした？」

「教区がこの子にちゃんとした愉しい商売を習わせたいんなら、立派な煙突掃除の仕事があって、ちょうど奉公人が欲しかったところだ。お預かりしましょう」

「来なさい」白チョッキの紳士が言った。ガムフィールド氏は自分がいないあいだにロバが逃げないように念のため頭をもう一発殴り、顎をもう一度ひねり上げてから、白チョッキの紳士のあとについて、オリヴァーが最初にその紳士を見た部屋に入った。

「苛酷《かこく》な仕事だ」ガムフィールド氏がまた希望を述べると、リムキンズ氏が言った。

「これまでにも幼い子供が煙突のなかで窒息死している」別の紳士が言った。

「それは、煙突に入ったやつらを下におろすときに燃やす藁《わら》が湿ってたからでさあ」ガムフィールド氏が言った。「湿ってると火じゃなくて煙しか出ねえ。煙じゃ子供はおりてきません。かえって眠らせちまう。眠るのが好きなんだ、子供ってのは。頑固で怠け者ですんでね、旦那がた。熱い炎があがりゃ一発でおりてきますよ。それに、そっちのほうが人間味もあるんです。なぜって、煙突のなかで引っかかってても、足が焼けるとなりゃじたばたして飛び出してきますから」

白チョッキの紳士はこの説明を大いにおもしろがっている様子だったが、すぐにリムキンズ氏に睨《にら》みつけられて、笑いは消えた。委員会は数分間、自分たちだけで話し合ったが、声が低かったので、もれ聞こえたのは「経費節約」、「会計の数字がよくなる」、「報告書を刷って公開する」だけだった。それもたびたび強調してくり返されたから、やっと聞こえたのだ。

囁《ささや》き声の相談がようやく終わり、委員たちがまた厳かにそれぞれの席についた。リムキンズ氏が言った。

「あなたの提案を検討して、許可できないと判断した」

「まったくできない」白チョッキの紳士が言った。

「断じてできない」ほかの委員も同意した。

たまたまガムフィールド氏は三、四人の少年に致死傷を与えたという商売上の汚名を背負っていて、委員たちが判断する際に、何か理由のつかない気まぐれで、そうした直接関係のない状況を考慮したのだろうと思った。だとすると、彼らのふだんの仕事のやり方からかけ離れているが、ガムフィールド氏としても嫌な噂《うわさ》は蒸し返したくなかったので、帽子を両手でひねり、ゆっくりと机に背を向けて歩きだした。

「つまり、あっしにはまかせたくないんですね、旦那がた？」ドアの近くで立ち止まって言った。

「そうだ」リムキンズ氏が答えた。「少なくとも、苛酷な仕事であるからには、こちらが提案した金額では多すぎると考えている」

ガムフィールド氏は顔をぱっと輝かせ、軽やかな足取りで机まで戻った。

「いくらだったらいただけるんです、旦那がた？　貧乏人にあんまりきついことは言わんでくださいよ。いくらもらえます？」

「せいぜい三ポンド十シリングといったところだ」リムキンズ氏が言った。

「十シリングは余計だ」白チョッキの紳士が言った。

「ねえ」ガムフィールド氏は言った。「四ポンドにしませんか、旦那がた？　四ポンドにしてください。それでひとりお払い箱にできるんですぜ、ほら！」

「三ポンド十シリングだ」リムキンズ氏は頑としてくり返した。

「じゃあ、差を半分こしましょうや、旦那がた」ガムフィールド氏はうながした。「三ポンド十五シリング」

「これ以上一ファージングも足せない」というのがリムキンズ氏の断固たる答えだった。

「とんでもなく厳しいことをおっしゃるね、旦那がた」ガムフィールド氏は迷いながら言った。

「だめ、だめ！　ナンセンス！」白チョッキの紳士が言った。「礼金などなくてもいいほど安上がりな子なのだ。連れていけ、愚か者！　まさにあんた向きだ。ときどき棒で叩《たた》いてやるんだな。それが本人のためになる。食事に金はかからん。生まれてこのかた、食べすぎたことはないのだから。は、は、は！」

ガムフィールド氏は机についた面々に片方の眉《まゆ》を上げてみせた。全員が笑みを浮かべているのを見て、彼自身の顔も次第にほころんだ。取引が成立し、さっそくバンブル氏が、その日の午後にオリヴァー・ツイストの年季奉公契約書を治安判事のところに持ちこんで、承認の署名をもらう手配をした。

以上の決定にしたがって、幼いオリヴァーは本人もたまげたことに監禁から解放され、きれいなシャツに着替えよと命じられた。そんな動作をめったにしたことがないオリヴァーが手こずっていると、バンブル氏みずからが薄粥《うすがゆ》のボウルと、休日のごちそうである二オンスと四分の一のパンを持ってきたので、目にしたオリヴァーは哀れにも泣きだした。ゆえなきことではないが、委員会が何かの都合で彼を殺すことにしたと思いこんだのだ。さもなくば、こんなに太らそうとするはずがない。

「眼を赤くしていないで食べるのだ、オリヴァー。感謝するがいい」バンブル氏は感銘を与える尊大な口調で言った。「おまえは奉公に出されるのだぞ、オリヴァー」

「奉公ですか！」オリヴァーは震えながら言った。

「さよう、オリヴァー」バンブル氏は言った。「親のいないおまえにとってありがたくも親代わりになる親切な紳士の皆さんが、おまえを奉公に出してくださるのだ。きちんと生活できる一人前の人間にしてくださる。もっとも、教区にかかる費用は三ポンド十シリングだがな――三ポンド十シリングだぞ、オリヴァー！――つまり七十シリング、六ペンス銀貨で百四十枚！　愛そうにも愛せない行儀の悪い孤児に対して！」

バンブル氏が怖《おそ》ろしい声で演説をして、ひと息入れているあいだ、かわいそうな子供はぽろぽろと涙を流して泣きじゃくった。

「さあ」バンブル氏は少し尊大でなくなった。自分の熱弁の効果を確認することができて気がすんだのだ。「オリヴァー！　ほら、袖《そで》で涙をふいて。粥のなかに涙を落とすんじゃない。それはあまりに愚かな行為だぞ、オリヴァー」たしかにそのとおりだった。粥にはすでに充分すぎるほど水が入っていたのだから。

治安判事のもとに行く途中、バンブル氏はオリヴァーに、ただもううれしくてたまらないという顔をしていればいいと指示した。奉公に出たいかと紳士から訊《き》かれたら、ぜひ出たいと思っていますと答えるのだ。オリヴァーは、どちらの指示にもしたがうと約束した。というより、したがわなければどんな目に遭わせようか、とバンブル氏がやんわり釘《くぎ》を刺したのだが。事務所に着くと、オリヴァーは小さな部屋にひとり閉じこめられ、あとで連れにくるからここで待てとバンブル氏に命じられた。

少年は心臓をどきどきさせて三十分待った。すると、バンブル氏が三角帽を脱いだ頭を部屋の入口からのぞかせて、大声で言った。

「さあ、オリヴァー、いい子だ。判事さんのところに行くよ」そう言いながら、顔にはぞっとする威嚇《いかく》の表情を浮かべ、低い声でつけ加えた。「さっき言ったことを憶《おぼ》えておけよ、小わっぱ！」

前後の口調がまるでちがっていたので、オリヴァーはきょとんとしてバンブル氏の顔を見つめたが、相手は有無を言わせず、ドアの開いた隣の部屋にすぐさまオリヴァーを連れていった。大きな窓のある広い部屋だった。机のうしろには、頭に髪粉を振りかけた紳士がふたり坐《すわ》り、ひとりは新聞を読み、もうひとりは鼈甲縁《べっこうぶち》の眼鏡をかけて、眼のまえに広げた小さな羊皮紙をじっと眺めていた。机の一方の端のまえにリムキンズ氏が立ち、もう一方の端には顔を洗ったものの汚れがまだらに残ったガムフィールド氏がいて、ほかにも二、三人、ブーツをはいたぶっきらぼうな感じの紳士がうろついていた。

小さな羊皮紙をまえにした眼鏡の老紳士がうとうとしはじめた。オリヴァーがバンブル氏の指示で机のまえに立ってから、しばらく間ができた。

「これが少年でございます、判事」バンブル氏が言った。

新聞を読んでいた老紳士がすっと顔を上げ、隣の老紳士の袖を引くと、寝ていた彼は目を覚ました。

「これが少年かね」その老紳士が言った。

「さようでございます」バンブル氏が答えた。「さあ、治安判事にお辞儀をするんだよ、いい子だ」

オリヴァーははっとわれに返って、命令に精いっぱいしたがった。それまで判事の髪粉に眼を凝らし、〝委員会〟の人というのはみなあんなふうに白い髪で生まれてきて、そのせいで最初から委員になることが決まっているのだろうかと考えていたのだ。

「なるほど」老紳士が言った。「本人は煙突掃除が好きなのだろうな」

「それはもう大好きでございます、判事」バンブル氏は答え、ちがうことを言うなよと脅すために、こっそりオリヴァーをつねった。

「本気で掃除夫になりたいのかね？」老紳士が訊いた。

「ほかの奉公に出そうものなら、明日にでも逃げ出してしまいます、判事」バンブル氏は答えた。

「そして彼が主人になるわけだ――あなたか――あなたはこの子にやさしく接し、食事を与え、その他あらゆることをする――いいね？」老紳士が言った。

「あっしはやると言ったら、ちゃんとやりまさあ」ガムフィールド氏が意固地な口調で答えた。

「口は悪いが、ご友人、正直で心が広い人のようだ」老紳士はオリヴァーを引き受ける礼金の候補者に眼鏡を向けて言った。男の悪人面《づら》はさながら残忍さの証明書だったのだが、判事は眼が悪く、無邪気なところもあったので、一般人が識別できることをこの人もできると考えるのは無理な相談というものだった。

「そうありたいと思ってます」ガムフィールド氏は下卑た笑みを浮かべて言った。

「まちがいなくそうだろう、ご友人」と老紳士は応じて、眼鏡をしっかりと鼻の上に押し上げ、インク壺《つぼ》はどこだとあたりを見まわした。

オリヴァーの運命が決する瞬間だった。もしインク壺が老紳士の思ったとおりの場所にあったなら、彼はペン先を浸して年季奉公契約書に署名し、オリヴァーはそのまますぐ連れていかれただろう。ところが、それがたまたま判事の鼻のすぐ下にあったせいで、当然ながら机じゅう見渡しても眼に入らなかった。探す途中で、これもたまたまだが正面を向き、真っ青で怯《おび》えきったオリヴァー・ツイストの顔に視線を注いだ。少年はバンブル氏にさんざん睨みつけられたり、つねられたりしているにもかかわらず、嫌《けん》悪《お》と恐怖の入り混じった表情で、これから主人になる男のひどく不愉快な顔を凝視していた。それは眼の悪い判事でさえ取りちがえようのない、明白な表情だった。

老紳士は動きを止め、ペンを置くと、オリヴァーからリムキンズ氏に眼を移した。リムキンズ氏はわれ関せずの愉快そうな面持ちで嗅《か》ぎ煙草《たばこ》をやろうとしていた。

「きみ」老紳士は机に身を乗り出して言った。オリヴァーはその声音に驚いた。無理もない。かけられたことばはやさしかったし、耳慣れない声音は人を怖《おそ》れさせるからだ。オリヴァーは激しく身を震わせて、わっと泣きだした。

「きみ」老紳士は言った。「顔色が悪いし、不安そうだ。どうしたね？」

「この子から少し離れて立ちたまえ、教区吏」もうひとりの判事が書類を脇《わき》にやり、幾分興味を覚えた顔つきで言った。「さあ、きみ、どうした。怖がらずに言ってみなさい」

オリヴァーはがくりと膝《ひざ》をつき、両手を握りしめて、どうか暗い部屋に戻れと命じてください──飢え死にさせてください──打ちすえてください──殺してもかまいません──でも、どうかあの怖ろしい人のところには送りこまないで──と懇願した。

「なんと！」バンブル氏はこの上なく重々しい態度で両手を上げ、天を仰いで言った。「なんとこれは！　いままでに見た悪賢く腹黒いあらゆる孤児のなかで、オリヴァー、おまえは最高にいけずうずうしいやつだ」

「口を慎みなさい、教区吏」バンブル氏が最後の複合形容詞を吐き出したときに、ふたりめの老紳士が言った。

「いまなんとおっしゃいました、判事？」バンブル氏は耳にしたことばが信じられずに言った。「私に話しかけられましたか？」

「さよう――口を慎めと言ったのだ」

バンブル氏は驚きのあまりぽかんとした。教区吏が口を慎めと命じられるとは！　道徳上の革命だ。

鼈甲縁眼鏡の老紳士が同僚を見ると、相手は意味ありげにうなずいた。

「本契約書の認可はおこなわない」老紳士が羊皮紙を横にぽんと投げて言った。

「あの」リムキンズ氏がつかえながら言った。「あの、裏づけもない子供ひとりの証言にもとづいて、当方の対応が不適切であったという意見をお持ちにならないでいただきたいのですが」

「治安判事はこの件について、なんらかの意見を表明するためにここにいるのではない」ふたりめの老紳士がぴしりと言った。「その少年を救貧院に連れ帰って、やさしくしてやりなさい。そうしてやる必要がありそうだ」

その夜、白チョッキの紳士はそれまでにも増して力強く、オリヴァーは縛り首になるだけでなく、市中を引きまわされて八つ裂きにされるだろうと断言した。バンブル氏は不可解な事態にふさぎこんで首を振り、オリヴァーが善良になることを願うと言った。

それに対してガムフィールド氏は、オリヴァーが自分のところに来ることを願うと答えた。たいていのことでは意見が一致するふたりだが、このときにはまったく逆のことを願ったようだった。

翌朝、オリヴァー・ツイストが貸し出されること、引き受け手には五ポンドが支払われることが、ふたたび公《おおやけ》に告げられた。

4

オリヴァーは次なる働き口を提案され、初めて社会生活に入る

名門の家にあって、成人する子弟が家産の所有権、残余権、復帰権、将来所有権などで有利な地位につけない場合、その者を船乗りにするのが通例である。委員会もかかる賢明で有益な例に倣《なら》って、オリヴァー・ツイストを手っとり早く、どこかの健康によくない港に向かう小さな商船に乗せようと相談した。それがオリヴァーにしてやれることのなかで最善に思えたのだ。船長がいつか愉快な気分の日に彼を鞭打《むちう》って殺すか、鉄棒で脳みそが飛び出るくらい殴りつけるのではないか。どちらも、その階級の紳士たちに例外なく人気の娯楽として知られている。考えれば考えるほど、この解決策がますます好都合であることがわかり、かくして委員会は、オリヴァーを効率よく養う唯一《ゆいいつ》の道は、ただちに海に送り出すことだという結論に達した。

さっそくバンブル氏が派遣され、さまざまな予備調査をおこなった。身寄りのないキャビンボーイを欲しがっている船長を探しまわり、結果を報告しようと救貧院の門まで

戻ってきたところで、彼はほかならぬ教区の葬儀屋であるサワベリー氏に出くわした。

サワベリー氏は長身痩軀《そうく》で、関節が太かった。すり切れた黒いスーツを着て、同じ色のぼろい木綿の靴下をはき、靴もそれに合っていた。生まれつき笑みの浮かびやすい顔立ちではないが、職業がらみの冗談をよく口にする。内面の愉快な気分を顔に表し、弾むような足取りでバンブル氏に近づくと、親しみをこめて握手した。

「昨夜死んだふたりの女性の寸法を測ってきたところです、ミスター・バンブル」葬儀屋は言った。

「あんたは大金持ちになるな、ミスター・サワベリー」教区吏は言って、差し出された嗅《か》ぎ煙草《たばこ》入れに親指と人差し指を突っこんだが、それは店の専売特許の棺《ひつぎ》を精巧に模したものだった。「いやまったく、大金持ちになるよ、ミスター・サワベリー」バンブル氏はくり返し、葬儀屋の肩を杖《つえ》で親しげにぽんと叩《たた》いた。

「そう思われます？」葬儀屋はなかば認め、なかば疑うような口調で言った。「委員会が出してくださる金額は非常に小さいもので、ミスター・バンブル」

「そのぶん棺も小さいがな」教区吏は答え、偉大な役人に許されるかぎりの笑い声を発した。

サワベリー氏はこれをたいそうおもしろがり――むろん、そうすべきだ――途切れなくいつまでも笑った。「まさに、まさに、ミスター・バンブル」とようやく言って、「それは否定できませんな。新しい食事の制度になってから、棺はまえより狭く、浅くてすみますから。ですが、こちらも利益をあげねばならんのです、ミスター・バンブル。よく乾かした材木は値が張りますので。鉄の持ち手もみなバーミンガムの運河から来ております」

「まあな」バンブル氏は言った。「どんな商売にもむずかしいところはあるものだ。もちろん相応の利益は認められる」

「おっしゃるとおりでございます」葬儀屋は言った。「たとえあれこれの品目で足が出ても、なんと申しますか、長いあいだには帳尻《ちょうじり》を合わせます。おわかりでしょう、へ、へ、へ！」

「そうだな」

「ただし――」葬儀屋は教区吏がそらした話の流れをもとに戻した。「これは言っておかねばなりません、ミスター・バンブル。私はひとつ非常に不利な条件に苦労しているのです。つまり、体の大きい人から真っ先にあの世に行ってしまう。ずっと裕福で長年税金を払ってきた人たちは、この施設に入ったとたんに、がくっと来てしまうんですな。それで、ミスター・バンブル、こちらの見積もった寸法を三、四インチ超えるだけで、利益には大きな穴ができてしまうのです。とくに、養うべき家族がいる者にはきつい」

サワベリー氏はそう言いながら、不当に扱われた人間にふさわしい怒りをあらわにした。これは教区の名誉にかかわる話になりそうだと察したバンブル氏は、話題を変えたほうがよかろうと思った。折からオリヴァー・ツイストのことで頭がいっぱいだったので、この少年のことを話しだした。

「ちなみに、子供の働き手を探している人はいないかな。教区から出す奉公人なんだが、いま教区の首にぶら下がった重荷になっていてね――いわば、大いなる碾臼《ひきうす》だ（訳注　マタイ伝福音書第十八章第六節の重荷のたとえ）。いい条件なんだがね、ミスター・サワベリー、いい条件だ」バンブル氏はそう言いながら頭上の貼《は》り紙を杖で指し、〝五ポンド〟と書かれた巨大なローマ字の大文字をコツ、コツ、コツと叩いた。

「なんと！」葬儀屋がバンブル氏の制服の金モールの返し襟をつかんで言った。「あなたとまさにその話がしたかったのです。つまり――おや、これはなんとも優雅なボタンですな、ミスター・バンブル。いままで気づきませんでした」

「さよう、私もなかなか品がいいと思う」教区吏は上着の襟を飾る大きな真鍮《しんちゅう》のボタンを誇らしげに見おろして言った。「模様が教区の印鑑と同じなのだ――善きサマリア人が、病んで傷ついた男を癒《い》やしているところだよ（訳注　ルカ伝福音書第十章第三十～三十七節）。委員会から元日の朝に授けられたのだ、ミスター・サワベリー。たしかこれを初めてつけたのは、衰弱した商人が夜中に入口のまえで死んだあと、死因審問に出席したときだった」

「憶《おぼ》えております」葬儀屋は言った。「陪審の評決は〝寒気にさらされたこと、および万人共通の生存必需品が得られなかったことによる死亡〟でしたな?」

バンブル氏はうなずいた。

「そしてあれを特別な判決にしたのでした、たしか」葬儀屋は言った。「わざわざことばをつけ加えて。すなわち、〝もしそのとき救貧官が――〟」

「ちっ。馬鹿《ばか》げている」教区吏は腹を立ててさえぎった。「ただでさえ忙しい委員会が、無知な陪審の戯言《たわごと》にいちいちかまっている暇などない」

「まさに」葬儀屋は言った。「おっしゃるとおりです」

「陪審員は」バンブル氏は感情を昂《たか》ぶらせたときの癖で杖をぎゅっと握りしめて言った。「陪審員はみなぶ教養で、がさつで、卑屈なろくでなしどもだ」

「まったくです」葬儀屋は言った。

「哲学にしろ、政治経済学にしろ、これっぽっちも知らない」教区吏は蔑《さげす》むように指を鳴らした。

「おっしゃるとおりですな」葬儀屋もうなずいた。

「連中には虫酸《むしず》が走る」教区吏の顔が見る見る赤くなった。

「同感です」

「ああいうわがままな陪審員どもは一週間か二週間、救貧院に放りこんでやればいい」教区吏は言った。「委員会の規則や決まりに鼻っ柱をへし折られるだろうよ」

「言うまでもございません」葬儀屋は答えながら、もっともだという笑みを浮かべ、激しさを増す教区吏の怒りを鎮《しず》めようとした。

バンブル氏は三角帽を持ち上げて、なかからハンカチを取り出し、怒りで吹き出した額の汗をふいて、また帽子をかぶった。葬儀屋のほうを向くと、少し落ち着いた声で言った。

「この子はどうだね？」

「おお！」葬儀屋は答えた。「おわかりでしょう、ミスター・バンブル、私は救貧税をたくさん払っております」

「へん！」バンブル氏は言った。「それで？」

「それで、払うものはたくさん払っているので、できるだけ多くのものを引き出す権利があります、ミスター・バンブル。したがって――つまり――私がその子を引き受けようと思うのです」

バンブル氏は葬儀屋の腕をつかんで建物のなかに連れていった。サワベリー氏は委員会の面々と五分間閉じこめられ、オリヴァーはその日の夜から葬儀屋に預けられることになった。ただし〝試用期間〟つきで――教区の奉公人の場合、短い試用期間を設け、あまり食べ物を与えなくても充分こき使えると主人が納得すれば、数年分の契約を結んで好きなことをやらせてもよいという条件がついていたのだ。

夕方、幼いオリヴァーは〝紳士たち〟のまえに立たされ、その夜から葬儀屋の雑用を手伝うよう言い渡された。これに不満を唱えたり、まさかとは思うがまた救貧院に戻ってきたりすれば、海に送り出す。溺《おぼ》れたり頭を殴られたりすることもあるだろう。そう告げられたオリヴァーは、感情をほとんど面《おもて》に表さなかった。委員たちは、意地っ張りの小わっぱめと口をそろえ、バンブル氏に、こいつをさっさと連れ出せと命じた。

さて、誰かの感情が欠如しているという徴候が少しでも見えたとき、世のあらゆる人のなかでとりわけこの委員たちが道徳的な怒りと恐怖を感じるのは、じつに自然なことだが、この場合にかぎっては、彼らもだいぶ勘ちがいをしていた。単純な事実として、オリヴァーの感情は少なすぎるのではなく、多すぎるのだ。過去に受けた不当な仕打ちのせいで、それが粗暴な愚かさと暗い性格に煮詰まる余地は大いにあった。オリヴァーは行き先を押し黙ったまま聞き、自分の荷物を持たされ――半フィート四方で高さ三インチの茶色の紙包みに収まるので、もとよりかさばる量ではない――帽子を目深《まぶか》にかぶり、またしてもバンブル氏の上着の袖《そで》につかまって、高官の導きで新しい苦役の場に引いていかれた。

しばらくバンブル氏はオリヴァーに眼を向けず、声もかけずに歩いていた。背筋をぴんと伸ばし、まっすぐまえを見ていたからである。教区吏はつねにそうあるべきだ。風の強い日だったので、バンブル氏の上着が翻《ひるがえ》り、見映えのする丈長のチョッキと、くすんだ茶色のフラシ天のズボンをあらわにしたが、そのたびに幼いオリヴァーは上着の裾《すそ》にすっぽりと包まれた。目的地に近づくと、バンブル氏はオリヴァーが新しい主人に調べられても大丈夫かどうか気になりはじめ、恵み深い後援者にふさわしい雰囲気で少年の身なりを検《あらた》めた。

「オリヴァー！」彼は言った。

「はい」オリヴァーは震える小さな声で答えた。

「帽子を引き上げて、しっかりまえを向きなさい」

オリヴァーはすぐに言われたとおりにして、手の甲で眼をごしごしこすったが、指導者を見上げた眼にはまだ涙が浮かんでいた。バンブル氏が厳しい視線をすえると、涙は頬を流れ落ちた。ひと粒、またひと粒。懸命に泣くまいとしたが、うまくいかず、もう一方の手をバンブル氏の袖から離すと、両手で顔を覆《おお》い、骨張った細い指のあいだから涙がこぼれるまでさめざめと泣いた。

「まったく！」バンブル氏はぴたりと止まって怒鳴り、自分に託された少年に強烈な悪意のこもった顔を振り向けた。「これまでに会った、きわめつきに恩知らずで態度も悪いあらゆる子供のなかで、オリヴァー、おまえときたら――」

「いいえ、いいえ」オリヴァーはすっかりなじみになった杖を持つ手にすがりついて、すすり泣いた。「いいえ。いい子になります、本当に。本当です。きっといい子になります！　ぼく、まだとっても小さいんです。それに――」

「それに、なんなのだ」バンブル氏は驚いて訊《き》いた。

「とっても寂しいんです。本当に寂しい」子供は泣いた。「みんなぼくが嫌いなんだ。ああ、どうかお願いです。ぼくを怒らないで。体を切られるみたいにつらいんです。あちこちから血が出てるみたいに」そう言って掌《てのひら》を胸に叩きつけると、本物の苦悩の涙を浮かべて同行者の顔を仰ぎ見た。

バンブル氏は呆《あっ》気《け》にとられて、オリヴァーの哀れで頼りない顔を見つめ、しゃがれ声で三、四度咳払《せきばら》いをした。「困った咳だ」とかいったことをつぶやいたあと、泣くのはやめていい子にするんだとオリヴァーに命じ、また彼の手を取って黙々と歩きだした。

葬儀屋はちょうど店の鎧戸《よろいど》を閉め、雰囲気に合った暗い蠟燭《ろうそく》の光でその日の帳簿をつけていた。そこへバンブル氏が入ってきた。

「ああ！」葬儀屋は帳簿から眼を上げ、ひと言言いかけたのをやめて、「あなたですか、バンブル？」

「ほかでもない、ミスター・サワベリー」教区吏は答えた。「さあ、子供を連れてきたぞ」

オリヴァーはお辞儀をした。

「ほう、この子ですか」葬儀屋は言い、蠟燭を頭の上に持ってきて、オリヴァーの全身を眺めた。「ミセス・サワベリー、ちょっとこっちに来てもらえるか」サワベリー夫人が店の奥の小部屋から出てきた。背が低く痩《や》せていて、中身を搾《しぼ》り出されたような体つきに、雌ギツネを思わせる顔つきだった。

「なあ、おまえ」サワベリー氏が敬意をこめて言った。「これがさっき話した救貧院の子だよ」

オリヴァーはまたお辞儀をした。

「あらまあ！」葬儀屋の妻が言った。「ずいぶん小さいじゃないの」

「さよう、たしかに小柄ですな」大きくないのは本人の責任であるかのように、バンブル氏はオリヴァーを見ながら答えた。「たしかに小柄だ。それは否定できません。しかし、育ちます、ミセス・サワベリー。大きくなるのです」

「ええ！　そうでしょうとも」夫人は不機嫌そうに言った。「うちの食べ物でね。それと飲み物で。教区の子を置いたって得にはならないんですよ。そう思います。稼ぎ以上に費用がかかるに決まってるんだから。でも男って、いつも自分がいちばんよくわかってると思ってるのよね。さあ、階段をおりな、骨皮小僧」葬儀屋の妻は脇《わき》のドアを開け、オリヴァーを押して急な階段の下へ向かわせた。石炭庫の隣の間で〝台所〟と呼ばれるその暗く湿った石の地下室に、だらしない恰好《かっこう》の娘が坐《すわ》っていた。靴は踵《かかと》がすり減り、青い毛の靴下はぼろぼろだった。

「ほら、シャーロット」オリヴァーのあとからおりてきたサワベリー夫人が言った。「トリップのために取っておいた冷肉をこの子におやり。あの犬は今朝から家に帰ってないから、夜は要らないだろう。好みがうるさくて食べられないってことはないよね、え、あんた？」

肉と聞いて眼を光らせ、貪《むさぼ》り食いたいあまり震えていたオリヴァーが、ありませんと答え、くずのような食べ物ののった皿が彼のまえに置かれた。

犬も見向きもしなかった〝ごちそう〟に、オリヴァー・ツイストがかぶりつくさまを、いつもたらふく食べている哲学者に見せてやりたいものだ――肉も飲み物も体内で苦々しい胆汁に変え、血は氷、心臓は鉄でできている御仁に。餓死寸前にある者の荒々しさで肉を食いちぎる少年のすさまじい熱意を目撃するがいい。筆者がそれより見たいのはただひとつ、その哲学者が同じものを同じくらい美味《うま》そうに食べるところだけだ。

「さて」葬儀屋の妻は言った。オリヴァーが夕食を終えるのを、ぞっとして無言で見つめ、少年の将来の食欲に不吉な予感を覚えていた。「終わった？」

もう手の届く範囲に食べ物がなかったので、オリヴァーは、はいと答えた。

「ならいっしょに来て」サワベリー夫人は言い、薄暗い汚れたランプを取って、階段を先にのぼりはじめた。「あんたのベッドはカウンターの下だよ。棺に囲まれて寝ても平気だろ？　平気かどうかはあんまり関係ないけど。ほかに寝るところはないから。来なさい。わたしをここで待たせないで。早く」

オリヴァーはもうためらわず、新しい女主人におとなしくついていった。

5

オリヴァーは新しい知人たちと交わり、初めて葬儀に出かけ、主人の仕事に好ましくない印象を抱く

葬儀屋の店内に取り残されたオリヴァーは、作業台にランプを置き、畏《い》敬《けい》の念と恐怖に打たれて、おずおずとまわりを見た。その気持ちは、彼よりずっと年配の人ならたいてい理解できるだろう。店のまんなかの黒い架台に置かれた作りかけの棺があまりにも陰鬱《いんうつ》で死を連想させ、そちらに眼が向くたびにオリヴァーの背筋にぞくっと震えが走った。その不吉な物体からぜったいに怖《おそ》ろしい何かがゆっくりと首をもたげるように思え、恐怖で気が狂いそうだった。壁には同じ形に切られた楡《にれ》の板がずらりと立てかけられて、薄暗い光のなか、ズボンのポケットに両手を突っこんで肩をそびやかしている亡霊のように見えた。棺につける名札、楡の木《き》屑《くず》、頭が光る釘《くぎ》、黒い布の端切《はぎ》れが床に散らばり、カウンターのうしろの壁には葬儀の絵が飾られていた。糊《のり》で強張《こわば》った布を首から斜めにかけ、家の大きな勝手口のまえで仕事についたふたりの供人と、黒い馬四頭に牽《ひ》かれて遠くから近づいてくる霊柩車《れいきゅうしゃ》が生き生きと描かれた絵だった。店は閉ざされて蒸し暑く、

棺のにおいで空気が汚されている気がした。カウンターの下の引っこんだところに、ぼろ布のマットレスが押しこまれて、墓穴のように見えた。

オリヴァーの気持ちを落ちこませたのは、こうした暗い雰囲気だけではなかった。彼は知らない場所にたったひとりでいた。そういう状況で人がどれほど寒々しく、心細く感じるかは誰しも知っているだろう。オリヴァー少年には、心を寄せたり、寄せてくれたりする友人がひとりもいなかった。最近の別れの悲しみが思い出されるのではない。記憶に刻まれた愛《いと》しい顔のないことが心に重く沈んでいるわけでもないが、それでも心はたしかに重かった。オリヴァーは狭いベッドにもぐりこみながら、これが自分の棺ならいい、このまま教会の墓場で安らかな永遠の眠りにつければいいと思った。頭の上で丈の高い草が静かになびき、古い鐘の深い音色が、眠る彼をなぐさめてくれる。

オリヴァーは翌朝、店のドアを激しく蹴《け》る音で目覚めた。怒りがこもって忙《せわ》しないその音は、オリヴァーがあわてて服を着るあいだにさらに二十五回ほど鳴り、ドアの鎖をはずしはじめると、めったやたらの足の攻撃はやんで、声が聞こえた。

「開けろ、早く」ドアを蹴っていた足の主が大声で言った。

「すぐ開けます」オリヴァーは鎖をはずし、鍵《かぎ》をまわしながら答えた。

「おまえが新入りだな、え？」鍵穴から聞こえる声が言った。

「はい、そうです」

「何歳だ？」

「十一歳です」

「なら、なかに入ったときに、こてんぱんにしてやる」その声が言った。「見てろよ、ぜったいしてやるからな、救貧院の丁稚《でっち》め」そんなありがたい約束をしたあと、声の主は口笛を吹きはじめた。

オリヴァーは〝こてんぱん〟という表情豊かな一語が発せられたときにどうなるか、知りすぎるほど知っていたので、声の主が誰であれ、誓いを立派に実行することを露ほども疑わなかった。震える手で閂《かんぬき》をはずし、ドアを開けた。

彼は一、二秒のあいだ、通りの左右と向かい側を見た。鍵穴から話しかけた見知らぬ人は、体を温めるためにそのへんを少し歩いているにちがいないと思った。見渡すかぎり、家のまえの杭《くい》に腰かけた大柄な慈善学校の生徒しかいなかったからだ。その若者は、バターを塗ったパンを、口に入る大きさの楔形《くさびがた》に折りたたみナイフで器用に切り取っては食べていた。

「すみません」ほかの訪問者が姿を現さないので、オリヴァーはようやく言った。「ノックしたのはあなたですか」

「蹴ったんだよ」慈善学校の生徒は言った。

「棺を買いにこられたのですか」オリヴァーは無邪気に尋ねた。

これに相手の顔は化け物のようになり、目上の者相手にそういう冗談をやめないと、すぐにおまえ自身の棺桶《かんおけ》が必要になるぞと言った。

「おまえ、おれが誰だか知らないんだろう、救貧院？」慈善学校の生徒は、偉そうに教え諭す態度で続けながら杭からおり立った。

「知りません」オリヴァーは答えた。

「おれさまはミスター・ノア・クレイポールだ」慈善学校の生徒は言った。「おまえはおれの下働きだ。さっさと鎧戸《よろいど》をはずしな、怠け者のくそガキ！」そう言ってクレイポール氏はオリヴァーに一発蹴りを入れ、親分風を吹かせて店に入ったが、それは彼にとって面目躍如のときだった——いかなる状況であっても、頭でっかちで眼が小さく、ぎくしゃくした動きとぱっとしない顔立ちの若者が堂々と見せるのはむずかしい。そうした魅力に赤鼻と、慈善学校の黄色い革の半ズボンが加われば、なおさらである。

オリヴァーは鎧戸をはずし、昼間それらを置くことになっている裏庭に運ぼうとしたが、最初の一枚の重さによろけてガラス窓を割ってしまった。ノアは「お目玉を食らうぜ」と請け合ってなぐさめ、恩着せがましくオリヴァーに手を貸した。ほどなくサワベリー氏がおりてきて、奥方もすぐに現れた。オリヴァーはノアの予言どおり〝お目玉を食らい〟、若い紳士のあとから階段をおりて朝食をとった。

「火のそばにおいでよ、ノア」シャーロットが言った。「あんたのために、ご主人の朝食から美味《おい》しそうなベーコンをひとつ取っといたの。オリヴァー、ミスター・ノアのうしろのドアを閉めて、パン焼きの蓋《ふた》の上に置いてある肉を食べな。これがお茶。あそこの箱の上で飲みなさい。急いで。あんたに店番をさせたいらしいから。聞いてるの？」

「聞いてるのか、救貧院？」ノア・クレイポールが言った。

「まあ、ノア」シャーロットが言った。「ほんとに変な人！　どうしてこの子をほっとかないの？」

「ほっとく？」ノアは言った。「それを言うなら、誰も彼もこいつをほっといてるだろ。父親も母親もいっさい口出ししない。親戚《しんせき》じゅうがこいつに好き勝手やらせてるじゃないか。だろ、シャーロット？　へ、へ、へ！」

「もう、ほんと変わり者なんだから！」シャーロットはけらけらと笑いだした。ノアもいっしょに笑ったあと、ふたりはオリヴァーに軽蔑《けいべつ》の眼を向けた。哀れなオリヴァーは部屋のいちばん寒い隅に置かれた箱に震えながら坐《すわ》り、わざわざ彼のために取っておかれた腐りかけのくず肉を食べた。

ノアは慈善学校の生徒だったが、救貧院の孤児ではなかった。私生児でもない。系図をたどれば、近所に住む両親までしっかりさかのぼることができたからだ。母親は洗濯婦、父親は酔っ払いの兵士で、木製の義足をつけて除隊となり、一日二ペンス半と少々の恩給をもらっていた。近所の店で働く少年たちは、昔からノアを外の通りで見かけると、〝革ズボン〟とか〝慈善学校〟といった渾名《あだな》で呼んで馬鹿《ばか》にしていたが、ノアは言い返さずじっと我慢していた。ところが、そこに運命の巡り合わせで、社会のどん底にいる者ですら指差して蔑《さげす》むことのできる、名もない孤児が現れたものだから、ノアは利息をつけてこの孤児につらく当たったのだ。ここに興味深い思索の材料がある。人間の本質がいかに美しいか、そしてその愛すべき資質が、もっとも立派な貴族においても、もっとも汚らしい慈善学校の生徒においても、いかに等しく発達しているかが如実《にょじつ》にわかるではないか。

オリヴァーが葬儀屋に来て三週間から一カ月がすぎた。サワベリー夫妻が店じまいをして、奥の狭い客間で夕食をとっていたあるとき、夫が気遣うような目つきで妻をちらちらと見て言った。

「なあ、おまえ――」先を続けようとしたが、サワベリー夫人の上げた顔が格別に不機嫌だったので、続けられなくなった。

「なんなの！」夫人が鋭く言った。

「なんでもない、おまえ、なんでもないよ」

「だからなんなのよ、ろくでなし！」

「いや、気にしないでくれ」サワベリー氏はかしこまって言った。「聞きたくないだろうから。ただ、言おうとしていたのは――」

「言わないで」夫人はさえぎった。「わたしはくだらない女ですから。お願い、相談しないで。あなたの秘密になんか立ち入りたくありません」そう言ってヒステリックに笑った。嵐《あらし》が吹き荒れる兆候である。

「だがね」サワベリー氏は言った。「おまえの意見が聞きたいのだよ」

「いえいえ、わたしに訊《き》かないで」夫人は芝居がかった哀れな身ぶりで答えた。「ほかの人に訊いてちょうだい」そこでまたヒステリックに笑って、夫を震え上がらせた。これは多くの人に認められる、夫婦間にありがちなやりとりであり、抜群の効果を発揮することが多い。おかげでサワベリー氏は、妻がなんとしても聞きたいことを話す許可を、平身低頭してこいねがう始末になった。四十五分足らずの短い口論ののち、その許可はまことに寛大な態度で与えられた。

「あの若いツイストのことなのだよ、おまえ」サワベリー氏は言った。「あれはなかなかの美少年だろう」

「当然ですよ、あれだけ食べるんだから」夫人は言った。

「あの子の顔には哀愁が漂っとる」サワベリー氏は続けた。「じつに趣がある。葬儀のすばらしいお供になりそうだよ、おまえ」

夫人はかなり驚いたという表情で夫を見た。サワベリー氏は言ったあと、良き妻に考える暇をいっさい与えず、言い足した。

「大人の葬儀に立ち会うふつうのお供ではないよ、おまえ。子供の葬儀にだけ使うのだ。子供の式に子供の供人というのはなかなか新しいだろう。すばらしい雰囲気になるのはまちがいない」

葬儀に造詣《ぞうけい》の深いサワベリー夫人は、夫の思いつきの斬新《ざんしん》さに感心しきりだったが、この状況でそう言うと沽券《こけん》にかかわると思い、どうしてそんな当たりまえのことをもっと早く思いつかなかったんでしょうねと厳しく尋ねるだけにした。サワベリー氏はこれを、提案への同意と正しく解釈した。すぐさまオリヴァーにこの職業の秘儀を伝えることが決まり、そのために少年はさっそく次の仕事で主人に同行することになった。

機会は待つまでもなく訪れた。翌朝の朝食後、三十分ほどしてバンブル氏が店に入ってきたのだ。教区吏はカウンターに杖《つえ》を立てかけ、革表紙の大きな手帳を出して、そのなかから小さな紙を抜き取ると、サワベリー氏に渡した。

「ほう」葬儀屋は紙をひと目見るや生き生きと顔を輝かせて言った。「棺の注文ですな」

「まず棺がひとつ、それから教区の葬儀が一件だ」バンブル氏は答え、持ち主に似て分厚い手帳の革紐《かわひも》を留めた。

「ベイトン」葬儀屋は紙切れからバンブル氏に眼を向けた。「聞いたことのない名前だが」

バンブル氏は首を振りながら答えた。「頑固な連中なのだ、ミスター・サワベリー。

じつに頭が堅くてね。おまけに傲慢《ごうまん》ときた」

「傲慢？」サワベリー氏は冷笑を浮かべて大声で言った。「なんともやりきれませんな」

「まったく、胸が悪くなる」教区吏は答えた。「人倫におとるとはこのことだ、ミスター・サワベリー」

「さようですな」葬儀屋は同意した。

「話を聞いたのは、おとといの夜なのだ」教区吏は言った。「それまでわれわれは何も知らなかった。彼らと同じ家に住むひとりの女が、教区の医者をよこしてくれと教区委員会に言ってきた。別の女の具合がとても悪いから診てほしいとね。医者は食事に出ていたが、優秀なその弟子がすぐに靴墨の壜《びん》に薬を入れて渡してやった」

「ほう、それは手早い」

「手早かったのだ、まさに！」教区吏は答えた。「だが、どうなったと思う？　ああいう反逆者たちは、ありがたみというものがわかっとらん！　女の亭主が、この薬は妻の病状に合いません、のませるわけにはいきませんと送り返してきたのだ――のませられんだと。よく効くちゃんとした薬だぞ。ほんの一週間前、アイルランドの労働者ふたりと石炭運搬人ひとりが見事に治った薬だ。それを無料で渡してやったのだ、靴墨の壜に入れて。そしたら、のませられんときた」

目に余るその不埒《ふらち》な態度をまざまざと思い浮かべて、バンブル氏は杖で思いきりカウンターを叩《たた》き、怒りに顔を赤らめた。

「なるほど」葬儀屋は言った。「聞いたこともない」

「あるものか！」教区吏は叫んだ。「誰ひとり、まちがっても聞いたことがない。で、その女は死んだ。埋葬しなきゃならん。そういう指示だ。できるだけ早いほうがいい」

言いながらバンブル氏は教区を思う興奮に熱くなり、三角帽を前後逆にかぶって店から飛び出していった。

「ものすごい剣幕だったな、オリヴァー。おまえの様子を訊くことすら忘れていた」サワベリー氏は大股《おおまた》で通りを歩いていく教区吏を見ながら言った。

「はい」大人たちが話しているあいだ、注意深く目立たないようにしていたオリヴァーは答えた。バンブル氏の声を思い出すだけで頭から爪先《つまさき》まで震えた。とはいえ、オリヴァーがバンブル氏の視線に縮み上がる必要はなかった。白チョッキの紳士の予言に多大な影響を受けていた下《した》っ端《ぱ》役人は、葬儀屋がオリヴァーを仮雇いしているいま、七年間の正式な奉公が決まって少年が教区に戻される危険が法律上も完全に消えるまで、この話題には触れないほうがいいと思っていたからだ。

「さて」サワベリー氏は帽子を取って言った。「この仕事は早くするに越したことはない。ノア、店番を頼んだよ。オリヴァー、帽子をかぶって私についてきなさい」オリヴァーは指示にしたがい、主人の仕事に同行した。

ふたりは街のいちばん立てこんだ人口密集地をしばらく歩き、それまでのどこよりも汚くみじめな狭い通りに入って、目的の家を探した。両側の建物は高くて大きいが、非常に古く、住んでいるのは最貧層の人々だった。それは荒れ果てた外観からも明らかで、ときおり腕を抱え、体をほとんどふたつ折りにして影のように行き交う男女のみすぼらしい顔貌《がんぼう》を、裏づけ証拠に並べ立てるまでもなかった。大多数の建物の一階は店だが、どれも入口が固く閉ざされ、朽ちかけて、階上《うえ》の部屋にだけ人が住んでいた。古びて腐り、倒壊しそうな建物は、ぐらつく壁を支える太い木の棒を道にしっかり固定し、倒れるのを防いでいた。しかし、そうした劣悪な場所でさえ、家のないみじめな人々の夜のねぐらになるらしく、ドアや窓代わりの粗板は引きはがされ、人ひとりが通れるだけの隙間《すきま》が空いていた。どぶには汚水がたまり、そここで死んで腐りかけているネズミさえ、飢えのために見るも無残な姿だった。

オリヴァーと主人が立ち止まった建物のドアは開いており、ノッカーも呼び鈴もついていなかった。そこで葬儀屋は、怖がらないですぐうしろにいなさいとオリヴァーに言い聞かせ、暗い通路を手探りで進んで、ひとつ上の階まで階段をのぼった。のぼりきったところでドアにぶつかったので、拳《こぶし》で叩いた。

十三、四の若い娘がドアを開けた。葬儀屋は部屋のなかをさっと見ただけでそこが目的の場所だとわかり、足を踏み入れた。オリヴァーも続いた。

部屋のなかに火はなかったが、男がひとり、空っぽのストーブの上にぼんやりと身を屈《かが》めていた。老婆《ろうば》もひとり、冷たい暖炉のまえに低い椅子《いす》を寄せて、男のそばに坐っている。別の隅にはぼろを着た子供たちがいて、入口の向かいの少し奥まったところに、古い毛布に覆《おお》われた何かが寝かされていた。オリヴァーはそちらに眼をやって震え、知らず知らず主人にすり寄った。覆われていても亡骸《なきがら》だとわかったからだ。

男は頬がこけ、ひどく顔色が悪かった。髪とひげには白髪が混じり、眼は血走っていた。老婆の顔はしわだらけで、二本残った歯が下唇の上に突き出し、眼は明るく鋭かった。オリヴァーは怖ろしくて、老婆も男も見ることができなかった。ふたりとも外にいたネズミにそっくりだったのだ。

「誰もこいつに近づくな」葬儀屋が奥に進むと、男が急に立ち上がって言った。「下がってろ！　くそ、離れろ！　命が惜しいならな」

「それはないでしょう、ご主人」あらゆる種類のみじめさを見慣れた葬儀屋は言った。

「それはない！」

「いいか」男は両手を握りしめ、激怒して床を踏み鳴らした。「言っとくがな、こいつを土に埋めるつもりはない。蛆虫《うじむし》に悩まされるからな。ガリガリに痩《や》せてるから食うところもないが」

葬儀屋はこの妄言に何も返さず、ポケットから巻き尺を取り出すと、いっとき遺体の横にひざまずいた。

「ああ!」男が突然泣きだし、死んだ女の足元にくずおれた。「ひざまずけ、ひざまずけ、こいつのまわりにひざまずくんだ、みんな。よく聞け! こいつは飢え死にした。どれほど具合が悪いかわからなかったとこへ熱が出た。そしたら皮膚の下に骨が透けて見えるようになった。暖炉の火も蠟燭《ろうそく》もなかったから、こいつは暗いなかで死んだ——闇《やみ》のなかで。わが子の顔すら見られなかった。あえぎながら子供の名前を呼ぶのは聞こえたが。こいつのために通りで物乞《ものご》いをしたおれは、監獄に送られた(訳注 一八二四年制定の浮浪者取締法によって、通りで物乞いをしたり寝たりすると有罪になった)。戻ってくると、こいつは死にかけてた。おれの心臓の血は干上がった。あいつらがこいつを死ぬまで飢えさせたからだ。おれは神に誓う。神様だって見てた——あいつらがこいつを飢え死にさせたんだ」両手で髪の毛をかきむしり、大きな叫び声をあげて床の上を転げまわった。眼がすわり、唇からは泡があふれ出していた。

怯《おび》えきった子供が激しく泣いたが、それまでまわりのいっさいに耳を貸していないかのように静かだった老婆が、怖い顔で睨《にら》みつけて黙らせた。まだ床に伸びている男の首巻《クラバット》きをゆるめてやると、よろめきながら葬儀屋に近づいた。

「この子はわたしの娘だった」老婆は遺体のほうに首を振って言った。話しながら送る愚者の流し目は、そこにある死体より不気味だった。「おお! この子に生を与え、そのとき女盛りだったわたしがいまも元気に生きてるのに、この子は冷たく、硬く横たわってるなんて！　考えてごらん。できすぎじゃないか、まるで芝居みたいに！」

哀れな女がぼそぼそとつぶやき、不快な陽気さで笑ううちに、葬儀屋は背を向けて立ち去ろうとした。

「待て！　待て！」老婆はしゃがれ声で言った。「埋葬は明日？　その次の日？　それとも今夜？　わたしが支度して寝かしたんだ。だから行かなきゃ。大きな外套《がいとう》を用意しとくれ——あったかいやつを。外はひどく寒いからね。ケーキとワインも頼むよ、出かけるまえにさ。いや、パンでいい——パンひと塊と水一杯で。パンぐらいもらえるだろう？」またドアに向かおうとした葬儀屋の上着をつかんで、熱心に言った。

「ええ、ええ」葬儀屋は言った。「もちろん。なんでもご希望どおりに」と言って、しがみつく老婆を振りほどくと、オリヴァーの手を引いてそそくさと外に出た。

翌日——それまでに家族は、ほかならぬバンブル氏から半クォーターンのパン（訳注　約二ポンドのパンの塊）とチーズひとかけを与えられて生き長らえていた——オリヴァーと主人は、みじめな日干し煉瓦《れんが》の建物をふたたび訪ねた。バンブル氏が棺の担《かつ》ぎ手になる救貧院の男四人を引き連れて、すでに到着していた。老婆と男のぼろの上に古い外套が投げかけられ、むき出しの木の棺に釘が打たれ、男たちがその棺を持ち上げて肩に担ぎ、階段をおりて通りに出た。

「さあ、急いで歩きなさいよ、ご老人」サワベリー氏が老婆の耳元で囁《ささや》いた。「少々遅れている。牧師を待たせるわけにはいかない。行ってくれ、諸君——できるだけ早くな」

指示された男たちは、担いでいる棺の軽さもあって小走りで進み、供人ふたりができるだけ近くについていた。バンブル氏とサワベリー氏が葬列の先頭に立ってかなりの早足で歩き、主人ほど脚が長くないオリヴァーはその横を駆けた。

しかし、サワベリー氏が考えたほど急ぐ必要はなかった。イラクサが茂り、教区の墓地がある教会の敷地の薄暗い隅に着いたときには、まだ牧師は来ていなかった。集会室の暖炉のまえに坐っていた教会書記は、牧師が来るまでにあと一時間ほどかかってもおかしくないと考えているようだった。そこで彼らは墓の縁に棺をおろし、喪主のふたりは冷たい小雨に濡《ぬ》れた土の上に立って、辛抱強く待った。その間、見物しようと集まったぼろ着の少年たちが、墓石のまわりで騒々しくかくれんぼをしたり、それに飽きると棺をいろいろな方向から飛び越えたりして遊んでいた。サワベリー、バンブルの両氏は書記と知り合いだったので、集会室の暖炉のそばにいっしょに坐って新聞を読んだ。

一時間以上がすぎて、ようやくバンブル、サワベリー、教会書記の三人が墓地に走っていくのが見られた。そのすぐあとを牧師が外衣《サープリス》をはおりながら追った。バンブル氏が、行儀よくしろと子供のひとりふたりを叩いた。立派な牧師は四分間に埋葬の祈りを詰めこめるだけ詰めこみ、サープリスを書記に渡して、走り去った。

「さあ、ビル」サワベリー氏が墓掘人に言った。「土をかけてくれ」

むずかしい作業ではなかった。墓はすでにいっぱいで、いちばん上に置かれた棺は地表からほんの数フィートのところにあったからだ。墓掘人は土をすくってかけ、埋めたところを軽く踏み固めて、シャベルを肩に担いで去っていった。少年たちがあとを追いながら、愉《たの》しいことが終わるのが早すぎたと大声で不満を言い立てた。

「来たまえ、きみ」バンブル氏が遺族の男の背中を軽く叩いて言った。「墓地の門が閉まる」

墓穴の縁に立つ場所を決めてから身じろぎひとつしていなかった男は、はっとわれに返って顔を上げ、話しかけてきた相手を見つめた。何歩かまえに歩いたが、いきなり引きつけを起こして倒れた。狂った老婆は外套がなくなったことを嘆き悲しむあまり（葬儀屋が脱がしたのだ）、家族の男になんの注意も払わなかった。彼らは男に冷水をかけて意識を取り戻させ、無事墓場の外に連れ出すと、門に鍵をかけて、おのおの帰途についた。

「さて、オリヴァー」サワベリー氏は歩きながら訊いた。「この仕事は気に入ったかね？」

「はい、とても。ありがとうございます」オリヴァーはひとしきりためらって答えた。「じつは、あまり」

「ああ、そのうち慣れるさ、オリヴァー」サワベリー氏は言った。「慣れてしまえば、なんということはない」

オリヴァーは心のなかで、ミスター・サワベリーが慣れるのには時間がかかったのだろうかと考えた。しかし、訊かないほうがいいと思い直し、見聞きしたことを最初から振り返りながら店に戻った。

6

オリヴァーはノアの愚弄《ぐろう》にいきり立って行動を起こし、相手を大いに驚かす

都合よく病気の多い季節だった。商売上の言いまわしでは、棺《ひつぎ》は上げ相場で、数週間のうちにオリヴァーはずいぶんと経験を積んだ。サワベリー氏の独創的な発想は、本人も信じられないほどの成功を収めた。これほどはしかが流行して幼児の命が奪われたことは、最長老の住人の記憶にもないほどだった。悲しみに沈む葬列の多くで、膝《ひざ》まで届くリボンを帽子に巻いた小さなオリヴァーが先頭に立ち、街の母親たち全員からことばでは言い尽くせぬ称賛と感動を引き出した。オリヴァーは、一流の葬儀屋に欠かせない落ち着いた所作と精神の完全な制御法を身につけるために、大人の葬儀にも毎回のように同行し、強い心を持つ人々が、与えられた試練と喪失を立派に受け止め、不屈の態度を示すところを数多く目にした。

たとえば、サワベリー氏が裕福な老婦人や老紳士の葬儀を請け負ったときには、たくさんの甥《おい》や姪《めい》たちが墓のまわりに集まったが、彼らは故人の闘病時には慰めようもない

ほど悲しみ、ほかの人が大勢いる場でもその死を深く悼《いた》んでいたのに、必要とあらば自分たちだけで幸せな気分になれた。いかにも明るく満ち足りた様子で、まるで心乱されることなど何もなかったかのように、みなで気兼ねなく愉《たの》しい会話をする。妻に先立たれた夫も英雄さながらの落ち着きで喪失感に耐え、妻は妻で亡《な》き夫のために喪服を着はするが、悲しみの衣に包まれて打ちひしがれるどころか、それをできるだけ自分に似合う魅力的なものにしようと心に決めているかのようだった。葬儀のあいだは苦悩に苛《さい な》まれていた紳士淑女が、家に帰ったとたんに立ち直り、お茶を飲み終わるまえに平静を取り戻すところも目にした。これらすべては見ていて愉快で、勉強にもなった。オリヴァーは大いに感心しつつ観察していた。

こうした善男善女の例によって、オリヴァー・ツイストが自分の境遇を甘んじて受け入れる気になったとは、彼の伝記作家である私も自信を持って書けないところである。しかし、数週間にわたって、彼がノア・クレイポールの横暴と不当な仕打ちにおとなしくしたがっていたことは断言できる。新入りの少年が黒い杖《つえ》と帽子のリボンを得るまでに召し抱えられたというのに、先輩の自分は依然としてマフィン帽と革ズボンであることに嫉妬《しっと》したノアは、以前にも増してオリヴァーをこき使った。シャーロットもノアに倣《なら》って、オリヴァーにつらく当たった。サワベリー夫人に至っては、夫がオリヴァーに親しく接するものだから、彼の天敵になった。一方にこの三人がおり、もう一方に嫌というほど葬式がある状況で、オリヴァーは醸造所の穀物倉に手ちがいで閉じこめられた空腹な豚のように快適だとは、とても言えなかった。

さて、ここからオリヴァーの経歴にとって非常に重要な一節となる。一見些末《さまつ》に思えるかもしれないが、彼のその後の進路や行動のすべてに、遠まわしに大きな影響を与えた事件を記さなければならない。

ある日、オリヴァーとノアは、いつもの食事の時間に階下の台所へおりた。小さな骨つきマトンのごちそう――といっても、首のいちばん不味《まず》い部分の一ポンド半――にありつこうというとき、シャーロットが呼ばれて出ていき、手持ちぶさたな間ができた。腹を空《す》かせて気が立っていたノア・クレイポールは、歳下《としした》のオリヴァー・ツイストをからかって困らせることより有益な時間の使い方を思いつかなかった。

無邪気に愉しむつもりで、ノアは両足をテーブルクロスの上にのせ、オリヴァーの髪の毛を引っ張り、耳をつねり、おまえは〝おべっか使い〟だと決めつけ、さらに、めでたくおまえが首をくくられることになったらかならず見物にいくからと言って、底意地の悪いひねくれた慈善学校の生徒らしく、つまらない嫌味をさんざん並べ立てた。そこまでいじめても、なおオリヴァーを泣かせるという望みの結果が得られなかったので、ノアはいっそうふざけようと、彼よりはるかに世評は高いものの不見識な人々が笑いを取りたいときに今日でもよくやることをした――生まれの話を持ち出したのだ。

「救貧院」ノアは言った。「おまえの母ちゃんはどうしてる？」

「母さんは死んだ」オリヴァーは答えた。「ぼくに母さんの話をするな！」

言いながら少年は顔を赤らめた。呼吸が速くなり、口と鼻の穴が奇妙に動いた。ノアは、もうすぐわんわん泣きだすにちがいないと思い、ここを逃さじと追い討ちをかけた。

「なんで死んだんだ、救貧院？」

「悲しすぎて死んだって、付き添いのお婆《ばあ》さんから聞いた」ノアに答えるというより、自分に話しているような口調だった。「それがどれほどつらいか、わかる気がする」

「ポーロポロ、ポーロポロ、ほうら来た、救貧院」オリヴァーの頬を涙が伝うのを見て、ノアは言った。「何めそめそしてんだよ」

「おまえのせいじゃない」オリヴァーはあわてて涙をぬぐって言い返した。「思いちがいするな」

「ほう、おれのせいじゃないって？」ノアは鼻で嗤《わら》った。

「おまえのせいじゃない」オリヴァーは鋭く答えた。「もうやめろ。母さんの話はこれ以上するな。しないほうがいいぞ！」

「しないほうがいいだと！」ノアは大声で言った。「ほほう、しないほうがいいか、救貧院。調子に乗るな。おまえの母ちゃんもだ！　ご立派な女だったんだろう、母ちゃんは。まったくな！」ノアは訳知り顔でうなずき、小さな赤い鼻を、筋肉が許すかぎりはね上げた。

「あのな、救貧院」ノアはオリヴァーの沈黙に励まされて、あらゆる声音のなかでもっとも憎々しい、憐《あわ》れみを装《よそお》った嘲《あざけ》りの声音で続けた。「いいか、救貧院、いまさら言ってもどうにもならんし、おまえが何かできることでもない。本当に残念に思うよ。もちろん、みんな気の毒がってる。だがな、救貧院、おまえの母ちゃんは文句なし、筋金入りのあばずれだったのさ」

「なんだって？」オリヴァーはさっと顔を上げて訊《き》き返した。

「文句なし、筋金入りのあばずれだ、救貧院」ノアは冷ややかに答えた。「そのとき死んで本当によかったよ、救貧院。でなきゃブライドウェルの監獄でめちゃくちゃ働かされるか、植民地に流されるか、首吊《くびつ》りになってたところだ。最後のがいちばんありそうだけど、な？」

オリヴァーは怒りで顔を真っ赤にして急に立ち上がり、椅子《いす》も机もひっくり返してノアの喉《のど》につかみかかると、相手の歯がガチガチ鳴るまで激しく頭を揺さぶった。あらんかぎりの怒りの力をこめた重い一撃を食らわして、ノアを床に打ち倒した。

ほんの一分前まで、ひどい仕打ちにしょげ返った静かで内気な少年だったのに、その精神がついに目覚めたのだった。亡き母親に対するひどい侮辱が彼の血をたぎらせた。オリヴァーは息を荒らげ、一歩も引かぬ構えで、眼は爛々《らんらん》と輝いていた。人格が完全に変わって、いまや足元に倒れて身をすくませている意気地なしのいじめっ子を鋭い眼で睨《にら》み、かつて知らなかった気力ではねつけていた。

「殺される！」ノアは涙声で言った。「シャーロット！　奥さん！　新入りがおれを殺そうとしてます！　助けて！　助けて！　オリヴァーの頭がおかしくなった！　シャー――ロット！」

ノアの叫び声にシャーロットの大きな悲鳴が応《こた》えた。サワベリー夫人の悲鳴はさらに大きかった。シャーロットは勝手口から台所に駆けこみ、夫人は階段の途中で立ち止まって、命が奪われるような状況ではないことをしっかり確認したうえで、おりてきた。

「このとんでもないガキ！」シャーロットが叫び、持てる最大の力でオリヴァーを引っ捕らえた。特別に鍛えた屈強な男に匹敵する力である。「この、チビで、恩知らずで、人殺しの、怖《おそ》ろしい、ならず者め！」一語ごとに、シャーロットは渾身《こんしん》の力でオリヴァーを叩《たた》き、そのたびに金切り声をあげて世の中に告げ知らせた。

シャーロットの拳《こぶし》の力は決して弱くはなかったが、それでもオリヴァーの怒りを抑えこめないと見たか、サワベリー夫人も台所に飛びこんで、片手でオリヴァーの動きを封じるのを手伝い、もう一方の手で彼の顔を引っかいた。こうした加勢で有利になったノアは床から立ち上がると、オリヴァーのうしろから殴りかかった。

組んずほぐれつの乱闘はさすがに長続きしない。みな疲れて、引っかいたり殴ったりできなくなると、三人はそれでももがき叫んで暴れるのをやめないオリヴァーを引きずって石炭庫に押しこみ、鍵《かぎ》をかけた。そこまでやると、サワベリー夫人は椅子にどさりと腰をおろして、わっと泣きだした。

「たいへん、奥様が気を失っちゃう！」シャーロットが言った。「グラスにお水を、ノア、お願い、早く！」

「ああ、シャーロット！」夫人は息をあえがせ、ノアから頭と両肩にたっぷりと冷水をかけられて、やっとのことで話しだした。「ああ、シャーロット！　わたしたちみんな、寝ているあいだに殺されなくて本当に運がよかった！」

「ほんとにそうですね、奥様！」がその返答だった。「あとはもうご主人がこれに懲《こ》りて、こんな怖ろしい連中を雇わなくなることを祈るばかりです。ああいうのは揺りかごに入ってるときから人殺しで泥棒なんですよ。かわいそうなノア！　あたしが入ってきたときには、奥様、もう少しで殺されるところだったんです」

「かわいそうに！」夫人は慈善学校の生徒を憐れむように眺めて言った。

オリヴァーの背はノアのチョッキのいちばん上のボタンあたりまでしかないのだが、そんなふうに同情されたノアは、両方の手首の裏で眼をこすり、鼻をグスグス言わせて泣くふりをした。

「どうすればいいんでしょうね！」夫人は嘆いた。「主人は留守だし、家に男の人がいない。あいつは十分もすればあの戸を蹴破《けやぶ》ってしまう」オリヴァーが問題の板に勢いよく体をぶつけているので、それも充分ありそうなことに思えた。

「ああ、ああ！　どうしましょう、奥様」シャーロットが言った。「警察を呼ぶことぐらいしか」

「それか、軍隊な」ノアが提案した。

「いいえ、いいえ」夫人がオリヴァーの古い友人を思い出して言った。「ミスター・バンブルを呼んできて、ノア。すぐ来てください、一刻の猶予《ゆうよ》もありませんって。帽子なんかほっといて！　早く！　その眼のあざには、走りながらナイフを当てときな。腫《は》れを抑えてくれるから」

ノアは返事もせずに全速力で飛び出していった。外を歩いていた人々は、慈善学校の生徒が帽子もかぶらず、眼に折りたたみナイフの刃を当てて大あわてで通りを駆け抜けていくのを見て、度肝を抜かれた。

7

オリヴァーは依然として手に負えない

ノア・クレイポールはできるかぎりの速さで通りという通りを走り、息もつかずに救貧院の門にたどり着いた。そこで一分ほど休んで、たっぷりべそをかき、涙と怯《おび》えの表情をこれでもかと浮かべて門を勢いよく叩《たた》いた。門を開けた貧困者の老人にその哀れな顔を見せると、いちばんいい時代にも自分のまわりに哀れな顔しか見たことのない老人さえ、驚いてあとずさりした。

「いったい、この子はどうしたってんだ」老いた貧困者は言った。

「ミスター・バンブル！　ミスター・バンブル！」ノアは巧みにうろたえた演技で叫んだ。その声があまりに大きく、動転していたので、たまたま近くにいたバンブル氏自身が気づき、三角帽もかぶらずすわやと前庭に走り出てきた。これはごく珍しい、注目すべき事態だ。教区吏といえども、突然の強い衝動に駆られたときには、一時的に自制心を失って威厳ある態度を忘れることを表している。

「ああ、ミスター・バンブル！ お願いします！」ノアが言った。「オリヴァーです──オリヴァーが！」

「何？ どうした？」バンブル氏は途中でさえぎり、金属のような眼を喜びできらりと光らせた。「逃げたのではないな。逃げたんじゃなかろう、え、ノア？」

「ちがいます。ええ、逃げてません。でも凶暴になりました」ノアは答えた。「おれを殺そうとしたんです、ミスター・バンブル。シャーロットもです。それから奥さんも。ああ！ 体じゅうが痛い！ これほどの苦しみがあるなんて。どうか、ミスター・バンブル！」そしてまた体をよじったりひねったりして、ウナギのようにくねくねし、血に飢えた乱暴なオリヴァー・ツイストの攻撃で体に深刻な損傷を受け、いまも拷問《ごうもん》さながらの苦痛を感じていることをバンブル氏にわかってもらおうとした。

自分の伝えた情報でバンブル氏が金縛りにあっていると見るなり、ノアは怖《おそ》ろしい怪我《けが》について十倍の大声で嘆いてだめ押しし、白いチョッキの紳士が庭を横切るのを認めると、また一段と悲劇的に泣きわめいた。ここで件《くだん》の紳士の注意を惹《ひ》き、怒りをかき立てておこうと抜け目なく判断したのは、さすがである。

白チョッキの紳士はたちまち気づいた。三歩も進まないうちに怒気をなして振り返り、バンブル氏に、あの犬ころは何を吠《ほ》えているのだ、わざとらしく吠えつづけるなら、いっそ一発食らわして本物の叫び声にしてやったらどうだと言った。

「慈善学校の哀れな生徒なのです」バンブル氏は答えた。「殺されかけたようで——殺される寸前だったとか——幼いツイストの手で」

「なんということだ！」白チョッキの紳士ははたと立ち止まって言った。「わかっておった！　最初から奇妙な予感があったのだ、あのふてぶてしい小さな野蛮人はいずれ縛り首になるだろうと！」

「使用人の女も殺そうとしたようです」バンブル氏は灰のように色を失った顔で言った。

「奥さんもです」ノアが割りこんだ。

「店の主人もだろう？　そう言わなかったか、ノア？」とバンブル氏はつけ加えた。

「いいえ！　ご主人は外出中です。いれば殺されてたでしょう」ノアは答えた。「殺してやりたいと言ってましたから」

「おお！　殺してやりたいと言ったのだな？」白チョッキの紳士が訊《き》いた。

「はい、言いました」ノアは答えた。「それから奥さんが、ミスター・バンブルに家まで来ていただく時間はないだろうかって言ってます。すぐに来て、あいつを鞭打《むちう》ってもらえないかって——ご主人がいませんので」

「いいとも、きみ。もちろんだ」白チョッキの紳士がやさしく微笑《ほほえ》み、自分より三インチほど高いノアの頭を軽く叩きながら言った。「いい子だな——とてもいい子だ。ほら、一ペニーやろう。バンブル、杖《つえ》を持ってサワベリー家に行き、最善のことをしてきたま

「はい、いたしません」教区吏は答えて、教区の刑罰用の杖の根元に巻きつけてある、靴用のワックスを塗った紐《ひも》の先端を整えた。

「サワベリーにも手加減するなと伝えなさい。何をするにせよ、あざや傷を作ってやらずに、あいつが使えるようになるわけがない」

「承知しました」教区吏は答え、三角帽もかぶって杖も満足のいく状態になったので、ノア・クレイポールと大急ぎで葬儀屋に向かった。

店のなかの状況は一向に改善していなかった。サワベリー氏はまだ帰っておらず、オリヴァーは変わらぬ勢いで石炭庫の戸を蹴《け》りつづけていた。サワベリー夫人とシャーロットが訴える少年の獰猛《どうもう》さに驚愕《きょうがく》したバンブル氏は、戸を開けるまえに話し合ったほうがよさそうだと考えた。そこで手始めに外から戸を蹴りつけ、鍵穴《かぎあな》に口を近づけて、威厳に満ちた深い声で言った。

「オリヴァー！」

「早く、ここから出せ！」オリヴァーがなかから答えた。

「この声が誰だかわかるか、オリヴァー」バンブル氏は言った。

「わかる」

「怖くないのか。この声を聞いて震えているのだろう？」

「いいや！」オリヴァーは勇ましく答えた。

ふだん聞き慣れない、まさかというような答えが返ってきたので、バンブル氏は少なからず動揺した。戸からあとずさり、曲げていた背筋を伸ばし、押し黙って驚いている三人の傍観者を順に見つめた。

「おわかりでしょう、ミスター・バンブル。気が狂ったにちがいありません」サワベリー夫人が言った。「常識が人の半分しかない子だって、あなたにあんな口を利《き》くことはできませんから」

「狂ったのではないな、奥さん」バンブル氏はしばらく考えこんでから言った。「肉だ」

「なんですって！」サワベリー夫人は大声をあげた。

「肉です、奥さん、肉」バンブル氏は厳粛な面持ちで強調した。「食わせすぎたのだ。こういう身分の子に不釣り合いな、いびつな魂と心を育ててしまった。現実的な哲学者の集まりである委員会もそう言うでしょう、ミセス・サワベリー。貧困者に魂と心があって、なんの役に立ちます？　生きた体があれば充分だ。ずっと薄粥《うすがゆ》を食わせていれば、奥さん、決してこういうことにはならなかった」

「ああ、ほんとに！」サワベリー夫人はわざとらしく台所の天井を見上げて叫んだ。「わたしたちの気前がよすぎたのです！」

夫人の気前のよさとは、ほかの誰も食べないゴミのようなあれやこれやをオリヴァーにたっぷり与えることだったから、バンブル氏の厳しい非難をあえて受け入れたのは、ずいぶん気弱で謙虚なことだった。公平に見て、夫人の考え方にも、発言にも、おこないにも、責められるべきことは何ひとつなかったのだ。

「ああ！」バンブル氏が言うと、夫人はまた眼を床に向けた。「私が知るかぎり、いまできることはただひとつ、一日かそこら、あの子をあそこに閉じこめておき、少し腹が減っておとなしくなったところで外に出して、あとは年季が明けるまで薄粥だけをやることですな。あれは血筋が悪くて興奮しやすい性質《たち》なのです、ミセス・サワベリー。付添婦と医者が言うには、あの子の母親は、育ちのいい女だったら数週間前に死んでいたような、たいへんな苦痛と困難を乗り越えてこの町に来たらしい」

バンブル氏の話がここまで来たところで、オリヴァーは自分の母親が話題になっているのを察して、また石炭庫の戸を蹴りはじめた。その激しさたるや、ほかの音がいっさい聞こえなくなるほどだった。と、そこへサワベリー氏が戻ってきた。女たちが彼を怒らせるのにいちばんいいと考えた方法でオリヴァーの暴行を大げさに説明すると、サワベリー氏はまたたく間に石炭庫の戸の鍵をあけ、反抗的な奉公人の襟首をつかんで引きずり出した。

オリヴァーの服は殴られたときに破れていた。顔にはあざや引っかき傷ができ、髪は乱れて額に垂れかかっていた。が、怒ったままで顔の紅潮は引いていなかった。牢屋《ろうや》から出されると、オリヴァーはノアをまっすぐ睨《にら》みつけ、臆《おく》する様子は微塵《みじん》もなかった。

「おまえは行儀のいい子らしいな、え?」サワベリーはオリヴァーの体を揺すり、横《よこ》っ面《つら》を張って言った。

「あいつがぼくの母さんの悪口を言ったんです」オリヴァーはぶすっとして答えた。

「ふん。だとしてもなんなのさ、この恩知らずのみじめなチビが」サワベリー夫人が言った。「どうせノアの言ったことは当たってるんだろう。たぶんもっとひどいのさ」

「ちがう」とオリヴァー。

「ちがわない」とサワベリー夫人。

「嘘《うそ》つき!」とオリヴァー。

サワベリー夫人はわっと泣きだし、洪水のように涙を流した。

そこまで泣かれると、サワベリー氏としてもどうしようもなかった。オリヴァーにもっとも厳しい罰を与えることを一瞬でもためらったら、夫婦における過去のあらゆる論争に照らして、野蛮人、異常な夫、見下げ果てた生き物、人間もどき、その他この章のかぎられた紙数ではとうてい書ききれないような好ましい性格と見なされることは、本を読み慣れた読者には明々白々だろう。公平を期して言えば、サワベリー氏は力の及ぶかぎり——といっても、たいした力ではないが——少年にやさしく接していた。おそらく、それが自分の利益につながるから。あるいは、妻が少年を嫌っていたから。しかし、涙の洪水で退路を断たれ、彼はただちに少年を打ちすえた。それにはサワベリー夫人すら感心し、次のバンブル氏による教区の鞭打ちもさほど必要ないと思われるほどだった。その日の残り、オリヴァーは裏の台所に、井戸のポンプとパン一枚とともに閉じこめられた。夜になるとサワベリー夫人が扉の外に立ち、彼の母親の思い出に花を添えるとは言いがたいことばをさんざん連ねてから部屋のなかをのぞき、ノアとシャーロットがあざ笑ったり指差したりするまえで、階上《うえ》の陰気なベッドに行くよう命じた。

葬儀屋の暗い仕事場でひとりになり、動くものひとつない静けさに包まれたときに、初めてオリヴァーは、その日一日の仕打ちが幼い子供にもたらして当然の感情に身をゆだねた。彼は嘲罵《ちょうば》を浴びせられても、軽蔑《けいべつ》の表情で聞いた。鞭打ちも声すらあげずに耐え抜いた。生きながら火あぶりにされても最後まで悲鳴をあげさせないような誇りが、心のなかに湧《わ》き起こっていたからだ。しかし、誰からも見られたり聞かれたりしなくなったこのとき、オリヴァーは床に膝《ひざ》を落とし、両手に顔を埋めて泣いた。それは人間の名誉のためにも、これほどいたいけな子供が神のまえで流さずにすむようにしたいと思わせる涙だった。

そうしてオリヴァーは長いこと動かず、泣きつづけていた。立ち上がったときには、蠟燭《ろうそく》は燭台《しょくだい》の皿に近づくほど短くなっていた。オリヴァーは慎重にあたりを見まわし、聞き耳を立てたあと、そっとドアの鍵や閂《かんぬき》をはずして、外を見た。

暗く寒い夜だった。少年の眼に、星はそれまでいちばん地上から遠ざかって見えた。風はなく、地面に映る木々の黒い影がぴくりともしないので、墓や亡霊のようだった。オリヴァーは静かにドアを閉めた。消えかけた蠟燭の光を頼りに、手持ちのわずかな衣類をハンカチに包み、長椅子《ながいす》に腰かけて、朝を待った。

鎧戸《よろいど》の隙間《すきま》から夜明けの光がようやく入りこんでくると、オリヴァーは立って、またドアを開けた。おずおずとまわりを見て――一瞬ためらい――外に出てドアを閉め、誰もいない通りに立った。

どちらに逃げようかと左右を見た。外出した際に荷馬車が苦労して丘を登っていたのを思い出したので、同じ道筋をたどり、野原を横切る畦道《あぜみち》まで来た。その少し先でまた街道に出ることはわかっていたので、畦道を急ぎ足で歩きつづけた。

この道はよく憶《おぼ》えていた。マン夫人の預かり所から初めて救貧院に連れていかれたときに、バンブル氏の横を小走りについていった道だったのだ。まっすぐ進めばあの家のまえを通る。そう考えると心臓がどきどきしてきて、やはり引き返そうかと思った。だが、ずいぶん歩いてきたので、引き返せば時間がかなり無駄になる。それに、夜が明けたばかりだから、見つかる可能性はほとんどない。オリヴァーは歩きつづけることにした。

例の家のまえに来た。これほど早い時間になかで人が動いている気配はなかった。オリヴァーは足を止めて、庭をのぞきこんだ。ひとりの子が小さな花壇で草むしりをしていた。立ち止まったオリヴァーを見上げた青白い顔は、かつての仲間だった。オリヴァーは、行くまえに彼に会えたのがうれしかった。オリヴァーよりさらに幼いけれど、その子は小さな友だちであり、遊び相手だったのだ。ふたりとも数えきれないほどいっしょに叩かれ、ひもじい思いをさせられ、閉じこめられた。

「しっ、ディック！」男の子が門に駆け寄り、柵《さく》のあいだから細い手を伸ばして挨拶《あいさつ》すると、オリヴァーは言った。「誰か起きてる？」

「ううん。ぼくだけ」子供は答えた。

「ぼくを見たって言わないで、ディック」オリヴァーは言った。「逃げるところなんだ。叩かれたり、ひどいことをされたから、ディック。ずっと遠いところで幸運を探すよ、どこかはわからないけど。きみはなんて顔色が悪いんだ！」

「もうすぐ死ぬんだって。お医者さんがそう言うのを聞いた」子供はかすかに笑みを浮かべて答えた。「きみに会えてとってもうれしいよ。でも、立ち止まらないで。立ち止まっちゃいけない」

「ああ、わかってる。きみにお別れを言いにきたんだ。また会おう、ディック。きっと会えるよ。きみは元気になって、幸せになる」

「だといいね」子供は答えた。「でも幸せになるのは死んだあとさ、まえじゃなくて。

お医者さんが正しいのはわかってるんだ、オリヴァー。天国とか天使の夢ばかり見るから。起きてるときには見たこともないやさしい顔とかね。ぼくにキスして」子供は低い門をよじのぼり、か細い腕をオリヴァーの首にまわした。「さよなら、きみ！　神様の祝福を！」

小さな子供の唇による祝福だったが、オリヴァーがそんな祈りを捧《ささ》げられたのは生まれて初めてだった。その後の人生のあらゆる苦労と受難、うんざりするほど長い年月で経験したあらゆる厄介事と変化のなかで、オリヴァーがそれを忘れたことは、ただの一度もなかった。

8

オリヴァーはロンドンに向かい、途中で一風変わった若い紳士と出会う

畦道《あぜみち》が終わるところに踏み段があり、そこを越えて街道に戻った。朝の八時になっていた。オリヴァーは町から五マイル近く離れていたが、それでも午《ひる》まで走ったり生け垣に隠れたりをくり返した。追っ手が来て捕まるのではないかと怖かったのだ。午になると道しるべの横に腰をおろして休憩し、そこでようやく、これからどこへ行って暮らすのがいいか考えはじめた。

道しるべの石には、大きな文字でロンドンまで七十マイルと書かれていた。その地名を見て、少年の心に次々と新しい考えが湧《わ》いた。ロンドン！――あのすばらしく広い場所！　そこに行けば、誰も――ミスター・バンブルでさえ――ぼくを見つけることはできないだろう。気骨のある若者がロンドンで不自由することはないと、よく救貧院の老人たちが言っているのも耳にした。あの大都市には、田舎育ちの人間には想像もつかないような生計の立て方がある、と。誰かの助けがなければ通りでのたれ死ぬしかない宿

なしの少年には、打ってつけの場所だった。そんなことを思いついたので、オリヴァーはぴょんと立ち上がり、また歩きはじめた。

ロンドンとの距離を四マイルあまり縮めたとき、目的地に到着するまでにあとどのくらい耐えなければならないか、ふと気づいた。そのことを考えずにはいられなくなったので、少し歩くペースを落とし、ロンドンに行くための方策を練った。荷物の包みにはパンひと切れ、粗い生地のシャツ、靴下二足が入っている。ポケットには、一ペニー銅貨も――ある葬儀でいつもよりうまく仕事をこなしたときに、サワベリー氏がくれたのだ。きれいなシャツはとても気持ちがいいとオリヴァーは思った。二足の靴下も、ペニー銅貨も。だが、どれも冬に六十五マイルの道を歩くのにはあまり役立たない。しかし、オリヴァーの思考は、たいていの人と同じく、さまざまな困難を見つけるのには鋭敏で熱心だが、それらを克服する現実的な方法となると途方に暮れるのだった。目的もはっきりしないまま考えに考えた末、小さな荷物をもう一方の肩に移して、またとぼとぼと歩いた。

その日は二十マイル歩いた。その間、口にしたのは乾いたパンと、道沿いの家のドアを叩《たた》いて恵んでもらった何杯かの水だけだった。夜になると牧草地に入り、干し草の山の下で縮こまって、朝までずっとここにいようと思った。最初は怖かった。何もない野原で風が気味悪くうなっていたからだ。寒くて空腹で、それまでのどんなときよりも孤独だった。とはいえ、歩き疲れていたのですぐに眠りこみ、つらいことは忘れた。

翌朝目覚めたときには、体が冷たく強張《こわば》っていた。空腹に耐えきれず、最初に通りかかった村でついに一ペニーを使って小さなパンを買ってしまった。この日は十二マイルも行かないうちに宵闇《よいやみ》が迫ってきた。足が痛く、腰から下ががくがくと震えた。寒く湿った一夜をまたすごしたことでさらに具合が悪くなり、翌朝出発するときには、ほとんど這《は》うような足取りだった。

険しい丘の麓《ふもと》では駅馬車が来るのを待って、屋上の乗客に乗せてくれと頼んだが、オリヴァーに注意を払う客はごくわずかで、気づいたとしても、馬車が丘の上に着くまでは乗せられない、半ペニーやるからどこまでついてこられるかやってみろと言ったりした。かわいそうなオリヴァーは馬車を追いかけたが、疲労と足の痛みのためすぐに引き離され、それを見た外の乗客は半ペニー銅貨をポケットに戻し、若いくせにだらしないだめ犬だ、何もしてやる価値はない、と言い捨てた。馬車はガタゴトと遠ざかり、あとには土埃《つちぼこり》が舞うばかりだった。

いくつかの村には、ここで物乞《ものご》いをする者は牢屋《ろうや》に送るとペンキで書いた大きな看板が出ていた。オリヴァーは怖くてたまらず、全速力で駆け抜けて、村から出ると胸をなでおろした。ほかの村では、宿屋のまえに立って、道行く人をひとりずつ悲しげに見ていたが、たいてい宿屋の女主人が、あの変な子を追い払っとくれ、どうせ何か盗みにきたちがいないんだから、と近くにいた郵便配達の少年に頼んで終わりになった。農家で物乞いをすると十中八九、犬をけしかけられ、店に首を突っこむと教区吏の話が出て、オリヴァーの心臓は口まではね上がった。そして何時間ものあいだ、同じ口に食べるものはいっさい入ってこないことが多かった。

街道の心やさしい通行料取立人と、慈悲深い老婦人がいなかったら、オリヴァーの苦難は、彼の母親とまったく同じ末路を迎えて手短に終わっていただろう。つまり、国道の上でまちがいなくのたれ死んでいた。しかし、通行料取立人はパンとチーズの食事を与えてくれ、難破船に乗っていた孫が裸足《はだし》で地球のどこか遠くを歩いているはずだという老婦人は、哀れな孤児に同情して親切で温かいことばをかけ、少ないながら無理をした額の金銭を恵んでくれた。同情と思いやりのあふれる彼女の涙は、オリヴァーがそれまでに味わったすべての苦しみより、心の奥深くまで届いた。

生誕の地を離れて七日目の早朝、オリヴァーはゆっくりと足を引きずりながら、バーネットという小さな町に入った（訳注　ロンドンの北十数マイルにある、グレート・ノース・ロードの宿場町）。窓の鎧戸《よろいど》は閉まり、通りは空っぽで、まだ誰も起きて一日の仕事に取りかかってはいなかった。太陽が息を呑《の》む美しさで昇ってきたが、その光も少年の孤独と寂しさを照らし出すだけだった。オリヴァーは血のにじむ足を抱え、埃まみれで、冷たい軒先に坐《すわ》りこんだ。

少しずつ鎧戸が開き、窓のカーテンが上がり、人々が通りを行き交いはじめた。何人かは立ち止まってオリヴァーをしばらくじろじろと見たり、まえを急いで通りすぎるときに振り返って見つめたりしたが、救いの手を差し伸べる人はおらず、どうしてここへと尋ねたりもしなかった。オリヴァーは物乞いをする気も起きず、ただ坐っていた。

しばらく階段の上にうずくまって、通りすぎる馬車をぼんやり眺め、自分が大人並みの勇気と決意でがんばってまる一週間かかるところを、なぜ馬車はほんの数時間で軽々と走っているように見えるのだろうと不思議がっていた。そのとき、数分前に何気なく通りすぎたひとりの少年が引き返してきて、通りの向こうからひどく真剣に見ていたので、オリヴァーはわれに返った。最初は気にならなかったのだが、相手があまりにも長いあいだつぶさに観察しているので、オリヴァーも顔を上げ、まっすぐに視線を返した。それを合図に少年は通りを渡りはじめ、オリヴァーの近くまで歩いてきて言った。

「よう、ちびすけ！　どうした」

こうして若い旅行者に声をかけた当人も同じくらいの年頃だったが、オリヴァーがそれまで見たなかで一、二を争うほど奇妙な外見の少年だった。獅子鼻《ししばな》で平らな額、顔全体に品がなく、これ以上汚い少年はごめんだと思わせるほど汚いが、雰囲気といい態度といい、まるで一人前の大人だった。歳《とし》のわりに背が低く、心持ちがに股《また》で、鋭くて醜い小さな眼をしていた。帽子は頭のてっぺんに引っかかっているだけで、いまにも落ちそうだ。かぶっている人間がときどき頭をはね上げて、もとの位置に戻すこつを習得していなければ、しょっちゅう落ちていただろう。大人のコートを着ていて、裾《すそ》が踵《かかと》のあたりまで垂れている。袖《そで》を腕のなかほどまでまくり上げているが、その最終目的はコーデュロイのズボンのポケットに手を突っこむことらしく、その証拠に両手はポケットに入ったままだった。身長三フィート六インチ（訳注　約一〇七センチ）かそこらしかない、革のハーフブーツをはいた若い紳士は、そんななりで可能なかぎり威張り散らしていた。

「よう、ちびすけ！　どうした」その奇妙な若い紳士がオリヴァーに言った。

「とてもおなかが空《す》いて、疲れてる」オリヴァーは答えた。言ううちにも眼に涙が浮かんだ。「遠くから歩いてきたんだ――七日間、ずっと」

「なな日間！」若い紳士は言った。「あ、わかった。判事《ビーク》の命令だな？　けど――」とオリヴァーが呆気《あっけ》にとられているのを見て言い足した。「〝ビーク〟ったってわかんないよな、おれのいかした友・だ・ち？」

オリヴァーは遠慮がちに、そのことばは鳥の口を指すのだと思っていたと言った（訳注　ビークには鳥のくちばしの意がある）。

「へえ！　なんて青二才《グリーン》だよ！」若い紳士は叫んだ。「あのな、ビークってのは治安判事だ。で、判事の命令で歩かされるときには、まっすぐ進むんじゃなくて、どんどん上がってくの。ぜったいおりてこない。おまえ、踏み車《ミル》で働いたことないの？」

「どの風車《ミル》？」オリヴァーは訊《き》いた。

「どのって――はっ、あの踏み車（訳注　刑罰として囚人が踏まされた、穀物を挽く器械）に決まってる――場所を取らないやつだから〝石の壺《つぼ》〟（訳注　監獄のこと）のなかに置ける。みんなの景気がいいときより悪いときのほうがよくまわるぜ。景気がいいと監獄で踏むやつがいなくなるから。でもとにかく――」若い紳士は言った。「なんか食いたいんだろ。なら食わなきゃ。おいらもからっけつだ――一シリングと半ペンスこっきり――けど、そこまではおごってやる。さあ、立て。ほら、行くぜ」

若い紳士はオリヴァーが立つのを助け、隣の商店に連れていって、充分な量がある味つきのハムと半クォーターンのパン――彼の言う〝四ペニーふすま〟――を買った。うまい工夫だが、ハムに埃がつかないように、大きなパンの塊をくり貫《ぬ》いた穴に詰めこんである。若い紳士はそのパンを小脇《こわき》に抱えて小さな居酒屋に入り、奥のバーカウンターにオリヴァーをつれていった。その謎《なぞ》めいた若者の指示でグラス一杯のビールが運ばれ、オリヴァーは新しい友人の計らいで充分な食事にありついた。長い時間をかけて食べているあいだ、奇妙な少年はときどきオリヴァーに真剣な眼差《まなざ》しを向けていた。

「ロンドンに行くのか？」オリヴァーがようやく食事を終えると、相手の少年は言った。

「うん」

「泊まる場所は？」

「ない」

「金は？」

「ない」

奇妙な少年は口笛を吹き、ぶかぶかのコートの袖が許すかぎり、両腕をポケットに押し入れた。

「きみはロンドンに住んでるの？」オリヴァーは訊いた。

「ああ、家にいるときはね」少年は答えた。「今晩寝るとこを探してんだろ、え？」

「そうなんだ」オリヴァーは答えた。「田舎を出てから一度も屋根の下で寝てない」

「心配することないぜ」若い紳士は言った。「今晩はロンドンに行かなきゃならない。そこに立派な老紳士が住んでてな、無料《ただ》で泊めてくれる。金を払えなんて言わないよ――ま、その人の知ってる紳士の紹介があればだけど。で、その人はおいらを知ってるか？　知らない――ぜんぜん――まったく――知るわけない」

若い紳士は、最後のところは冗談さというふうに微笑《ほほえ》み、ビールを飲み干した。

この思いがけない宿泊先の申し出は、とうてい断れないほど魅力的だった。すぐあとで、話題になった老紳士がまちがいなくその場で割のいい仕事を紹介してくれると念を押されれば、なおさらだ。そこから会話はさらに親密になり、オリヴァーは、友人の名前がジャック・ドーキンズで、老紳士にことのほか気に入られた弟子であることを知った。

ドーキンズ氏の外見からは、その庇護者《ひごしゃ》の世話になったときの快適さがかならずしも約束されていないように思われた。ただ、この少年の話しぶりはどうも気まぐれでいい加減だし、仲間内では〝アートフル・ドジャー〟（訳注　逃げ隠れの達人の意）の呼び名で通っていると自慢げに打ち明けたりするので、オリヴァーは、庇護者が道徳を説いたところで、この注意散漫な少年は聞く耳を持たないのだろうと結論した。そういう印象から、彼は老紳士にできるだけ早く気に入られよう、ドジャーがずっとこの調子なら――すでにそうではないかと薄々感じていたが――これ以上つき合うのはやめようと心ひそかに決意した。

ロンドンに入るのは夜まで待つべきだとジョン・ドーキンズ（訳注　ジャックはジョンの愛称）が言ったので、ふたりがイズリントンの関門にたどり着いたのは十一時前だった。エンジェル旅館からセント・ジョンズ・ロードに渡って、サドラーズ・ウェルズ劇場に突き当たる狭い通りを進み、エクスマウス通りとコピス・ロウを抜け、救貧院の横の路地を歩き、かつてホックリー・イン・ザ・ホールと呼ばれた古い地域を横切って、リトル・サフロン・ヒル、次いでサフロン・ヒル・ザ・グレートに入ると、ドジャーは急に足を早め、ぴったりうしろについてこいとオリヴァーに指示した。

案内人の姿を見失わないように気をつけるだけでもたいへんだったが、オリヴァーは通りすぎる道の両側をちらちらと見ずにはいられなかった。それまでに見たどんな場所より汚いか悲惨だった。通りは非常に狭く、ぬかるんでいて、空気は不潔なにおいで満ちていた。小さな店がたくさん並んでいたが、唯一《ゆいいつ》の商品は、大勢いる子供たちだけのようだった。夜のこれほど遅い時刻なのに、彼らは家を出たり入ったり、屋内で叫んだりしていた。おしなべて寂れたその地域でただひとつにぎわっているように見えるのは、居酒屋だった。そこでは最下層のアイルランド人が声をかぎりに言い争っていた。大きな通りから枝分かれした、空の見えない路地や小径《こみち》に入ると、家々が小さくまとまっていて、酔っ払った男女が愉《たの》しそうにゴミにまみれ、いくつかのドアからは、ひどく人相の悪い男たちがあたりをうかがいながら出てきた。どう見ても彼らの用向きは、親切をほどこすことでも無害なことでもなさそうだった。

逃げたほうがいいのではないかとオリヴァーが思いだしたころ、ふたりは坂の下に着いた。案内人はオリヴァーの腕をつかんで、フィールド・レーンにほど近い家のドアを押し開け、彼を廊下に引き入れると、ドアを閉めた。

「さあ、どうした！」ドジャーの口笛に応じて、階下《した》から声が呼ばわった。

「プラミー・アンド・スラム！」が答えだった。

どうやら〝すべてよし〟という符丁か合図のようだった。廊下の突き当たりの壁に蠟《ろう》燭《そく》の頼りない光が映り、古い台所の階段の手すりが壊れてはずれたところから、男の顔がのぞいた。

「ふたりか」男は持っていた蠟燭を突き出し、眼の上に手をかざして言った。「もうひとりは誰だ」

「新入りだ」ジャック・ドーキンズはオリヴァーをまえに引っ張って応《こた》えた。

「そいつはどこから来た？」

「青二才島《グリーンランド》。フェイギンは階上《うえ》？」

「ああ、ハンカチを選り分けてる。上がれ！」蠟燭が引っこんで、顔は消えた。

オリヴァーは片手で前方を探り、もう一方の手を友だちにしっかりつかまれ、暗いなか苦労して、壊れた階段をのぼった。案内人はこの場所をよく知っているのだろう、楽々と早足でのぼっていくと、奥の部屋のドアをさっと開け、オリヴァーを引き入れた。

その部屋の壁と天井は古びて、煤塵《ばいじん》で真っ黒だった。暖炉のまえに樅材《もみざい》の机があり、その上にジンジャービールの空き壜《びん》に差した蠟燭、白鑞《しろめ》のジョッキ二、三個、ひと塊のパンとバター、皿一枚が置いてあった。炉棚に紐《ひも》でつながったフライパンでは、ソーセージが何本か焼かれていた。そのまえに立ち、料理用フォークを握っているのは、老いてしなびたユダヤ人で、おぞましい悪人面《づら》が大量の赤毛の髪の向こうに隠れていた。油じみたフランネルのガウンを着て、首には何も巻かず、フライパンと、絹のハンカチがたくさんかかった洗濯物かけに半分ずつ注意を払っているようだった。床にはずだ袋で作った粗末なベッドがひとかたまりで並んでいた。机のまわりには少年が四、五人坐り、どの子もドジャーより若いのに中年男のような風情《ふぜい》で長い陶製の煙管《きせる》を吸い、強い酒を飲んでいた。ドジャーがユダヤ人に囁《ささや》き声で何か伝えると、みな友人のまわりにわらわらと集まり、オリヴァーを振り返ってにやりと笑った。ユダヤ人もフォークを持ったまま同じように笑っていた。

「こいつだよ、フェイギン」ジャック・ドーキンズが言った。「友だちのオリヴァー・ツイストだ」

ユダヤ人はにやりとして深々とお辞儀し、オリヴァーの手を取って、親しくおつき合いいただけると光栄だと言った。すると、煙管を持った若い紳士たちがオリヴァーを取り囲み、彼の両手を握って激しく振った——とりわけオリヴァーが小さな包みを持っているほうの手を。ひとりは帽子をかけてやると言って、しきりにオリヴァーから取り上げようとした。別の紳士はひどく親切に、疲れていて寝るまえにポケットの中身を出すのが面倒だろうとオリヴァーの服のポケットに手を入れた。ユダヤ人が料理用フォークを振りまわして、愛情あふれる若者たちの頭や肩を叩かなければ、彼らの世話焼きはもっと激しくなったことだろう。

「会えてとてもうれしいよ、オリヴァー。とてもね」ユダヤ人が言った。「ドジャー、ソーセージを火からおろしてくれ。それと、火のそばに水の桶《おけ》を持ってきて、オリヴァーに使わせてやれ。ああ、ハンカチを見ているのかな、おまえさん？　どうだ、たくさんあるだろう。ちょうどこれから洗うのを選んだところなのだ、それだけだよ、オリヴァー。それだけだ。は、は、は！」

この発言の後半には、陽気な老紳士の末頼もしい弟子たちが喝采《かっさい》を送り、大騒ぎのなかで夕食が始まった。

オリヴァーも自分の分をもらった。ユダヤ人がジンのお湯割りを作ってオリヴァーに渡し、次の紳士にタンブラーをまわすからすぐに飲みなさいと言った。オリヴァーは相手が望むとおりに飲んだ。すぐあとで体が持ち上げられ、ずだ袋のひとつにそっとおろされるのを感じ、そのまま深い眠りに落ちた。

9

親切な老紳士と末頼もしい弟子たちのさらにくわしい話

翌朝遅く、オリヴァーは物音を聞いて長い眠りから覚めた。部屋のなかには老いたユダヤ人しかいなかった。ソースパンで朝食のコーヒーを沸かし、静かに口笛を吹きながら鉄のスプーンで何度もかきまわしている。ときどき手を止め、階下のほんのわずかな音にも耳をすまし、満足するとまた口笛を吹いて、手を動かした。

オリヴァーはもう眠っていないが、完全に目覚めてもいなかった。睡眠と覚醒《かくせい》のあいだには、眠気の残るぼんやりした状態がある。そういうときの、眼を半分開け、まわりの出来事すべてを半分意識した五分間には、眼をしっかり閉じて完全に意識のない五夜よりも多くの夢を見るものだ。そこで人はようやく自分の心の働きを知る。体という付属物の束縛から心が解き放たれ、地上から飛び立って時間も空間も超越するときの並はずれた力を、おぼろげながら理解するのだ。

オリヴァーはまさにいま述べたような状態だった。半分閉じた眼でユダヤ人を見、低い口笛を聞き、スプーンがソースパンの縁を引っかく音を認識しながら、同時に同じ精神の働きで、それまでに知ったほとんどすべての人のことをせわしなく考えていた。

コーヒーができると、ユダヤ人はソースパンを暖炉の横棚に置き、何をすべきか決めかねる様子で数分立っていたあと、オリヴァーのほうを振り返って、名前で呼びかけた。オリヴァーは答えず、傍目には完全に眠っているように見えた。

ユダヤ人はそれに満足して、ドアに忍び足で近づき、閂《かんぬき》をかった。そして床の隠し穴――のようにオリヴァーには見えた――から小さな箱を引き出し、注意深く机に置いた。箱の蓋《ふた》を開けてなかをのぞく眼が輝いた。彼は古い椅子《いす》を机のまえに引いてきて坐《すわ》り、箱からダイヤモンドがきらめく華麗な金時計を取り出した。

「はあ！」ユダヤ人は肩をすくめ、醜いにやにや笑いで顔のどこもかしこもゆがめた。「賢い犬ども！　賢い犬どもだ！　最後まで忠実だった！　老いぼれ牧師にもねぐらの場所を言わず、このフェイギンを売ったりもしなかった。売ってどうなる？　そうしたところで輪縄はゆるまんし、絞首台《こうしゅだい》の床の抜けるのが一分遅くなるわけでもない。ない、ない、ない！　まあ立派なやつらだ！　本当に！」――

このほかにも似たようなことをつぶやきながら、ユダヤ人は金時計をふたたび安全な場所に収めた。さらに同じ箱から少なくとも五、六個の品物をひとつずつ取り出し、同じ喜びで眺めた。それからも、オリヴァーが呼び名さえ知らない美しい素材が使われ、高価な細工がほどこされた指輪やブローチ、ブレスレットといった宝石類が出てきた。それらの細々した装飾品を箱にしまうと、ユダヤ人はもうひとつ、掌《てのひら》にすっぽり入るほど小さな品物を取り出した。とても細かい文字が彫りこまれているらしく、それを机に平らに置いて、手で光をさえぎりながら、長いこと真剣に文字を読み取ろうとしていた。が、やがて読めないとあきらめたかのように箱に戻し、椅子の背にもたれてつぶやいた。

「死刑とはなんとすばらしいものだ！　死人は決して悔い改めない。まずい話を明るみに出さない。加えて、絞首刑になると思うと、みな我慢強く勇敢になる。まったく、この商売に打ってつけさ！　続けて五人が縛り首になったが、残ったやつらは誰もわしを陥《おとしい》れようとしないし、臆病《おくびよう》にもならん！」

そう言いながら、前方を見るともなく見ていたユダヤ人の黒光りする眼が、ふとオリヴァーの顔をとらえた。少年は眼を釘《くぎ》づけにして無言で好奇心を示していた。そう認識したのはほんの一瞬、想像しうるなかでもっとも短い時間だったが、観察されていたと老人に知らせるには充分だった。彼はパシンと箱の蓋を閉め、机の上にあったパン切りナイフをつかむと、怒りに燃えて振り上げた。とはいえ、ひどく震えてもいた。怯《おび》えきったオリヴァーにさえ、空中のナイフが震えているのが見て取れた。

「なんだ！」ユダヤ人が言った。「どうしてわしを見てる。なぜ起きてる。何を見た。

さあ言え！　早く——早く！　命が惜しいなら！」

「もう眠れなくなったんです」オリヴァーは気圧《けお》されて答えた。「本当にごめんなさい、お邪魔したのなら」

「一時間前に目が覚めたのではないな？」ユダヤ人は少年を鋭く睨《にら》みつけて言った。

「はい——はい、本当に」オリヴァーは答えた。

「ぜったい確かか？」ユダヤ人はさらに怖《おそ》ろしい顔つきと、脅しつける態度で叫んだ。

「誓って確かです」オリヴァーは熱心に答えた。「本当に」

「ちっ、ちっ、おまえさん」ユダヤ人は急に以前の態度に戻り、ナイフを少し弄《もてあそ》んでから机にまた置いた——ただからかっただけだと信じさせたいかのように。「もちろん、わかってるとも、おまえさん。ちょっと怖がらせようと思っただけさ。勇敢な子だな、は、は！　勇敢な子だ、オリヴァー！」ユダヤ人はもみ手をしながらくすくす笑ったが、それでも不安そうに箱を見ていた。

「わしのきれいな品物のどれかを見たかな、おまえさん？」短い間のあと、ユダヤ人は箱の上に手を置いて言った。

「はい」オリヴァーは答えた。

「ああ！」ユダヤ人は青ざめて言った。「どれも——わしのものなのだ、オリヴァー。わしのささやかな財産だ。老後の生活はこれにかかっとる。みんなわしをけちん坊と呼ぶのさ、おまえさん——ただのけちん坊とね。それだけだ」

あれだけたくさん時計を持ちながら、あえてこういう汚いところに住んでいるのだから、これはもう本物のけちん坊にちがいないとオリヴァーは思った。けれども、ドジャーやほかの少年たちを可愛《かわい》がるのにはおそらく大金がかかる。そう考えて、オリヴァーはユダヤ人をただ尊敬の眼差《まなざ》しで見て、起きてもいいかと尋ねた。

「もちろんだよ、おまえさん——もちろんだ」老紳士は答えた。「待て。ドアのそばの隅に水差しがある。それを持ってきなさい。洗面器を出してやろう」

オリヴァーは起き上がり、部屋を横切って、水差しを持ち上げるために一瞬立ち止まった。そしてうしろを振り返ると、さっきの箱はなくなっていた。

顔を洗い、ユダヤ人に指示されたとおり、洗面器の水を窓から捨ててすべて片づけるとすぐに、ドジャーが戻ってきた。ついてきたのは、前夜オリヴァーが見たときに煙草《たばこ》を吸っていた非常に活発な若い友人で、このとき正式にチャーリー・ベイツだと紹介された。それから四人は坐って、コーヒーと、ドジャーが帽子のなかに入れて持ち帰った温かいロールパンとハムの朝食をとった。

「さて」ユダヤ人は横目でオリヴァーをちらっと見てから、ドジャーのほうを向いた。「今朝は働いてきたんだろうな、おまえさんたち」

「しっかりとね」ドジャーが答えた。

「そりゃもう」チャーリー・ベイツがつけ加えた。

「いい子たちだ、まったく！」ユダヤ人は言った。「おまえは何を仕入れた、ドジャー？」

「財布をふたつ」若い紳士は答えた。

「中身は？」ユダヤ人は身を震わせる熱心さで訊《き》いた。

「たっぷり」ドジャーは答えて財布をふたつ取り出した。ひとつは赤、もうひとつは緑だった。

「思ったほど重くないな」ユダヤ人は丁寧になかを検《あらた》めて言った。「だが、とてもきれいで作りもしっかりしている。腕利《き》きの職人だ、どうだね、オリヴァー？」

「はい、とても」オリヴァーは言った。それを聞いたチャーリー・ベイツが大声で笑ったので、オリヴァーは驚いた。何も笑うべきことが起きたとは思えなかったからだ。

「で、おまえさんは何を持ってきた？」フェイギンがチャーリー・ベイツに言った。

「手ふき」〝名人《マスター》〟・ベイツが言うと同時にハンカチを四枚取り出した。

「ふむ」ユダヤ人は言って、それらを仔細《しさい》に眺めた。「上等品だ——とてもな。だが、イニシャルの入れ方はあまりうまくないぞ、チャーリー。針ではずさなきゃならん。オリヴァーにやり方を教えよう。いいね、オリヴァー？　は、は、は！」

「おっしゃるとおりにします」オリヴァーは言った。

「チャーリー・ベイツのようにハンカチを易々《やすやす》と作れるようになりたいだろう、え、おまえさん?」ユダヤ人は言った。

「とてもなりたいです。教えてください」オリヴァーは答えた。

マスター・ベイツはその返事をとてつもなく滑稽《こっけい》だと思ったらしく、また大声で笑った。ちょうど飲んでいたコーヒーがおかしなところに入って、危うく窒息で若死にするところだった。

「こいつ、本物の青二才《グリーン》だな」咳《せき》がおさまると、チャーリーは仲間に非礼を謝りがてら言った。

ドジャーは無言だったが、オリヴァーの前髪をなでおろし、そのうちわかるようになるさと言った。オリヴァーが顔を赤らめるのを見て、老紳士は話題を変え、今日の絞首刑執行には人が大勢集まったかと訊いた。これはオリヴァーをますます悩ませた。というのも、少年たちの返答から、ふたりとも見物にいっていたのが明らかだったからだ。勤勉に働く一方でよく見物の時間まで作れたものだ、と当然ながら思った。

食べ物がすっかりなくなると、陽気な老紳士とふたりの少年は奇妙奇天烈《きてれつ》な遊びを始めた。こんな具合だ——老紳士がズボンの片側のポケットに嗅《か》ぎ煙草入れを、もう片側には財布を、チョッキのポケットには懐中時計を入れて、時計の鎖を首にかける。シャツには偽《にせ》のダイヤのついたピンを差し、上着のボタンをしっかりかけて、そのポケットに眼鏡ケースとハンカチを入れ、日中どんな時間にも通りを歩いているような老紳士をまねて、杖《つえ》をつきながら部屋のなかを早足であちこち移動する。そして暖炉やドアのまえで立ち止まっては、真剣に店のウィンドウをのぞきこんでいるふりをしつつ、盗人《ぬすっと》はいないかとつねにまわりに注意を払い、ポケットを順番に叩《たた》いて、ものがなくなっていないかどうか確かめる。その身ぶりがあまりにも可笑《おか》しく自然なので、オリヴァーは涙が出るまで笑った。その間ずっと、ふたりの少年は老紳士のすぐうしろをついてまわり、彼が振り返るたびに、さっと見えないところに移るのだが、その動きが眼で追えないほどすばやかった。ついにドジャーがうっかりと老紳士のブーツの先を踏みつけ、同時にチャーリー・ベイツがうしろからぶつかって、瞬時にふたりはこの世のものとも思われない速さで老紳士から嗅ぎ煙草入れと財布、時計の鎖、シャツのピン、ハンカチに眼鏡ケースまで奪い取っていた。老紳士はポケットのどれかにふたりの手を感じると、その場所を叫ぶ。そしてまた最初から同じことが始まるのだ。

この遊びが数えきれないほどくり返されたころ、ふたりの娘が若い紳士たちに会いにきた。ひとりはベット、もうひとりはナンシーと呼ばれていた。どちらも豊かな髪を無造作にうしろにまとめ、靴もストッキングも汚れていた。ともにあまり美人とは言えないが、血色はよく、たくましくてやさしそうに見えた。そして驚くほど自由にふるまい、人当たりがよかったので、なんていい人たちなんだとオリヴァーは感じ入った。実際にそうだったのだ。

訪問者ふたりは長くとどまっていた。一方の娘が、体が冷えると愚痴をこぼした結果、酒が出てきて、会話は俄然《がぜん》生き生きと弾んだ。やがてチャーリー・ベイツが、そろそろ〝蹄を鳴らす《パド・ザ・フーフ》〟時間じゃないかと意見を言い、オリヴァーは、外出することを表すフランス語にちがいないと思った。そのすぐあとでドジャー、チャーリーとふたりの娘が、親切な年寄りのユダヤ人に小遣いをもらい、連れ立って出ていったからだ。

「さて、おまえさん」フェイギンが言った。「愉《たの》しい生活だろう？　みんな今日は遊びに出かけたよ」

「仕事は終わったんですか」

「ああ」ユダヤ人は言った。「もっとも、外にいるあいだに何か予期せぬ仕事が見つかれば別だがな。見つかったら放ってはおかんぞ、おまえさん。それは保証する。おまえもあいつらを見習いなさい。手本にすることだ」ユダヤ人は石炭シャベルを炉床に打ちつけて、ことばを強調した。「あいつらに言われたことはすべてして、あらゆることに助言を求めるのだ、とくにドジャーからな、おまえさん。あれは立派な人間になる。あいつに倣《なら》えば、おまえも立派になれる。わしのハンカチはポケットから垂れとるかな？」

「はい」とオリヴァー。ユダヤ人はふと話すのをやめた。

「わしに何も感じさせずに抜き取れるか、やってみてごらん。今朝わしらが遊びでやってたのを見ただろう」

オリヴァーは、ドジャーがやったようにポケットの底を片手で持ち上げ、もう一方の手でハンカチをそっと抜き取った。

「取れたか？」ユダヤ人が叫んだ。

「これです」オリヴァーは手のなかのハンカチを見せた。

「達者な子だな、おまえさんは」いたずら好きの老紳士は満足そうにオリヴァーの頭を叩いて言った。「これほど賢い若者には初めて会った。ほら、一シリングやろう。この調子でいけば当代一の男になれるぞ。さあ、来なさい。ハンカチからイニシャルの刺繍《ししゅう》をはずす方法を教えるから」

老紳士のポケットから遊びでハンカチを抜き取ることが、立派な男になることとどう関係するのだろうとオリヴァーは思った。しかし、ユダヤ人は自分よりはるかに歳上《としうえ》なのだから、なんでもいちばんよく知っているはずだと考えて、静かに机までついていき、すぐに新たな学習に夢中になった。

10

オリヴァーは新しい友人たちの性格をさらに知り、高い代償を払って経験を得る——この伝記における短いながらも非常に重要な章

八日から十日間、オリヴァーはユダヤ人の部屋でハンカチからイニシャルの刺繡を取り去る作業をしつづけ(ハンカチはいくらでも持ちこまれた)、ときどき前述した遊びにも参加した。ふたりの少年とユダヤ人は毎日決まって同じ遊びをしていた。ついにオリヴァーも外の空気が恋しくてたまらなくなり、ふたりの仲間と外出させてほしいと老紳士にたびたび懇願した。

オリヴァーがもっと積極的に働きたいと思ったのは、厳しい規律を保つ老紳士の性格を目にしたからでもあった。ドジャーやチャーリー・ベイツが夜なんの収穫もなく帰ってくると、彼はかならず、だらだらと怠惰にすごす習慣はけしからんとたいそう熱心に説教し、夕食抜きで寝させて、まじめに働くことの必要性を思い知らせた。一度など、ふたりを殴って階段から落としたことすらあったが、それも持ち前の徳の高い教えをいささか過分に実践したまでのことだった。

ようやくある朝、待ちに待った外出許可がオリヴァーにおりた。その二、三日は作業をするハンカチもなく、食事は貧しかった。おそらくそのせいで老紳士も同意したのだが、理由はともかく、オリヴァーに出かけてもいいと告げ、彼をチャーリー・ベイツとその友人ドジャーの監督下に置いた。

三人の少年は意気揚々と出かけた。ドジャーはコートの袖《そで》をまくり上げ、帽子をいつものように斜《はす》にかぶっていた。マスター・ベイツは両手をポケットに突っこんでぶらぶら歩き、オリヴァーはふたりのあいだで、これからどこへ行くのだろう、最初はどんなものを作れと言われるのだろうと思っていた。

彼らの歩き方はとてものんびりして、だらしなかったので、ほどなくオリヴァーは、このふたりは老紳士をだまして結局働きにいかないのだと思いはじめた。ドジャーには、小さな男の子の帽子を頭から引ったくって地下勝手口に放り投げる悪い癖もあった。チャーリー・ベイツのほうは、ものの所有権など一向にかまわず、道の両側のどぶに沿って並んでいる露店からリンゴだのタマネギだのをくすねては、ポケットに突っこんでいた。そのポケットは驚くほど収納力があり、服の裏側全体に広がっているように思えた。そうしたふたりの印象があまりに悪いので、オリヴァーが自分はどうにかして家に引き返すと言おうとしたそのとき、考えが別の方向にそれた。ドジャーが急に奇妙な行動をとりはじめたからだ。

三人はクラーケンウェルの広場——牧草地でもないのに〝ザ・グリーン〟と呼ばれる——からさほど離れていない狭い路地を抜けたところだった。ドジャーがはたと立ち止まり、人差し指を唇に当てて、最大の注意と警戒をうながしながら、残りのふたりを引き戻した。

「どうしたの？」オリヴァーが訊《き》いた。

「しっ！」ドジャーが言った。「あの本屋のまえにいるやつが見えるか？」

「あの立派なおじさん？」オリヴァーは言った。「うん、見える」

「あれはいける」とドジャー。

「カモだ」チャーリー・ベイツが言った。

オリヴァーはこれ以上ないほど驚いて、ふたりを順に見たが、質問は許されなかった。彼らはすでにひそかに通りを渡って、オリヴァーの注意が向けられた老紳士のすぐうしろに忍び寄っていたのだ。オリヴァーはふたりに数歩ついていき、そのまま進むべきか退《ひ》くべきかもわからず、ただ茫然《ぼうぜん》と突っ立って見ていた。

その老紳士は見るからに風格のある人物で、髪粉を振り、金縁の眼鏡をかけていた。黒いビロードの襟のついた深緑のコートに白いズボン、小脇《こわき》にしゃれた竹の杖《つえ》を挟んでいる。販売台から本を一冊手に取り、あたかも書斎で肘《ひじ》かけ椅子《いす》に坐《すわ》っているかのように、立ったまま真剣に読み耽《ふけ》っていた。本に没頭しているのは明らかで、その完全に上ゆるもの空の様子からも、販売台はおろか、通りも、少年たちも、要するに本以外のあらゆるものが見えていなかった。ひたすら読んでいってページの最後まで行くと、めくって次のページの最初から取りかかり、最大の関心と熱意で着実に読み進めていた。

ドジャーがそんな紳士のポケットに手を入れてハンカチを引き出したときの、オリヴァーの驚きと恐怖たるや！　オリヴァーは少し離れたところに立ち、眼をまん丸に見開いてそれを見た。ドジャーはハンカチをチャーリー・ベイツに渡し、最後にふたりは全速力で駆けだして角を曲がった！

一瞬にして、ハンカチ、時計、宝石、ユダヤ人のすべての謎《なぞ》がオリヴァーの心に押し寄せて辻褄《つじつま》が合った。全身の血管を流れる血がうずいた瞬間、彼は燃え盛る炎のなかに立っているような気がした。混乱し、怯《おび》えきって一目散に逃げだした。何をしているかもわからずに、地面を蹴《け》って出せるだけの速さで走りに走った。

これらはすべてほんの一分の間に起きたことだった。オリヴァーが走りだすと同時に、老紳士はポケットに手をやってハンカチがないことに気づき、くるりと振り返った。飛ぶように逃げ去る少年を見て、老紳士はしごく当然にそれが盗人《ぬすっと》だと思いこみ、「泥棒だ、捕まえろ！」と声をかぎりに叫んで、本を持ったまま追いかけた。

しかし、大きな叫び声をあげたのは老紳士だけではなかった。ドジャーとマスター・ベイツは人の多い通りを走って注意を惹《ひ》きたくなかったので、角を曲がって最初の家の軒先にひそんでいた。叫びが聞こえてオリヴァーが逃げていくのを見るが早いか、ふたりとも状況を正確に察知し、電光石火のごとくまえに出て、「泥棒だ、捕まえろ！」と叫びながら、模範市民よろしく追跡に加わった。

オリヴァーは哲学者たちに育てられたものの、自己保存が自然界の第一の法則であるという美しい原則を理論として学んでいなかった。学んでいたら、心の準備をしていただろう。しかし、その準備ができていなかったので、なおさら驚きは大きかった。オリヴァーは風のように走った。老紳士とふたりの少年が叫び、怒鳴りながらあとを追った。

「泥棒だ、捕まえろ！　泥棒だ、捕まえろ！」その響きには魔法の力がある。商人たちはカウンターから、荷馬車の主は車から離れる。肉屋はトレイを、パン屋は籠《かご》を、牛乳屋は桶《おけ》を、使い走りの少年は荷物を、小学生はビー玉を、舗装工はつるはしを、子供は羽子板を放り出す。そうして彼らはごちゃごちゃと、あわてふためき、あたりかまわず走る。猛烈な勢いで、怒鳴り、叫び、角を曲がれば通行人を打ち倒し、犬を興奮させ、鶏やアヒルを驚かし、通りや広場や路地にはそれらの音がくり返し響く。

「泥棒だ、捕まえろ！　泥棒だ、捕まえろ！」百もの声が叫び、角を曲がるたびに人が増えていく。泥をはね上げ、舗道を踏み鳴らして、彼らは飛ぶように駆け抜ける。窓が引き上げられ、人々が走り出てきて、群衆はふくらむ。道端でやっていたパンチとジュディの人形芝居も最大の山場で観客がいなくなる。みな走る群衆に加わって、大音声《だいおんじょう》をさらに大きくし、叫びに新たな活力を与える。「泥棒だ、捕まえろ！　泥棒だ、捕まえろ！」

「泥棒だ、捕まえろ！　泥棒だ、捕まえろ！」。〝何かを狩る〟情熱は、人間の胸に深く根ざしている。息を切らしたみじめな少年がひとり、くたびれ果ててあえぎ、顔に恐怖を、眼に苦悩を浮かべて大粒の汗を流し、全神経を緊張させて追跡者から逃れようとしている。あとを追う人々は見る見る差を縮め、少年の力が弱ってくるや、いっそううるさく叫び、甲高い歓喜の声をあげる。「泥棒だ、捕まえろ！」――ああ、いっそ捕まえてやってくれ、それがせめてもの慈悲だろう！

ついに捕まった。見事な一撃。少年は舗道に倒れ、群衆がはやる思いでまわりに集まる。あとから来た人はそこをかき分けてもぐりこみ、少年をひと目見ようとする。「ちょっと離れろ！」――「息をさせてやれ！」――「馬鹿《ばか》言え！　そんな必要があるか」――「旦那《だんな》はどこだ」――「いるぞ。通りを歩いてくる」――「旦那が通れる場所を作れ！」――「こいつですかい？」――「そうだ」

オリヴァーが泥と埃《ほこり》にまみれ、口から血を流し、自分を取り囲む顔また顔を必死に見まわしているところへ、追っ手の先頭にいた連中がお節介にも老紳士の手を引いてきた。人垣のまんなかに押し出された老紳士は、せっつくような問いかけに答えた。

「そうだ」紳士は慈愛に満ちた声で言った。「この子だ、残念ながら」

「残念ながら！」群衆がさざめいた。「冗談だろう」

「かわいそうに！」紳士は言った。「怪我《けが》をしている」

「おれがやったんです」無骨な大男が進み出て言った。「おかげで拳固《げんこ》がこいつの歯に当たって切れちまった。おれがこいつを止めたんです」

男は苦痛に見合うものを何かもらえると期待したのだろう、帽子に触れてにやりとしたが、老紳士は嫌悪《けんお》の眼でそれを見て、彼自身も逃げようとしているかのように、不安げにあたりを見渡した。ちょうどそこに警官が人混みを縫って現れなければ（こういう場合、彼らはいつも最後にやってくる）、本当に逃げ出して、また追跡が始まっていた可能性も大いにあった。警官はオリヴァーの襟首をつかむと、「さあ来い、立て」と乱暴に言った。

「ぼくじゃないんです。本当に、本当です。ほかのふたりの子がやったんです」オリヴァーは手を握り合わせて懇願し、まわりを見た。「そのへんにいるはずです」

「ふん、いるものか」警官は言った。皮肉のつもりだったが、たまたまそれは真実だった。すでにドジャーとチャーリー・ベイツは、最初に見つけた適当な路地に入って逃げていた。「さあ、立つんだ」

「この子を痛めつけないでくれ」老紳士が同情して言った。

「ええ、もちろん痛めつけませんよ」と警官は答え、その証拠に少年の上着を背中の半分まで引き裂いた。「来るんだ。わかってるからな。そんなふりをしても始まらん。さっさと立て、このやくざ者め」

オリヴァーは立つこともままならなかったが、それでもどうにか立ち上がると、上着の襟をつかまれ、通りを早足で引っ張っていかれた。紳士は警官の横について歩いた。群衆のなかでつき合える者たちは彼らの少しまえを行き、ときどき振り返ってはオリヴァーをじろじろ見つめた。少年たちが勝利の雄叫《おたけ》びをあげ、ぞろぞろとついていった。

11

治安判事のファング氏と、正義の執行にかかわる彼の働きぶりの一端を記す

犯行はロンドンでも非常に悪名高い警察署の管内、しかも署のすぐ近くでなされた。オリヴァーについてきた群衆も、通り二、三本分の満足しか得られぬうちにマトン・ヒルと呼ばれる場所にたどり着き、そこでオリヴァーは低いアーチ屋根つきの通路と汚い路地を通り抜け、略式裁判のための警察裁判所に裏から導き入れられた。入ったところは石畳の小さな中庭で、頬ひげを蓄えた恰幅《かっぷく》のいい男が手に鍵束《かぎたば》を持って立っていた。

「どうしました?」その男が無愛想に訊《き》いた。

「若いスリだ」オリヴァーを引き連れた警官が言った。

「あなたが被害者ですか?」鍵を持った男は訊いた。

「そうだが」老紳士は答えた。「この子が本当にハンカチを盗んだのかどうかは、よくわからない。あまり——無理に告訴はしたくないのだけれど」

「ここまで来たら治安判事のまえで説明してもらわなければなりません」男は答えた。

「もうすぐいまの審理が終わります。さあ、首吊《くびつ》り小僧」

この歓迎のことばとともにドアの鍵をあけ、オリヴァーに入れとうながした。なかは石造りの留置房で、オリヴァーは所持品を調べられ、何も持っていないのがわかると、そこに閉じこめられた。

留置房は形も大きさも、家の庭から入る地下室のようだったが、それほど明るくなかった。月曜の朝で、土曜の夜に放りこまれた六人の酔っ払いが使ったあとだったから、どうにも耐えられないほど汚れていた。だが、それはたいしたことではない。われらが警察署では、男も女も夜ごと本当につまらない〝容疑〟――ただの〝容疑〟である――で地下牢《ろう》に入れられている。ここに比べたら、裁判を受けて有罪になり、死刑を宣告された極悪非道の犯罪者が入るニューゲートの監房など宮殿のようなものだ。嘘《うそ》だと思うなら両方を比較してみるといい。

鍵が錠前で軋《きし》んだとき、老紳士もオリヴァーとほとんど同じくらい打ち沈んでいた。ひとつため息をついて、今回の大騒ぎの原因となった罪のない本を見つめた。

「あの子の顔には何かある」老紳士はひとりつぶやいた。ゆっくりと歩き去りながら、本の表紙を顎《あご》にとんとんと当てて考えた。「私の琴線に触れ、興味をかき立てる何かが。あの子はもしかすると無実ではなかろうか。あの顔はまるで――それにしても」ふいに立ち止まって叫び、天を仰いだ。「おお神よ！　あれに似た顔を昔見たことがあるが、どこだったろう」

そうして何分か考えたあと、老紳士は相変わらず思案顔で、中庭から裏手の控え室に入った。部屋の隅に引っこみ、心の眼のまえに人々の顔が並ぶ広大な円形劇場を呼び出した。長年そこには薄暗い幕がおりていた。「いや」老紳士は首を振って言った。「ただの気のせいだ」

彼は心のなかでまた人々の顔に近づいていった。視界には入ったが、あまりにも長くそれらを隠していた覆《おお》いを取り去るのは容易ではなかった。友人の顔、敵の顔があった。群衆のなかから出しゃばって彼を見ている、ほとんど見ず知らずの顔も。いまや老いさらばえた女の、若くて美しい花のような娘時代の顔もあった。墓が封じこめて様変わりさせた顔もあるが、死神よりも強いその精神は、昔ながらに溌溂《はつらつ》として麗《うるわ》しく、土の仮面の下から眼の輝きや明るい笑み、晴れやかな魂を引き出して、墓のこちら側に美を囁《ささや》きかけている。姿こそ変わったが、むしろ崇高になったその美しさは、この世からは消えたものの、天国への道を照らす柔らかくやさしい光となっていた。

しかし老紳士は、オリヴァーの特徴につながる顔をひとつも思い出すことができなかった。結局、目覚めた思い出の数々に大きなため息をひとつつき、幸い老いてぼんやりしたところもあったので、それらをまたかび臭い本のページのなかに埋めた。

肩に触れられて、はっとわれに返ると、鍵を持った例の男が、法廷についてきてほしいと言った。老紳士はあわてて本を閉じ、そこからすぐに名高いファング氏の威光輝く御前へと案内された。

法廷というのは建物の正面側にある板張りの広間で、ファング氏が手すりのうしろのいちばん高い位置に坐《すわ》っていた。ドアの横に木の柵《さく》のようなものがあり、すでにかわいそうなオリヴァー少年が入れられて、この場の怖《おそ》ろしさに激しく震えていた。

ファング氏は中背で、髪の毛は少なく、頭のうしろと左右だけが伸びていた。厳《いか》めしい顔はひどく赤らんでいて、不養生なほど酒を飲む習慣がなければ、自分の顔を名誉毀《き》損《そん》で訴えて多額の損害賠償を手にできそうだった。

老紳士は恭《うやうや》しくお辞儀をして、治安判事の机のまえに進み、名刺を差し出しながら、「これが私の名前と住所です」と言った。一、二歩下がってから、ふたたび紳士らしく丁寧に一礼し、質問されるのを待った。

たまたまファング氏は、その日の朝刊の社説を熟読しているところだった。最近の彼のとある決定に触れ、警察を管轄《かんかつ》する内務大臣へ特別な注意を──もうこれで三百五十回目くらいに──うながす内容だった。治安判事は腹を立てていて、不機嫌なしかめ面《つら》を上げた。

「おまえは誰だ？」ファング氏は言った。

老紳士は幾分驚いて、名刺を指差した。

「この者は誰だ?」「係官!」ファング氏は見下すように名刺を新聞で払いのけた。

「私の名前は」老紳士は本物の紳士らしい口ぶりで言い、ファング氏と好対照をなした。「ブラウンローと申します。その地位に守られて、折り目正しい人間をいわれなく一方的に侮辱しておられる判事の名前をうかがってもよろしいでしょうか」そう言いながら、ブラウンロー氏は必要な情報を与えてくれる人を探すように、部屋のなかを見まわした。

「係官!」ファング氏は新聞を机の端に放った。「こいつの容疑はなんだ?」

「このかたに容疑はありません、判事」係官が言った。「あちらの少年を告訴するために来られたのです」

判事はそんなことは百も承知だった。しかし、嫌がらせとしては気が利《き》いていて、無難でもあった。

「少年を訴えにきたわけか」ファング氏は軽蔑《けいべつ》もあらわにブラウンロー氏を上から下まで品定めして言った。「宣誓させよ」

「宣誓するまえに、ひと言申し上げたいのですが」ブラウンロー氏は言った。「つまり、実際にこの眼で見たことでなければ、信じようにも――」

「口を閉じよ!」ファング氏は断固たる口調で言った。

「そういうわけにはまいりません」老紳士は勢いづいて答えた。

「いますぐ口を閉じないなら、退廷を命じる!」ファング氏は言った。「傲慢《ごうまん》で無作法な輩《やから》だ。治安判事を煩《わずら》わせるとはどういう了見だ！」

「なんですと！」老紳士は色をなして叫んだ。

「早く宣誓させろ！」ファング氏は係官に命じた。「もうひと言も聞くつもりはない。さっさと宣誓させるんだ」

ブラウンロー氏は大いに怒りをかき立てられた。が、ここで憤《いきどお》りをぶつければ少年が不利になるだけだと考えたのか、感情を抑えてすぐに宣誓した。

「さて」ファング氏が言った。「この少年の容疑は？　申し立てを聞かせてもらおうか」

「私が本屋のまえに立っていたところ――」ブラウンロー氏は切り出した。

「もうけっこう」ファング氏は言った。「警官！　警官はどこだ。いたか。宣誓させろ。よろしい。警官、これはどういうことなのだ」

警官は板についた卑屈な態度で、本件にかかわった経緯と、オリヴァーの体を調べたが何も持っていなかったこと、わかっているのはそれだけであることを述べた。

「目撃者はいるのか」ファング氏が尋ねた。

「おりません、判事」警官は答えた。

ファング氏は数分黙りこんだあと、告訴人の紳士のほうを向くと、怖ろしい気迫で言った。

「この少年を何で訴えるのだ。それとも訴えないつもりか？　おまえは宣誓した。そこに立って証言を拒みつづけるのなら、法廷侮辱罪で処罰する。まちがいなくそうしてやる、この――」

そのあと判事が何を言ったかは誰にもわからなかった。見計らったように書記と看守がそろって大きな咳《せき》をしたからだ。書記はさらに分厚い本を床に落として、判事のことばが人の耳に入らないようにした――もちろん、偶然にである。

ブラウンロー氏は何度も割りこまれ、くり返し侮辱されながらも、自分の意見を述べようとした。驚いた瞬間に少年が走りだすのを見たものだから、あとを追いかけた、もしこの少年が泥棒でないとしても、泥棒とつながりがあると判事が考えられるのであれば、法の許すかぎり寛大な対処をしていただきたい、と。

「すでにあの子は怪我《けが》をしています」と老紳士は締めくくった。「しかも、おそらく」と強い力のこもった眼で判事席を見て、「体の具合がそうとう悪いのではないかと思います」

「はっ！　そうだろうとも！」ファング氏は鼻で嗤《わら》った。「おい、若い宿なし、小賢《こざか》しい芝居は通用しないぞ。おまえの名前は？」

オリヴァーは答えようとしたが、舌がまわらなかった。顔は死人のように青く、部屋全体がぐるぐるまわっている気がした。

「名前はなんだ、この強情なならず者め」ファング氏は訊いた。「係官、こいつの名前は？」

話しかけられたのは、縦縞《たてじま》のチョッキを着た正直そうな老人だった。手すりの横に立っていたが、オリヴァーのほうに身を屈《かが》め、判事の質問をくり返した。けれども、オリヴァーはとても問いかけを理解できるような状況ではなく、かといって、答えなければ治安判事が激高して刑がますます重くなるだけだとわかっていたので、係官はあえて当てずっぽうを言った。

「トム・ホワイトと申しております、判事」心やさしい係官は言った。

「自分で答えられないのか、え？」ファング氏は言った。「よかろう、たいへんけっこう。住まいは？」

「どこでも、だそうです、判事」係官はまたオリヴァーから聞いたふりをした。

「親はいるのか」ファング氏は尋ねた。

「自分が幼いころにふたりとも死んだと申しております、判事」係官は思いきって、ありそうな答えを返した。

尋問のこの時点でオリヴァーは顔を上げ、懇願するような眼であたりを見ると、お水を一杯くださいと弱々しくつぶやいた。

「戯言《たわごと》を！」ファング氏は言った。「わしを馬鹿《ばか》にするなよ」

「どうやら本当に具合が悪そうです、判事」係官が言った。

「だまされんぞ」とファング氏。

「係のかた、この子を助けてやってくれませんか」老紳士は思わず両手を上げて言った。

「このままだと倒れてしまう」

「離れよ、係官」ファング氏が一喝した。「倒れるなら倒れさせよ」

オリヴァーはその寛大な許可を得て床にどさりと倒れ、気を失った。室内にいた男たちは互いに顔を見合わせたが、誰もあえて動こうとしなかった。

「見せかけだというのはわかっとる」ファング氏はそれが議論の余地のない証拠であるかのように言った。「そこに寝かせておけ。すぐに飽きるだろう」

「事件の審理はどういたしましょう、判事」係官が低い声で訊いた。

「即決する」ファング氏は答えた。「三カ月の刑に処す——もちろん重労働つきで。退廷せよ」

それを合図にドアが開き、気絶した少年を留置房に戻そうとふたりの男が入ってきた。そのとき、古びた黒いスーツを着た、品はいいが貧しい身なりの老人が大急ぎで部屋に駆けこんできて、判事のまえに進み出た。

「待て、待ってください——この子を連れていかないで——お願いです、ちょっと待った！」闖入者《ちんにゅうしゃ》は大あわてで、息を切らして叫んだ。

こういう裁判を取りしきる権力者たちは、国王陛下の臣民、とりわけ貧しい人々の自由、名声、人格、ときには生命にまで即決の専横的な力を及ぼした。また、法廷の壁の内側では、天使にとめどなく血の涙を流させるような現実離れした悪行が、日々重ねられていた。しかし、それらは日刊紙の記事以外に大衆に開示されてはいなかったので、ファング氏は、招かれざる客が無礼にも入ってきて混乱を引き起こしたことに少なからず立腹した。

「なんなのだ。これは何者だ。この男を外に出せ。全員退廷！」ファング氏は叫んだ。

「証言させていただきます」男も叫んだ。「外には出ません――すべて目撃したのです。私は本屋の主人です。宣誓させてください。黙ってるわけにはいきません。ミスター・ファング、聞いていただきます。拒否なさらないでください、判事」

男の言うとおりだった。断固引き下がらないという態度だったし、事態はもはや押さえこめないほど深刻になっていた。

「宣誓させろ」ファング氏は不機嫌になって言った。「さあ、何を言いたいのだ」

「こういうことです」男は言った。「私は三人の少年を見ました――ここにいる被告と、あとふたりです。三人はこちらの紳士が本を読んでいた通りの向かい側をぶらぶらしていました。盗みを働いたのは別の子です。私は見ていました。この子はただもうびっくりして、呆気《あっけ》にとられていました」ようやく息が落ち着いてきたので、本屋の立派な主人は盗みのくわしい状況を最初からきちんと説明した。

「どうしてもっと早く来なかった」ややあって、ファング氏が言った。

「店番がいなかったもので」男は答えた。「手伝ってくれそうな連中はみな追いかけるほうにまわったのです。五分前にようやく人が見つかったので、そこからずっと走ってきました」

「告訴人は本を読んでいたのだな？」また間を置いて、ファング氏は訊いた。

「はい」男は答えた。「まさにいま手に持っておられる本です」

「ほう、あの本か」とファング氏。「代金は支払ったのか」

「いいえ」男は答えて、にこりとした。

「しまった、すっかり忘れていた！」ぼんやりしていた老紳士があっけらかんと言った。

「自分を差し置いて気の毒な少年を訴えるとは、なんという好人物だろうな」ファング氏は人間味のあるところを見せようと滑稽《こっけい》な努力をして言った。「非常に疑わしく不名誉な状況でその本を入手したわけだ。店主が裁判に訴えなかったのはめったにない幸運だと考えるがいい。これを教訓にしろ。さもなくば法が黙っておらんぞ。その子は放免とする。退廷！」

「なんてことだ！」老紳士は長いこと胸に閉じこめていた怒りを爆発させた。「なんてことだ！　私は――」

「退廷せよ！」治安判事は言った。「係官、聞こえたか？　退廷だ！」

命令は実行された。怒ったブラウンロー氏は片手に本、もう一方の手に竹の杖《つえ》を持って外に連れ出された。心のなかで憤怒《ふんぬ》と反感が渦巻いていた。だが、中庭に出ると、その狂おしい思いはたちどころに消えた。オリヴァー・ツイスト少年が敷石の上に仰向《あおむ》けに倒れていたからだ。シャツのボタンをはずされ、両方のこめかみに水をかけられ、顔は死人さながら真っ青で、寒気《さむけ》がするのか、がたがたと震えていた。

「かわいそうに！　かわいそうに！」ブラウンロー氏は少年の上に屈んだ。「馬車を呼んでくれ、誰か頼む！　急いで！」

馬車が呼ばれ、オリヴァーはそっと座席に寝かされた。老紳士も乗りこんで、隣の席に坐った。

「いっしょに乗せてもらえませんか」本屋の主人が馬車のなかをのぞいて言った。

「ああ、いいとも、ご友人」ブラウンロー氏はすぐに答えた。「あなたを忘れていた。いやはや！　まだこの不幸な本も持っている。さあ、入って。かわいそうに！　すぐ介抱してやらなければ」

本屋の主人が乗りこむと、馬車は走り去った。

12

オリヴァーがかつてなく親切に世話をされたことと、ある絵に関するくわしい話

馬車はマウント・プレザントをガタゴトと下り、エクスマウス通りを登って、オリヴァーがドジャーといっしょに初めてロンドンに入ったときとほぼ同じ経路を引き返した。イズリントンのエンジェル旅館までたどり着くと、別の道に入って、ようやく一軒の瀟《しょう》洒《しゃ》な家のまえで停まった。ペントンヴィルに近い、静かな木陰の通り沿いだった。ブラウンロー氏はすぐにベッドを用意させ、連れ帰った少年を注意深く、心地よい環境に移した。オリヴァーはかぎりなくやさしい心遣いで看病されることになった。

とはいっても、何日ものあいだ、彼は新しい友人たちのいかなる善意にも気づかなかった。陽が昇って沈み、また昇って沈み、それが何度くり返されても、少年は依然予断を許さない病状でベッドに横たわったまま、発熱による渇きと消耗で衰えていった。それはもっとも硬い鉄の芯《しん》までひそかに腐食する酸のように、ひたすら燃えて彼の体を蝕《むしば》み、破壊した。生きた体をゆっくりと這《は》う炎は、屍《しかばね》を食い進む蛆虫《うじむし》より着実に仕事を遂

行していた。
痩《や》せ細り、青白い顔で、ようやくオリヴァーは長く悩ましい夢のようなものから覚めた。震える腕に頭をのせて、ベッドで力なく体を起こすと、不安そうにあたりを見た。「ここはどこ？　どこに連れてこられたの？」オリヴァーは言った。「眠った部屋じゃない」

また気を失いかけるほど体が弱っていて、消え入りそうな声で言ったのだが、そのことばはたちまちほかの人の耳に届き、枕元《まくらもと》のカーテンがさっと開いた。開けたのは、清潔な服をきちんと着た母親のような老婦人で、坐《すわ》って編み物をしていたすぐ脇《わき》の肘《ひじ》かけ椅子《いす》から立ち上がった。

「しっ、静かに」老婦人はやさしく言った。「本当に静かにしていないと、また病気がぶり返しますよ。重い病気だったの――それはもう、とても重くてね。もう一度寝てなさい、そう、いい子だから」とオリヴァーの頭をそっと枕に戻し、額の髪を上げてやると、心から慈《いつく》しむようにその顔を見た。オリヴァーは思わず小さな弱りきった手で彼女の手を取り、首のまわりに引き寄せた。

「あらまあ！」老婦人は眼に涙を浮かべて言った。「なんてやさしい、いい子なんでしょう。可愛《かわい》い子。もしお母様がいまのわたしみたいに横に坐って、この子の顔を見ることができたら、どんなふうに感じるでしょうね」

「きっと見てる」オリヴァーは囁《ささや》いて両手を組んだ。「きっとぼくのそばに坐っています。いてくれるように感じるんです」

「熱のせいですよ」老婦人は穏やかに言った。

「そうですね」オリヴァーは答えて、考えこんだ。「天国はずっと遠くにあって、そこにいる人たちはみんなとっても幸せだから、わざわざ哀れな子のベッドの横におりてきたりしませんよね。でも、ぼくが病気だとわかったら、母さんは天国にいても、かわいそうだと思ったはずです。母さんもこの世を去るまえに重い病気だったから。ぼくのことは何も知らないと思うけど」オリヴァーは一瞬黙ったあと、つけ加えた。「だって、ぼくが苦しんでるのを見たら、悲しくなったはずでしょう。でも夢に出てくる母さんはいつもにこにこして幸せそうなんです」

老婦人は何も答えなかったが、まず涙をぬぐい、次いでベッドカバーの上に置いてあった眼鏡を、あたかも容貌《ようぼう》の一部であるかのようにふいて、オリヴァーに冷たい飲み物を持ってきた。そして少年の頰をやさしく叩《たた》くと、静かにしていなさい、でないとまた病気になってしまうからと言った。

オリヴァーは言われたとおり静かにしていた。ひとつには親切なおばさんの指示にとにかくしたがいたかったからだが、じつのところ、いまのことばを発しただけで疲れ果ててしまったからでもあった。すぐにうとうとと眠くなり、蠟燭《ろうそく》の炎を感じて目覚めると、ベッドに近づいてきた光でひとりの紳士が見えた。とても大きくて時を刻む音がうるさい金時計を持っていて、オリヴァーの脈をとると、ずいぶん回復したと言った。

「すっかりよくなった。だろう、きみ？」紳士は言った。

「はい、ありがとうございます」オリヴァーは答えた。

「だろうとも。私にはわかる」紳士は言った。「それに、おなかも空《す》いてるんじゃないかな？」

「いいえ、空いていません」オリヴァーは答えた。

「ふん！ そう、空いていないだろうと思った。腹は空いていないそうですよ、ミセス・ベドウィン」紳士はすまし顔で言った。

老婦人は敬意を示して首を傾けた。医師のことをたいへん賢い人だと思っているかのように。医師自身もまったく同じ意見のようだった。

「まだ眠いだろう。どうだね？」医師は言った。

「いいえ」オリヴァーは答えた。

「眠くない」医師は抜け目なく、満足顔で言った。「眠くないし、喉《のど》も渇いていないだろう？」

「いいえ、喉は渇いています」

「思ったとおりだ、ミセス・ベドウィン」医師は言った。「喉が渇いて当然なのです。

きわめて自然なことだ。少しお茶を飲ませてもいいでしょう。よく焼いたトーストも、バターをつけずに与えてかまいません。体を温めすぎないように、ただし、寒くしすぎてもいけません。気をつけてくださいますな？」

老婦人は片方の膝《ひざ》を曲げてお辞儀をした。医師は冷たい飲み物を味わい、中途半端《はんぱ》に褒めたあと、そそくさと出ていった。階段をおりていくブーツの足音が、いかにも裕福な大物らしく響いた。

オリヴァーはそのあとすぐにまた眠りに落ち、目覚めたときには十二時近くになっていた。老婦人はまもなくやさしい声でおやすみの挨拶《あいさつ》をし、ちょうど来たばかりの太った老婆《ろうば》にあとをまかせた。老婆は小さな包みのなかに、小さな祈禱書《きとうしょ》と大きなナイトキャップをまとめて持ってきた。そのナイトキャップをかぶり、祈禱書を机に置くと、今晩不寝《ねず》の番をしますとオリヴァーに告げ、椅子を暖炉の近くに寄せて、うつらうつらしはじめた。何度も椅子から転げ落ちたり、うめいたり、息を詰まらせたりして目覚めるのだが、それでもせいぜい鼻を激しくこするくらいで、また眠りだす。

そうして夜は更《ふ》けていった。オリヴァーはしばらく横たわったまま眼を開け、灯心草蠟燭の灯が天井に投げかける小さな丸い光の数を数えたり、ぼんやりした眼で壁紙の入り組んだ模様をたどったりしていた。闇《やみ》と深い静けさに包まれた部屋は、きわめて厳《おごそ》かな雰囲気だった。それが胸にしみ入るにつれ、死が幾日も幾晩もそこに漂い、さらにその沈鬱《ちんうつ》な恐怖で部屋を満たそうとしている気がして、少年は顔を枕に押しつけ、懸命に天に祈りを捧《ささ》げた。

徐々にオリヴァーは深く落ち着いた眠りに引きこまれた。このところの苦悩から解放されたからこその、穏やかで平和な、覚めるのがつらい安らぎの眠りだった。たとえこれが死だったとしても、誰があれほどの人生の闘いと混乱のなかにふたたび目覚めたいと思うだろう――現在の苦労と、未来への不安と、それより何より過去のうんざりするような記憶のなかに！

オリヴァーが眼を開けたときには、明るい一日が始まって何時間もたっていた。気分は晴れやかで幸せだった。危険な病気は去り、彼はまたこの世に戻ってきた。

そこから三日のうちに、オリヴァーは枕を積み重ねた安楽椅子に坐っていられるようになった。まだ歩くほどの力は出なかったので、ベドウィン夫人が階下にある自分の小さな家政婦室に彼をおろし、暖炉のそばに坐らせてくれた。心やさしい老婦人も椅子に坐ると、オリヴァーがずいぶん元気そうになったのを見て、喜びのあまりわっと泣き崩れた。

「心配しないでね」老婦人は言った。「うれしくて泣いてるだけですから。さあ、終わった。また上機嫌ですよ」

「本当に、とても親切にしてくださって」オリヴァーは言った。

「そんなことは気にしないで」老婦人は言った。「あなたが飲むスープにはなんの関係もありませんよ。もうとっくにスープを飲んでいいころですからね。お医者様の許可が出たので、ミスター・ブラウンローが今朝、あなたに会いに見えます。だから、わたしもあなたもできるだけ元気そうにしておかないと。わたしたちが元気に見えるほど、旦那《だんな》様も喜ばれるから」そう言うと、老婦人は小さなソースパンでボウル一杯分のスープを温めはじめた。ふつうに薄めれば、救貧院で少なくとも三百五十人の貧困者の食事になるくらい濃いスープだった。

「絵が好きなの？」老婦人は、オリヴァーが椅子の真向かいの壁にかかった肖像画を食い入るように見ているのに気づいて尋ねた。

「よくわかりません」オリヴァーは絵から眼をそらさずに答えた。「ほとんど見たことがありませんから、好きかどうかもわからなくて。あのご婦人は、なんてきれいでやさしそうな顔をしてるんでしょう！」

「ああ」老婦人は言った。「画家は女の人については、つねに実際より美しく描くものですからね。でないと、お得意様がいなくなるから。ものをそっくりに写す器械を発明した人は、成功しないのがわかってたのかもしれませんね。正直すぎて――かなりね」

老婦人は自分の辛辣《しんらつ》な皮肉に愉《たの》しそうに笑った。

「あれは――似顔ですか」オリヴァーは訊《き》いた。

「ええ」老婦人はいっときスープから眼を上げて言った。「肖像画ですよ」

「誰の顔ですか」オリヴァーは真剣に知りたがった。

「まあ、本当に、それはね、知りません」老婦人は機嫌よく答えた。「わたしやあなたが知っている誰とも似ていませんよ。気に入っているようだけれど」

「とてもきれいな人だから。本当に、とても」オリヴァーは答えた。

「でもまさか、怖くはないわね？」老婦人は、絵を見る子の畏怖《いふ》の表情にはっと驚いて言った。

「ええ、もちろん」オリヴァーはすぐに答えた。「でも、眼がとても悲しそうだ。ここに坐ってると、あの眼がぼくをじっと見てる気がする。胸がどきどきします」オリヴァーは低い声でつけ加えた。「まるで生きていて、ぼくに話しかけたいのに、それができないみたいに」

「ああ、神様！」老婦人は愕然《がくぜん》として叫んだ。「そんなことを言わないで。病気のあとで弱って神経質になっているのですよ。椅子を反対側にまわしましょうね、絵を見なくてすむように。ほら」老婦人はことばどおり椅子をまわした。「もう見えませんよ、どうやっても」

オリヴァーの心の眼には、向きが変わるまえと同じくらいはっきりと見えていたのだが、親切な老婦人を心配させないほうがいいと思い、見つめる顔ににっこりと微笑《ほほえ》んだ。

ベドウィン夫人はオリヴァーの気分がよくなったことに満足すると、厳かな料理にふさわしい忙《せわ》しげな手つきでスープに塩を振り、焼いて砕いたパンを入れた。オリヴァーはあっという間にそのスープを平らげた。最後のひとすくいを飲み終わるや否《いな》や、ドアを静かに叩く音がした。「どうぞ」と老婦人が言い、ブラウンロー氏が入ってきた。

老紳士はきびきびとした足取りで入ってきたが、かけていた眼鏡を額に上げ、両手を部屋着のうしろにまわしてオリヴァーをじっくりと見るなり、その顔が百面相さながら奇妙にゆがんだ。オリヴァーは病み上がりでたいそうやつれ、暗い顔をしていた。お世話になった紳士に挨拶しなければと立ち上がりかけたが、それだけの力も出ず、また椅子にへたりこんだ。ここで真実を述べれば、ふつうの老紳士の六倍は人情に篤《あつ》いブラウンロー氏の心は、われわれの知識では充分説明のつかない水力学の作用で、彼の眼に涙をあふれさせていたのだ。

「おお、かわいそうに！」ブラウンロー氏は咳払《せきばら》いをして言った。「どうも今朝は声がかれる、ミセス・ベドウィン。風邪を引いてしまったようだ」

「そうでないといいのですが」ベドウィン夫人が言った。「お召しになったものはすべて、よく陽にさらしております」

「どうだろうな、ベドウィン――わからんよ」ブラウンロー氏は言った。「昨日の夕食のときにつけたナプキンが湿っていたのかもしれない。だが、そんなことはいい。きみ、気分はどうだね？」

「とても幸せです」オリヴァーは答えた。「そして、こんなに親切にしていただいて、本当にありがたいと思っています」

「いい子だ」ブラウンロー氏はきっぱりと言った。「栄養になるものを食べさせたのかな、ベドウィン――だし汁とか？」

「ちょうどいま、とても美味《おい》しくて濃いスープをボウル一杯食べたところです」ベドウィン夫人は少し胸を張り、〝スープ〟のところに力を入れて答えた。だし汁と、きちんと調理したスープのあいだには、いかなる類似性もつながりもないことを示すために。

「うはっ！」ブラウンロー氏はぶるっと体を震わせて言った。「ポートワインを何杯か飲ませたほうが、はるかに効き目があったんじゃないかな。どうだね、トム・ホワイト？」

「ぼくの名前はオリヴァーです」病気の少年は大いに驚いた顔で答えた。

「オリヴァー！」ブラウンロー氏は言った。「オリヴァーのあとはなんという？　オリヴァー・ホワイトかね？」

「いいえ、ツイストです――オリヴァー・ツイスト」

「変わった名前だな」老紳士は言った。「なぜ治安判事にはホワイトだと名乗った？」

「名乗ってませんけど」オリヴァーは呆気《あっけ》にとられて答えた。

いかにも嘘《うそ》くさく聞こえたので、老紳士はやや厳しい眼でオリヴァーの顔を見つめたが、疑いようもなかった。少年の細く尖《とが》った顔のすべての線に真実が表れていた。

「何かのまちがいだな」ブラウンロー氏は言った。しかし、オリヴァーをしっかり見つめる理由がなくなったにもかかわらず、少年の顔立ちがある親しい人物に似ているというこのまえの思いつきがふたたび湧《わ》いて、視線をそらすことができなかった。

「どうか怒らないでください」オリヴァーは懇願するように眼を上げた。

「怒るものか」老紳士は答えた。「だが、いったいどういうことなのだ！　ベドウィン、あれを見てごらん！」

そう言って彼はすかさず、オリヴァーの頭の向こうにある絵を指差した。次に、少年の顔を。まさに生き写し――眼も、頭の形も、口元も、作りのすべてが同じだった。ふたりの表情があまりに似ているので、一瞬、顔のもっとも細かい線に至るまで人知を超えた力で正確になぞられたと思えるほどだった。

オリヴァーには紳士が突然叫んだ理由はわからなかった。叫び声に驚くだけの体力が残っていなかったせいで、また気を失ってしまったのだ。

13

物語は陽気な老紳士と若い友人たちの話に戻り、彼らをつうじて聡明《そうめい》なる読者に新たな人物が紹介され、その人物とのつながりで、この伝記に関連したさまざまな愉快なことが語られる

ドジャーと手練の友人であるチャーリー・ベイツが、ブラウンロー氏の個人所有物を違法に入手し、結果生じたてんやわんやのオリヴァー追跡劇に加わったことは、前章でくわしく述べたが、そこで見たとおり、ふたりはいかにも彼らしい、あっぱれな自己認識にもとづいて行動したのだった。臣民の自由、個人の自由は、心あるイギリス人が何にも増して誇る自慢の種だから、公共心と愛国心あふれる人々にとってふたりの行動が称賛すべきものであることは、ここで読者に請《こ》わなくとも理解してもらえるだろう。彼らが保身と安全に執着したという確たる事実は、思慮深く健全な判断を下す哲学者たちが、母なる自然のあらゆる功績や行動の原動力と見なす、ささやかな法則の正しさを裏づけている。哲学者はじつに賢明に、大自然の出来事を金言と理論にまとめてしまい、自然の崇高な叡智《えいち》と判断力を小ぎれいに褒め上げることによって、心情や思いやりや寛大な気持ちの問題を完全に考慮の外に置き、そういうものは人間の女性とちがって無数

の小さな欠点や弱さを持たない自然の女神には似つかわしくない、と見なしているのだ。細心の注意を要する窮地で、この若い紳士たちがとった行動の厳密に哲学的な性格をもっと明らかにしたいなら、人々の注目がオリヴァーひとりに集中したとたん、彼らがただちに追跡をやめて最短コースで家に帰った事実（これもすでに述べた）を見ればすむ。どんなにすぐれた結論に至るときでも近道を通るのが名高い賢者のやり方だ、と主張するつもりはない。むしろ彼らは、次々と考えが湧《わ》いて出て止まらない酔っ払いのように、よろめきながら、あてどなくあちこち遠まわりをするものだ。けれども、並はずれた哲学者が己の理論を実践するときには、偉大な知恵と洞察力を駆使して、影響を与えられそうなあらゆる不測の事態に備えておくということは、はっきりと申し上げておきたい。つまり、大義のためには小悪をなしてもよく、目的達成のためならいかなる手段も正当とされるのだ。善の量と悪の量、あるいは善悪の区別さえも、その哲学者の匙《さじ》加減にゆだねられ、彼独自の明晰《めいせき》で、包括的で、公平な見地から解決され、決定される。

ふたりの少年は、迷路のように複雑に入り組んだ狭い通りや路地を一気に走り抜け、暗くて天井の低いアーチ状の通路でようやく眼を見交わすと、意を決して立ち止まった。しばらく何も言わず、話せるようになるまで息を整えてから、マスター・ベイツが愉快な喜びの声をあげた。いきなり笑いを爆発させて抑えられなくなり、建物のまえの階段に倒れこんで、どたばたと転げまわった。

「どうしたんだよ」ドジャーが訊《き》いた。

「は、は、は!」チャーリー・ベイツは大笑いした。

「静かにしろよ」ドジャーはまわりを警戒しながらたしなめた。「捕まりたいのか、この馬鹿《ばか》」

「我慢できない」チャーリーは言った。「だめだ。あいつがあわてて逃げてく姿が眼に浮かんで。大急ぎで角を曲がったり、柱にぶつかったり、体が柱と同じ鉄でできてるみたいに気にせずまた走りだしたり。で、ハンカチをポケットに入れたおれが、あいつのうしろから叫ぶのさ──ああ、なんてこった!」マスター・ベイツの活発な想像力は、その場面をあまりにもあざやかに甦《よみがえ》らせた。チャーリーは感嘆したあと、また階段の上を転がり、さらに大きな声で笑った。

「フェイギンはなんて言うかな」息ができなくなった友人がまた静かになったところを狙《ねら》って、ドジャーが質問を投げかけた。

「なんて?」チャーリー・ベイツがくり返した。

「そう、なんて言う?」とドジャー。

「どう言うべきなんだ?」チャーリーは急に真顔になって訊いた。ドジャーの態度が気にかかったからだ。「どう言うだろうな」

ドーキンズ氏はしばらく口笛を吹いてから帽子を脱ぎ、頭を掻《か》いて、三回うなずいた。

「なんなんだよ」チャーリーが言った。

「トゥル・ロ・ルー、ベーコンにほうれん草、カエルはおうちでぴょんぴょん」ドジャーは利口そうな顔に冷ややかな笑いを浮かべて言った。

納得がいかないベイツ氏は、もう一度言った。「だから、なんなんだよ」

ドジャーは答えなかったが、また帽子をかぶり、長いコートの裾《すそ》をからげて両脇《わき》に挟むと、舌先を頬に押し当て、いつものように意味ありげに鼻の頭を五、六度はたいた。そしてくるりと向きを変え、身を隠しながら路地を進みだした。ベイツ氏も考えこんだ顔つきであとを追った。

その会話から数分後、軋《きし》む階段に足音が響いて、陽気な老紳士ははっとわれに返った。暖炉のまえに坐《すわ》って、左手にサビロイ（訳注　香辛料の利いた燻製ソーセージ）とひとかけのパン、右手にポケットナイフを持ち、五徳に白鑞《しろめ》のジョッキをのせていた。彼は白い顔に卑《いや》しい笑みを浮かべて振り向き、太くて赤い眉毛《まゆげ》の下からドアに鋭い視線を送って、真剣に聞き耳を立てた。

「どうしたことだ」ユダヤ人は顔色を変えてつぶやいた。「ふたりしかいない！　三人目はどうした。まさか厄介事に巻きこまれたわけじゃあるまいな。ほら！」

足音が近づいた。階段をのぼりきり、ドアがゆっくりと開いて、ドジャーとチャーリー・ベイツがなかに入ってから閉めた。

「オリヴァーはどうした、若い猟犬ども」怒ったユダヤ人は威嚇《いかく》するような顔で立ち上がった。「あの子はどこだ」

若いスリたちはその激しい口調に怯《ひる》んだかのように師匠を見、不安げにお互いを見たが、何も答えなかった。

「あの子はどうした」ユダヤ人はドジャーの襟首を鷲《わし》づかみにすると、怖《おそ》ろしい呪《のろ》いのことばをぶつけて脅した。「話せ、話さないと絞め殺す！」

フェイギン氏の顔つきはことのほか険しかった。つねに安全な側につくことを旨《むね》とし、次に絞め殺されるのは自分になりかねないと考えたチャーリー・ベイツが、すばやく両膝《ひざ》をつき、狂った雄牛と拡声器の中間ぐらいの大きな叫び声を長々と張り上げた。

「話すんだ」ユダヤ人が大喝して、ドジャーをものすごい勢いで揺さぶった。ドジャーがまだコートのなかにいるのは奇蹟《きせき》だった。

「サツに捕まったんだ。それだけだよ」ドジャーはふてくされて言った。「ねえ、離してよ！」体をぶるんと振って大きなコートから抜け出し、コートはユダヤ人の手に残った。ドジャーは料理用フォークを引ったくって、陽気な老紳士のチョッキを突くまねをしたが、もし見事に刺さっていれば、フェイギン氏はその先一、二カ月、とても陽気なことは言っていられなかっただろう。

この危機に彼は、耄碌《もうろく》した老人にはとうてい考えられないような敏捷《びんしょう》さで飛びすさり、ジョッキをつかんで攻撃者の頭に投げつけようとした。だがそのとき、ふたたびチャーリー・ベイツがものすごい雄叫びをあげて注意を惹《ひ》いたので、老人は急遽《きゅうきょ》標的を変えて、そちらの若い紳士にジョッキを投げた。

「おい、なんの大騒ぎだ！」深い声が凄《すご》みを利かせて言った。「おれにあれを投げつけたやつは誰だ？　当たったのがジョッキじゃなくてビールでよかったな。でなきゃ誰かに償いをさせてたぜ。水以外のものを投げるなんて贅沢《ぜいたく》ができるのは、悪魔みたいに金持ちで、横取り屋で、とんでもないユダヤ爺《じじい》しかいないってのはわかってるが。その水にしたって、年に四回、水道会社《リヴァー・カンパニー》の集金をごまかさなきゃ飲めない。いったいなんなんだ、フェイギン。首のスカーフがビールでぐしょ濡《ぬ》れじゃないか。とんだ災難だ。さあ入ってこい、へっぴり腰の役立たずめ。なんで外にいる？　まるでご主人様のことを恥ずかしがってるみたいに。早く入れ！」

そんなことばを吐いた男は四十代なかば、がっしりした体つきで、黒いビロードのコートに、汚れきった薄茶色のズボン、編み上げのハーフブーツ、灰色の木綿の長靴下をはいていた。長靴下に包まれた脚は太く、ふくらはぎが大きく盛り上がっている。この服装で足枷《あしかせ》がついていないと、未完成で物足りないように見える類《たぐい》の脚だった。茶色の帽子をかぶり、首には紺地に白い水玉の汚れたハンカチを巻き、ほつれて長く垂れ下がったその端で、顔にかかったビールをふきながら話した。ふいたあとあらわになった大きく厳《いか》つい顔には三日分の無精ひげが伸び、睨《にら》みつける両眼の片方のまわりには、最近殴られたことを示すさまざまな斑点《はんてん》があった。

「入れよ、ほら」この興味をそそる風貌《ふうぼう》の悪漢はまた言った。顔に二十箇所は引っかき傷のある、むさ苦しい白い犬が、こそこそと部屋に入ってきた。

「どうしてさっさと入ってこなかった」男は言った。「プライドが高すぎて、人前でおれのことを認めたくないのか、え？　伏せしてろ！」

この命令には蹴《け》りがついていて、犬は部屋の端まで飛ばされた。が、蹴られることにはすっかり慣れているらしく、鳴きもせずに部屋の隅におとなしく丸まり、醜い眼を一分間に二十回ほどしばたたいて、室内の観察に余念がない様子だった。

「何をしてるんだ。子供いじめか？　この強欲で意地汚い、あ・こ・ぎ・な故買屋が！」男は悠然と腰をおろした。「こいつらがおまえを殺すことはないと思うぜ。おれがこいつらだったら、殺すけどな。もしおれがおまえの弟子だったら、はるか昔に殺してる。だが、そう、おまえの死体は買い手がつかないだろうな。ガラス壜《びん》に入れて醜男《ぶおとこ》の標本にするぐらいしか使い途《みち》はないが、そんな大きな壜を作ってくれるところもないし」

「どうか静かに！　ミスター・サイクス」ユダヤ人は震えながら言った。「そんなに大声でしゃべらんでくれ」

「ミスターなんかつけるな」悪漢は答えた。「ミスターをつけるのは、かならずおまえが悪巧みをしてるときだ。おれの名前は知ってるだろう。それでいけ。いざとなりゃ、おれは自分の名に恥じるようなことはしない」

「ああ、わかったよ、それなら、ビル・サイクス」ユダヤ人は卑屈に媚《こ》びて言った。

「機嫌が悪いようだね、ビル」

「たぶんな」サイクスは答えた。「おまえだって不機嫌だったじゃないか。白鑞のジョッキを投げておいて悪気がなかったとは言わせないぜ。同じ調子で昔の悪事をべらべらしゃべったら――」

「気でもちがったのか」ユダヤ人は言って相手の袖《そで》をつかみ、少年たちを指差した。

サイクス氏は、左耳の下に吊《つ》り縄の結び目があるつもりで首をがくりと右肩に倒したが、この無言の仕種《しぐさ》でユダヤ人には完全に理解できたようだった。そして悪漢は隠語で酒を要求した。彼の会話には隠語がたっぷりちりばめられるが、ここにそのまま記してもほとんど意味不明である。

「毒を盛るなよ」サイクス氏は帽子を机に置きながら言った。

冗談だった。しかし、ユダヤ人が食器棚のほうを向いたときに青白い唇を嚙《か》んでいたのをもしサイクスが見たなら、そう言って釘《くぎ》を刺したのも無駄ではなかったと思ったかもしれない。いずれにしろ、酒造家の創意工夫にひと手間加えようという考えが老紳士の陽気な心に浮かばなかったとはかぎらない。

グラスの酒を二、三杯飲んだあと、サイクス氏は見下すように若い紳士たちに注意を向けた。その恵み深い行為で会話が始まり、オリヴァーが囚《とら》われの身になった原因と経緯が微に入り細にわたって語られた。もちろん語られる事実には、現状でドジャーにとってもっとも都合のいい変更や改善が加えられていたが。

「残念ながら」ユダヤ人が言った。「あの子がわれわれに厄災をもたらすことを言ってしまうかもしれない」

「ありそうだな」サイクス氏は悪意のあるゆがんだ笑みを浮かべた。「おまえ、密告されるぞ、フェイギン」

「それに、ほら、もっと困るのは」ユダヤ人は話に割りこまれたのに気づかなかったかのように、相手をしかと見すえて、つけ加えた。「わしらが厄介事に巻きこまれたら、ほかの連中にも累《るい》が及ぶんじゃないか。わしよりおまえさんのほうが困ったことになりそうだ」

サイクス氏ははっとして怖ろしい形相で振り返ったが、老紳士は耳の横まで肩をすくめ、その眼はぼんやりと向かいの壁を見つめていた。

長い間ができた。立派な仲間の全員が、犬も含めておのおの考えに沈んだ。犬は悪意たっぷりに唇をなめ、外に出て最初に見かけた紳士か淑女の脚に咬《か》みついてやろうと企《たくら》んでいるかのようだった。

「警察でどうなったか、誰か行って確かめてこないとな」サイクス氏が、入ってきたときよりずっと低い声で言った。

ユダヤ人がうなずいて同意した。

「密告せずに牢屋《ろうや》に放りこまれたんなら、次に出てくるまで心配する必要はない」サイクス氏は言った。「出てきたら面倒を見なきゃならん。どうにかして捕まえるんだ」

ユダヤ人はまたうなずいた。

その周到な案がすぐれているのは明らかだったが、採用するには、あいにくひとつ非常に大きな問題があった。すなわち、ドジャーも、チャーリー・ベイツも、フェイギンも、ほかならぬウィリアム・サイクス氏も、いかなる理由や口実があろうと、警察に近づくことには激烈で根強い嫌悪を抱いていたのだ。

あまり心地よくないこの不確かな状態で、どれほどのあいだ彼らが互いに見つめ合って坐っていたのかは定かでない。が、この点についてあれこれ推測する必要もない。以前オリヴァーが会ったふたりの娘がふいに入ってきて、また会話が始まったからだ。

「これだ！」ユダヤ人が言った。「ベットが行けばいい。どうだね、行ってくれるな？」

「どこへ？」娘が訊いた。

「ほんの警察までだよ、おまえさん」ユダヤ人は丸めこむ口調で言った。

この若い令嬢の名誉のために言っておかなければならないが、彼女ははっきり行かないとはねつけたりはせず、行くとしたらそうとう〝いかれてる〟と強調するにとどめた。そうやって礼儀正しくやんわりと要求を断ったのは、問答無用に拒絶して仲間を苦しめたくないという、娘の生来の育ちのよさの表れだった。

ユダヤ人がいかにも落ちこんだ顔をし、もうひとりの娘のほうを向いた。こちらは赤いドレスに緑のブーツ、黄色い紙に巻きつけた髪の毛という、豪奢《ごうしゃ》とはいかないまでも派手な恰好《かっこう》だった。

「ナンシーや」ユダヤ人はなだめるように言った。「おまえさんはどうだね?」

「無理。押しつけようとしても無駄よ、フェイギン」ナンシーは答えた。

「どういう意味だ」サイクス氏が不機嫌な顔を上げた。

「言ったとおりよ、ビル」娘は平然と答えた。

「おまえはまさに打ってつけじゃないか」サイクス氏は説得した。「このへんにいる誰も、おまえのことを何ひとつ知らない」

「知られたくもない」やはり落ち着いた態度でナンシー嬢は答えた。「だからイエスじゃなくてノーなの、ビル」

「こいつが行くぞ、フェイギン」サイクスは言った。

「いいえ、行かないわ、フェイギン」ナンシーは大声で言い返した。

「いや、行く、フェイギン」とサイクス。この魅力的な女性は、脅し、約束、賄賂《わいろ》を代わる代わる持ち出されて結局説き伏せられ、任務を引き受けることになった。じつのところ、気立てのいい友人と同じ理由で彼女が行けなくなることはなかった。遠方にある品のいいラトクリフ・ハイウェイの郊外から、フィールド・レーンの近所に越してきたばかりで、ベットのように多くの知人に見咎《みとが》められる心配がなかったのだ。

かくして、赤いドレスの上に清潔な白いエプロンをつけ、黄色い紙のついた頭を麦藁《むぎわら》のボンネットの下に押し入れて――どちらの服飾品もユダヤ人の無尽蔵の蓄えのなかから提供された――ナンシー嬢は用事を果たす準備を整えた。

「ちょっと待ちなさい」ユダヤ人が言って、蓋《ふた》つきの小さな籠《かご》を取り出した。「片手にこれをさげていくといい。もっと育ちがよく見えるからね」

「もう一方の手にドアの鍵《かぎ》を持たせろ、フェイギン」サイクスが言った。「いかにもそれらしいだろう」

「なるほど、そりゃいい、おまえさん」ユダヤ人は言って、娘の右手の人差し指に大きな玄関ドアの鍵をぶら下げた。「よし、すばらしい――じつにすばらしいよ、おまえさん」と、もみ手をしながら言った。

「ああ、あたしの弟！　かわいそうな、愛《いと》しくてやさしい、無邪気な弟！」ナンシー嬢は嘆いてわっと泣きだし、苦悩しながら小さな籠の持ち手と玄関の鍵を指でねじった。「あの子はどうなったんでしょう――弟をどこに連れていったのですか――ああ、どうか憐《あわ》れんで、あの愛しい子に何が起きたか教えてください、紳士の皆さん。どうぞお願いします、ああ皆さん」

こうした台詞《せりふ》を、悲哀に満ちて打ちひしがれた口調で言ってみせ、聞く者をかぎりなく喜ばせると、ナンシー嬢は間を置いて一同にウインクし、にこやかにうなずいて姿を消した。

「ああ！　なんとも利発な娘だなあ、みんな」ユダヤ人が若い友人たちのほうを向いて、重々しく首を振った。いま見た賢い手本にしたがえと、口には出さずに忠告するかのように。

「女の鑑《かがみ》だ」サイクス氏がグラスを満たし、巨大な拳《こぶし》で机をドンと叩《たた》いて言った。「あいつの健康に乾杯。みんながあいつみたいになるように！」

熟練のナンシー嬢にその他多くの賛辞が贈られているあいだ、娘自身は警察署への道を急いでいた。守ってくれる人もおらず、ひとりで通りを歩くことに、当然ながら多少の気おくれはあったが、ほどなく平穏無事に署にたどり着いた。

裏口からなかに入って、持っていた鍵で留置房の扉のひとつをそっと叩き、耳をすました。なかから物音がしないので、咳払《せきばら》いをして、また耳をすました。やはり返事はない。ナンシーは呼びかけてみた。「ノリー？」

「ノリーや？」とやさしい声でつぶやいた。

房のなかにいたのは、街頭でフルートを吹いたために収監された、哀れな裸足《はだし》の犯罪者だった。社会に対する罪が一点の曇りもなく証明され、ファング氏によって一カ月の懲治院送りがきわめて適切に宣告されていた。息が大いに余っているようだから、それを楽器などより刑罰の踏み車のために使ったほうがはるかに有益であるという、的確で愉快な意見つきで。そんな囚人がナンシーのノックに応《こた》えなかったのは、没収されて州民の用に供されるフルートのことを嘆き悲しんでいて、それどころではなかったからだ。

そこでナンシー嬢は隣の房に移り、またノックした。

「なんだ」弱々しい小さな声が返ってきた。

「ここに小さな男の子がいないでしょうか」ナンシー嬢はとりあえず涙声で言った。

「いないよ」声が答えた。「いるわけない！」

声の主は六十五歳の路上生活者で、フルートを吹か、な、か、っ、たために監獄に送られることになっていた。言い換えれば、街頭で物乞《ものご》いをして、生計を立てることは何もしなかったのだ。その隣の房にはまた別の男がいて、許可なくソースパンを売り歩いたこと——つまり、印紙局に背いて生計を立てようとしたこと——で同じ監獄に送られるところだった。

しかし、こうした犯罪者の誰もオリヴァーの名前に反応せず、少年のことは何も知らなかった。ナンシー嬢は、縦縞《たてじま》のチョッキを着た正直そうな係官にまっすぐ近づき、この上なく哀れな悲嘆の仕種に加えて、玄関の鍵と小さな籠をすばやく効果的に用い、見るも痛ましい姿で弟に会わせてほしいとこいねがった。

「ここにはいないよ」老人は言った。

「どこにいるのです」ナンシーは取り乱して叫んだ。

「いや、あの紳士が連れていったのさ」

「どの紳士？　ああ、どうすればいいの！　どの紳士でしょう」ナンシーは叫んだ。

気が気でない姉のこの支離滅裂な質問に答えて、老人は、オリヴァーが裁判中に病気になったことや、盗みは勾留《こうりゅう》されていない別の少年がしたと証言する人がいたために釈放され、もうここにはいないこと、気を失った彼を告訴人が自分の家に連れ帰ったことを伝えた。それについて老人が知っているのは、その家がペントンヴィルのどこかにあるという事実だけだった。馬車に指示を出しているのをもれ聞いたのだ。

怖ろしい疑念と不安に苛《さいな》まれ、苦悩する娘は、よろめきながら門まで引き返すと、そこで覚束《おぼつか》ない足取りを駆け足に切り替え、思いつくなかでもっとも曲がりくねったややこしい道を通って、ユダヤ人のねぐらに帰った。

ビル・サイクス氏は遠征の報告を聞くが早いか、白い犬を呼び寄せ、帽子をかぶってそそくさと出ていった。仲間たちに形ばかりの別れの挨拶《あいさつ》すらしなかった。

「あの子の居場所を突き止めなければな、おまえさんたち。あの子を見つけないと」ユダヤ人はひどく興奮して言った。「チャーリー、おまえはひそかに嗅《か》ぎまわって、あの子の新しい情報を仕入れてくるんだ。ほかのことはいい。ナンシー、あの子を見つけなきゃならん。おまえさんにまかせるよ――おまえさんとアートフルに、すべて！　待て、ちょっと待て」ユダヤ人は続けて、震える手で抽斗《ひきだし》の鍵をあけた。「駄賃を渡そう。今夜は店じまいだ。わしがどこにいるかはわかってるな。さあ行け。一刻の猶予《ゆうよ》もない。いますぐ！」

　そう言いながらみなを部屋から追い出し、用心深くドアに二重の鍵をかけ、閂《かんぬき》をかうと、うっかりオリヴァーに見られてしまった箱を隠し場所から取り出し、時計や宝石を服のなかに移しはじめた。

　せっせと手を動かしているところにノックの音がして、彼は驚いた。「誰だ」と金切り声で訊いた。

「おいら！」ドジャーの声が鍵穴から聞こえた。

「今度はなんだ」ユダヤ人は苛立《いらだ》って叫んだ。

「あいつを捕まえて、また別の巣に連れていくのかってナンシーが訊いてるけど」ドジャーが慎重に尋ねた。

「そうだ」ユダヤ人は答えた。「ナンシーが捕まえたところでな。あの子を見つけろ、見つけ出す、それだけでいい。次にどうするかはわしにまかせろ。心配するな」

少年はわかったというようなことをつぶやき、仲間に続いて階段を駆けおりていった。

「あの子はいまのところ口を割ってない」ユダヤ人はまた金品を服のなかに移しながら言った。「新しい友人たちに、わしらのことをしゃべるつもりでも、あれの口をふさぐ手段はある」

14

ブラウンロー家滞在中のオリヴァーのくわしい話と、彼が使いに出た際にグリムウィグ氏なる人物が口にした特筆すべき予言

オリヴァーは、ブラウンロー氏の突然の叫び声で起こした失神から、まもなく回復した。その後の会話では、ベドウィン夫人も老紳士も絵の話題は注意深く避け、オリヴァーの生い立ちや将来の見通しにもまったく触れず、彼を興奮させずに愉《たの》しませることだけを話した。オリヴァーには起き上がって朝食をとる体力はまだなかったが、翌日、家政婦室におろされると、まず壁に熱い視線を送って、またあの美しい婦人の顔を見ようとした。しかし、期待ははずれに終わった。絵ははずされていたのだ。

「ああ!」家政婦はオリヴァーの眼の先を追って言った。「なくなりましたよ、見てのとおり」

「そうですね」オリヴァーは答えて、ため息をついた。「どうしてはずしたんですか」

「あなたを不安にさせるようだ、回復が遅れてはいけないとミスター・ブラウンローがおっしゃってね。わかるでしょう」老婦人は言った。

「いいえ、ぜんぜん不安になんかなりませんでした」とオリヴァー。「見ていたかった。あの絵が大好きだったんです」

「まあ、まあ！」老婦人は愛想よく言った。「できるだけ早くよくおなりなさい。そうすればまたかけてあげますよ。約束します。さあ、ほかの話をしましょう」

そのときオリヴァーが絵について得られた情報はそこまでだった。病気のあいだ、老婦人にはとても親切にしてもらったので、もう絵のことは考えまいと思った。オリヴァーは、あれやこれやと語られる、彼女のやさしくてしっかり者の娘の話に耳を傾けたが、その娘は、これもやさしくてしっかり者の夫と田舎で暮らしていた。老婦人には息子もいて、西インド諸島の商人のもとで事務員として働き、やはり人のいい若者らしく、かならず年に四回、母親に手紙をよこす。語るうちに老婦人の眼には涙が浮かんだ。彼女がわが子のすばらしさを長々と説明し、加えてほんの二十六年前にこの世を去ったやさしくて善良な夫――あの人の魂に祝福を！――の長所を並べ立てていると、お茶の時間になった。お茶のあと、老婦人はオリヴァーにカードゲームのクリベッジを教えた。オリヴァーはあっという間に学んで、興味をかき立てられ、真剣に遊んだ。やがて、病人が温かいワインと水、トースト一枚の夜食をとって心地よいベッドに入る時間になった。

そんなふうに幸せな日々がすぎ、オリヴァーは回復していった。何もかもが穏やかで、清潔で、秩序立っていた。人はみな親切でやさしく、オリヴァーがそれまでずっと巻きこまれていた喧噪《けんそう》と混乱のあとでは、天国そのものに思えた。オリヴァーが自分できちんと服を着られるようになるとすぐ、ブラウンロー氏は彼のために新品のスーツと、新しい帽子、新しい靴を用意させた。古い服は好きにしていいと言われたオリヴァーは、とても親切に世話してくれたメイドに与え、古着屋に売っていくらかの足しにしてくださいと伝えた。メイドはすぐにそうした。オリヴァーは、ユダヤ人が古い服を袋に詰めて歩いていくのを客間の窓から眺め、それが無事消えて、もう二度と着る心配がなくなったことに大きな喜びを感じた。正直なところ、みじめなぼろ着だったのだ。オリヴァーはそれまで新しいスーツを着たことがなかった。

絵のことがあってから一週間ほどたったある夕方、オリヴァーが坐《すわ》ってベドウィン夫人と話していると、ブラウンロー氏から、もしオリヴァー・ツイストの気分がすぐれていれば、少し話がしたいので書斎に来てほしいという伝言があった。

「まあたいへん！　早く手を洗って。髪をきちんと分けてあげますからね」ベドウィン夫人が言った。「本当に、なんてことでしょう！　もし旦那《だんな》様に呼ばれるとわかっていたら、きれいな襟をつけて、六ペンス銀貨みたいにぴかぴかにしたんですけどね」

オリヴァーは老婦人に言われたとおりにした。オリヴァーのシャツの襟に小さなひだ飾りをつける時間すらないことを、老婦人はしきりに嘆いたが、その間にもオリヴァーの外見は繊細な美しさをたたえ、ひだ飾りがないという大問題があったにもかかわらず、頭のてっぺんから爪先《つまさき》まで眺めまわした老婦人が深く満足して、めいっぱい時間をもらったとしても、これよりよくするのはむずかしいと太鼓判を押すほどだった。

勇気づけられたオリヴァーは、書斎のドアを叩《たた》いた。ブラウンロー氏に声をかけられてなかに入ると、そこは家の裏手の小部屋で、あふれるほど本があり、窓からは小ぎれいな庭が見えた。その窓辺に寄せられた机にブラウンロー氏がついて坐り、読書をしていた。オリヴァーを見ると、本を手元から遠ざけ、机のそばに来て坐りなさいと言った。オリヴァーはしたがい、これほどたくさんの本は世界を賢くするために書かれているのだろうが、どこにそれだけの読み手がいるのだろうと驚いた——じつはオリヴァー・ツイストより経験を積んだ人々も、いまだに生涯をつうじて毎日驚いている。

「たくさん本があるだろう。どうだね？」床から天井までの本棚に好奇の目を注いでいるオリヴァーを見て、ブラウンロー氏が言った。

「本当ですね」オリヴァーは答えた。「これほどたくさんの本は見たことがありません」

「いい子にしていれば読ませてあげよう」紳士はやさしく言った。「きっと好きになる。ただ外側を眺めるよりね。まあ、ものによりけりだが。表紙がいちばんすぐれているという本もあるにはあるから」

「きっとああいう厚い本ですね」オリヴァーは装丁にふんだんに金箔《きんぱく》が使われた大きな四つ折り判を指差した。

「あれはちがう」老紳士はオリヴァーの頭を軽く叩いて微笑《ほほえ》んだ。「だが、別の同じくらい厚い本だ。あれよりはずっと小さい。きみも賢い大人になって本を書いたらどうだね？」

「読むほうがよさそうです」オリヴァーは答えた。

「なんと！　作家になりたくないのか？」老紳士は言った。

オリヴァーはしばらく考えた末に、本屋になるほうがずっとよさそうですと答えた。

老紳士は大声で笑って、なかなかうまいことを言うと請け合った。オリヴァーは何がうまいことなのかさっぱりわからなかったが、よかったと思った。

「いやはや」老紳士は真顔に戻って言った。「心配しなくていい、作家になれとは言わないよ。ほかに学べる正直な商売があるのだから。煉瓦《れんが》作りを始めてもいい」

「ありがとうございます」オリヴァーは言った。その答え方がまじめくさっていたので、老紳士はまた笑い、不思議な生来の資質だなどと言ったが、オリヴァーには意味がわからず、あまり注意も払わなかった。

「さて」ブラウンロー氏は、そんなことが可能ならさらにやさしく、しかし同時にオリヴァーがそれまで聞いたなかでいちばん真剣な口調で言った。「これから話すことをしっかり注意して聞いてほしい、いいね。包み隠さずすべて話す。きみはもっと歳上《としうえ》の人と同じくらい物事を理解できると思うからだ」

「ああ、どうか出ていけとはおっしゃらないでください、お願いします！」オリヴァーは老紳士の深刻な切り出し方が怖くなって叫んだ。「どうか追い出さないでください。また通りをさまようことになります。ここにいさせてください。使用人として働きます。ぼくをもとのひどい場所に戻さないで。哀れな子供にお慈悲をお願いします、どうか！」

「可愛《かわい》い子よ」老紳士はオリヴァーの突然の熱心な訴えに心を動かされて言った。「捨てられるなんてことを心配する必要はない、きみがそういう原因を作らないかぎりね」

「決して、決してそんなことはいたしません」オリヴァーは間髪入れずに言った。

「そう望んでいる」老紳士は答えた。「きみが原因を作ることはないと思うよ。私も手助けしていた人たちにがっかりさせられたことはある。だが、それでもきみのことは信用したいと強く思うのだ。そして自分でも説明できない理由から、さらに強く、きみのためになることをしたいと思っている。私があらんかぎりの愛情を捧《ささ》げた人たちは墓の底に横たわっている。わが人生の幸せと喜びもそこに眠っているが、この心の棺《ひつぎ》はまだ作っておらず、私のもっとも温かい愛情をそこに永遠に封印したわけではない。深い苦悩は愛情を強めるだけだ。そうあるべきだろう。苦悩はわれわれの本性に磨きをかけるのだから」

老紳士は低い声で、同席者というより自分にそう話したあと、いっとき黙りこんだ。

オリヴァーは身じろぎもせずに坐っていた。息をすることすら怖かった。

「まあいい」老紳士はやがて少し明るい声で言った。「こんな話をするのは、きみが若い心を持っていて、私が大きな苦痛と悲しみに打たれているのを知れば、今後もっと気をつけてくれるだろうと思うからだ。これ以上傷つけるのはよそうとね。きみは孤児でこの世に友だちひとりいないと言う。私がいろいろ調べてみたかぎりでは、そのことばに偽りはないようだ。きみ自身の話を聞かせてほしい――どこから来たのか、誰に育てられたのか、私がきみを見つけたときにいっしょにいた人たちと、どうやって知り合ったのか。本当のことを話すのだ。そうしてもし犯罪に手を染めていないことがわかったら、私が生きているあいだ、きみに友だちがいないということはなくなるよ」

オリヴァーはすすり泣いて、数分間話ができなかった。預かり所で育てられ、バンブル氏に貧民院に連れていかれたことをようやく語りはじめたとき、玄関のドアを妙にせっかちに二度叩く音がして、階段を駆け上がってきたメイドが、グリムウィグ氏の来訪を告げた。

「上がってくるのかね？」ブラウンロー氏が訊いた。

「はい」メイドは答えた。「この家にマフィンはあるかとお尋ねで、はいとお答えしましたら、お茶に呼ばれにきたとおっしゃって」

ブラウンロー氏は微笑み、オリヴァーのほうを向いて、グリムウィグ氏は古くからの友人で、少々がさつなところがあるけれど、根が立派な男だというのはわかっているから心配無用だと言った。

「ぼくは階下《した》におりましょうか」オリヴァーは訊いた。

「いや」ブラウンロー氏は答えた。「ここにいてもらいたい」

そこで太い杖《つえ》をついた恰幅《かっぷく》のいい老紳士が部屋に入ってきた。片足を引きずり気味にして、青い上着に縦縞《たてじま》のチョッキ、黄色い南京木綿《ナンキン》のズボンにゲートルを巻き、頭には白いつば広の帽子という恰好だった。帽子のつばの両端がめくれて裏地の緑が見えている。チョッキから非常に細かいひだのついたシャツの襟が飛び出し、その下に時計用のとても長い鉄の鎖が無造作にぶら下がっていたが、鎖の先には鍵《かぎ》しかついていなかった。白いネッカチーフの結び目はオレンジほどの大きさがあり、顔をひん曲げて作るさまざまな表情はなんとも言えない印象を与えた。話すときに首を一方にまわして、眼の端から相手を見る癖があり、見られたほうはオウムを思い浮かべずにはいられない。そんな態度でこの紳士は現れ、小さなオレンジの皮を持った手をぐいと突き出すと、不満げなうなり声で言った。

「これを見よ！　見えるかね。人の家を訪ねるたびに階段にこの忌々《いまいま》しい外科医の友が落ちているというのは、不思議きわまりないことじゃないか。オレンジの皮のせいでこの足は不自由になったが、しまいにこいつに命を奪われるのはわかっておる。そうなりますぞ、かならず。オレンジの皮がわが輩の死神になる。ならなければ、自分の頭を食べてもよろしい！」グリムウィグ氏は、何かを断言するときにはたいてい気前よくこうつけ足して自説の正しさを保証したが、彼の場合、この申し出は一段と現実離れしていた。たとえ議論の都合上、科学の進歩によって、人がその気になれば自分の頭を食べられるようになったと仮定しても、グリムウィグ氏の頭はとりわけ大きく、きわめつきの楽天家でも、一回で食べきれるなどと考える見込みはなかったからだ。それに髪粉がたっぷり振りかけられているとあっては、もはや論外である。

「この頭を食べますぞ！」グリムウィグ氏は杖で床をトンと突いてくり返した。「おや！　なんだ？」オリヴァーを見るや一、二歩あとずさりして言った。

「このまえ話した、オリヴァー・ツイスト少年だよ」ブラウンロー氏が言った。

オリヴァーはお辞儀をした。

「まさか例の熱を出していた子じゃあるまいね」グリムウィグ氏はさらに尻込《しりご》みした。「待て、話すな、言わんでくれ——」ふと思いついたことに有頂天になって、熱病の怖さも忘れたらしく、続けた。「オレンジの皮の犯人はこいつだな！　オレンジを食って、この皮を階段に捨てたのがこの子でなかったら、自分の頭を食べてみせる。彼の頭もだ」

「いやいや、この子はオレンジを食べていない」ブラウンロー氏が笑いながら言った。

「さあ、帽子を脱いで、私の若い友人と話してくれたまえ」

「とにかく、この問題は捨て置けないのだ」短気な老紳士は手袋を脱ぎながら言った。「外の舗道にはいつもいくらかオレンジの皮が落ちている。角の外科医の子が置くのだよ。わかっとる。昨晩、若い女がそれで足をすべらせ、うちの庭の垣根に倒れかかった。わが輩が家の窓から見ていると、すぐに立ち上がって、あの手招きしているような医者のおぞましい赤ランプのほうを見ていた。〝あの医者にはかからんほうがいいぞ〟とわが輩は窓から呼びかけた。〝あれは人殺しだ――人を捕まえる罠《わな》だ〟とね。実際そうなのだ。もしちがうなら――」癇癪《かんしゃく》持ちの老紳士は杖で床をドンと突いた。それは、口で言わずともいつもの申し出の意味だと友人たちは了解している。そして彼は杖を持ったまま腰をおろし、幅広の黒リボンでさげていた折りたたみ式の鼻眼鏡を開いて、オリヴァーを見た。オリヴァーは品定めされているのがわかって顔を赤らめ、もう一度お辞儀をした。

「これがその子か？」グリムウィグ氏はようやく言った。

「そうだよ」ブラウンロー氏が答え、オリヴァーににっこりとうなずいた。

「具合はどうだね？」グリムウィグ氏はオリヴァーに尋ねた。

「とてもよくなりました。ありがとうございます」オリヴァーは答えた。

ブラウンロー氏は、風変わりな友人が不愉快なことを言うのではないかと案じたのだろう、オリヴァーを階下にやって、そろそろお茶を出してもらいたいとベドウィン夫人に伝えさせた。訪問者の態度に不安を募らせていたオリヴァーは、喜んで指示にしたがった。

「顔立ちの整った少年だと思わないかね？」ブラウンロー氏が訊いた。

「どうだかな」グリムウィグ氏は顔をしかめて答えた。

「わからない？」

「ああ、わからない。男の子のちがいなどわからんよ。わかるのは二種類だけだ——粗《あら》挽《び》き粉みたいに青白いのと、牛肉みたいに血色のいいのと」

「で、オリヴァーはどっちだね？」

「粗挽き粉だ。ある友人の息子は牛肉でな——丸顔で、頬が赤くて、眼が輝いていて、いい子だとみんな言うが、体も手足もぱんぱんに太って青い服の縫い目がはち切れそうだし、声はオウム、食欲はオオカミで、ぞっとする子だ。直接本人を知っているが、あれはいかん！」

「いや」ブラウンロー氏は言った。「オリヴァー・ツイストにそういう特徴はないから、きみの逆鱗《げきりん》に触れることもないだろう」

「たしかにそういう特徴はない」グリムウィグ氏は答えた。「むしろもっと悪い特徴があるかもしれん」

ブラウンロー氏はむっとして咳《せ》きこみ、それがグリムウィグ氏をいたく喜ばせたようだった。

「もっと悪い特徴だよ」グリムウィグ氏はくり返した。「あの子はどこから来た？　何者だ？　何をしてる？　熱があったというが、なんの熱だ？　善良な人間は、熱は出さないものだ。ちがうかね？　ときどき熱病になるのは悪い人間だろう、え？　ジャマイカで主人を殺して絞首刑《こうしゆけい》になった男を知っとるが、熱病に六回かかったぞ。だからといって、恩赦の候補になったりはしなかった。はっ！　ナンセンスだ！」

じつのところ、グリムウィグ氏も心の奥底では、オリヴァーの外見や態度が信じられないくらい好ましいと思っていることを素直に認めたかったのだが、とかく反論することが好きな性格で、この日はオレンジの皮を見つけたことによって、それがいっそう高じていた。少年の顔立ちがいいか悪いかの判断を押しつけられるいわれはないと心中ひそかに考えて、最初から友人の意見に反対しようと決めていたのだ。ブラウンロー氏がどんな質問にも満足に答えられず、オリヴァーの前歴については、本人の体力が充分回復するまで調べないことにしたと認めると、グリムウィグ氏は意地悪く笑い、家政婦は毎晩食器を数えることにしているかと、ほくそ笑みながら尋ねた。もし陽の燦々《さんさん》と輝くある朝、スプーンが一、二本なくなっていなかったとしたら、自分は喜んでこの頭を……云々《うんぬん》。

ブラウンロー氏は、みずからもカッとなりやすい性質《たち》ではあったが、友人の特異な性格を知っているので、終始にこにこと我慢強く聞いていた。お茶を飲みはじめたグリムウィグ氏はすこぶる上機嫌になり、マフィンを非の打ちどころがないと激賞した。会話は和やかに続き、あとから加わったオリヴァーも、荒々しい紳士のまえでそれまでなかったほどくつろいできた。

「ところで、オリヴァー・ツイストの人生の完全、正確、詳細な説明はいつ聞くつもりだね?」お茶の締めくくりに、グリムウィグ氏がブラウンロー氏のほうを向き、オリヴァーを横目で見ながら話を蒸し返した。

「明日の朝だ」ブラウンロー氏は答えた。「できればふたりきりで話したい。明日の朝十時にまた来てくれるな、オリヴァー?」

「はい、わかりました」オリヴァーはためらいがちに答えた。グリムウィグ氏にあまりに鋭い視線を送られてまごついたのだ。

「ひとつ言っておこう」そのグリムウィグ氏がブラウンロー氏に囁《ささや》いた。「明日の朝、彼は来ないぞ。いまためらっていた。あんたをだましとる証拠だ、わが友」

「誓ってもいいが、だましてなどいない」ブラウンロー氏は温厚に答えた。

「もしだましていなければ」とグリムウィグ氏。「わが輩は――」杖が打ちおろされた。

「彼が正直であることに命を賭《か》けてもいい」ブラウンロー氏は机を叩いて言った。

「それなら、だましているほうにこの頭を賭ける」グリムウィグ氏も机を叩いて応じた。

「いずれわかる」ブラウンロー氏はこみ上げる感情を抑えて言った。

「さよう」グリムウィグ氏は挑発するように微笑んだ。「いずれわかる」

不幸な巡り合わせで、このときたまたまベドウィン夫人が小さな本の包みを持ってきた。すでにこの伝記に登場した例の本屋で、ブラウンロー氏がその朝買った本だった。ベドウィン夫人は包みを机に置くと、部屋から出ようとした。

「使いの少年を引き止めてくれ、ミセス・ベドウィン」ブラウンロー氏は言った。「渡さなければならないものがある」

「もう行ってしまいました」ベドウィン夫人は答えた。

「呼び戻してくれ」とブラウンロー氏。「大事なことなのだ。気の毒なあの本屋にまだ代金を払っていない。返したい本も何冊かあるし」

玄関のドアが開いた。オリヴァーが通りの一方に、メイドがもう一方に走った。ベドウィン夫人は階段に立って大声で使いの少年を呼んだ。しかし、少年は見当たらず、オリヴァーと娘も息を切らして戻ってきて、どこにもいなかったと報告した。

「なんということだ。残念でしかたない」ブラウンロー氏は嘆いた。「あの本はどうしても今晩じゅうに返したかったのに」

「オリヴァーに行かせればいい」グリムウィグ氏が皮肉な笑みを浮かべて言った。「無事に届けてくれることだろう」

「ええ、ぼくに持っていかせてください、もしよろしければ」オリヴァーは言った。「着くまで休まずに走っていきます」

いかなる理由でもオリヴァーを外出させるべきではないとブラウンロー氏が言おうとしたところで、グリムウィグ氏の悪意に充《み》ち満ちた咳が割りこみ、結局ブラウンロー氏は行かせようと決意した。オリヴァーをこの使いにすぐに出すことで、グリムウィグ氏の疑念を、少なくともこの点に関しては、たちどころに晴らしてやろうと思ったのだ。

「行ってくれるか」老紳士は言った。「本は私の机の横の椅子《いす》に置いてある。取ってきてくれ」

オリヴァーは役に立てることがうれしく、大急ぎで二階から本を抱えて戻ってくると、帽子を手に取り、本屋に伝えることを聞こうと待ち構えた。

「こう伝えてくれ」ブラウンロー氏はグリムウィグ氏を見すえて言った。「この本を返しにきました、つけにしてもらっている四ポンド十シリングもお支払いします、とね。これは五ポンド紙幣だから、十シリングのお釣りをもらってきてくれ」

「十分以内に戻ってきます」オリヴァーは意欲満々で答えた。上着のポケットに紙幣を入れてボタンをかけ、本を落とさないようにしっかりと抱えて、恭《うやうや》しく一礼し、部屋から出ていった。ベドウィン夫人が玄関まで見送りにいって、いちばんの近道、本屋の名前、通りの名前などを細かく指示し、オリヴァーはすべてきちんと憶《おぼ》えたと言った。慎重派のベドウィン夫人は、念のため数多くの禁止事項を追加し、風邪を引かないようにと注意したうえで、ようやくオリヴァーの出発を許可した。

「あの子を守りたまえ！」老婦人は少年を見送りながら言った。「なんだか、姿が見えなくなるのがつらすぎますよ」

ちょうどそのときオリヴァーが明るい顔で振り向き、うなずいて、角の向こうに消えた。老婦人もにこやかにうなずき、ドアを閉めて自室に戻った。

「そうだな、せいぜい二十分で戻ってくるだろう」ブラウンロー氏は言うと、懐中時計を出して机に置いた。「そのころには暗くなる」

「ほう！　本気で帰ってくると思っているのかね」グリムウィグ氏が言った。

「思わないのか？」ブラウンロー氏は微笑んで訊いた。

グリムウィグ氏の胸の内に反発心が湧《わ》き起こっていた。友人の自信ありげな微笑みで、それはますます強まった。

「ああ」彼は言って、机に拳《こぶし》を振りおろした。「思わんね。新しいスーツを着て、高価な本を何冊も抱え、ポケットには五ポンド紙幣が入っとるんだ。昔の盗人《ぬすっと》仲間のところに戻って、あんたをあざ笑うさ。もしあの子がこの家に戻ってきたら、この頭を食ってみせる」

グリムウィグ氏はそう言うと、椅子を机に引き寄せた。友人ふたりは無言で期待しつつ、時計をあいだに置いて坐っていた。ここでひとつ、われわれが自分の判断を過度に重んじ、きわめて性急で軽はずみな結論にも胸を張って飛びつく例として、述べておいたほうがいいだろう。グリムウィグ氏は本来性格の悪い人ではなく、敬愛する友人がだまされ、裏切られるのを見るのは忍びないと心から思うはずだったが、このときだけは、オリヴァー・ツイストが戻ってこないようにと必死で念じていたのだ。人の本性はそういう矛盾で成り立っている。

あたりが暗くなり、時計の文字盤がほとんど見えなくなっても、ふたりの老紳士は時計をあいだに置いて、黙然と坐っていた。

15

陽気な老ユダヤ人とナンシー嬢が、どれほどオリヴァー・ツイストに好意を寄せているかについて

時計をあいだに挟んでふたりの老紳士を坐《すわ》らせ、暗くて文字盤が見えなくなるずっと先まで放置して、ともにオリヴァーの帰りを疑いながら一方は勝ち誇り、他方は悲しむ状態にしておくことは、厳密に言うと、長らく構想し計画してきたこの散文叙事大作(それが筆者の意図である)のめざすところではない。だとしても、せっかくの機会なので、この世で報酬が得られそうもないのに同胞に善行をほどこそうとするのが明らかに得策でないことについて、いやむしろ、ひとつの望み薄の事例でわずかな慈悲や同情を示して裏切られたあと、そんな心の弱さを永遠に捨て去る厳しい処世術について、いくつか賢明な考え方を紹介して読者をもてなしたい。

そんな助言をして、堅実で常識的な道からわずかにはずれるだけでも、その道を昔から歩いてきた優秀で徳の高い大勢の人々の非難にさらされることはわかっている。それでもあえて筆者は、この手法には多様で長期的な利点があると主張する。つまり、もし

慈悲の対象に選んだ人物がたまたま予想を完全に覆《くつがえ》してうまくやり、あなたの支援をもとに向上し、成功した場合、彼はあなたの善意を天にも届けと褒めたたえるだろう。そうしてあなたの評価は定まり、ひそかに多大な善行を積んでいるが、その二十分の一も人目に触れることがない、もっとも尊敬すべき人物として知られることになる。逆に、たとえ相手のあくどい性質が露呈し、不品行が目立ったとしても、あなたのほうは、まぎれもなく欲得抜きで援助の手を差し伸べ、相手に裏切られたことで人間嫌いになり、二度とだまされないように、もうどんな男も女も子供も助けないと即座に厳粛な誓いを立てる（しかも後悔するのはあなただけだ）わけだから、むしろ最高の立場である。私はこのどちらかの状況になった人を大勢知っているが、彼らが知人全体のなかでも格段に敬われ、大切にされていることは請け合っていい。

しかしながら、ブラウンロー氏はそういう人ではなかった。彼が頑固なまでに善をなすのは、それが善であるから、それによって自分の心が満足するからだった。結果が悪かろうとくじけず、個々の場合で恩知らずがいても、人類全体に復讐《ふくしゅう》しようとは思わない。よって筆者も、彼についてそのような邪推はしないことにする。この決定が理由不足だというのなら、すでに述べたように、もっとわかりやすい、答える必要のない別の理由もある――そもそもそれは私の本来の意図ではないのだ。

リトル・サフロン・ヒルのもっとも汚い界隈《かいわい》にある、天井の低い居酒屋の薄暗い客間、冬には一日じゅうガス灯がともり、夏も太陽の光はいっさい入ってこない陰鬱《いんうつ》なその部屋に、白鑞《しろめ》の計量カップと小さなグラスに覆《おお》いかぶさるようにして、酒のにおいを体の芯《しん》まで染《し》みこませた男が坐っていた。ビロードのコート、薄茶色のズボン、ハーフブーツ、そして長靴下という出でたち《い》から、それほどの暗がりのなかでも、経験を積んだ警官なら一瞬のためらいもなくウィリアム・サイクス氏と認めたことだろう。足元には白い毛に赤い眼の犬が坐り、主人に両眼で同時にウインクを送ることと、最近の喧嘩《けんか》で得たらしい口の横の生傷をなめることに交互に専念していた。

「おとなしくしてろ、この用なし！　おとなしく！」サイクス氏が突然沈黙を破った。犬のウインクさえ疎《うと》ましいほど深い瞑想《めいそう》に入っていたのか、考えこんだことで感情が昂《たか》ぶりすぎ、それを鎮《しず》めるために罪もない動物を蹴《け》るしかなかったのか。原因については議論と考慮を要するが、いずれにせよ、犬は結果として蹴りと罵倒《ばとう》の両方を与えられた。

犬というのは、だいたい主人から危害を加えられても仕返しをしないものだが、サイクス氏の犬は主人同様、気性に難があり、このときには蹴られたのがよほど腹にすえかねたのだろう、なんの迷いもなくいきなり主人のハーフブーツの一方に牙《きば》を立て、激しく揺さぶったあと、長椅子《ながいす》の下に退却してうなった。おかげで、サイクス氏が頭めがけて投げつけた白鑞のカップを際《きわ》どくよけることができた。

「この野郎」サイクスは火かき棒をつかみ取り、もう一方の手でポケットから引き出した大きな折りたたみナイフをゆっくりと開いた。「こっちへ来い、この根っからの悪魔め！ こっちだ！ 聞こえたか」

犬はまちがいなく聞いていた。サイクス氏がもっとも荒々しい声と、荒々しい口調でしゃべっていたからだ。しかし、どうやら喉《のど》をかき切られることに説明のつかない反意を示したかったようで、長椅子の下から動かず、いっそう獰猛《どうもう》にうなり、同時に火かき棒の先に食いついて野獣のように咬《か》んだ。

この抵抗も相手をさらに怒らせただけだった。サイクス氏は両膝《ひざ》をついて犬を猛烈に攻撃しはじめた。犬は右から左、左から右へ跳んで逃げ、咬みつき、うなり、吠《ほ》えた。男は突き、罵《ののし》り、叩《たた》き、毒づいた。闘いが双方にとって致命的な局面になった矢先、ドアが突然開き、犬が飛び出していって、両手に火かき棒と折りたたみナイフを持ったビル・サイクスは取り残された。

喧嘩にはかならずふたり必要だと古《いにしえ》の格言にある（訳注　十七世紀のイギリスの聖職者・歴史家トマス・フラーのことば）。犬という相手がいなくなったサイクス氏は、ただちに喧嘩を吹っかける先を、いま入ってきた人間に求めた。

「なんの恨みがあって、おれと犬のあいだに割って入るんだ」サイクスは鋭く腕を振って言った。

「知らなかったんだよ、おまえさん、知らなかった」フェイギンが卑屈に答えた——入ってきたのは彼だったのだ。

「知らなかっただと！　この腰抜けの盗人《ぬすっと》め！」サイクスはうなった。「物音が聞こえただろうが」

「ちっとも聞こえなかった。ぜったいにだ、ビル」ユダヤ人は答えた。

「だろうとも、おまえには何も聞こえない。聞こえるもんか」サイクスは猛々《たけだけ》しくあざ笑った。「こそこそ出入りしやがって。出入りするところを他人《ひと》に聞かれないようにしてるわけだ。おまえが犬だったらよかったよ、フェイギン、三十秒ほどまえに」

「どうして？」ユダヤ人は作り笑いを浮かべて訊《き》いた。

「犬畜生の半分の根性もないおまえみたいなやつの命は、お国が守ってくれるが、犬は飼い主が好きなときに殺してもかまわないからな」サイクスは答え、意味ありげな表情でナイフを閉じた。「だからさ」

ユダヤ人は手をもみ合わせ、机について坐り、友人の冗談を笑い飛ばすふりをしたが、ひどく怯《おび》えているのは明らかだった。

「にやにやしてろ」サイクスは火かき棒をもとの場所に戻し、容赦なく見下す視線で相手を観察した。「してるがいい。だが、おれのことは嗤《わら》えんぞ、首吊《くびつ》りの袋をかぶるまで。おれのほうが一枚上手《うわて》なんだよ。死ぬまでそれは変わらん。そう、おれが行くときゃ、おまえも道連れだ。だからせいぜいおれに尽くすんだな」

「いやいや、おまえさん」ユダヤ人は言った。「そんなことはみなわかっとる。わしら――わしらは――持ちつ持たれつだ。ビル、お互いさまだよ」

「はん！」サイクスはユダヤ人のほうが得をしていると言いたげだった。「おい、おれに何を言いにきた？」

「坩堝《るつぼ》で全部無事に溶けた（訳注　盗品をすべて売ったという意味）」フェイギンは言った。「あんたの取り分を持ってきたんだ。本当ならもっと少ないところだが、まあ、次もまたわしに稼がせてくれるのはわかっとるから――」

「戯言《たわごと》はよせ」強盗は苛立《いらだ》って答えた。「おれの分はどこだ。さっさとよこせ！」

「はい、はい、ビル、待ってくれ、そう焦《あせ》らないで」ユダヤ人はなだめるように言った。

「ほら、ちゃんとここにある」と胸元から古い木綿のハンカチを取り出し、端の大きな結び目をほどいて、小さな茶色の紙包みを見せた。サイクスはそれを引ったくり、すぐさま開くと、なかのソブリン金貨を数えはじめた。

「たったこれだけ？」

「それだけだ」ユダヤ人は答えた。

「来る途中で包みを開いて、金貨の一、二枚呑《の》みこんでないだろうな？」サイクスは疑う目つきで尋ねた。「傷ついたような顔をするな。これまで何度もやってるだろうが。チンチンを引け」

わかりやすい英語で言えば、それは呼び鈴を鳴らせという命令だった。呼び鈴に応《こた》えたのは別のユダヤ人で、フェイギンより若いが、見た目は同じくらい汚れきって不快だった。

ビル・サイクスは黙って空っぽの計量カップを指差した。そのユダヤ人は完璧《かんぺき》に意図を察して酒を取りに戻っていったが、そのまえにフェイギンと何やら特別な表情を交わした。フェイギンはそれを期待していたかのように一瞬眼を上げ、第三者にはわからないほど小さくかぶりを振って応じた。犬に咬み切られた靴紐《くつひも》を屈《かが》んで結び直していたサイクスは気づかなかったが、もしユダヤ人ふたりの合図を目にしていれば、不吉な予感に打たれたかもしれない。

「誰かいるか、バーニー?」フェイギンが尋ねた。いまやサイクスに見られていたので、床から眼を上げずに話していた。

「いや、誰も」バーニーは答えた。心からのことばだったかどうかは別にして、その声は鼻から出てきた。

「誰もいない?」フェイギンは驚きの声で言った。本当のことを言ってもいいのだとバーニーに伝えようとしたのかもしれない。

「ビス・ダンシー以外、誰も」バーニーは答えた。

「ミス・ナンシーか!」サイクスが叫んだ。「どこにいる? あいつの生まれつきの才能を褒めんわけにはいかんな、まったく」

「バーで茹《ゆ》でた牛肉を食《だ》べてます」バーニーは答えた。

「ここに呼べ」サイクスはグラスに酒をつぎながら言った。「ここに来させろ」

バーニーは許可を求めるように、おずおずとフェイギンを見た。フェイギンは黙ったままで、床から眼も上げなかった。バーニーは引き下がり、ボンネット、エプロン、籠《かご》と、仕上げに玄関の鍵《かぎ》で飾られたナンシー嬢を連れて戻ってきた。

「手がかりを見つけたんだな、ナンシー？」サイクスはグラスを差し出して訊いた。

「ええ、見つけたわ、ビル」娘は酒を飲み干して答えた。「うんざりもしてる。あの子は病気になって、ベッドから出られなくなって――」

「ああ、ナンシーや！」フェイギンが顔を上げた。

その赤い眉毛《まゆげ》が奇妙に寄り、落ち窪《くぼ》んだ眼がなかば閉じられたことが、しゃべりすぎるなというナンシー嬢への警告だったのかどうかは、あまり重要ではない。ここで注目すべきは事実のみであり、その事実とは、ナンシーがふいに口をつぐみ、サイクスに何度かやさしく微笑《ほほえ》んだあと、別の話題に切り替えたことだった。それから十分ほどたつと、フェイギンは咳《せき》の発作に襲われ、それを見たナンシーはショールを肩にかけて、そろそろ帰る時間だと宣言した。サイクスも、途中まで同じ方向だから行くと言い、ふたりはいっしょに出ていった。犬は飼い主が見えなくなるなり裏庭からこっそり出てきて、ふたりからいくらか距離を置いてついていった。

フェイギンはサイクスが去ったドアから首を突き出し、彼が暗い通路を歩いていくのを確かめてから、握った拳《こぶし》を振りまわし、すさまじい呪詛《じゅそ》のことばを吐いた。そして怖《おそ》ろしい顔つきでまた机につくと、ほどなく警察広報紙ヒュー・アンド・クライの興味深いページに夢中になった。

そのころオリヴァー・ツイストは、陽気な老紳士のすぐそばまで来ているとは夢にも思わず、本屋へ向かっていた。クラーケンウェルまでたどり着くと、予定していなかった脇道《わきみち》にたまたま入ってしまい、半分ほど進んでようやくまちがいに気づいた。この道でも行けるはずだからわざわざ引き返すまでもないだろうと、本を小脇に抱えて足早に歩きつづけた。

自分はどれほど幸せで、どれほど恵まれていることか、飢えて打ちすえられ、いまごろ死にかけているかもしれないかわいそうなディックに、ひと目でも会えないものかと考えながらオリヴァーが歩いていると、若い娘がとても大きな声で、「ああ、あたしの可愛《かわい》い弟！」と叫んだので、ぎょっとした。何事かと眼を上げる間もなく、首に両手がかかって抱きとめられ、動けなくなった。

「やめて！」オリヴァーは叫んでもがいた。「離して！　誰？　どうしてぼくを捕まえるの？」

それに対する答えは、自分を抱きしめている娘が次々と放つ悲嘆の叫びだけだった。彼女は手に小さな籠と玄関の鍵を持っていた。

「ああ、よかった！　見つけたわ！　ああ、オリヴァー！　オリヴァー！　本当にいけない子、あたしをこんなに心配させて苦しめるなんて。おうちに帰りましょう、さあ、来なさい。ああ、見つかった。天の神様、本当にありがとうございます。ついにこの子を見つけました！」支離滅裂なことばを発して、娘はまたわっと泣きだし、それがあまりに怖ろしいヒステリーのようだったので、様子を見にきたふたりの女が、獣脂でなでつけた髪をテカテカと光らせてやはり見物していた肉屋の少年に、医者を呼びにいったほうがいいのではないかと持ちかけるほどだった。怠惰に加えてどうやら能天気な肉屋の少年は、そんな必要はないと答えた。

「まあ、いいえ、いいえ、どうかお気になさらず」娘はオリヴァーの手をつかんで言った。「もうよくなりました。さあ、家に帰りましょう。いけない子ね、さあ早く」

「いったいどうしたんです？」見ていた女のひとりが尋ねた。

「ああ、奥さん」娘は答えた。「この子は一カ月ほどまえに、働き者で立派な両親のもとから逃げ出して、泥棒やら悪者やらの集団に加わって、母さんを胸が張り裂けるほど悲しませてたんです」

「なんてひどい子！」別の女が言った。

「さっさと家に帰りなさい、この小悪党！」もうひとりが言った。

「ちがいます」オリヴァーはひどく動揺して答えた。「こんな人、知りません。ぼくに姉さんなんていません。父さんも、母さんも。孤児なんです。ペントンヴィルに住んでます」

「まあ、あきれた。なんて意地っ張りなの！」娘は叫んだ。

「わっ、ナンシー！」そこで初めて相手の顔を見たオリヴァーは驚きの声をあげ、思わずうしろに下がった。

「ほら、あたしを知ってる。おわかりでしょう」ナンシーは大声で見物人に訴えた。「知らないふりはできないんです。家に帰らせてやってください、親切な皆さん。でないと、父さんも母さんも悲しくて死んでしまう。あたしの心も張り裂けそう！」

「いったい何事だ！」男がひとり、酒場から飛び出してきた。すぐうしろに白い犬がついていた。「おまえか、オリヴァー！　さあ、かわいそうな母さんのところへ帰れ、この犬ころめ！　すぐ帰るんだ！」

「この人たちは家族じゃない。知らない人たちです。助けて！　どうか！」オリヴァーは叫び、男の力強い腕のなかでもがいた。

「助けてだと！」男はくり返した。「ああ、助けてやるとも、この悪ガキ！　なんだ、その本は。盗んだんだな、え？　こっちによこせ！」そう言うと、男はオリヴァーから本を取り上げ、少年の頭を乱暴に殴った。

「それでいい！」屋根裏部屋の窓から見ていた野次馬が言った。「そいつの根性を叩き直すには、それしかないぞ！」

「もっともだ」寝ぼけ眼の大工が、同意の表情を窓に向けて叫んだ。

「本人のためよね！」ふたりの女が言った。

「こうされて当然だ！」男が答えてまた一発殴り、オリヴァーの襟首をつかんだ。「さあ来るんだ、チンピラ！　おい、ブルズアイ、こいつに注意しろよ。眼を光らせとけ！」

病み上がりで力が出ず、不意打ちと殴られたことで頭がぼうっとし、獰猛にうなる犬と男の暴力に震え上がり、こいつはやはり厚顔な小悪党だったと確信した見物人の群れに圧倒された、いたいけなひとりの子供に何ができただろう。あたりはすでに暗く、柄の悪いその界隈で救いの手を差し伸べる者もおらず、抵抗するだけ無駄だった。あっという間に少年は、迷路のように暗く狭い路地に引きずりこまれ、怖ろしい勢いで連れ去られた。途中たまらず何度か発した叫び声も聞き取れないほどだったが、聞き取れるかどうかは重要ではなかった。たとえ意味のわかることばが耳に入っても、気にする人間はひとりもいなかったからだ。

＊　＊　＊

ガス灯がともった。ベドウィン夫人はドアを開けて、いまかいまかと待っていた。メイドが通りを二十回は往復し、オリヴァーの気配はないかと探しまわっていた。そしてふたりの老紳士は、暗い客間で相変わらず時計をあいだに置いて、辛抱強く坐っていた。

16

ナンシーに捕まったオリヴァー・ツイストがどうなったか

狭い通りや路地を次々と抜けてついにたどり着いたのは、大きな広場だった。あちこちに動物の檻《おり》や、家畜市場であることを示すものが散らばっていた。ここに至って、サイクスは歩調をゆるめた。それまでの速さに娘がついてこられなくなっていたのだ。サイクスはオリヴァーのほうを向くと、ナンシーの手を握れと荒々しく命じた。

「聞こえたか?」オリヴァーがためらってまわりを見ているので、サイクスはどすの利《き》いた声で言った。

彼らは通り道からかなり離れた暗い隅にいた。オリヴァーには、抵抗しても無駄なことがわかりすぎるほどわかった。手を伸ばすと、ナンシーが両手でしっかりとつかんだ。

「もう一方はおれだ」サイクスは言い、オリヴァーの空いているほうの手を取った。

「よし。ブルズアイ!」

犬が見上げて、うなった。

「いいな、おまえ！」サイクスはもう一方の手をオリヴァーの喉《のど》に当て、残忍に宣言した。「もしこいつがどんなに小さな声でも一語でもしゃべったら、やめさせろ。わかったな」

犬はまたうなり、舌なめずりをしてオリヴァーを見やった。すぐにでも喉笛に咬《か》みつきたいと思っているかのように。

「こいつはキリスト教徒みたいに熱心なんだ。でなきゃ、この眼ん球をつぶされたっていいぜ」サイクスは、そこは認めてやるというふうに、暗く残忍な表情で犬を見た。「さあ、どうなるかはわかったな、ご主人様。逃げたけりゃ好きなだけ早く逃げな。この犬がすぐに遊びを終わらせてやる。ほら進め、小僧！」

めったにないこの愛情あふれることばに、ブルズアイは喜んで尻尾《しっぽ》を振り、オリヴァーに説いて聞かせるようにまたうなると、先頭に立って進んだ。

彼らが横切っているのはスミスフィールドだったが、オリヴァーには、上流階級の住むグローヴナー・スクウェアだと言われてもわからなかっただろう。暗く、霧の出た夜で、ちょうど雨も降りはじめた。店の明かりも濃霧のなかでほとんど届かない。その霧は見る間に濃くなり、通りや家々を暗く包みこんで、オリヴァーの眼には見知らぬ場所がますます別世界のように思えた。不安な気持ちがなおさら沈んで、胸を重くふさいだ。

急ぎ足でさらに少し進んだところで、教会の深い鐘の音が時を告げた。最初の一回でオリヴァーの先導者たちは立ち止まり、音のするほうを振り向いた。

「八時よ、ビル」鐘が鳴り終わると、ナンシーが言った。

「おれに言ってどうする。おれだって聞こえるさ。だろ？」サイクスは答えた。

「あの人たちにも聞こえたかしら」ナンシーは言った。

「もちろん」サイクスは答えた。「おれが牢屋《ろうや》にぶちこまれたのは、バーソロミューの市《いち》が立つ日だった。祭りで鳴らす一ペニーのトランペットが、ひとつ残らずピーピー聞こえてきてな。房に閉じこめられた夜は、外の大騒ぎのせいでおんぼろの監獄（訳注　スミスフィールドの南にあったニューゲート監獄）のなかがしんと静まり返って、扉の鉄板に思いきり頭をぶつけて死んじまいたくなったよ」

「かわいそうな人たち！」ナンシーは鐘が鳴った地区に顔を向けたまま言った。「ああ、ビル、みんな立派な若者なのに！」

「そう、おまえら女が考えるのは立派な若者のことだけだな！　あいつらは死んだも同然なんだから、どうでもいい」

　そう締めくくって、サイクス氏はこみ上げる嫉妬《しっと》を抑えこんでいるようだった。オリヴァーの手首をさらにきつく握りしめ、また歩けと命じた。

「待って」娘が言った。「もし今度八時の鐘が鳴るときに連れ出されて縛り首になるのがあんただったら、あたしは急いで通りすぎないよ、ビル。倒れるまでそのへんを歩き

まわる、雪が積もってても、肩にかけるショールがなくても」（訳注　ニューゲート監獄では朝八時に処刑が執行された）

「そんなことしてなんになる」感傷に縁のないサイクスが訊《き》いた。「ヤスリと二十ヤードの丈夫な縄を放りこんでくれないなら、五十マイル歩こうが、その場に立ってようが、おれにとっちゃ変わらない。さあ来いよ。そんなとこでおれに説教するな」

娘はいきなり大笑いし、ショールをもっときつく体に巻きつけた。そうして三人は歩いていったが、オリヴァーは彼女の手が震えているのに気づいた。ガス灯を通りすぎたときにその顔を見上げると、死んだように真っ青になっていた。

彼らは人通りも少ない汚れた道をたっぷり三十分は歩きつづけた。雨が激しく降りだしていたので、ほとんど誰にも会わず、会うのはみな、外見からして社会でおおむねサイクス氏と同じ地位にある人のようだった。やがて一同は、古着屋で埋め尽くされた汚れきって狭い通りに入った。先を走っていた犬はもう見張り役は終わったと思ったのか、ある店の入口のまえで止まった。明らかに住人のいない廃屋らしく、閉まったドアに貸家であることを示す板が釘《くぎ》で打たれてから長年たっているように見えた。

「よし」サイクスが注意深くまわりに目を配って言った。

ナンシーが鎧戸《よろいど》の下に屈《かが》むと、オリヴァーの耳に呼び鈴の音が聞こえた。彼らは通りの向かい側に渡り、しばらくガス灯の下に立っていた。窓がそっと上がるような音がして、まもなくドアが静かに開いた。するとサイクスが怯《おび》える少年の襟を容赦なくつかみ、三人はすぐさま家のなかに入った。その場で待っていると、彼らをなかに入れた人物がドアに鎖と閂《かんぬき》をかった。

廊下は真っ暗だった。

「誰かいるか」サイクスが聞いた。

「いない」声が答えた。聞いたことのある声だとオリヴァーは思った。

「爺《じい》さんは？」強盗は尋ねた。

「いる」声が答えた。「すっごくがっかりしてるよ。あんたに会いたがってるか？　まさか」

その話し方も声も、オリヴァーにはどことなく聞き憶《おぼ》えがあったが、暗闇《くらやみ》のなかでは声の主の体つきすら見当がつかなかった。

「蠟燭《ろうそく》をつけろ」サイクスが言った。「でないと、みんな首を折っちまう。それか犬を踏むかだ。踏んだら脚に注意しろよ、言っとくが」

「ちょっとここで待ってて。取ってくるから」声が言った。話し手の足音が遠ざかり、一分ほどすると、右手に持った裂けた棒の先端に獣脂の蠟燭を挟んだ、ジョン・ドーキンズ氏、またの名をアートフル・ドジャーの姿が現れた。

若い紳士はおどけたようににやりとしただけで、とくにオリヴァーを認めたそぶりも見せず、背を向けて、訪問者たちを階段の下へと案内した。がらんとした台所を通りすぎ、ドアを開けて、小さな裏庭に建てられたような、天井が低くて土のにおいのする部屋に入ると、大きな笑い声に迎えられた。

「おやまあ、こいつは大笑いだ！」笑い声を発していた肺の持ち主、マスター・チャールズ・ベイツが叫んだ。「また来たぜ！　はっ、なんてこった、また来たよ！　ねえ、フェイギン、こいつを見なよ。フェイギン、見てみな！　たまんない。こんなに愉《たの》しいことがある？　ああたまんない。笑い死にしそうだから誰か支えて」

マスター・ベイツは笑いを抑えられずに床にばたんと倒れ、五分ほど歓喜のきわみに達して痙攣《けいれん》したように足を蹴《け》り出していた。そして、ぴょんとまた立ち上がり、ドジャーから裂けた枝を引ったくると、オリヴァーに近づき、上から下まで眺めまわした。一方、ユダヤ人はナイトキャップを脱ぎ、当惑する少年に何度も深々とお辞儀をした。その間、アートフルはというと、もとより陰気なほうで、仕事の妨げになるときにはめったに浮かれ騒ぐこともないので、ひたすら熱心にオリヴァーのポケットのなかを探っていた。

「こいつの服、見てよ、フェイギン！」チャーリーが言って、オリヴァーの新しい上着に火が移るくらい蠟燭の光を近づけた。「この服！　超高級で極上の仕立て！　なんてこった、最高のカモだ。それにこの本も。まるで紳士だね、フェイギン！」

「こんなにめかしこんだところが見られてうれしいかぎりだ、おまえさん」ユダヤ人がわざとらしい慇懃《いんぎん》さでお辞儀をして言った。「アートフルから別のスーツをもらいな。その日曜向きのを汚すといけないから。どうして手紙をくれなかった？　来ると教えといてくれれば、夕食に何か温かい食べ物を用意しといたのに」

それを聞いてマスター・ベイツがまた爆笑した。あまりの大声にフェイギンも笑い、ドジャーですら微笑《ほほえ》んだ。しかし、アートフルはちょうど五ポンド札を引き当てたところだったので、喜んだのはチャーリーの笑いのせいか、紙幣を見つけたせいかはわからなかった。

「ほう！　そりゃなんだ」フェイギンがアートフルから紙幣をつかみ取ったのを見て、サイクスが詰め寄った。「おれのだ、フェイギン」

「いやいや、おまえさん」ユダヤ人は言った。「わしのだ、ビル、わしのだよ。あんたには本をやろう」

「おれのでないなら！」サイクスは一歩も譲らぬ構えで帽子をかぶった。「おれとナンシーのでないなら、という意味だが——この子はもとのところに戻すぜ」

ユダヤ人は驚き、オリヴァーもまったく別の理由からではあったが、驚いた。もとのところに戻すということで決着がつくなら、オリヴァーにとっては願ってもないことだ。

「ほら、こっちに渡せ」サイクスは言った。

「公平なやり方じゃない、ビル。とうてい公平じゃない、だろう、ナンシー？」ユダヤ人は問いかけた。

「公平だろうがなかろうが、渡すんだよ」サイクスは鋭く言い返した。「ほら早く！　おまえの捕まえたガキが逃げ出したのを片っ端から探して引っ捕らえてくる以外、ナンシーとおれに大切な時間のすごし方がないとでも思ってるのか。さあ、よこせ、この欲深な骸骨爺《がいこつじい》め。早く！」

こんなふうに品よく抗議して、サイクス氏はユダヤ人の親指と人差し指のあいだから紙幣をつまみ取り、冷ややかに老人の顔を見ながら小さくたたみ、ネッカチーフにくるんだ。

「おれたちの手間賃の一部だ」サイクスは言った。「半分にもならないがな。本は取っとけ、読みたいならな。読みたくなきゃ売りゃいい」

「ご立派な本だぜ」チャーリー・ベイツが言った。いろいろ変な顔をして、件《くだん》の本の一冊を読むふりをしていた。「きれいに書いてあるな、オリヴァー」虐待者《ぎゃくたいしゃ》たちを困惑顔で見つめるオリヴァーの姿に、類《たぐ》いまれな諧謔《かいぎゃく》精神に恵まれたマスター・ベイツは最初より激しい笑いの発作にみまわれた。

「それはあのおじさんの本なんです」オリヴァーは両手を握り合わせて言った。「熱が出て死にそうだったぼくを家に運びこんで介抱してくれた、やさしい紳士の。ああ、どうかあの人のところに戻して。本とお金を、あの人に！　ぼくは死ぬまでここにいてもいいんです。でもどうか、お願いだから、本とお金はあの人に返して！　ぼくが盗んだと思われてしまう。あのおばさんも——とてもやさしくしてくれたみんなが、ぼくが盗んだと思う。ああ、どうか情けをかけてください。本とお金を返して！」

ありったけの悲嘆の情をこめてそう言うと、オリヴァーはユダヤ人の足元にひざまずき、心底絶望して両手を打ち合わせた。

「この子は正しい」フェイギンはあたりをうかがい、濃い両眉《まゆ》を固くひとつに寄せて言った。「正しいよ、オリヴァー。おまえさんの言うとおりだ。彼らは本当におまえが盗んだと思うだろうな。は、は！」ユダヤ人は手をこすり合わせて笑った。「わしらが頃合いを見計らったとしても、これほどうまくはいかなかったぞ！」

「もちろんさ」サイクスが答えた。「おれにはわかった。こいつが本を抱えてクラーケンウェルを歩いてくるのを見てすぐ思ったよ。いい案配だ。あいつらは心やさしい讃美《さんび》歌歌《か》いさ。でなきゃこいつを運びこんだりはしなかった。もうこいつを告訴して牢屋に放りこみたくないから、人に訊いて探しまわったりしない。こいつは心配ないぜ」

そんなことが話されているあいだ、オリヴァーは頭が混乱してほとんど理解できないかのように、彼らをひとりずつ見ていたが、ビル・サイクスが話し終えるなり、さっと立ち上がって部屋から飛び出し、金切り声で助けを求めた。少年の声ががらんどうのぼろ家の天井にこだました。

「犬をけしかけないで、ビル！」ナンシーが叫んで、ドアのまえに駆け寄った。ユダヤ人とふたりの徒弟がオリヴァーを追って大急ぎで出ていったあと、ドアを閉めた。「犬は押さえておいて。あの子をばらばらに食いちぎるから」

「いい気味さ！」サイクスが、すがりつくナンシーを振りほどこうとしながら怒鳴った。「おれから離れろ。さもないと頭を壁に打ちつけて、かち割るぞ！」

「そうなったってかまわない、ビル。かまわないわ」娘はサイクスと組んずほぐれつしながら叫んだ。「犬にあの子を食いちぎらせるのなら、まずあたしを殺してからにして」

「やらいでか！」サイクスは狂暴に歯をむいて言った。「すぐそうしてやる、そこをどかないなら」

強盗が娘を部屋の反対側まで放り飛ばしたとき、ユダヤ人とふたりの少年がオリヴァーを引きずって戻ってきた。

「いったいどうした」ユダヤ人がまわりを見て言った。

「こいつ、頭がいかれたようだ」サイクスが野蛮に答えた。

「いいえ、そんなことない」取っ組み合いで青くなり、息を切らしたナンシーが言った。

「そんなことないわよ、フェイギン、言っとくけど」

「なら静かにしてくれるか」ユダヤ人は脅しつけるような顔で言った。

「いいえ、それもしない」ナンシーは大声で答えた。「ほら、わかるでしょ？」

フェイギン氏は、ナンシー嬢が属している女という人種の態度や習慣に充分つうじていたので、いまの彼女とこれ以上会話をするのはあまり安全ではないと確信した。一同の関心をそらすために、オリヴァーのほうを向いた。

「逃げたかったのかな、おまえさん？」ユダヤ人は言って、暖炉の隅に置いてあったギザギザとこぶだらけの棍棒《こんぼう》を取った。「え？」

オリヴァーは答えなかったが、ユダヤ人の動きを見て呼吸が速くなった。

「助けてもらいたかったのか——サツを呼んで？」ユダヤ人は鼻で嗤《わら》い、少年の腕をつかんだ。「性根を入れ替えてやろうな、おまえさん」

ユダヤ人は棍棒でオリヴァーの肩を打ちすえた。二度目を振りおろそうとしたとき、娘がすばやく進み出て老人の手から棍棒をもぎ取り、勢いよく火のなかに投げこんだ。赤く燃えた石炭が部屋のなかに飛び散った。

「黙って見てるわけにはいかないよ、フェイギン」娘は叫んだ。「捕まえたんだから、ほかに何をする必要があるの。この子をそっとしといて——そっとしとくの。でないと、あたしがこの若さで絞首台《こうしゅだい》に送られることになったって、あんたたちをひどい目に遭わせてやる！」

娘はこの脅し文句とともに床をどんと踏み鳴らした。唇を引き結び、拳《こぶし》を握りしめて、ユダヤ人ともうひとりの泥棒を代わる代わる睨《にら》みつけた。怒りが徐々に募って、顔から血の気が引いていた。

「これは、ナンシー！」ユダヤ人は落ち着きを失い、サイクス氏といっとき眼を見交わしていたが、なだめる口調で言った。「おまえさん、今晩はいつにも増して冴《さ》えてるな、は、は！　いやはや、見事な演技だ」

「でしょうとも！」娘は言った。「あたしがその演技をやりすぎないように、そっちで気をつけて。そうなったら困るのはあんただからね、フェイギン。だからいまのうちに言っとくけど、あたしに近寄るんじゃないよ」

怒った女をさらに刺激しようという男はめったにいない——とりわけ、そうした強烈な感情に自棄と絶望の荒々しい衝動が加わったときには。ユダヤ人は、ナンシー嬢が本気で憤《いきどお》っているのに気づかないふりをしてももはや無駄だと悟り、本人も気づかぬうちに数歩あとずさりして、なかば哀願し、なかば気後れした眼をサイクスにちらっと向けた。会話を続けるのに最適な人物はあんただと言わんばかりに。

サイクス氏はその無言の訴えを受けて、ナンシーなどすぐに説き伏せられるというプライドと影響力も手伝ってか、矢継ぎ早に四十もの罵《ののし》りと脅しのことばを投げつけた。そのすぐれた創意工夫の才が十二分に発揮された集中攻撃だったが、当の相手にこれといった効果が現れなかったので、より確実な手段に訴えた。

「どういうつもりだ」と訊いて、人の顔でもっとも美しい部分、すなわち眼に関するお得意の悪罵《あくば》をつけ足した。その卑語が下界で発せられる五万回のうち一回でも天の神に届いたら、失明がはしかと同じくらい流行《はや》ってしまうだろう。「どういうつもりだ。まったく！　自分がどういう人間でどうやって暮らしてるか、わかってるのか」

「ええ、何もかもわかってますとも」娘はヒステリックに笑って答えた。無頓着《むとんじゃく》を装って首を左右に振っているが、わざとらしかった。

「なら黙ってろ」サイクスは答え、犬に命令するときのようにうなった。「でないと、おれが遠い先まで黙らせてやる」

娘は多少落ち着きを失ったとはいえ、また笑い、サイクスを一瞥《いちべつ》してぷいと横を向き、血がにじむまで唇を噛《か》んだ。

「ご立派なことだな」サイクスは見下すように彼女を眺めてつけ加えた。「急に情け深いしとやかな女になりやがって！　おまえの〝あの子〟が味方にするにはもってこいだ！」

「ほんとにそのとおりよ！」娘は熱情をたぎらせて叫んだ。「この子をここに連れてくるのを手伝うくらいなら、そのまえにいっそ通りで殴り殺されるか、今晩あたしたちがすぐそばを通りすぎた死刑になる人たちと入れ替わってればよかった。今晩から先、この子は泥棒、嘘《うそ》つき、悪魔、とにかく悪いものすべてになるんだから。殴らなくたって、この恥知らずの爺さんには充分じゃないの？」

「なあ、サイクスや」ユダヤ人は、真剣に注意を払っている少年たちのほうに手を振って抗議混じりに訴えた。「わしらは丁寧なことば遣いをしないとな――丁寧なことばだ、ビル」

「丁寧なことば！」娘が叫んだ。その激情は見るからに怖《おそ》ろしかった。「何が丁寧なことばなもんですか、この悪党！　ええ、あたしもあんたに丁寧なことば遣いをしないとね。あたしはこの子（とオリヴァーを指差して）の半分の歳《とし》にも満たないころ、あんたのために盗みをした。それからずっと同じ商売で、同じように尽くしてきてる。十二年間もね。忘れたの？　なんとか言いなさいよ。忘れたの？」

「いやいや」ユダヤ人は彼女の怒りを鎮《しず》めようとした。「ここまでやってきたのなら、それが生活の糧《かて》というものだろう」

「ええ、そうよ！」娘はそれを話すというより、長く荒々しい金切り声で一気に吐き出した。「あたしの生活の糧。そして冷たくて濡《ぬ》れて汚い通りがあたしの家。ろくでなしのあんたが、あたしをそんなところに送りこんだ。あたしは毎日、昼も夜もずっとそこにいる、死ぬまでね！」

「ひどい目に遭わせるぞ！」ユダヤ人は娘の非難に業《ごう》を煮やしてさえぎった。「いつまでもほざきつづけるなら、それよりずっとひどい目に遭わせてやる！」

娘はそれ以上しゃべらなかったが、狂ったようにいきなり髪の毛を振り乱し、服を引きちぎってユダヤ人に突進した。タイミングよくサイクスに手首をつかまれなかったら、おそらく老人に復讐《ふくしゅう》の爪跡を残していただろう。捕らえられた彼女は何度か無駄な抵抗をしたあげく、気を失った。

「これで大丈夫だ」サイクスは部屋の隅に娘を横たえて言った。「腹を立てると、こういうふうに常人離れした腕力を振るうんだ」

ユダヤ人は騒動からやっと解放されたというふうに額の汗をぬぐって微笑んだ。しかし彼も、サイクスも、犬も少年たちも、これを仕事につきものの出来事ぐらいにしか考えていないようだった。

「これが女のいちばん面倒なところだ」ユダヤ人は言って、棍棒をもとの場所に戻した。「だが、女は賢い。それに女たち抜きでこの商売の成功は覚束《おぼつか》ない――チャーリー、オリヴァーを寝床に連れていけ」

「こいつ、明日は一張羅を着ないほうがいいだろ、フェイギン?」チャーリー・ベイツが訊いた。

「もちろんだ」ユダヤ人はチャーリーが質問に添えたにやにや笑いに、同じ笑いで応《こた》えた。

マスター・ベイツは与えられた任務に大いに満足した様子で、先の割れた棒を取って、オリヴァーを隣の台所に連れていった。そこに彼も寝たことのある寝床が二、三個あった。チャーリーはまたしても抑えきれない笑いを何度も爆発させながら、オリヴァーがブラウンロー家で喜んで脱ぎ捨てたあの古いスーツを取り出した。それを買ったユダヤ人がフェイギンにたまたま見せたことが、オリヴァーの居場所を知る最初の手がかりになったのだった。

「その上等のやつを脱ぎな」チャーリーは言った。「フェイギンに渡して、しまっといてもらうから。ああ、ほんとに笑える！」

哀れなオリヴァーは嫌々したがい、マスター・ベイツは新しい服を丸めて小脇《こわき》に抱え、部屋から出ていった。オリヴァーはひとり暗闇に取り残され、外から鍵《かぎ》をかけられた。

チャーリーの笑い声と、都合よくやってきたベッツィ嬢の声が聞こえた。彼女は友人を回復させようと水をかけたり、女らしいほかの世話を焼いたりしていた。オリヴァーより幸せな状況に置かれた人なら、そうした物音で眠れなくなったかもしれないが、オリヴァーは疲れて気分も悪かったので、すぐにぐっすりと眠りこんだ。

17

オリヴァーの不運は続き、偉大な男がロンドンに招かれて彼の評判を傷つける

殺人が起きるよくできたメロドラマでは、舞台上で悲劇と喜劇の場面が、うまく燻製《くんせい》にされたベーコンの赤身と脂身《あぶらみ》の縞《しま》模様のように、何度も交互に出てくるのが通例である。英雄が足枷《あしかせ》と不幸の重みで藁《わら》のベッドに沈みこんだかと思うと、次の場面では、何も知らない彼の忠実な従者が滑稽《こっけい》な歌を披露して観客を愉《たの》しませる。ヒロインが誇り高く非情な男爵《だんしゃく》に捕らえられ、彼女の美徳のみならず命が危険にさらされて、一方を守り抜くためにもう一方を犠牲にしようと短剣を抜くところを観客が胸をどきどきさせて見ていると、期待が最高潮に達したところで笛が鳴り、場面は一転、城の大広間になって、灰色の髪の執事長が臣下たちと面白可笑《おもしろおか》しい合唱曲を歌う。滑稽な臣下たちは、教会の丸天井の礼拝堂から宮殿まであらゆる場所にぞろぞろと自由に出入りして、永遠に喜びの歌を歌いながら歩きまわるのだ。

そうした変化は一見馬鹿《ばか》げているが、決して不自然ではない。現実の生活において、

美味《おい》しそうな食べ物が並んだ食卓から死の床、喪服から休日の晴れ着といった移行は少しも意外ではない。ただし、われわれがひたすら見るだけの観客ではなく、あわただしく動きまわる俳優であるところは大きなちがいだけれども。舞台のかりそめの人生にいる俳優は、極端な移行や、情熱なり感情なりの急な動きに眼をつぶる。たんなる傍観者から見れば、それらは理不尽で非常識というそしりを免れないだろう。

突然の場面転換、時間と場所の急な変化は、本のなかで古来より用いられ、認められてきただけでなく、作家の偉大な技の見せどころと多くの人が考えてきた。批評家にとって、作家の技量はおもに、ほぼすべての章の終わりで登場人物に残されるジレンマによって決まる——

と、ここまでの短い導入部は不要だろうと考えるかたがおられるかもしれない。それでも書いたのは、オリヴァー・ツイスト少年を先の見えない困難な状況に放置し、彼とは無関係の話に移ることで読者をじらそうという意図は、これっぽっちもないことを示したかったからだ。筆者が願っているのは、この伝記を読みやすい速さで先に進めることだけである。可能なら読者にはこのまままつき合ってもらいたいし、それが無理ならあと一、二章、いくらか愉しい道を進んだあと、できればいつか戻ってきてほしい。じつのところ、書くべきことが多すぎて、いくら脱線したいと思ってもその余地がない。これを書くのは、読者に誠意を示したいからだ。読者と伝記作家のあいだには、完全な信頼関係と深い相互理解がどうしても必要である。こうして友好的に説明することの利点は、オリヴァー・ツイストの生誕の地に話を戻すと述べたときに、読者が、その旅にはもっともな理由があるのだろう、そうでなければ旅に誘われるわけがない、と自然に受け入れてくれることにある。

朝早く、バンブル氏が救貧院の門から現れて、恰幅《かっぷく》のいい体軀《たいく》を揺すり、威厳ある足取りでハイ・ストリートを歩いていった。小役人根性丸出しで、最高に誇らしげだった。三角帽と上着を朝の光にキラキラと輝かせ、意気揚々と杖《つえ》を握る様子には、いつまでも続きそうな健康と活力が感じられた。バンブル氏はいつも頭を高くもたげているが、この日はことのほか高くもたげていた。眼はどこかうつろで、高貴な雰囲気も漂わせていて、注意深いよそ者が見たら、教区吏の心にはとても口にできないほど偉大な考えが湧《わ》いていると思いこみそうだった。

通りがかりに小さな店の主《あるじ》たちが慇懃《いんぎん》に声をかけても、バンブル氏は立ち止まらなかった。彼らの挨拶《あいさつ》にただ手を振って返し、教区から幼い貧民の世話をまかされているマン夫人の預かり所に着くまで、威風堂々たる歩調を一度もゆるめなかった。

「やだ、またあの教区吏だよ！」マン夫人は、庭の門を苛立《いらだ》って揺するあのまぎれもない音を聞きつけて言った。「こんな朝早くに来るのは、あの人しかいない！――あらまあ、ミスター・バンブル、あなたではないかと思っておりましたよ。ああ、本当に、なんとうれしいことでしょう。さあ、客間へどうぞ、ぜひ」

最初のことばはスーザンに、歓喜の声はバンブル氏に向けられていた。心清き女性は門の閂《かんぬき》をはずし、教区吏にめいっぱいの関心と敬意を示して家のなかに招じ入れた。

「ミセス・マン」バンブル氏は言い、ありきたりの自惚《うぬぼ》れ屋《や》のようにすぐ椅子《いす》に坐《すわ》ったり、どすんと尻《しり》を落としたりせず、少しずつ、ゆったりと腰をおろした。「ミセス・マン、おはよう！」

「まあ、おはようございます」マン夫人は満面の笑みで答えた。「今日もお元気でいらっしゃるといいのですけれど」

「まずまずだね」教区吏は答えた。「教区の生活はいつもバラ色ではないよ、ミセス・マン」

「ああ、まったくそうですわね、ミスター・バンブル」夫人は答えた。幼い貧困者たちも、もし聞いていれば声をそろえて同意したことだろう。

「教区の生活はな、奥さん」バンブル氏は杖で机を叩《たた》いて続けた。「心配と、悩みと、忍耐の生活なのだ。しかし、公人たるもの嫌でも責務は遂行せねばな」

マン夫人はどういう意味かよくわからなかったが、同情した顔で両手を上げ、ため息をついた。

「ため息が出るのももっともだ、ミセス・マン！」教区吏は言った。

正しい所作だったことがわかって、マン夫人はもう一度ため息をついた。公人はそれに満足したらしく、三角帽を睨《にら》みつけることで、悦に入った笑みをこらえて言った。

「ミセス・マン、私はロンドンに行く」

「なんですって、ミスター・バンブル！」マン夫人は驚いてあとずさりした。

「ロンドンだよ、奥さん」頑固な教区吏は言った。「駅馬車でな。私と貧民ふたりだ。どこの教区が彼らの面倒を見るべきかという訴訟があるんだが、委員会が、クラーケンウェルの四季裁判所でその件について証言せよと私を指名したのだ――この私をね、ミセス・マン」そこで胸を張ってつけ加えた。「私の証言が終わるころには、クラーケンウェルの裁判所がぐうの音も出なくなるのではないかと大いに心配しとるんだがね」

「あら、お仕置きはほどほどになさいませ」マン夫人はおだてた。

「クラーケンウェルの裁判所がみずから招いた災いだよ、奥さん」バンブル氏は答えた。「もし裁判が期待はずれの結果に終わったとしても、彼らの自業自得《じごうじとく》というものだ」

バンブル氏がそう言いきったときの居丈高な態度に、並々ならぬ決意と覚悟が感じられたので、マン夫人は恐れおののいたらしく、やっとのことで言った。

「駅馬車で行かれるのですね？　貧しい者たちの移動にはいつも荷馬車を使うのかと思っておりました」

「彼らが病気のときにはな、ミセス・マン」教区吏は言った。「病気の貧民は、雨の日には屋根なしの荷馬車に乗せるのだ、風邪を引かないように」

「まあ！」

「競合する馬車屋が、そのふたりを運ぶのを安く引き受けてくれた」バンブル氏は言った。「ふたりともそうとう体が弱っていてね、埋葬するより外に運び出したほうが二ポンド安くなることがわかったのだ。つまり、よその教区に押しつけることができればだ。私はできると思うよ、彼らが道中で死んでわれわれに迷惑をかけないかぎり。は、は、は！」

しばらく笑ったあと、また三角帽に眼が留まって真顔になった。

「仕事を忘れるところだった、奥さん」教区吏は言った。「教区からあなたへのひと月分の給付金だ」

そう言って、札入れから紙に包んだ何枚かの銀貨を取り出し、受取を要求した。マン夫人は書いた。

「だいぶ汚れてますけど」子供の養育者は言った。「公式に通用しますよね、ありがとうございます、ミスター・バンブル。心から感謝いたしますわ、本当に」

夫人の丁寧なお辞儀に、バンブル氏はぶっきらぼうにうなずき、子供たちはどうしているかと尋ねた。

「あの子たちの可愛《かわい》らしい心に祝福を！」マン夫人は感情をこめて言った。「この上なく健康ですよ、愛《いと》しい子たち！　もちろん、先週亡《な》くなったふたりを除いてですけど。あと、小さなディックも」

「あの子はよくなっていないのか」バンブル氏が訊《き》くと、夫人は首を振った。

「不健康で性格も態度も悪い教区民だな、あれは」バンブル氏は腹立たしげに言った。

「どこにいる？」

「すぐ呼びますわ」マン夫人は答えた。「ディック、来て、ここへ！」

何度か呼んだあと、ディックが見つかった。顔を井戸のポンプの下に突っこまれて洗われ、マン夫人の部屋着でふかれて、教区吏バンブル氏の怖《おそ》ろしい姿のまえに連れてこられた。

その子は青白く瘦《や》せていた。頰はこけ、眼は大きくて明るかった。教区支給のぺらぺらの服、みじめなお仕着せが弱々しい体からだらりと垂れ下がり、幼い手足は老人のように細かった。

そんな小さな存在がバンブル氏に見おろされ、震えて立っていた。怖くて床から眼も上げられず、教区吏の声を聞くだけで怯《おび》えていた。

「偉いかたをきちんと見られないの？　意地っ張りだね」マン夫人が言った。

子供は従順に顔を上げ、バンブル氏と眼を合わせた。

「どうしたんだね、模範教区民ディック？」バンブル氏は時宜に適《かな》った冗談交じりに訊いた。

「なんでもありません」子供はか細い声で答えた。

「そう思いますよ」マン夫人が言った。むろんバンブル氏の絶妙なユーモアに大笑いしてからである。「何も足りないものはないはずだから、ぜったいに」

「お願いが——」子供はためらった。

「まあ！」マン夫人がさえぎった。「今度は何か足りないと言うつもりなのね。まったく、なんて恥知らずな——」

「待ちなさい、ミセス・マン。待て！」教区吏は権威を示すように手を上げて言った。「どういうことかな、きみ」

「お願いがあります」子供はためらった。「誰か字の書ける人がいたら、ぼくのためにちょっとだけ紙にことばを書き留めて、たたんで、封をして、ぼくがお墓に埋められたあとまで取っておいてもらえませんか」

「ふむ、この子は何を言いたいのだ」バンブル氏は大声をあげた。この種の訴えには慣れていたが、少年のただならぬ熱心さと青白い顔にいくらか注意を惹《ひ》かれた。「何が言いたいのだ、きみ」

「お願いです」子供は言った。「かわいそうなオリヴァー・ツイストに、ぼくの心からの愛を伝えてください。ぼくがどれほどひとりきりで坐って、暗い夜に誰の助けもなくさまよっているオリヴァーのことを思って泣いたか、教えてあげて。あとオリヴァーに知らせたいんです——」子供は小さな両手をぴたりと合わせ、必死の思いで話していた。「ぼくは小さいうちに死ねてうれしかったって。大人になるまで生きて、お爺《じい》さんになったら、いまお空にいる小さい妹がぼくのことを忘れちゃうかもしれないから。それか、子供と大人でおかしな組み合わせになる。ふたりとも子供のままでお空にいるほうがずっといいからって」

バンブル氏はなんとも言いようのない驚きに打たれて、小さな話し手の頭から爪先《つまさき》まで眺め、仲間の夫人のほうを向いて言った。「こいつらはみんな同じだ、ミセス・マン。あの言語断道のオリヴァーが全員を堕落させたのだ！」

「とても信じられない事態ですわ、ミスター・バンブル！」マン夫人は両手を上げ、ディックを睨《ね》めつけた。「こんなに面《つら》の皮の厚い小悪党は見たことがありません！」

「こいつをどこかへやってくれ！」バンブル氏は尊大に言い渡した。「委員会に報告するしかありませんな、ミセス・マン」

「委員の皆さんが、わたくしの責任だとお考えにならなければいいのですけれど」夫人は憐《あわ》れみを乞《こ》う口調になった。

「そこは理解してくださるだろう。私が事の真相を正しく知らせるからね」バンブル氏は偉そうに言った。「さあ、どこかへ連れていってくれ。見るのも不愉快だ」

ディックはただちに連れていかれ、石炭庫に閉じこめられた。そのすぐあとで、バンブル氏は旅の準備をするために家をあとにした。

翌朝六時、三角帽を丸い帽子に替え、ケープつきの大きな青い外套《がいとう》に身を包んだバンブル氏は、裁判で法定居住地が論じられる被告ふたりと駅馬車の外の席に乗りこみ、然《しか》るべき時間を経てロンドンに到着した。道中はふたりの貧民の意固地な態度に悩まされただけだった。終始ぶるぶると震え、寒い寒いと苦情を言いつづけたのだ。そのしつこさは、バンブル氏に言わせれば、彼自身まで歯が鳴ってひどく具合が悪くなるほどだった。そう言う本人は大きな外套を着ていたのだが。

ふたりの邪悪な貧民を一夜の宿泊先に預けると、バンブル氏は駅馬車が停まった宿屋に落ち着いて、ステーキにオイスターソース、黒ビール《ポーター》という控えめな食事をとった。それからジンのお湯割りのグラスを暖炉の上に置き、火のそばに椅子を寄せて、世の中にあまりにも広まっている不平不満という罪に、さまざまな道徳的考察を加えたのち、心地よくゆったりと坐って新聞を読みはじめた。

バンブル氏の眼がとらえた最初の段落は、次のような広告だった。

〝五ギニーの礼金

先週木曜の夕刻、オリヴァー・ツイストという名の少年が、ペントンヴィルの自宅から失踪《しっそう》したか誘拐されて、以来音信が途絶えています。オリヴァー・ツイスト少年の発見につながる情報を提供するか、本広告主が多くの理由から格別の関心を寄せている彼の来歴を明らかにしてくださるかたに、上記礼金をお支払いします〟

それに続いてオリヴァーの服装、容姿その他の外見、失踪時の様子が、ブラウンロー氏の名前と住所とともにくわしく記されていた。

バンブル氏は眼をみはって、その広告をゆっくりと、注意深く、三回読み返し、五分ほどあとにはペントンヴィルへ出発していた。興奮のあまりお湯割りのジンをひとなめもせず、暖炉の上に置いたままにしてきた。

「ミスター・ブラウンローはご在宅かな？」バンブル氏はドアを開けたメイドに訊いた。訊かれた娘は、ありがちなことだが、あいまいに答えた。「それはちょっと——どちらからいらっしゃいました？」

バンブル氏が来訪の説明でオリヴァーの名前をあげるが早いか、客間のドアのところで聞き耳を立てていたベドウィン夫人があわてて廊下に飛び出してきた。

「お入りになって——どうぞお入りに」老婦人は言った。「きっとあの子の消息が聞けると思っていました。ああ、かわいそうに！　思っていましたとも——信じていました。あの子の心に祝福を！　ずっと祈ってたんですよ」

そう言って立派な老婦人は客間にそそくさと引き返し、ソファに坐って、わっと泣き崩れた。そこまで感受性が豊かでないメイドのほうは、その間に階段を駆け上がって、戻ってくると、いますぐこちらへとバンブル氏に告げた。彼はメイドについていった。案内されたのは家の裏手の小さな書斎で、ブラウンロー氏と友人のグリムウィグ氏がデカンタとグラスをまえに坐っていた。後者の紳士がバンブル氏をじろじろ眺めて、突然大声を出した。

「役人——教区吏だな。でなければ、この頭を食べてもよろしい！」

「どうかいまは余計なことを言わないでくれ」ブラウンロー氏が言った。「どうぞ坐ってください」

バンブル氏はグリムウィグ氏の変人ぶりにかなりまごついて坐った。ブラウンロー氏は教区吏の顔がはっきり見えるようにランプを移動させ、気が急《せ》くように言った。

「さて、広告をご覧になってこられたのですな？」

「さようです」バンブル氏は答えた。

「あんたは役人だね。どうかな？」グリムウィグ氏が尋ねた。

「教区吏です」バンブル氏は誇らしげに答えた。

「やっぱりな」グリムウィグ氏は横にいる友人に言った。「だろうと思ったよ。この大きな外套はいかにも教区の支給品だし、どこから見ても教区吏だ」

ブラウンロー氏はゆっくりと首を振って友人に沈黙をうながし、先を続けた。

「かわいそうな少年がいまどこにいるか、ご存じですか」

「見当もつきません」バンブル氏は答えた。

「ほう、では彼の何を知っておられる？」老紳士は訊いた。「何か情報があるのなら話してくれたまえ、わが友人。何をご存じなのか」

「たまたま、彼のいいところは何も知らないのだろう？」グリムウィグ氏がバンブル氏の表情を注意深く読み取り、辛辣《しんらつ》に言った。

バンブル氏はその質問に飛びつき、もったいぶった荘重さで首を振った。

「ほらな」グリムウィグ氏は勝ち誇ったようにブラウンロー氏を見て言った。

ブラウンロー氏はバンブル氏のしかめ面を不安そうに見て、オリヴァーについて知っていることをできるだけ手短に話してほしいと要求した。

バンブル氏は帽子を置き、外套のボタンをはずして腕を組み、過去を振り返るように首を傾けてしばらく考えたあと、話しはじめた。

教区吏のことばをここにそのまま書けば、長すぎて退屈だろう。話は二十分ほど続いたが、大事なところを要約すれば、オリヴァーは孤児で、身分が低く性悪の両親から生まれ、そのときより不実、忘恩、敵意以外の資質を示したことは一度もなく、生地で短いあいだ働いていたが、それもおとなしい若者を残忍かつ卑怯《ひきょう》に攻撃したことで終わり、その後主人の家から夜中に逃げ出したということだった。自己紹介した本人にまちがいないことの証《あかし》として、バンブル氏はロンドンに持ってきた書類を机に置き、また腕を組んで、ブラウンロー氏の意見を待った。

「すべて事実のようですな」老紳士は書類を見たあとで、悲しそうに言った。「いまの情報に対して礼金は少ないかもしれませんが、もしあの子に好意的な情報であれば、喜んでこの三倍は支払ったでしょう」

それを面会の早い時期に言われていれば、バンブル氏がオリヴァーの短い経歴にまったく別の脚色を加えたことも充分考えられた。が、時すでに遅く、彼は重々しく首を振って五ギニーをポケットに入れると、辞去した。

ブラウンロー氏はしばらく部屋のなかを歩きまわっていた。教区吏の話に心をかき乱されているのは明らかで、グリムウィグ氏もそれ以上責めるのを控えたほどだった。ようやくブラウンロー氏は足を止め、大きな音で呼び鈴を鳴らした。

「ミセス・ベドウィン」ブラウンロー氏は現れた家政婦に言った。「あのオリヴァーという子は、詐欺師《さぎし》だ」

「そんなはずはありません、旦那《だんな》様、ありえません」老婦人は力説した。

「いや、そうなのだ」老紳士は鋭く言い返した。「〝ありえない〟とはどういうことだね。あの子の誕生からのくわしい履歴をいま聞いたばかりだ。あれは生まれてこのかた、完全な悪党だったのだよ」

「とても信じられません」老婦人は断固として言った。

「あんたたち歳《とし》のいった女性は、偽医者《にせ》と嘘《うそ》だらけの物語しか信じないからな」グリムウィグ氏が不満げに言った。「わが輩には最初からわかっとったよ。どうして助言にしたがわなかった？　あの子に熱がなければ、したがっていただろうな、ちがうかね？興味深い子だったな、え？　じつに興味深い！　はっ！」グリムウィグ氏は大げさな手つきで暖炉の火をつついた。

「あの子は愛しくてやさしい、きれいな心の持ち主です、旦那様」ベドウィン夫人は憤然と言い返した。「わたしには子供というものがわかるのです。この四十年、子供とつき合ってきたのですから。同じ立場でない人は、子供について何も言うべきではありません――それがわたしの意見です」

独身であるグリムウィグ氏への痛烈な一撃だったが、当の紳士から微笑《ほほえ》みしか引き出せないことがわかると、老婦人はくいと顎《あご》を上げ、エプロンのしわを伸ばして、さらなる演説に入ろうとした。ブラウンロー氏がそれをさえぎった。

「黙りなさい！」老紳士は怒りなどまったく感じていなかったが、怒っているふりをして言った。「もうあの子の名前は二度と聞きたくない。呼んだのは、そう告げたかったからだ。決して――どんな口実があろうと――聞かせないでくれ。下がってよろしい、ベドウィン夫人。いいかね、私は本気だよ」

その夜、ブラウンロー家の人々の心は悲しみに包まれた。オリヴァーの心も親切な善き友人たちのことを考えると沈んだが、彼らの聞かされた話を知らないのが、せめてもの救いだった。知ったとたんにオリヴァーの心は張り裂けてしまっただろう。

18

高名な友人ぞろいの啓発的な集団のなかでオリヴァーがどのようにすごしたか

翌日午《ひる》ごろ、ドジャーとマスター・ベイツがいつもの仕事に出かけた機をとらえて、フェイギン氏は、恩知らずという怖《おそ》ろしい罪についてオリヴァーに諄々《じゅんじゅん》と説き聞かせた。心配する友人たちのもとから勝手にいなくなったことで、オリヴァーはその罪を通常では考えられないほどひどく犯したのだった。さらに悪いことに、彼を取り戻そうとたいへんな手間と費用をかけた仲間からふたたび逃げようとした。フェイギン氏は、オリヴァーを受け入れて大切に扱った事実を再三強調した。折よく彼が助けなければ、オリヴァーは餓死していたかもしれない。似たような境遇から慈悲深く救い出してやった別の少年の悲惨で哀れな話も聞かせた。その少年は結局老人の信頼を裏切り、警察に連絡をとったあげく、不幸にもある朝、オールド・ベイリーで絞首刑《こうしゅけい》になったのだった。フェイギン氏は自分にもその大惨事の責任があったことを隠そうとせず、件《くだん》の少年は考えちがいの裏切り行為によって、ある証言の犠牲になるしかなかった、と眼に涙を浮かべて嘆いた。その証言は厳密に言えば真実ではなかったが、フェイギン氏自身と何人かの友人の身の安全のためにどうしても必要だったのだ。フェイギン氏は締めくくりに、首吊《くびつ》りのぞっとする情景を描写してみせ、非常に親切かつ丁寧に、やむなくオリヴァー・ツイストをそんな嫌な目に遭わせるような事態にならないことを切に願っていると言った。

オリヴァー少年はユダヤ人のそのことばを聞いて血が凍る思いだった。そこに含まれる怖ろしい脅迫を、不完全にではあれ理解した。すなわち、罪人と無実の人がたまたまいっしょにいた場合、司法ですら両者を混同することがあるのだ。それは彼も身をもって知っていた。また、不都合なことを知りすぎた者、しゃべりすぎる者を滅ぼす入念な計画があって、ユダヤ人がそれらを考案し、一度ならず実行していることも充分ありそうだった。この紳士とサイクス氏の口論の全体的な印象を振り返ると、過去にあったその種の陰謀について言い合っていたようだからだ。オリヴァーはおずおずと顔を上げ、ユダヤ人の探りを入れるような顔つきを見て、自分の顔が青白いことや手足が震えていることを、この抜け目ない悪人が見逃すはずはないし、喜んでいるにちがいないと感じた。

ユダヤ人はおぞましい笑みを浮かべ、オリヴァーの頭をぽんと叩《たた》いて、もし口を閉じて仕事に精を出せば、お互いとてもいい友人でいられるように計らうと言った。そして帽子を取り、継ぎはぎだらけの古い外套《がいとう》を着込むと、部屋の外に出てドアの鍵《かぎ》をかけた。

オリヴァーは一日じゅう取り残された。その後何日も、早朝から真夜中まで人の姿を見ることはほとんどなかった。日中は長い時間、自分の考えと向き合ったが、思考はかならず親切な友人たちに戻っていき、とっくに彼らには悪人と見なされているだろうと思うと、悲しくてたまらなかった。

一週間かそこらたつと、ユダヤ人は部屋のドアに鍵をかけずに外出し、オリヴァーは家のなかを自由に歩きまわれるようになった。

そこはとても汚い場所だったが、階上《うえ》のいくつかの部屋には高い木製の炉棚と大きなドアがあり、板張りの壁と天井とのあいだには縁飾りがついていた。どこも放置されて埃《ほこり》にまみれ、黒ずんでいたが、さまざまな装飾がほどこされ、オリヴァーはそれらすべてから、あの年寄りのユダヤ人が生まれるまえの遠い昔には、ここはもっと身分の高い人の家だったのだろうと考えた。いまこそ暗くて物寂しいが、かつては晴れやかで美しい場所だったのだろう。

壁と天井の隅にクモの巣が張っていた。オリヴァーが忍び足で部屋を歩いていると、ネズミが床を走り、大あわてで巣穴に駆けこむこともあった。それを除けば、生き物の姿や気配はなかった。日が暮れて部屋から部屋へと動きまわるのに疲れたオリヴァーは、よく玄関に近い廊下の隅にしゃがみこみ、生きている人間にできるだけ近づいて、聞き耳を立て、震えながら、ユダヤ人か少年たちの帰りを待った。

すべての部屋の朽ちかけた鎧戸《よろいど》は固く閉ざされ、心張り棒が木枠にしっかりと差されていた。唯一《ゆいいつ》の光は鎧戸のいちばん上の丸い穴からなんとか入ってくるが、むしろ部屋をいっそう陰鬱《いんうつ》にし、奇妙な影で満たした。家の奥の屋根裏に窓があり、外側に錆《さ》びた鉄棒が渡されていた。鎧戸はついていないので、オリヴァーはたびたびそこへ行っては憂《うれ》い顔で何時間も外を眺めたが、見えるのはごちゃごちゃと建てこんだ家々の屋上と黒い煙突、切妻破風《はふ》の端ばかりだった。遠い屋上の塀越しに外を眺めている、みすぼらしい灰色の頭がたまに見えても、またすぐに引っこんでしまう。オリヴァーの展望台の窓ははめ殺しで、長年の雨と煙でくすんでおり、遠くのものの形を見分けるのが精いっぱいだった。自分の姿を見せようとか、声を聞かせようとは思わない——そんな機会がないことは、セントポール大聖堂のてっぺんについた丸い球のなかにいるのと変わらなかった。

ある日の午後、ドジャーとマスター・ベイツが夜に外出することになり、ドジャーはふと自分の身なりが気になって（公平を期して言えば、いつもそういう弱みを見せているわけではない）、すぐさまオリヴァーに身支度の手伝いをしろとふてぶてしく命じた。

オリヴァーは誰かの役に立てるのがとにかくうれしく、どれほど醜くても見上げる顔があることに幸せを感じた。心が咎《とが》めずにできることであれば、なんとかまわりの人間の気に入られたいと思っていたので、ドジャーの命令に異を唱えるはずもなく、すぐに手伝いたいと答えて床にひざまずいた。ドジャーが机に腰かけて一方の足をその膝《ひざ》にのせると、オリヴァーはドーキンズ氏の言う〝足入れの黒塗り〟に取りかかった。わかりやすいことばで言えば、ブーツ磨きである。

机に気楽に腰かけて煙管《きせる》を吸い、片方の足を前後にぶらぶらさせながら、ブーツを脱ぐという過去の煩《わずら》わしさにも、また履くという将来のみじめさにも物思いを中断させられることなく磨かせているときに、理性ある動物はみなそう感じるものか、あるいは煙草《たばこ》の効用で気持ちが落ち着いたのか、はたまた、美味《うま》いビールで思考が穏やかになったのか、ドジャーはさしあたってふだんの性格からは考えられない感傷と熱意に浸っているようだった。いっとき考える顔つきでオリヴァーを見おろすと、顔を上げ、ふっとため息をついて、なかば上の空、なかばマスター・ベイツに語りかけるように言った。

「こいつがスリでなくて残念だよな」

「ああ!」マスター・チャールズ・ベイツが言った。「何が自分のためになるのか、わかってないのさ」

ドジャーはもうひとつため息をつき、また煙管を吹かした。チャーリー・ベイツも吸いはじめ、ふたりはしばらく黙って煙草を吸っていた。

「おまえ、スリが何かも知らないんだろ?」ドジャーが悲しげに言った。

「知ってると思う」オリヴァーはすかさず顔を上げて言った。「それって、泥ぼ——きみはそれなんだろう?」とことばを途中で切って尋ねた。

「そうさ」ドジャーは答えた。「ほかのことなんか馬鹿《ばか》らしくて」と感情をあらわにしたあと、帽子のつばを猛々《たけだけ》しく振り上げ、反論あらば大歓迎というふうにマスター・ベイツを見た。「だから、そうさ」ドジャーはくり返した。「チャーリーもそう、フェイギンも、サイクスも、ナンシーも、ベットも。おれたちみんな、犬に至るまで。犬なんか、ここでいちばんの切れ者だぜ」

「いちばん密告しそうにないやつだ」チャーリー・ベイツが補足した。

「証人席に入っても、言質を取られないように吠《ほ》えもしない。そこに縛りつけられて、食い物なしで二週間放っておかれても吠えない」ドジャーは言った。

「そう。ちっとも吠えない」とチャーリー。

「おかしな犬さ。知らない連中が笑ったり歌ったりするところにいても、怖い顔ひとつしない!」ドジャーは続けた。「誰かがバイオリンを弾いても、うなりもしない。ちがう種類の犬を憎んだりもしない。ウインクしてる! なんてこった!」

「根っからの文明人なのさ」とチャーリー。

これはたんに犬の能力を褒めることばだったが、マスター・ベイツが理解していたかどうかはさておき、別の意味でも的を射ていた。根っからの文明人と自称する紳士淑女が山のようにいて、彼らとサイクス氏の犬とのあいだには、非常によく似た点があったからだ。

「とはいえ、だ」ドジャーが横道にそれていた話題をもとに戻した。商売柄必要とされる注意深さが、彼の行動すべてに影響を与えている。「この青二才には関係ない話だな」

「関係ないな」チャーリーも言った。「フェイギンに弟子入りしろよ、オリヴァー」

「そして、すぐに大金を稼げよ」ドジャーがにやりとしてつけ足した。

「でもって、その財産で隠居して上品な生活をするのさ。四年後の次の閏年《うるうどし》か、四十二回目の三位《さんみ》一体《いったい》の火曜日（訳注　これは年に一回なので、四十二年後）に」

「それは、したくない」オリヴァーはこわごわ言った。「解放してもらいたい――ぼく――どちらかというと、ここから出してもらいたいんだ」

「フェイギンは、どちらかというと、許さないだろうな」チャーリーが応じた。

オリヴァーにもそれはよくわかっていた。が、さらに自分の正直な気持ちを話すのは危険かと思い、ただため息をついて、ブーツを磨きつづけた。

「こら！」ドジャーが叫んだ。「なあ、おまえの根性はどこだ？　誇りってものがないのか？　ここから出て友だちにすがりつこうってのか、え？」

「うわ、勘弁！」マスター・ベイツがポケットから絹のハンカチを二、三枚引き出し、食器棚に放り投げて言った。「下劣もいいとこだ」

「おれにはできないね」ドジャーは偉そうに嫌悪《けんお》を表して言った。

「でも、友だちを置き去りにすることはできるんだね」オリヴァーはかすかに微笑《ほほえ》んで言った。「そして、自分のしたことで友だちが罰せられるのを放っておく」

「あれはな」ドジャーは煙管を振って答えた。「あれはみんなフェイギンのためを思ってさ。お巡《まわ》りはおれたちがいっしょに働いてるのを知ってるから。逃げなきゃフェイギンが厄介なことになるかもしれないだろ。だよな、チャーリー？」

マスター・ベイツはうなずいて同意した。何か言おうとしたが、そこで急にオリヴァーが逃げたときの記憶が甦《よみがえ》り、吸っていた煙が笑いに混じって脳天を直撃したあと喉《のど》におりてきて、咳《せき》の発作と足のじたばたを引き起こし、それが五分間続いた。

「これ見ろよ！」ドジャーが片手いっぱいにシリング銀貨と半ペニー銅貨を取り出して見せた。「これが愉快な人生ってもんだろ！　どこから持ってきたかなんて気にすんな。ほら、手に取ってみな。こいつの出所にはもっとたくさんあるぜ。取らないのか、え？　つまんないやつ！」

「いけないことだよな、オリヴァー？」チャーリー・ベイツが訊《き》いた。「こいつはいつか絞められる。だろ？」

「それはどういう意味か――」オリヴァーはまわりを見ながら言った。

「こういうことさ、旦那《だんな》」チャーリーは言いながら、ネッカチーフの端をつまんで持ち上げ、首を一方の肩にがくんと倒して、歯のあいだから奇妙な声を出し、絞められるのと絞首刑が同じものであることを生々しく示した。

「こういう意味だ」チャーリーが言った。「こいつの真剣な目つき、見てみろよ、ジャック。これほどいっしょにいて愉快なやつはいないぜ。おれはこいつのせいで死んじまうよ、ぜったい」マスター・チャールズ・ベイツはまたひとしきり大声で笑い、涙を浮かべて煙管を吸いはじめた。

「育ちが悪かったんだな」オリヴァーが磨き終わったブーツをさも満足そうに眺めながら、ドジャーが言った。「だが、フェイギンがなんとかしてくれる。でなきゃ、おまえはフェイギンが初めて元を取れなかったやつになる。すぐに練習を始めろよ。思ったよりずっと早く慣れるもんだから。このままじゃ時間の無駄だ、オリヴァー」

マスター・ベイツもこの助言にさまざまな道徳的忠告をつけ加え、それが尽きると、友人のドーキンズ氏とともに、彼らの生活にある数多《あまた》の喜びを熱く語り、その端々でオリヴァーに、いまできる最善のことは、一刻も早く自分たちと同じやり方でフェイギンに気に入られることだと仄《ほの》めかした。

「それから、こいつはいつもおまえの煙管に詰めて憶《おぼ》えとけよ、ノリー」ドジャーは言った。ユダヤ人が階上のドアの鍵をあける音が聞こえた。「もしおまえが、ふき物や鳴り物を盗《と》らなくても――」

「そんな話し方をしてどうする」マスター・ベイツが割りこんだ。「こいつには、なんのことやらわからんだろう」

「もしおまえがハンカチや時計を盗らなくても」ドジャーは会話をオリヴァーの理解力のレベルに落として言った。「別の誰かが盗る。なくしたやつは盗られ損さ。おまえもな。盗ったやつ以外、誰も半ペニーたりとも得しない。だからおまえだって、連中と同じくらい得する権利はあるんだ」

「そうだとも――もちろん！」オリヴァーに見られずに部屋に入ってきたユダヤ人が言った。「うまくまとめたな、おまえさん――それがすべてだ。ドジャーのことばを信じよだ。は、は！ 自分の商売の教理問答がちゃんとできる」

ユダヤ人はうれしそうに両手をもみ合わせてドジャーの理論を支持し、弟子の成長ぶりにくすくす笑いをもらした。

この日、会話はそこで終わりになった。帰宅したユダヤ人がベッツィと、オリヴァーが会ったことのない紳士を連れていたからだ。ドジャーにトム・チトリングと呼ばれたその紳士は、階段でベッツィと何やら男女のことばを交わしたあと、姿を見せた。

チトリング氏はドジャーより歳上《としうえ》で、おそらく冬を十八回越していたが、才能と職業的な技量という点でいくらか引け目を感じているのか、ドジャーに敬意を払っている様子だった。キラキラ輝く小さな眼に、あばた面《づら》、毛皮の帽子、黒いコーデュロイの上着、油じみたファスチアン織りのズボン、エプロンという恰好《かっこう》だった。身につけているものは、正直なところかなり傷《いた》んでいたが、ほんの一時間前に〝お務め〟を終えたばかりで、六週間制服を着ていたものだから、私服に気を遣うどころではなかったと一同に言いわけした。さらに、あそこの服の新しい燻蒸《くんじよう》消毒のしかたときたらまったくもって憲法違反で、服に穴をあけまくってしまうけれど、市を訴えるわけにもいかない、と苛立《いらだ》ってつけ加えた。施設の規則にある髪の切り方にも同じことが当てはまり、チトリング氏は、断固違法であると考えていた。そして最後に、死ぬほど長く働かされた四十二日のあいだ、ただの一滴も酒を口にしていない、おれは石灰籠《かご》みたいにからからだ、なんなら腹をかち割って見せてやってもいいと意見を述べた。

「この紳士はどこから来たと思う、オリヴァー？」ユダヤ人がにやりとして訊いた。ほかの少年たちは酒の壜《びん》を机に置いていた。

「ぼく――わかりません」オリヴァーは答えた。

「こいつは？」トム・チトリングが蔑《さげす》むような視線をオリヴァーに投げて訊いた。

「わしの若い友人だよ、おまえさん」ユダヤ人が言った。

「なら運がいいな」若者は意味ありげな顔をフェイギンに向けて言った。「おれがどこから来たか気にしなくていいぜ、小僧。近いうちにおまえも行くだろうからな。クラウン銀貨を賭《か》けたっていい！（訳注　クラウンには「首」の意もある）」

そのおどけた切り返しに少年たちは笑い、同じテーマでさらにいくつか冗談を飛ばしたあと、フェイギンと囁《ささや》き声で短いことばを交わして、寝床に向かった。

新参者とフェイギンは離れたところでしばらく話していた。やがて彼らは椅子《いす》を暖炉に近づけ、フェイギンがオリヴァーを呼んで隣に坐《すわ》らせ、聞き手の興味を惹《ひ》くように念入りに計算された話題で会話を続けた。この商売のすばらしさ、ドジャーの見事な腕前、チャーリー・ベイツの気立てのよさ、ユダヤ人自身の気前のよさといったことだった。ついにそうした話題も尽きてきて、チトリング氏も疲れ果て（懲治院で一、二週間すごせば疲れるものだ）、ベッツィ嬢も引きあげ、残りの面々も休むことになった。

その日からオリヴァーはひとりで残されることがほとんどなくなり、ほぼつねにふたりの少年と行動をともにした。彼らは毎日ユダヤ人と例の遊びをした。ふたりの技術を磨くためか、オリヴァーのためか、フェイギン氏にはよくわかっていることだった。老人が若いころの強盗の話を聞かせることもあった。滑稽《こっけい》で奇天烈《きてれつ》な話が次々と出てきて、オリヴァーも思わず大声で笑い、もっと善良な感情を持ち合わせているのに愉《たの》しんでいることを示さずにはいられなかった。

要するに、ずる賢い老ユダヤ人はオリヴァーを手中に収めたのだった。少年の心を孤独と闇《やみ》で満たして、こんなに憂鬱な場所でひとり悲しい考えに浸っているより、どんな集団でもいいから加わりたいと思わせ、今度は彼の魂にゆっくりと毒を注入して、永遠に黒く染めてしまおうとしていた。

19

注目に値する計画が論じられ、決定される

じめじめして寒く、風の強いある夜、ユダヤ人がしなびた体に外套《がいとう》をしっかりとまってボタンをかけ、耳まで覆《おお》うように襟を立て、顔の下半分を完全に隠して、ねぐらから出てきた。外の階段に立ち、少年たちが内側からドアを施錠《せじょう》して鎖をかける音を聞き、遠ざかる彼らの足音が聞こえなくなってから、あたうかぎりの速さでこっそりと通りを進んだ。

オリヴァーが連れていかれた家はホワイトチャペルの界隈《かいわい》にあった。ユダヤ人は一瞬通りの角で足を止め、訝《いぶか》しげにあたりを見まわして道を渡り、スピタルフィールズのほうに向かった。

敷石に泥が厚くこびりつき、街には黒い霧が垂れこめ、雨がしとしとと降っていた。体に触れるすべてのものが冷たく湿っている。ユダヤ人が外出するのにぴったりの夜のようだった。人目を忍び、塀や軒先で身を隠しながらすべるように進む醜い老人は、泥

と闇《やみ》のなかに生まれ出た忌《い》まわしい爬虫類《はちゅうるい》が、夜食に芳醇《ほうじゅん》な臓物を求めて這《は》い出したようにも見えた。

くねくねと曲がった狭い道をいくつも通り抜け、ベスナル・グリーンまで来ると、老人は突然左に曲がり、ほどなく、汚れてみすぼらしい通りが迷路のように入り組んだ人口密集地区に入った。

ユダヤ人は明らかにその場所にくわしく、夜の闇や道の複雑さに戸惑うことはまったくなかった。何本かの路地や通りを急いで歩き、やがて遠い端にランプひとつがともった袋小路に足を踏み入れた。そのなかの一軒のドアを叩《たた》き、内側から開けた人間と少しことばを交わしてから、階段を上がった。

彼が部屋のドアの取っ手に触れると、犬がうなり、男の声が誰何《すいか》した。

「わしだよ、ビル。わしひとりだ、おまえさん」ユダヤ人は言って、なかをのぞきこんだ。

「体もなかに入れろ」サイクスが言った。「伏せをしろ、この馬鹿《ばか》犬！　でかい外套を着てるからって、この爺《じじい》がわからないのか」

犬はやはりフェイギン氏の外套にだまされたらしく、老人がそれを脱いで椅子《いす》の背にかけると、先ほどまで坐っていた部屋の隅に尻尾《しっぽ》を振りながら戻り、その性格が許すかぎり満足そうな様子を見せた。

「それで？」サイクスが言った。

「それでだ」ユダヤ人が応じた。「ああ！ ナンシー！」

最後の呼びかけは、受け入れられるだろうかと心配しているような調子だった。フェイギン氏が友人のナンシーに会うのは、彼女がオリヴァーの肩を持って反抗して以来、初めてだったからだ。しかし、そうした疑念は、あったとしても娘の態度でたちまち消え去った。ナンシー嬢は炉《ろ》格子《ごうし》にのせていた足をおろして椅子を下げ、フェイギンに今日は寒い夜だからとだけ言って、足を温めるよう勧めたのだ。もっとも、〝寒い〟のまえに不快な死刑具に由来する別の形容詞をつけたのだが、その単語（訳注「絞首台」を意味するギャローズを指す）が礼儀正しい人々のまえで名詞以外に用いられることはめったにないので、この伝記では省略する。

「本当に寒いね、ナンシー」ユダヤ人は骨張った手を火にかざして温めながら言った。「ここを貫かれるようだ」と胸の左側に触れて言い足した。

「よほどの凶器じゃないと、その心臓は貫けないな」サイクス氏が言った。「何か飲むものをやれよ、ナンシー。ほら、さっさと！ 痩《や》せた死骸《しがい》みたいな爺《じい》さんがあんなふうに震えてるのを見るだけで、こっちが病気になりそうだ。まるで墓から出てきたばかりの不細工な幽霊だぜ」

ナンシーが戸棚からそそくさと酒壜《さかびん》を持ってきた。そこには壜がずらりと並び、そのさまざまな形から見て各種の酒がそろっているようだった。サイクスはグラスにブランデーを注ぐと、ぐいっとやれとユダヤ人に言った。

「充分だ。本当にありがとう、ビル」ユダヤ人は口をちょっとつけただけでグラスを置いて答えた。

「はっ！　おれたちにやられるとでも思ってるのか、え？」サイクスがユダヤ人を睨《にら》みつけて訊《き》いた。「へん！」

荒々しい軽蔑《けいべつ》のうなり声とともに、サイクスはグラスをつかんで空《あ》けた。もう一杯やるための準備だったが、さっそく満たして飲んだ。

ユダヤ人は友人が二杯目を飲み干すあいだ、部屋のなかを見まわしていた。何度も来たことのある場所なので、好奇心からではない。癖になっている落ち着きのなさと疑《うたぐ》り深さからだった。ひどく殺風景な部屋で、物置の中身だけ見ても、住人は労働者以外の何者でもないことがおのずと知れた。目につく怪しいものは、部屋の隅に立てかけられた二、三本の太い棍棒《こんぼう》と、炉棚の上にかかっている鉛の頭つきの棒だけだった。

「さて」サイクスが唇をぷっと鳴らして言った。「話を聞こうか」

「仕事の話――か？」

「仕事の話さ。早く言いたいことを言え」

「チャーツィの家のことだが、ビル？」ユダヤ人は椅子をまえに出して、囁《ささや》くような声で話しだした。

「ああ、それがどうした」サイクスが訊いた。

「ほら、わかってるだろう、おまえさん」ユダヤ人は言った。「この男はわかってるよな、ナンシー。どうだい？」

「いや、わかってない」サイクスは冷ややかに笑った。「それか、わかりたくない。同じことだ。話せよ。ちゃんと名前をあげろ。そこに坐《すわ》ってウインクしたり、まばたきしたり、奥歯にものが挟まったみたいな言い方をするんじゃなくて。そもそもこの強盗を思いついたのはおまえだろうが。くそまったく！　何が言いたい」

「しいっ、ビル、しいっ――」ユダヤ人は相手の怒りの爆発を止めようとしたが、無駄だった。「他人《ひと》に聞かれるだろう、おまえさん。他人に聞かれる」

「聞かせとけ！」サイクスは言った。「おれはかまわん」。だが、考えてみればやはり気になったので、彼も話す声を落とし、落ち着いてきた。

「そう、そう」ユダヤ人は猫なで声で言った。「一応用心しときたい、それだけだ。さて、おまえさん、チャーツィの例の家な、あれはいつやる、ビル――いつやるんだね？　あそこの銀器、あれはすごいぞ！」

「やらない」サイクスはにべもなく答えた。

「やらないって！」ユダヤ人は相手のことばをくり返し、椅子の上でのけぞった。

「そう、やらない」サイクスは言った。「少なくとも、仕込みはできん、最初おれたちが考えてたようにはな」

「ちゃんと準備してないってことか」ユダヤ人は怒りで血の気を失った。「そんなことは言わんでくれ！」

「いや、言うぞ」とサイクスは返した。「何様のつもりだ。言っとくが、トビー・クラキットがもう二週間、あの家のまわりをぶらぶらしてるんだ。だが、使用人の誰もこっちに引きこめん」

「つまりこういうことか、ビル」ユダヤ人は相手が熱くなってきたので態度を和らげた。「家にいるふたりの使用人のどちらも味方になってないと？」

「そういうことだ」サイクスは答えた。「あのふたりは、あそこの婆《ばあ》さんに二十年雇われてる。五百ポンドやるったって、こっちにはなびかない」

「なら、こう言うつもりか、おまえさん」ユダヤ人は抗議した。「女も引き入れられないと」

「ぜんぜんだめだ」サイクスは答えた。

「伊達男《だておとこ》トビー・クラキットをもってしても？」ユダヤ人は信じられないようだった。

「女ってやつを考えてみろ、ビル」

「そう、伊達男トビー・クラキットをもってしてもだ」サイクスは答えた。「あそこをぶらついてた忌々《いまいま》しいあいだ、偽《にせ》の頬ひげをつけて、カナリア色のチョッキを着てたが、ちっとも効果がなかった」

「派手な口ひげと軍隊ズボンにすべきだったな、おまえさん」ユダヤ人はしばらく考えてから言った。

「それもやってみたんだが、ほかの仕掛けと同じように、ぜんぜん役に立たなかった」

そう言われてユダヤ人は表情を失った。顎《あご》を胸に埋めて何分か真剣に考えたあと、顔を上げ、ひとつ大きなため息をついて、伊達男トビー・クラキットの報告が正しいのなら、この件は終わりだなと言った。

「それにしても」老人は両手を膝《ひざ》にぱたんと落として言った。「悲しいことだ、おまえさん。ここまで心に決めてたことをあきらめるというのは」

「だな」サイクス氏も言った。「運が悪かった」

長い沈黙ができた。その間ユダヤ人は深い思索に沈み、顔にしわが寄って、悪魔に魅入られたならず者のようになった。サイクスはときどきこっそりとその顔をうかがい、ナンシーは強盗を苛立《いらだ》たせるのを怖《おそ》れて、何も聞いていなかったかのように坐り、じっと火を見ていた。

「フェイギン」サイクスがふいに部屋の静けさを破って言った。「もし外から安全にやれるとしたら、あと金貨五十枚追加する気はあるか」

「ある」ユダヤ人は突然夢想から覚めたように言った。

「手を打つか」

「いいとも、おまえさん、いいとも」ユダヤ人はサイクスの手を握り、眼を輝かせて答えた。いまの質問が引き起こした興奮で、顔じゅうの筋肉がうごめいていた。

「それなら」サイクスはユダヤ人の手を振り払って見下すように言った。「ご希望どおり、できるだけ早くやってやる。トビーとおれはおとといの夜、あそこの塀を乗り越えて、ドアや鎧戸《よろいど》の具合を確かめた。あの家は、夜は牢屋《ろうや》みたいに閂《かんぬき》がかってあるが、ひとつだけ音もなく安全に押し入れるとこがある」

「というと、ビル？」ユダヤ人は真剣に訊いた。

「つまりだ」サイクスは囁いた。「芝生を横切ると――」

「ふむ、ふむ」ユダヤ人は首を突き出して言った。顔から眼が飛び出しそうだった。

「おっと！」サイクスがいきなり叫んだ。ナンシーがほとんど頭を動かさずに、眼だけで一瞬ユダヤ人の顔を示したからだ。「場所は気にするな。おれなしじゃできない仕事だってことはわかってるが、あんたを相手にするときにはよくよく注意しないとな」

「好きにするがいい、おまえさんの好きなように」ユダヤ人は唇を噛《か》んで答えた。「おまえさんとトビーのほかに、助けは要らないか？」

「要らない」サイクスは言った。「ただ、まわし錐《ぎり》と子供がひとり必要だ。錐はもう持ってるが、子供はおまえが見つけろ」

「子供！」ユダヤ人が叫んだ。「ほう！　すると、羽目板をどうにかするわけだな、え？」

「どうだっていい！」サイクスは答えた。「とにかく子供がひとり要る。体が大きいのはだめだぞ。まったく！」サイクス氏は思い出して言った。「あの煙突掃除のネッドの息子がいたらなあ。ネッドはあの子をわざと小さく育てて、仕事に貸し出してたが、親《おや》父《じ》のほうが牢屋にぶちこまれたもんだから、少年犯救済協会が来て、子供をこの商売から遠ざけちまった。せっかく金を稼いでたんだがな。あの子に読み書きを教え、そのうち年季奉公に出すって段取りさ」サイクスは自分が受けたひどい扱いを思い出すにつれ、腹が立ってきたようだった。「そういうことだ。やつらにたんまり金があったら（ないのがこれ幸いだが）、一、二年のうちに、この商売で使える子供は半ダースを切っちまう」

「そうだな」ユダヤ人はサイクスが話しているあいだ考えごとをしていて、最後のところしか聞き取れなかったが、同意した。「ビル！」

「今度はなんだ」

ユダヤ人はまだ火を見つめているナンシーに顎を振り、部屋から出ていかせてくれと合図した。サイクスは、そこまで用心することもなかろうと思ったのか、苛立たしげに肩をすくめたが、結局したがって、ナンシー嬢にビールをついできてくれと言った。

「ビールなんて飲みたくないくせに」ナンシーは腕を組み、落ち着き払って坐っていた。

「飲みたいと言ってるんだ！」サイクスはくり返した。

「馬鹿げてる」娘は冷ややかに返した。「話しなさいよ、フェイギン。この人が何を言うか、あたしにはわかってるわ、ビル。あたしを気にする必要なんかない」

ユダヤ人はそれでもためらい、サイクスは虚を衝《つ》かれた恰好《かっこう》でふたりを交互に見ていた。

「こいつは気にしなくてもいいんじゃないか、フェイギン？」彼はようやく言った。「長いつき合いだ。信用できる。信用しなくてどうする。ぺらぺらしゃべるようなやつじゃない。だろう、ナンシー？」

「だと思うけど！」娘は答え、椅子を机に寄せて、両肘《ひじ》をついた。

「もちろんだ、おまえさん――口が固いことはわかってる」ユダヤ人は言った。「だがな――」とまた口ごもった。

「だが、なんだ」サイクスが訊いた。

「また機嫌を損ねるんじゃないかと思ったのさ。ほれ、おまえさん、このまえの夜みたいに」ユダヤ人は答えた。

そう打ち明けられて、ナンシー嬢は大声で笑いだし、グラスのブランデーをひと息で飲み干すと、やってられないというふうに首を振り、「話を続けなさいよ」「何よ、根性なし」といったことを威勢よく次々と口にしたので、ふたりの紳士もまもなく安心したらしい。ユダヤ人は満足げにうなずいて椅子に坐り直し、サイクスも同じことをした。

「さあ、フェイギン」ナンシー嬢はまた笑って言った。「いますぐビルに話しなさいよ、オリヴァーのこと」

「ああ！　さすがに頭がいいな、おまえさん。わしが会ったなかでいちばん切れる」ユダヤ人は言い、彼女の首をぽんと叩いた。「そのとおり、オリヴァーのことを話そうとしてた。は、は、は！」

「あいつがどうした」サイクスが訊いた。

「あれがおまえさんの探している子だ」ユダヤ人は人差し指を鼻の横に当て、ぞっとする笑みを浮かべて、しわがれた囁き声で答えた。

「あれか！」サイクスが叫んだ。

「あの子を使って、ビル」ナンシーが言った。「あたしがあんたなら、そうする。ほかの子ほど役には立たないかもしれないけど、あんたのためにドアを開けるだけだったら、そこまで必要ないでしょ。それならあの子も当てになるわ、ビル」

「わしもそう思う」とフェイギン。「ここ数週間よく訓練してきたから、そろそろ自分のパンのために働いてもいいころだ。それに、ほかのやつらは大きすぎるしな」

「たしかに、あの大きさならちょうどいい」サイクスが考えながら言った。

「あの子はおまえさんの望むことをなんでもやるよ、ビル」ユダヤ人が割りこんだ。

「やらずにはいられない――つまり、充分脅しとけばだが」

「脅す！」サイクスがくり返した。「もちろん、はったりで脅すんじゃないぜ。仕事に入ったあと、もしあいつが妙なことをしたら――一ペニーだろうと、一ポンドだろうと手を出したら――もうあれを二度と生きて見ることはないだろう、フェイギン。あいつをよこすまえに、そこんとこをよく考えとけ。二言はないぞ」強盗はベッドの下から引き出した重い鉄梃《かなてこ》を振りながら言った。

「もう全部考えたさ」ユダヤ人は熱をこめて言った。「わしは――しっかりあの子を見てきた。おまえさんたち、それはもう穴があくほどな。ひとたびあの子にわしらの仲間だと思わせれば、ひとたび自分は泥棒だという考えであの頭をいっぱいにしてやれば、もうこっちのものだ――生きてるかぎり、永遠に。おほう！　これほどうまい巡り合わせになるとはな！」老人は胸のまえで腕を組み、頭を下げて肩をすぼめ、喜びに浸って自分を抱きしめた。

「こっちのもの！」サイクスが言った。「それは、おまえのものという意味か」

「おそらくな」ユダヤ人は甲高い笑い声を発して、「わしのものだ、おまえさんがそう言いたければ、ビル」

「で、なんだ」サイクスは上機嫌の友人を獰猛《どうもう》な眼で睨みつけて言った。「どうしてあんな顔色の悪いガキひとりのために、そこまで気を遣ってやる？　夜、コモン・ガーデンのあたりに行きゃ、ガキどもが五十人から寝てて、好きなのを選べるってのに」

「ああいうのはわしの役には立たんからさ、おまえさん」ユダヤ人は当惑気味に答えた。「連れて帰る価値がない。厄介事に巻きこまれたときに、顔つきからばれて、こっちは大損だ。あの子はうまく使えば、ほかの子二十人でもできんことができる。それに」ユダヤ人は冷静さを取り戻して言った。「今度あの子に逃げられたら、わしらの尻《しり》に火がつく。だからぜったい同じ境遇に引きこまないと。どうやるかは問題ではない。とにかく盗みにかかわらせれば、あの子に対するわしの力は充分増す。わしの望みはそれだけだ。引き入れるほうがはるかにいい。あのかわいそうな子を片づけざるをえなくなると、こっちも危ないし、損になる」

「いつやるの？」フェイギンのうわべだけの思いやりに嫌悪《けんお》をむき出しにしてまた叫びだしたサイクスを制して、ナンシーが訊いた。

「ああ、念のため訊いておこう」ユダヤ人が言った。「いつやるね、ビル？」

「トビーとの計画では、あさっての夜だ」サイクスはぶっきらぼうに答えた。「こっちから変えると連絡しないかぎりな」

「けっこう」ユダヤ人は言った。「月のない夜だ」

「そうだ」サイクスも言った。

「獲物の持ち出しについても手配ずみだな？」ユダヤ人は訊いた。

サイクスはうなずいた。

「それから――」

「おい、もう全部計画ずみだって」サイクスはさえぎって言った。「細かいことは気にするな。明日の夜、あいつをここに連れてくるんだ。夜明けの一時間後に出発する。あとは黙って坩堝《るつぼ》（訳注　盗品を処分するところ）を用意してろ。おまえはそれだけやればいい」

しばらく三人それぞれが盛んにしゃべって相談し、ナンシーが翌日、夜に入ってからユダヤ人の家を訪ね、オリヴァーを連れてくることになった。オリヴァーがこの仕事にあまり乗り気でない場合、誰をおいても、つい最近かばってくれた娘にならついてくるだろうというのが、フェイギンの抜け目ない読みだった。また、今回の遠征計画において、哀れなオリヴァーの世話と監督のいっさいがウィリアム・サイクス氏にゆだねられること、さらに、もし少年になんらかの不幸や災難が降りかかったり、彼になんらかの罰を与える必要が生じたりしても、サイクスはみずから適切と判断する方法で対処し、ユダヤ人に対してなんら責めを負わないことが、厳粛に決定された。以上の取り決めをしっかり守るために、帰宅したあとのサイクス氏の説明は、主要な点について伊達男トビー・クラキットの証言で確認、補強されるべきであることが了解された。

そうした準備が整うと、サイクス氏はすさまじい勢いでブランデーを飲みはじめ、物騒な手つきで鉄梃を振りまわし、同時に音楽性のかけらもない歌を途切れ途切れに、罵《のの》しりのことばを交えてがなり立てた。それが終わると、急に職業的な意欲に燃えて、住居侵入の道具箱を見せると言い張り、すぐにふらつきながら取り出してきて、蓋《ふた》を開け、なかの雑多な道具の特性や使い途《みち》、その精巧な作りのすばらしさを説明していたかと思うと、たちまち床にひっくり返り、そのまま寝てしまった。

「おやすみ、ナンシー！」ユダヤ人は来たときのように外套を着込みながら言った。

「おやすみ！」

ふたりの眼が合った。ユダヤ人は彼女をじろじろと観察した。娘は少しも怯《ひる》んでおらず、トビー・クラキットと同じくらい誠実で熱心だった。

ユダヤ人はもう一度、おやすみと言い、ナンシーが背中を向けているあいだにサイクス氏のうつぶせの体を小馬鹿にしたように蹴《け》ると、階段を手探りでおりていった。

「いつもそうだ」ユダヤ人は家に向かいながら胸につぶやいた。「ああいう女のいちばんいけないところは、ほんのちょっとしたことで、長いあいだ忘れていた感情が甦《よみがえ》ることだ。で、いちばんいいところは、それが長続きしないことだな。は、は！　男を取るか、子供を取るか。金ひと袋のために！」

そのように振り返って愉《たの》しくすごしながら、フェイギン氏は泥とぬかるみのなかを暗い家へと戻ったが、なかではドジャーが起きていて、いまかいまかと彼の帰りを待っていた。

「オリヴァーは寝たか？　あの子と話したい」が階段をおりるフェイギン氏の最初のことばだった。

「何時間もまえに寝たよ」ドジャーが答え、ドアをさっと開けた。「ほら、ここ！」

少年は床に置かれた粗末な寝床でぐっすり眠っていた。心配と悲しみと囚《とら》われの身の息苦しさで、顔は青白く、死んでいるように見えた。それも、死に装束で棺《ひつぎ》に収まった死ではなく、命が消えてまもなく、若くやさしい魂が天に召されたばかりで、やがて塵《ちり》と化す神聖な骸《むくろ》にまだ世の中の汚《けが》らわしい空気が吹きかかっていないときの死だ。

「いまはいい」ユダヤ人はそっと顔を背けて言った。「明日にしよう。明日」

20

オリヴァーはウィリアム・サイクス氏のもとに送り届けられる

朝、オリヴァーが目覚めると、枕元《まくらもと》に底の厚い新品の靴が置かれ、はいていた古い靴がなくなっていたので、びっくりした。最初は解放される前触れではないかと期待して喜んだが、その考えはユダヤ人とふたりきりで朝食の席につくなり消えた。今晩、ビル・サイクスの家に連れていくと言った老人の口調や態度は、オリヴァーをいやが上にも警戒させた。

「そこに――移り住むのですか」オリヴァーは不安そうに尋ねた。

「いやいや、おまえさん、移り住むわけじゃない」ユダヤ人は答えた。「おまえがいないと寂しいからね。怖がることはない、オリヴァー。またここに戻ってくるのだから。は、は、は！　わしらはおまえを見捨てるほど薄情ではないよ。まさか、そんなことはしない！」

老人は火のまえに屈《かが》んでパンを焼いていたが、振り返ってオリヴァーをそうからかい、まだ可能なら喜んで逃げたいと思っているだろう、わかってるぞと言わんばかりにほくそ笑んだ。

「おそらく」とオリヴァーを見すえて言った。「ビルの家に何をしにいくのか知りたいだろうな、え、おまえさん？」

年老いた盗人《ぬすっと》に心を読まれて、オリヴァーは思わず赤面したが、勇敢に答えた——はい、知りたいです。

「何をすると思う？」フェイギンは軽くはぐらかして訊《き》いた。

「ぜんぜんわかりません」

「はっ！」ユダヤ人はオリヴァーの顔をじっくりと眺め、がっかりした顔つきで眼をそらした。「なら、ビルに教えられるまで待つがいい」

ユダヤ人は、オリヴァーがこの件についてたいして興味を示さないことに、たいそう苛立《いらだ》ったようだった。だが実際には、オリヴァーはとても知りたいと思いながらも、フェイギンの顔に表れた熱意と狡猾《こうかつ》さにひどくまごついて、それ以上質問が出てこなかったのだ。別の機会は与えられなかった。ユダヤ人は、夜が来て外出の準備をするまで、むっつりと押し黙ったきりだった。

「蠟燭《ろうそく》をともすといい」ユダヤ人は言って、机に蠟燭を一本置いた。「ほら、迎えが来るまで読む本だ。じゃあ、おやすみ」

「おやすみなさい」オリヴァーは小声で返事をした。

ユダヤ人はドアに向かいながら、肩越しにオリヴァーを見てふと立ち止まり、少年の名前を呼んだ。

オリヴァーは眼を上げた。ユダヤ人は蠟燭を指差し、ともせと手で合図した。オリヴァーが火をつけ、燭台《しょくだい》を机に置いて見ると、部屋の暗い隅からユダヤ人が眉根《まゆね》を鼻の上に寄せてじっと彼のほうを見ていた。

「気をつけるんだぞ、オリヴァー！　気をつけろ！」老人は右手を持ち上げて体のまえで警告するように振った。「あいつは乱暴者だ。頭にカッと血がのぼると血のことしか考えられなくなる。どんな結果になろうと、何も言うんじゃないぞ。やつの言うとおりにしろ。いいな！」最後のことばをはっきりと強調したあと、力を抜き、表情を徐々に不気味なにやにや笑いに変えて、うなずきながら部屋から出ていった。

オリヴァーは老人がいなくなると頰杖《ほおづえ》をつき、震える心で、いま言われたことをつらつら考えた。ユダヤ人の忠告について考えれば考えるほど、その目的と意味は何だったのか推測がつかなくなった。彼をフェイギンの家に置いておかず、あえてサイクスのもとに送りこむことで特別に実行できる悪巧みがあるとは思えなかった。長いこと頭を悩ませた末、もっと目的に適《かな》う別の子が来るまで、あの強盗の日頃の雑用を手伝うために選ばれたのだろうという結論に達した。オリヴァーは苦難に慣れすぎ、いまいるところでも苦しみすぎて、この変化の兆《きざ》しを嘆き悲しむことができなかった。なおしばらく考えこんだあと、大きなため息をついて、蠟燭の芯《しん》を切り、ユダヤ人が残していった本を取って読みはじめた。

最初は何気なくページをめくっていたが、たまたま目についたある一節に注意を惹《ひ》かれ、すぐ夢中になった。有名な犯罪者の生涯と裁判の記録で、ページは何度もめくられ、手垢《てあか》で汚れていた。そこに記されていたのは、血も凍るほど怖《おそ》ろしい犯罪や、寂しい道端で犯された秘密の殺人、人に見つからないように深い穴や井戸に隠された死体の話だった。穴や井戸がどれほど深くても、死体はそこにとどまらず、長年のうちに地表に出てくる。殺人者はそれを見て気がふれたようになり、恐怖におののいて自分の罪を告白し、いっそ絞首台《こうしゅだい》でこの苦しみを終わらせてくれと叫ぶのだ。真夜中に寝ているうちに己の悪い考えに誘惑され、導かれて、考えるだけで鳥肌が立って手足が震えるようなおぞましい流血事件を起こした男たちの記録もあった。その怖ろしい描写があまりにも鮮明で現実味があるものだから、黄ばんだページは血糊《ちのり》で赤く染まったように見え、書かれたことばは耳元で死霊《しりょう》のうつろな囁《ささや》きのように響いた。

少年は突然恐怖に襲われて本を閉じ、自分から遠ざけた。そのまま床にひざまずき、こうしたおこないから離れていられますようにと天に祈った。こんなに怖い最悪の犯罪にかかわるくらいなら、その場で死んだほうがましです、と。オリヴァーは次第に落ち着き、低くかすれた声で、いまある危険から救ってください、友だちの愛も親族の愛も知らない哀れな孤児に救いが訪れるものなら、悪と罪のただなかにひとりわびしく立たされ、見捨てられているいまこそお願いします、と心から訴えた。

祈りは終えたものの、まだ頭を両手で抱えているうちに、すぐ近くで衣《きぬ》ずれの音がして、われに返った。

「あれは何!」思わず叫んで立ち上がると、ドアのそばに立つ人影があった。「そこにいるのは誰?」

「あたし——あたしひとりよ」震える声が答えた。

オリヴァーは蠟燭を頭の上に掲げて、ドアのほうを見た。ナンシーだった。

「明かりをおろして」娘は顔を背けて言った。「眼が痛くなる」

オリヴァーは彼女がすごく青ざめているのに気づき、具合が悪いのかとやさしく訊いた。娘は背を向けて椅子《いす》にどさりと坐《すわ》り、手を握り合わせたが、何も答えなかった。

「神様、お赦《ゆる》しを!」ややあって彼女は言った。「こんなことになるなんて思ってもみなかった」

「何か起きたの?」オリヴァーは尋ねた。「ぼくにできることがある? 手伝えるなら、そうするよ。喜んで手伝う」

彼女は体を前後に揺すり、手を激しくもみ合わせて、自分の喉《のど》をつかんだ。苦しそうに空気を求めて、ぜいぜいとあえいだ。

「ナンシー！」オリヴァーはあわてふためいて叫んだ。「どうしたの」

娘はいきなり大声で笑い、両手で膝《ひざ》を叩《たた》き、両足で床を踏みつけたかと思うと、急に黙りこみ、ショールをぴったりと体に巻きつけて寒さに震えた。

オリヴァーは暖炉の火をかき立てた。娘は椅子を火の近くに寄せ、短いあいだ何も言わずに坐っていたが、ついに顔を上げると、まわりを見た。

「ときどきわけのわからないものに取り憑《つ》かれるの」彼女は言って、いそいそと服の乱れを直すふりをした。「この湿って汚い部屋のせいだと思う。さあ、ノリー、準備はできた？」

「あなたといっしょに行くの？」オリヴァーは訊いた。

「そう。ビルの使いで来たの」娘は答えた。「あたしと来なさい」

「なんのために？」オリヴァーは尻込《しりご》みした。

「なんのためにって」娘は眼を上げてくり返し、少年と眼が合った瞬間にまたそらした。

「悪いことのためじゃないわ」

「信じられない」相手をじっと見ていたオリヴァーは言った。

「好きに考えればいい」娘は言って、また笑おうとした。「じゃあ、いいことのためじゃないってことにしましょう」

オリヴァーは彼女の善良な心にいくらか力を及ぼせることがわかって、救いのないわが身に同情を乞《こ》うてみようかと一瞬思った。しかしそのとき、時刻はまだ十一時になるかならないかで、通りには人が大勢いて、自分の話を信じてくれる人もいるかもしれないという考えが頭をよぎった。そこでオリヴァーは進み出て、準備はできているとあわて気味に言った。

彼がとっさに考えたことも、そのめざすところも娘には通用しなかった。彼女は話すオリヴァーをじっと見て、思いついたことがしっかりわかったという顔をした。

「しっ！」娘は顔を近づけて言い、注意深くあたりをうかがいながらドアを指差した。「あんたは自分では何もできないよ。あたしもあんたのために一生懸命がんばったけど、どうにもならなかった。あんたは何重にも取り囲まれてるの。かりに逃げ出せるとしても、それはいまじゃない」

力のこもった彼女の声にオリヴァーはひどく驚き、相手の顔を見上げた。どうやら真実を語っているようだった——その顔は白く、動揺していて、真剣になるあまり体も震えていた。

「あたしは一度、ひどい目に遭ってるあんたを救った。もう一度救ってあげる、これからね」娘は話しつづけた。「もしあたしが迎えにこなかったら、もっと乱暴な人たちが相手だったんだからね。あんたはおとなしくて口が固いって、あたしは請け合った。もしちがったら、あんた自身とあたしに害が及ぶだけよ。それにたぶん、あたしは殺される。いい！　あんたのために、あたしはここまで耐えてきたの。神様に見てもらいたいほど」

彼女は自分の首と腕についた青あざをさっと指差し、矢継ぎ早に続けた。

「憶《おぼ》えといて。あんたのことでこれ以上苦しめないで。できたら助けてあげたいけど、そんな力はないの。彼らはあんたを痛めつけようとしてるんじゃないのよ。何をやらされたとしても、あんたが悪いわけじゃない。しっ！　あんたがひと言言うたびに、あたしが一回ぶたれるの。手をつないで——さあ早く、その手を！」

彼女はオリヴァーが思わず差し出した手を握り、蠟燭の火を吹き消して、オリヴァーの手を引きながら階段をのぼった。闇《やみ》に隠れていた誰かがすばやくドアを開け、ふたりが出たあとまたすばやく閉めた。幌《ほろ》つきの二輪馬車が外で待っていた。娘はオリヴァーに説明したときと同じ激しさで彼を馬車に引き上げ、カーテンを閉めた。御者は指示を必要とせず、一瞬の遅れもなく馬に鞭《むち》をくれて全速力で走らせた。

娘はまだオリヴァーの手を固く握り、すでに与えた警告と約束のことばを彼の耳に吹きこんでいた。あらゆることが目まぐるしく大急ぎで進むので、オリヴァーは、ユダヤ人が前夜足を運んだ家に馬車が着いたとき、自分がどこにいるのかも、どうやってそこにたどり着いたのかもほとんど思い出せなかった。

つかのまオリヴァーは、空っぽの通りに眼を走らせた。助けを求める叫びが喉まで出かかったが、言ったことを憶えておいてと苦悩の声で懇願する娘の声が耳に残っていて、叫び声を発することができず、ためらっているうちに機会は失われた。彼はすでに家に入り、ドアが閉まっていた。

「こっちよ」娘はそこで初めてオリヴァーの手を離して言った。「ビル！」

「よう」サイクスが蠟燭を手に階段の上に現れて言った。「おお、よくやった。さあ来い！」

これは最大級の賛辞であり、サイクス氏のような気性の持ち主にはまず見られない心からの歓迎だった。ナンシーは大いに満足したようで、彼に温かい挨拶《あいさつ》を送った。

「ブルズアイはトムが連れていった」サイクスはふたりを照らして言った。「いると邪魔だからな」

「そうね」ナンシーも言った。

「子供を連れてきたな」三人で部屋に入ると、サイクスはそう言いながらドアを閉めた。

「ええ、このとおり」ナンシーは答えた。

「おとなしかったか？」

「子羊みたいにね」

「それはよかった」サイクスは険しい顔でオリヴァーを見て言った。「こいつの若い体のためにだ。でないと痛めつけられることになったから。さあ、こっちへ来い、小僧。ひとつ講義をしてやろう。さっさとすませたほうがいい」

新しい子分にそう説明しながら、サイクス氏はオリヴァーの帽子を取って部屋の隅に放ると、少年の肩をつかんで、自分は机の横に坐り、オリヴァーをまえに立たせた。

「まず、これが何かわかるか」サイクスは机に置いてあった拳銃《けんじゅう》を取って訊いた。

オリヴァーは、わかると答えた。

「なら、ここを見ろ」サイクスは続けた。「これは火薬、あれは弾、これは詰め綿にする古い帽子の切れっ端」

オリヴァーは説明されたものにひとつずつ、わかりますとつぶやいた。サイクス氏はじつに手際《てぎわ》よく慎重な手つきで拳銃に弾をこめた。

「これで装塡《そうてん》できた」作業を終えると、サイクス氏は言った。

「はい、わかります」オリヴァーは震えながら答えた。

「さて」強盗はオリヴァーの手首をしっかりとつかみ、銃を少年のこめかみに近づけた。銃口が触れた瞬間、オリヴァーは悲鳴を抑えられなかった。「おれと外に出て、こっちが話しかけてないときにひと言でもしゃべったら、この弾がいきなり頭にズドンだ。そい、いれでも許可なくしゃべろうと思うなら、まず祈ってからにしろ」

威嚇《いかく》の効果を増すために厳しく睨《にら》みつけて、サイクス氏は続けた。

「おれが知ってるかぎり、おまえが始末されても真剣に探すやつなんかいない。だから、こうやって面倒臭いことをいちいち説明するのも、おまえのためを思えばこそなんだ。わかるか」

「要するに」ナンシーがオリヴァーのほうを見て顔をしかめ、よく聞いておきなさいというふうに強い語調で言った。「今回やる仕事であんたの足手まといになったら、あとで余計な話ができないようにこの子の頭を撃つってことね。毎月の仕事でずっとそうだったように、絞首刑になる危険を冒してもやるって」

「そのとおり！」サイクスは認めた。「女ってのは、いつも最少のことばでものが言えるな。腹を立てると、それがやたら長くなるんだが。さて、こいつの準備は完全にできた。夕食にして、出かけるまえにちょっと寝るぞ」

その要求を受けて、ナンシーは手早く机にクロスを広げ、数分間消えたあと、黒ビールのジョッキと羊の頭の料理を持って戻ってきた。サイクス氏は、〝ジェミー〟ということばが、その料理の呼び名であると同時に、彼の職業で頻繁に使われる便利な道具、鉄梃《かなてこ》も指すという奇妙な一致をもとに、気の利《き》いた冗談をいくつか飛ばした。この立派な紳士は、おそらくもうすぐ仕事に取りかかることで興奮していたのだろうが、元気溌《はつ》溂《らつ》で上機嫌だった。その証拠に、おどけながらビールを一気に飲み干し、食事中についた悪態は、大まかな勘定で八十を超えなかったことをここに記しておく。

食事が終わると――オリヴァーにあまり食欲がなかったことは容易に想像がつく――サイクス氏は水割りの酒を数杯飲んでベッドに寝転がり、五時きっかりに起こしてくれとナンシーに言い渡したうえ、起こし損ねたらどうなるかという脅し文句を並べ立てた。同じ調子で、オリヴァーも寝ろと命じられ、床上のマットレスに服を着たまま横たわった。娘は暖炉のまえに坐って火の番をしながら、指定された時刻にふたりを起こす準備に入った。

オリヴァーは、ナンシーがこの機会にまた助言を囁いてくることもなくはないだろうと長いこと眠らずにいたが、娘はじっと火を見つめて考えこみ、ときどき思い出したようにランプの芯を切るだけだった。オリヴァーは見るのと心配するのに疲れて、ついに眠りこんだ。

次に彼が眼を覚ますと、机にはお茶の用意がされ、サイクスが椅子の背にかけた外套《がいとう》のポケットにさまざまな道具を突っこむ傍らで、ナンシーがいそいそと朝食を出していた。蠟燭がともされていて、まだ夜は明けておらず、外はかなり暗かった。雨も降っていて、雨粒が鋭く窓ガラスを叩き、空は黒々と曇っていた。

「ほら、起きろ！」サイクスが怒鳴り、オリヴァーははっと身を起こした。「五時半だ。しゃんとしろ。さもないと朝食抜きだぞ。もう遅れかけてるからな」

オリヴァーはあわてて身支度を整え、朝食を少し口にし、サイクスの無愛想な呼びかけに対して、準備ができましたと答えた。

ナンシーは少年をほとんど見ずに、首のまわりに巻くハンカチを投げてやった。サイクスは彼に、肩を包んでボタンで留めるケープを与えた。そんな恰好《かっこう》でオリヴァーは強盗に手を差し出した。サイクスはただ立ち止まって、脅すような仕種《しぐさ》で外套のポケットに拳銃が入っていることを見せつけると、オリヴァーの手をしっかりと握り、ナンシーと別れの挨拶を交わして、歩きだした。

ドアのまえまで来たとき、オリヴァーは娘が見ているのではないかと一瞬振り返ったが、彼女はまた火のまえの椅子に戻って、身じろぎもせずに坐っているだけだった。

21

遠征

陰鬱《いんうつ》な朝だった。彼らが通りに出ると、風が吹いて雨脚は強く、雲は淀《よど》んで嵐《あらし》をはらんでいた。夜のあいだじゅう降りに降ったようで、道には大きな水溜《みずた》まりができ、どぶはあふれ出していた。空には来《きた》る一日に向けてかすかな光があったものの、あたりの闇《やみ》を和らげるというより、いっそう濃くしていた。その薄暗い光は、街灯の光を青白くするばかりで、濡《ぬ》れた家々の屋根やわびしい通りの色合いに暖かさも明るさも加えない。街のその近所に人が動く気配はなかった。どの家の窓も固く閉ざされ、彼らが歩いていった通りは静まり返って、空っぽだった。

ベスナル・グリーンに入るころ、ようやく朝らしくなってきた。多くのランプは消え、田舎の荷馬車が数台、大儀そうにゆっくりとロンドンに向かい、ときおり泥まみれの駅馬車が駆け抜けた。御者はのろい荷馬車の横を通りすぎるときに、おまえが道のまちがった側を進んでいるせいで駅への到着が十五秒遅れるとばかりに、荷馬車牽《ひ》きに訓戒の鞭《むち》をくれた。居酒屋はすでに開き、なかでガス灯がともっていた。徐々にほかの店も開きはじめ、ちらほらと通行人を見かけるようになった。やがて仕事に向かう労働者の集団がいくつか現れ、頭に魚籠《びく》をのせた男女や、野菜を積んでロバに牽かせた荷車、家畜や動物のまるごとの生肉を満載した馬車、桶《おけ》を持った牛乳配達夫らが続いて、ロンドンの東側の郊外へさまざまな物品を運び出す、絶え間ない人の流れが生まれた。オリヴァーたちが商業区《シティ》に近づくと、喧噪《けんそう》と人々の往《ゆ》き来が次第に増え、ショーディッチとスミスフィールドのあいだの通りを縫うようにたどるころには、それが大音響と相当なにぎわいにふくれ上がった。また夜が訪れるまではこの明るさが続きそうだった。ロンドンの人口の半分があわただしく動く朝が始まったのだ。

経由して、サン通りとクラウン通りを歩き、フィンズベリーの広場を横切り、チズウェル通りを経由して、サイクス氏はバービカンに、さらにロング・レーンを通ってスミスフィールドに入った。するといきなり途方もない騒音が湧《わ》き起こって、オリヴァー・ツイストはびっくりし、呆気《あっけ》にとられた。

市《いち》の立つ朝だった。地面にはゴミと泥がほとんど足首までたまり、汗ばんだ家畜の体から絶えず立ち昇る濃い蒸気が、煙突の先に溜まっているように見える霧と混じり合い、重く垂れこめていた。広場の中央に集まっている檻《おり》にも、空いた場所にところかまわず置かれている臨時の檻にも羊が詰めこまれ、どぶの脇《わき》の柱には馬や牛が三列も四列もつながれている。雑踏のなかに、田舎の人間、肉屋、家畜仲買人、行商人、少年、こそ泥、怠け者、あらゆる下層階級のならず者が入り混じっていた。仲買人の口笛、犬の吠《ほ》え声、牛の鳴き声や跳ねる音、羊のメーメー、豚のブーブーやキーキー、行商人の口上、四方八方から聞こえる人々の怒鳴り声、悪態、口論、あらゆる居酒屋から発せられる呼び鈴の音と大音声《だいおんじよう》。みな群がり、押し合いへし合いし、家畜を動かし、ものを叩《たた》き、わめき、叫ぶ。市場のそこらじゅうの角で、入り乱れた怖ろしい騒音がこだまし、顔も洗わず、ひげも剃《そ》らず、むさ苦しく汚れた男たちがつねに走りまわり、群衆のなかに飛びこんだり飛び出したりして、見る者の感覚を惑わし、呆然《ぼうぜん》とさせる光景を作り出していた。

サイクス氏はオリヴァーの手を引いて、いちばんの人混みを無理やり通り抜け、少年を驚かした数多《あまた》の事物や音にはほとんど注意を払わなかった。通りかかった友人に二、三度うなずいて挨拶《あいさつ》し、朝の一杯をやろうと二、三度誘われたのを断り、ひたすらまえに進むと、ついに人混みから出て、ホージャー・レーンを通り、ホルボーンに入った。

「おい、小僧！」セントアンドリュー教会の時計を見上げて、むっつりと言った。「もうすぐ七時だ！　さっさと歩け。ほら、遅れるな。こののろま！」

サイクス氏はそう言いながら、小さな道連れの手首を乱暴に引いた。オリヴァーは早歩きと駆け足の中間ぐらいまで歩調を速め、大股《おおまた》でどんどん進む強盗にできるだけついていった。

ハイドパークの角をすぎるまでその速さで歩きつづけ、ケンジントンに向かいはじめたところで、サイクスがいくらかペースを落とすと、少しうしろにいた空《から》の荷馬車が近づいてきた。車体に〈ハウンズロー〉と書かれているのを見たサイクスは、可能なかぎり丁寧な口調で、馬車の主にアイズルワースまで乗せてもらえないかと訊《き》いた。

「乗りな」男は言った。「それはあんたの息子？」

「そう、息子だ」サイクスは答えながらオリヴァーをきつく睨《にら》み、拳銃《けんじゅう》が入っているポケットになんとなく手を持っていった。

「親父《おやじ》さんは速く歩きすぎるようだな、え？」男はオリヴァーが息を切らしているのを見て言った。

「ちっともそんなことはない」サイクスが割りこんだ。「こいつは慣れてる。さあ、おれの手につかまれ、ネッド。乗せてもらおう」

サイクスはオリヴァーにそう呼びかけると、手を貸していっしょに乗せた。荷馬車の主は袋の山を指差し、そこに寝て休むといいと言った。

道標をいくつかすぎると、オリヴァーはますます、どこへ連れていかれるのだろうと思った。ケンジントンも、ハマースミスも、チズウィック、キュー橋、ブレントフォードも通過した。それでも彼らは、まるで旅が始まったばかりのように着々と進みつづけ、やがて〈コーチ・アンド・ホーシーズ〉という居酒屋のまえまで来た。その少し先で別の道が分かれているようだった。荷馬車は停まった。

サイクスはオリヴァーの手を握ったまま自分だけ飛びおり、すぐに少年を持ち上げて
おろすと、険しい顔を向け、わかってるだろうなと言いたげに拳《こぶし》で横のポケットを叩いた。

「じゃあな、ぼく！」男がおりて言った。

「こいつは愛想がないんだ」サイクスはオリヴァーの体を揺すって言った。「愛想がない——失礼なやつだ。気にしないでくれ」

「いいとも」男は答えて荷馬車に戻った。「やっと天気がよくなったな」と言い、去っていった。

サイクスは荷馬車が遠く離れるまで待ってから、オリヴァーに、助けを求めたければ勝手にきょろきょろするがいいと言い、また先に立って旅を再開した。

居酒屋の少し先で左に曲がり、今度は右手の道に入って、長いこと歩いた。道の両側には大きな庭園や、身分の高い人の家が延々と並んでいた。やがて小さな橋を渡り、トゥイッケナムの町に入ったが、そこでもサイクスは軽くビールを飲んだだけで止まらず歩きつづけ、また別の町に到着した。オリヴァーは、ある家の壁にかなり大きな文字で〈ハンプトン〉と書かれているのを見た。〈レッド・ライオン〉という看板のかかった居酒屋の角で曲がって、しばらく川沿いを行くと、サイクスはいきなり狭い道に入り、看

板の文字が読めない古めかしい居酒屋までまっすぐ歩き、厨房《ちゅうぼう》の暖炉のそばで食事を注文した。

その厨房は屋根の低い古びた部屋で、天井のまんなかを太い梁《はり》が走っていた。暖炉のまえの背もたれの高い長椅子《ながいす》には、農作業着の強面《こわもて》の男たちが数人坐《すわ》って酒を飲み、煙草《たばこ》を吸っていた。彼らはオリヴァーには眼もくれず、サイクスのほうもほとんど見なかった。サイクスも男たちをほとんど気にせずに、連れの少年とふたりきりで隅に坐り、まわりの客に煩《わずら》わされることもあまりなかった。

ふたりは食事に冷肉を食べ、そこに長いこと坐っていた。サイクスは煙管《きせる》を三、四度詰め直して夢中で吸っているから、オリヴァーはもうどこへも行かないのだと確信しはじめた。早起きして歩いたことでかなり疲れていたので、最初はうとうとしていたが、ほどなく疲労と煙草の煙に圧倒されて、ぐっすりと寝入った。

サイクスに小突かれてオリヴァーが目覚めると、あたりは闇に包まれていた。気持ちを奮い立たせて身を起こし、まわりを見ると、サイクスはビールのパイントジョッキをまえに、ひとりの労働者と親しげに話し合っていた。

「あんた、ロワー・ハリフォードに行くんだな？」サイクスが訊いた。

「ああ、行くよ」相手の男は答えた。酒のせいで少し不機嫌だったが、見方によっては上機嫌だったのかもしれない。「のろのろでもない。朝来たときとちがって、帰りは空荷だからね。馬も長いこと牽かなくてすむ。あいつに乾杯！　気のいい馬なんだ」

「この子とおれをできるだけ遠くまで乗せていってくれないか」サイクスは新しい友人にエールのジョッキを押しやりながら訊いた。

「すぐ行くならいいぜ」男はジョッキ越しに答えた。「ハリフォードまでか？」

「シェパートンだ」サイクスは答えた。

「行けるとこまで行ってやる」男は応じた。「勘定はすんでたっけ、ベッキー？」

「ええ、お連れの紳士にいただきましたよ」娘が答えた。

「おいおい」男はほろ酔いながらも、まじめに言った。「そりゃ悪いよ、なあ」

「なんで？」サイクスは言った。「おれたちを乗せてくれるんだ。一パイントやそこら、おごらせてもらって何が悪い？」

見知らぬ男はその点について深刻な顔で考えた末、サイクスの手を握り、あんたは本当にいい人だと宣言した。それに対してサイクスは、冗談はよせと応じたが、もし相手の男が素面《しらふ》だったら、サイクスをいい人呼ばわりするのはたしかに冗談と見なすべきだろう。

さらにいくらか褒めことばを交わしたあと、彼らはほかの客たちに別れを告げ、外に出た。娘はその間にジョッキやグラスを集め、両手をいっぱいにして、彼らの出立を見送るためにドアのところまで来た。

店のなかでその健康を祝して乾杯がなされた馬は、外で馬車につながれていた。オリヴァーとサイクスはそれ以上の挨拶なしに車に乗りこんだ。馬の持ち主は一、二分そのへんをうろついて自分の馬を褒めそやし、こいつに敵《かな》う馬がいたら出してみろと居酒屋の馬丁とまわりの人々に見得を切って、馬車に乗りこんだ。彼が馬丁に手綱を離せと命じると、馬は自由になった首をじつに不愉快な方法で使った。軽蔑《けいべつ》もあらわに空中に首を突き上げ、道向かいの家の客間の窓に突っこんだのだ。その離れ業のあと、つかのま後肢《うしろあし》で立ってから、ものすごい速さで駆け出し、勇ましく町をあとにした。

真っ暗な夜だった。川とまわりの湿地から霧が立ち昇って、荒涼たる原野に広がっていた。さらに身を貫くように寒く、すべてが陰鬱で黒かった。ことばはいっさい語られなかった。御者は眠くなっていたし、サイクスはサイクスで、御者を会話に引き入れようという気分ではなかったのだ。オリヴァーは馬車の隅に身を屈《かが》めて坐り、恐怖と不安でわけがわからなくなって、林のなかに奇妙な影を見ていた。木々は荒れ果てた光景に異様な喜びを感じているかのように、瘦《や》せ細った枝を不気味に揺すっていた。

サンベリーの教会を通りすぎたときに、時計が七時を打った。向かいの渡し船の小屋に光があり、それが道に流れ出して、墓場に立つ暗いイチイの木にいっそう陰気な影を与えていた。そう遠くないところで水の流れ落ちる鈍い音がして、古木の葉が夜風に穏やかにそよいでいた。それはまるで死者を安らかに眠らせる荘厳《そうごん》で静かな音楽のようだった。

サンベリーを出て、また寂しい街道に入った。そこから二、三マイル行ったところで馬車は停まった。サイクスがおりてオリヴァーの手を取り、ふたりはまた歩きはじめた。

シェパートンでは、疲れた少年の期待に反してどこの家にも入らず、闇と泥のなかを歩きつづけた。暗い小径《こみち》をたどり、寒くて広々とした荒れ地を横切ると、さほど離れていないあたりに町の明かりが見えてきた。オリヴァーが前方に眼を凝らすと、すぐ下に川が流れていた。橋のたもとに近づいていたのだ。

サイクスはまっすぐ進みつづけ、まさに橋を渡ろうというところで急に左の土手を下りはじめた。川だ、とオリヴァーは思い、恐怖で胸が悪くなった。こんな寂しい場所に連れてきたのは、ぼくを殺すためだったんだ。

オリヴァーがいましも地面に倒れこんで、子供なりに抵抗しようとしたとき、ぼろぼろの一軒家のまえに立っているのに気づいた。崩れかけた玄関の左右に窓があり、二階建てだったが、明かりはついていない。暗く、打ち棄《す》てられていて、どう見ても人が住むところではなかった。

まだオリヴァーの手を握っていたサイクスは、低いポーチにそっと近づき、ドアの掛け金をはずした。押すとドアが開いて、ふたりはなかに入った。

22

夜働き

「よう!」ふたりが廊下に足を踏み入れるなり、大きなしゃがれ声が言った。

「大声を出すんじゃない」サイクスはドアに閂《かんぬき》をかって言った。「明かりをくれ、トビー」

「おお! 相棒」同じ声が叫んだ。「明かりだ、バーニー、明かり! 旦那《だんな》を迎え入れろ、バーニー。まず起きろ、ほら早く」

話し手は、寝ている相手を起こすために靴脱ぎ器か何かを投げつけたらしい。木製のものが床に落ちる大きな音がして、寝ぼけた男がぶつぶつとつぶやく声が聞こえた。

「聞いてるか?」同じ声が叫んだ。「ビル・サイクスが廊下にいるってのに、迎えるやつもいやしない。おまえは食事時にアヘンチンキ飲んでそれっきりみたいに寝てるしな。ちっとはすっきりしたか、それとも鉄の蠟燭《ろうそく》立てでばっちり起こしてやろうか」

その質問で、踵《かかと》をつぶした靴があわてて部屋のむき出しの床を駆けてくる音がして、右手のドアからまず弱々しい蠟燭の光が、次いですでに紹介ずみの人物が現れた――鼻にかかったしゃべり方をする、リトル・サフロン・ヒルの居酒屋のあの給仕である。

「ビスター・サイクス！」バーニーは本物か偽物《にせもの》かわからない喜びをたたえて叫んだ。「入ってください、どうぞ、入って」

「ほら、先に行け」サイクスがオリヴァーを押しやって言った。「ほら早く！　さもないと、その踵を踏みつけるぞ」

ぐずぐずしているオリヴァーを小声で罵《ののし》りながら、サイクスは彼を押し、天井が低くて暗い部屋に入った。煙たい石炭の火が焚《た》かれ、壊れた椅子《いす》二、三脚、机ひとつと、非常に古い長椅子が置かれていた。その長椅子にひとりの男が両足を頭よりずっと高く上げて寝そべり、長い陶製の煙管《きせる》を吸っていた。大きな真鍮《しんちゅう》のボタンのついた、嗅《か》ぎ煙草《たばこ》色《いろ》のしゃれた上着、オレンジ色のネッカチーフ、ひどくけばけばしい柄の粗末なチョッキ、くすんだ茶色のズボンという恰好《かっこう》だった。トビー・クラキット氏（が彼だった）の頭にも顔にもあまり毛はないが、その赤っぽい髪をひねって螺旋《らせん》状の長いカールにし、ときどきそこに、安物の大きな指輪をはめた汚らしい指を突っこんだ。背丈は中背より少し高いくらいで、足腰は弱そうだったが、それでもはいている乗馬用ブーツに惚《ほ》れこんでいることには変わりなく、高々と持ち上げたそれをさも満足そうに眺めていた。

「ビル、わが相棒！」彼はドアのほうを向いて言った。「よく来てくれた。あきらめたんじゃないかと思ってたところだ。そうなったら、ひとりで出かけてた。よう！」

オリヴァーに眼を留めて、大いに驚いた口調でそう言ったあと、クラキット氏は長椅子に体を起こして坐《すわ》り、こいつは誰だと訊《き》いた。

「子供——ただの子供だ」サイクスは火のまえに椅子を引いて言った。

「ビスター・フェイギンのところにいる子だ」バーニーがにやりとして言った。

「フェイギン、へえ！」トビーはオリヴァーを見ながら叫んだ。「教会で婆《ばあ》さんのポケットをつけ狙《ねら》うにはおあつらえ向きのガキだな。この面《つら》は財産だ」

「おい——そんなことはもういい！」サイクスが苛立《いらだ》ってさえぎり、また横になった友人のほうに屈《かが》んで多少のことばを耳打ちすると、クラキット氏は大笑いし、栄誉ある驚きの視線を長々とオリヴァーに注いだ。

「ところで」サイクスは椅子に坐り直して言った。「待つあいだ、食ったり飲んだりするものが出ると元気も湧《わ》くんだがな——まあ、少なくともおれは。おい小僧、おまえも坐って休め。今晩また出かけるからな、ここからそう遠くはないが」

オリヴァーは無言でおどおどとサイクスを見た。背もたれのない椅子を火のそばに持っていって坐り、痛む頭を両手にのせた。いま自分がどこにいるのかも、まわりで何が起きているのかも見当がつかなかった。

「さてと」若いユダヤ人がちょっとした食べ物と酒壜《さかびん》を机に置くと、トビーが言った。

「押しこみの成功を祈って！」乾杯するために立ち上がり、空の煙管を注意深く隅に片づけて机に近づくと、グラスに酒をついで一気に飲み干した。サイクス氏も同じことをした。

「この子も飲まないとな」トビーは言って、ワイングラスを半分満たした。「さあ、ぐいっとやれ、少年！」

「じつは」オリヴァーは憐《あわ》れみを乞《こ》うように男の顔を見上げて言った。「じつは、ぼく――」

「やるんだよ！」トビーはくり返した。「何がおまえのためになるか知らないとでも思うのか。飲めと言ってやれ、ビル」

「飲んだほうがいいぜ」サイクスは手でポケットをぽんと叩《たた》いて言った。「まったく！こいつひとりでドジャーの身内まるごとより手がかかる。さあ飲め、頑固な鬼っ子。飲むんだよ！」

オリヴァーはふたりの男の脅しに震え上がって、あわててグラスの中身を飲み干し、たちまち激しい咳《せき》の発作にみまわれた。トビー・クラキットとバーニーはそれに大喜びし、ぶっきらぼうなサイクスでさえ微笑《ほほえ》んだ。

かくしてサイクスが食欲を満たすと（オリヴァーは、無理やり呑《の》みこまされたパンの小さなひとかけしか食べられなかった）、男ふたりは長椅子に横になって仮眠をとった。

オリヴァーは火のそばの椅子に坐ったままで、バーニーは毛布にくるまって炉格子《ろごうし》のまえの床に寝そべった。

しばらく彼らは眠った。あるいは、眠っているように見えた。一、二度起き上がって火に石炭を足したバーニー以外、誰も動かなかった。オリヴァーは重苦しい眠りに落ち、夢の世界でひとり寂しい小径《こみち》に迷いこんだり、暗い墓地をさまよったり、過去の場面をあれこれ思い出したりしていたが、そこでトビー・クラキットが跳ね起き、一時半だと叫んだので、目が覚めた。

すぐにサイクスとバーニーも立ち上がり、三人はせっせと準備に取りかかった。サイクスと友人は首から顎《あご》まで大きな黒いネッカチーフで包み、外套《がいとう》を着込んだ。バーニーは戸棚を開けていくつかの道具を取り出し、急いで自分のポケットに詰めこんだ。

「おれの吠えるやつは、バーニー？」トビー・クラキットが尋ねた。

「ここに」バーニーは答えて、拳銃《けんじゅう》を二挺《ちょう》取りだした。「あんたが弾をこめた」

「よし！」トビーは答えて、それをしまいこんだ。「説き伏せるやつは？」

「おれが持ってる」サイクスが答えた。

「覆面、鍵《かぎ》、錐《きり》、カンテラ――忘れ物はないな？」トビーは外套の裾《すそ》の内側にある輪に小さな鉄梃《かなてこ》をくりつけて、訊いた。

「ない！」仲間が言った。「棍棒《こんぼう》を持ってきてくれ、バーニー。それでいい」

そう言って、サイクスはバーニーの手から太い棒を受け取り、もう一本をトビーに渡して、休む間もなくオリヴァーにケープを着せはじめた。

「行くぞ」サイクスは手を伸ばして言った。

慣れない遠出と、雰囲気と、無理に飲まされた酒のせいで完全に感覚が麻痺《まひ》していたオリヴァーは、何も考えずに、サイクスが差し出した手に自分の手を重ねた。

「こいつのもう一方の手を取れ、トビー」サイクスは言った。「外を調べろ、バーニー！」

バーニーは戸口まで行き、戻ってきて、完全に静かだと報告した。ふたりの強盗はオリヴァーをあいだに挟んで外に出た。バーニーは戸締まりをすべてして、先ほどのように床に丸まると、すぐにまた眠った。

外は漆黒の闇《やみ》だった。宵の口の霧はいっそう濃くなり、大気はじっとりと湿って、雨こそ降っていないものの、家を出て数分のうちに、オリヴァーの髪や眉毛《まゆげ》はあたりに漂う半分凍った湿気で強張《こわば》った。三人は橋を渡り、オリヴァーが来るときに見た光に向かって歩きつづけた。そう遠くはなかった。きびきびと歩いたせいで、彼らはまもなくチャーツィに到着した。

「さっさと町を通り抜けるぞ」サイクスが囁《ささや》いた。「今晩、途中でおれたちを目にするやつはいない」

トビーも黙ってしたがい、三人は夜更《よふ》けで人っ子ひとりいない小さな町の目抜き通りを急いだ。ところどころ家の寝室の窓から薄明かりがもれていて、かすれた犬の吠《ほ》え声が夜の静寂を破ることもあったが、外に出ている人はおらず、彼らが町を通り抜けたときに教会の鐘が二時を打った。

さらに足を早めて左手の道に曲がった。四分の一マイルほど歩いたあと、彼らは塀に囲まれた一軒家のまえで止まった。トビー・クラキットはほとんど息もつかず、またたく間にその塀のてっぺんによじ登った。

「次は子供だ」トビーは言った。「持ち上げてくれ。おれが上から捕まえる」

オリヴァーがまわりを見る暇もないうちに、サイクスは彼の両脇の下に手を添え、その三、四秒後にオリヴァーとトビーは塀の向こうの草地に横たわっていた。サイクスもすぐあとに続き、三人は慎重に家に近づいていった。

そこで初めてオリヴァーは、悲しみと恐怖で気がふれそうになりながら、この遠征の目的が、殺人ではないにせよ、押しこみ強盗であることを知った。両手を握りしめ、いつの間にか低い恐怖のうめき声を発していた。眼のまえに霧がかかり、血の気の引いた顔に冷や汗が浮き、手足が言うことを聞かなくなって、その場にがくんと膝《ひざ》をついた。

「立て！」サイクスが怒りに打ち震えて小声で命じ、ポケットから拳銃を抜き出した。「立つんだ。おまえの脳みそを草の上に吹き飛ばすぞ！」

「ああ！　どうか見逃してください！」オリヴァーは叫んだ。「ぼくを逃がして、野原で死なせてください。ロンドンの近くにはぜったい行きません——ぜったい、ぜったいに！　ああ！　お願いですから、ぼくに慈悲をかけて、盗みはさせないでください。天国にいる明るい天使たち全員を思って、どうかお慈悲を！」

そう訴えられた男は怖《おそ》ろしい呪《のろ》いのことばを吐き、拳銃の撃鉄を起こした。とたんにトビーがサイクスの手からそれを奪い取ると、少年の口を手でふさぎ、彼を家まで引きずっていった。

「しいっ！」トビーは険しい声で言った。「銃はだめだ。あとひと言でも言ったら、おれがこいつの頭をかち割って、おまえの仕事を代わりにやってやる。そのほうが音はしないし、同じくらい確実で、しかも上品だ。さあ、ビル、鎧戸《よろいど》をこじ開けろ。大丈夫、こいつはやる気になってるさ。おれがやらせる。もっと歳《とし》のいったやつでも、寒い夜には一、二分こんな感じになるもんだ」

サイクスは、この仕事にオリヴァーをよこしたフェイギンに怖ろしい呪詛《じゅそ》をぶちまけ、力いっぱい鉄梃をこじ入れたが、ほとんど音は立てなかった。トビーにも助けられ、しばらくすると、蝶番《ちょうつがい》のところで鎧戸が壊れて開いた。

それは地上五フィート半（訳注　百七十センチ弱）ほどのところにある、小さな格子窓だった。家の廊下が突き当たる裏手にあたり、食器洗い場か、ささやかな醸造所になっている。間口がかなり狭いので、おそらく住人はこれより頑丈に作る必要はないと考えたのだろうが、オリヴァーくらいの大きさの子供ならもぐりこむことができる。サイクス氏があっという間に格子の留め具をはずし、そこにぽっかりと穴があいた。

「さあ、よく聞け、小僧」サイクスがポケットから窓つきのランタンを取り出し、オリヴァーの顔を明々と照らして囁いた。「おまえをここからなかに入れる。この明かりを持っていけ。正面の階段を静かに上がって、廊下をちょっと行くと玄関がある。そこのドアの鍵をあけて、おれたちをなかに入れるんだ」

「おまえの背の届かないところに閂がかってある」トビーが割りこんだ。「玄関ホールに椅子があるから、その上に立ってはずせ。椅子は三つあってな、ビル、青いどでかい一角獣と金の熊手《くまで》がついてる。それが婆さんの家の紋章だ」

「いいから黙ってろ」サイクスは凶悪な顔で答えた。「部屋のドアは開いてるな？」

「開けっ広げだ」トビーはなかをのぞいて確認してから言った。「あそこはいつも開けとくのさ、留め金だけかけて。ここで寝てる犬が見張りをしたくなったときに、廊下を往《い》ったり来《き》たりできるように。は、は！　だが今晩、その犬はバーニーが連れ出した。上出来だろ」

クラキット氏は聞こえないほどの囁き声で話し、笑うときにも声をあげなかったが、サイクスは横柄《おうへい》に、黙って仕事にかかれと命じた。トビーは言われたとおり、まず自分のランタンを出して地面に置き、窓の下にしっかり立って頭を壁につけ、両手を膝について背中で踏み台を作った。サイクスはただちにそこにのぼり、オリヴァーを持ち上げて足からそっと窓をくぐらせ、襟首をつかんで内側の床に無事おろした。

「このランタンを取れ」サイクスは部屋のなかを見ながら言った。「眼のまえに階段が見えるな？」

オリヴァーは生きた心地もせず、「はい」とあえぐように言った。サイクスは銃身で玄関のほうを指し、あそこにたどり着くまで狙ってる、ちょっとでもためらったらその瞬間に死ぬぞ、と短く言い渡した。

「ほんの一分で終わる」サイクスは同じ囁き声で言った。「おれがこの手を離したら、すぐに取りかかれ。待て！」

「なんだ？」トビーが小声で訊いた。

彼らは耳をそばだてた。

「なんでもない」サイクスは言い、オリヴァーから手を離した。「行け！」

オリヴァーは短時間で考えをまとめなければならなかった。たとえ途中で死ぬことになろうと、廊下から二階に駆けのぼって家族に知らせる努力はしようと心に決めた。そのことだけを考えて、オリヴァーはすみやかに、しかし忍び足で前進した。

「戻れ！」突然、サイクスが叫んだ。「戻れ！　早く！」

家のなかの静寂が急に破られ、次いで大きな叫び声が聞こえたのにぎょっとして、オリヴァーはランタンを取り落とし、進むべきか逃げるべきかわからなくなった。叫びはくり返され――光が現れた――あわてて服をはおって階段の上に出てきた、ふたりの怯《おび》えた男の姿が眼のまえで揺らぎ――閃光《せんこう》――大きな音――煙――どこかわからないが、何かが壊れる音――そしてオリヴァーはよろよろとあとずさりした。

サイクスは一瞬消えていたが、また現れて、煙が消えるまえにオリヴァーの襟をつかんでいた。後退しかけていた男たちにサイクスも発砲し、少年を引っ張り上げた。

「腕をしっかり押さえてろ」サイクスは窓から少年を引きずり出しながら言った。「ネッカチーフを貸せ。あいつら、この子を撃ちやがった。早く！　くそ！　すごい血だ」

そのとき鐘が大きな音で鳴りだし、鉄砲のガチャガチャいう音や男たちの叫び声と入り混じった。少年は、でこぼこの土地を駆け足で運ばれている感じがした。音が聞き分けられなくなって遠ざかり、死んだように冷たい感覚がその心臓に忍び寄って、何も見えず、何も聞こえなくなった。

23

バンブル氏とある婦人の愉《たの》しい会話の内容と、教区吏といえどもときには多感であることについて

その夜は凍《い》てつく寒さだった。地面の雪の表面は固く分厚い氷となり、脇道《わきみち》や曲がり角に流れこんで積もった雪だけが、外を吹き荒れる風にあおられていた。風は見つけた獲物に募る怒りをぶつけるように、容赦なく雪を雲状に巻き上げ、無数の霧の渦を作り、空中に振りまいた。荒涼として暗く、刺すように寒い夜で、快適に暮らし食うに困らない人々は明るい暖炉のまえに集まって、家にいることを神に感謝し、家もなく飢えたみじめな人々は道端に倒れて死んでいった。そんな夜、吹きさらしの通りで、飢え疲れて見捨てられた大勢の人が眼を閉じるが、彼らの犯した罪が何であれ、次に眼を開けるところがよりひどい場所であることは、まずないだろう。

外がそういう有様だったとき、すでにオリヴァー・ツイストの生誕地として読者に紹介した救貧院の婦長、コーニー夫人は、小さな自室の心地よい火のまえに坐《すわ》り、少なからぬ満足感に浸りつつ、小さな円卓を眺めていた。その上にはこれも小さなトレイがの

っていて、世の婦長を喜ばすのに欠かせない贅沢《ぜいたく》な食べ物がすべてそろっていた。コーニー夫人はこれから一杯のお茶でひと息入れるところだった。テーブルから暖炉にちらっと眼を移すと、ありえないほど小さな薬罐《やかん》が小さな音で小さな歌を奏《かな》でていて、彼女の心の満足は明らかに増したらしく、笑みが浮かんだほどだった。

「そうよね」婦長はテーブルに肘《ひじ》をつき、もの思わしげに火を見て言った。「わたしたちのまわりには、感謝すべきものがまちがいなくたくさんある――気づきさえすれば、本当にたくさん。ああ！」

それに気づかない貧困者の精神の貧しさを残念がるように、悲しげに首を振り、二オンスの紅茶缶の底に銀のスプーン（彼女個人の所有物）を差し入れてお茶を淹《い》れはじめた。

どれほどの些事《さじ》で、われわれのか弱い心の平静は失われることか！　コーニー夫人が道徳を説いているあいだに、非常に小さくてすぐいっぱいになる黒いティーポットから湯があふれ出し、その手に軽い火傷《やけど》を負わせた。

「忌々《いまいま》しいポット！」立派な婦長は言い、あわててそれを炉内の棚に戻した。「このちっぽけな役立たず。たった二、三杯分しか入らないんだから！　いったい誰の役に立つっていうの」そこで間を置いて、「わたしみたいな、みじめな人間を除いて。あーあ！」

そう言うと婦長は椅子《いす》にどさりと腰をおろし、またテーブルに肘をついて、孤独なわが身について考えた。小さなティーポットとひとつきりのカップが、心にコーニー氏の悲しい記憶を呼び覚まし（亡《な》くなって二十五年とたっていない）、彼女は圧倒された。

「もう二度と持てないわ」コーニー夫人はすねて言った。「二度と持てない――このほかには！」

そのことばが夫を指しているのか、ティーポットを指しているのかは、定かではなかった。後者だったのかもしれない。というのも、しゃべりながらティーポットを見たあと、手に取ったからだ。最初の一杯を飲んだとき、部屋のドアを軽く叩《たた》く音に邪魔された。

「お入り！」コーニー夫人は鋭く言った。「どうせ婆《ばあ》さんの誰かが死にかかってるんでしょう。あの人たち、決まってわたしが食事をしてるときに死ぬんだから。そこに突っ立って寒い空気を入れないで、ほら！　どうしたの？」

「なんでもありません、婦長。なんでも」男の声が答えた。

「まあ！」婦長ははるかに甘ったるい声になって叫んだ。「ミスター・バンブルですの？」

「まいりましたぞ、婦長」部屋の外で立ち止まって靴の汚れをとり、外套《がいとう》から雪を払い落としていたバンブル氏が言った。入ってきた彼は片手に三角帽を持ち、もう一方の手に包みを抱えていた。「ドアを閉めましょうか、婦長？」

ドアを閉めてバンブル氏と話し合うことが不適切だと見なされてもいけないので、コーニー夫人は慎ましげにためらった。バンブル氏はそのためらいにつけこみ、寒かったこともあって、それ以上許可を求めずドアを閉めた。

「嫌な天気ですね、ミスター・バンブル」婦長は言った。

「本当に嫌な天気ですな、婦長」教区吏は言った。「反教区的な天気です。ちなみに、ミセス・コーニー、今日の午後、二十クォーターンのパンと、チーズひとかたまりを委委員会から提供したのですが、忌々しいことに、それでも貧民たちは満足せんのです」

「もちろんしませんわ。あの人たちがいつ満足するんです、ミスター・バンブル？」婦長はお茶をすすりながら言った。

「まさにいつでしょうな！」バンブル氏も言った。「ある男がいて、女房と大家族のために一クォーターンのパンと、ずっしり一ポンドはあるチーズをもらったとします。彼は感謝するか？　すると思いますか、婦長？　ファージング銅貨一枚分も感謝しない！それどころか、石炭をくれと言うのです。ハンカチに包める分でいいからと。石炭ですぞ！　彼が石炭で何をするか？　チーズを焼いて、またくれと戻ってくる。そういう連中なのですよ、婦長。今日エプロン一杯分の石炭を与えれば、翌々日には戻ってきて、またくれと言う。面《つら》の皮が雪花石膏《せっかせっこう》のように厚いのです！」

婦長はこの知的な比喩《ひゆ》に深くうなずいた。教区吏は続けた。

「これほどの状況は見たことがない。おとといのことです。ある男が――あなたは結婚された女性ですから申し上げますが――裸同然の恰好《かっこう》で(ここでコーニー夫人は床に眼を落とした)、うちの民生委員の部屋を訪ねたのです。彼は食事の席にお客を呼んでいました。男は助けてほしいと言いました、ミセス・コーニー。そう言って部屋から去ろうとしないし、お客がとてもショックを受けているようなので、民生委員はその男にジャガイモ一ポンドとオートミール半パイントを与えたのです。〝なんてこった!〟感謝というものを知らないそのならず者は言いました。〝これをいったいどうしろってんだ。鉄の眼鏡でももらったほうがよほどましだ〟とね。〝たいへんけっこう〟と民生委員は言って食べ物を取り上げる。〝ほかにやるものはない〟と。〝ならおれは通りで死ぬ!〟と宿なしが言う。〝いや、死ぬものか〟と民生委員は言い返す」

「は、は! 可笑《おか》しい。いかにもミスター・グラネットですわね」婦長が合いの手を入れて、「それで、ミスター・バンブル?」

「それで、婦長」教区吏は続けた。「その男は去りました。そして本当に通りで死んだのです。まったく、わからず屋の貧乏人ときたら!」

「とても信じられないほどです」婦長は同情して言った。「でも、院外の救貧活動はそもそもひどく性質《たち》の悪いものだと思われませんか、ミスター・バンブル? あなたは経験豊富なおかただから、ご存じですよね。いかがです」

「ミセス・コーニー」教区吏は、他人より事情につうじていると意識したときに出る笑みを見せて言った。「院外の救貧活動は、うまく運営されれば——あくまでうまく運営されればですが——教区にとって安全対策になるのです。その大原則は、貧民に必要のないものをわざと与えて、もう来なくなるように仕向けることです」

「なるほど！」コーニー夫人は叫んだ。「ああ、納得ですわ！」

「さよう。ここだけの話ですが、婦長」バンブル氏は答えた。「それが大原則です。だからこそ、傍若無事な新聞にいつも、病気の家族がチーズの幾片かで救われたというような記事が載るのです。そういうことになっていましてな、ミセス・コーニー、この国じゅうが——しかしながら」教区吏は背中を丸めて包みを開いた。「こういうことは公務上の秘密です、婦長。教区の役人のあいだでしか話せません、ちょうど、われわれのような。これは委員会が施療院《せりょういん》のために取り寄せたポートワインです。今日の午後、樽《たる》から汲《く》み出したばかりで、じつに新鮮な本物です。鈴の音のように澄んでいて、澱《おり》もない」

バンブル氏は最初の罎《びん》を光にかざし、よく振って品質のすばらしさを確かめると、もう一本とともに箪笥《たんす》の上に置き、包んでいたハンカチをたたんで丁寧にポケットに収め、辞去するかのように帽子を取った。

「外を歩くのはとても寒いのではありませんか、ミスター・バンブル」婦長が言った。

「風が強くてね」バンブル氏は答え、外套の襟を立てて、「耳がちぎれそうになる」
婦長は小さな薬罐から教区吏に眼を移した。彼がドアに向かい、おやすみの挨拶《あいさつ》をしようと咳払《せきばら》いをしたとき、彼女はいかにも恥ずかしそうに、お茶を一杯飲んでいかれませんかと尋ねた。

バンブル氏は即座に外套の襟を戻し、帽子と杖《つえ》を椅子に置いて、別の椅子をテーブルに引き寄せた。そこにゆっくりと腰をおろしながら夫人を見ると、小さなティーポットに眼をすえている。バンブル氏はまた咳払いをして、わずかに微笑《ほほえ》んだ。

コーニー夫人は立ち上がって、食器棚からカップと皿をもうひと組取り出した。坐ったときに、その眼がまた教区吏の雄々しい眼と合った。夫人は顔を赤らめ、いそいそと彼のお茶を淹れはじめた。バンブル氏はまたしても咳払いをした——今度はまえの二回より大きく。

「甘くなさいます、ミスター・バンブル？」婦長は砂糖壺《つぼ》を取って訊《き》いた。

「とても甘くしてください」バンブル氏は言いながら、コーニー夫人から片時も眼を離さなかった。もし教区吏がやさしく見えることがあるとすれば、このときのバンブル氏がそうだった。

お茶が入り、無言で差し出された。バンブル氏は、麗《うるわ》しいズボンが食べかすで汚れないように膝《ひざ》にハンカチを広げて、飲食を始め、愉快な会話にときおり深いため息を交えてめりはりをつけた。ため息に食欲を減じる効果はまったくなく、むしろ逆に、お茶とトーストを口に運ぶ動きがなめらかになるようだった。

「猫を飼っておられるのですな」バンブル氏は部屋のまんなかで暖炉にあたっている一匹をちらっと見て言った。「子猫たちもいる!」

「猫が大好きですの、ミスター・バンブル、ご想像もつかないほど」婦長は答えた。「みんなとても幸せそうで、とてもお茶目で、とても明るくて、わたくしにとっては友だちみたいなものなのです」

「猫はじつにいい動物ですな」バンブル氏も同意した。「非常に家庭的で」

「ええ、そのとおりです!」婦長は熱心に応じた。「この子たちは自分の家を愛しています。それが本当に愛《いと》おしくて」

「ミセス・コーニー」バンブル氏はティースプーンで間合いを取りながら、ゆっくりと言った。「私が申し上げたかったのは、婦長、親猫にしろ子猫にしろ、あなたといっしょに暮らせてこの家が好きにならなければ、ろくなものではないということです」

「まあ、ミスター・バンブル!」コーニー夫人は抗議してみせた。

「事実を偽ろうとしても意味はない」バンブル氏はゆっくりとティースプーンを振った。そのなまめかしくも威厳あふれる動きで、夫人に与える印象は倍加した。「そんな猫は私が水に溺《おぼ》れさせてやります、喜んで」

「だとしたら、あなたはひどいかたですわ」婦長は教区吏のカップに手を近づけ、快活に言った。「そして、とても心が冷たいかた」

「心が冷たい！」バンブル氏は言った。「冷たい！」あとは黙ってカップを置き、それを取ろうとしたコーニー夫人の小指をつまんで、レースつきのチョッキを平手でパン、パンと叩き、思いきりため息をつくと、坐った椅子をわずかに火から遠ざけた。

テーブルは丸かった。コーニー夫人とバンブル氏はさほどあいだを空けずに向かい合って坐り、どちらも火のほうを見ていた。したがって、火から遠ざかり、かつテーブルから離れなかったバンブル氏は、コーニー夫人との間隔を広げることになった。賢明な読者はこれをバンブル氏の偉大な英雄的行為と見なし、かならずや褒めたたえたくなるだろう。愛のことばを囁《ささや》く絶好の時と場所と機会を与えられたのに、その誘惑に負けなかった、と。その手のことばは軽率で思慮のない者たちの唇にはいかにも似つかわしいが、国の判事や議員、国務大臣、市長、その他の公人が口にすると、計り知れないほど品位が落ちる。とりわけ彼らのなかでも（周知のとおり）もっとも厳格かつ頑固であるべき教区吏の場合、風格と威厳が甚だしく損なわれるのだ。

しかし、バンブル氏の意図がどうであれ――よかれと思ってしたことにはまちがいないけれども――不幸にして、すでに二度述べたように、テーブルは丸かった。その結果、少しずつ椅子を動かしていったバンブル氏は、ほどなく婦長との距離を縮めはじめ、円周を移動した末に、婦長の坐った椅子のすぐ近くまで自分の椅子を寄せることになった。ついにふたつの椅子は触れ合い、そこでバンブル氏は止まった。

もし婦長が椅子を右に動かせば、暖炉の火で火傷をしてしまう。左に寄せれば、バンブル氏の腕のなかに倒れこむしかない。そこで彼女は（もとより用心深いので、そのような結果をひと目で予想したのはまちがいない）同じ場所から動かず、バンブル氏にお茶のお代わりを手渡した。

「心が冷たいとおっしゃいますか、ミセス・コーニー？」バンブル氏はお茶をかき混ぜながら、上目遣いで婦長の顔を見た。「あなたの心も冷たいのかな、ミセス・コーニー？」

「まあ！」婦長は叫んだ。「ひとり身の男性として、とても変わった質問をなさいますのね。どうしてお知りになりたいの、ミスター・バンブル？」

バンブル氏はお茶を最後の一滴まで飲み干し、トーストを一枚食べ終えると、膝からパン屑《くず》を払って、唇をふき、婦長にここぞとばかりキスをした。

「ミスター・バンブル」用心深い婦人は囁いた。あまりに驚愕《きょうがく》して声を失ってしまったのだ。「ミスター・バンブル、大声をあげますよ！」

バンブル氏は答えなかったが、ゆっくりと、堂々たる態度で腕を婦長の腰にまわした。すでに大声をあげると宣告したあとであり、追加のこの大胆な行為で婦長が叫ぶのは必定だったが、そこであわただしくドアを叩く音がしたので、叫ぶ必要はなくなった。音を聞くなりバンブル氏は驚くべき敏捷《びんしょう》さでワインの壜に飛びつき、ものすごい勢いでそれを磨きはじめた。婦長は鋭く相手の名を尋ねた。彼女の声が形式張った厳格さをすっかり取り戻したことは、不意を衝《つ》かれた驚きが極度の恐怖を打ち消す興味深い身体作用の例として特筆すべきだろう。

「申しわけございません、よろしければ」ひどく醜い、しなびた貧民の老女がドアから顔をのぞかせた。「サリー婆さんがどんどん悪くなってまして」

「だから何をしろというの」婦長は怒って訊いた。「わたしに婆さんを生かしとくことはできませんよ。でしょ?」

「ええ、ええ、婦長」老女は顔を上げて言った。「誰にもできません。もう助けようはないんです。小さな赤子からたくましい大人の男まで、人が死ぬのはたくさん見てきましたから、死神が近づいてきたときにはわかります。けど、サリーには心配事があるようで、発作が起きてないときには――お迎えがすぐそこまで来てるんで、それももう少ないんですが――婦長のお耳にどうしても入れないといけないことがあるって。婦長がおいでになるまで死ぬに死ねないと言ってます」

それを聞いて、立派なコーニー夫人は、死ぬときですら目上の者に嫌がらせをせずにはおかない老婆《ろうば》にさまざまな悪罵《あくば》をつぶやき、分厚いショールをさっと取り上げてまとうと、バンブル氏に、何か問題が起きるといけないから、戻ってくるまでここで待っていてくださいと手短に頼んだ。そして、用件を伝えにきた老女に、さっさと歩きなさい、ひと晩じゅうのろのろと階段をのぼってるんじゃないよと命じ、嫌々ついていきながら、いつまでも叱《しか》りつづけた。

残されたバンブル氏の行動はかなり不可解だった。食器棚を開けてティースプーンの数を数え、角砂糖挟みの重さを測り、ミルクポットを仔細《しさい》に眺めて本物の銀かどうか確かめた。そうして好奇心を満足させると、三角帽の尖《とが》った角をまえにしてかぶり、重々しい仕種《しぐさ》でテーブルのまわりをきっちり四回、踊ってまわった。その異様なふるまいのあと、また帽子を脱いで、背中を暖炉の火に向けてだらしなく坐り、頭のなかで室内の家具をひとつずつ検分しているように見えた。

24

まことにささやかな出来事に触れるが、短いながらこの伝記で重要な意味を持つかもしれない

婦長の部屋の静けさを乱した人物は、死の伝令に似つかわしいと言えなくもなかった。歳《とし》のせいで背中は曲がり、手足は痙攣《けいれん》してぶるぶる震え、何かつぶやいて流し目を送るゆがんだ顔は、造物主が作りたもうたというより、細筆で乱暴に描いたグロテスクな線画に見えた。

悲しいかな！　造物主の手になり、その美しさでわれわれを喜ばす顔のなんと少ないことか！　世の中の心配、悲しみ、欲望が、心を変えるように顔をも変えてしまうのだ。そうした感情が眠り、取り憑《つ》くことが永遠になくなって初めて、乱れた雲が去り、晴れやかに天国が見える。死者の顔が硬く動かなくなってからでさえ、長く忘れられていた幼子の寝顔に変わり、その人の人生初期の面差しに落ち着くことは広く知られている。そうしてふたたび穏やかで平和な顔になると、故人の幸せな子供時代を知る人々は畏怖《いふ》の念に打たれて棺の横にひざまずき、この地上にも天使の姿を見るのだ。

醜い老女は、婦長の叱責《しっせき》に不明瞭《ふめいりょう》な答えをつぶやきながら、よたよたと廊下を進み、階段をのぼった。ついに息が切れて立ち止まり、婦長にランプを手渡して、自分はまた歩けるようになったときにあとからついていくことにした。より機敏な婦長は、病んだ女が横たわる部屋へと進んだ。

そこはがらんとした屋根裏部屋だった。いちばん奥で薄暗い火が燃えていた。別の老女がベッドの傍らで病人を見守り、火のそばには教区の指定医が立って、鳥の羽軸で爪《つま》楊枝《ようじ》を作っていた。

「寒い夜ですね、ミセス・コーニー」婦長が部屋に入ると、その若い医師が言った。

「ええ、本当に寒い夜ですこと」夫人は最高に丁寧な口調で答え、膝《ひざ》を曲げてお辞儀をした。

「業者からもっと上質の石炭を取り寄せたほうがいいですね」医師は、燃える石炭の上のほうを錆《さ》びた火かき棒で砕いて言った。「これは寒い夜には向いてない」

「委員会の指定なのです」婦長は答えた。「せめてふつうに暖かくしてくれませんとね。そうでなくても厳しい場所なのだから」

病気の女がうめいて、会話が途切れた。

「おっ！」医師が言い、患者がいることをすっかり忘れていたかのように、ベッドに顔を向けた。「もうおしまいですよ、ミセス・コーニー」

「そうなのですね？」

「あと二時間もてば驚きです」医師は爪楊枝の先端に注意を集中して言った。「体全体がやられてますから。病人は眠ってるかい、婆《ばあ》さん？」

付き添いの老女はベッドに屈《かが》んで確かめ、うなずいた。

「だったら、このまま逝《ゆ》くでしょうね、われわれが騒がなければ」若者は言った。「明かりを床に置くといい――この人から見えないように」

老女は言われたとおりにしたが、そう簡単には死にませんよと言うかのごとく首を振っていた。そのあと、またもとの席に坐《すわ》った。もうひとりの老女もその隣に戻って坐っていた。婦長は苛立《いらだ》った顔でショールを体に巻きつけ、ベッドの足元に腰をおろした。

若い医師は爪楊枝の製作を終え、根が生えたように火のまえに立って、十分かそこら、せっせとその楊枝を使っていたが、明らかに退屈した様子で、コーニー夫人に仕事の愉《たの》しからんことを祈り、忍び足で部屋から出ていった。

しばらく無言で坐っていたあと、ふたりの老女はベッドの横から立ち上がって、火のまえで体を丸め、しなびた両手をかざして温めようとした。炎がふたつのしわだらけの顔に不気味な光を投げかけ、その醜さをおぞましいほど際立《きわだ》たせた。ふたりはそのまま低い声で話しはじめた。

「あの人、わたしがいないあいだに、ほかに何か言った、アニーや？」婦長を呼びにきた老女が訊《き》いた。

「何も」相手が答えた。「ちょっと腕を引っかいてたけど、その手をわたしがつかんだら、すぐにまた寝だした。力もあんまり残ってないから、静かにさせとくのは簡単だった。わたしゃ年寄りのわりには、さほど弱ってないからね。教区の給金で生活してるわりにはね。弱っちゃいないよ」

「お医者さんが飲めと言った温かいワインは飲んだ？」初めの老女が訊いた。

「飲ませようとしたんだよ」もう一方が答えた。「けど、歯を食いしばっててね。それに、コップをがっちり握るもんだから、取り上げるのもたいへんだった。だから、わたしが飲んだよ。なかなか効いたね」

注意深くまわりを見て、声を聞かれていないことを確かめると、ふたりの醜女《しこめ》はいっそう火に近づいて体を縮こまらせ、愉しそうに笑った。

「あの人が同じことをして、あとですごくおもしろがってたのを憶《おぼ》えてるよ」初めの老女が言った。

「ああ、そうだったね」もう一方が言った。「愉しい人だった。亡骸《なきがら》の埋葬準備をたくさん、たくさんしてきた。それはもう蠟《ろう》細工みたいにきれいに、きちんとね。わたしもこの老いぼれた眼で見てきた――というか、この老いぼれた手で彼らに触れてきた。あの人の手伝いを数えきれないほどしたから」

そう話しながら震える指を伸ばし、顔のまえでさもうれしそうに振った。そしてポケットのなかをあちこち探り、古びて変色した嗅《か》ぎ煙草《たばこ》入れを取り出すと、相手が差し出した掌《てのひら》にいくらか煙草を落とし、自分の掌にも取った。その間に、死にゆく女がいつ昏《こん》睡《すい》状態から目覚めるだろうと、苛々しながら見ていた婦長も火のそばに加わり、どれだけ待たせるのと鋭く訊いた。

「もう長くはありません」二番目の老女が彼女の顔を見上げて答えた。「わたしたちみんな、死神を長く待つ必要はありませんよ。ご辛抱、ご辛抱！　もうすぐみんなを訪ねてきます」

「お黙り、この耄碌婆《もうろくばばあ》！」婦長は厳しく言った。「マーサ、教えて。あの人は以前もこんなふうになったことがあるの？」

「たびたびです」初めの老女が言った。

「けど、もう二度はないでしょう」二番目が言った。「つまり、あと一度しか目覚めません。そしてお忘れなく、婦長、それも長くは続きませんよ」

「長かろうと短かろうと」婦長は嚙《か》みつくように言った。「目覚めたときにわたしはいませんよ。ふたりとも、つまらないことで二度とわたしを煩《わずら》わさないように気をつけて。わたしの仕事は、この施設で婆さんが死ぬのをいちいち看取《みと》ることじゃないから。そんなことはしない。もうたくさん。憶えておいて、厚かましい婆さんども！　今度わたしをこけにしたら即刻思い知らせてやるからね、ぜったいに！」

婦長がとっとと去りかけたとき、ベッドのほうを見たふたりの老女の叫び声がした。婦長が振り向くと、病人がまっすぐ起き上がって、老女たちのほうに両手を伸ばしていた。

「あれは誰？」病んだ女はうつろな声で叫んだ。

「しいっ、静かに！」老女のひとりが彼女のほうに屈んで言った。「横になりなさい。さあ、横に！」

「もう生きて横になることはない！」サリーはもがきながら言った。「どうしてもあの人に話さないと！　来て——もっと近くに。あなたの耳に囁《ささや》かせて」

女は婦長の腕をつかみ、ベッド脇《わき》の椅子《いす》に坐らせて話そうとしたが、そのときふたりの老女が前屈みになってしっかり聞き耳を立てているのに気づいた。

「この人たちを遠ざけて」サリーは夢うつつで言った。「いますぐ——どうか！」

ふたりの醜い老女は口をそろえて、この人はもう親友の顔も見分けられないほど頭がおかしくなっていると哀れに嘆き、離れるわけにはいかないとあれこれ言い募ったが、婦長は両人を部屋から追い出し、ドアを閉めて、ベッド脇に戻った。排除された老女たちは口調を変え、鍵穴《かぎあな》から、サリー婆さんは酔っ払っていると主張した。それはあながち、でたらめでもなかった。医者が処方した適量のアヘンに加えて、立派な老女たち自身の心の広さから、ひそかにジンの水割りの最後の一杯をふるまわれ、効き目が現れているところだったからだ。

「どうか、聞いてください！」瀕死《ひんし》の女は最後に残った力を振り絞って言った。「ちょうどこの部屋で――まさにこのベッドの上で――わたしは昔、若いきれいな女の世話をした。足には長く歩いてできた切り傷やすり傷があって、土と血で汚れていた。彼女は男の子を産んで、死にました。えーと――あれは何年だっけ」

「年なんてどうでもいいから」苛立った聞き手は言った。「その女がどうしたの」

「ああ」病人はまた夢うつつの状態になってつぶやいた。「女がどうした？――どうした――わかった！」急に叫んで跳ね上がった。顔は赤らみ、眼が飛び出していた。「わたし、盗んだんです、そう！　彼女はまだ冷たくなっていなかった。わたしが盗んだとき、あの人はまだ冷たくなっていなかった！」

「だから何を盗んだの」婦長は助けでも呼ぶように手を振って叫んだ。

「あれを！」女は手を婦長の口に当てて答えた。「あの人がただひとつ持っていたものを！　体を温める服も、食べるものもなかったのに、あれだけは肌身離さず大事に持っていた。純金製でした――本物の金で、あれがあれば命も助かったかもしれない！」

「純金！」婦長はくり返し、また倒れた女の上に俄然《がぜん》真剣に身を乗り出した。「続けて、さあ、早く――そう――それがどうしたの？　その母親は誰だったの――いつの話？」

「彼女はそれをわたしに託した。安全なところにしまっておいてと」サリーはうめいて答えた。「そばにいた女はわたしだけだったから、信頼してくれて。なのにわたしは、あの人が首にかけたあれを初めて見せたときから、もう心のなかで盗んでた。あの人が死んだのも、たぶんわたしのせいです！　みんなも知ってたら、あの男の子をもっと大切に扱っただろうに」

「何を知ってたら？」婦長は尋ねた。「話して！」

「男の子は母親そっくりに育った」サリーは質問に答えず、とりとめもなく話しつづけた。「あの子の顔を見るといつも思い出した。かわいそうな娘！　かわいそうに！――本当に若かった――子羊のようにやさしくて！――待って、まだ話すことがある。まだすべてあなたに話してない。でしょう？」

「ええ、ええ」婦長はますますか細くなる死にかけた女の声を聞こうと、顔を寄せて答えた。「先を早く！　手遅れになってしまう」

「その母親は」老婆《ろうば》はさらに必死の努力で言った。「母親は、死の苦しみが初めて訪れたとき、わたしの耳に囁いた。もし赤ちゃんがちゃんと生まれて元気に育ったら、哀れな若い母親の名前を聞いても恥ずかしいと思わなくなる日が来るかもしれない。〝ああ、神様！〟と痩《や》せ細った手の指を組んで、〝男の子でも、女の子でも、このつらい世の中にその子の友だちを作ってやってください。この世に置き去りにされ、なすがままにされる孤独でみじめな子を憐《あわ》れんでください!〟と言ったんです」

「その男の子の名前は?」婦長は訊いた。

「ここではオリヴァーと呼んでました」老婆は弱々しく答えた。「わたしが盗んだ金《きん》は
――」

「そう、そう――どうしたの?」婦長は大声で言った。

返答を聞こうといっそう真剣に屈みこんだが、老婆がまたゆっくりと、固い動きで起き上がったので、思わずうしろに身を引いた。老婆はベッドの上がけを両手でつかみ、喉《のど》から不明瞭な音を発すると、ベッドに倒れて事切れた。

＊　＊　＊

「死んじゃった!」ドアが開くなり飛びこんだ老女のひとりが言った。

「結局、話なんかありませんでしたよ」婦長はそう応じて、乱暴に歩き去った。

ふたりの醜女は死後の支度が忙しすぎて返事をするどころではなく、部屋に残って遺体のまわりをいつまでもうろついていた。

25

伝記はフェイギン氏とその仲間たちの話に戻る

こうしたことが田舎の救貧院で起きているあいだ、フェイギン氏はいつもの根城に坐《すわ》り――オリヴァーが一時いて、ナンシーに連れ出されたあの家である――煙たく燃える頼りない炎のまえで背を丸め、膝《ひざ》にふいごをのせていた。明らかにそれでもっと火をかき立てようと努力したようだが、いまは深く考えこみ、両腕をふいごの上に重ね、顎《あご》の下に両手の親指を当てて、錆《さ》びた炉《ろ》格子《ごうし》をぼんやりと見つめていた。うしろの机にはアートフル・ドジャー、チャールズ・ベイツ、そしてチトリング氏がついて坐り、ホイストに夢中になっていた。マスター・ベイツとチトリング氏の組に対して、アートフルがふたり分のカードを引き受けている。いつも並はずれて賢《さか》しいドジャーは、ゲームの細かい動きに集中して、とりわけ興味を抱いている顔つきだった。機会があるたびに、チトリング氏の手をいろいろな方法で熱心にのぞき見ては、その観察結果にもとづいて自分の出す札を巧みに調整していた。寒い夜だったので、ドジャーは帽子をかぶっていた。彼の場合、室内でもかぶっていることが多い。陶製の煙管《きせる》も歯にくわえていて、机に置いた一クォート壜《びん》から酒を飲む短いあいだだけ、口から離す。壜には彼らがまわし飲みするジンの水割りが満たされていた。

マスター・ベイツもカードゲームに集中していたが、教養のある友人ドジャーより興奮しやすい性質《たち》なので、より頻繁にジンの水割りを飲むことに加え、頭を使う三番勝負にまったくふさわしくない嘲《あざけ》りや突飛な発言を何度もくり返していた。アートフルも日頃の浅からぬつき合いをもとに、一度ならず、そういうことは感心しないと友人にまじめに忠告していたのだが、マスター・ベイツはすこぶる上機嫌でそれを受け入れ、「くたばれ」とか「袋に頭を突っこんどけ」と言ってみたり、同種の気の利《き》いた冗談を返したりするだけだった。その快活な受け答えを聞いて、チトリング氏の心には称賛の念が湧《わ》き起こった。彼らの組が一度も勝てず、マスター・ベイツがそれに腹を立てるどころか、最高に愉《たの》しんでいるように見えたことも記しておくべきだろう。彼は毎回ゲームが終わるたびに腹の底から大声で笑い、これほど愉快なゲームは生まれて一度もしたことがないと断言した。

「ダブル二回と、三番勝負でも負けだ」チトリング氏は浮かない顔で言い、チョッキのポケットから半クラウン銀貨を取り出した。「おまえみたいなやつは見たことがないよ、ジャック。どんな手でも勝っちまう。チャーリーとおれの手札がよくてもどうしようもない」

チトリング氏の言った内容にしろ、言い方にしろ、あまりに哀れだったので、チャーリー・ベイツがまた大喜びし、そのあとの笑いの爆発でユダヤ人が夢想から覚めて、何事だと尋ねたほどだった。

「何事って、フェイギン！」チャーリーが叫んだ。「おれたちのゲームを見てりゃよかったのに。トミー・チトリングなんて一点も取ってないんだ。おれは彼と組んで、アートフルひとりと対戦してんの」

「ほう？」ユダヤ人はにやりとした。それだけで、ドジャーのひとり勝ちの理由に見当がついたことがわかった。「もう一回やってみな、トム。もう一回」

「おれはもういい、ごめんだ、フェイギン」チトリング氏は答えた。「もう充分やったよ。ドジャーは運がよすぎる。敵《かな》わない」

「は、は！　おまえさん」ユダヤ人は言った。「ドジャーに勝とうと思ったら、とてつもなく早起きしないとな」

「早起き！」チャーリー・ベイツが言った。「なら靴をはいたまま寝ないと。両方の眼に望遠鏡を一個ずつつけて、首にオペラグラスをぶら下げて、それでやっとドジャーに勝てる」

ドーキンズ氏はこうした手放しの褒めことばを平然と受け止め、最初に絵札を引いた仲間に一シリング渡す勝負をやらないかと提案した。誰も受けて立たず、そのころには煙管の煙草《たばこ》も吸いきっていたので、彼は甲高い口笛を吹きながら、点棒の代わりに使っていたチョークで、机にニューゲート監獄の見取り図を描いて遊びはじめた。

「それにしても、あんたってほんと退屈だね、トミー！」と長く続いた沈黙を破って、ドジャーはチトリング氏に話しかけた。「彼が何を考えてると思う、フェイギン？」

「どうしてわしにわかるね、おまえさん？」ふいごをせっせと動かしていたフェイギンが振り返って答えた。「負けた金額とか？　それとも、出てきたばかりの田舎の小さなねぐらのことか、え？――は、は！　図星か、おまえさん」

「ぜんぜんちがうな」ドジャーはチトリング氏が始めようとした会話をさえぎって答えた。「おまえはどう思う、チャーリー？」

「そうだな」マスター・ベイツはにやりとして答えた。「彼はベッツィに惚《ほ》れてると思うぜ。ほら、真っ赤になった。なんてこった！　おもしれえ！――トミー・チトリングは色惚《いろぼ》けだ！――ねえ、フェイギン、フェイギン！　こいつは笑える！」

チトリング氏が恋愛の虜《とりこ》になっているという考えが完全に笑いの壺《つぼ》にはまったマスター・ベイツは、椅子《いす》にそっくり返ってバランスを崩し、床に転げ落ちた。そこに大の字で寝そべって笑いつづけ（転げても浮かれ気分はそのままだった）、一度落ち着くと、また椅子に坐って笑いだした。

「こいつのことなんか気にするな、おまえさん」ユダヤ人はドーキンズ氏にウインクを送り、咎《とが》めるようにふいごの先端でマスター・ベイツを叩《たた》いた。「ベッツィはいい娘《こ》だ。離れないことだ、トム。あの子から離れないように」

「言っとくけど、フェイギン」チトリング氏は真っ赤な顔で応じた。「そのことはここにいる誰とも、なんの関係もないからな」

「そのとおり」ユダヤ人は答えた。「チャーリーは口が減らないやつだが、気にするな、おまえさん。放っておけ。ベッツィは素敵な娘だ。あの子の言うとおりにするといい、トム。金持ちになれるぞ」

「本当にそうしてる」チトリング氏は言った。「あの子に助言されなきゃ、おれが監獄に放りこまれることもなかったんだから。けどあれは、あんたにとっちゃいい仕事だったろ、ちがうか、フェイギン？　六週間なんてたいしたことない。どうせいつかはああなるはずだったんだ。それに冬でなぜ悪い？　どのみち外は出歩きたくない、だろ、フェイギン？」

「ああ、そうだな、おまえさん」ユダヤ人は答えた。

「もう一回行ってもいいんだろ、トム。どうだい？」ドジャーがチャーリーとユダヤ人にウインクをして言った。「ベットさえよければ」

「いいともさ」トムは苛立《いらだ》って答えた。「さあ、ほら！　な！　誰がここまで言える？

教えてくれよ、え、フェイギン」

「誰も」ユダヤ人は答えた。「ひとりもいないよ、トム。おまえのほかには誰も」

「あの娘のことを密告してたら、おれは自由の身だったんだ。ちがうか、フェイギン?」頭の悪い哀れなペテン師は怒って続けた。「おれのひと言でそうなったかもしれない。だろ、フェイギン?」

「そのとおりだ、おまえさん」ユダヤ人は答えた。

「けど、おれはしゃべらなかった。な、フェイギン?」トムは淀《よど》みなく次々と質問をぶつけた。

「ああ、しゃべらなかった、たしかに」ユダヤ人は答えた。「勇気がありすぎて、そんなことはできなかった。心が強すぎた」

「たぶんな」トムは応じて、まわりを見た。「けど、だとしたらどうしてみんな笑ってる、フェイギン?」

ユダヤ人はチトリング氏がかなり腹を立てているのを見て取り、あわてて誰も笑っていないと請け合った。仲間がまじめであることを証明しようと、主犯であるマスター・ベイツに訴えたが、人生でこれほどまじめになったことはないと言おうとしたチャーリーは大爆笑を抑えることができず、からかわれたチトリング氏はなんの前触れもなく部屋を横切って、チャーリーに殴りかかった。しかし、追っ手から逃れるのがうまい相手はすばらしいタイミングで身を翻《ひるがえ》し、チトリング氏の拳《こぶし》はたまたまそこにいた陽気な老紳士の胸に命中した。老人は壁までよろめき、息をあえがせて踏みとどまった。チトリング氏は狼狽《ろうばい》してじっと眼を見開いていた。

「しっ！」ドジャーがそのとき叫んだ。「呼び鈴の音がしたぞ」ドジャーは蠟燭《ろうそく》を取り、そっと階段を上がっていった。

一同が闇《やみ》のなかにいると、苛立っているかのように呼び鈴がふたたび鳴った。ほどなくドジャーが戻ってきて、フェイギンに何やら耳打ちした。

「何！」ユダヤ人は言った。「ひとりか？」

ドジャーはそうだとうなずき、蠟燭の炎を手で覆いながら、チャーリー・ベイツに、いまだけはふざけないほうがいいと身ぶりでひそかに伝えた。そうして友だちらしく気を利かせたあと、ユダヤ人の顔を見すえて指示を待った。

老人は黄色い指を口に持っていき、しばらく考えていた。その間、何かを怖《おそ》れ、最悪の事態を知らされたくないといったふうに動揺の表情を浮かべていたが、ついに顔を上げた。

「彼はどこだ？」

ドジャーは階上《うえ》を指差し、部屋から出ていくような仕種《しぐさ》をした。

「そうしろ」ユダヤ人は無言の問いに答えた。「連れてこい。しっ！――静かに、チャーリー！——そっとだ、トム！　消えろ、消えろ」

チャーリー・ベイツとその新しい敵対者は、老人の指示にすぐさま静かにしたがって引きあげた。彼らの居場所から物音が聞こえなくなったとき、ドジャーが蠟燭を手に階段をおりてきて、あとから粗布の作業着姿の男が現れた。その男が部屋のなかをさっと見まわし、顔の下半分を隠していた大きなネッカチーフを引きはがすと、あらわになったのは、やつれて汚れも落とさず、ひげも剃《そ》っていない伊達男《だておとこ》トビー・クラキットの面相だった。

「調子はどうだ、フェイギー？」立派な紳士はユダヤ人にうなずいていった。「そのハンカチをおれの帽子に放りこんどいてくれ、ドジャー。帰るときに見つけやすいように。それでいい！　おまえはこの老いぼれ悪党を追い越して、若くて立派な押しこみ強盗になるぞ！」

そう言ってトビーは上着を脱いで腹のまわりに巻きつけ、火のそばに椅子を引いて、暖炉の横棚に両足をのせた。

「これが見えるか、フェイギー」トビーはブーツをわびしげに指差して言った。「思い出せないほどまえから〈デイ・アンド・マーティン〉の靴墨を一滴も使っちゃいない。ひと塗りもしてないのさ。そんな眼でこっちを見ないでくれよ。そのうち全部話す。三日三晩、飲み食いするまで仕事の話はできねえな。だから栄養になるものを出しな。

を満たしてないんだから、ゆっくり食わしてくれ」

ユダヤ人はドジャーに合図して、食べられるものを机に出させ、強盗の正面に腰をおろして、相手が話しだすのを待った。

傍から見るかぎり、トビーが急いで話を切り出す気配はまったくなかった。ユダヤ人も最初は焦《あせ》らず、相手の表情から持ちこんだ情報の手がかりを得ようとするように、その顔を辛抱強く見つめていたが、何も得られなかった。トビーは疲れきっているようだったが、いつもながら顔つきは自信たっぷりで落ち着いており、汚れと口ひげと頬ひげの奥に、相変わらず伊達男トビー・クラキットの自己満足の薄ら笑いが無傷で輝いていた。見つめるユダヤ人は、トビーが何かひとつ食べるたびに待ちきれない思いで苦しみ、その間、興奮を抑えきれずに部屋のなかを歩きまわったものの、すべてなんの役にも立たなかった。トビーは見たところ完全に無頓着《むとんじやく》に食べつづけ、満腹するとドジャーに部屋から出ていけと命じて、ドアを閉め、グラスにジンの水割りを作り、ようやく落ち着いて話す気になった。

「何よりもまず、フェイギー」トビーは言った。

「うん、うん！」ユダヤ人は椅子を引き寄せて口を挟んだ。

クラキット氏は水割りをひと口飲んで、こいつは極上のジンだと断言し、両足を低い炉棚に上げてブーツをほぼ眼の高さまで持ってくると、低い声で続けた。

「何よりもまず、フェイギー」強盗はふたたび言った。「ビルはどうしてる？」

「なんだと！」ユダヤ人は椅子から弾《はじ》かれたように立ち上がって叫んだ。

「どうした、まさかあんた――」トビーは青ざめて言った。

「あんたも何も！」ユダヤ人は力まかせに床を踏みつけてわめいた。「ふたりはどこだ――サイクスとあの子は――どこだ――どこに行った――どこに隠れてる――どうしてここに来ない？」

「押しこみはしくじった」トビーは弱々しく言った。

「それはわかってる」ユダヤ人は答え、ポケットから新聞を引っ張り出して指差した。

「ほかに何があった？」

「家のやつらが発砲して、子供に当たった。おれたちはあの子を挟んで家の裏の原っぱを逃げた――一直線に――生け垣をくぐり抜け、溝《みぞ》を越えて。あいつらは追ってきたくそ。近所じゅうが目覚めて、追っ手の犬たちが放たれた」

「あの子が！」ユダヤ人はうめいた。

「ビルがあいつを背中に担《かつ》いで風みたいに走った。一度止まって、おれたちのあいだをまた走らせようとしたんだが、あいつは頭を垂れて冷たくなってた。追っ手はすぐそこまで来てたし、最後はみんな自力で、それぞれが絞首台《こうしゅだい》から逃げなきゃならない。おれたちは別れて、子供は溝に寝かせといた。生きてるか死んでるか、おれにはそこまでしかわからない」

ユダヤ人はもう聞いていなかった。大きな叫び声をあげ、両手で髪をかきむしって、その部屋から、そして家から外へ飛び出した。

26

謎《なぞ》の人物が登場し、この伝記と密接に関連した多くのことがおこなわれる

老人は通りの角まで行ってようやく、トビー・クラキットの報告の衝撃から立ち直りはじめた。とはいえ、異常な速さはゆるめず、荒々しく無茶苦茶な足取りでそのまま進んでいたとき、ふいに馬車が猛然と通りすぎ、危ないと思った通行人たちが大声で呼びかけて、やっと老人は舗道に戻った。急いでいたことすら忘れたように、あわててまわりを見ながらしばらく立っていたが、それまでと正反対の方向に向き直り、できるだけ表通りを避け、隠れるように脇道《わきみち》や路地ばかりを通って、やがてスノー・ヒルに現れた。

老人はそこからさらに足を早めた。一度も休まず、とある路地に入ると、ようやくなじみの場所に来たのを意識してか、いつものすり足の歩調に戻り、呼吸もいくらか楽になったようだった。

スノー・ヒルとホルボーン・ヒルが出会うあたりで、街から来た場合には右手から狭くて暗い路地が始まり、サフロン・ヒルへとつながる。その左右に並ぶ汚い店では、あ

らゆる大きさと絵柄の中古の絹のハンカチが、太い束にまとめて売られている。それらをスリから買い取る商売人が住んでいるのだ。何百何千というハンカチが窓の外の釘《くぎ》からぶら下がり、ドアの柱ではためき、店内の棚という棚に積まれている。狭いフィールド・レーンの一画に押しこめられているが、そこには理髪店も、コーヒー店も、酒場も、フライドフィッシュの店もある。それ自体がひとつの商業地域、小物の盗品の一大市場であり、早朝や黄昏《たそがれ》どきには、物言わぬ商売人たちが訪ねてきて、暗い店の奥でいかがわしい取引をし、来たときと同じく何事もなかったかのように去っていく。古着屋、靴の修理屋、ぼろ屋が、こそ泥向けの看板代わりにそれぞれの売り物を店先に並べ、古鉄や、カビの生えた毛織物の端《は》切《ぎ》れや、リンネルの山が埃《ほこり》まみれの地下室で錆《さ》び、腐っている。

ユダヤ人が足を踏み入れたのはそんな路地だった。彼はここの土気色の顔の住人たちのあいだでは有名で、歩いていくと、鵜《う》の目《め》鷹《たか》の目《め》で売り買いの相手を探している住人たちが親しげにうなずいた。ユダヤ人も同じように挨拶《あいさつ》を返したが、それ以上親密な態度は示さず、路地の奥に突き当たると立ち止まって、小柄な商人に話しかけた。その男は倉庫のまえで子供の椅子《いす》にめいっぱい体を押しこめ、煙管《きせる》を吸っていた。

「ふむ、あんたを見たおかげで、ミスター・フェイギン、結膜炎が治りそうだよ」ユダヤ人に調子はどうだと訊《き》かれて、立派な商人は言った。

「この界隈《かいわい》は危なくなりすぎたな、ライヴリー！」フェイギンは両眉《まゆ》を上げ、交差した手を肩にかけて言った。

「はっ！　そういう苦情はなきにしもあらずだが」商人は答えた。「またすぐ静かになるさ。そう思わんか？」

　フェイギンは同意してうなずき、サフロン・ヒルのほうを指差して、今晩はあそこに誰かいるかと訊いた。

「〈クリップルズ〉に？」

　ユダヤ人はうなずいた。

「どうかな」商人は考えながら続けた。「そう、知ってるやつが五、六人入ってったかな。あんたの友だちはいないと思うがね」

「サイクスはいないな？」ユダヤ人はがっかりした顔で訊いた。

「法律用語で言えば、管区内未発見《ノン・イストウェントウス》だ（訳注　正しいラテン語は、ノン・エスト・インヴェントゥス）」小柄な男は首を振って答え、いかにもずるそうな顔になった。「今晩はおれの取り扱うものはないのかい？」

「今晩はないな」ユダヤ人は背を向けながら言った。

「クリップルズに行くのか、フェイギン？」小柄な男はうしろから大声で呼びかけた。「待て！　いっしょに一杯やってもいいぜ！」

　しかし、ユダヤ人は振り向いて手を振り、ひとりで行きたいことを示した。そのうえ小柄な男はなかなか椅子から抜け出せなかったので、クリップルズはしばらくライヴリー氏の来店の栄誉にあずかれなかった。彼が立ち上がるころには、ユダヤ人は消えていた。姿が見えないかとライヴリー氏は爪先《つまさき》立ちになって探したが、無駄に終わり、結局また小さな椅子に無理やり入りこむと、疑念と不信がわかりやすく入り混じった表情で向かいの店の女と首を振り合い、また重々しい仕種《しぐさ》で煙管をやりだした。

〈スリー・クリップルズ〉、というより、常連客には〈クリップルズ〉の看板でよく知られた居酒屋には、すでにサイクス氏と犬が登場したところで触れた。フェイギンはバーにいた男に合図だけして、まっすぐ二階に上がり、部屋のドアを開けてそっとなかに忍びこむと、あたかも目当ての人物がいるかのように、額に手をかざして不安げにあたりを見まわした。

その部屋にはガス灯がふたつともっていたが、鎧戸《よろいど》と色褪《いろあ》せた赤いカーテンがぴったりと閉ざされているせいで、外から光は見えなかった。天井はランプの炎で色が損なわれないように黒く塗られ、室内には煙草《たばこ》の煙が充満していて、最初はその先のものを見分けられないほどだった。しかし、ドアが開いたことで煙が多少薄くなり、耳に入ってくる騒音と同じくらいごちゃごちゃした人々の頭が次第に見えはじめ、さらに眼が慣れてくると、なかに大勢の男女がいることがわかってきた。みな長いテーブルを囲んで坐《すわ》り、上座には手に議事進行用の木槌《きづち》を持った司会者がいた。部屋の遠い隅では、鼻に青あざを作り、歯痛なのか顔を布で縛った紳士が本職のピアノを奏《かな》でていた。

フェイギンが静かになかに入ると、ピアノ弾きの紳士がプレリュードとして鍵盤《けんばん》をかき鳴らし、部屋じゅうに曲をリクエストする声が湧《わ》き起こった。それがおさまると、若い女性がひとり進み出、四番まである民謡を披露して一同を愉《たの》しませた。詞と詞の合間には、伴奏者が精いっぱい大きな音でメロディをひととおり弾いた。演奏が終わると、司会者が乾杯の音頭《おんど》を取り、今度はその左右にいた音楽家が立ち上がって二重唱を歌い、喝采《かっさい》を浴びた。

奇妙なことに、この集団でとりわけ目立つ顔があった。まず司会者、すなわちこの居酒屋の店主だ。粗野でむさ苦しい、がっしりした体格の男で、歌のあいだあちこちに眼を動かして愉快な気分に浸っているようだったが、部屋で起きるあらゆることに眼を光らせ、聞き耳を立てて、抜かりなく注意を払っていた。彼のそばには歌手たちがいて、人々の褒めことばを職業的な無関心で聞き流し、熱狂する一方の客たちから差し出される十数個の水割りのグラスを代わる代わる受け取っていた。ほぼすべての悪徳がほぼすべての度合いでにじみ出た彼らの顔つきは、まさにその不快さで否応《いやおう》なく人目を惹《ひ》いた。強烈な面貌《めんぼう》にはあらゆる段階の狡猾《こうかつ》さ、野蛮さ、酩酊《めいてい》が見て取れた。女たちの何人かは、いまにも消えそうなみずみずしい若さの最後の色合いをわずかに帯び、別の何人かは、女らしさの印もことごとくなくなって、放蕩《ほうとう》と悪行の末の忌《い》まわしい無表情だけが残っていた。少女もいれば若い娘もいる、ひとりとして人生の盛りをすぎていないこの女たちは、わびしい部屋のなかでもいちばん暗く悲しい光景だった。

そんなことでは厳粛な気持ちにならないフェイギンは、騒ぎのあいだ、熱心に一人ひとりの顔を見ていったが、どうやら探している人物の顔はなかった。司会席にいた男と眼を合わせることにようやく成功すると、相手に小さく合図を送り、入ったときと同じくらい静かに部屋から出た。

「なんの用です、ミスター・フェイギン？」ユダヤ人のあとから出て、階段のまえまでついてきた男が低い声で尋ねた。「なかでいっしょにやりませんか。みんな喜びますぜ」

ユダヤ人は苛立《いらだ》たしげに首を振って囁《ささや》いた。「やつはここにいるか？」

「いません」男は答えた。

「バーニーから連絡もない？」

「ありません」クリップルズの店主は答えた。「完全にほとぼりが冷めるまで、あいつは動きませんよ。やつらが網を張ってるのはまちがいないから、バーニーが下手に動いたら一巻の終わりだ。とりあえず大丈夫です、バーニーは。でなきゃ、あいつのことがこの耳に入ってくるはずだ。一ポンド賭《か》けたっていいけど、バーニーはうまくやってます。いまは放っときゃいい」

「彼は今晩来るのか？」ユダヤ人は同じように代名詞を強調して訊いた。

「モンクスですか？」店主はためらいながら尋ねた。

「しっ！」とユダヤ人。「そうだ」

「もちろん」男は時計用のポケットから金時計を引き出して答えた。「もう来てもおかしくないんですがね。あと十分待てば、きっと――」

「いやいや」ユダヤ人はあわてて言った。件《くだん》の人物にどれほど会いたかろうと、いまはいないことに安心したかのように。「わしが会いにきたと伝えてくれ。今晩、わしのところへ来てもらわなきゃならんと。いや、明日でいいな。いまここにいないなら、明日がいいところだろう」

「わかりました」男は言った。「ほかには？」

「何もない」ユダヤ人は階段をおりながら言った。

「ねえ」男は手すりから身を乗り出し、しわがれた囁き声で言った。「〝売りこみ〟にはもってこいの時間なんですがね。いまここにフィル・バーカーがいるんですけど、もうへべれけで、子供にだって捕まえられるほどです」

「はっ！　だが、まだフィル・バーカーは早いな」ユダヤ人は上を見て言った。「フィルには、お別れするまえにもっとやってもらうことがある。さあ、仲間のところに戻りな、おまえさん。人生愉しくやれとみんなに伝えてくれ――やれるうちにな。は、は、は！」

店主も老人の笑いに笑いで応じ、客のところに戻った。ユダヤ人はひとりになると、たちまちもとの心配そうな思案顔になった。少し考えたあと二輪馬車を呼び、ベスナル・グリーンのほうへやれと指示した。サイクス氏の住まいから四分の一マイルほどのところで馬車を捨て、残りの道は歩いた。

「さて」ユダヤ人はドアを叩《たた》いてつぶやいた。「もし底知れぬ企《たくら》みがあるなら、おまえさんから聞き出してみせよう。悪知恵の働く娘だがな」

彼女は階上《うえ》にいると取り次ぎの女が言ったので、フェイギンはそっと這《は》うように二階に上がり、なんの予告もなく部屋のなかに入った。娘はひとりで机に突っ伏して眠り、髪の毛が机の上に広がっていた。酒を飲んでたな、とユダヤ人は冷静に考えた。あるいは、たんにみじめな気分に浸っているか。

そんなことを考えながら、振り返ってドアを閉めたところ、その音で娘が目覚めた。娘は老人のずる賢い顔をじっと見つめて、知らせはあるのと尋ね、彼からトビー・クラキットの話を聞いた。それが終わると、また机に突っ伏し、ひと言もしゃべらなかった。蠟燭《ろうそく》を邪魔そうに遠ざけ、そわそわと体の位置を変えるうちに一、二度、両足で床をこすったが、それだけだった。

この沈黙のあいだ、ユダヤ人は不安げに部屋のなかを見まわしていた。サイクスがこっそり戻ってきていないことを確かめて安心したいかのようだった。悪漢の姿がないことに満足すると、二、三度咳払《せきばら》いをして、あれこれ会話の糸口を引き出そうとしたが、娘は相手が石像かというほどの注意しか払わなかった。老人はもう一度話しかけてみようと、両手をもみ合わせながら精いっぱいの猫なで声で言った。

「で、ビルはいまどこにいると思うね、おまえさん、え？」

娘はうめくように、ほとんど聞き取れない声で、わからないと答えた。もれ出た息苦しそうな音から察するに、泣いているようだった。

「あの子もだ」ユダヤ人は娘の顔をちらっとでも見ようと眼を凝らした。「かわいそうに！　溝に置き去りにされたのだ、ナンス。考えてもみろ！」

「あの子は」娘はふいに顔を上げて言った。「あたしたちといるより、溝にいるほうがいいわ。それでビルに悪いことが起きないなら、溝に横たわったまま死んで、幼い骨が腐ってしまえばいい」

「なんてことを！」ユダヤ人は驚いて叫んだ。

「ほんと、そう思う」娘は彼の視線を受け止めて言った。「眼のまえからあの子がいなくなって、最悪なことが終わったとわかればうれしい。近くにあの子がいると耐えられないの。あの子を見るだけで、自分にも、あんたたちにも背いてしまう」

「はっ！」ユダヤ人は蔑《さげす》んで言った。「酔っ払ってるな、おまえさん」

「あたし？」娘は苦々しげに言い返した。「たとえ酔っ払ってなくても、あんたのおかげじゃないわ。自分に都合のいいときにしか飲ませないくせに。いまはちがうけど。ご機嫌取りはあんたに似合わないよ。でしょ?」

「ああ!」ユダヤ人は怒って答えた。「似合うもんか!」

「ならやめなさいよ」娘は笑って言った。

「やめるさ!」ユダヤ人は、相手の思いがけない頑固さと、この夜の苛立たしい出来事の数々に堪忍袋《かんにんぶくろ》の緒が切れて叫んだ。「やめてやる。わしの話を聞け、この売女《ばいた》! わしはたった六つのことばでサイクスを首吊《くび》りにしてやれるんだからな。あの雄牛みたいな喉をこうやってつまむみたいに簡単に。もしあいつがあの子を置いてけぼりにして帰ってきたら——あいつが戻ってきて、生きてようが死んでようがとにかくあの子をわしに引き渡さなかったら——おまえがあいつを殺すことだな。ジャック・ケッチ（訳注 有名な絞首刑人）の手にかけられるまえに。言っとくが、あの男がこの部屋に入ってきた瞬間にやれよ。さもないと、手遅れになる」

「どうしたの、いったい」娘は思わず叫んだ。

「どうしたのって」フェイギンは怒り狂って続けた。「こういうことさ! あの子には何百ポンドもの価値があるってのに、それを無事手に入れるチャンスをみすみすつぶせというのか。わしが口笛ひとつで命を奪える、酔っ払った悪党どもの気まぐれのせいで? わしだっていつ本物の悪魔の餌食《えじき》になるかわからない。もともと力のある悪魔のやつは、その気になりさえすりゃ――」

息苦しくなってあえぎ、老人はことばに詰まると、いきなりそこで怒りの奔流を押しとどめ、態度をがらりと変えた。直前まで空気をつかむように両の拳《こぶし》を握りしめ、眼を見開き、激情で顔面蒼白《そうはく》になっていたのが、いまや椅子に沈んで縮こまり、隠していた悪事を明かしてしまったのではないかと不安で震えていた。短い沈黙ののち、ユダヤ人は意を決して娘のほうを向き、彼女がさっき目覚めたときと同じ物憂《ものう》げな様子でいるのを見て、いくらか安心したようだった。

「ナンシーや!」といつものしわがれ声で言った。「いまの話を聞いてたかね、おまえさん?」

「もう煩《わずら》わしいことは言わないで、フェイギン」娘は力なく顔を上げて答えた。「もしビルが今回失敗したとしても、次は成功する。あんたのために、いい仕事をたくさんしてきたんだから。できるなら、もっとたくさんするでしょう。できないときには、しかたない。だからもう言わないで」

「あの子に関することだが、どうだ?」ユダヤ人は娘の顔色をうかがうように両方の掌《てのひら》をこすり合わせた。

「あの子もほかのみんなと同じように運を試すしかない」ナンシーはすぐに割りこんだ。「もう一度言うけど、死んで、危ないことから離れられるのを願ってる。あんたの手から逃れられることをね——といっても、ビルに迷惑がかからなければだけど。もしトビーが逃げられたんなら、あの人だって逃げられるはず。トビーの二倍はできる人なんだから」

「わしは何を言おうとしてた、おまえさん？」ユダヤ人はギラギラした眼を彼女にひたとすえて訊いた。

「あたしに何かさせたいなら、最初からちゃんと説明してよ」ナンシーは言った。「どっちにしろ、明日まで待ってもらう。あんたに一瞬起こされたけど、またぼんやりしてきたから」

フェイギンはほかにもいくつか質問をした。いずれも、つい彼がもらしてしまったことで娘が何か勘づいたかどうかを確かめるためだったが、彼女はどの質問にもあっけらかんと答え、探りを入れる視線にもまったく動じないので、やはり酒をかなり飲んでいるという最初の印象は正しかったのだと確信した。じつのところ、ユダヤ人の女弟子にはよくあることだが、ナンシー嬢も酒癖の悪さという欠点と無縁ではなかった。幼いころから、飲酒を咎《とが》められるどころか奨励されるからだ。彼女の乱れた恰好《かっこう》や、部屋じゅうに充満した健康的なジュネーヴの香り（訳注　ジンのにおい）は、ユダヤ人の推論の強力な補強証拠になった。すでに述べたように、彼女はいっとき乱暴な口を利《き》いたあと、まず感覚が鈍り、次いでさまざまな感情が入り乱れた状態に陥って、その影響で、あるときには涙を流したかと思うと、次の瞬間には「あきらめないで！」とか、まともな人が幸せならそれでいいじゃないのといったことを叫んだりで、みずからもこうした経験に事欠かないフェイギン氏は、彼女がしたたかに酔っ払っていることを知って大いに満足した。それがわかって気が楽になったうえに、その夜知ったことを娘に伝えて、サイクスが戻っていないのをわが眼で確かめるというふたつの目的を達成したので、フェイギン氏は机に伏して眠る若い友人をそのままにして、また自分の家に向かった。

もうすぐ真夜中で、外は暗くて身を切るように寒く、あまりうろつきたい気分にはならなかった。通りを吹き抜ける鋭い風が、塵《ちり》や泥と同じように人も吹き払ってしまったかのようだった。人影はほとんどなく、あってもみな見るからに家路を急いでいた。風はしかし、ユダヤ人にとって好都合な方向から吹いていた。老人は風のまっすぐまえを歩き、道中突風で荒々しく押し出されるたびに寒気立ち、打ち震えた。

彼が住まいのある通りに戻って、ポケットに入れたドアの鍵《かぎ》を探っていたとき、闇《やみ》の奥にひそむ建物の突き出た入口から、暗い人影が現れ、すべるように道を渡って、老人に気づかれずに近づいた。

「フェイギン」耳のそばで声が囁いた。

「わっ！」ユダヤ人は言い、すばやく振り向いた。「あんた――」

「そうだ」よそ者は容赦なくことばをさえぎった。「このあたりで二時間待ってたんだぞ。いったいどこにいた」

「おまえさんのための仕事さ」ユダヤ人は不安そうに横目で相手を見て答え、話しながら歩調をゆるめた。「ひと晩じゅう、あんたのための仕事をしてた」

「ああ、だろうとも！」よそ者は冷ややかに笑って言った。「それで、結果は？」

「朗報はない」ユダヤ人は言った。

「悪い知らせでもないんだろうな！」よそ者はふいに立ち止まり、相手に驚きの顔を向けた。

ユダヤ人は首を振り、答えようとしたが、そこでよそ者が割りこんで、すでに眼のまえにあった家のほうに手を振り、話はなかで聞かせてもらう、長いこと外にいて風を受けっぱなしだったから血が凍りそうだと言った。

フェイギンは、こんな夜中の訪問は勘弁してくれというような顔をして、暖炉に火もないといったことをつぶやいたが、その知り合いは一歩も譲らぬ調子で要求をくり返すばかりだったので、ドアの鍵をあけ、静かにドアを閉めてくれと相手に頼んで、自分は蠟燭を取りにいった。

「墓穴みたいに真っ暗だ」男は何歩か手探りで前進して言った。「急げ。これじゃ困る！」

「ドアを閉めて」フェイギンが廊下の端から囁いた。まだしゃべっているうちに、ドアが大きな音で閉まった。

「おれじゃない」相手の男がまわりを手探りしながら言った。「風が吹いたんだ。それか、ひとりでに閉まった。どちらかだ。早く明かりを！　さもないと、この忌々しい穴のどこかに頭を打ちつけてしまうじゃないか」

フェイギンは忍び足で台所の階段をおり、しばらくして、火をつけた蠟燭を持って戻ってきた。トビー・クラキットが階下の奥の部屋で、少年たちが手前の部屋で寝ているのもわかった。そこで相手の男を手招きして、階段を先にのぼりはじめた。

「ここで少し話そうか、おまえさん」ユダヤ人は二階の部屋のドアを開けて言った。「鎧戸に穴があいてる。近所の連中に光を見られるといかんから、蠟燭は階段に置いとくぞ。ほら！」

そう言ってユダヤ人は屈《かが》み、部屋の真向かいの階段を上がったところに蠟燭を置いて、室内に先に入った。壊れた肘《ひじ》かけ椅子と、カバーのかかっていない古い長椅子だか寝椅子だかのほかには、家具ひとつない部屋だった。よそ者はドアのうしろに置かれたその寝椅子に、疲れた様子でどさりと腰をおろした。ユダヤ人がそのまえに肘かけ椅子を持ってきて、ふたりは向かい合って坐った。さほど暗くはなかった。ドアが少し開いていて、反対側の壁に蠟燭が弱々しい光を投げかけていたからだ。

ふたりはしばらく小声で会話した。ときに判別できる切れ切れのことばを除いて、内容はわからなかったが、聞いている者がいれば、フェイギンがよそ者に責められて言いわけし、後者がそうとう苛立っているのは容易に察せられただろう。そうして彼らは十五分かそれ以上話していたかもしれない。そこで、モンクス――会話のなかで何度かフェイギンが相手をそう呼んだ――が少し大きな声で言った。

「もう一度言うが、ひどい計画だったな。どうしてあの子をほかの連中といっしょにここに置いて、さっさと人目を憚《はばか》る洟垂《はなた》れスリにしなかったんだ」

「本人に訊いてくれ！」ユダヤ人は肩をすくめて主張した。

「なんだと。自分で選んでおきながら、思いどおりにできなかったと言うつもりか」モンクスは問い詰めた。「ほかの子たちには何十回とやってきたことだろう。せいぜい一年間辛抱すれば、あいつを有罪にして、無事この王国から――おそらく永遠に――追い出せるんじゃなかったのか」

「それは誰のためです？」ユダヤ人は卑屈な態度で訊いた。

「おれのためだ」モンクスは答えた。

「だが、わしのためにはならない」ユダヤ人はへりくだって続けた。「ひとつの取引にふたりがかかわってるときには、双方の利益になることを相談すべきじゃないかな、わが大切な友人殿？」

「何が言いたい」モンクスは不機嫌に訊いた。

「あの子に商売を仕込むのはたやすくなかった」ユダヤ人は答えた。「同じ境遇のほかの子たちとはちがってた」

「そんなことはわかっている！」男はつぶやいた。「そうでなければ、とっくの昔に盗《ぬす》人《っと》になってるだろう」

「あの子を無理やり悪人にすることはできなかった」ユダヤ人はおどおどと相手の顔色をうかがいながら言った。「あれはいまだに仕事をしてない。脅す材料がなかったんだ。最初はどうしたって脅さなきゃ、いくら努力しても無駄に終わる。わしに何ができたんです。ドジャーとチャーリーと組ませて外に送り出す？　最初それをやったら、ひどいことになった。わしはここにいる全員の身を案じて震え上がったんだ、おまえさん」

「それはおれのせいじゃない」モンクスは言った。

「そう、そのとおりだ、おまえさん！」ユダヤ人は強調した。「そのことで言い争いたいわけじゃない。だってあの件がなかったら、あんたがあの子に気づいて眼をつけることもなかったんだから。あれのおかげで、探してたのがあの子だとわかったわけでしょう。とにかく、わしはあんたのために、娘を使ってあの子を取り戻した。そしたら今度はその娘があの子をかばいはじめた」

「そんな娘は絞め殺してしまえ！」モンクスは腹を立てて言った。

「いや、いまそれはできないよ、おまえさん」ユダヤ人は微笑《ほほえ》んで言った。「それに、そういうのはわれわれの流儀じゃない。もし流儀だったら、数日のうちに喜んでやるさ。ああいう娘のことはよくわかってる、モンクス。あの子が意固地になりはじめたら、とたんに木煉瓦《もくれんが》みたいに見向きもしなくなる。あんたはあの子を盗人にしろと言う。もし生きてるのなら、いますぐにでも教育しよう。だが、もし――もし――」ユダヤ人は相手に身を寄せて言った。「ありえないとは思うけれど、もし最悪中の最悪のことが起きて、あの子が死んでたら――」

「たとえ死んでも、おれの責任じゃない！」男は恐怖の表情で割りこみ、震える手でユダヤ人の腕をつかんだ。「いいな、フェイギン！　おれはそこにはかかわってないぞ。あの子の死以外ならなんでも――最初からそう言ったはずだ。血は流したくない。流せばかならず見つかるし、やった本人も呪《のろ》われる。誰かがあの子を撃ち殺したとしても、おれが原因ではない。わかったな？　こんな忌々しいねぐらなど焼き払ってしまえ！

――あれはなんだ？」

「えっ！」ユダヤ人は叫び、弾《はじ》かれたように立ち上がって、臆病《おくびょう》な自分の体を両腕で抱きしめた。「どこ？」

「あそこだ！」男は向かい側の壁を睨《にら》みつけて言った。「影が――マントを着てボンネットをかぶった女の影が、一瞬風のように羽目板を横切った」

ユダヤ人は腕をほどき、ふたりは大騒ぎで部屋から飛び出した。風で燃え溶けた蠟燭がもとの場所にあり、誰もいない階段と、彼ら自身の青ざめた顔を照らし出した。ふたりで真剣に耳をそばだてたが、家じゅうが深い静寂に支配されていた。

「気のせいだよ」ユダヤ人は蠟燭を取り、友人のほうを見て言った。

「ぜったいに見た！」モンクスは激しく身を震わせて答えた。「最初に見たときには前屈みで、おれが声をあげたとたん、脱兎《だっと》のごとく逃げていった」

ユダヤ人は友人の青白い顔を見下すように一瞥《いちべつ》し、よければついてきなさいと言って階段をのぼった。すべての部屋をのぞいてみたが、どれも寒くがらんとして、無人だった。廊下までおり、その下の地下室にも入ってみた。壁の低いところは湿っぽく、緑のカビが生え、カタツムリとナメクジの這った跡が蠟燭の光にきらめいたが、すべては死んだように静まり返っていた。

「どう思うね、おまえさん？」廊下に戻った際にユダヤ人が言った。「われわれのほかには、トビーと子供たちを除いて人っ子ひとりいない。彼らは心配無用だ。ほら、これ！」

ユダヤ人は心配無用の証《あかし》としてポケットから鍵をふたつ取り出し、最初に階下におりたときに、自分たちの相談を邪魔されないように部屋の外から鍵をかけたと説明した。

証拠が増えるにつれ、モンクス氏は明らかに度を失った。なんの発見もなく捜索を続けるうちに、反論から徐々に熱意が失われていった。結局何度かひどく不気味な笑い声をあげ、興奮して幻覚を見ただけかもしれないと告白した。もうその夜は相談を再開しようとせず、一時をすぎていることを突然思い出して、仲むつまじいふたりはそれきり別れた。

27

淑女をきわめて無作法に置き去りにした前章の不行き届きを償う

しがない筆者にとって、教区吏ほどの有力者が背中を火に向け、上着の裾《すそ》を腕の下に抱えて待っているというのに、それを気のすむまで解放せずに放っておくというのは、とうてい礼儀に適《かな》うとは思われない。さらに、その教区吏にやさしさと愛情のこもった眼で見つめられ、かほどの人物から聞かされたらいかなる身分の既婚女性や小間使いの胸もときめく甘いことばを耳に囁《ささや》かれた婦人を、同じように無視するのは、なおさら筆者としてはおこがましく、騎士道精神に反している。そうしたことばをペンでたどりつつ、己の立場をわきまえ、高度で重要な権限が与えられた人物一人ひとりにふさわしい敬意を進んで払う忠実な伝記作家は、相手の身分が求める尊敬をためらうことなく捧《ささ》げ、その高い地位と（それにともなう）偉大な美徳が必然的に要求する従順で礼儀正しい態度で彼らに接する。

そのために筆者は、ここで教区吏の神聖なる権利について説明を加え、教区吏はあやまちを犯さないという見解を述べるつもりだった。そうすれば、正しい判断力を持つ読者にとってかならずや愉《たの》しく有益だったはずだが、あいにく時間と紙数が足りないことから、より便利で説明に適した機会まで延期せざるをえない。その機が到来した折には、適切に任命された教区吏——すなわち、教区の救貧院に所属し、正式な有資格者として教区の教会にかよう、教区の官吏——がその職務上の権利と美徳において、人間性の最高の美点と資質のすべてを有していることを示すつもりである。また、それらの美点は、たんなる公共団体の吏員、裁判所の廷吏、そして代用教会の教区吏ですら、つねに備えているわけではない（最後の者は例外だが、それとてごくわずかしか持ち合わせていない）ことを示そう。

バンブル氏はティースプーンの数を数え直し、角砂糖挟みの重さを測り直し、ミルクポットをさらに仔細《しさい》に眺め、あらゆる家具の正確な現状を、椅子《いす》の馬毛の座部に至るまで細かく確かめた。一連の作業を最低六回はくり返したあと、そろそろコーニー夫人が戻ってくる時間だろうかと考えはじめた。思考は思考を呼ぶ。夫人が近づいてくる音が一向にしないので、バンブル氏はふと、夫人の簞笥《たんす》のなかをざっと見て好奇心をさらに抑えることができるのなら、それは清らかで徳の高い時間のすごし方ではないかと思いついた。

鍵穴《かぎあな》に耳を当てて誰も部屋に近づいてこないことを確信すると、バンブル氏は最下段から始めて、三段ある長抽斗《ながひきだし》の中身を調べていった。ラベンダーのドライフラワーを散らした古新聞二層のあいだに、上質のデザインと生地のさまざまな衣類が抽斗いっぱいに丁寧にしまわれているのを見て、彼はことのほか満足したようだった。右手の隅の箪笥（鍵が入っていた）まで見ていくと、そのなかに南京錠《ナンキンじょう》のかかった小箱があり、振ってみたところ耳に心地よい硬貨の音がした。バンブル氏は堂々と暖炉のまえに引き返して、またいつもの態度を取り戻し、重々しく決然とした雰囲気で、「やるぞ！」と言った。この重大な宣言のあと、元気な犬のごとくふるまう自分をたしなめるように十分ほど首を左右に振っていたが、そのあと自分の脚を、いかにもうれしそうに興味津々《しんしん》で横から眺めはじめた。

　そうして穏やかに観察を続けていたとき、コーニー夫人があわてて部屋に入ってきて、息もつかずに暖炉端の椅子に飛びこみ、片手で眼を覆《おお》い、もう一方の手で胸を押さえて、苦しそうにあえいだ。

「ミセス・コーニー」バンブル氏は婦長のまえに身を屈《かが》めて言った。「どうしました。何かあったんですか。どうか答えてください。これでは――これでは――」彼もあわてて、〝針の筵《むしろ》〟ということばがすぐに出てこなかったので、「割れ壜《びん》の上です」と言った。

「ああ、ミスター・バンブル！」夫人は叫んだ。「怖《おそ》ろしいほど心が乱れているのです！」

「心が乱れている！」バンブル氏も叫んだ。「誰があなたにそんなことを――わかった！」バンブル氏は生来の威厳で興奮を抑えて言った。「あくどい貧民どもですな！」

「考えるだけで怖ろしい！」夫人は震えながら言った。

「では考えないでください」

「どうしようもないの」夫人は半泣きで言った。

「では何か飲むといい、婦長」バンブル氏はなだめるように言った。「少しワインでも？」

「いけません！」夫人は答えた。「それはだめ――ああ！　右隅のいちばん上の棚――ああ！」言いながら善き淑女は上の空で戸棚を指差し、体の奥からこみ上げた発作でぶるぶる震えた。バンブル氏は戸棚に駆け寄り、夫人があやふやに指示したところから緑のガラスのパイント壜を引ったくると、ティーカップに中身を注ぎ、彼女の唇に持っていった。

「よくなりました」コーニー夫人はそれを半分飲んだあと、椅子の背にもたれて言った。

バンブル氏は敬虔《けいけん》な面持ちで天井を見上げて感謝し、またカップの縁に眼を落とすと、それを鼻先に持ち上げた。

「ペパーミントです」夫人は教区吏にやさしく微笑《ほほえ》みながら、弱々しい声で説明した。

「飲んでみてください。ほんのちょっと――ほんのわずかですが、ほかのものも入っています」

　バンブル氏は疑うような顔で薬をひとなめし、唇を鳴らしてまたひと口、そして一気に飲み干した。

「すっとしますでしょう」夫人は言った。

「じつにすっとしますな、婦長」教区吏は応じながら、椅子を婦長の横に引き寄せ、それほど動揺するとは何事ですかとやさしく尋ねた。

「なんでもありません」夫人は答えた。「わたくしは愚かで、興奮しやすくて、弱い生き物なのです」

「弱くはありませんよ」バンブル氏は椅子をもう少し近づけて言った。「あなたは弱い生き物なのですか、ミセス・コーニー？」

「誰もがみな弱い生き物です」夫人は一般原則で答えた。

「そうですな」

　それから一、二分、ふたりとも何も言わなかった。その間にバンブル氏は、件《くだん》の一般原則の一例として、左腕をそれまでのコーニー夫人の椅子の背からエプロンの紐《ひも》に移し、それを徐々に巻き取っていった。

「われわれはみな弱い生き物です」バンブル氏は言った。

　夫人はため息をついた。

「ため息をつかないでください、ミセス・コーニー」

「つかずにはいられないのです」彼女はまたひとつ、ため息をついた。

「ここはとても心地よい部屋ですな」バンブル氏はまわりを見て言った。「これに加えて、もうひとつ部屋があれば完璧《かんぺき》だ」

「ひとり身には広すぎますわ」夫人はつぶやいた。

「ふたりなら大丈夫でしょう？」バンブル氏は柔らかい抑揚で言った。「どうです、ミセス・コーニー？」

教区吏がそう言うと、夫人はうなだれた。教区吏も頭を下げて夫人の顔を見ようとした。奥ゆかしいことこの上ないコーニー夫人は顔を背け、ハンカチを取ろうとしたが、無意識のうちにその手をバンブル氏の手に重ねていた。

「委員会はあなたに石炭を支給していますな、ミセス・コーニー？」教区吏は夫人の手を握り、愛情をこめて訊《き》いた。

「蠟燭《ろうそく》もです」夫人もかすかに握り返して答えた。

「石炭に蠟燭、家賃は無料」とバンブル氏。「ああ、ミセス・コーニー、あなたはどれほどすばらしい天使なのだ！」

この感情の爆発に淑女は耐えられず、バンブル氏の腕のなかに倒れこんだ。興奮した紳士は、彼女の清らかな鼻に熱く力強いキスをした。

「教区の理想型だ！」バンブル氏は有頂天で叫んだ。「ミスター・スラウトの容態が今晩悪化しているのはご存じですな、わが魅惑の人？」

「ええ」夫人は恥ずかしそうに答えた。

「医者によると、あと一週間もたないそうだ」バンブル氏は続けた。「彼はここの院長だから、死ねば空きができる。空きは埋めなければならない。ああ、ミセス・コーニー、前途洋々ではありませんか！　心情と家計がこれほど見事に結びつく機会があるでしょうか！」

夫人はすすり泣いた。

「ひと言だけよろしいか？」バンブル氏は恥じらう美女に顔を寄せて言った。「ほんの小さな、小さなひと言だけです、わが祝福されしコーニー」

「え――え――ええ！」婦長は切望して言った。

「あとひとつだけ」教区吏は続けた。「ひとつだけ言いますから、その愛《いと》しい心の準備をしてください――式はいつにします？」

コーニー夫人は二度口を開こうとして、二度とも失敗した。ついに勇気を奮い起こして、バンブル氏の首にしがみつき、好きなだけ早い時期にしてください、あなたは〝たまらない魅力の持ち主〟ですと言った。

こうして円満かつ順調に事が決まり、ふたりの契約は、淑女の浮き立ちざわめく心のためにまたしても必要になったペパーミント酒のお代わりで厳《おご》かに承認された。それを飲みながら、夫人はバンブル氏に、亡《な》くなった老婆《ろうば》のことを話した。

「たいへんけっこう」紳士はペパーミント酒をちびちびやりながら言った。「家に帰るときにサワベリーの店を訪ねて、明日の朝来させますよ。それがそんなに怖かったのかな、愛しい人？」

「とくに変わったことではありませんわ、あなた」淑女はことばを濁した。

「ほかに何かあったにちがいない、愛しい人」バンブル氏はうながした。「あなたのバンブルに話してみてはどうかな」

「いまはやめておきます。そのうちいつか――わたくしたちが結婚したあとで、あなた」

「結婚したあとで！」バンブル氏は叫んだ。「誰か貧民の男が軽率なふるまいをしたのではあるまいね、たとえば――」

「いえいえ、愛しい人！」夫人はあわてて否定した。

「もしもだ――もしもこの美しい顔《かんばせ》に、厚かましくも連中の誰かが卑《いや》しい眼を向けたりしたのなら――」

「彼らもそんな厚かましいことはしません、愛しい人」夫人は答えた。

「しないほうが身のためだ！」バンブル氏は拳《こぶし》を握りしめて言った。「教区内の男だろうと、教区外の男だろうと、そんなことをするそぶりでも見せようものなら、この私が叱《しか》りつけて二度とやらせませんぞ!」

派手な身ぶりで飾られていなければ、これはあまり淑女の魅力を褒めたたえることばには聞こえなかったかもしれない。しかし、バンブル氏はこの脅迫に戦闘のような仕種《しぐさ》をいくつも交えたので、彼女は献身の印と受け止めて感激し、あなたはまるでハトのようにやさしくて純粋なかたと褒めそやした。

そのハトは外套《がいとう》の襟を立て、三角帽をかぶると、将来の伴侶《はんりょ》と愛情をこめて長々と抱き合い、また夜の寒風のなかへ雄々しく出ていった。途中一度だけ、男の貧困者が収容された棟に数分間立ち寄って、彼らを少々いじめた。厳しさが要求される救貧院の院長職をまっとうできるという自信を得ようと思ったのだ。資格充分であることを確かめて、バンブル氏は浮き浮きと救貧院をあとにした。将来の昇進に関する明るい見通しは、葬儀屋に着くまで彼の心を満たしていた。

そのときサワベリー夫妻はお茶と食事のために外出中で、ノア・クレイポールはいつかなるときでも、飲み食いという快適なふたつの動作以上に体を動かしたがらないので、通常の閉店時間をすぎても店はまだ開いていた。バンブル氏はカウンターを杖《つえ》で何度か叩《たた》いたが、誰も出てこず、ガラス窓越しに店の奥の小さな客間に明かりがともっているのが見えた。そこで窓の向こうを遠慮なくのぞきこみ、そこでおこなわれていることを見てたいそう驚いた。

夕食のクロスが敷かれた机には、パン、バター、皿やグラス、ビールのジョッキ、ワインの壜が無造作に置かれていた。上席の安楽椅子にノア・クレイポール氏がだらしなく坐《すわ》り、両脚を一方の肘《ひじ》かけに投げ出して、片手に折りたたみナイフを、反対の手にバターを塗った大きなパンの塊を持っていた。そのすぐそばにシャーロットが立ち、牡蠣《かき》をせっせと樽《たる》から取っては殻をむき、それをクレイポール氏が見下しながら、ただならぬ食欲で呑《の》みこんでいた。若い紳士の鼻が異様に赤いのと、右眼がウインクをして固まったようになっているのは、彼がほろ酔いであることを示している。そうした徴候に加えて、牡蠣をこの上なく美味《うま》そうに呑み下すさまも、酔っているという解釈の正しさを裏打ちしていた。それはまるで、体内の熱を冷ます牡蠣の効用に過大に期待しているとしか思えない食べっぷりだった。

「ほら、これはでっぷりして美味《おい》しそう、ノア！」シャーロットが言った。「食べてみて、ほらこれ」

「牡蠣はなんて美味いんだ！」クレイポール氏はそれを呑みこんで言った。「おまえ、たくさん食べると腹具合が悪くなるんだろう。こんな残念なことはないな、え、シャーロット」

「本当にひどいこと」シャーロットは言った。

「まったくな」クレイポール氏も同意した。「牡蠣は好きじゃないのか?」

「あんまりね」シャーロットは答えた。「自分で食べるより、ノア、あんたが食べるのを見てるほうが好き」

「へっ!」ノアはすぐさま言った。「変わったやつ!」

「もうひとつ食べる? これにはとってもきれいで繊細なひらひらがついてる」

「もう無理」ノアは言った。「悪いな。こっちへ来いよ、シャーロット、キスしてやる」

「なんだと!」バンブル氏が部屋に飛びこんで言った。「もう一度言ってみろ」

シャーロットが悲鳴をあげ、エプロンで顔を隠した。クレイポール氏は足を床におろしただけで体勢は変えず、怯《おび》えた酔眼で教区吏を見つめた。

「もう一度言ってみよ、この不潔で恥知らずな輩《やから》め!」バンブル氏は言った。「よくもそんなことが言えたものだ。あんたもあんただ、この男を焚《た》きつけおって、出しゃばりなおてんば娘め! キスだと!」バンブル氏は憤激して叫んだ。「はっ!」

「そんな気はなかったんです!」ノアが泣きわめいた。「こいつがいつもキスしてくるんです、ぼくがしたいかどうかに関係なく」

「まあ、ノア!」シャーロットが非難の声をあげた。

「そうじゃないか。わかってるくせに!」ノアは言い返した。「こいつ、いつもしてくるんです。おれの顎《あご》の下をなでて——本当なんです——ありとあらゆる愛情の仕種で！」

「黙れ！」バンブル氏は一喝した。「あんたは階下《した》に行きなさい！　ノア、店を閉めるんだ。主人が帰るまでにあとひと言でもしゃべったら、思い知ることになるぞ。彼が帰ってきたら伝えるのだ、明日の朝食後に婆《ばあ》さんの棺桶《かんおけ》をひとつ届けろとミスター・バンブルに言われたと。わかったかね？　キスだと！」バンブル氏は両手を上げて叫んだ。「この教区の下層階級の罪深さと邪悪さにはぞっとする。連中の不愉快な言動を議会がどうにかしなければ、この国は滅び、善き農民の気風は永遠に失われてしまうぞ！」そう言って教区吏は高慢で憂鬱《ゆううつ》な気分に包まれ、葬儀屋の店から歩き去った。

さて、バンブル氏を家まで送り届け、老婆の葬儀に必要な準備をつつがなく終えたところで、オリヴァー・ツイスト少年の行方をたずね、トビー・クラキットとサイクスに見捨てられた溝に彼がまだ横たわっているかどうかを確かめよう。

28

オリヴァーのその後をたどり、冒険を先に進める

「オオカミに喉《のど》を食いちぎられてしまえ！」サイクスが歯ぎしりをして言った。「おまえらのなかに飛びこんでやりたい。そしたら、もっと情けない声で鳴くだろうにな」サイクスは、怖《おそ》れ知らずの性格を存分に発揮した獰猛《どうもう》さで、呪《のろ》いのことばを吐きながら、曲げた両膝《ひざ》の上に負傷した少年の体を横たえ、ちらっと追っ手のほうを振り向いた。霧と闇《やみ》のなかで見えるものはほとんどなかったが、男たちの大きな叫び声が大気を震わせ、警鐘の音で目覚めた近隣の犬たちがあらゆる方向から吠《ほ》え立てていた。

「止まれ、この臆病犬《おくびょういぬ》！」強盗はトビー・クラキットのうしろから叫んだ。トビーは長い脚を精いっぱい使ってすでに前方を走っていた。「止まれ！」

命令を二度くり返されて、トビーはぴたりと止まった。拳銃《けんじゅう》で狙《ねら》えないほど遠ざかっている自信がなかったし、サイクスが一触即発の気分でいるのがわかったからだ。

「こいつに手を貸せ」サイクスは怒鳴り、荒々しく共犯者を手招きした。「戻ってこ

い！」

トビーは戻るそぶりは見せたものの、息が切れてかすれた低い声で大胆にも不満を訴え、わざとゆっくり歩いた。

「早く！」サイクスは足元の乾いた溝《みぞ》に少年を横たえながらせっつき、ポケットから拳銃を抜き出した。「おれをなめるなよ」

そのとき物音が大きくなった。サイクスがまたまわりを見渡すと、追っ手の男たちがすでに彼のいる野原のほうへ門を乗り越えてきていた。その数歩先に、犬も二頭いる。

「万事休すだ、ビル」トビーが言った。「子供を捨てて逃げるしかない」と別れのことばを残し、確実に敵に捕まるより友人に撃たれる危険を冒すほうがましだと考えたクラキットは、さっさと背を向けて全速力で駆け出した。サイクスは歯を食いしばり、一度まわりを見て、うつぶせに倒れたオリヴァーの上に、とっさに彼をくるんできたケープを放り投げた。うしろにいる相手の注意を、オリヴァーが横たわる場所からそらそうとするかのように生け垣に沿って走り、それと直角に交わる別の生け垣のまえで一瞬立ち止まると、拳銃を空中高く投げ捨て、ひと跳びで生け垣を越えて姿を消した。

「さあ、さあ、止まれ！」震える声がうしろで言った。「ピンチャー、ネプチューン、こっちへ来い。こっちだ！」

二匹の犬は主人と同じように、この娯楽をとくに愉《たの》しんではいないようで、命令にあっさりしたがった。このころには野原に入ってかなり進んでいた三人の男も、相談するために立ち止まった。

「私の提案、いや、命令と言ってよかろうが、それはいますぐ家に戻ることだ」三人のなかでいちばん太った男が言った。

「ミスター・ジャイルズがいいんなら、おいらはなんでもかまいません」背の低い男が言った。こちらもとうてい痩《や》せているとは言いがたく、顔は真っ青で、非常に丁寧な口調だった。怯《おび》えた人間によくあることだ。

「おれも無作法だとは思われたくないな、おふたりさん」犬を呼び戻した三番目の男が言った。「ミスター・ジャイルズは事情がおわかりだ」

「当然だけど」背の低い男が言った。「ミスター・ジャイルズが何をおっしゃっても、われわれが反対できる筋合いではないよ。だめ、だめ。おいらも自分の立場はわかってる――わかってることを天に感謝したい」じつのところ、小男は本当に自分の立場を理解しているようだった。しかも、それが決して望ましい立場でないことまで、はっきりと。それが証拠に、話すときに歯がカチカチ鳴っていた。

「怖いんだな、ブリトルズ」ジャイルズ氏が言った。

「いいえ」とブリトルズ。

「怖いんだろう」とジャイルズ。

「まちがっておられます、ミスター・ジャイルズ」

「嘘《うそ》をついているな、ブリトルズ」

この三度のやりとりは、ジャイルズ氏の嘲《あざけ》りから生じた。そしてジャイルズ氏の嘲りは、お世辞にかこつけて家に引き返す責任を押しつけられたのが腹立たしかったことから生じた。結局、三番目の男がもっとも哲学的にこの論争を終わらせた。

「ひとつ教えようか、おふたりさん」彼は言った。「おれたちはみんな怖いのさ」

「自分のことだけ言っておれ」三人のなかでいちばん顔色が悪いジャイルズ氏が言った。

「だから言ってるよ」男は答えた。「怖いのは当たりまえだし、こういう状況では怖がったほうがいい。おれは怖いね」

「おいらもです」ブリトルズが言った。「偉そうに他人《ひと》に自慢しないだけで」

ふたりが素直に認めたので、ジャイルズ氏も態度を和らげ、自分も怖いと打ち明けた。三人はまわれ右をし、見事に一致団結して家に駆け戻った。やがてジャイルズ氏（三人のなかでいちばん息を切らし、重い熊手《くまで》も持っていた）が寛大にも休もうと提案し、さっきはいきなり決めつけて悪かったと謝った。

「だが、これでよかった」ジャイルズ氏は弁解の終わりに言った。「人間、カッと来たら何をするかわかったものではない。私は殺人を犯してしまったにちがいない。泥棒のひとりでも捕まえたら、かならずそうなった」

ほかのふたりにも似たような予感はあり、たぎっていた血もすっかり引いたあとだったので、急に気分が変わった原因について考えることになった。

「私にはわかっている」ジャイルズ氏が言った。「あの門だ」

「まさにそうです」ブリトルズもその考えに飛びついた。

「こういうことじゃないかな」ジャイルズ氏が言った。「あの門がわれわれの興奮に待ったをかけたのだ。私の興奮はあそこを乗り越えているときに冷めた」

驚くべき一致だが、ほかのふたりもまさしく同じ瞬間に、同じ嫌な感じに襲われたのだった。そのとき気持ちの変化が起きたのは疑いなく、やはり門がきっかけだろうという結論に達した。乗り越えたそのときに強盗たちの姿が見えたのを、三人全員が憶《おぼ》えていたからだ。

この会話は、家で強盗を驚かしたふたりの男と、行商の鋳掛屋《いかけや》とのあいだで交わされていた。鋳掛屋は納屋《なや》で寝ていたのだが、二匹の雑種犬とともに物音に起こされて、追跡に加わった。ジャイルズ氏は邸宅に住む老婦人の執事兼召使い頭、ブリトルズはよろず家事をこなす使用人で、子供のころから老婦人に仕え、歳《とし》は三十をいくらか越えているにもかかわらず、いまだに末頼もしい少年として扱われていた。

そんな話で互いに励まし合ったが、それでも三人で身を寄せ合い、風が吹いて大枝を鳴らすたびに不安そうにまわりを見ながら、一本の大木まで急いだ。泥棒たちに銃で狙われてはいけないからと、その木のうしろにランタンを隠していたのだ。明かりを取ると、彼らはめいっぱいの駆け足で家に向かった。その薄暗い姿が見えなくなってからもずっと、ランタンの光は遠くでまたたき、踊っていた。まるで、すばやく運ばれていくランタンのまわりの湿って暗い夜気が吐息をついているかのように。

ゆっくりと夜明けが近づくにつれ、あたりはいっそう寒くなり、霧が濃い煙のように地表を渡った。草は濡《ぬ》れ、通り道や低地はみなぬかるんで水溜《みずた》まりができ、体に悪そうな風の湿気た息がうつろなうめき声とともに物憂《ものう》く吹きすぎた。それでもオリヴァーは動かず、サイクスが残していった場所に気を失って横たわっていた。

急に朝が来た。大気が身を切るように冷たくなり、朝の最初のぼんやりした色が――朝の誕生というより夜の死去を思わせた――空にうっすらと兆《きざ》した。闇のなかではただ暗く怖ろしかったものの輪郭が見る見るくっきりしてきて、次第になじみの形になった。そこへ雨が勢いよく降りだし、葉の落ちた藪《やぶ》を打ち叩《たた》いて大きな音を立てた。しかし、オリヴァーは叩きつける雨も感じなかった。依然として泥の寝床に体を横たえ、助けられる当てもなく、意識を失って伸びていたからだ。

ようやく苦痛の小さな叫び声が、あたりに満ちた静寂を破り、声の主の少年が目覚めた。ネッカチーフをぞんざいに巻かれた左腕は体の横に重く垂れ、使い物にならなかった。その包帯には血がたっぷり染《し》みこんでいる。体に力がまったく入らず、坐《すわ》るために起き上がるのさえむずかしい。やっとのことで身を起こすと、助けを求めて弱々しくあたりを見まわし、苦痛にうめいた。寒さと疲労で体じゅうの関節がガクガクした。立ち上がろうとしたが、頭から爪先《つまさき》まで震えが走って地面にうつぶせに倒れてしまった。

あまりにも長く陥っていた意識朦朧《もうろう》の状態に、また短い時間戻ったあと、心臓が動かなくなる感覚が忍び寄ってきた。このまま倒れているとぜったいに死んでしまうというその感覚に突き動かされて、オリヴァーは立ち上がり、歩いてみた。めまいがして、酔っ払いのように足が左右にふらついたが、かまわず歩きつづけ、ぐったりとうなだれたまま、どこをめざすでもなく、よろめきながら前進した。

すると途方に暮れるような混乱した考えが、わっと頭に押し寄せた。まだサイクスとクラキットに挟まれて歩いているような気がした。怒って言い争っているふたりの男のことばがそのまま耳に響いたからだ。転ぶまいと懸命に努力することで、ふとわれに返ると、ふたりに話しかけている。かと思うと、まえの日と同様に、サイクスとふたりきりでとぼとぼと歩いていて、影のような人々が彼らの横を通りすぎ、オリヴァーは強盗に手首をつかまれていると感じた。突然、銃声にびっくりして尻込《しりご》みすると、大気に大きな悲鳴と叫び声が湧《わ》き起こり、眼のまえにまばゆい光が射《さ》して、まわりのすべてが騒音と混乱になり、見えない手につかまれてそこから急いで引き離された。矢継ぎ早に現れるこれらの幻覚の奥には、不明瞭《ふめいりょう》で不安な苦痛の意識があり、それが絶え間なくオリヴァーを疲れさせ、苛《さいな》んだ。

そうしてよろめきながら歩き、途中にあった門の横木のあいだをほとんど無意識にくぐり、生け垣の隙間《すきま》を通り抜け、一本の道にたどり着いたところで雨が土砂降りになって、目が覚めた。

まわりを見ると、さほど遠くないところに家があり、そこまでなら行けそうだった。この状態を見れば、家の人も同情してくれるかもしれない。そうならないとしても、だだっ広い野原でひとり寂しく死ぬより、人間の近くで死ぬほうがいいと思った。オリヴァーは最後の試練のために残る力を振り絞って、萎《な》えた足を家のほうに進ませた。

家に近づくにつれ、以前に見たことがある気がした。細かいところは記憶にないものの、建物の形と外観にどこか見憶えがあった。庭の塀！　あの内側の草の上に昨晩ひざまずいて、ふたりの男に慈悲を乞《こ》うた。そこは彼らが強盗に入ろうとした、まさにその家だった。

場所がわかるやオリヴァーはとてつもない恐怖に襲われ、一瞬、傷の痛みも忘れて逃げることだけを考えた。逃げる！　ほとんど立っていることもできないのに。かりに、か細く若い体に持てるかぎりの力を持っていたとしても、どこへ逃げられるというのだろう。オリヴァーは庭の門を押してみた。鍵《かぎ》はかかっておらず、蝶番《ちょうつがい》のところで開いた。ふらふらと芝生を横切り、玄関前の階段を上がって、かすかにドアを叩いたところでとうとう力尽き、ぐったりと沈みこんで小さなポルティコの柱にもたれた。

偶然そのころ、ジャイルズ氏とブリトルズと鋳掛屋は、お茶と台所のさまざまな食べ物で前夜の疲労と恐怖から立ち直りかけていた。目下《めした》の使用人とあまりに親しくするのは、ジャイルズ氏の日頃の習慣ではなかった。いつもは高慢な愛想のよさで接する。すると使用人は、みな喜びながらもジャイルズ氏の社会的地位が上であることを思い出さずにはいられない。とはいえ、死と銃撃と強盗はすべての人を平等にする。ジャイルズ氏は台所で椅子《いす》に坐って炉格子《ろごうし》のまえに足を投げ出し、左腕を食卓にもたせかけ、右手の動きで強盗事件の状況をくわしく説明していた。聞き手は（とりわけそこにいた料理人とメイドが）息を凝らして興味津々《しんしん》で聞き入っていた。

「二時半ごろだった」ジャイルズ氏は言った。「ことによると、三時に近かったかもしれない。私は目覚めて、ベッドでこんなふうに寝返りを打った（と椅子の上で体をひねり、テーブルクロスの角をベッドの上がけに見立てて引いた）。物音が聞こえた気がしたのだ」

話のこの時点で料理人が青ざめ、メイドにドアを閉めてくれと頼んだ。メイドはブリトルズに、ブリトルズは鋳掛屋に頼み、鋳掛屋は聞こえなかったふりをした。

「音が聞こえたのだ」ジャイルズ氏は続けた。「最初、私は〝空耳だ〟とつぶやいた。だが、落ち着いて寝ようとしたとき、またしても音が聞こえた、今度ははっきりと」

「どんな音でした？」料理人が尋ねた。

「何かを叩くような音だ」ジャイルズ氏はまわりを見ながら答えた。

「というより、ナツメグのおろし金で鉄の棒をおろしてるみたいな音でしたよ」ブリトルズが主張した。

「そうだな、おまえにはそう聞こえたのだろう」ジャイルズ氏は言った。「だが、このときには叩くような音だった。私は上がけをめくり」とテーブルクロスをめくり上げて続けた。「ベッドに身を起こして、耳をすました」

料理人とメイドが同時に「ああ！」と叫び、椅子をさらに寄せ合った。

「すると聞こえた。これはもう、まちがいなく」ジャイルズ氏は話しつづけた。「〝誰かがドアか窓をこじ開けようとしている〟と私はつぶやいた。〝どうすべきか。あの哀れなブリトルズを起こそう。ベッドで殺されるといけない。救ってやらなければ〟とね。〝でないと、本人も気づかないうちに右耳から左耳まで喉をぱっくり切り裂かれるかもしれない〟」

一同の眼がいっせいにブリトルズを見た。当人の眼は話し手に釘《くぎ》づけで、あんぐりと口を開けて見つめているその顔には、まぎれもない恐怖の色が表れていた。

「私は上がけをはねのけた」ジャイルズ氏はテーブルクロスの端を投げ放ち、料理人とメイドを睨《にら》みつけて言った。「静かにベッドから出て、はくものをはき——」

「ご婦人のまえですぜ、ミスター・ジャイルズ」鋳掛屋が囁《ささや》いた。

「靴をはいたのだ」ジャイルズ氏は鋳掛屋のほうを向き、その単語をとりわけ強調して言った。「そして、いつも食器籠《かご》といっしょに二階に持って上がる、弾を装塡《そうてん》した拳銃をつかみ、抜き足差し足でブリトルズの部屋に行った。〝ブリトルズ〟と彼を起こして言った。〝怖がるなよ！〟と」

「おっしゃいました」ブリトルズが小声で同意した。

「〝われわれは死ぬかもしれない、ブリトルズ〟と私は言った」ジャイルズ氏は続けた。「〝だが、どんなに危険でも怖がってはいけないぞ〟」

「彼は怖がってたんですか？」料理人が尋ねた。

「いや、ちっとも」ジャイルズ氏は答えた。「しっかりしていたよ――いや、まあ、私ほどではないが」

「あたしだったら、その場で死んじゃったと思います」メイドが言った。

「あんたは女だからね」ブリトルズがちょっと気を取り直して言い返した。

「ブリトルズの言うとおりだ」ジャイルズ氏が認めてうなずいた。「女に多くを期待してはいけない。だが、われわれは男だから、ブリトルズの暖炉の横棚に置いてあった窓つきのランタンを取り、真っ暗ななかを手探りで階下《した》におりていったのだ――こんなふうに」

ジャイルズ氏は椅子から立ち上がると、眼を閉じて二歩進み、説明に身ぶりを添えた。とそのとき、ほかの面々と同様びくっとして、あわてて椅子に戻った。料理人とメイドは悲鳴をあげた。

「ノックだ」ジャイルズ氏が完全な平静を装《よそお》って言った。「ドアを開けてきなさい、誰か」

誰も動かなかった。

「おかしいな。朝のこんな時間にノックとは」ジャイルズ氏はまわりの青ざめた顔を見まわしたが、彼自身も表情を失っていた。「だが、出ないわけにはいかない。聞いとるかね、誰か？」

言いながらブリトルズを見たが、この若い男は生来謙虚であり、自分がその誰かだとは思わなかったのだろう、訊《き》いたところで反応のあるはずもなかった。いずれにしろ、何も答えない。ジャイルズ氏は鋳掛屋にどうだという眼を向けたが、彼は突然眠りこんでいた。女たちは問題外だ。

「立会人がいればブリトルズがドアを開けるというのなら」ジャイルズ氏は短い沈黙ののち言った。「私が立会人になるが」

「おれもだ」鋳掛屋がいきなり眠りから覚めて言った。

ブリトルズはこの条件におとなしくしたがった。一同はすっかり昼間になっていたこと（鎧戸《よろいど》を開けて気づいた）にも勇気づけられ、犬たちを先に立たせて地下から上がった。台所で待っているのが怖くなった女ふたりも最後についた。外の邪悪な人物が誰だろうと、こちらは数で勝っていることを教えてやろうというジャイルズ氏の提案で、みな大声でしゃべった。そして、これも創意に富む同じ頭脳から生まれた秀逸な策として、玄関ホールで犬の尻尾《しっぽ》を思いきりつねって猛然と吠えさせることにした。

これらの手配をしたあとで、ジャイルズ氏は鋳掛屋の腕をしっかりとつかみ（逃げるといけないからね、と冗談めかして言った）、ドアを開けろと命じた。ブリトルズがしたがい、一同はびくびくしながらそれぞれの肩越しに外をのぞいたが、そこにいたのは手強《てごわ》い相手どころか、哀れなオリヴァー・ツイスト少年ただひとりで、ものも言えぬほど疲れ果て、どんよりした眼を上げて、無言で同情をこいねがった。

「男の子！」ジャイルズ氏は叫び、勇ましく鋳掛屋をうしろに押しやった。「いったい――あ？――なんと――ブリトルズ――これを見ろ――わからないか？」

開けたドアの陰にいたブリトルズは、オリヴァーをひと目見るなり、はっと気づいて大声をあげた。ジャイルズ氏は少年の片側の脚と腕をつかんで――幸い怪我《けが》をしたほうではなかった――まっすぐ玄関ホールに引き入れ、床にそのまま転がした。「こいつだ！」と叫び、大いに興奮して二階に呼びかけた。「泥棒をひとり捕まえました、奥様！　こいつが泥棒です、お嬢様！　怪我をしています、お嬢様！　私が撃ちました、お嬢様、ブリトルズが明かりで照らして」

「ランタンです、お嬢様」ブリトルズも声が遠くまで届くように、口の横に手を添えて叫んだ。

ジャイルズ氏が泥棒を捕まえたという情報を伝えるために、女の使用人ふたりが階段を駆け上がった。鋳掛屋は少年が首をくくられるまえに死んでしまわないように、回復させようとあわただしく立ち働いた。この大騒動のさなかに、鈴のような女性の声が聞こえ、騒ぎは一瞬にしておさまった。

「ジャイルズ」階段の上から声が囁いた。

「ここにおります、お嬢様」ジャイルズ氏は答えた。「どうぞ怖がらずに。私はせいぜいかすり傷を負ったくらいですから。こいつもそれほど必死の抵抗をしたわけじゃありません、お嬢様。すぐに私には敵《かな》わないとあきらめました」

「静かに!」若い令嬢は言った。「あなたは泥棒と同じくらい、おばさまを怖がらせていますよ。その哀れな人はひどい怪我なの?」

「かなりの重傷です、お嬢様」ジャイルズ氏はことばでは言い表せない自己満足を胸に答えた。

「こいつ、死にそうです、お嬢様」ブリトルズがやはり口に手を添えて叫んだ。「おりてご覧になりますか、お嬢様? もしこいつが——」

「静かに、お願い、落ち着いて」若い令嬢は言った。「ちょっとだけ静かに待っていて。おばさまと話しますから」

声と同様、柔らかくてやさしい足音がして話し手が遠ざかり、ほどなく戻ってきて、けが人を注意深く二階のジャイルズ氏の部屋に運び入れるように、また、ブリトルズはすぐさまポニーに乗ってチャーツィの町に出向き、そこからできるだけ早く巡査と医師を派遣してもらうように、という指示が伝えられた。

「ですが、まずこいつをひと目ご覧になったほうがよろしいのでは、お嬢様？」ジャイルズ氏が得意げに言った。あたかもオリヴァーが珍しい羽毛の鳥で、それを自分がうまく捕らえたと言わんばかりに。「ほんのちょっとでも、お嬢様」

「いまはけっこうよ」若い令嬢は言った。「かわいそうに！　やさしくしてあげなさい、ジャイルズ、わたしのために！」

年老いた使用人は、去っていく話し手を見上げ、まるでわが子を誇らしく思って称《たた》えるような眼差しを送った。そしてオリヴァーのまえに屈《かが》むと、女性のような注意深さと心遣いで、少年を二階に運び上げるのを手伝った。

29

オリヴァーが身を寄せた家の住人を紹介し、彼らがオリヴァーのことをどう思ったかについて述べる

美しい部屋に――しかし調度の雰囲気は、当世風のエレガンスというより昔懐《なつ》かしい心地よさだが――ふたりの女性が坐《すわ》り、さまざまな食べ物が並ぶ朝食のテーブルについていた。ジャイルズ氏が細心の注意を払って黒のスーツで正装し、ふたりに給仕している。サイドボードとテーブルの中間あたりにまっすぐ立ち、頭をのけぞらせて片側にほんのわずか傾け、左足は少しまえ、右手はチョッキのなか、左手は小さなトレイを持って体の横にさげ、有能で重要な使用人であることを心から愉《たの》しんで働いているように見えた。

ふたりの女性のうち一方はかなり年配だが、坐っている背もたれの高いオークの椅子《いす》もかくやというほど、背筋がぴんと伸びていた。古風な服にいくらか流行の趣味を取り入れて、古い様式の味わいを損なうというより、むしろ心地よく際立《きわだ》たせた独特の着こなしで、最高に品がよく、わずかな乱れもない。威厳ある態度で坐って両手をテーブル

すえていた。

の上に重ね、歳《とし》のわりにほとんど明るさを失っていない眼で、しっかりと若い相手を見

若いほうは、美しく花開く女性の春を迎えており、もし天使が神の善き計らいで人の形を得るとしたら、このようになると考えても冒瀆《ぼうとく》にならない年頃だった。

彼女はまだ十七歳に満たなかった。華奢《きゃしゃ》で優美な体つき、穏やかでやさしく、純粋で美しいその姿は、地上にはありえないもののようで、この世の粗野な創造物は彼女の仲間にはふさわしくないと思われた。深い青色の眼に輝き気高い額に現れた知性は、年齢からは考えられないほどすぐれていて、やさしさや気立てのよさが次々と見て取れる表情や、顔で戯《たわむ》れて影をいっさい作らない千もの光や、とりわけその微笑《ほほえ》み――明るく幸せそうな微笑み――が、人として持ちうる最高の思いやりと愛情のなかに織り交ぜられていた。

彼女はしきりに食卓の細々した世話をしながら、ふと顔を上げ、自分を見つめている歳上の女性と眼を合わせた。額の上に編んだ髪をおどけるようにうしろに押し上げ、輝かしい笑顔に愛情と純真な可愛《かわい》らしさをたたえて、善き精霊がそれを見たら微笑みそうだった。

歳上の女性は笑みを返したが、胸がいっぱいになって、思わずあふれた涙をぬぐった。

「ブリトルズが出ていって一時間になるかしら？」少しの間のあと、老婦人は尋ねた。

「一時間と十二分です、奥様」ジャイルズ氏が黒いリボンのついた銀時計を取り出して答えた。

「あの人はいつも遅いから」

「ブリトルズは昔から遅い少年でした、奥様」執事は答えた。しかし考えてみれば、ブリトルズは三十年以上にわたって遅い少年のままであり、いまさら速くなる可能性はまずないのだった。

「よくなるというより悪化している気がします」老婦人は言った。

「ほかの人たちと遊んでいたりしたら弁解の余地なしね」若い令嬢が微笑みながら言った。

ジャイルズ氏が、自分も敬意を表して微笑むべきかどうか考えていると、一頭立ての二輪馬車が庭の門のまえに停まり、太った紳士が飛びおりて、まっすぐに玄関まで歩いてきた。そのまま何か謎《なぞ》めいた手順で家にすばやく入り、部屋に飛びこんできて、ジャイルズ氏ごとテーブルをひっくり返しそうになった。

「こんなのは聞いたことがありませんぞ！」太った紳士は叫んだ。「わが親愛なるミセス・メイリー――たまげたも何も――しかも静まり返った夜に――こんなのは本当に聞いたことがない！」

そんな嘆きのことばを発しながら、太った紳士はふたりの女性と握手し、椅子を引き寄せて、近況を尋ねた。

「あなたがたは死んでいたかもしれない。恐怖のあまり、きっと死んでいたでしょう」太った紳士は言った。「どうしてすぐに人をよこさなかったのです。助手がすぐに駆けつけたのに。あるいは私と助手が、喜んで。誰だっていい。そういう状況なら、誰かがかならず来たはずです。いやまったく――予想だにしなかった――しかも静まり返った夜に！」

医師は、予想外の強盗が発生したこと、しかもそれが夜中だったことにとくに困惑しているようだった。まるで押しこみ強盗は真っ昼間にするのが紳士たる者の習慣であり、それも二ペンスの郵便で前日か前々日に通知すべきだと言わんばかりに。

「あなたもです、ミス・ローズ」医師は若い令嬢のほうを向いて言った。「私は――」

「ええ！　本当にそうですわ」ローズはさえぎって言った。「ですが、二階におばが診ていただきたいと思っている、かわいそうな人がいるのです」

「ああ！　もちろん」医師は答えた。「そうでした。きみの手柄だと聞いたが、ジャイルズ」

やたらと熱心にティーカップを整頓《せいとん》していたジャイルズ氏が、顔を真っ赤にして、名誉なことですと言った。

「名誉？」医師は言った。「それはどうだろうな。裏の台所で強盗を撃つのも、決闘で十二歩離れて相手を撃つのと同じくらい名誉なことかもしれないがね。相手は空に向けて撃ったが、きみは決闘をしたつもりかもしれないな、ジャイルズ」

事件に対する医師の軽口は、自分の功績を不当に貶《おとし》めようとしていると感じたジャイルズ氏は、私ごときが判断するわけにはいきませんと礼儀正しく答えたが、相手にとっては冗談ではすまされなかったと思いますと言い添えた。

「いやはや、たしかに！」医師は言った。「彼はどこです？ 案内してください。帰りにまた寄りますので、ミセス・メイリー。あの小さな窓から入ったのですか、え？ 信じられませんな」ずっとしゃべりながら、医師はジャイルズ氏について階段を上がった。

その間に読者に伝えておきたい。近所に住むこのロスバーン医師は、そこから十マイルの範囲内で〝医者〟と言えばこの人として知られ、豊かな生活からというより豊かなユーモアによって丸々と太り、これほど風変わりなひとり身の老人は、その五倍の広さの土地をどんな探検家が探っても見つけられないという人物である。

医師は本人のみならず女性たちが考えていたよりはるかに長い時間、二階にいた。馬車から大きい平らな箱が運び出され、寝室の呼び鈴がたびたび鳴って、使用人たちが階段を絶えず駆け上がったり、おりたりした。そこからも、二階で何か重要なことがおこなわれているのがうかがい知れた。ようやく医師が戻ってきて、患者の容態を尋ねられると、非常に謎めいた顔になり、ドアを注意深く閉めた。

「きわめて異例の事態です、ミセス・メイリー」医師は言った。ドアを開けさせまいとするかのように、背中をつけて立っていた。

「危険な状態でなければいいのですが」老婦人は言った。

「これまでの状況を考えれば、そうなったとしても不思議ではありません」医師は答えた。「ですが、危篤《きとく》ではないと思います。あの盗人《ぬすっと》をもう見られましたか」

「いいえ」老婦人は答えた。

「彼について何か耳にされたとか」

「いいえ」

「失礼ながら、奥様」ジャイルズ氏が口を挟んだ。「ロスバーン先生が入ってこられたとき、ちょうど彼のことを説明しようとしていたのです」

実際には、当初ジャイルズ氏は、自分の撃った相手がただの少年ひとりだったことを素直に認めたくなかった。すでに勇敢さを褒めちぎられていたので、不屈の勇気の持ち主という評価が頂点に達したその甘美な数分間、とても真実を説明する気になれなかったのだ。

「ローズは彼に会いたがっていましたが」メイリー夫人は言った。「わたしはそんなことは聞きたくもありませんでした」

「ふーむ！」医師は言った。「見たところ、さほど危険があるとは思えません。私も立ち会いますが、どうしても会いたくないということでしょうか」

「もし必要なら」老婦人は答えた。「そこまで拒否はいたしません」

「では、必要だと思います。とにかく、あとまわしにすれば深く後悔されることはまちがいありません。彼はいま完全に静かに休んでいます。お許しください——ミス・ローズ、許可していただけますか。ちっとも怖いことなどありません。私の名誉にかけて誓います」

犯罪者の様子を見たら驚くでしょうが、それは愉快な驚きです、と弁舌爽《さわ》やかに何度も請け合って、医師は若い令嬢の腕を取り、空いている手をメイリー夫人に差し出して、仰々しく厳《おごそ》かな態度で二階へと導いた。

「さあ」彼は寝室のドアの取っ手をそっとまわしながら囁《ささや》いた。「彼をどう思うか聞かせてもらいましょう。ひげは剃《そ》っていませんが、それでもまったく荒くれ者には見えません。ですが、ちょっとお待ちを。面会できるかどうか、まず私が確かめます」

医師はふたりのまえに立って部屋のなかをのぞき、どうぞと手を振った。女性たちが入るとドアを閉め、静かにベッドのカーテンを引き開けた。そこにいたのは、想像していた厳《いか》つくて禍々《まがまが》しい形相の悪漢ではなく、苦痛と疲労に苛《さいな》まれて深い眠りに落ちたただの子供だった。怪我《けが》をした腕は副《そ》え木を当てられ、包帯を巻かれて胸の上にあり、もう一方の腕は傾いた頭の下に敷かれて、枕《まくら》に広がる長い髪で半分隠れていた。

実直な紳士はカーテンの端を握ったまま、一分かそこら黙って患者に眼を凝らしていた。その間に、若い令嬢は静かに進み出て、ベッド脇《わき》の椅子に腰かけ、オリヴァーの髪を顔から払ってやった。屈《かが》んで見おろす彼女の眼から涙が少年の額にはらはらと落ちた。

少年は身じろぎして、眠りながら微笑んだ。まるで令嬢の憐《あわ》れみと同情の印が、彼の知らない愛情と慈しみの心地よい夢を呼び覚ましたかのように。やさしく流れる音楽、静かな水面《みなも》に立つさざ波、花の香り、あるいは、ふと発せられたなじみのことばですら、この世に存在したことのない場面を突然うっすらと思い出させることがある。それは微風のように消えてしまうものであり、はるか昔にすぎ去った、幸せだった日々の短い記憶が甦《よみがえ》らせるものだ。人の意志の力では思い出すことができない。

「いったいどういうことです！」歳上の女性が叫んだ。「こんないたいけな子が強盗の見習いだったはずがありません」

「悪徳は数多くの寺院にも宿ります」医師はため息をついて、カーテンを持っていた手を離した。「外の市場にその祭壇が設けられないとどうして言えるでしょう」

「でも、こんなに幼いのに」ローズが言い返した。

「お嬢さん」医師は悲しそうに首を振りながら言った。「犯罪は死と同じく、老人ややつれた人間にかぎったものではありません。きわめて幼く美しい者たちがその犠牲者に選ばれることも、ままあるのです」

「でも信じられます？　ああ、本当に、こんなに弱々しい男の子が、自分の意志で社会の最悪のはぐれ者の仲間になったなんて」ローズは心配そうに言った。

医師は、そういうことも充分ありうるのだと言いたげに首を振り、患者を起こしてはいけないからと、ふたりの女性を隣の部屋に連れていった。

「かりにあの子が悪い心を持っていたとしても」ローズは続けた。「どれほど若いか考えてみてください。母親の愛も、ことによるとわが家の安らぎも知らずに、ひどい扱いをされたり、殴られたり、それとも食べるパンがなかったりして、悪の道に引きこむ人たちと交わるしかなかったのかもしれません。おばさま、愛《いと》しいおばさま、お願いです、この病気の子を牢獄《ろうごく》に引きずっていく人たちに渡すまえに、どうかそのことを考えてください。牢獄に入ったら、いずれにしろ更生の機会は完全になくなるにちがいありません。ああ！　おばさまはわたしを愛してくださっています。おばさまの善意と愛情のおかげで、わたしは両親がいない寂しさを感じたことがありません。でも、わたしだって、こんなふうになっていたかもしれない。このかわいそうな子と同じくらいどうしようもなく、誰からも守られない境遇になっていたかもしれない。どうか手遅れになるまえに、この子に同情をかけてやってください」

「愛しいあなた！」老婦人は、泣きだした娘を胸に抱いて言った。「わたしがこの子の髪の毛一本、傷つけると思いますか」

「いいえ！」ローズは熱心に答えた。「おばさまにかぎって、それはありません！」

「そうね」老婦人は唇を震わせて言った。「わたしの人生は天の人々に近づいています。わたしがまわりに示すのと同じ思いやりが、この身にも示されますように。この子を助けるにはどうすればよろしいのですか、先生」

「そうですな」医師は言った。「どうしたものか」

ロスバーン氏は両手をポケットに突っこんで、部屋のなかを何度か往復し、たびたび立ち止まっては爪先《つまさき》に体重をかけ、怖《おそ》ろしいしかめ面《つら》をした。「わかった」とか、「いや、わからん」とか、さまざまな叫び声をあげ、また歩き、顔をしかめることを同じくらいくり返したあと、ようやくぴたりと止まって、次のように言った。

「ジャイルズとあの小さな男、ブリトルズを好きなだけ責め立てていいという許可をいただけるなら、なんとかやれると思います。ジャイルズが忠実な老執事であることはわかっておりますが、責め立てたことの埋め合わせはあとでいくらでもできますし、見事な射撃をしたことの報酬もあなたから与えてやれます。異論はありませんね？」

「もしほかにこの子を助ける方法がないのであれば」メイリー夫人は答えた。

「ありません」医師は言った。「保証します。ほかに方法はありません」

「では、おばさまはあなたに全権を預けます」ローズが涙ながらに微笑んで言った。

「ですが、どうかあの気の毒な人たちにつらく当たるのは、本当に必要な分だけにしてくださいね」

「どうやら、いまやあなたを除いて誰も彼もが冷たい心の持ち主だと思っておられるようですね」医師は反論した。「若い男たちに代わって言えば、あなたの愛情を求める最初の花婿《はなむこ》候補の青年が、今回と同じように、その傷つきやすくやさしい心で接してもらえることを望みますよ。私自身がその青年になって、あなたの慈悲心に訴える絶好の機会を利用したいくらいだ」

「先生はあの気の毒なブリトルズと同じくらい、大きな子供ですのね」ローズは赤面して言い返した。

「そうかな」医師は大声で笑い、「絶好の機会を利用するのは、さほどむずかしいことではない。それはともかく、少年に話を戻すと、ひとつ重要な点がまだ同意できていません。おそらく彼はあと一時間ほどで目覚めるでしょう。階下にいる頭の鈍い巡査には、命の危険があるからあの子は動かすことも尋問することもできないと言ってありますが、会話をしても危険はないと思います。さて、私はこう取り決めたい。あなたがたの立ち会いのもとで彼を診察して、本人の語る内容から正真正銘の悪人であることがわかり（それは充分ありうることです）、おふたりも冷静な理性に照らしてそうだと納得された場合には、私としては、ほかにいかなる事情があっても彼をこれ以上治療せず、運命の手にゆだねます」

「ああ、そんな、おばさま！」ローズは懇願した。

「そうさせていただきます、ミセス・メイリー！」医師は言った。「それでよろしいですね？」

「あの子が完全に悪に染まっているわけがありません」ローズは言った。「ありえません！」

「たいへんけっこう」医師は応じた。「それならなおさら私の提案を受け入れやすいはずだ」

ついに取引が成立し、当事者三人は坐って、オリヴァーが目覚めるのを辛抱強く待った。

ふたりの女性の忍耐力は、ロスバーン氏の見積もりより長く試されることになった。一時間、そしてまた一時間がすぎても、オリヴァーは深く眠ったままだった。充分目覚めて話せる状態になったと親切な医師がようやく伝えたのは、日が暮れたあとだった。少年の容態は悪く、失血でそうとう弱っている。本当なら翌朝まで安静にさせておくところだが、何か打ち明けたいことがあるらしく、それが気になってしかたがない様子なので、むしろ話す機会を与えてやるほうがいいでしょう、と医師は言った。

話し合いは長かった。オリヴァーが自分の単純な経歴をすべて語り、苦痛と衰弱のためにたびたび話を中断しなければならなかったからだ。薄暗い部屋で病気の子の弱々しい声が、残酷な男たちのもたらした悪事と災難をうんざりするほど述べ立てるのを聞いて、みな厳粛な気持ちになった。ああ！　同胞を虐《しいた》げ痛めつけると、人間の罪の暗い痕《こん》跡《せき》が重苦しい黒雲のようにゆっくりと、しかし確実に天に昇っていき、やがて報復の雨となって自分たちの頭に降り注ぐことを一度でも考えてみれば――また、いかなる力や高慢さをもってしても抑えて黙らせることのできない死者の深い啓示の声に、心のなかで一瞬でも耳を傾ければ、日々の生活での危害や不正、苦しみ、みじめさ、残虐性《ざんぎゃくせい》、不当な行為はいずこともなく消え去るだろうに！

その夜、オリヴァーの枕は女性たちの手で整えられ、眠る少年を美しく気高い姿が見守った。オリヴァーは心の安らぎと幸せを感じ、このまま死んでもかまわないと思った。

重大な面会が終わり、オリヴァーが落ち着いてまた休みはじめると、医師はすぐさま眼元をぬぐい、急に眼が弱ってしまって、といつもの言いわけをつぶやいて、ジャイルズ氏への戦端を開くべく階下におりた。客間には誰もいなかったが、むしろ台所で話を切り出すほうが効果があがるかもしれないと思いつき、台所に入った。

するとそこで家内議院の臨時会議が招集されていた。使用人の女たち、ブリトルズ氏、ジャイルズ氏、鋳掛屋《いかけや》（それまでの貢献により、この日一日特別に招待されていた）、そして巡査という面々だった。巡査は大きな警棒、大きな頭、大きな顔を持ち、大きなハーフブーツをはいて、見た目にふさわしい量のエールを飲んでいるがごとく――実際に飲んでいた――であった。

前夜の冒険がまだ話し合われていた。医師が台所に入ったときには、ジャイルズ氏が己の冷静沈着さについて滔々《とうとう》と述べていて、ブリトルズはエールのジョッキを手に、上役がしゃべるまえからすべてに同調していた。

「坐ったままで」医師は手を振って言った。

「ありがとうございます、先生」ジャイルズ氏が言った。「奥様がエールをふるまってくださるということで、私ひとり自分の小さな部屋にこもって飲むよりも、みんなでと思いまして、こうしてやっております」

ブリトルズが低い声で何かつぶやき、それで紳士淑女全員がジャイルズ氏の寛大な配慮に対して感謝の意を表したと解釈された。ジャイルズ氏は、おまえたちが行儀よくふるまうかぎり見捨てないぞというように、目下の者たちを温かく見渡した。

「患者の具合はいまどうですか」ジャイルズ氏は訊《き》いた。

「まずまずだ」医師は答えた。「どうやらきみは厄介な立場になったようだぞ、ミスター・ジャイルズ」

「まさか」ジャイルズ氏は震えながら言った。「あれが死ぬとはおっしゃらないでしょうね。考えるだけで、この先二度と幸せな気分にはなれません。殺すつもりなどなかったのです。ここにいるブリトルズでさえ、殺す気はありませんでした。国じゅうの銀器を全部やると言われたって、そんなことはしません」

「そういう問題ではない」医師は謎めかして言った。「ミスター・ジャイルズ、きみはプロテスタントかな？」

「はい、そうです。そうありたいと」ジャイルズ氏はいまや真っ青になって、ことばに詰まった。

「きみはどうだ？」医師はいきなりブリトルズのほうを見て言った。

「おお、神様！」ブリトルズはぎょっとして答えた。「ミスター・ジャイルズと同じでございます」

「では教えてくれ」医師は荒々しい口調で言った。「ふたりとも――ふたりともだ――いま二階にいる少年が、昨晩小さな窓から入った当人にまちがいないと誓えるかね？さあ、どうだ。聞かせてもらおう」

地上でもっとも温和なひとりとあまねく認められていた医師が、あまりに怖ろしい声でそう訊いたものだから、エールと興奮でまともに頭が働かなくなっていたジャイルズとブリトルズは、呆《ほう》けたように互いに見つめ合った。

「これから聞く答えにしっかり注意を払ってくれたまえ、巡査」医師は重々しい態度で人差し指を振り、同じ指で自分の鼻をとんとんと叩《たた》いて、立派な相手に最高の集中を求めた。「まもなく重大な事実が出てくるかもしれない」

巡査はできるだけ賢そうな顔で、煙突の隅に用もなく立てかけてあった警棒を手にした。

「そうですね」巡査は激しく咳《せ》きこみながら答えた。エールを一気に飲み干したせいで、いくらか気管に入ってしまったのだ。

「押しこみ強盗に入られた家がある」医師は言った。「そしてふたりの男が、火薬の煙のなか、しかもてんやわんやの騒ぎと暗闇《くらやみ》のなかで一瞬、ひとりの少年を見る。翌朝、同じ家にひとりの少年が現れ、その子がたまたま腕に布を巻いていたことから、男たちは乱暴に引っ捕らえて——その過程で少年の命を危うくし——こいつが泥棒ですと決めつける。さて、問題は、この男たちの主張に正当な事実の裏づけがあるかどうか、もしないとすれば、彼らはどういう立場に置かれるかだ」

巡査は深々とうなずき、これが法律というものでなかったら何がそうなのかぜひ教えてもらいたいと言った。

「もう一度訊く」医師は声を轟《とどろ》かせた。「きみたちはあの少年にまちがいないと厳粛に誓うことができるかね？」

ブリトルズは自信なさげにジャイルズ氏を見、ジャイルズ氏も自信なさげにブリトルズを見た。巡査は答えをはっきり聞こうと耳のうしろに手を当てた。女たちふたりと鋳掛屋も聞くために身を乗り出した。医師は鋭い眼で彼らを見渡したが、そのとき門の呼び鈴が鳴り、同時に車輪の音がした。

「巡察隊《ランナーズ》だ！」ブリトルズが見るからに助かったという雰囲気で叫んだ。

「なんだって！」医師も驚いて言った。

「ボウ・ストリート警察のお巡《まわ》りさんたちです」ブリトルズは燭台《しょくだい》を取りながら答えた。

「おいらとミスター・ジャイルズが今朝呼んだ」

「なんだと！」医師は叫んだ。

「ええ」ブリトルズは言った。「駅馬車の御者に伝言してもらったんです。いつ来てくれるのかと思ってたんですが」

「きみらが呼んだのか。ならいまさら何を言っておる。駅馬車がのろい、それだけのことじゃないか」医師は言って歩き去った。

30

危機一髪

「どなたです？」ブリトルズが、鎖をかけたままドアを少しだけ開けて外をうかがい、手で蠟燭《ろうそく》の火を覆《おお》いながら訊《き》いた。

「ドアを開けろ」外の男が答えた。「ボウ・ストリート警察から今日派遣された警官だ」

そうとわかってブリトルズは大いに安心し、ドアをめいっぱい開いた。そこにいたのは大きな外套《がいとう》を着た恰幅《かっぷく》のいい男で、それ以上何も言わずになかに入り、この家の住人であるかのようにマットで靴の泥を落とした。

「外に同僚がいるんだが、迎えにいってもらえるかな、お若いの？」警官は言った。「いま馬車で馬の世話をしている。ここに五分か十分、馬車を入れておける車庫はあるか？」

ブリトルズがありますと答えて建物を指差すと、男は庭の門まで戻って、同僚が馬車をしまうのを手伝った。その間、ブリトルズは感心しきりの体で警官たちを照らしていた。終わると彼らは家に引き返して客間に案内され、外套と帽子を脱ぎ、本来の姿を現した。ドアを叩《たた》いた男は中背のがっしりした体型で、五十がらみ。つやつやした黒髪を短く刈りつめ、短めの頰ひげを生やした丸顔に、鋭い眼をしていた。もうひとりは赤毛の痩《や》せた男で、トップブーツをはき、やや不細工な顔で上を向いた鼻が意地悪そうに見えた。

「こちらの家主に、ブラザーズとダフが来たと伝えていただきたい」がっしりしたほうが髪を整え、手錠をテーブルに置きながら言った。「ああ！　こんばんは、ご主人。よろしければ、ふたりきりで少々話ができますか」

彼が話しかけた相手は、ちょうどそこに現れたロスバーン氏だった。医師は手を振ってブリトルズを下がらせ、ふたりの女性を呼び入れて、ドアを閉めた。

「こちらがこの家のご主人です」ロスバーン氏はメイリー夫人を紹介した。

ブラザーズ氏はお辞儀をして、椅子《いす》を勧められると、帽子を床に置いて腰をおろし、ダフにも同じようにしろと合図した。上流社会にあまり縁がないか、もしくはそこでくつろぐことが苦手そうなダフ氏は、手足をもぞもぞと動かしたあと、困ったような顔をして警棒の柄を口に突っこんだ。

「さて、ここで起きた強盗事件について」ブラザーズは言った。「状況をうかがいましょうか」

ロスバーン氏が、時間を稼ぎたいと思ったのか、長々とまわりくどく説明した。ブラザーズとダフの両氏はいかにも心得顔で聞きながら、ときどき顔を見合わせてうなずいていた。

「現場を見るまで確実なことは言えません、当然ながら」ブラザーズが言った。「しかし、現段階で私見を申し上げれば——ここまでは言ってよかろうと思います——御国者《おくにもの》の仕業ではありません——どうだね、ダフ？」

「まちがいありません」ダフは答えた。

「ご婦人がたのために〝御国者〟を翻訳すれば、要するに、田舎の人間が押し入ろうとしたのではないということですな？」ロスバーン氏は微笑《ほほえ》んで言った。

「さようです、ご主人」ブラザーズは言った。「われわれは強盗の話だけをしている。ちがいますか？」

「ちがいません」医師は答えた。

「では、使用人が話していた少年というのは、なんなのです」

「なんでもありません」医師は答えた。「怯《おび》えたひとりの使用人が、その子がこの強盗未遂事件に関係したと勝手に思いこんだのですが、ナンセンスです。これほど馬鹿《ばか》げた話はありません」

「それなら話は単純そのものなんだが」ダフが言った。

「彼の言うとおりです」ブラザーズがもっともだというふうにうなずき、カスタネットでも扱うように無造作に手錠をいじりながら言った。「その少年というのは何者ですか。本人はどう説明しているのです。どこから来たのですか。雲の上から落ちてきたわけじゃないでしょう? どうです、ご主人」

「もちろんちがいます」医師はふたりの女性を不安そうにちらっと見て答えた。「すべてわかっています。いますぐお話しできますが、まず泥棒たちが忍びこもうとした場所をご覧になりたいのではありませんか?」

「たしかに」ブラザーズ氏は同意した。「まず現場を調べたほうがいい。そのあと使用人に質問しよう。それが捜査の基本です」

明かりが用意され、ブラザーズ氏とダフ氏は、地元の巡査、ブリトルズ、ジャイルズ、残りのみなに付き添われて廊下の突き当たりの小部屋に入り、問題の窓から外を見た。そして外の芝生にまわり、窓から家のなかを見たあと、燭台《しょくだい》を受け取って鎧戸《よろいど》を検《あらた》め、さらにランタンで足跡を追い、熊手《くまで》を借りて藪《やぶ》をつついた。ほかの者たちが興味津々《しんしん》で見守るなかでそれを終えると、ふたりの警官はまた家に入り、前夜の冒険の芝居がかった説明をひととおり聞いた。それは使用人たちがもう六回はくり返している説明で、重要な点で食いちがうところが最初はせいぜい一箇所だったのが、六回目には十箇所以上になっていた。そこまで終わると、ブラザーズとダフは家の者たちを部屋から追い払い、長いあいだふたりで相談した。それに比べれば、最高に複雑な医学上の問題について名医がおこなう話し合いも、秘密性と厳粛さにおいて児戯に等しいくらいだった。

その間、医師は隣の部屋のなかを不安でしかたがない様子で往《い》ったり来《き》たりし、メイリー夫人とローズが心配そうに見ていた。

「誓って言いますが」医師はくるくると何度もすばやく方向を変えたあとで、ぴたりと立ち止まって打ち明けた。「どうすべきかわかりません」

「でもきっと」ローズが言った。「あの気の毒な子の話を聞いたとおり、あのかたたちに伝えれば、見逃していただけるはずです」

「それはないでしょうね、愛《いと》しいお嬢さん」医師は首を振りながら言った。「見逃すということはないと思う、あの警官たちにしても、もっと上の法律機関にしても。彼らに言わせれば、つまるところ、あの子は脱走者だ。世間の常識と習わしから考えれば、あの子の話は非常に疑わしい」

「ですが、先生は信じているのでしょう？」ローズはすかさず割りこんだ。

「私は信じています。不思議なことだし、老いぼれのとんだ勘ちがいかもしれないが」医師は言った。「ともかく、経験豊富な警官にあの話をそのまま伝えるのはまずいでしょう」

「なぜです？」ローズは詰め寄った。

「なぜなら、わが美しい反対尋問者」医師は答えた。「彼らの眼には、話のいかがわしいところが映りすぎるからです。あの子は印象の悪い部分だけ証明できて、いいところについてはまったく証明できない。忌々《いまいま》しいことに警察は、なぜ、なんのためにということばかり考えて、物事をありのままに受け止めない。おわかりのように、あの子は過去のある期間、泥棒の仲間だった。紳士のポケットからものを盗んだというので警察に連行されたこともある。そしてその紳士の家から、無理やりどこかに連れていかれたが、その場所は説明できないし、ここと指差すこともできず、どんな状況だったのか、本人にはまったくわかっていない。そして彼のことがひどく気に入っている男たちに、チャーツィまで有無を言わせず引っ張ってこられ、盗みのために窓から家に入れられ、家の人たちに危険を知らせようとした矢先に――まさにそうしていれば、情状酌量の余地が充分あったのですが――うっかり者の雑種犬のような執事が飛びこんできて、彼を撃った。少年が自力で正しいことをしようとするのをわざと阻むかのように。こういうことになっているのが、わかりませんか？」

「わかります、もちろん」ローズは医師の口調の激しさに微笑んで言った。「それでも、そこにあの子が犯罪者になる理由はひとつも見当たりません」

「さよう」医師は答えた。「もちろんです！　女性の眼力に祝福あれ！　善きにつけ悪《あ》しきにつけ、ご婦人がたはあらゆる問題の片面しか見ない。しかもそれは例外なく、第一印象に影響された面だ」

経験で得たこの知識をひけらかすと、医師は両手をポケットに突っこみ、いっそうせわしなく部屋のなかを歩きまわった。

「考えれば考えるほど」彼は言った。「あの子の本当の話を警察に伝えると、厄介事と困難が果てしなく続く気がしてきた。信じてもらえないのはまちがいない。たとえ最終的に彼らが少年をどうこうできないにしても、事を長引かせ、生じる疑問を何もかも表《おもて》沙汰《ざた》にすれば、彼をみじめな境遇から救おうというあなたがたの慈悲深い計画は、根本から危うくならざるをえません」

「ああ！　どうすればいいんでしょう」ローズは叫んだ。「本当に！　どうしてあの人たちを呼んでしまったんでしょう」

「まったくそうね」メイリー夫人も嘆いた。「わたしなら何があっても警察なんて呼びませんけど！」

「はっきりしているのは」ロスバーン氏は土壇場《どたんば》でむしろ落ち着いたのか、坐《すわ》ってようやく言った。「しらを切り通すしかないということです。ほかに道はない！　目的は正しいのですから、それが言いわけになる。あらゆる徴候から、あの子は熱を発していて、とてもこれ以上話ができる状態ではありません。それはひとつの安心材料ですから、せいぜい利用しないと。そのうえで悪い結果になるのなら、もはやわれわれにはどうしようもありません。なかへどうぞ」

「これは、ご主人」ブラザーズが同僚をともなって部屋に入りながら言い、あとは無言でドアをきっちりと閉めた。「仕組まれた犯行ではありませんな」

「仕組まれるとはいったいどういうことです！」医師が苛立《いらだ》って訊いた。

「強盗を仕組んだという見方ができるのです、ご婦人がた」ブラザーズは女性たちのほうを向いて、あたかも無知を憐《あわ》れむように、しかし医師に対してはその無知を蔑《さげす》むように言った。「使用人が家のなかにいた場合には」

「この事件では、誰もあの者たちを疑っていませんでした」メイリー夫人が言った。

「でしょうな、奥様」ブラザーズは言った。「ですが、それにもかかわらず、彼らが加担している可能性はあります」

「だからこそ、なおさら怪しい」ダフが言った。

「街の人間の仕業でした」ブラザーズが報告を続けた。「手口が一級です」

「まさしく」ダフが小声で言い添えた。

「犯人はふたり」ブラザーズは続けた。「そして少年をひとり連れてきた。窓の大きさを見れば明らかです。いま言えるのはそこまでだ。よろしければ、これから二階にいる少年に会わせてもらえますか」

「おふたりに何か飲み物をお出ししてはどうでしょうね、ミセス・メイリー」医師は新しいことを思いついたかのように顔を輝かせて言った。

「まあ、そうでした！」ローズが熱心に応じた。「いますぐお出しします、よろしければ」

「おお、ありがとうございます、お嬢さん！」ブラザーズが上着の袖《そで》で口をふいて言った。「この手の仕事は味気ないものでして。お手近にあるものでけっこうです。どうぞ面倒なことはなさらないで」

「何がよろしいですか」医師が令嬢のあとからサイドボードに近づいて訊いた。

「酒を少々いただけますか、ご主人、お手間でなければ」ブラザーズは答えた。「ロンドンからの馬車で体が冷えました、奥様。酒をやるといつも心が温まります」

この興味深いことばはメイリー夫人に向けられ、夫人はじつに愛想よく応じた。彼女が話しかけられているあいだに、医師はこっそり部屋から抜け出した。

「ああ！」ブラザーズ氏は左手の親指と人差し指で、ワイングラスの脚ではなく底をつかみ、胸のまえに持ってきて言った。「私は職務上、こういう強盗を何度となく見てきました、ご婦人がた」

「エドモントンの裏通りの例の押しこみ強盗とかな、ブラザーズ」同僚が思い出すのをダフ氏が助けた。

「あれはたしかに、こういうやつだったな」ブラザーズ氏は言った。「やったのはコンキー・チックウィードだった」

「あんたはいつも、やつだと言うが」ダフ氏は反論した。「犯人はファミリー・ペットだよ。言ったろう。コンキーはおれと同じくらい、あの件にはかかわっていない」

「くだらん！」ブラザーズ氏は言い返した。「私が正しいに決まっとる。だが、コンキーが自分の金を奪われたときのことを憶《おぼ》えているかね？　あれには心底驚いた！　これまでに読んだどんな小説よりよくできていたよ」

「どんなことですの？」ローズが訊いた。ありがたくない訪問者の機嫌が少しでもよくなる気配があれば、せっせとあおりたい気分だった。

「ある窃盗です、お嬢さん。きつく叱《しか》るわけにもいかないようなね」ブラザーズは言った。「このコンキー・チックウィードというのが——」

「コンキーというのは、鼻《ノージー》が大きいという意味です、奥様」ダフが通訳した。

「そんなことはこのかたもわかってるさ、でしょう？」ブラザーズは言った。「おまえはいつも話の腰を折る、相棒。で、このコンキー・チックウィードというのがですな、お嬢さん、バトルブリッジの向こうで居酒屋を経営してたんだが、そこに地下室があって、若い貴族が大勢集まっては、闘鶏やらアナグマいじめ（訳注　樽や箱に入ったアナグマに犬をけしかけて外に引き出す遊び）やらをしていた。なかなか賢く経営していたのです。私もしょっちゅうこの眼で見たからわかる。コンキーはそのころ、まだ泥棒の一味じゃなかった。で、その彼がある夜、厚手の布袋に入った三百二十七ギニーを盗まれました、真夜中に、寝室から。犯人は黒い眼帯をつけた背の高い男で、ベッドの下に隠れていた。そして金を盗んだあと、窓からぱっと外に飛び出した。二階でしたからな。

犯人は非常にすばやかった。だが、コンキーもすばやくて、物音で目覚めるとベッドから飛び出し、犯人のあとからラッパ銃をぶっ放して、近所の人たちを起こした。たちまち大騒ぎになりましてな。彼らが様子を見にいくと、コンキーの弾は泥棒に当たったようでした。血の痕《あと》がかなり離れた柵《さく》のところまで点々とついていたのです。血痕《けっこん》はそこで消えていましたが、とにかく犯人が現金を奪って逃げたものだから、結局、認可酒類販売業者のチックウィード氏の名前が、ほかの破産者といっしょに官報《ガゼット》に載った。気の毒な男のために、義捐金《ぎえんきん》だとか、寄付金だとか、まあいろいろなものが集まったのですが、本人は金を盗《と》られたことですっかり落ちこんでしまい、三、四日は通りを歩きまわって、あまりにも絶望した様子で髪をかきむしるので、多くの人は彼が自殺してしまうのではないかと怖《おそ》れました。

ある日、そのコンキーがあわてて警察にやってきて、治安判事とふたりきりで面会しました。判事は長々と話したあとで、呼び鈴を鳴らしてジェム・スパイアーズを呼び入れ（ジェムは腕利《き》きの警官です）、ミスター・チックウィードといっしょに行って、彼の家で盗みを働いた男の逮捕を手伝うようにと命じました。〝見たんですよ、スパイアーズ〟とチックウィードは言いました。〝昨日の朝、あいつがうちの家のまえを通りすぎるのを〟。〝どうして飛びついて捕まえなかったんです！〟とスパイアーズは訊きました。〝あんまり驚いたもんだから、爪楊枝《つまようじ》でも頭に穴があくくらいふにゃふにゃになっちまって〟と哀れな男は答えました。〝けど、ぜったい捕まえられる。夜の十時から十一時のあいだに、もう一度通りすぎたから〟。それを聞いたスパイアーズは、何泊か泊まりになる場合に備えて、すぐさまきれいなシャツや櫛《くし》をポケットに入れると、コンキーの居酒屋に出向いて、窓の小さな赤いカーテンのうしろに腰を落ち着けたのです。いつでも外に飛び出せるように、帽子はかぶったままで。そこで夜遅くに煙管《きせる》をくゆらせていると、突然チックウィードが叫ぶ――〝あれだ！　泥棒を捕まえろ！　人殺し！〟。ジェム・スパイアーズが駆け出して見ると、チックウィードが大声で叫びながら通りを走っていく。スパイアーズも追いかける。チックウィードは走りつづける。人々が振り返る。みんなが〝泥棒！〟と叫び、チックウィードも狂ったようにずっと叫んでいる。一瞬、角を曲がった彼をスパイアーズが見失い――大急ぎで自分も曲がって――小さな人だかりが見え――飛びこむ。〝男はどこだ？〟――〝くそ！〟とチックウィード。〝また取り逃がした！〟

信じがたいことながら、犯人の姿がどこにも見当たらなかったので、彼らは居酒屋に引き返し、翌朝、スパイアーズはまたカーテンのうしろの見張り場所について、背が高く黒い眼帯の男が現れるのを、眼が痛くなるまでひたすら待ちました。ついに我慢できなくなり、眼を閉じて休まずにはいられなくなったそのとき、チックウィードが走っていて、〝あれだ！〟と叫ぶ。ふたたび外に出ると、通りの半分先をチックウィードが走っていて、前日の二倍ほど追いかけたにもかかわらず、また犯人が消える！　これが何度かくり返されて、ついに隣人たちの半数が、チックウィード氏は悪魔に金を盗まれたうえ、そのあともからかわれているのだと言いはじめた。残りの半数は、チックウィード氏は嘆きすぎて頭がおかしくなったという意見でした」

「ジェム・スパイアーズはなんと？」ブラザーズ氏の話が始まってすぐに部屋に戻っていた医師が訊いた。

「ジェム・スパイアーズは」警官は続けた。「長いこと何も言わずに、素知らぬ顔で聞き耳を立てていました。自分の仕事がわかっているということですな。そしてある朝、居酒屋に入って嗅《か》ぎ煙草《たばこ》入れを取り出し、〝チックウィード、ここの金を盗んでいった犯人がわかったよ〟と言いました。〝本当ですか〟とチックウィード。〝ああ、ありがたい、スパイアーズ、どうかやつに仕返しをさせてほしい。それだけでおれは満足して死ねる！　ああ、親愛なるスパイアーズ、悪者はどこです？〟――〝ほら！〟とスパイアーズは嗅ぎ煙草をひとつまみ差し出して、〝戯言《たわごと》もそれまでだ！　あんたが自分でやったんだよ〟。実際にそうでした。しかもチックウィードは、それで大金をせしめたのです。あれほど無理して偽装しなければ、誰にもわからなかったでしょうにね！」ブラザーズ氏は言って、ワイングラスを置き、手錠を鳴らした。

「じつに興味深い話だ、本当に」医師は言った。「さて、よろしければ二階に上がりますか」

「先生さえよろしければ」とブラザーズ氏は返した。ふたりの警官は、燭台を持ったジャイルズ氏に案内され、ロスバーン氏のすぐあとについてオリヴァーの寝室に入った。

オリヴァーはうとうとしていたが、具合が悪そうで、それまでのどんなときより熱っぽく見えた。医師に助けられて一分ほどどうにかベッドで体を起こし、知らない男たちを見つめた。何が起きているのかわからないのはもちろん、自分がどこにいるのかも、何があったのかも思い出せないようだった。

「これが」ロスバーン氏が静かに、しかしきわめて真剣な口調で行った。「これがその少年です。この裏の誰かの所有地に子供らしいいたずらでもぐりこみ、たまたま罠《わな》の仕掛け銃で怪我《けが》をして、今朝、助けを求めてこの家の玄関に来たのですが、そこで燭台を持っている目端の利く紳士にすぐさま捕らえられ、手ひどく扱われて、危うく命を失いかけた。そこは私が医師として請け合います」

注意を向けるようながされたブラザーズ氏とダフ氏は、ジャイルズ氏を見た。ばつが悪くなった執事は、彼らからオリヴァーに、さらにオリヴァーからロスバーン氏に、恐怖と当惑がきわめて滑稽《こっけい》に入り混じった視線を移した。

「否定するつもりはなかろうね？」医師はオリヴァーをまたそっと寝かせて言った。

「それはその――すべてよかれと思ってしたことです」ジャイルズは答えた。「あの少年だと思ったのです。まちがいなく。でなければ余計な手出しなどいたしません。私は人でなしではありませんので」

「あの少年とは？」歳上《としうえ》の警官が訊いた。

「押しこみ強盗の少年です！」ジャイルズは答えた。「連中は――連中のなかには、たしかに少年がいました」

「いまもそう思っているかね？」ブラザーズ氏が訊いた。

「とおっしゃいますと？」ジャイルズは質問者をぽかんと見て言った。

「同じ少年だと思うのかということだ。物わかりの悪いやつめ」ブラザーズ氏は苛立って答えた。

「わかりません。本当にわからないのです」ジャイルズは悲しそうな顔で言った。「断言はできません」

「だからどう思う？」

「どう思えばいいのかもわかりませんで」気の毒なジャイルズは答えた。「この少年ではないと思います。いやむしろ、別人と言ってもいいくらいです。おわかりでしょう、同じ少年のはずがありません」

「この男は酔っ払っているのかね？」ブラザーズが医師のほうを向いて訊いた。

「まったく、あんたはどれだけ頭が鈍いんだ！」ダフが軽蔑《けいべつ》をむき出しにしてジャイルズに言った。

この短い会話のあいだ、ロスバーン氏は患者の脈を取っていたが、ベッド脇《わき》の椅子から立ち上がると、警官たちに、この問題についてまだ疑問があるようなら隣の部屋に移ってブリトルズの話も聞きましょうと言った。

その提案にしたがって一同は隣の部屋に移動し、ブリトルズ氏が呼び入れられて、彼本人と立派な召使い頭を、いっそうの矛盾と不可能の驚くべき迷路に放りこんだ。彼自身が途方に暮れているという事実のほかには、何ひとつ明らかにすることができず、いま眼のまえに本物の少年が現れてもわからないだろう、オリヴァーをその少年だと思ったのは、ミスター・ジャイルズがそうだと言ったからである、そのミスター・ジャイルズも五分前に台所で、どうやら早とちりをしてしまったようだと認めたばかりだ、と胸を張って言うのだった。

さまざまな天才的な推論のなかで、ジャイルズ氏が本当に誰かを撃ったのかという疑問が浮かび上がった。そこで、彼が発砲したものとそっくり同じもう一挺の拳銃《けんじゅう》を調べてみたところ、なかに入っていたのは火薬と茶色の紙だけで、それより危険なものは見当たらなかった。この発見には誰もが深い感銘を受けたが、医師だけは例外だった。というのも、十分ほどまえに彼が弾を抜き取ったからだ。しかし、誰よりも感激したのは当のジャイルズ氏で、人を撃って致命傷を与えてしまったのではないかと何時間も悩んでいたので、この新しい見解にここぞとばかりに飛びつき、そうにちがいないとひときわ熱心に主張した。結局ふたりの警官は、オリヴァーのことはあまり気にかけずに、チャーツィの巡査ひとりを家に残し、明日の朝また来ますと約束して町の宿屋に泊まった。

ところが翌朝になると、前夜に何か怪しい嫌疑で男ふたりと少年ひとりが逮捕され、キングストンの留置場に入っているという噂《うわさ》が流れてきて、ブラザーズとダフの両氏はキングストンに向かった。だが、調べてみると、怪しい嫌疑というのは、たんに彼らが干し草のなかで眠っていたところを見つけられたことだけだとわかった。もちろんそれは重罪だが、罰としては収監しかなく、イギリス法の慈悲深い眼差《まなざ》しと、国王の臣民をあまねく愛する態度のもと、ほかにまったく証拠がない以上、眠っていたこの者たちが暴行をともなう不法侵入を犯したと見なす充分な根拠とはならず、死刑に処すわけにはいかなかった――かくしてブラザーズとダフの両氏は、出かけたときと同じく、なんら得るものもなく帰ってきた。

要するに、その後の少々の捜査とさらに長い会話の末、召喚が必要となればオリヴァーを出廷させる共同担保人にメイリー夫人とロスバーン氏がなることを、地元の治安判事があっさりと認めたのだった。ブラザーズとダフは二ギニーの礼金を支払われ、出張事由について異なる意見を持ってロンドンに帰った。すなわち、ダフはあらゆる状況を考慮したうえで、ファミリー・ペットがおこなった強盗だという考えに傾き、一方ブラザーズは、この見事な犯罪はすべて偉大なるコンキー・チックウィード氏の仕業だと同じくらい信じていた。

そうこうするうちに、オリヴァーはメイリー夫人、ローズ、そして心やさしいロスバーン氏の介抱によって少しずつ体力を取り戻していった。もし感謝に満ちあふれた心からの祈りが天に聞こえるものであったなら――それが天に届かなければ、どんな祈りが届くというのだ――みなし児《ご》がこの人たちのためにと願った祝福が、彼らの魂に降ってきて、かぎりない平和と幸福をもたらしただろう。

31

オリヴァーが、親切な友人たちとすごしはじめた幸せな生活

オリヴァーの病気は軽くなく、いくつか重なってもいた。折れた腕の痛みと手当ての遅れに加えて、湿気と寒さにさらされたことによる発熱とおこりが何週間も続き、彼を悲しいくらい弱らせた。だがようやく、ゆっくりと回復しはじめ、ときおり涙を浮かべて、ふたりのやさしいご婦人の親切をどれほどありがたく思っているか、また元気になったら、感謝の印に何かしたいとどれほど切実に願っているかといったことを、多少なりとも話せるようになった。胸にあふれる愛情と恩義を示せる何か、どれほど些細《ささい》なことであれ、慈悲の心でみじめさと死から救い出された哀れな少年が彼女らの温かい思いやりを無下にはしないことを伝え、全身全霊で恩に報いたいと望んでいることを証明できる何かがしたかった。

「かわいそうに！」ある日、オリヴァーが青ざめた唇から弱々しく感謝のことばを囁《ささや》こうとしたとき、ローズが言った。「そうしたければ、あとでいくらでも報いることがで

きますよ。わたしたち、田舎にしばらく出かけるのだけれど、おばさまはあなたも連れていこうと考えてるの。静かなところで、空気もきれいだし、至るところに春の喜びと美しさがあって、あなたも数日いれば元気になるでしょう。手のかかることを頼めるくらい回復したら、あなたを雇う方法は百とおりだってあるわ」

「手のかかること！」オリヴァーは叫んだ。「ああ！　お嬢様、あなたのために働くことができたら──あなたの花に水をやったり、鳥を世話したり、あなたを幸せにするために一日じゅう走りまわったり、そんなことができさえしたら、ぼくはなんでも差し出します！」

「何も差し出す必要はないの」ローズは微笑《ほほえ》んだ。「いま言ったように、あなたを雇う方法は百とおりあるんだから。それに、わたしたちを喜ばせるために、いまするとと約束している手のかかることの半分でもやってくれれば、わたしはとても幸せよ、本当に」

「幸せですって！」オリヴァーは叫んだ。「ああ、なんてやさしい人なんでしょう！」

「ことばでは言い表せないほど、あなたはわたしを幸せにするの」令嬢は答えた。「心のきれいな愛《いと》しいおばさまが、あなたの話してくれたような悲しくてみじめな状況から、誰かを救い出すきっかけを作ったというだけでも、わたしにとっては言いようもない喜びなのですよ。でも、おばさまが善意と同情を向けた相手が心から感謝して、それでわたしたちに親しみを感じてくれれば、あなたがとても想像できないくらいうれしい。言っていることがわかる？」

「ええ、わかります、お嬢様、もちろん！」オリヴァーは熱心に答えた。「でもぼく、感謝の気持ちが足りないと思ってました」

「誰に対して？」令嬢は訊《き》いた。

「まえにすごくぼくの世話をしてくださった親切なおじさんと、やさしい付き添いのおばさんに。ふたりとも、いまぼくが幸せだと知ったら、きっと喜んでくれると思う」

「きっとそうね」オリヴァーの恩人は言った。「じつはロスバーン先生がご親切にも、旅行ができるくらいあなたの具合がよくなったら、そのかたたちのところに連れていこうと言ってくださっているの」

「本当ですか！」オリヴァーは叫び、喜びで顔を輝かせた。「あの人たちのやさしい顔をもう一度見られたら、ぼくはうれしさのあまり何をしてしまうか！」

ほどなくオリヴァーは遠出の疲れに耐えられるほど回復した。ある朝、彼とロスバーン氏はメイリー夫人が所有する小さな馬車に乗って出発した。チャーツィ橋まで来たところで、オリヴァーは真っ青になり、大きな嘆きの声をあげた。

「どうしたのだ、この子は！」医師はいつものように気ぜわしげに問い質《ただ》した。「何か見えるのか――聞こえるのか――感じるのか――え、どうした？」

「あれです」オリヴァーは馬車の窓から指差して叫んだ。「あの家です！」

「うむ、あの家がどうした？　停まってくれ、御者。ここで停まれ」医師は叫んだ。

「あの家がどうした、え？」

「泥棒――ぼくが泥棒に連れていかれた家です」オリヴァーは囁いた。

「なんだと！」医師は叫んだ。「おい、御者、おろしてくれ！」しかし、御者が台からおりるまえに、医師は転がり落ちるように自力で馬車から出て、人気《ひとけ》のないあばら屋に走っていくと、狂ったようにドアを蹴《け》りはじめた。

「おいこら！」背の曲がった醜い小男がふいにドアを開け、医師は最後に足を蹴り出した勢いで廊下に倒れこみそうになった。「いったいなんの用だ」

「用だと？」医師は考える間もなく相手の襟をつかんで叫んだ。「用も何も。強盗があったんだよ」

「そこに殺人も加わるぞ」小男が冷ややかに言った。「あんたがこの手を離さなきゃな。聞いてるか？」

「聞いてるさ」医師は捕まえた相手を激しく揺さぶった。「どこにいる――あの野郎は。あん畜生の名前はなんだっけ――サイクス――そうだ。さあ、サイクスはどこだ、泥棒め！」

小男はたいそう驚き憤《いきどお》ったような顔で医師を見つめた。体をひねって器用に医師の腕から逃れると、どすの利《き》いた声で立てつづけにすさまじい悪態をつき、家のなかに引っこんだが、彼がドアを閉めるまえに、医師はなんの断りもなく居間に入りこみ、懸命にあたりを見まわしていた。しかし、オリヴァーが説明していた家具はもちろん、生きているものであれ、いないものであれ、痕跡《こんせき》はいっさいなく、食器棚の位置さえちがっていた。

「さあ」医師をじっと見すえていた小男が言った。「人様の家にこれほど乱暴に入ってきたのはどういうわけだ？　何か奪っていくつもりか、それともおれを殺すのか？　どっちだ」

「わざわざ二頭立ての四輪馬車でやってきて、そんなことをするやつがいると言うのか、この愚かな老いぼれ吸血鬼め！」短気な医師は言った。

「なら何がしたい」男は鋭い口調で訊いた。「さっさと出てけ。痛い目に遭わすぞ、この野郎！」

「納得したら出ていくさ」ロスバーン氏は言って、もうひとつの居間をのぞいた。そこも初めの部屋と同じように、オリヴァーの話とは似ても似つかなかった。「いつか化けの皮をはいでやるからな、おまえさんの」

「ほう？」背の曲がった醜い男は鼻で嗤《わら》った。「また会いたきゃ、いつでもここにいる。二十五年ここに住んでるが、狂ってもないし、ひとりきりでもない。おまえなんかに脅されるもんか。いつかこの償いをさせてやるからな、かならず」そう言いながら、不恰《ぶかっ》好《こう》な小悪魔はぞっとする叫び声をあげ、憤激して地団駄を踏んだ。

「馬鹿《ばか》なことをしてしまった」医師は胸につぶやいた。「きっとあの子の勘ちがいだ。ほら、これをやるからまた家にこもってろ」医師は言って、男に硬貨を一枚投げてやり、馬車に戻った。

男はものすごい呪詛《じゅそ》のことばを口走りながら馬車の扉のまえまでついてきたが、ロスバーン氏が御者に話しかけているので、馬車のなかをのぞきこみ、オリヴァーをぎろりと睨みつけた。怒りと復讐《ふくしゅう》の念が煮えたぎったその目つきを、オリヴァーはそれから何カ月ものあいだ、寝ても覚めても忘れることができなかった。男は、御者がまた御者台に上がるまで、ぞっとする呪《のろ》いの文句を叫びつづけた。馬車がまた走りだしてからオリヴァーたちが振り返ると、男は怒りにわれを忘れて地面を踏みつけ、髪をかきむしっていた。

「私は愚かだった！」長い沈黙のあとで、医師が言った。「あの男を見たことがあったかね、オリヴァー？」

「いいえ」

「だったら、次から憶《おぼ》えておきなさい」

「愚かだった」医師はさらに数分間黙ったあと、くり返した。「たとえあれが正しい場所で、まさに強盗がいたとしても、たったひとりの私に何ができたというのだ。それに、もし助けがいたところで、結局、自分のこの姿を世間にさらして、事件をもみ消しましたと告白せざるをえなくなっていただろう。だが、それも自業自得《じごうじとく》だ。私は厄介事があると、いつもこうやって衝動的に首を突っこんでしまう。今回のことは、自分にとっていい薬になったかもしれない」

じつは生まれてこのかた、この優秀な医師は衝動でしか行動したことがなかったのだが、どんな厄介事や災難に巻きこまれても、知人からつねに最高の評価と尊敬を捧《ささ》げられてきたところを見ると、その衝動的な性格もあながち悪いとばかりは言えなかった。

オリヴァーの話の裏づけが取れるはずだったまさに最初の機会に何も得られなかったことで、彼は落胆し、一、二分短気を起こしそうになったが、すぐに思い直した。自分の問いかけに対するオリヴァーの答えが以前と変わらず率直で、筋が通っており、どう見ても誠意と真心の感じられる話しぶりだったので、今後も少年の説明を一点の疑いもなく信じつづけようと決意を新たにした。

ブラウンロー氏の家がある通りの名前をオリヴァーが憶えていたことから、まっすぐにそこをめざすことができた。馬車がその通りに入ると、オリヴァーの心臓は激しく打ちすぎて、息も吸えなくなりそうだった。

「さて、坊や、どの家だね？」ロスバーン氏が尋ねた。

「あれ、あれです！」オリヴァーは必死で窓から指差して答えた。「あの白い家です。

ああ！　早く！　どうか急いで！　死にそうです。体がぶるぶる震えちゃって」

「さあさあ」善良な医師は少年の肩を叩《たた》いて言った。「もうすぐ会えるぞ。きみが無事元気でいるのを見て、彼らも大喜びするだろう」

「ああ！　そうだといいんだけど！」オリヴァーは叫んだ。「本当にやさしくしてもらったんです。本当に、本当に、本当にやさしく」

馬車がガタゴトと進み、停まった。いや、ここではない。隣の家だ。あと何歩か進んで、また停まった。オリヴァーが窓を見上げると、幸せな期待の涙が頬を流れた。

だが、なんということか！　その白い家は空っぽで、窓には〝貸家〟の貼《は》り紙があったのだ。

「隣の家のドアを叩いてくれ」ロスバーン氏はオリヴァーの腕を取って叫んだ。「隣の家に住んでいたミスター・ブラウンローがいまどうされているか、ご存じですか」

出てきた使用人は知らなかったが、訊いてきますと姿を消し、戻ってきて、ブラウンロー氏は六週間前に家財を売って西インド諸島に行ったと告げた。オリヴァーは両手を握りしめ、ぐったりと座席の背にもたれた。

「彼の家政婦もいっしょに？」ロスバーン氏は一瞬置いて訊いた。

「はい」使用人は答えた。「老紳士と、家政婦と、ミスター・ブラウンローの友人というもうひとりの紳士とで、いっしょに行かれました」

「ならば、家に戻ってくれ」ロスバーン氏は御者に言った。「この忌々《いまいま》しいロンドンから出るまで、馬の餌《えさ》やりにも停まるんじゃない！」

「本屋さんは？」オリヴァーが言った。「行き方はわかります。本屋さんに会ってください、どうか！　お願いします！」

「坊や、一日にがっかりするのは、これでもう充分だ」医師は言った。「われわれふたりにとってね。本屋に行けば、たぶん主人は死んでいるだろう。あるいは、家に火をつけたとか、夜逃げしたとか。だめだ。まっすぐ帰るぞ！」そうして彼らは医師の最初の衝動にしたがって家に帰った。

このときの苦い落胆で、オリヴァーは幸せのさなかにあってさえ、深い悲しみと嘆きを味わった。病気のあいだ、昼も夜も長々と、ブラウンロー氏やベドウィン夫人がしてくれたことを振り返り、ふたりがどんなことばをかけてくれるだろうかとあれこれ想像して心を慰めていたからだ。この残酷な別離を悔やんでいると彼らに伝えることができたら、どれほどうれしいだろう。彼らのまえでついに身の潔白を証明し、無理やり連れ去られたことを説明できるかもしれないと思うと、元気が湧《わ》いて、最近のつらい出来事の多くも乗り越えることができたのだ。あのふたりがあまりにも遠くに行ってしまい、しかも自分のことを詐欺師《さぎし》で泥棒だと信じている――自分が死ぬ日まで、否定されることなくそう信じているかもしれない――のは、とうてい耐えがたかった。

そんな状況でも、恩人たちの態度はまったく変わらなかった。続く二週間のうちに暖かくすごしやすい気候が訪れ、あらゆる草木が若葉を出して、そこらじゅうで花を咲かせるようになると、彼らはチャーツィの家を数カ月離れる準備を進めた。フェイギンの金銭欲に火をつけた銀器は銀行に預け、ジャイルズともうひとりの使用人に留守中の屋敷の管理をまかせて、彼らはオリヴァーともども田舎の別荘へ旅立った。

内陸の村の香《かぐわ》しい空気と緑の丘や豊かな森に囲まれて、病み上がりの少年がどれほどの喜びとうれしさ、心の安らぎと穏やかな静けさを感じたか、誰に描写できるというのだろう！　平和で静かな風景が、狭く騒々しい場所に住む人々の苦しみやつれた精神にどれほど染《し》み入り、疲れた心の奥底までいかに爽《さわ》やかな風を吹きこんだか、誰に説明できるだろう。混み合って窮屈な町で暮らし、生涯つらい思いで生きて、それでも変化を求めない人々。習慣が第二の天性になってしまい、日々の狭い行動範囲の境界を形作る煉瓦《れんが》や石の一つひとつを愛するようになった人々。そんな彼らですら、死の手に触れられると、最後にひと目でも〝自然〟の顔を見たいと憧《あこが》れ、昔の苦しみや喜びの場所から遠く離れたところへ連れていかれて、たちまち人が変わったようになるらしい。毎日少しずつ、日当たりのいい緑豊かな場所に近づいて、空や丘、野原、きらめく水を見るだけで、自分のなかにあった思い出がさまざまに呼び覚まされ、天国そのものが現れたような予感が、急速に衰える体を慰めてくれる。そうして彼らは薄暗く弱った視界のなかで、孤独な部屋の窓からほんの数時間前に消えゆくのを眺めた太陽のように、平和な気分で墓のなかに沈んでいくのだ！

平和な田舎の風景が呼び起こす思い出はこの世のものではなく、この世の考えや希望に関するものでもない。その穏やかな影響力によって、われわれは愛した人の墓前に供える花輪を編むことを学び、清らかな考えを抱き、古い敵意や憎しみを抑えこむ。しかし、物事を深く考えることがない人にとっても、それらすべての下には、はるか昔、どこか遠く離れた時代にそのような感情を抱いたことがあるという、とらえどころのないぼんやりした意識が流れている。その意識から遠い来世についての厳粛な考えが生まれ、驕《おご》りや世俗的な欲望は抑えこまれるのだ。

彼らが行ったのは美しい場所だった。むさ苦しい人混みと、雑音や乱闘のなかで日々すごしていたオリヴァーには、まるで生まれ変わった世界にいるように思えた。別荘の壁をバラやスイカズラの枝が這《は》い、木の幹にツタがからまり、庭の花が大気を甘い香りで満たしている。すぐ近くには小さな教会の墓地があった。高くて見苦しい墓石がぽつぽつと立っているが、新しい芝生と苔《こけ》に覆《おお》われた簡素な盛り土はたくさんあって、地中では古い村の住人たちが安らかに眠っていた。オリヴァーはそこを何度も訪ね、母親が横たわるみすぼらしい墓を思って、ときどき坐《すわ》りこんでは人知れず泣いた。しかし、頭上の深い空に眼を上げると、母はもう土のなかにはいない気がして、彼女のために泣きながらも、苦痛は感じなかった。

それは幸せな時期だった。昼間は平和で穏やかにすぎ、夜になっても恐怖や心配事は訪れず、悲惨な牢獄《ろうごく》での暮らしも、卑劣な連中とのつき合いもなかった。毎朝オリヴァーは、小さな教会の近くに住んでいる白髪の老紳士の家に行って、読み書きを習った。老紳士はとても親切に話し、何かと世話を焼いてくれるので、どれほど恩返しをしても、し足りないくらいだった。メイリー夫人とローズといっしょに、散歩にも出かけた。オリヴァーはふたりが本の話をするのを聞き、ときには木陰でふたりのそばに坐って、ローズの朗読に耳を傾けたりもしたが、文字が見えなくなるほど暗くなるまで聞いていても、聞き飽きることはなかった。散歩のあとは翌日の勉強の予習である。庭の見える小さな部屋で一生懸命学び、やがてゆっくりと夕方が来ると、女性たちはまた散歩に出かけ、彼もついていった。オリヴァーは彼女たちの話をひと言ももらさず聞いて喜び、欲しいと言われた花をどこかにのぼって摘むのも、忘れ物を家に走って取りに戻るのも、頼まれること自体がうれしく、早く手伝いたくてたまらないというふうだった。すっかり暗くなってみなで家に帰ったあとは、令嬢がピアノのまえに坐り、憂《うれ》いに満ちた曲を弾いたり、やさしく小さな声で古い歌を歌ったりして、おばを愉《たの》しませた。そういうときには蠟燭《ろうそく》も灯《とも》さず、オリヴァーは窓辺に坐って美しい調べに身をゆだね、ひそかにうれし涙を流した。

日曜になると、ほかのどんな曜日よりすごし方が変わった。もちろん、ほかのすべての日と同じように最高に幸せな時間だ！　日曜の朝には短い礼拝があった。教会の窓辺で緑の葉がそよぎ、外では鳥が鳴き、低いポーチから香しい空気が入りこんで、素朴な建物のなかをいい香りで満たした。貧しい村人たちがきれいで清潔な服を着、ひざまずいて敬虔《けいけん》な祈りを捧げているのを見ると、そこに集まることが退屈な義務ではなく、愉しみであるように思えた。彼らの歌は下手かもしれないが、心のこもった歌で、それまでに教会で聞いたどんな音楽より（少なくともオリヴァーの耳には）美しく響いた。礼拝のあとはいつものように散歩をしたり、労働者の小ぎれいな家を何軒か訪ねたりした。夜になると、オリヴァーはその一週間に学んだ聖書の一、二章を読むのだが、この務めを果たしているときには、彼が牧師だったとしても感じられないほどの誇りと喜びを味わった。

朝は六時に起き出して、野原を歩き、遠い生け垣の端のほうまで調べて、野の花の束をたくさん作り、家に持ち帰った。細心の注意を払い、工夫に工夫を重ねて、それで最高に美しく朝食のテーブルを飾るのだ。ローズ嬢が飼っている鳥の餌になる新鮮なノボロギクも生えていて、オリヴァーは村の教会書記の指導のもと、その野草で鳥籠《とりかご》をとても趣味よく飾った。その日の鳥たちの身繕いが終わると、たいてい村のちょっとした慈善活動があり、それがなくても庭仕事や植物の世話はかならず何かしらあって、その技術についても、本職が庭師である同じ教会書記から習っていたオリヴァーは、ありったけの熱意で仕事に取り組んだ。やがてローズ嬢が姿を見せて、彼の働きぶりに千もの褒めことばを並べるのだが、オリヴァーにとっては、彼女の明るく美しい笑みをひとつ見せてもらえるだけで充分な褒美《ほうび》になった。

そうして三カ月がゆったりとすぎた。それはもっとも祝福と幸運に恵まれた人の生活にとってでも純粋な喜びだっただろうが、黒雲のかかったオリヴァーの夜明けにとっては、まさに天上の至福だった。一方に、まったく混じり気がなくやさしい寛大さがあり、もう一方に掛け値なしの衷心からの感謝があったのだから、その三カ月が終わるころ、オリヴァー・ツイストが老婦人とその姪《めい》との生活にすっかり溶けこみ、彼の若く感じやすい心に生じた熱烈な親愛の情へのお返しとして、ふたりの女性がオリヴァーに誇りと愛着を抱いたとしても、なんの不思議もなかった。

32

オリヴァーと彼の友人たちの幸せが突然終わる

春があっという間にすぎ、夏が来た。村は最初から美しかったが、いまやまばゆいばかりに輝き、草木が豊かに生い茂っていた。数カ月ほどまえには縮んで裸になって見えた大木は、力強く健康な生命力を爆発させ、乾いた土地の上に緑の腕を伸ばして、何もないむき出しの地面を恰好《かっこう》の休み場所に変え、その濃くて心地よい木陰からは、陽光にたっぷり浸った広大な景色を眺めることができた。大地はもっとも明るい緑のマントをまとい、あたり一面に濃厚なにおいを発していた。一年でいちばん盛んな活力のあふれる時期で、あらゆるものがうれしそうに繁栄していた。

とはいえ、小さな別荘では同じ静かな生活が続き、住人にも同じ明るい落ち着きが広がっていた。オリヴァーはだいぶまえに健康をすっかり取り戻していたが、健康だろうと病気だろうと、まわりにいる人たちへの温かい気持ちは変わらなかった（多くの人の気持ちは変わるものだ）。苦痛や苦難で体力を消耗し、看病してくれる人たちの小さな気配りや慰めのすべてに頼っていたときと同じ、やさしくて、人懐《ひとなつ》こくて、愛情深い少年だった。

ある美しい夜、彼らはふだんより長く散歩した。昼間はいつになく暑かったが、夜になると明るい月がかかり、微風も吹いて、格別に清々《すがすが》しかったからだ。ローズも元気が出て、みなで愉《たの》しく会話しながら歩くうちに毎日の散歩の境界を軽く越えてしまっていた。メイリー夫人が疲れたので、彼らは歩調をゆるめて家に帰った。

令嬢は質素なボンネットを脱いだだけで、いつものようにピアノのまえに坐《すわ》り、心ここにあらずといった様子で何分か鍵盤《けんばん》に指を走らせていたが、ふいに暗く重々しい曲を弾きはじめ、ピアノの音に混じって、まるですすり泣いているような声が聞こえた。

「ローズ、どうしたの？」老婦人が言った。

ローズは答えなかった。ただ、ピアノの音でつらい思いから覚めたかのように、その曲を少し速く弾いた。

「ローズ、あなた！」メイリー夫人はあわてて立ち上がり、姪《めい》のまえに身を屈《かが》めた。「どうしたの？　頬に涙が。わたしの可愛《かわい》い子、何を悩んでいるの？」

「なんでもありません、おばさま――なんでも」令嬢は答えた。「なんだかわからないんです。説明できません。でも今晩はとても悲しくて――」

「病気じゃないわね、わたしの愛《いと》しい人？」メイリー夫人は尋ねた。

「もちろんです。病気なんかじゃありません」ローズは話しながら、怖《おそ》ろしい悪寒《おかん》が体を走り抜けたかのように、ぶるっと震えた。「とにかく、いまはよくなりました。窓を閉めてもらえますか」

オリヴァーはすぐさま要求にしたがった。令嬢は陽気な気分を取り戻そうと、もっと快活な曲を弾こうとしたが、指は力なく鍵盤の上に落ちた。彼女は両手で顔を覆《おお》ってソファに沈みこみ、抑えきれなくなった涙をはらはらとこぼした。

「ああ、ローズ！」老婦人は姪を抱きしめた。「あなたがこんなふうになったことなどなかったのに」

「できることなら、ご心配はおかけしたくないんです」ローズは言った。「懸命にこらえたんですけど、どうしようもなくて。もしかすると本当に病気かもしれません、おばさま」

実際にそうだった。蠟燭《ろうそく》の火が運ばれてくると、家に帰ってきてからのごく短い時間でローズの顔色は大理石のように真っ白になっていた。表情はなんら美しさを失っていないが、やさしい顔立ちにそれまでなかった不安と憔悴《しょうすい》の色がうかがえた。かと思うと、次の瞬間には顔全体が真っ赤になり、柔らかな青い眼に厳しい荒々しさが宿り、流れる雲が投げかける影のようにそれが消えると、ローズはふたたび顔面蒼白《そうはく》になった。

不安そうに老婦人を見ていたオリヴァーは、彼女がローズの容態に驚いているのに気づいた。オリヴァー自身も驚いたが、老婦人がなんでもないふりをしているので、自分もそうしようと努め、ふたりともうまくやっていた。ローズは、今晩はもう休みなさいとおばに説得されると、少し気力を取り戻し、健康すら回復したようで、明日の朝起きたらすっかりよくなっている気がすると請け合った。

「たいへんな病気でなければいいんですけど」オリヴァーは、部屋に戻ってきたメイリー夫人に言った。「今晩、ミス・メイリーは具合が悪そうでしたから。でも――」

老婦人はもう言わないでと手を上げ、部屋の暗い隅に腰をおろして、しばらく黙っていた。ようやく、震える声で話しはじめると――

「そうね、オリヴァー。もう何年も、あの子ととても幸せにすごしてきたから――たぶん幸せすぎたのね。そろそろ不幸なことが起きるころかもしれない。でも、そうでないことを祈ります」

「どんな不幸ですか？」オリヴァーは訊《き》いた。

「耐えがたい痛み」老婦人は聞き取れないほどの声で言った。「これほど長いあいだ、わたしを慰め、幸せにしてくれた愛しいあの子を失うようなことになったら」

「まさか！　そんなことが！」オリヴァーは思わず叫んだ。

「そうよね」老婦人は手を握り合わせながら言った。

「そんな怖ろしいこと、ありません、ぜったいに！」オリヴァーは言った。「二時間前はとても元気でした」

「いまはとても病気なの」メイリー夫人は言った。「これからもっと悪くなる、まちがいなく。ああ、わたしの愛しいローズ！　あの子がいなくなったら、わたしはどうすればいいの！」

老婦人は意気消沈して考えこんだ。身も世もなく嘆いているので、自分の気持ちを抑えていたオリヴァーもあえて反論し、愛しいお嬢様のためにもどうか落ち着いてくださいと切にこいねがった。

「それに、考えてみてください」オリヴァーは言った。いくら押しとどめようとしても、眼に涙がこみ上げてきた。「どうか考えてください。お嬢様がどれほど若くて心やさしいか。まわりにどれほどの喜びと安らぎをもたらしているか。おばさまのためにも――おばさまもとてもいいかたですけど――お嬢様自身のためにも、お嬢様が幸せにしている人全員のためにも、あのかたが死ぬなんてことは、ぜったいに――それはもうまちがいなく――ありえません。神様がそんなこと許すはずがありません」

「もういいから」メイリー夫人はオリヴァーの頭に手を置いて言った。「あなたは子供らしい考えを抱いているだけよ、かわいそうに。あなたの言うことは当然に思えるけれど、まちがっている。それでも、あなたはわたしのやるべきことを教えてくれましたよ。いっときそのことを忘れていたの、オリヴァー。でも赦《ゆる》してもらえるわよね。こんなに年寄りだし、病気や死が、残された人にどれだけの苦痛を与えるか、これまで充分見てきたから。いちばん若くて立派な人が、愛してくれる人のもとにいちばん長くとどまるとはかぎらないことも充分見てきた。でも、わたしたちはそのことに悲しみより慰めを感じるべきなの。なぜなら、天の神様は正しいのだから。そして、そういうことがあればこそ、この世よりはるかに明るい世界があって、そこへ行くのに時間はかからないことが、わたしたちの胸に刻みこまれるのだから。これも神のご意志！　でも、わたしはあの子を愛している。どれほど深く愛しているか、神様だけがご存じよ！」

オリヴァーは、メイリー夫人がそう言って、ひとひねりにしたように嘆きを克服し、またすっと背筋を伸ばして落ち着き払うのを見て、驚いた。夫人のそのしっかりした態度が続き、自分を取り戻して、あらゆる思いやりと目配りのもと、まかされた仕事をまた次々と着実に、外から見るかぎりむしろ愉しそうにこなしはじめたのには、オリヴァーはさらに驚いた。しかし、オリヴァーは若く、強靱《きょうじん》な精神が苦境でどんなことをなしうるかを知らなかった。そもそも、そういう精神の持ち主自身すらめったに理解していないのに、オリヴァーにわかるはずがあろうか。

心配な夜が来て、翌朝になると、メイリー夫人の予言はまさに的中していた。ローズは危険な高熱の最初の段階に入っていた。

「できることをしなければなりません、オリヴァー。ただ嘆いていても意味がないから」メイリー夫人は人差し指を唇に当て、オリヴァーの顔をまっすぐ見つめて言った。「この手紙をできるだけ早くロスバーン先生に届けなければならないの。野原を横切る小径《こみち》を四マイルほど歩くと、市の立つ町に入るから、そこで速達にしてもらって。馬でチャーツィにまっすぐ運ばれる便ですよ。宿屋の人に頼めば、そうしてもらえるから。お願いできる？　あなたならちゃんとできるわね」

オリヴァーは返事ができなかったが、いますぐにでも発《た》ちたいという表情だった。

「手紙がもう一通あります」メイリー夫人は少し黙って考えてから言った。「いま出すべきか、ローズの容態をもう少し見てからにすべきか、わからなくて迷っているのだけれど、最悪のことが起きそうにならないかぎり、出さないでおきましょうかね」

「それもチャーツィ宛《あ》てですか？」早く出発したいオリヴァーは、気ぜわしく尋ね、手紙を受け取ろうと震える手を差し出した。

「ちがいます」老婦人は答え、機械的に手紙を渡した。オリヴァーがちらっと見ると、宛先はハリー・メイリー殿、オリヴァーにはどこかわからない田舎の貴族の屋敷になっていた。

「行ってもかまいませんか」オリヴァーは顔を上げ、うずうずして言った。

「やめておきましょう」メイリー夫人は手紙を取り返して答えた。「明日まで待つわ」

そして彼女が自分の財布を手渡すが早いか、オリヴァーは全速力で駆け出した。

彼は野原を横切り、ときに畑を分かつ畦道《あぜみち》を通って、両側に高々と伸びる麦に隠れそうになったかと思うと、干し草を作る人たちがせっせと草を刈っている平原に入り、息を整えるためにときどき一、二秒立ち止まるほかには一度も休まず、ついに非常に暑くて埃《ほこり》っぽい町の小さな市場に着いた。

そこで初めて休み、宿屋を探してあたりを見渡した。白い銀行、赤い醸造所、黄色い町役場がある。一角に壁板がすべて緑に塗られた大きな家があり、まえに〈ジョージ亭〉という看板がかかっていた。オリヴァーはそれが目に入るなり、なかに飛びこんだ。入口のところで居眠りをしていた駅馬車の御者に声をかけると、用件を聞いた相手は馬丁に頼めと言った。馬丁にまた最初から説明すると、宿屋の主人に頼めと言われた。主人は背が高く、青いネッカチーフ、白い帽子、薄い茶色のズボンに、折り返しつきのブーツという恰好で、厩《うまや》のまえのポンプにもたれ、銀色の爪楊枝《つまようじ》で歯をせせっていた。

この紳士はひどくもったいぶった足取りでカウンターに行き、長々と時間をかけて伝票を書き、それが終わってオリヴァーが代金を支払うと、今度は馬に鞍《くら》をつけ、使いに服を着させなければならず、それに軽く十分はかかった。その間、オリヴァーは焦《あせ》りと心配でいても立ってもいられず、自分が馬に飛び乗って次の宿場まですっ飛ばしたい気分だった。ようやくすべての準備が整い、急いで届けるようにという指令や懇願とともに小さな包みが渡されると、使いの男は馬に拍車をくれ、市場のでこぼこの舗道をパカパカと進んで町から出、数分のうちに街道を疾走しはじめた。

　助けを求める手紙が送られたこと、時間を無駄にしなかったことは心強かった。オリヴァーは少しほっとして宿屋の庭を急ぎ、門から出ようとしたところで、たまたま宿屋から出てきた外套《がいとう》姿の背の高い男にぶつかりそうになった。

「おっと！」男は叫び、オリヴァーに眼をすえて、突然あとずさりした。「これはどういうことだ」

「すみませんでした」オリヴァーは言った。「すごく急いで家に帰るところだったので、あなたが見えませんでした」

「くそっ」男は大きな黒い眼で少年を睨《にら》みつけながら、ひとり言のようにつぶやいた。「こんなことがあるなんて！　こいつを灰になるまで挽《ひ》きつぶしてしまえ！　石の棺《ひつぎ》から甦《よみがえ》ってまた邪魔をするだろうがな」

「本当にごめんなさい」オリヴァーはつかえながら言った。見知らぬ男の荒々しい顔つきにまごついていた。「お怪我《けが》はありませんでしたか」

「くたばるがいい！」男は嚙《か》みしめた歯のあいだから、ぞっとする気迫でつぶやいた。「もしおれにあの一語を発する勇気があったら、一夜にしてこんなやつからは解放されていたのだ。おまえの頭に呪《のろ》いの光を、心に黒い死を、この小鬼め！　こんなところで何をしている！」

男はそんな意味不明のことばを口にしながら拳《こぶし》を振りまわし、歯ぎしりして、殴りつけるかのようにオリヴァーに詰め寄ったが、いきなり地面にどっと倒れ、発作で身悶《みもだ》えし、泡を吹いた。

オリヴァーは、狂った男（にちがいないと思った）の怖ろしい苦しみ方に一瞬眼を奪われたが、助けを求めて大急ぎで宿屋に戻った。男が無事なかに運びこまれると、家に向かい、失った時間を取り戻そうとできるだけ速く走りながら、大きな驚きと多少の恐怖とともに、別れてきたばかりの人物の異常な行動を思い出していた。

しかし、その事件も長く記憶にはとどまらなかった。別荘に帰ると、考えるべきことがたくさんあって、自分のことなど完全に思慮の外に置かれてしまったからだ。

ローズ・メイリーの病状は急速に悪化し、真夜中にはうわ言を口走るようになった。土地の医者がずっとついていたが、初めて患者を診たあと、彼はメイリー夫人を脇《わき》に呼んで、非常に危険な状態ですと断言した。「はっきり申し上げて、これで回復したら奇《き》蹟《せき》に近い」

その夜、オリヴァーは何度ベッドから出て、忍び足で階段の下まで行き、病人の部屋のかすかな物音も聞きもらすまいと耳をすましたことか！　ふいに大きな足音がしたとき、考えるだに怖ろしいことが今度こそ起きたのではないかと怯《おび》えて、何度打ち震え、額に恐怖の冷や汗を浮かべたことか。深い墓穴の縁でよろめいているやさしい人の命と健康を、苦しみながら熱心にこいねがっているいまの祈りに比べたら、これまでに唱えたあらゆる祈りの熱心さなど何ほどのものだろう！

愛する大切な人の命が風前の灯《ともしび》というときに何もできない、胸を刺し貫かれるようなもどかしさ。心に押し寄せ、呼び起こすイメージの力で心臓を高鳴らせ、息苦しくさせる、悲惨な考えの数々。自力ではどうしようもない苦痛や危険を減らすために、何かしたいという懸命な思い。自分の無力さを思い知らされ、悲しむことによる魂と精神の衰弱――これらに匹敵する拷問《ごうもん》があるだろうか。これほど感情が昂《たか》ぶり燃え立っているときに、どんな反省や努力がこれらを和らげてくれるというのだ！

朝が来た。小さな別荘は寂しく静かだった。人々が小声で囁《ささや》き、ときどき心配そうな顔が門に現れ、女や子供が涙ぐんで去っていった。長い昼間のあいだじゅう、そして暗くなってから何時間も、オリヴァーはそっと庭を歩きまわり、何度となく病人のいる部屋を見上げては、そこに死そのものが横たわっているかのように暗い窓を見て、震えた。夜遅くにロスバーン氏が到着した。「つらいことだ」善き医師は顔をそらして言った。「これほど若くて、これほど愛されているのに、希望はほとんどない」

翌日の朝、太陽は明るく輝いた――みじめさも不安も見ていないかのように明るかった。彼女のまわりでどの葉も、どの花もしっかり開いていた。あらゆる方向から生命、健康、歓喜の音と光景に取り巻かれながら、美しい娘は見る見る衰えていった。オリヴァーは古い教会の墓地にこっそりと出かけ、緑の盛り土の上に坐って、彼女のために静かに泣いた。

まわりは平和と美に満たされていた。太陽に照らされた風景には陽気な光があふれ、夏の鳥の歌には朗らかな音楽が、頭上をすいすい飛んでいくミヤマガラスには自由が、まわりのすべてに生きる力と喜びがあって、痛む眼を上げて見渡したオリヴァーは、いまは死が訪れるときではないと本能的に思った。彼女より卑《いや》しいものたちがみなこれほど愉しくうれしそうなのに、ローズが死ぬわけがない。墓は寒くて陰鬱《いんうつ》な冬のために存在するのであって、陽光や心地よい香りには向いていない。埋葬布はしなびた老人のためにあり、あの怖ろしいひだのなかに若く美しい体を包みこんだことはない、とすら思った。

そうした若々しい思考を、教会の弔鐘が乱暴に中断させた。また鳴った！　葬儀がおこなわれているのだ。貧しい会葬者の一団が門から入ってきた。白い喪章をつけているのは、亡《な》くなったのが子供だからだ。彼らは帽子を脱いで墓の脇に立った。泣いている会葬者のなかに母親がひとりいた――もう母親ではない――が、太陽は明るく輝き、鳥は歌いつづけていた。

オリヴァーは家に帰りながら、若い令嬢に親切にされた数々の場面を思い出し、もう一度、感謝と親愛の情をいつでも示せるあのころに戻れることを願った。彼としては、やるべきことをやらなかったとか、配慮が足りなかったと自分を責めるいわれはない。身も心もローズに捧《ささ》げていたからだ。それでも、もっとひたむきに、熱意をこめて尽くせたかもしれない、尽くしておけばよかったという小さな場面が百も頭に浮かんできた。こういうことについて、われわれは注意深く対処しなければならない。どんな死も、かならず残された少数の人々に、あれもこれもしなかった、したにしても少なすぎたという思いをもたらす。あまりにも多くのことを忘れていた、修正できたかもしれないことがこんなにもあった——そういう後悔は人の記憶のなかでもっともつらいものだ。自分は無益だったという思いほど人を深く悔やませるものはない。そんな拷問のような苦しみから逃れたければ、このことは早いうちに憶《おぼ》えておいたほうがいい。

オリヴァーが家に帰ると、メイリー夫人が小さな客間に坐っていた。その姿を見て、オリヴァーは心が沈んだ。夫人はそれまで片時も姪のベッドのそばから離れなかったからだ。何が変わったせいで離れたのだろうと考えると、体が震えた。そして、ローズが深い眠りに落ちたことを知らされた。次に目覚めたときには、もとの生活へ回復しはじめるか、彼らに別れを告げて死ぬかのどちらかだと。

ふたりは何時間も坐って、耳をすましていた。話をするのも怖かった。味もわからない食事が片づけられ、どちらも心がよそにあることを示した顔つきで、日が沈みゆくのを見つめていた。やがて太陽は、空と大地に旅立ちを知らせる壮麗な色を投げかけた。

ふたりの敏感な耳が、近づいてくる足音をとらえた。思わずドアに駆け寄ると、ロスバーン氏が入ってきた。

「ローズはどうなりました？」老婦人は叫んだ。「いますぐ教えてください。わたしなら大丈夫です。先の見えないこの状態に比べれば、どんなことにも耐えられます。さあ、お話しになって、お願いです！」

「落ち着いてください」医師は老婦人を支えて言った。「どうか、奥様、落ち着いて」

「行かせて、お願い！」メイリー夫人はあえいだ。「わたしの愛しい子！　死んだのね！　死ぬのね！」

「いいえ！」医師は大声で言った。「慈《いつく》しみ深い神の計らいで、彼女は生きて、私たちをこの先もずっと祝福してくれるでしょう」

老婦人は両膝《ひざ》をついて手を組もうとしたが、それまで長く彼女を支えてきた力が最初の感謝とともに天に飛び立ってしまい、その体を受け止めようと伸ばされた友人の腕のなかにがっくりと沈みこんだ。

33

ここで登場する若い紳士のくわしい紹介と、オリヴァーを巻きこむ新たな冒険

それはほとんど耐えられないほどの幸せだった。オリヴァーは予想していなかった知らせにびっくりし、呆気《あっけ》にとられた。泣くことも、話すことも、じっとしていることもできず、それまでに起きたことを理解する力すら失われた。静かな夜の空気のなかを長々と散歩したあと、ようやく涙がどっとあふれて、人心地がついた。ふいに目が覚めたように、喜ばしい変化が起きたことや、抱えきれないほどの苦悩の重荷が胸から取り除かれたことがはっきりと実感できた。

病室を飾るために、とりわけ丁寧に摘んだ花をたくさん持ってオリヴァーが家に戻るころには、宵闇《よいやみ》が迫っていた。道を急いで歩いていると、うしろからすごい速さで近づいてくる乗り物の音がした。振り返ると、四輪馬車が全速力で走ってきていたが、馬は早駆けだし、道も狭かったので、オリヴァーは近くの門に張りついて、その馬車をやりすごした。

馬車が駆け抜けるときに、白いナイトキャップをかぶった男がちらっと見えた。一瞬だったので誰とは言えないが、その顔にはどこか見憶《みおぼ》えがあった。一、二秒後、馬車の窓からナイトキャップが突き出されて、大きな声が御者に停止を命じた。御者が手綱を引くと馬車はすぐに停まり、ナイトキャップがまたしても現れて、同じ声がオリヴァーの名を呼んだ。

「おーい！」声が言った。「オリヴァーくん、いまどうなってる？ ミス・ローズは――オリヴァーくん？」

「あなたですか、ジャイルズ？」オリヴァーは叫んで、馬車の扉に駆け寄った。

ジャイルズがまたナイトキャップを突き出して何か答えようとしたが、突然、馬車の反対側に坐《すわ》っていた若い紳士に引き戻され、その紳士が状況を真剣に知りたがった。

「ひと言で」紳士は大声で問いかけた。「よくなったのか、悪くなったのか」

「よくなりました――はるかに」オリヴァーは急いで答えた。

「ありがたい！」紳士は叫んだ。「確かだね？」

「確かです」オリヴァーは答えた。「ほんの数時間前に急によくなったんです。ロスバーン先生が、もう完全に峠は越えたって」

紳士はもう何も言わず、馬車の扉を開けて飛びおりると、さっとオリヴァーの腕を取って脇《わき》に連れていった。

「本当に確かなんだね？　きみの勘ちがいという可能性はまったくないね？　」紳士は震える声で訊《き》いた。「頼むから、ありもしない希望を持たせて、ぼくをだまさないでくれ」

「そんなことはぜったいしません」オリヴァーは答えた。「信じてもらってかまいません。ロスバーン先生のことばは、〝彼女は生きて、私たちをこの先もずっと祝福してくれるでしょう〟でした。そう言われるのを、この耳で聞いたんです」

途方もない幸せの始まりだったその場面を思い出すと、オリヴァーの眼に涙が浮かんだ。紳士は顔をそむけ、何分か黙っていた。オリヴァーは、彼が嗚咽《おえつ》するのを何度か聞いた気がしたが、声をかけて邪魔をしてはいけないと思った。相手の気持ちが痛いほどわかったからだ。そこで離れて立ち、手のなかの花束に気を取られているふりをした。

その間ずっと、白いナイトキャップをかぶり直したジャイルズ氏は、馬車の踏み板に坐り、両膝《ひざ》に肘《ひじ》をついて、青地に白い水玉模様の木綿のハンカチで眼をふいていた。この正直な男が感情を隠そうとしていないのは、連れの紳士に向けた眼を真っ赤に泣きはらしていることからも歴然としていた。紳士は振り返って、ジャイルズ氏に言った。

「馬車で先に母のところへ行ってもらえるかな、ジャイルズ。ぼくはゆっくり歩いていく。母に会うまえに少し時間が欲しいから。ぼくがあとから来ると伝えてもらってい い」

「失礼ですが、ミスター・ハリー」ジャイルズ氏はくしゃくしゃになった顔をハンカチで最後にもう一度ふいて言った。「その伝言は御者に託していただけると、たいへんありがたいのですが。メイドたちに私のこんな姿を見せるのもまずいかと思いまして。見られたが最後、私の権威などあったものではありません」

「そうか」ハリー・メイリーは微笑《ほほえ》んで言った。「好きにすればいい。では、御者に荷物を運んでもらって、ぼくたちといっしょに来るかい。ただ、そのナイトキャップはちゃんとした帽子に替えたほうがいい。でないと、頭がおかしい集団だと思われるからね」

場ちがいな身なりを指摘されたジャイルズ氏は、ナイトキャップをあわてて脱いでポケットに押しこみ、まじめで厳《いか》めしい帽子を馬車から取り出してかぶった。それが終わると馬車は走り去り、ジャイルズ、メイリー氏、オリヴァーがゆっくりとあとを追いはじめた。

初めて会った人物に好奇心と興味をかき立てられたオリヴァーは、歩きながらちらちらと相手を見やった。二十五歳くらいで中背、顔立ちは正直そうでハンサム、態度はじつに大らかで感じがよかった。若さと年齢にちがいはあれど、老婦人にとてもよく似ていて、たとえ彼が老婦人を母と呼ぶのを聞いていなかったとしても、ふたりの関係は容易に察しがついた。

メイリー夫人は息子が別荘に着くのをいまかいまかと待っていて、会うなりふたりは感極まった。

「ああ、母上」若者は囁《ささや》いた。「どうしてもっと早く手紙をくださらなかったのです」

「書いていたのですよ」メイリー夫人は答えた。「でも、送るのはロスバーン先生の意見を聞いてからにしようと思い直したの」

「ですが」若者は言った。「どうしてそんな危険を冒したんです。取り返しのつかないことになっていたかもしれないのに。もしローズが――とてもいま、そのことばは口にできませんが――もし病気がちがった結末を迎えていたら、どうして自分を赦《ゆる》すことができたでしょう。ぼくだって二度と幸せにはなれなかった」

「もしそうなっていたら、ハリー」メイリー夫人は言った。「あなたの幸せが救いようもなく損なわれると思ったのよ。それに、あなたの到着が一日早かろうが遅かろうが、結果はほとんど変わらなかったでしょうから」

「ええ、ぼくの幸せはひどく損なわれるでしょうね、母上」若者は言った。「いや、そんなあいまいなものではない。まちがいなく、ぜったいに損なわれる。そこは母上にも知っておいてもらわなければ」

「あの子が男性の心に生じるもっともすばらしくて純粋な愛情に値するのは知っています」メイリー夫人は言った。「あの子の献身と愛情に報いるには、並大抵ではない、いつまでも続く深い愛情が必要だということも。そんなふうに感じていなければ、そして、あの子の愛する相手の心変わりがどれほどあの子を傷つけるかわかっていなければ、わたしもこれほど自分の務めを果たすのがむずかしいとは思わないし、この胸の葛藤《かっとう》もそれほど激しくないはずですよ。こうするのが正しいと信じているにしてもね」

「それは不親切です、母上」ハリーは言った。「いまだにぼくのことを、自分の心がわからない子供だと思っているのですか。自分の魂の衝動を取りちがえる子供だと?」

「わたしが思っているのはね、あなた」メイリー夫人は息子の肩に手を置いて反論した。「若い人には長続きしない大それた衝動がたくさんあって、そのなかのいくつかは、満たされるとなおさらすぐに消えてしまうということ。そして、とくに思うのはね――」夫人は息子の顔に視線をすえて続けた。「もし興奮しやすくて、情熱的で、野心のある若い男性が、たとえ本人に責められるべきところはないにしても出自に問題のある妻を迎えて、冷たく卑《いや》しい人々がその妻やわが子につらく当たったとしたら、そして、社会で成功すればするほどそのことをなじられ、物笑いの種にされたとしたら、その男性は、どれほど心が広くて善良だとしても、いつの日か、結婚を若気の至りと悔やむでしょうし、妻のほうも夫がそう感じているのを知って、拷問《ごうもん》さながらの苦しみを経験するだろうということよ」

「母上」若者は苛立《いらだ》って言った。「そんなふうになる男は、男と呼ぶにも値しないただのわがままな蛮人で、あなたの言った女性にもふさわしくありませんよ」

「あなたはいまはそう思っているけれど、ハリー」母親は言った。

「ずっとそう思いつづけます」若者は言った。「この二日間に味わった精神的苦痛のせいで、自分の情熱について母上に誓いを立てる覚悟ができました。ご存じのとおり、これは昨日からのものでも、簡単に生まれるものでもありません。ぼくの心は、あのやさしくて美しい娘、ローズの虜《とりこ》です。男の心が女の虜になれるめいっぱいまで。ぼくの人生には、彼女を超える考えも、見通しも、希望もありません。この重大な一事について母上がぼくに反対するのなら、ぼくの平和と幸福をその手に取り上げて風に飛ばすのだと心得てください。母上、考え直していただけませんか。このことについて。ぼくについて。情熱などつまらないものだとお考えのようですが、どうか無視しないでください」

「ハリー」メイリー夫人は言った。「情熱や繊細な心について考えに考えたからこそ、それらが傷つくのを防ぎたいのですよ。でも、このことはもう充分、というより充分すぎるほど話したから、いまはこのくらいにしておきましょう」

「では、あとはローズの気持ちにまかせましょう」ハリーが提案した。「母上は少し考えすぎですが、その意見でぼくの邪魔をしたりしませんね？」

「しませんよ」メイリー夫人は言った。「でも、あなたにも考えてもらいたいの――」

「考えました」ハリーは苛立って答えた。「もう何年も考えています。まじめにものを考えられるようになってからずっと、と言っていいほど。この気持ちは変わりません。いまも、これからも。どうして告白するのを遅らせて、こんなに苦しまなければならないのです。なんのためにもならないでしょう。そう、ぼくはここを去るまえにローズに告白します」

「どうぞ」

「母上の態度には、聞いても彼女が冷たくあしらうだろうという考えが見え隠れする」

若者は不安げに言った。

「そんなことはないわ」と老婦人は応じた。「とんでもない」

「だったら、どう思うんです」若者は問い質《ただ》した。「ほかの人に愛情を寄せているわけではないでしょう?」

「それはありません」母親は答えた。「わたしの勘ちがいでなければ、あなたはすでにあの子の愛情をしっかりつかみすぎているくらいです」

「わたしが言いたいのは」老婦人は息子が話そうとしたのをさえぎって続けた。「こういうこと。あなたのすべてをこのチャンスに賭《か》けるまえに――苦労して希望の絶頂に立つまえに――少しのあいだでいいから、ローズの身の上についてもう一度考えて。あの子も自分の生い立ちが疑わしいことはわかっているのだから、それがあの子の決断にどういう影響を与えるか。もちろん、あの気高い心のありったけでわたしたちに尽くしてくれるし、大小を問わずあらゆることで、完璧《かんぺき》なまでにわが身を犠牲にするのがあの子の変わらぬ性格なのだけれど」

「どういうことです？」

「それは自分で考えて」メイリー夫人は言った。「ローズのところへ行かなければ。ではね」

「今晩、また母上に会えますか」若者は真剣に訊いた。

「そのうちね」夫人は答えた。「ローズから離れられたときに」

「ぼくが来たことを伝えてもらえますか」ハリーは言った。

「もちろんです」メイリー夫人は答えた。

「ぼくがどれほど心配して、苦しんでいるか、どれほど彼女に会いたがっているか、伝えてもらえますね。それはかまわないでしょう、母上？」

「ええ」老婦人は言った。「伝えましょう」そして愛情をこめて息子の手を握り、部屋から急いで出ていった。

ロスバーン氏とオリヴァーは、このあわただしい会話のあいだ、部屋のもう一方の隅にいた。夫人がいなくなると、ロスバーン氏はハリー・メイリーに握手の手を伸ばし、ふたりは心からの挨拶《あいさつ》を交わした。医師はこの若い友人からのさまざまな質問に答え、患者の病状を正確に説明した。それは先刻のオリヴァーの話から期待されたとおり、慰めと希望に満ちたものだった。ジャイルズ氏は荷解《にほど》きに忙しいふりをしながら、耳をそばだてて、説明をひと言ももらさず聞いていた。

「最近、何か銃で撃ったかね、ジャイルズ？」医師は話が終わると訊いた。

「いいえ、とくに」ジャイルズ氏は目許《めもと》まで真っ赤になって答えた。

「泥棒を捕まえたことも、押しこみ強盗を見つけたこともなかった？」医師は意地悪く言い足した。

「まったくありません」ジャイルズ氏は厳粛に答えた。

「ふむ」医師は言った。「それは残念だ。せっかくきみはそういうことが得意なのに。ところで、ブリトルズはどうしている？」

「元気でやっております」ジャイルズ氏はいつもの保護者ぶった態度を取り戻して言った。「先生によろしくと申しておりました」

「それはご丁寧に」医師は言った。「ここできみに会って思い出したことがあるよ、ミスター・ジャイルズ。私が緊急の用事でここに呼ばれた日の前日、善きご主人に頼まれて、きみのためにひとつしたことがあるのだ。ちょっとこっちに来てもらえるかな」

ジャイルズ氏はいくらか戸惑いながらも堂々たる足取りで部屋の隅についていき、短いあいだ、医師とひそひそ話をしていた。それが終わると大げさに何度もお辞儀をし、異様なほど胸を張って戻ってきた。話の内容は客間では明かされなかったが、台所ですぐに判明した。ジャイルズ氏がまっすぐ入っていって、エールを一杯ついでくれと要求し、気を持たせる威厳たっぷりの口調で――これは効果抜群だった――押しこみ強盗が入りかけた際の自分の勇敢なふるまいを奥様が喜び、あなたの一存で自由に使いなさいと二十五ポンドを地元の貯蓄銀行の口座に振りこんでくださったと宣言したからだ。それを聞いたふたりのメイドは両手と両眼を上げ、それはさぞ誇らしいことでしょうと言ったが、ジャイルズ氏はシャツの襟飾りを引っ張って、「いやいや」と答え、自分が目下の者たちに少しでも偉そうなそぶりを見せたら、指摘してもらえるとありがたいと言った。それに加えて、同じくらい謙虚さが表れたことばをほかにも次々と並べて、同じくらいの好評と喝采《かっさい》で迎えられたのだが、それらは偉人の金言がたいていそうであるように、まことに独創的で的を射ていた。

上の階では、夜の残りが愉《たの》しくすぎた。というのも、医師がすこぶる上機嫌だったからで、最初は疲れて思い悩んでいたハリー・メイリーも、立派な紳士の品のいいユーモアには抵抗できなかった。医師は話にありとあらゆる滑稽《こっけい》な切り返しや、仕事上の思い出や、ちょっとしたジョークを織り交ぜ、オリヴァーはこんなに可笑《おか》しい話は聞いたことがないと思い、大声で笑わずにはいられなかった。医師は満足したらしく、彼自身も自分の話に少なからず笑い、ハリーも思わずつられて、心からと言えるほど笑った。こうして病人がいるなかで可能なかぎり愉快にすごし、夜も更《ふ》けてから、晴れ晴れした感謝の心でそれぞれの部屋へ引きあげて、このところの心配と緊張のあとでみながぜひとも必要としていた休息をとった。

翌朝、オリヴァーは気分よく起きて、もう何日も遠ざかっていた希望と喜びとともに、いつもの仕事に取りかかった。籠《かご》の鳥たちはまた昔の場所にかけられて歌い、見つかった可愛《かわい》らしい野の花はまた摘まれ、花束となって、その美しさと香りでローズを喜ばせた。思い悩む少年の悲しい眼から見て、まわりのすべてのものに何日もかかっていた憂《うれ》いの影は、それなりに美しくはあったけれど、いまや魔法のように消え去った。緑の葉の上の露はいっそう明るく輝き、その葉を鳴らす微風はいっそう甘い音楽を奏《かな》で、空自体も青さと明るさを増したように思われた。われわれの考えのあり方が、外界にあるものの見え方にもこれほど影響するのだ。自然やまわりの人たちがみな暗く打ち沈んでいるという人にも道理はあるが、その陰気な色は、彼ら自身の色眼鏡と偏《かたよ》った心の反映である。本物の色というのは繊細で、もっと澄んだ視野を必要とする。

ここに記しておくべきことがある。オリヴァー自身も気づいたのだが、彼の朝の散歩はもはやひとりではなくなった。ハリー・メイリーが、花を抱えたオリヴァーに初めて会った朝から野の花に夢中になり、その取り合わせについて、若い仲間を軽く抜き去るほどの趣味のよさを見せたのだ。オリヴァーはアレンジで後手にまわったとしても、最高の花がどこにあるかを知っていたので、ふたりは毎朝野原を歩きまわり、もっとも美しく咲いている花を家に持ち帰った。若い令嬢の部屋の窓は開け放たれ、彼女が愛する豊かで爽《さわ》やかな夏の空気が流れこんできて、生き返るような心地にさせていたが、窓格《まどごう》子《し》の手前には、毎朝もっとも細やかな気配りで作られた特別でささやかな花束が、水に活《い》けられていた。小さな花瓶の水はいつも替えられているのに、しおれた花が捨てられるのをオリヴァーは見たことがなく、医師が庭に出ると、かならず窓のその一角を仰ぎ見て、感に堪えないようにうなずいてから、その日の散歩に出かけるのにも、気づかずにはいられなかった。そうするうちにも日々は飛ぶようにすぎ、ローズは着実に、どんどん回復していった。

令嬢はまだ部屋から出てこず、夕方の散歩も、ときおりメイリー夫人と近くを歩くぐらいだったが、オリヴァーが時間を持て余すことはなかった。過去に倍する努力で白髪の老紳士の指導を受け、一生懸命勉強したので、自分の進歩に本人も驚くほどだった。こうしたことに力を入れているさなか、オリヴァーはまったく予期していなかった出来事に大いに驚き、動転することになった。

彼がふだん熱心に本を読むときに使う小さな部屋は、一階の裏手にあった。格子窓のついた田舎家ふうの部屋で、まわりの壁には窓の上までジャスミンやスイカズラが這《は》い上がって、部屋のなかをなんともいい香りで満たした。窓からは庭が見え、くぐり戸の向こうは小さな放牧場で、その先には美しい牧草地と森があった。その方向にほかの家はなく、見える景色は広々としていた。

ある麗《うるわ》しい夕べ、黄昏《たそがれ》の最初の影が大地におりてくるころ、オリヴァーはこの窓辺に坐って一心に本を読んでいた。没頭してけっこうな時間がたち、その日はいつになく蒸し暑くて、それでもがんばったものだから、彼がゆっくりと、少しずつ眠りに落ちたとしても、本の著者を――それが誰であれ――責めるわけにはいかない。

眠りのなかには、体を虜にしながらも知覚は奪わず、心を自由に遊ばせる類《たぐい》の眠りがある。気だるさが襲ってきて力を奪い、思考や動作の制御ができなくなる状態を眠りと呼ぶならば、これもその一種ではあるが、まわりで起きていることすべてを意識していて、たとえ夢を見ていたとしても、そのとき実際に話されていたことばや、聞こえてきた音が驚くほど自然に幻覚のなかに取りこまれ、現実と想像が奇妙に入り混じって、あとで振り返っても両者を区別するのがほとんど不可能になる。しかも、それがこの状態のもっとも顕著な現象というわけでもない。そのとき触覚や視覚は一時的に死んでいるが、眠っているあいだの思考や、自分のまえを通りすぎる視覚的な場面は、ただ外界になんらかのものが静かに存在するだけで大きな影響を受けるのだ。その外界のものは眼を閉じたときに近くにあるとはかぎらないし、眼を開けていたときに近くにあったと意識する必要もない。

オリヴァーは、いつもの小さな部屋にいることをはっきり知覚していた。眼のまえの机に本が置かれていることも、外の壁を這う植物を微風がやさしく揺らしていることもわかっていたが、それでも彼は眠っていた。ふいに場面が変わり、空気がむっと閉ざされた場所のようになって、オリヴァーはまたユダヤ人の家にいると感じ、カッと熱くなる恐怖を覚えた。あのおぞましい老人がいつもの隅に坐って、オリヴァーを指差し、隣に坐って顔を背けたもうひとりの男に囁きかけていた。

「しいっ、おまえさん！」とユダヤ人が言った気がした。「あの子だ、まちがいない。さあ、行こう」

「こいつだ！」相手の男が答えたようだった。「取りちがえるものか。このおれがまちがうと思うのか。悪魔の集団がみなこいつそっくりに化けて、こいつを取り囲んだとしても、かならず見分けがつく手がかりがある。五十フィートの地中にこいつが埋められても、その墓の上を通ればおれにはわかる。たとえこいつの名前が書かれた目印がなくたってな。あの体を滅ぼしてやる！」

すさまじい憎悪《ぞうお》をこめてこのことばを言ったように思え、オリヴァーは恐怖のあまり目覚めて飛び上がった。

ああ！　オリヴァーの心臓に逆流する血をうずかせ、声も、動く力も奪ってしまったものは何だろう！　そこに——そこに——窓辺——すぐまえ——ほとんど触れられそうなほど近くて、思わず飛びすさったほどの場所に——部屋のなかをのぞきこんで、オリヴァーと眼を合わせた――そこにユダヤ人が立っていて――横には、怒りか、恐怖か、あるいはその両方で顔面蒼白《そうはく》になり、怖《おそ》ろしい形相でオリヴァーを睨《にら》みつけているあの男、宿屋のまえで声をかけてきたあの男がいた！

ほんの一瞬、眼のまえにちらっと見えただけで、ふたりの姿は消えた。しかし、彼らはオリヴァーを、オリヴァーは彼らを認識し、ふたりの顔はオリヴァーの記憶に深々と刻まれた。石に彫りこまれて、生まれたときから自分のまえに置かれていたかのように。オリヴァーはいっときその場に釘《くぎ》づけになったあと、窓から庭に飛び出して、大声で助けを求めた。

34

オリヴァーの冒険の不本意な結果と、ハリー・メイリーとローズのあいだで交わされた重要な会話

オリヴァーの叫び声を聞いた家の者たちが駆けつけてみると、オリヴァーは真っ青になって、がたがた震えながら裏手の草地の方向を指差し、「ユダヤ人！　ユダヤ人！」と口にするのが精いっぱいだった。

ジャイルズ氏はオリヴァーが何を叫んでいるのかまるでわからなかったが、ハリー・メイリーは勘が鋭く、母親からオリヴァーの来歴を聞いてもいたので、すぐに意味を察した。

「どっちに逃げた？」ハリーは隅に立てかけてあった重い棒を取り上げて訊《き》いた。

「あっちです」オリヴァーは男たちが消えた方向を指差した。「ふたりとも、すぐにいなくなって」

「それなら溝《みぞ》のなかだ」ハリーは言った。「みんな、ついてこい。できるだけぼくから離れないように」そして生け垣を飛び越え、ほかの人たちがとてもついていけないほど

の速さで走っていった。

それでもジャイルズはできるだけあとを追い、オリヴァーも続いた。一、二分後には、散歩から戻ってきたばかりのロスバーン氏もぎこちなく生け垣を乗り越えて彼らに加わったが、そこからは、とても彼にあるとは思えなかった敏捷《びんしょう》さで駆けだし、ハリーのあとを侮《あなど》りがたい速さで追いながら、途方もない大声で、いったいなんだと叫びつづけていた。

そうして彼らは走った。息をつくために立ち止まることすらなかったが、やがてオリヴァーが指した草地の片隅でリーダーが止まり、溝や近くの生け垣を丹念に捜索しはじめたので、残りのメンバーもようやく追いつき、オリヴァーはロスバーン氏に、これほどの大追跡が始まった経緯を説明することができた。

しかし捜索は無駄に終わった。最近人が通った踏み跡さえ見当たらなかった。一同は小さな丘のてっぺんにいて、そこからはすべての方向に広がる野原を三、四マイル先まで見渡すことができた。左の窪《くぼ》地には村が見えたが、オリヴァーの指摘した道からそこにたどり着くには、開けた土地をまわりこまなければならず、これほどの短時間でそれは無理だ。別の方角を見ると、鬱蒼《うっそう》とした森が牧草地を取り巻いていたが、同じ理由からそこにもぐりこんで隠れるのも不可能だった。

「夢だったんじゃないか、オリヴァー?」ハリー・メイリーはオリヴァーを横に連れていって訊いた。

「いいえ、ぜったい本当です」オリヴァーは老悪党の顔を思い出すだけで震えて、答えた。「夢にしては、はっきりしすぎてます。ふたりとも、いまぼくがあなたを見てるように、はっきりと見えたんです」

「もうひとりは誰だ？」ハリーとロスバーン氏が同時に尋ねた。

「このまえ話したのと同じ男です。宿屋で突然ぼくに話しかけてきた」オリヴァーは言った。「お互いしっかりと眼を合わせました。誓ってあの男です」

「この道を逃げたんだね？」ハリーは訊いた。「確かかな？」

「確かです。ふたりは窓辺にいました」オリヴァーは答えながら、別荘の庭と牧草地を隔てる生け垣を指差した。

「背の高い男があそこを飛び越えたんです。ユダヤ人はちょっと右に走って、あの隙間《すきま》から抜け出しました」

ふたりの紳士は、熱心に説明するオリヴァーの顔を見、今度は互いに相手の顔を見て、オリヴァーの言っていることは正しいと納得したようだった。とはいえ、どちらを向いても、男たちが急いで逃げた形跡はまったくない。足元の草は丈が高かったが、彼ら自身が踏みしだいたところを除いて、どこにも倒れた草はなかった。溝の縁から底にかけての湿った粘土のどこを見ても男たちの靴跡はないし、数時間前に人の足が地面を踏んだことを示すものすら、ひとつとして見当たらなかった。

「不思議だ！」ハリーが言った。

「不思議？」医師が言った。「ブラザーズとダフだって何も見つけられないさ」

しかし、これだけ実りのない捜索だったにもかかわらず、彼らは夜が来て、何か見つかる希望が消えるまでその場を去らず、去るときにもしかたなくというふうだった。ジャイルズが、オリヴァーから不審な男ふたりの人相と服装についてできるだけくわしく説明を受けたうえで、村の何軒かの居酒屋に派遣された。ふたりのうち少なくともユダヤ人については充分目立つし、酒を飲んだりうろついたりしているところを見られれば人の記憶に残りそうなものだが、ジャイルズは謎《なぞ》を解くどころか、その糸口になりそうな情報すら見つけられずに戻ってきた。

翌日、さらに捜索が進められ、聞きこみが一からやり直されたが、結果はさして変わらなかった。その翌日、オリヴァーとメイリー氏は市の立つ町に行ってみた。ふたりの男を見かけたり、噂《うわさ》を聞いたりした者はいないだろうかと期待したのだが、やはり収穫はなかった。数日後には、たいていの事件と同じように、この事件も忘れられてきた。驚きというのは、滋養のある食物を与えられなければ次第に消えていくものなのだ。

その間、ローズは急速に回復していた。部屋から出て外も歩けるようになり、家族に混じって、みなの心を喜びで満たした。

この幸せな変化は小さな集団に眼に見える効果を及ぼし、家のなかに愉《たの》しげな声と明るい笑いがまた聞こえるようになったが、ときどき何人かに――ローズ自身にさえ――それまでにないぎこちなさが生じることに、オリヴァーは目ざとく気づいた。メイリー夫人と息子のハリーはよくふたりきりで長く話し合っていたし、ローズが顔に涙の跡を残して現れたことも一度ならずあった。ロスバーン氏がチャーツィに発《た》つ日を決めると、こうした徴候は増え、若い令嬢とほかの誰かの心の平和に影響を与える何かが進行しているのが明らかになった。

やがてある朝、ローズが朝食用の部屋にひとりでいたときに、ハリー・メイリーが加わって、幾分ためらいながら、しばらく話ができませんかと頼んだ。

「ほんの少し――わずかな時間でいいのです、ローズ」若者は彼女の近くに椅子《いす》を寄せて言った。「これからぼくが言わなければならないことは、すでにあなたの頭に浮かんでいるはずです。ぼくの心のいちばん大事な希望は、あなたも知っている。この口からあなたに言って聞かせたことはないけれど」

ローズは病み上がりのせいかもしれないが、ハリーが部屋に入ってきたときから青ざめていた。静かにお辞儀をして、すぐそばに置かれていた花をのぞきこみ、相手が話すのを待っていた。

「ぼくは――ぼくは――もっと早くここを去るべきだった」ハリーは言った。

「そうですね」ローズは答えた。「こんなことを申し上げてお赦《ゆる》しいただきたいのですが、本当にそうしてくだされば よかったと思います」

「ぼくは、あらゆる不安のなかでもっとも怖《おそ》ろしく、苦痛をともなう不安に襲われて、ここに駆けつけました」若者は言った。「自分のすべての願いと希望の中心にいる、ひとりの大切な人を失うのではないかという恐怖です。あなたは死にかけて——天と地のあいだで震えていた。若く美しく善良な人が病にみまわれると、その純粋な精神は知らないうちに明るい最後の安息の家へと向かう。そうして、われわれのなかでも最高に秀《ひい》でて美しい人が、まさに花開いた時期にしおれてしまうことも多いのです」

このことばが話されているあいだ、やさしい娘の眼には涙が浮かんでいた。屈《かが》んで見ていた花の上にそのひと粒が落ち、花びらの内側できらりと輝いて、いっそう美しさを際立《きわだ》たせると、それはまるで若くみずみずしい心があふれ出して、自然界でもっとも愛らしいものを友にしたかのようだった。

「天使です」若者は情熱的な口調で続けた。「まるで神に仕える天使のように清楚《せいそ》で、微塵《みじん》も悪意のない人が、生と死のあいだで揺れていた。ああ！　その人にふさわしい遠い世界がなかば眼のまえに開けているというのに、この悲しみと苦悩の世界にどうして戻ってきてほしいと望めるでしょう！　ローズ、ローズ、天の光が地上に投げかけた柔らかい影のようにあなたが消えようとしていることを知り、地上にいる人々のために救われるという希望が持てず、どうしてそんなことになるのかもわからなくて——才能あふれる多くの幼子や若人《わこうど》が早々と飛び立っていった明るい場所へあなたも行くのだとわが心を慰めつつも、どうか愛する人たちのもとにとどまってほしいと祈るのは、とうてい耐えられないほどの苦しみでした。ぼくは昼も夜もその苦痛に苛《さいな》まれ、同時に、ぼくが身も心も捧《ささ》げて愛していることをあなたが知らずに死んでしまうのではないかという恐怖と、不安と、身勝手な後悔が怒濤《どとう》のように押し寄せてきて、理性も感覚もあらかた奪われてしまいました。

あなたは日ごとに、というより一時間ごとに回復しました。消耗しながらも、わずかに残っていた弱々しい命の流れに健康の何滴かが戻ってきて、それがまた豊かで勢いのある上げ潮になった。ぼくは情熱と深い愛情が宿った潤《うる》んだ眼で、あなたがほとんど死から生へと移り変わるのを見ました。どうか、ぼくがこの愛情を失えばよかったとは言わないでください。この愛情のおかげで、ぼくは全人類に対してやさしい気持ちになれたのだから」

「失えばよかっただなんて」ローズは泣きながら言った。「わたしはただ、あなたが去ってくだされればよかったと言っただけです。もっと崇高で尊いこと、あなたにふさわしいことを、また追求していただきたいと」

「ぼくにとって、あなたの心を手に入れようと努めることほど自分にふさわしく、尊い価値のあることはこの世に存在しません」若者は相手の手を取って言った。「ローズ、ぼくの愛《いと》しいローズ、もう何年ものあいだ――本当に長いあいだ、ぼくはあなたを愛してきた。名をなして誇らしく家に帰り、これもひとえにあなたと喜びを分かち合うためだったと報告することを願ってきた。そしてその幸せな瞬間、少年時代に口に出せなかった愛情の印をあなたに思い出させて、気づいたあなたが顔を赤らめるのをからかい、あたかもふたりのあいだで交わされた昔の無言の契約を履行するかのように、あなたの手を取りたいと昼日中から夢見ていた。そのときはまだ来ていません。名声はまだ得られず、若い夢も実現していないけれど、いまここで、ずっとまえからあなたのものだったぼくの心をもう一度捧げて、それに対するあなたの答えに自分のすべてを賭《か》けたい」

「あなたはこれまでずっとやさしく、気高く接してくださいました」ローズは心を乱す感情を抑えて言った。「わたしのことを鈍感だとも恩知らずだとも思っていらっしゃらないようですから、返事をお聞かせします」

「あなたにふさわしい人間になるように努力しろということですね、親愛なるローズ？ そうでしょう？」

「ちがいます」ローズは答えた。「わたしを忘れるように努力していただきたいのです。幼なじみの親しい友人として、ということではありません。それすら失われたら、わたしは深く傷ついてしまいます。そういうことではなく、あなたの愛情の対象としては忘れていただきたいのです。世界をよく見て、手に入れれば同じくらい誇らしい気持ちになれる心がいくらでもあることを考えてください。ほかの情熱でしたら、好きなだけ打ち明けていただいてもかまいません。わたしはあなたにとっていちばん誠実で、温かくて、信頼できる友人になります」

沈黙ができた。その間、片方の手で顔を覆《おお》ったローズは、はらはらと涙を流していた。ハリーは彼女のもう一方の手をまだ握っていた。

「理由は？　ローズ」ややあって、彼は低い声で言った。「そう決めた理由を訊いてもかまいませんか」

「あなたには知る権利があります」ローズは答えた。「何をおっしゃっても、わたしの決意は変わりません。これはわたしが果たすべき義務なのです。ほかの人に対する義務であり、わたし自身に対する義務でもあります」

「あなた自身に対する？」

「ええ、ハリー。友人も持参金もなく、汚名を背負っているわたしです。浅ましくもあなたの若い情熱にすがり、あなたの希望や計画のすべてに立ち入って邪魔をした、と世間に思われるようなことをするわけにはいきません。あなたがその温かくやさしい心から、出世の大きな妨げになることをするのを止めるのが、あなたとご家族に対するわたしの義務なのです」

「もしあなたの気持ちがその義務感と一致しているのなら——」ハリーは言いかけた。

「いいえ、一致はしていません」ローズは顔を真っ赤にして答えた。

「ならば、ぼくの愛情に応《こた》えてくれるのですね？」ハリーは言った。「それだけは教えてください、ローズ。それだけは。そして、この胸を刺すような落胆の痛みを和らげてください」

「もし愛する人をひどく不幸な目に遭わせずにそれができるのなら——」

「ぼくの告白にまったく別の答えを返していた？」ハリーは身を乗り出して言った。

「少なくとも、そこは隠さず教えてください、ローズ」

「返していたかもしれません」ローズは言った。「でも待って」と手を引っこめながら言い足した。「どうしてこんなにつらい会話を続けなければいけないのですか。わたしにとって、これほどつらいことはありません。ただ、永遠の幸せを生んでくれた会話でもあります。あなたのなかで一度でもわたしが大切な場所を占めていたことを将来思い出せば、幸せになれないはずがありませんから。これからの人生であなたが成功するたびに、わたしは励まされ、新たな勇気と自信を得るでしょう。さようなら、ハリー！　今日のようなかたちでわたしたちが会うことは、もう二度とないでしょうけれど、いまの会話の内容とはちがう関係で、これからも長く、愉しくおつき合いさせてください。あらゆる真実と誠実さの源である神様から、真摯《しんし》な祈りが引き出せるかぎりの祝福をこめて、ご活躍と繁栄を願っています」

「あとひと言だけ、ローズ」ハリーは言った。「理由をあなたの口から聞かせてください」

「あなたのまえには輝かしい未来があります」ローズはきっぱりと答えた。「才能のあるかたや有力な伝手《つて》によって社会生活で得られる栄誉が、手の届くところにあるのです。けれど、そういうかたがたは気位が高く、わたしも自分を産んでくれた母を見下すような人たちとは交わりたくありません。その母の代わりにわたしを育ててくださったかたの息子さんに、恥ずかしい思いをさせたり、失敗を味わわせたりするつもりもないのです。要するに――」一時的に張りつめていた気持ちがくじけ、顔をそらして言った。「わたしは汚名を背負っています。世間が罪のない子供にも着せるような汚名です。それを引き受けるのは自分の血だけにしたい。非難されるのはわたしだけに」

「もうひと言、ローズ――愛しいローズ、どうかもうひと言」ハリーは彼女のまえに身を投げ出して訴えた。「もしぼくがもっと、世間の言う不幸な境遇だったとしても――もし目立たない穏やかな人生を送る運命だったとしても――もしぼくが貧しくて、病弱で、頼りなかったとしても、やはりあなたは振り向いてくれないのですか。それとも、今後ぼくが裕福で名誉ある立場になりそうだから、気が咎《とが》めているのですか」

「無理に答えさせないでください」ローズは言った。「おっしゃったようなことがいまも、将来も起きるはずはありません。そういう質問に答えろというのは不当ですし、酷です」

「もしあなたの答えが、ぼくが厚かましくも望んでいるとおりのものだったら」ハリーはすぐに言い返した。「それはぼくの孤独な道に幸せの光を投げかけ、暗い前方を照らしてくれるでしょう。世界じゅうの誰よりあなたを愛している人間に、ほんの短いことばをかけるのは無意味なことではありません。ああ、ローズ、この熱い永遠の愛情のために、ぼくがあなたゆえに苦しみ、運命として引き受けたすべてのことのために、いまのたったひとつの問いに答えてください」

「もしあなたの運命がいまとちがっていて、その身分がほんの少し、わたしからかけ離れないくらい上で、さらに、わたしが慎ましい平和な生活のなかであなたを助け、慰めることができ、身分の高い野心満々の人たちのなかに入っても汚点や引け目にならないのであれば、これほどつらい思いはしなかったでしょう。いまだって、わたしがとても幸せでいられる理由はいくらでもあります。ですが、もしそうなったら、ハリー、わたしはもっと幸せになれると思います」

そんなふうに正直に話しているあいだ、ローズの心には、遠い少女時代に大切に胸に抱いていた希望が次々と甦《よみがえ》ったが、古い希望がしおれて戻ってきたときの常として、涙があふれ、泣いたことで気持ちが落ち着いた。

「わたしのこの弱さはどうしようもありません。でも、それでかえって決意は固まるのです」ローズは言って、手を差し伸べた。「さあ、もう本当にお別れしなければ」

「ひとつ約束していただけませんか」ハリーは言った。「一度だけ、あとたった一度だけ——一年以内、いや、もっと近いうちかもしれませんが——この話を最後にもう一度させてください」

「わたしの正しい決意を無理に変えようとしないでください」ローズは物悲しい笑みを浮かべて答えた。「無駄ですから」

「いいえ」ハリーは言った。「そうしたいなら同じことばをくり返すだけでもいいのです——最後にもう一度聞かせてください。ぼくはそのときどんな地位や財産を持っていようと、あなたの足元にすべて投げ出す。それでもいまの決意がぐらつかないなら、その先、ぼくがことばや行為でそれを変えようとすることは決してありません」

「ではそうしましょう」ローズは言った。「苦痛がひとつ増えるだけですが、そのころにはわたしも、もっとうまく耐えられるようになっているかもしれません」

ローズはまた手を差し出したが、ハリーは彼女を胸にかき抱き、美しい額に一度だけキスをして、急いで部屋から出ていった。

35

非常に短い章で、さほど重要に見えないかもしれないが、前章の続きとして、また次章が始まる際の鍵《かぎ》として読まれるべきである

「すると、今朝私といっしょに旅立つことにしたんだね、え？」医師は言った。彼とオリヴァーがついた朝食のテーブルに、ハリー・メイリーが加わったときのことだった。

「いやはや、一時間として同じ気持ちや決心でいることがないのだな」

「いまにそうではないとおっしゃる日が来ますよ」ハリーはとくに理由もなさそうなのに顔を赤らめて言った。

「だといいが」ロスバーン氏は答えた。「告白すると、そうは思えないのだ。つい昨日の朝、きみはたいそうあわてて、ここにとどまることを決めた。親孝行の息子らしく、母上のお供で海辺に出かけると。ところが午《ひる》になるまえに、ロンドンに帰るから途中まで私といっしょに行ってくださると言う。名誉なことだがね。そして夜になると、なぜだか見当もつかないが、女性たちが起きはじめるまえに出発したいと私を急《せ》き立てる。おかげでオリヴァーは牧草地であらゆる種類の珍しい植物を探しまわる代わりに、いま

こうして朝食のテーブルに縛りつけられているというわけだ。なんとも残念じゃないか、オリヴァー?」

「先生とミスター・メイリーが出発するときに家にいなかったら、とても後悔すると思いましたから」オリヴァーは答えた。

「いい子だ」医師は言った。「家に帰ったら、ぜひ遊びにきなさい。だがハリー、まじめな話、お偉方から連絡があって急に発《た》ちたくなったということかな?」

「お偉方というと」ハリーは答えた。「そこにはぼくの威厳あふれるおじも含まれるのでしょうが、ぼくがここに着いてからというもの、彼らから連絡はいっさいありませんよ。それに一年のこの時期には、ぼくが緊急に立ち会わなければならないような事件が起きるとも思えません」

「ふむ」医師は言った。「変わった男だな。だがもちろん、クリスマスまえの選挙で、彼らはきみを議会に送りこむのだろう。ころころと意見を変えるのは、政治生活にとってはいい準備だ。何かしら意味がある。競争の目的が順位であれ、賞杯や配当金狙《ねら》いであれ、充分な訓練をすることがつねに望ましいからね」

ハリー・メイリーは、この短い会話にひと言ふた言足して、医師を大いにへこませてやれるという顔をしていたが、「いまにわかりますよ」と言うだけで満足し、その話題は終わりにした。ほどなく駅馬車が玄関に到着し、ジャイルズが荷物を取りに入ってきて、立派な医師はその様子を見にそそくさと出ていった。

「オリヴァー」ハリー・メイリーが低い声で言った。「ちょっと話せるかな」

オリヴァーはメイリー氏に呼ばれて窓際《まどぎわ》に行ったが、彼のふるまいのすべてに悲しみと荒々しさが入り混じっていて驚いた。

「もう手紙は上手に書けるだろう」ハリーはオリヴァーの腕に手を置いて言った。

「書けると思います」オリヴァーは答えた。

「ぼくはしばらく戻ってこられない。だから手紙を書いてぼくに送ってくれないか、たとえば、二週間に一度、隔週の月曜にでも、ロンドンの中央郵便局を宛先《あてさき》にして。どうだい？」メイリー氏は言った。

「もちろん書きます！　光栄です」オリヴァーは仕事を頼まれたことに大喜びして言った。

「知らせてほしいんだ——母とミス・メイリーがどうしているか」若者は言った。「きみがどんな散歩をしたか、何を話したか、彼女が——つまり、彼女と母が幸せそうか、健康にしているかということも書いてほしい。わかるね？」

「ええ！　わかります。わかりますとも」

「ふたりにはこのことは知らせないほうがいいと思うんだ」ハリーは急いでつけ足した。「母がもっとぼくに手紙を書かなければと焦《あせ》るかもしれないからね。余計な心労を増やしてしまう。きみとぼくのあいだの秘密にしておこう。いいね、何もかもしっかり知らせてくれよ。頼んだぞ」

オリヴァーは自分が偉くなった気がして有頂天になり、誇りに胸をふくらませた。手紙のことは秘密にして、くわしく書きます、と誠意をこめて約束した。メイリー氏は、これからもオリヴァーのことを気にかけて守るからと温かいことばをかけて、別れを告げた。

医師がすでに馬車のなかにいて、ジャイルズ（居残ることになっていた）が扉を開けて待っていた。メイドたちは庭から見ていた。ハリーは格子窓《こうしまど》に一瞥《いちべつ》を与え、馬車に飛び乗った。

「行け！」彼は命じた。「思いきり速く。全速力で駆けさせろ。飛ぶくらいでないと今日のぼくの気持ちにはついていけないぞ」

「おっと！」医師は驚き、あわてて正面のガラス窓をおろして御者に叫んだ。「飛ぶよりはずっと遅くないと私の気持ちにはついていけないぞ。聞いてるな？」

馬車は遠ざかり、リンリン、ガタガタという音も聞こえなくなった。そのすばやい動きだけが見えていたが、それもうもうと巻き上がる土煙《つちぼこり》のなかにほとんど隠れ、障害物や道の曲がり具合で消えたり、また現れたりした。土埃も完全に見えなくなって、ようやく見送りの者たちは散った。

だが、馬車が何マイルも離れたあとまで、その消えたあたりを見すえていた人物がひとりいた。白いカーテンの陰にいたので、ハリーが窓に眼を上げたときには見えなかったが、そこにローズが坐《すわ》っていた。

「お元気で幸せそうだった」彼女はようやく言った。「がっかりされているのではないかと怖《おそ》れていたのだけれど、思いちがいだった。本当に、本当によかった」

涙は喜びの印にも悲しみの印にもなるが、窓辺でまだ同じ方向を見やり、物思いに沈むローズの頬を伝った涙は、喜びより悲しみを多く語っているようだった。

36

本章と第27章を見比べた読者は対照的だと思うだろうが、結婚生活においてはさほどまれでもない事例

バンブル氏は救貧院の客間に坐《すわ》り、寂しい火格子《ひごうし》を物憂《ものう》げに眺めていた。夏だったので、暖炉で光っているのは、艶《つや》のある冷たい表面に反射する弱々しい日光だけだった。紙のハエ取り籠《かご》が天井からぶら下がっていて、彼はときおりそこに眼を上げながら、鬱々《うつうつ》と考えに浸っていた。けばけばしい網目模様の籠のまわりを不注意なハエが飛びまわるのを見て、深いため息をつくと、顔にはいっそう暗い影が差した。バンブル氏は考えこんでいた。ハエが彼自身の過去の痛ましい出来事を思い出させたのかもしれない。

観察者の胸に心地よい憂愁をもたらすのは、バンブル氏の暗い気分だけではなかった。外見にも、本人と密接につながった品々にも、彼の地位に大きな変化が生じたことを示すものがたくさんあった。モールつきの上着や三角帽はどこだ？　彼はまだ膝丈《ひざたけ》のズボンと黒い木綿の長靴下をはいていたが、それはあのズボンではなかった。上着にしても、裾《すそ》が開いているところはあの上着と同じだが、ああ、なんとちがっていることか！

堂々たる三角帽は地味な丸い帽子に替わった。バンブル氏はもはや教区吏ではなかったのだ。

出世のなかには、実質的な収入増とは関係なく、その地位と結びついた上着やチョッキに特別な価値や権威がともなう場合がある。陸軍元帥《げんすい》には軍服があり、主教には法衣の絹の前垂れ、弁護士には絹のガウン、教区吏には三角帽がある。主教から前垂れを取り、教区吏から三角帽と金モールを取ったら、何者になる？　人──ただの人だ。権威や神聖さですら、ある人々が想像しているよりはるかに上着とチョッキの問題なのだ。

バンブル氏はコーニー夫人と結婚し、救貧院の院長になっていた。別の教区吏が任命され、三角帽、金モールの上着、杖《つえ》の三つはすべてその男のものになった。

「あれから明日で二カ月」バンブル氏はまたため息をついた。「大昔のように思える」

この八週間に一生分の幸せを詰めこんだという意味で言ったのかもしれない。が、ため息──そのため息には大きな意味があった。

「私は自分を売ってしまったのだ」バンブル氏は追想の続きに浸って言った。「ティースプーン六本、角砂糖挟み、ミルクポット、わずかな中古家具、そして二十ポンドの現金と引き替えに。ずいぶんな安売りだった──大安売りだ」

「大安売りですって！」バンブル氏の耳に甲高い声が響いた。「あんたなんか、どんな値段だって高すぎよ。わたしがどれだけ余計に払ったことか。神様はご存じよ」

振り返ると、そこに彼の興味深い配偶者の顔があった。バンブル氏の小言の数語を耳に挟み、勝手に解釈して、いまのように当てずっぽうで言い返したのだ。

「ミセス・バンブル！」彼は涙混じりの厳《いか》めしさで言った。

「なんなの」夫人は大声で言った。

「私を見なさい」バンブル氏は相手を睨《にら》みつけて言った。

この視線に耐えられるのなら、彼女は何にだって耐えられる、とバンブル氏は胸につぶやいた。この視線は貧民には効果覿面《てきめん》だった。これが彼女に効かないなら、自分の力も落ちたということだ。

ちょっと眼をむいただけで貧民がおとなしくなったのは、彼らがほとんど食べ物を与えられず、健康とは言いがたい状態だったからなのか。一方、効果がなかったのは、元コーニー夫人が鋭い視線にとりわけ強かったのか、そこは意見の分かれるところだろう。実際、婦長はバンブル氏に睨みつけられてもびくともせず、むしろ露骨に軽蔑《けいべつ》して、可笑《おか》しくてたまらないというふうに笑い声まで立てた。

このまったく思いがけない反応に、バンブル氏はまず信じられないという顔をし、次に驚きの表情になった。そのあとまた暗い物思いに逆戻りし、伴侶《はんりょ》の声ではっと目覚めるまで、ぼんやりしていた。

「そこで一日じゅう、いびきをかいてるつもり？」バンブル夫人が尋ねた。

「好きなだけここに坐っているつもりだ」バンブル氏は答えた。「いまいびきはかいていなかったが、気が向けば、いびきもかくし、あくびも、くしゃみも、笑いも、泣きもする。それは私の特権だ」

「あんたの特権ですって！」バンブル夫人は言語に絶する軽蔑をこめて冷笑した。

「そのとおり」バンブル氏は言った。「男の特権は命令することだ」

「だったら女の特権はなんなの、え？」いまは亡《な》きコーニー夫人の残りかすが怒鳴った。

「命令にしたがうことだ」バンブル氏は声を轟《とどろ》かせた。「おまえも不幸な亡夫に教わるべきだったな。そしたら彼も、ことによると、まだ生きていたかもしれん。そうだとよかったのにな、気の毒に！」

バンブル夫人は、いまこそ決定的瞬間であること、一方の他方に対する支配権の奪い合いは一撃必殺でなければならないことをひと目で見抜き、故人の話を耳にするが早いか、どさっと椅子《いす》に坐り、あんたは冷たい人でなしだと大声でわめきながら号泣の発作を起こした。

しかし、涙はバンブル氏の魂に届かない。彼の心は防水仕様だった。洗えるビーバー革の帽子が雨で強くなるように、彼の神経は涙の雨で強靭《きょうじん》になり、活力を得る。涙は弱さの証《あかし》であり、つまり彼の力を暗に認めることなので、バンブル氏は喜び、得意になる。このときも善き妻を大満足の顔つきで見やり、思う存分泣くがいい、識者によると泣くことはすこぶる健康にいいそうだから、と焚《た》きつけた。

「泣くと肺が広がり、顔が洗われ、眼の運動になり、気持ちが落ち着く」バンブル氏は言った。「だから、どんどん泣くことだ」

こう冗談を飛ばしながら、バンブル氏は釘《くぎ》から帽子を取り、己の優越性を適切な態度で示した男らしく、それを小粋《こいき》に傾けてかぶり、両手をポケットに突っこむと、気楽でおどけた雰囲気を体じゅうからまき散らして悠々と部屋から出ていこうとした。

さて、前コーニー夫人が涙を流してみせたのは、実力行使より面倒が少ないからだが、後者の心構えも充分できていたことが、バンブル氏にはすぐにわかった。

その最初の証拠はゴンというううつろな音で、彼の帽子があっという間に部屋の反対側に飛んだ。この予備行動でバンブル氏の頭がむき出しになると、百戦錬磨の淑女は片手で彼の喉《のど》をがっしりとつかみ、もう一方の手で（非凡な力と機敏さを発揮して）拳固《げんこ》の雨を降らせた。それが終わると、バンブル氏の顔を引っかき、髪をむしることで攻撃に多少変化を加え、そのころにはひととおり与えるべき罰を与えたということで、運よくそこにあった椅子の上に彼を押し倒し、さあ、これでも特権がどうこう言うなら言ってもらおうじゃないのと啖呵《たんか》を切った。

「立ちな」バンブル夫人は命令口調で言った。「さっさと出ていけ。でないと、もっと自棄《やけ》になるからね」

バンブル氏はしおたれた顔で立ち上がり、これ以上自棄を起こしたらどうなるのかとつらつら考えながら帽子を拾い、ドアのほうを見た。

「行くのね？」バンブル夫人が訊《き》いた。

「行くとも、おまえ、もちろん」バンブル氏はドアに向かう足を早めて答えた。「私はそんなつもりじゃ――行くとも、おまえ――おまえがあまりにも乱暴だから、本当に私は――」

急にバンブル夫人が進み出て、もみ合いでめくれた絨毯《じゅうたん》の端をもとに戻そうとしたので、バンブル氏は言いかけたことをほったらかして部屋から飛び出し、旧コーニー夫人に場を明け渡した。

バンブル氏はそうとう驚き、打ちのめされていた。彼本来の性格は断固いじめる側で、つまらないことで人をいたぶっては少なからぬ喜びを味わっていたから、(言うまでもなく)臆病者《おくびょうもの》である。といっても、決して彼を貶《おとし》めているのではない。尊敬と称賛を集める多くの役人にも似たような欠点が見受けられるからだ。むしろ褒めことばとして使った。バンブル氏がまさしく役人向きの資質を備えていることを読者に印象づけたかったのだ。

しかし、面目丸つぶれはそこで終わらなかった。院内を見まわり、救貧法は人々を苦しめている、妻を捨てて教区に面倒を見させる夫が罰せられることなどもってのほかで、むしろ彼らは忍苦を強いられた立派な個人として褒美《ほうび》を与えられるべきだ、と初めて考えながら、貧民の女たちがふだん教区のシーツを洗っている部屋のまえまで来ると、なかから会話が聞こえてきた。

「ふん！」バンブル氏は生来の威厳を呼び起こして言った。「少なくともこの女たちは特権を重んじるだろう。おい、そこ！　なんの無駄話をしている、女たち」

そう言いながらバンブル氏はドアを開け、猛然と怒気を燃やして踏みこんだが、たちまちおどおどと縮こまった。まったく思いがけず、淑女の妻がそこにいたからだ。

「おまえ」バンブル氏は言った。「ここにいたとは知らなかった」

「知らなかった！」バンブル夫人はくり返した。「あんたこそここで何してるの」

「おしゃべりがすぎて仕事にならないのではないかと思ったのだよ、おまえ」バンブル氏は洗い桶《おけ》のまえにいる老女ふたりになんとなく眼をやりながら答えた。ふたりは院長の卑屈さに驚いて感想を述べ合っているところだった。

「おしゃべりがすぎるですって？」バンブル夫人は言った。「それがあんたとどうかかわるの」

「いや、そりゃおまえ――」バンブル氏は夫人の顔色をうかがうように言った。

「あんたとどうかかわるの」バンブル夫人はまた訊いた。

「おまえが婦長だというのはよくわかっている」バンブル氏は認めた。「だが、ちょうどこにはいないと思ったものでね」

「よく聞きなさい、ミスター・バンブル」淑女は言い返した。「ここではいっさい口を出してもらいたくない。あんたは余計なことに首を突っこみすぎ。背中を向けたとたんに、みんな笑ってますよ。毎日一時間おきに自分を馬鹿《ばか》に見せてるわけ。さっさと消えて、早く！」

バンブル氏は、ふたりの老女がさもうれしそうに忍び笑いをしているのを見て、ひどく傷つきながらも、しばしためらった。バンブル夫人はこれ以上我慢ならないと石鹸水《せっけんすい》の鉢をつかみ上げ、ドアのほうを指して、その太った体に中身をぶっかけられたくなかったらいますぐ出ていけと夫に命じた。

バンブル氏に何ができただろう。しゅんとしてあたりを見まわし、こそこそと逃げ出した。ドアから外に出るなり、貧民たちのくすくす笑いはもうこらえきれないという喜びの高笑いに変わった。これこそ総仕上げ。バンブル氏は彼らの眼のまえで恥をかいたのだ。ほかならぬ貧民たちのまえで、地位も面目も失った。教区吏の威光輝く高みから、妻に鼻であしらわれる腑抜《ふぬ》けのどん底まで落ちこんだのだった。

「たった二カ月で！」バンブル氏は心底憂鬱な気分で言った。「二カ月——ほんの二カ月前には自分の主人だっただけでなく、この教区の救貧院に関するかぎり、全員の主人でもあったのだ。それがいまや！——」

あんまりだった。バンブル氏は門を開けてくれた若者の横面を殴り（というのも、夢うつつで門のまえまで来ていたので）、心ここにあらずという様子で通りに出た。

この通り、あの通りと歩きまわるうちに、運動したせいで最初の胸を刺すような悲しみが和らぎ、感情の揺り戻しで喉が渇いてきた。何軒もの居酒屋のまえを通りすぎて、ついに横道の店のまえで足を止めた。鎧戸《よろいど》の隙間《すきま》からなかをのぞくと、部屋に客はひとりしかいない。折しもにわか雨が激しく降りだしたので心が決まり、バンブル氏は居酒屋に足を踏み入れた。途中のバーで飲み物を注文し、先ほど通りからのぞいた部屋に入った。

そこにいたのは、背が高くて浅黒く、大きな外套《がいとう》を着た男だった。地元の人間ではなさそうな雰囲気で、やつれた顔つきといい、服についた土埃《つちぼこり》といい、どこか遠くから旅してきたように見えた。男は入ってきたバンブル氏を横目で見たが、挨拶《あいさつ》されても、ろくにうなずきもしなかった。

たとえこの見知らぬ男がもう少し愛想よくふるまったとしても変わらなかっただろうが、バンブル氏はゆうにふたり分の威厳を備えていたので、黙ってジンのお湯割りを飲みながら、いかにも身分の高い重要人物のように新聞を読んでいた。

しかし、ふたりの人間がこんなふうに同席したときの常として、バンブル氏はときおりどうしても相手を見たくなる誘惑に駆られ、抵抗できずについ見知らぬ男を盗み見てしまった。すると男のほうもかならずこちらをうかがっていて、バンブル氏はばつが悪くなって眼をそらす。男の眼の表情が非常に変わっていて、明るく鋭いわりに不信と猜《さい》疑《ぎ》の影を帯び、これほどおぞましく不快なものは見たことがなかったバンブル氏は、なおさら気まずかった。

そんなふうに互いに何度か相手の視線をとらえたあと、見知らぬ男がかすれた深い声で沈黙を破った。

「あんた、おれを探してたのか」彼は言った。「あの窓からなかをのぞいたときに」

「いや、そういうつもりではなかったが、ただ、あなたがミスター——」バンブル氏はそこでことばを切った。相手の名前が知りたかったのだが、そこでやめればじれったくなって名乗るだろうと思ったのだ。

「探していなかったようだな」見知らぬ男は口元に静かな皮肉の表情を浮かべて言った。「でなければ、おれの名前を知っているはずだから。あんたはおれの名前を知らない。言っとくが、訊かないほうがいいぞ」

「他意はなかったのだ、お若いの」バンブル氏は偉そうに言った。

「わかっている」男は言った。

この短い会話のあと、また沈黙が流れた。それを破ったのは、またしても見知らぬ男だった。

「あんたをどこかで見かけたと思う」男は言った。「そのときには、いまとちがう恰好《かっこう》だった。通りですれちがっただけだが、また会えばすぐにわかる。教区の役人じゃなかったか？」

「そのとおり」バンブル氏はいくらか驚いて言った。「教区吏だった」

「やはりな」男はうなずいた。「以前見かけたときにはそうだった。いまはどうしてる？」

「救貧院の院長だ」バンブル氏はゆっくりと、もったいぶって言った。こんな他人になれなれしくされてはたまらない。「救貧院の院長だ、お若いの！」

「自分の利益になることを見分ける眼は相変わらずのようだな。まえからそうだった。だろう？」見知らぬ男は、その質問にはっと眼を上げたバンブル氏を鋭く見すえた。「遠慮せず正直に話すがいい。あんたのことはよく知っている、見てのとおり」

「結婚した男は」バンブル氏は手をかざして眼を隠し、すっかりまごついて、相手を頭のてっぺんから爪先《つまさき》まで眺めながら答えた。「まっとうに支払われる金を拒んだりはしないものだ、独身のとき以上にね。教区の役人の給料はあまりよくないから、礼儀正しく正当に与えられる追加の収入は、どれほどわずかであれ断るいわれはない」

見知らぬ男は微笑《ほほえ》み、自分の見立てにまちがいはなかったと言わんばかりにまたうなずいて、呼び鈴を鳴らした。

「この人にお代わりを」男はバンブル氏の空《から》のタンブラーを店主に渡して言った。「濃く、熱くしてくれ。それが好みだろう？」

「あまり濃くないほうが」バンブル氏は答えて、こほんと咳《せき》をした。

「どういう意味かわかるな、主人？」見知らぬ男はそっけなく言った。

店主はにこりとして消え、すぐに湯気の立つ大ジョッキを手に戻ってきた。ひと口飲んだバンブル氏の眼に涙がにじんだ。

「さて、聞いてくれ」見知らぬ男は部屋のドアと窓を閉めてから言った。「今日はこの町にあんたを探しにきたのだ。しきりにあんたのことを考えてたときに、悪魔がときどき仲間の通り道に投げこむチャンスによって、ご当人がおれのいる部屋に入ってきた。教えてもらいたいことがある。無料《ただ》で教えてくれとは言わない。わずかだが、手始めにこれを受け取ってくれ」

言いながら男はソブリン金貨を二枚、テーブルの向こうから同席者に押し出した。金貨のぶつかる音を外にもらすまいとしているかのように、そっと。バンブル氏がそれを手に取って、本物かどうか丹念に確かめ、大いに満足してチョッキのポケットに入れているあいだに、男は続けた。

「思い出してもらおうか――そうだな――十二年前の冬を」

「ずいぶん昔だな」バンブル氏は言った。「けっこう。思い出した」

「救貧院での一場面だ」

「わかった」

「時は夜」

「よし」

「場所は汚い穴倉。まあ、どこでもいい。そこでみじめな自堕落女どもが、自分たちにはたいてい縁がない命と健康を生み出す――つまり、ピーピー泣く赤ん坊を産んで、養育を教区にまかせ、己の恥は墓に隠して腐らせる」

「産室のことを言っているのか？」バンブル氏は男の興奮した説明にあまりついていけなかった。

「そうだ」男は言った。「そこでひとりの男の子が生まれた」

「男の子はいくらでもいるが」バンブル氏は失望して首を振りながら言った。

「ほかのガキなど疫病《えきびょう》に罹《かか》ってしまえ！」見知らぬ男は苛《いら》立《だ》って叫んだ。「おれが言っているのは、たったひとりだ。おとなしくて青白い犬畜生で、ここの葬儀屋に奉公に出されてた（いっそ自分の棺桶を作って、自分でなかに閉じこもればよかったんだ）が、そのあとどうやらロンドンに逃げたらしい」

「なんと、それはオリヴァーだ――幼いツイストのことじゃないか？」バンブル氏は言った。「もちろん憶《おぼ》えている。あれほど意地っ張りな悪童は――」

「あいつについて聞きたいわけじゃない。もう嫌というほど聞いたから」見知らぬ男は、哀れなオリヴァーの悪徳について滔々《とうとう》と述べようとしたバンブル氏の出鼻をくじいた。「おれが知りたいのは、女のことだ。あいつの母親の世話をした婆《ばばあ》がいるだろう。いまどこにいる？」

「どこにいる？」バンブル氏はジンのお湯割りのせいでふざけたい気分だった。「むずかしい質問ではない。婆《ばあ》さんがどこに行ったにしろ、そこに助産婦は必要ない。だから職なしになってるだろうな」

「どういう意味だ？」見知らぬ男は真顔で訊いた。

「去年の冬に死んだんだよ」バンブル氏は答えた。

それを聞いた男はバンブル氏をじっと見つめた。そのあともしばらく視線をそらさなかったが、だんだん眼がうつろになり、ぼんやりしてきて、考えこんでいるように見えた。いっとき、いまの情報にほっとすべきなのか、がっかりすべきなのかわからないという様子だったが、ようやく楽に息をしはじめ、眼をそらして、たいしたことではないとつぶやくと、去るかのように立ち上がった。

バンブル氏は抜け目ない男だったので、妻が握っているなんらかの秘密を高く売りつける絶好の機会だとすぐに見て取った。サリー婆さんが死んだ夜のことはよく憶えている。コーニー夫人に結婚を申しこんだ日なのだから、忘れるわけがない。夫人ひとりが立ち会った死の床で婆さんが何を打ち明けたのかは知らないが、救貧院で婆さんがオリヴァー・ツイストの母親の出産に付き添った際の出来事にかかわっているというところまでは聞き出していた。バンブル氏は急いでそのときの状況を思い出すと、相手の男に、あの婆さんが今際《いまわ》の際《きわ》にふたりきりで話をした女がいる、その女ならそちらの知りたいことに多少なりとも答えられる可能性が高い、と伝えた。

「どうすればその女と会える？」男は警戒心も忘れ、いまの話であらゆる恐怖（どんな恐怖であれ）がまた呼び覚まされたことを如実《にょじつ》に示した。

「私を通してしか会えない」バンブル氏は答えた。

「いつ？」見知らぬ男は立てつづけに訊いた。

「明日だ」

「夜の九時」男は紙切れを取り出し、心の動揺が表れた文字で、テムズ川沿いの人目につかない場所を書いた。「夜の九時にその女をここへ連れてきてくれ。言うまでもなく内密にな。そうするのがあんたのためだ」

そのことばを機に男は先に立って店の出口に向かい、途中で酒代を払った。帰る方向がちがうからとぶっきらぼうに言ったあと、バンブル氏に翌日の約束の時間を念押ししたきり、挨拶もなしに歩きだした。

教区の役人は渡された住所をちらりと見て、相手の名前が書かれていないのに気づいた。男はまださほど離れていなかったから、名前を尋ねようとあとを追った。

「誰だ！」男はバンブル氏に腕を触れられると、さっと振り返って怒鳴った。「おれを追ってきたな！」

「ひとつ訊いておこうと思ったのだ」バンブル氏は紙切れを指して言った。「誰を訪ねていけばいい？」

「モンクスだ！」男は答えて、足早に歩き去った。

37

夜の会合でのバンブル夫妻とモンクスとのやりとりを記す

どんよりと曇って風のない夏の夜だった。一日じゅう怪しかった雲が、水蒸気をみっしり含んだ大きな塊になって空いっぱいに広がり、すでに大粒の雨が落ちてきていて、すぐに激しい雷雨になりそうだった。バンブル夫妻は街の大通りからはずれ、一マイル半ほど離れた集落をめざした。川沿いの汚らしい沼のある低地に、小さなぼろ家が散らばっているところだ。

ふたりとも古くてみすぼらしい上着を着ていて、雨から身を守ることと、人目を避けることの両方に役立ちそうだった。夫はランタンを持ち——まだ火は入っていないが——妻の数歩前を歩いていた。足元がぬかるんでいるので、妻を思いやって自分の踏みつけた大きな足跡の上を歩かせようとするかのように。どちらもひと言もしゃべらずに歩いていた。バンブル氏は、ときおり伴侶《はんりょ》がついてきているのを確かめるためか、歩調をゆるめて振り返り、すぐうしろにいるのがわかると、また足を早め、かなり速度を増して目的地に向かった。

そこはいかがわしいなどという形容ではとうていすまない場所だった。さまざまな種類の労働者のふりはしているが、そのじつ略奪や犯罪でおもに生計を立てている、下劣で捨て鉢な悪党どものすみかとして昔から有名だったのだ。家というよりただの小屋の集まりで、煉瓦《れんが》を漆喰で固めず急いで積み上げたのや、虫食いの古い船材で作ったのが、秩序も配置もおかまいなしにごちゃごちゃと並び、そのほとんどは川の土手から数フィートのところに建っていた。水もれのするボートが数艘《そう》、泥の上に引き上げられて、まわりの低い塀につながれ、そこここにオールや縄の束もあって、みじめな小屋の住人たちが一見川の上で仕事をしているようだが、それらがみな壊れて使い物にならないところを見ると、本当に役立てるというより、見せかけのために置かれていることは、ほんの通りすがりの人間にもたやすくわかった。

この小屋の集まりのまんなかに、川縁《かわべり》で二階から上を水の上に張り出した大きな建物があった。かつては何かの工場で、操業時には近隣の住人を雇ってもいたのだろうが、朽ち果てて長い時間がたっていた。ネズミ、シロアリ、湿気が土台の柱を弱くし、腐らせて、建物のかなりの部分が下の川に沈んでいる。残りの部分も傾き、ぐらついて、あとは昔の仲間を追って同じ運命に身をまかせる機会だけを待ち望んでいるように見えた。

この廃屋のまえで立派な夫婦が立ち止まったときには、すでに最初の遠雷が大気に鳴り響き、雨が激しく降りだしていた。

「このどこかのはずなんだが」バンブル氏が手に持った紙切れを見ながら言った。

「そこのふたり！」上から呼びかける声がした。

バンブル氏が声のほうに顔を上げると、二階の戸口で男が上半身を見せて下をのぞいていた。

「そこにいてくれ」声が言った。「すぐおりる」の声と同時に頭が消え、ドアが閉まった。

「あの人なの？」善き奥方が訊《き》いた。

バンブル氏はそうだとうなずいた。

「だったら、わたしが言ったことを忘れないように」婦長は言った。「できるだけしゃべらないように気をつけて。でないと、こっちの考えがすぐにばれるからね」

問題の建物をひどく悲しげな眼で見ていたバンブル氏は、この取引を先に進めてもいいものかと疑問を口にしかけたようだが、ちょうどそのときモンクスが現れて、夫妻がいるそばの小さなドアを開け、なかへ誘った。

「早く！」モンクスは苛立《いらだ》って叫んだ。「おれをここで待たすんじゃない！」

バンブル夫人は最初ためらっていたが、それ以上言われるまえに勇気を出してなかに入った。バンブル氏は取り残されたのが恥ずかしかったのか、怖かったのか、いずれにせよ非常に不安そうにあとを追った。いつもの際立《きわだ》った特徴である威厳などどこにも感じられなかった。

「どうして雨のなかに突っ立ってぐずぐずしていたのだ」モンクスはドアに閂《かんぬき》をかって振り向き、バンブル氏に問いかけた。

「いやその──ちょっと涼んでいたのだ」バンブル氏はおどおどとまわりを見て、つかえながら言った。

「涼んでいただと！」モンクスが言い返した。「これまで降った雨にこれから降るやつを全部足したって、人間が持ち歩く地獄の火は消せないぞ。そう簡単に涼めるものか。とんでもない！」

こんな感じのいいことを言いながら、彼は急に婦長のほうを向き、刺すような視線を注いだ。その鋭さに、たいていのことには怯《おび》えないバンブル夫人も思わず眼を床にそらしたほどだった。

「これがその女だな？」モンクスが訊いた。

「おほん！これがその女だ」バンブル氏は妻の警告を忘れずに短く答えた。

「女は秘密を守れないと思ってるんでしょう？」婦長が割りこみ、話しながらモンクスに、探るような視線を返した。

「ひとつだけ守れる秘密があるが、それもいずれはばれる」モンクスは見下して言った。

「どんな秘密のことを言ってるの」婦長は同じ口調で訊いた。

「自分の名誉が傷つけられるような秘密だ」モンクスは答えた。「その伝でいくと、自分を絞首刑《こうしゅけい》や流刑《るけい》にしてしまいそうな秘密を知った女も、他人には話さないだろうな。おれはそう思う。わかるかね？」

「わからない」婦長はわずかに顔を赤らめて答えた。

「わかるわけがないな！」モンクスは皮肉をこめて言った。「わかるものか」

冷笑としかめ面《つら》の中間あたりの表情をふたりの相手に向け、またついてこいと合図して、男はかなり広いが天井は低い部屋をすたすたと横切り、すぐ階上《うえ》の倉庫につながる急な階段、というより梯子《はしご》をのぼろうとした。そのとき、壁の隙間《すきま》から稲妻の閃光《せんこう》が射《さ》し、次いで雷鳴が轟《とどろ》いて、おんぼろの建物の土台まで揺さぶった。

「ほら！」男は尻込《しりご》みして言った。「悪魔が隠れる千もの洞窟《どうくつ》にこだまするように、雷が鳴り響くのを聞け。おれはあの音が大嫌いだ」

男はしばらく黙っていたが、顔を覆《おお》っていた両手を突然どけると、その顔があまりにもゆがんでうつろだったので、バンブル氏は狼狽《ろうばい》してことばを失った。

「ときどきこういう発作が起きるのだ」モンクスはバンブル氏のあわてぶりを見て言った。「雷が引き起こすこともある。気にするな。これで終わりだから」

言いながら彼は梯子をのぼり、夫妻を連れて入った部屋の窓の鎧戸《よろいど》を手早く閉めた。

天井の太い梁《はり》の一本から滑車と縄で吊《つ》り下がったランタンを下に引くと、そこに置かれた古い机と椅子《いす》三脚に薄暗い光が投げかけられた。

「さて」三人が坐《すわ》ると、モンクスが言った。「すぐ仕事の話に入ったほうが全員のためだ。この女が事情を知っているのだな？」

これはバンブル氏に対する質問だったが、妻が答えを先取りして、何から何まで知っていると言った。

「彼が言うには、件《くだん》の婆《ばあ》さんが死んだ夜、あんたがいっしょにいて、婆さんから話を聞いたそうだが――」

「あなたが話した男の子の母親についてね」婦長は途中で相手をさえぎって答えた。「ええ、聞きました」

「最初の質問は、その婆さんがどういう類《たぐい》の話をしたかだ」モンクスは言った。

「それは二番目の質問ね」女はきわめて慎重に言った。「最初の質問は、その話にどれだけの値打ちがあるかよ」

「どういう話かもわからないのに、誰が値段をつけられるというのだ」

「あなたならつけられると聞かされましたけど」とバンブル夫人は応じた。彼女の押しの強さに関しては、配偶者がいくらでも証言してくれるだろう。

「ふん！」モンクスは意味ありげに言い、いかにも知りたそうな顔つきで訊いた。「金を払う値打ちのある情報なんだろうな、え?」

「たぶんね」落ち着き払った答えだった。

「その女から取り上げたものとか」モンクスは真剣な口調で言った。「女が身につけていた何か――たとえば――」

「まず値段を言って」バンブル夫人がさえぎった。「これまで聞いたことから、わたしが話すべき相手はあなただということがはっきりしましたからね」

この秘密について、そもそもわかっていたこと以上の内容を妻から明かされていないバンブル氏は、首を伸ばし、眼を見開いて会話に聞き入っていた。驚きを隠そうともせず、妻とモンクスを交互に見ていたが、いくら欲しいのだとモンクスが厳しく問いかけるに至って、驚きはさらに――そんなことが可能なら――増した。

「あなたにとってどれだけの値打ちがあるの?」女は相変わらず冷静に訊いた。

「一ペニーにもならないかもしれないし、二十ポンドの価値があるかもしれない」モンクスは答えた。「さっさと話して、どちらか判断させてくれ」

「いま言った額に五ポンド足して。金貨で二十五ポンドいただくわ」女は言った。「そしたら知ってることを全部話してあげる。お金が先よ」

「二十五ポンド!」モンクスは叫んであとずさりした。

「わかりやすく言ったつもりだけど」バンブル夫人は答えた。「それに、びっくりするような金額でもない」

「聞いてみればくだらない情報かもしれないのに、びっくりするような金額じゃないだと？」モンクスは苛立って大声を出した。「しかも十二年以上、死んで埋もれていた情報だぞ」

「こういうものは長持ちするし、たいてい高級ワインみたいに時がたつにつれて値段が倍になるの」婦長は依然として揺るぎない無頓着《むとんじゃく》さで答えた。「死んで埋もれてたってことで言えば、一万二千年だか千二百万年だか、誰にもわからないけど、そのくらい死んで埋もれてたあとで、最後の審判の日にようやく不思議な話をする人もいるんじゃないの」

「ただのゴミに金を払うことになったらどうする？」モンクスがためらいながら訊いた。

「金なんか簡単に取り戻せるじゃない」婦長は答えた。「わたしはただの女で、ここにひとりきり。守られてもいないんだから」

「ひとりではないぞ、おまえ。守られていないわけでもない」バンブル氏が恐怖に震える声で申し出た。「ここに私がいる。それに――」バンブル氏は歯をカタカタ鳴らしながら続けた。「ミスター・モンクスは立派な紳士だから、教区の人間に暴力を振るったりはしない。言ってしまえば、私がもう若くなく、少々盛りをすぎているのはミスター・モンクスも知っているがな、おまえ。私が断固たる意志を持ち、いざというときには恐るべき力を発揮する役人であることは、ミスター・モンクスも耳にしているはずだ。それはもうまちがいない。ただそうなるのに少々きっかけが必要なだけで」

バンブル氏は話しながら、毅然《きぜん》たる決意でランタンを握りしめて哀れに見得《みえ》を切ったが、顔の隅々にまで怯えが表れていて、なんらかの戦闘行為に打って出るのに少々どころか多大なきっかけを必要とするのは明らかだった。もっとも、相手が貧民か、闘うために体重を落とした人間なら話は別だが。

「この馬鹿《ばか》」バンブル夫人は言った。「黙っといで」

「ここに来るまえに舌を切り落としたほうがよかったな、もっと低い声でしゃべれないなら」モンクスは顔をゆがめて言った。「彼はあんたの夫なのか、え？」

「わたしの夫！」婦長はくすくす笑って質問をかわした。

「入ってきたときにわかったよ」モンクスは、夫人が話しながら連れ合いに投げかけた怒りの視線に気づいて言った。「そのほうがいい。ふたりの人間と取引をするときには、意思がひとつだとわかっているほうがやりやすいからな。本気で言っているんだ――これを見ろ」

モンクスは横のポケットに手を突っこみ、粗布の袋を取り出すと、二十五枚のソブリン金貨を数えながら机に並べて、夫人のほうに押し出した。

「さあ、手にするがいい。この建物の屋根に落ちそうな忌々《いまいま》しい雷がやんだら、話を聞かせてもらおうじゃないか」

　雷の音はたしかにかなり近づいていて、ほとんど彼らの頭上で大気を震わせ、落ちてきそうに思われたが、それもおさまったので、モンクスは机から顔を上げ、女の言うことを聞こうと身を乗り出した。ふたりの男が小さな机にもたれて真剣に耳を傾け、女は女で囁《ささや》き声を聞かそうと体をまえに出したので、三人の顔が触れ合いそうになった。吊り下がったランタンの淡い光が彼らの顔に照りかかり、青白い不安な表情を際立たせた。それが完全な闇《やみ》に取り囲まれているものだから、不気味なことといったらなかった。

「サリー婆さんと呼ばれてた、あの女が死んだとき」婦長は話しはじめた。「婆さんとわたしはふたりきりだった」

「ほかには誰もいなかったのか」モンクスが同じうつろな囁き声で訊いた。「近くのベッドに別の哀れな病人も、頭の足りないやつもいなかった？　あんたたちの話をもれ聞いたり、ことによると理解した人間はいなかったんだな？」

「ひとりもね」女は答えた。「婆さんとわたしだけ。死が訪れた体の横に、わたしだけが立っていた」

「よかろう」モンクスは彼女を熱心に見て言った。「続けて」

「婆さんはある若い人の話をした」婦長はまた話しだした。「婆さんが死にかけている同じ部屋というだけでなく、まさに同じベッドに昔横たわって、この世にひとりの子を産み出した若い娘だよ」

「ほう？」モンクスは唇を震わせ、ちらっとうしろを振り返った。「まったく、なんという巡り合わせだ！」

「その子というのが、あなたが昨晩この人に話した子よ」婦長はぞんざいに夫に顎《あご》をしゃくって言った。「付き添っていた婆さんは、その母親からものを盗んだの」

「生きているうちに？」モンクスが尋ねた。

「死んでから」女は身震いのようなものに襲われた。「まだ死んだとも言えないうちに、その体から盗んだの。母親が亡《な》くなる間際《まぎわ》に、どうかこの子のために取っておいてと頼んだのにね」

「婆さんはそれを売ったのか？」モンクスはつかみかからんばかりの勢いで訊いた。「売り払ったんだな？――どこへ？――いつ？――誰に？――どのくらいまえに？」

「婆さんは虫の息でやっとこれだけのことを言うと、倒れて死んでしまった」

「それ以上何も話さずに？」モンクスは叫んだ。声を抑えていただけに、余計に怒りが伝わった。「嘘《うそ》だ！　だまされないぞ。もっと何か言ったはずだ――おまえらふたりを殺してでも聞き出してやる」

「あとはひと言も言いませんでしたよ」女は見知らぬ男の脅迫に、見たところまったく動じずに答えた（一方、バンブル氏は正反対だった）。「でも、半分握りしめた手で、わたしの上着をしっかりつかんでいた。婆さんが亡くなったのがわかったので、その手を無理やり引きはがすと、拳《こぶし》のなかに汚い紙切れが入っていた」

「その紙のなかには――」モンクスが割りこんで、また身を乗り出した。

「何も」女は答えた。「それは質屋の受取だった」

「何を質に入れたんだ」モンクスは訊いた。

「そのうち話すわ」女は言った。「婆さんはそのちょっとした品物をしばらく持っていたようね。もっとうまい儲《もう》けにならないかと期待して。そのあと質に入れ、ちびちび金を貯《た》めては毎年利子を払って、質流れにならないようにしていた。もし何かいい話があったら、いつでも請け出せるように。でも何もなかったものだから、いま言ったとおり、手のなかにぼろぼろになった質札一枚を残して死んだってわけさ。質草はあと二日で流れるところだった。そこでわたしも、そのうちいいことがあるかもしれないと考えて、請け出しておいた」

「それはいまどこにある？」モンクスがすかさず訊いた。

「ほらこれ」女は答え、手放すのがうれしいかのごとく、さっさと机の上に小さな子ヤギの革の袋を放り出した。フランス製の時計がやっと入るくらいのその袋にモンクスは飛びつき、震える手で乱暴に口を開いた。なかに入っていたのは、ふた房の髪を収めた小さな金のロケットと、飾り気のない金の指輪ひとつだった。

「指輪の内側に〝アグネス〟の文字が彫りこまれている」女が言った。「苗字《みようじ》のところは空けてあって、そのあとの日付は、赤ん坊が生まれる一年足らずまえだった。そこまではわかったの」

「それだけか？」モンクスは小さな包みの中身を隅々まで熱心に検《あらた》めたあとで言った。

「それだけ」女は答えた。

バンブル氏が大きく息を吸った。話が終わったのと、二十五ポンドを戻せと言われなかったことに安堵《あんど》したかのように。それから勇気を出して、いまの会話のあいだじゅう鼻の上をたらたらと流れていた汗をふいた。

「わたしは自分で推測のつく話しか知らないし」短い沈黙ののち、彼の妻がモンクスのほうを向いて言った。「何も知りたくない。そのほうが安全だからね。でも、確かめたい問題がふたつあるんだけど、訊いてもいい？」

「いいだろう」モンクスは少し驚いた様子で言った。「だが、おれが答えるかどうかはまた別の問題だ」

「――それで問題が三つになった」バンブル氏がおどけてみせようとした。

「あなたがわたしから手に入れたいと思っていたのは、それ？」

「そうだ」モンクスは言った。「もうひとつの質問は？」

「それで何をするつもりなの。わたしを陥《おとしい》れるために使う？」

「ありえない」モンクスは答えた。「自分を陥れるつもりもない。これを見ろ。だが一歩もまえに出るなよ。出たが最後、おまえらの命はそのへんの草と変わらなくなる」

そう言うと、モンクスは突然机をどかし、床板についた鉄の輪を引っ張って、大きな跳ね上げ戸を開いた。足のすぐ先にぽっかりと穴があいて、バンブル氏はあわてて数歩うしろに下がった。

「下を見てみろ」モンクスはランタンを穴のなかに下げて言った。「おれを怖がる必要はない。あんたたちがこの上に坐っていたときに、黙って落としてやることもできたんだから。最初からその気ならな」

婦長はそれに勇気づけられて、穴の縁に近づいた。バンブル氏ですら好奇心に駆られて同じように進み出た。下には豪雨でふくれ上がった濁り水が激しい勢いで流れていた。緑色にぬめる杭《くい》にぶつかって波打ち、渦巻く水の音以外に何も聞こえないほどだった。かつて下には水車があったらしく、何本かの腐った支柱や機械の一部が残っていたが、水はそのまわりで泡立ち乱れ、まっすぐ進みたいところを無益にさえぎる障害物から解放されると、新たな勢いを得て飛ぶように流れ去っていた。

「もしここに人間の体を投げこんだら、明日の朝にはどこに行っていると思う?」モンクスは暗い穴でランタンを振りながら言った。

「十二マイル下流で、体はばらばらにちぎれてるだろうね」バンブル氏が答えながら、自分の考えに縮み上がった。

モンクスは、先ほど急いで胸のポケットに入れていた小さな包みを取り出し、滑車の部品で、床に置いてあった鉛の重りをしっかりとくくりつけてから、流れに落とした。それはまっすぐに落ちていき、ほとんど音も立てずに水を貫いて、消えた。

三人は互いに顔を見合わせ、ほっとひと息ついたようだった。

「さあ！」モンクスは跳ね上げ戸を閉めながら言った。戸はドスンと落ちて、もとの場所に収まった。「本に書かれているとおり、海がそのなかにある死人を出すのだとしても（訳注 ヨハネの黙示録第二十章十三節）、金や銀はとどめておくのだから、あのがらくたも沈んだままさ。もう話すこともなくなったから、この愉《たの》しい会合もお開きにするか」

「ぜひとも」バンブル氏が一も二もなく賛成した。

「今日のことについては口を閉じているだろうな？」モンクスが脅すような顔つきで言った。「あんたの奥さんのほうは心配ないが」

「私を信頼してくれ、お若いの」バンブル氏は馬鹿丁寧にお辞儀をして、だんだん梯子のほうにあとずさりした。「みんなのためにな。私自身のためにも、ミスター・モンクス」

「それが聞けてよかった、あんたのために」モンクスは言った。「ランタンに火を入れて、できるだけ早くここから去れ」

会話がここで終わったのは幸いだった。さもなくば、お辞儀をしながら梯子から六インチのところまで近づいていたバンブル氏は、下の部屋に真っ逆さまに落ちていただろう。彼はモンクスが縄からはずしたランタンの火を自分のランタンにもらって手に持ち、あとは話そうともせずに無言で梯子をおりた。彼の妻が続いた。モンクスは梯子の途中で止まり、外から打ちつける雨と濁流の音しかしないことに満足してから、最後におりてきた。

三人は下の部屋をゆっくりと、慎重に横切った。モンクスは影を見るたびに怯え、バンブル氏は床の少し上にランタンをさげて細心の注意で歩くだけでなく、彼ほどの体格の人間としては並はずれた忍び足で、秘密の跳ね上げ戸がまたありはせぬかと恐る恐るまわりに目を配っていた。モンクスは夫妻が入ってきた入口の閂をそっとはずし、ドアを開けた。夫妻はこの謎《なぞ》めいた知人とただうなずきを交わしただけで、外の雨と闇のなかに出た。

彼らが去るなり、モンクスはひとりきりになったことにどうしようもない嫌悪《けんお》を感じたらしく、階下のどこかに隠れていた少年を呼んで、ランタンを渡し、先を歩けと命じて、いま出てきた部屋に引き返した。

38

読者がすでに知っている何人かの立派な人物が再登場し、モンクスとユダヤ人という知恵者同士が相談する

前章で述べた三人の立派な人物が、すでに記した小さな仕事を片づけた夜の次の晩、それより二時間ほどまえに、ウィリアム・サイクス氏は短い眠りから覚め、まだ眠そうに、いま夜の何時だと怒鳴った。

サイクス氏がこの質問を発した部屋は、チャーツィ遠征のまえに借りていた部屋のひとつではなかった。ロンドンの同じ地区にあり、以前の住まいからさほど離れてはいないものの、昔の部屋ほど暮らしやすそうには見えなかった。みすぼらしくて、家具もろくにない狭苦しい部屋で、光が入るのは緩勾配《かんこうばい》の屋根についた窓ひとつからだけ、しかも狭くて不潔な路地に面していた。立派な紳士の最近の落ちぶれぶりを物語るものは、ほかにもたくさんあった。家具や快適なものが完全にないことに加えて、着替えの服や下着といった細かい動産までなくなっているのは極貧の印だし、それでも裏づけ証拠が足りないというのなら、衰えやつれた本人の姿を見れば、残りの徴候はすべて、さもあ

りなんということになるだろう。

　強盗は部屋着代わりの白い外套《がいとう》にくるまってベッドに横になっていたが、病気のため顔は死人のように青ざめているし、そこに汚れたナイトキャップと、一週間分のごわごわした黒い無精髭《ぶしょうひげ》が加わっては風采《ふうさい》が上がるはずもなかった。犬はベッドの横に坐《すわ》り、悲しげな眼で主人を見ながら、外の通りや家の下のほうでする物音に注意を惹《ひ》かれると、耳を立てて低いうなり声をあげた。窓辺に坐って、強盗がふだん着ている古いチョッキを熱心に繕っているひとりの女がいた。看病疲れと、ろくにものを食べていないことで顔色が悪く、ひどくやつれて、サイクス氏の質問に答えた声を聞かなければ、すでにこの物語に登場したナンシーその人だとはとても思えないほどだった。

「七時ちょっとすぎよ」娘は言った。「今晩の具合はどう、ビル？」

「ぜんぜん力が出ない」サイクス氏は、嘘《うそ》だったらこの眼と手足をくれてやるというつもの悪態をついた。「ほら、手を貸せ。とにかくおれをこのくそベッドから出してくれ」

　病気でサイクス氏の機嫌は悪くなる一方だった。娘に引き起こされて椅子《いす》に坐らされたときにも、手際《てぎわ》が悪いとさんざん文句を垂れ、彼女を殴った。

「泣いてるのか？」サイクス氏は言った。「ほら、めそめそして突っ立ってるんじゃない。もっと気の利《き》いたことができないんなら、さっさといなくなっちまえ。聞いてるか？」

「聞いてるわ」娘は顔を背けて答え、笑いを絞り出した。「今度はどんな途方もないことを思いついたの？」

「ほう！　めそめそはやめたのか、え？」サイクスは彼女の眼で震えている涙の粒を見て、うなるように言った。「そのほうが身のためだ」

「今晩はもうあたしにひどいことは言わないでしょうね、ビル」娘は彼の肩に手を置いて言った。

「言わないだと！」サイクスは叫んだ。「言って何が悪い」

「来る夜も来る夜も」娘は女らしい愛情をこめて言った。声にまでやさしさがにじみ出ていた。「毎晩、あたしは辛抱強くあんたの看病をし、世話をしてきた。まるで子供の面倒を見るみたいに。そしてあんたは、今晩ようやくもとに戻ったように見える。それを考えたら、あたしにいまみたいなひどいことは言えないんじゃないの。どう？　さあ、答えて。どうなの？」

「いや、それは」サイクスは言った。「そうだな。おい、なんだ、また泣いてるのか！」

「なんでもない」娘は椅子にどさりと腰をおろして言った。「気遣うふりなんかしないで。すぐに終わるんだから」

「何が終わる？」サイクスは野蛮な声で訊《き》いた。「今度はどんな馬鹿《ばか》なことを企《たくら》んでやがる？　さあ、立ってせっせと働け。女の戯言《たわごと》をおれに押しつけるな」

ほかのときであれば、この抗議は、口にされるときの調子と相俟《あいま》って望ましい効果をあげただろう。しかし、娘は本当に疲れて衰弱していたので、サイクス氏がこのような脅しに添えるそれらしい卑語の二つ三つも言わないうちに、椅子の背に頭をがくんと倒して、気絶してしまった。ナンシー嬢のヒステリーは激しいとはいえ、たいてい他人は助けられず本人が苦しんで抜け出す種類のものだったので、いつもとちがうこの緊急事態にサイクス氏はどうしていいかわからず、少し罵言《ばげん》を吐いて、それがなんの治療効果も及ぼさないことがわかると、助けを呼んだ。

「どうしたね、おまえさん」ユダヤ人が部屋をのぞきこんで言った。

「こいつの介抱を手伝ってくれ」サイクスは苛立《いらだ》って答えた。「そこでくだらん話をして、にやにやしてる場合かよ！」

フェイギンは驚きの声をあげて、娘を助けようと駆け寄った。ジョン・ドーキンズ氏（またの名をアートフル・ドジャー）も尊敬すべき友人のあとから部屋に入ってくると、持っていた包みをあわてて床におろし、すぐうしろについてきたマスター・チャールズ・ベイツの手から酒壜《さかびん》を引ったくって、またたく間に歯で栓を抜き、中身を患者の喉《のど》にいくらか流しこんだ――まちがいがないように、まず自分で味見をしてから。

「ふいごで新鮮な空気を送ってやれ、チャーリー」ドーキンズ氏は言った。「ナンシーの手を叩《たた》いて、フェイギン。ビルはペチコートを脱がせて」

こうしてみなで協力して懸命に手当てをほどこし、なかでも自分に割り当てられた仕事を前例のない座興と考えたらしいマスター・ベイツが活躍したことによって、ほどなく事態は好転した。娘は次第に意識を取り戻し、よろめきながらベッド脇《わき》の椅子に移って、枕《まくら》に顔を埋めた。一方、サイクス氏は、思いがけなくやってきた連中の対応をまかされることになった。

「いったいどういう風の吹きまわしでここへ来た？」彼はフェイギンに訊いた。

「悪い風じゃないさ、おまえさん」ユダヤ人は答えた。「悪い風は誰にもいい知らせを運んでこない。ところがわしは、あんたが喜びそうないいものを持ってきたんだから。ドジャー、おまえさん、包みを開けて、今朝わしらが全財産をはたいて手に入れたささやかなものをビルにやりな」

フェイギン氏に言われたとおり、アートフルは古いテーブルクロスで包んだ大きな荷物を解き、なかのものを一つひとつチャーリー・ベイツに渡していった。ベイツはそれを机に置きながら、珍品だの名品だのとさまざまな褒めことばを並べた。

「これはウサギのパイだよ、ビル！」その若い紳士は巨大なペストリーを見せて叫んだ。「手足も含めて体じゅうが柔らかいから、ビル、口のなかで骨まで溶けて、吐き出す部分がないんだ。これは一ポンド七シリング六ペンスの緑茶半ポンド。あんまり濃く出るから、煮えたお湯に混ぜるとティーポットの蓋《ふた》が吹っ飛んじまう。それから、湿糖が一ポンド半。黒い連中が必死こいて働かなくてもこれほどの純度になるんだ――いや、ほんと。半クォーターンのふすまパンふたつと、最高のバター一ポンド、ダブルグロスター・チーズひとつ、で、仕上げはあんたがいままで飲んだなかでいちばん味わい深い一本」この最後の賛辞とともに、マスター・ベイツは底なしのポケットのひとつから、念入りに栓をしたワインの大壜を取り出し、同時にドーキンズ氏が自分で持ってきた壜からワイングラスに強い酒をついだ。病人は一瞬のためらいもなく、それをひと息で飲みくだした。

「ああ！」ユダヤ人は大満足の体《てい》で両手をもみ合わせた。「これであんたは大丈夫だ、ビル。もう大丈夫」

「大丈夫だと！」サイクス氏は叫んだ。「おまえが助けに来るまえに、二十回はあの世に行ってたかもしれないんだぞ。人をこんな状態で三週間も放っておくとはどういう了見だ、この不人情な宿なしめ」

「いまのを聞いたか、少年たち？」ユダヤ人は両肩をすくめて言った。「こんなにすばらしいものを持ってきてやったのにな」

「これはこれでけっこうだが」サイクス氏は机の上をちらっと見て少し気持ちがなだめられた。「食う物もない、病気にはなる、何もかも冴《さ》えないおれをここに放っておいたことについては、どう言いわけするつもりだ。死にそうだったこの時期、この犬に払うほどの注意すらおれに払わなかったんだからな——そいつを隅にやっとけ、チャーリー」

「こんなに愉快な犬、見たことないよ」マスター・ベイツが言われたとおりにしながら騒いだ。「市場に行く婆《ばあ》さんみたいに食い物を嗅《か》ぎつけるんだから！　舞台でやればひと儲《もう》けできるし、犬が出てくる芝居がまた流行《はや》るぜ」

「いいから黙ってろ」サイクスは怒鳴った。犬はベッドの下にもぐりこみ、まだ不機嫌そうにうなっていた。「で、おまえはどう言いわけするんだ、しなびた老いぼれの故買屋め」

「一週間以上ロンドンを留守にしてたんでね、おまえさん。ちょっとした計画で」ユダヤ人は答えた。

「なら残りの二週間はどうしてた」サイクスは訊いた。「巣穴にいる病気のネズミみたいに、おれをここに放って寝かしといた二週間は？」

「やむをえなかったんだ、ビル」ユダヤ人は答えた。「こいつらがいるまえで、くわしい説明はできないが、わしの名誉にかけてどうしようもなかった」

「おまえの何にかけてだと？」サイクスはあからさまな嫌悪《けんお》の表情でうなった。「ほら、小僧たちのどっちか、おれにパイを切ってくれ。このひどい味を口から消さねえと、喉が詰まって死んじまう」

「そうカッカせんでくれ、おまえさん」ユダヤ人は下手に出て言った。「あんたを忘れたことなんか一度もない、ビル。一度たりとも」

「だろうな。誇らしいよ、おまえに忘れられなかったのが」サイクスは苦々しく笑った。「おれがここで震えたり熱にうなされたりしてるあいだに、おまえはなんだかんだと計画を立ててたわけだ。ビルがこれをやる、あれをやる、ビルは病気が治ったら安手の汚れ仕事を全部やる、金欠だからやらないわけがないってな。そこの娘がいなかったら、死んでたかもしれない」

「まさにそうだよ、ビル」ユダヤ人はそのことばに飛びついて反論した。「この娘がいなかったら！　これほど甲斐甲斐《かいがい》しい娘を紹介してやれるのは、わししかおるまい？」

「この人の言うとおりだわ、本当に！」ナンシーがすかさず進み出て言った。「こういう人なんだから、赦《ゆる》してあげて」

ナンシーが復活したことで会話の流れが変わった。少年たちは抜け目ないユダヤ人から意味ありげな目配せを送られて、彼女にしきりに酒を勧めたが、ナンシーはほとんど口をつけなかった。その間、フェイギンは異様に上機嫌になったふりをして、サイクス氏の脅しを愉快な軽口として受け流し、何度も酒壜をあおったサイクス氏がくだらない冗談をひとつふたつ放てば大声で笑ってみせて、徐々に相手の気分を明るくしていった。

「いいだろう」サイクス氏は言った。「だが、今晩はおまえから金をもらわなきゃならない」

「いまは銅貨一枚持っていない」ユダヤ人は答えた。

「家にたっぷりためこんでるだろう」サイクスは言い返した。「そこからいくらかもらわないとな」

「たっぷりだなんて」ユダヤ人は両手を上げて嘆いた。「そんなに金は――」

「いくら持ってるかは知らない。おまえ自身もよく知らないんじゃないか、数えだしたら長いことかかるだろうから」サイクスは言った。「だが今晩、いくらかもらうぞ。そこは譲れん」

「まあ、それなら」ユダヤ人はため息をついた。「すぐにアートフルに取りにいかせよう」

「そういうのはだめだ」サイクスは応じた。「アートフルは悪賢《アートフル》すぎるからな。こいつを行かせたら、どうせ戻ってくるのを忘れたとか、道に迷ったとか、サツに追いかけられて戻れなかったとかなんとか、言いわけを考え出すだろう。いちばん確実なのは、ナンシーをねぐらに送って取ってこさせることだ。ナンシーが行ってるあいだに、おれはちょっと寝る」

延々と続く議論と交渉の末、ユダヤ人は前払いの額を五ポンドから三ポンド四シリング六ペンスまで値切ったところで折れ、あとたったの十八ペンスでやっていかなきゃならないと深刻な表情で文句を垂れた。一方、サイクス氏は、これだけしか得られないならしかたがないと不承不承言い、ナンシーはフェイギンの家についていく支度をして、ドジャーとマスター・ベイツは食料を戸棚にしまった。ユダヤ人はそこで愛情あふれる友人に別れを告げ、ナンシーと少年たちを引き連れて家に帰った。サイクス氏のほうはベッドにばたんと倒れこむと、娘が戻ってくるまで寝てすごすことにした。

やがて一行はユダヤ人の住まいに着いた。そこではトビー・クラキットとチトリング氏がクリベッジの十五回目のゲームに熱中していた。言うまでもなくチトリング氏が負けて、十五回目で最後の六ペンスを取られるところだったのを、少年たちは大いにおもしろがった。クラキット氏は、自分より身分も知能程度もずいぶん低い紳士とくつろいでいるところを見られたのが恥ずかしかったのだろう、大きなあくびをして、サイクスのことを尋ね、帽子を取って去ろうとした。

「誰も来なかったか、トビー?」ユダヤ人が訊いた。

「ひとりも」クラキット氏は襟を立てながら答えた。「気の抜けたビールみたいに退屈だったよ。こんだけ長いこと留守番させたんだから、フェイギン、お礼は奮発してもらわないとな。まったく、陪審員みたいに閑《ひま》だったぜ。この若いのを愉《たの》しませるぐらい人がよくなけりゃ、ニューゲート監獄のなかみたいにがっちり眠りこんでたところだ。ぞっとするくらい退屈だった、誓って言うが」

トビー・クラキット氏はほかにも似たようなことをわめき立てると、賭《か》けで勝った金をかき集め、自分ほどの大物にはこんな銀貨など端金《はしたがね》だと言わんばかりの尊大さでチョッキのポケットに突っこみ、なんとも優雅で品のいい身ごなしで部屋から出ていった。チトリング氏は、その脚とブーツが見えなくなるまでひたすら尊敬の眼差《まなざ》しを送ったあと、一回につき六ペンス銀貨十五枚であれだけの人物に会えるなら安いものだ、カードゲームで損をしたことなど小指の先ほどの痛手でもないと仲間たちに請け合った。

「なんとも変わったやつだなあ、トム」マスター・ベイツがその発言に大笑いして言った。

「ちっとも」チトリング氏が答えた。「おれは変わってるか、フェイギン？」

「おまえさんはとても利口だよ」ユダヤ人が彼の肩を叩いて言い、ほかの弟子にはウインクをした。

「それに、ミスター・クラキットは本当にすごい人だろう、ちがうか、フェイギン？」

トムは訊いた。

「それはまちがいないよ、おまえさん」ユダヤ人は答えた。

「あの人と知り合いになるだけで、こっちも信頼されるってもんだ、ちがうか、フェイギン？」トムはたたみかけた。

「ちがわないとも、おまえさん」ユダヤ人は答えた。「こいつらは、やっかんでるだけさ、トム。自分が取り合ってもらえないものだから」

「ああ!」トムは勝ち誇ったように叫んだ。「それだ! 彼にすっからかんにされたけど、おれは好きなときにまた稼げるし——だろう、フェイギン?」

「もちろんだ」ユダヤ人は答えた。「できるだけ早く取りかかったほうがいいぞ、トム。時間を無駄にせずに、いますぐ損の穴埋めをしな。ドジャー、チャーリー、おまえたちも仕事に出る時間だ。ほら、もうすぐ十時なのにまだ何もやってない」

その指示にしたがって、少年たちはナンシーにうなずき、帽子を取って部屋から出た。道々、ドジャーと彼の陽気な友人は、チトリング氏を話題にして盛んに冗談を言い合った。公平を期して言えば、チトリング氏の行動に特段目立つところや変わったところがあるわけではない。ロンドンには、上の階級に入れてもらうために彼よりも高い値段を払う元気な若者が山のようにいたし、その上流階級を構成する立派な紳士のなかにも、伊達男《だておとこ》トビー・クラキットと同じ足がかりから評判を打ち立てた者たちが大勢いたのだから。

「さて」少年たちが部屋からいなくなると、ユダヤ人は言った。「おまえさんに預ける金を取ってこよう、ナンシー。これは小さな戸棚の鍵《かぎ》だ。子供たちが持って帰る細々したものを入れておく。金の置き場所には鍵をかけない。かけるほど蓄えてないからね、おまえさん——は、は、は！——そんな金はない。儲からん商売さ、ナンシー。感謝もされんし。だが、まわりに若いやつらがいるのが好きだから、すべてに耐えられる。すべてにな。しっ！」あわてて胸に鍵を隠して言った。「誰だ？ 静かに！」

腕を組んで机のまえに坐っていた娘は、人が来たことにまったく関心を示さなかった。それが誰だろうと、来ようと去ろうと知るものかという風情《ふぜい》だったが、男のつぶやきが耳に入ったとたん、電光石火のごとくボンネットとショールをはぎ取って机の下に押しこんだ。ユダヤ人がすぐに振り返ったときには、娘は部屋が暑いと気だるげに不満をつぶやいたが、その様子は先ほどのあわてた乱暴な仕種《しぐさ》とはまったく異なっていた。彼女に背を向けていたフェイギンは、その所作に気づかなかったのだ。

「ふん！」ユダヤ人は横槍《よこやり》が入って機嫌を損ねたかのように囁《ささや》いた。「もっと早く来るはずだったんだ。いま階段をおりてくる。やつがいるあいだ、金のことはひと言も話すなよ、ナンス。長居はしない——十分もすれば帰るからな、おまえさん」

外の階段をおりてくる足音が聞こえると、ユダヤ人は骨張った人差し指を唇に当てて、ドアのまえまで蠟燭《ろうそく》を運んだ。ちょうどドアにたどり着いたときに部屋に急いで入ってきた男は、ナンシーのすぐそばに行くまで、彼女がいることに気づかなかった。

それはモンクスだった。

「うちの若いやつらのひとりだ」モンクスが初対面の相手に尻込《しりご》みするのを見て、ユダヤ人は言った。「動くんじゃないぞ、ナンシー」

娘は机に近づき、何も気にしていないという雰囲気でモンクスを見てから眼をそらしたが、モンクスがユダヤ人のほうを向くと、また相手を盗み見た。今度は非常に鋭く、心の内まで探るような、目的のはっきりした視線だった。その顔つきの変わりようを第三者が見れば、とても同じ人物だとは思えなかっただろう。

「何か新しいことでも？」ユダヤ人が尋ねた。

「大いにな」

「それは──いいことか？」ユダヤ人はためらいながら訊いた。楽観的になりすぎて相手を苛立たせるのを怖《おそ》れているかのように。

「ともかく悪い知らせではない」モンクスは微笑《ほほえ》んで言った。「今回は対処が早かったから。少し話がしたいんだが」

娘はモンクスに指差されているのはわかったが、ますます机に身を寄せ、部屋から去ろうとしなかった。ユダヤ人は、彼女を無理に追い出そうとすると金の話を持ち出されてまずいことになると思ったのか、階上に指を向け、モンクスを部屋から連れ出した。

「まえ入った地獄の穴みたいなところじゃないだろうな」男が階段を上がりながら言うのがナンシーに聞こえた。ユダヤ人が笑って何か答えたが、これは聞き取れなかった。床板の軋《きし》む音からすると、男を二階に連れていったようだった。

男たちの足音が家のなかで響かなくなるまえに、娘は靴を脱ぎ、ガウンをふわりと頭にかぶって両腕もくるみ、ドアのまえで息を殺して真剣に耳をそばだてた。そして音が消えるや否《いな》や部屋からすべり出て、信じられないほど静かに階段をのぼり、階上の闇《やみ》のなかに消えた。

部屋には十五分あまり誰もいなくなったが、娘がまたこの世ならざる忍び足で戻ってきて、すぐあとからふたりの男がおりてくる音がした。モンクスはそのまま通りに出ていき、ユダヤ人は金を取りにまた上がった。彼が部屋に戻ってくると、娘は帰り支度をしているのか、ショールをはおり、ボンネットをかぶって具合を確かめていた。

「どうした、ナンス」ユダヤ人は燭台《しよくだい》を置いて思わずあとずさりした。「顔が真っ青だぞ」

「真っ青？」娘はくり返し、しっかり相手を見ようとするかのように、眼の上に手をかざした。

「ひどい顔色だ。ひとりで何をしてた？」

「別に何も。この息苦しい部屋に、どれだけかわからないほど長いこと坐ってたせいよ」なんでもないというふうに答えた。「さあ、もう帰らせて。お願い」

フェイギンは求められた金を、硬貨一枚ごとにため息をつきながら彼女の手にのせた。ふたりは「おやすみ」と挨拶《あいさつ》しただけで、あとは何も話さず別れた。

外に出た娘は玄関前の階段に坐りこみ、しばらく完全に途方に暮れて、どちらに進むかも決められないようだった。突然立ち上がると、サイクスが彼女の帰りを待っている家とは逆の方向に急ぎ、徐々に足を早めて、ついにはがむしゃらに走りだした。どうしようもなく疲れてしまうと、止まって息を継ぎ、ふとわれに返って、どうしてもやりたいことができないのを嘆くかのように両手をもみ合わせ、わっと泣きだした。

その涙で気分が落ち着いたのか、むしろ手のほどこしようのない状況にあきらめがついたのか、彼女は来た方向を向いて、ひとつには無駄に費やした時間を取り戻すため、もうひとつには頭のなかで渦巻く考えについていくために、先ほどとほとんど同じくらいの速さで引き返しはじめ、ほどなく強盗を置いてきた家にたどり着いた。

娘がサイクス氏のもとに帰ったときに、心の動揺を外に表していたとしても、彼のほうは気づかなかった。ただ金を持って帰ったかと尋ね、ええという返事を聞くと、枕に頭をのせて、彼女の帰宅で妨げられた眠りにまた落ちていったからだ。

39

前章からの流れでおこなわれた奇妙な会見

娘にとっては運のいいことに、翌日、サイクス氏は金ができたことで飲み食いに忙殺され、おまけに荒々しい気性が抑えられるというすばらしい効果もあって、彼女の立ち居ふるまいにとやかく言う時間もなければ、そんな気にもならなかった。決意するまでにひとかたならぬ苦悶《くもん》をともなった、大胆で危険な行動に出ようというときの、どこか上の空で神経が昂《たか》ぶった彼女の態度は、オオヤマネコの眼を持つ友のユダヤ人ならたやすく見破り、たちまち警戒したにちがいないが、サイクス氏は繊細な識別力に欠け、少しでも疑念を抱いたらまわりじゅうにしつこく当たり散らすことしか知らず、またすでに述べたとおり、いつになく上機嫌だったので、娘の様子がおかしいとはちっとも思わなかったし、じつのところ、いるかいないかすら気にかけていなかった。たとえ彼女の狼狽《ろうばい》がもっと目立ったとしても、サイクス氏が訝《いぶか》しむ気遣いはまずなかった。

日が暮れるころには娘の興奮はいや増し、夜、強盗が酒を飲むそばに坐《すわ》って彼が眠りこむのを待つころには、さしものサイクスも気づいて驚くほど頰から血の気が引き、眼はギラギラと燃えていた。

熱で体が弱っていたサイクス氏はベッドに横たわり、ジンの刺激を弱めるためにお湯で割って飲んでいた。三度目か四度目のお代わりでグラスをナンシーのほうに押しやったときに初めて、彼女の異常な様子に気づいた。

「おい、おまえ！」男はベッドに手をついて起き上がり、娘の顔をじっと見つめた。「屍《しかばね》が生き返ったみたいな顔だぞ。いったいどうした」

「どうしたって？」娘は答えた。「なんでもないわ。なんでそんなに睨《にら》みつけるの」

「何を企《たくら》んでやがる」サイクスは彼女の腕をつかみ、激しく揺さぶって訊《き》いた。「なんなんだ。どういうつもりだ。何を考えてる、え？」

「いろいろ考えてる、ビル」娘は震えながら答え、両手を眼に押し当てた。「だけど、それがどうしたっていうの！」

最後のことばを言うときの見せかけの明るさが、そのまえの剣吞《けんのん》で強張《こわば》った顔つきよりサイクスの印象に残ったようだった。

「わかったぞ」サイクスは言った。「熱病がうつって症状が出てきたか、そうでないなら、何かふつうじゃない危険なことが起きるんだな。おまえ、まさか――いや、そんなはずはない。おまえはそんなことはしない！」

「何をしないのよ」娘は訊いた。

「こいつほど」サイクスは彼女を見すえて、ひとりつぶやいた。「こいつほど信頼できる女はいない。でなきゃ、三カ月まえに喉《のど》をかき切ってやったところだ。これから熱が出るせいさ。それだけだ」

そう言って自分を納得させると、グラスの酒をあけ、またぶつぶつと悪態をついて、薬をくれと言った。娘はぱっと立ち上がって、てきぱきと薬をついだが、その間サイクスに背中を向けていた。そして容器を彼の唇にあてがい、すっかり飲ませた。

「おい」強盗が言った。「おれの横に坐って、いつもの顔を見せろ。でないと、もとの顔に戻りたくてもわからなくなるくらい、その面相を変えてやるぞ」

娘は指示にしたがった。サイクスは娘の手を握って、また枕《まくら》に頭をのせ、眼を彼女の顔に向けた。その眼が閉じられ、また開いた。また閉じ、また開いた。強盗はしきりに体を動かし、二、三分のあいだ何度も眠りかけては恐怖に引きつった顔で跳ね起き、うつろな眼であたりを見まわして、まさに起き上がりかけたとき、いきなり発作に襲われたように深く重い眠りに落ちた。握った手の力が抜け、上げていた腕がだらりと体の横に垂れて、さながら昏睡《こんすい》状態で横になっていた。

「アヘンがやっと効いた」娘はつぶやいて、ベッドから立ち上がった。「でも、間に合わないかもしれない」

彼女は急いでボンネットとショールを身につけた。眠り薬は飲ませたものの、いつサイクスの大きな手が肩にかけられてもおかしくないと思っているかのように、ときどき怖そうにまわりに目を配った。それからベッドの上に静かに身を屈《かが》めて、強盗の唇にキスをし、音を立てずに部屋のドアを開け閉めして、そそくさと家から出た。

大通りに出るまえに通らなければならない暗い通路で、夜廻りが九時半を告げた。

「もう九時半をだいぶすぎた？」娘は訊いた。

「あと十五分で十時を打つよ」男は言って、ランタンを彼女の顔まで上げた。

「一時間かそこらでは、とうていあそこまでたどり着けない」ナンシーはつぶやき、男の横を急いですり抜けて、通りを急いだ。

スピタルフィールズからロンドンのウェストエンドへ向かいながら、彼女がたどった裏道や大通りの店の多くは、すでに戸締まりにかかっていた。時計が十時を打ち、彼女はますます焦《あせ》った。通行人を左右に押しのけて狭い舗道を駆け抜け、混み合う通りを横切るときには、同じように渡りたいと機会をうかがっている多くの人を差し置いて、馬車馬の首の下をどんどんかいくぐっていった。

「あの女、頭がおかしい！」人々は走り去る彼女を眼で追って言った。

ロンドンの裕福な地区に入ると、通りは別世界のように人気《ひとけ》がなくなり、娘が一目散に追い越した人たちは余計に興味をかき立てられたようだった。何人かは、あんなに急いでどこに行くのだろうと知りたがって早足であとを追い、なかには彼女を抜いて振り返り、その少しもゆるまない歩調に驚く者もいたが、それも次第に減って、彼女が目的地に近づくころにはひとりきりになっていた。

そこはハイドパークの近くの閑静で美しい通りに面した、家族向けのホテルだった。玄関前の明るいランプの光を目当てに娘がたどり着いたとき、時計が十一時を打った。彼女はそれまで、どうするか決めかねるように玄関先で二、三歩往《ゆ》き来していたが、その鐘の音で意を決してなかに入った。ポーターの席には誰もいなかった。彼女は迷った様子であたりを見ながら、階段のほうへ進んだ。

「そちらのお嬢さん」きちんとした服装の女がうしろのドアから顔を出して言った。「なんのご用です？」

「ここに滞在中のご婦人と話がしたいのです」娘は答えた。

「ご婦人！」と相手は軽蔑の面持ちで言った。「どのご婦人ですか？」

「ミス・メイリーです」ナンシーは答えた。

すでにナンシーの身なりに気づいていた若い女は、汚いものでも見るような視線を送るだけで何も答えず、男を呼んで対応させた。その男にナンシーはもう一度、来意を告げた。

「どなたからと伝えます？」給仕は訊いた。

「何も伝えなくてけっこう」ナンシーは答えた。

「用件も？」

「それも要らない」娘は答えた。「とにかく会わなきゃならないの」

「こっちへ」男は彼女をドアのほうへ押しながら言った。「話にならない！　さあ、帰りなさい」

「担《かつ》ぎ出されるまで出ていかないよ！」娘は激しい勢いで言った。「それも、あんたふたりをさんざん困らせてからね。ここには誰もいないの？」と見まわしながら、「あたしみたいに哀れな女のために、ちょっとした伝言を取り次いでやろうって人は」

この訴えで、ほかの使用人たちと遠巻きに見ていた人のよさそうな顔の料理人が進み出て、話に割って入った。

「伝えてやればいいじゃないか、ジョー。どうだ？」

「伝えて何になる？」給仕は答えた。「あのお嬢様がこんな女に会うと思うかい、え？」

ナンシーの人となりを疑問視するこの発言で、貞淑な怒りが胸に湧《わ》き起こった四人のメイドが、こんな人は女の恥だと口をきわめて罵《ののし》り、容赦なくどぶに放りこめばいいと声高に主張した。

「好きにすればいいわ」娘は言って、また男たちのほうを向いた。「でも、最初のお願いはどうしても聞いて。どうかこのメッセージを伝えてほしいの」

心やさしい料理人が仲裁に入り、その結果、最初に出てきた男が伝言を引き受けることになった。

「何を伝える?」彼は片足を階段にのせて訊いた。

「若い娘が、ぜひともミス・メイリーとふたりきりで話したがってるって」ナンシーは言った。「最初のひと言を聞いてもらえれば、用件をちゃんと聞くべきか、ペテン師としてここから追い出すべきか、すぐにわかりますからって」

「そりゃまた」男は言った。「たいした自信だね」

「そう伝えて」娘は断固とした口調で言った。「答えを聞いてきて」

男は階段を駆け上がった。ナンシーは青ざめたまま、ほとんど息もせず、唇を震わせて、貞淑なメイドたちがこれでもかと大声でまくしたてる侮蔑《ぶべつ》のことばを聞いていた。男が戻ってきて、彼女に階上《うえ》に上がれと言うと、メイドたちの嘲《あざけ》りは激しさを増した。

「この世で正しく生きてても意味がないのね」最初のメイドが言った。

「炎に溶けない金より真鍮《しんちゅう》のほうが待遇がよかったりしてね」二番目が言った。

三番目のメイドは、ご婦人と言ったって中身はどうなのやらと思うだけで満足した。四番目は、純潔の女神ディアーナ四人による「恥知らず!」の合唱の先頭に立った。

心にもっと大事なことを抱えているナンシーは、それらすべてをものともせず、手足を震わせながら男のあとを追って小さな控えの間に入った。天井からさがるランプに照らされたその部屋に、男は彼女をひとり残して去った。

ナンシーは、通りや不快きわまりない娼家《しょうか》や犯罪者のねぐらで人生をすり減らされていたが、まだ女らしい心根も持っていた。自分のいる部屋のドアに廊下から近づいてくる軽い足音を聞き、狭いところでもうすぐ向かい合う相手と自分との落差を思うと、恥ずかしさが重荷のようにのしかかってきて、みずから会見を申しこんでおきながら会うことに耐えられなくなったかのように身をすくませていた。

しかし、その美しい感情とせめぎ合っているのが自尊心だった――社会の最下層の卑《いや》しい人間にも、身分が高く自信あふれる人間にも等しく見られる悪徳だ。泥棒やごろつきのみじめな仲間、悪党のたまり場をうろつく堕落した宿なし、絞首台《こうしゅだい》の影の下で生きる、監獄や囚人船のゴミかすのような連中の友だち――そんな落ちぶれた身でも自尊心が働きすぎて、女らしい感情を弱みと考え、その頼りない光を外に出すまいとする。ところが、本当はそれだけが彼女を人間性と結びつけていたのだ。幼いころからのすさんだ生活で、外からはその痕跡《こんせき》すらうかがえなくなった人間性と。

ナンシーは眼をいくらか上げて、現れた相手が華奢《きゃしゃ》で美しい娘であることを見て取ったが、すぐにまた眼を床に落とし、今度は頭を振り上げて、わざと投げやりな態度で言った。

「こうして会うまでがたいへんだったわ、お嬢さん。もしあたしが怒って帰ってたら

——たいていの人はそうするだろうけど——あなたはいつか後悔することになったでしょうね、それもただのつまらない後悔じゃなく」

「もし誰かがつらく当たったのなら、本当にごめんなさい」ローズは答えた。「どうか気になさらないで。わたしにどうして会いたかったのですか。あなたがおっしゃったメイリーは、わたしのことですけれど」

その丁寧な答え方や、やさしい声、礼儀正しさ、偉ぶったところや不快な調子がまったくないことにナンシーは驚き、思わずわっと泣きだした。

「ああ、お嬢さん、お嬢さん！」と顔のまえで固く両手を握りしめ、熱心に言った。「もっとあなたのような人が増えれば、あたしみたいな人間は減るでしょうに——きっと——かならず！」

「お坐りになって」ローズは真剣な顔で言った。「どうすればいいのかしら。もしお金がないとか、苦しんでいることがあるなら、できるかぎりお力になりたいと思います——心から。どうか坐って」

「立ったままでいいんです」娘はまだ泣きながら言った。「そんなに親切に話しかけないで。いまにあたしがどういう人間かわかるから。時間がないんです。あの——あのドアは閉まってます？」

「ええ」ローズは何歩かあとずさりした。助けを求める必要があれば、少しでもそちらに近づいておきたいと思ったかのように。「どうして？」

「どうしてかというと、これからあなたの手に、あたしの命と、ほかの人たちの命を預けようとしてるから。幼いオリヴァーがペントンヴィルの家から外出した夜、あの子をさらって、フェイギン爺《じい》さん、あのユダヤ人に引き渡したのはあたしなんです」

「あなたが！」ローズ・メイリーは言った。

「あたしです、お嬢さん」娘は答えた。「あなたが耳にした、泥棒といっしょに暮らしてるという悪い評判の女はあたしなの。眼が開いて物心ついたときからロンドンの通りで暮らし、いい生活、やさしいことばなんて泥棒が与えてくれるものしか知らず、だからそう、あたしから離れたけりゃ離れなさいよ、お嬢さん。あたしはこの外見からあなたが想像するより若いんだけど、老《ふ》けて見られるのは慣れっこだから。人混みの舗道を歩いてると、街でいちばん貧しい女だってあたしをよける」

「なんて怖《おそ》ろしいことでしょう！」ローズはわれ知らず、見知らぬ相手から遠ざかった。

「神様にひざまずいて感謝するといいわ、お嬢さん」娘は強い調子で言った。「子供のころからあなたを気にかけて、大切に養ってくれる人たちがいたんだから。おかげで、あたしが揺りかごのときから味わってる寒さも、飢えも、喧嘩《けんか》や酔っ払いやもっとひどいことも知らずにすんだ。いま揺りかごと言ったけど、あたしの揺りかごは路地とどぶだった。そこが死の床にもなるでしょう」

「かわいそうに！」ローズはかすれた声で言った。「お話を聞いていると、胸が締めつけられます」

「本当にいい人ね！」娘は言った。「あたしがときどきどうなるかを知れば、たしかにかわいそうに思えるでしょう。でも、ここへ来たのは、小耳に挟んだことをあなたに伝えるため。こっそり抜け出してきたんだけど、こんなことをしているのを知られたら、あたしはきっと殺される。モンクスという男を知ってます？」

「いいえ」とローズ。

「向こうはあなたを知ってるわ。あなたがここにいることもね。あたしがこうしてあなたに会えたのも、彼がここの住所を話すのを聞いたから」

「そんな名前は聞いたことがありません」

「だとしたら、偽名を使ってるのね」娘は言った。「そんなことだろうとは思ったけど。少しまえ、例の強盗でオリヴァーがあなたの家に送りこまれた夜のすぐあと、あたしは、怪しいと睨んでたその男とフェイギンが暗闇《くらやみ》のなかで会話をするのを盗み聞きした。どんな内容だったかというと、モンクスは――いま知っているかと尋ねた男よ――」

「ええ、わかります」

「そのモンクスは」娘は続けた。「オリヴァーが初めて警察に連れていかれた日に、うちの仲間ふたりといっしょにいるオリヴァーをたまたま見かけて、なぜだかすぐに自分が探していた子だとわかったらしいの。そこで彼はフェイギンと取り決めを交わした。フェイギンがオリヴァーを取り戻したらいくらか金を払う、そしてオリヴァーを泥棒に育て上げたらもっと払うって。モンクスは何か目的があって、それを望んでた」

「どんな目的でしょう」ローズは尋ねた。

「あたしも知りたかったんだけど、聞いてるときに壁に映った影をモンクスに見られてしまった。でも、そういうときの逃げ足の早さであたしに敵《かな》う人間はなかなかいないから。とにかく逃げて、それきりモンクスを見かけることもなかった。ところが昨晩――」

「何が起きたのですか」

「いま話します、お嬢さん。昨晩、彼がまたやってきた。そしてフェイギンとまた階上《うえ》の部屋に上がったから、あたしは今度は影でばれないように頭からガウンをかぶって、また盗み聞きした。モンクスはまずこう言ったの。〝あの子の身元を証明する唯一《ゆいいつ》のものは川の底に沈み、母親からそれを受け取った婆《ばあ》さんも棺桶《かんおけ》のなかで腐ってる〟って。ふたりは笑いながら、うまくいったと話してた。モンクスはあの子のことを話してるうちにものすごく興奮して、こんなことを言った。これであの小悪魔の金は手に入れたが、できればもうひとつのやり方で手に入れたかった。つまり、ロンドンじゅうの監獄であいつをたらいまわしにして、しまいに重罪で縛り首にして、親父《おやじ》の鼻高々の遺言を握りつぶしてやりたかった。フェイギンならあの子を使ってさんざん稼いだあとで、簡単にそうしてやれただろうって」

「それはいったいどういうことですか？」ローズは言った。

「本当だよ、お嬢さん、あたしの口から聞くと嘘《うそ》みたいに聞こえるかもしれないけど」娘は答えた。「そしてモンクスは、あたしは嫌というほど聞いてるけど、あなたは聞いたことのない罵りのことばといっしょに、自分の首を危険にさらさずにあの子の命を奪って恨みを晴らすことができるのなら、喜んでそうすると言った。でもそれができないから、あの子を見張りつづけて、人生のあらゆる曲がり角で会うことにしている。もしあの子が自分の生い立ちや身の上を利用する気になったら、まだ痛めつけてやれる。〝要するに、フェイギン、ユダヤ人のおまえでも、おれが弟のオリヴァーにしかけるような罠《わな》はしかけたことがなかろう〟と言った」

「弟ですって！」ローズは叫んで、両手を握りしめた。

「そのままのことばよ」ナンシーはまた不安そうにあたりを見まわした。話しだしてからサイクスの姿が頭から離れなかったので、ずっとそうしていた。「まだあるの。モンクスは、あなたともうひとりのご婦人のことを話したときに、オリヴァーがあなたたちの家に転がりこんだのは天の配剤か、悪魔の企みかわからないと笑ってた。あの二本足のスパニエル犬の素性を知るためなら何千、何百万もの金を出しても惜しくないのに、あなたたちがそれを知らないのはいい気味だと言ってた」

「まさかその人が真剣だったとは言わないでしょうね」ローズは顔色を失っていた。

「真剣そのもので、怒ってたわ。これ以上ないというほどに」娘は首を振りながら答えた。「あの人は、憎しみが渦巻いてるときには真剣よ。もっとひどいことをする人も知ってるけど、モンクスの話を一度聞くくらいなら、彼らの話を十回聞くほうがまし。もう遅いから、家に帰らないと、こういう用事で来たことを悟られてしまう。もう本当に帰らないと」

「でも、わたしに何ができます?」ローズは言った。「あなたがいなければ、いまの情報をどうすればいいのかわかりません。帰るですって! そんな聞くからに怖ろしそうな人たちのところへどうして帰りたいの? いま隣の部屋から男の人を呼んできますから、同じ話をもう一度してくだされば、三十分もしないうちに安全なところにかくまってもらえるわ」

「帰りたいんです」娘は言った。「帰らなきゃならない。なぜって――あなたみたいに純粋なかたにこういうことをどう説明すればいいのかわからないけど――さっき話した人たちのなかに、ひとりとりわけ無茶な人がいて、放っておけないんです。そう、たとえいまの生活から救われるのだとしても」

「あなたは以前にも、あの愛《いと》しい子のために力を貸してくださった」ローズは言った。

「またこうして、聞きつけたことをたいへんな危険を冒して話しにきてくださった。真実を語っているのはその態度からはっきりわかりますし、見るからに自分を恥じて、改《かい》悛《しゅん》している――それらすべてから、あなたはまだ救われるかただと信じずにはいられません。ああ！」ローズは頬に涙を流しながら、両手を組み合わせて熱心に訴えた。「同じ女性からの切なる願いをどうか聞いてください。これほどの憐《あわ》れみと同情をこめてお願いしたのは、わたしが初めて――きっと初めてだと思います。どうぞわたしの言うことを聞き入れて、もっといい生活を送る手助けをさせてください」

「お嬢さん」娘は両膝《ひざ》をついて叫んだ。「やさしくて愛しい、天使のようなお嬢さん、そんなことばをかけてくださったのは、本当にあなたが初めてです。何年も昔に聞いていたら、罪深くて悲しい生活から離れるきっかけになったかもしれないけど、もう遅い――手遅れなんです」

「決して手遅れということはないわ」ローズは言った。「改悛と償いに関しては」

「もう遅いんです」娘は心の苦悩に身悶《みもだ》えしながら言った。「いまさらあの人を置いていけない――あの人の死の原因になるなんて」

「どうしてそうなるの？」

「あの人は何があっても救われないんです」娘は叫んだ。「もしあたしがあなたに話したことを、ほかの人にも話して、あの一味が捕まることになったら、彼はまちがいなく死ぬでしょう。一味のなかでも飛び抜けて向こう見ずで、かなり残酷なことをしてきたから」

「そんな男の人のために、将来の希望も、いますぐ確実に助かる道も、すべて捨ててしまえるものなの?」ローズも叫んだ。「正気の沙汰《さた》じゃありません」

「そこはわからない」娘は答えた。「わかるのは、あたしだけじゃなくて、同じように悪くてみじめなほかの何百という人たちにとってもそうだってこと。とにかく、帰らなければ。自分がまちがったことをしてきたせいで、神様の怒りに触れたのかどうかはわかりません。でも、どんなに苦しかろうが、ひどい仕打ちを受けようが、あたしはあの人のところに引き戻される。たとえ最後にはあの人の手にかかって死ぬとわかっていても、戻っていくでしょう」

「どうすればいいの」ローズは言った。「このままあなたを行かせるわけにはいきません」

「行かせてください、お嬢さん。行かせてくれるのはわかっています」娘は立ち上がった。「あなたは引き止めないでしょう。だって、あたしはあなたの善良な心をずっと信じてますし、あなたから約束を引き出そうとすればできたのに、あえてそうしなかったのだから」

「だとしたら、あなたの情報はなんの役に立つの?」ローズは言った。「この謎《なぞ》は解明しなければなりません。でないと、わたしに打ち明けたところでオリヴァーのためにはならないでしょう。あなたが助けたいのはオリヴァーなのに」

「あなたのまわりにどなたか、このことを秘密にして助言してくれる紳士がかならずいるはずです」娘は答えた。

「でも、あなたにもう一度会うにはどうすればいいの、その必要が生じたときに」ローズは訊いた。「そういう怖ろしい人たちが住んでいる場所を知りたいとは思いませんけど、この先、あなたが決まった時間に歩いたり通りかかったりする場所を、どこか教えていただけませんか」

「秘密をぜったいに守ると約束してくれますね？　そこにはあなたひとりで来るか、事情を知っているもうひとりだけを連れてくると？　あたしを見張ったり尾《つ》けたりもしませんね？」

「すべてまちがいなくお約束します」ローズは答えた。

「毎週日曜の夜、十一時から時計が十二時を打つまでのあいだに」娘はためらいながら言った。「ロンドン橋を歩くことにします、もし生きていれば」

「あと少しだけ」急いでドアに向かいはじめた娘に、ローズは声をかけた。「あなた自身の境遇と、そこから抜け出すチャンスについてもう一度考えてみてください。わたしに気兼ねは要りません。わざわざ重大なことを伝えにきてくださっただけでなく、いまにも救いようのないところまで行ってしまいそうなのですから。たったひと言で救われるのに、泥棒たちやその男のところに戻るのですね？　そこにはあなたを引き戻していつまでも悪行とみじめさのなかにとどめておく、どんな魅力があるというのでしょう。ああ！　あなたの心のなかに、わたしが触れられる琴線はないのかしら。あなたを虜《とりこ》にするその怖ろしい力に対抗して、わたしが訴えることのできるものは何も残されていないのでしょうか」

「あなたほど若くて、善良で、美しい女の人でも」娘はしっかりとした口調で言った。「誰かに心を捧《ささ》げたら、その愛にどこまでも引っ張られていくものです――たとえあなたみたいに家があり、友だちや、ほかに褒めてくれる人たちがいて、心を満たすあらゆるものを持ってる人でもね。ましてあたしみたいに、ちゃんとした屋根といったら棺桶の蓋《ふた》しかなく、病気になったり死んだりするときにも病院の看護婦しか友だちがいないような女が、どこかの男に腐った心を寄せて、かつて親か家か友だちが占めていたか、ずたぼろの人生でずっと空っぽだった場所にその男を入れた日には、まっとうな道に戻る希望があると思います？　憐れんでください、お嬢さん。女のたったひとつの感情だけが残されたあたしたちを。神様の厳しい審判によって、それが慰めや誇りに変わらず、暴力と受難の手段になってしまったあたしたちを、憐れんでください」

「いくらか」ややあって、ローズが言った。「お金を受け取ってください。これで悪いことをせずに暮らせるかもしれないから——少なくとも、次に会うときまで」

「お断りします」娘は首を振った。

「あなたを助けようとする申し出のすべてに心を閉ざさないで」ローズは静かにまえに出て言った。「わたしは本当にあなたの役に立ちたいの」

「いっそひと思いにあたしの命を奪ってくれれば、それがいちばん役立つでしょうね、お嬢さん」娘は手をもみ合わせながら答えた。「いままでのどんなときより、今晩、わが身を思って悲しくなったから。それに、これまで生きてきた地獄のなかで死なずにすむんだから、すばらしいことだわ。ではさようなら、やさしいお嬢さん。あたしが身に受けた恥と同じくらいの幸せを、神様があなたに授けてくださいますように！」

そう言って、しゃくり上げながら不幸な娘は背を向けた。ローズ・メイリーは、現実というよりつかのまの夢のように思える、この異様な会見に圧倒されて椅子《いす》に沈みこむと、あちこちにさまよう考えをなんとかまとめようとした。

40

新たな発見の数々と、驚きが不運と同じくめったに単独でやってこないことについて

ローズの置かれた状況は、ふつうの試練や困難をはるかに超えていた。オリヴァーの過去を取り巻く謎《なぞ》を解き明かしたいという燃えるような願望はあったものの、先ほど話した気の毒な女性がいたいけで純真な少女として寄せてきた信頼に背くわけにはいかなかった。娘のことばと態度はローズ・メイリーの心を動かし、いまや預かった少年に対する愛情に混じって、それに劣らぬほど深い誠意と熱情で、あの見捨てられた人を改悛《かいしゅん》と希望の道に戻したいという願いが湧《わ》き起こっていた。

彼らのロンドン滞在は三日間の予定で、そのあとは数週間、遠い海辺ですごすことになっていた。いまは初日の真夜中。あと四十八時間のうちに、どんな行動がとれるだろう。怪しまれることなく出発を先延ばしにする方法があるだろうか。

ロスバーン医師も同行していて、残る二日いっしょにいる。しかし、ローズはこのすぐれた紳士がせっかちな性格であることをよく知っていた。オリヴァーをふたたびさら

っていった一味のひとりであるナンシーに、彼が最初から怒りを爆発させることは容易に想像できたので、いくら自分がナンシーを弁護しても、もっと世の中にくわしいほかの人物からの後押しがないいま、医師に秘密を打ち明けるのは得策ではないと思われた。メイリー夫人に話すにしても、細心の注意ときわめて慎重な態度が必要だった。話を聞いた夫人が最初からぜひこの問題を立派な医師に相談したいと思うのは、火を見るより明らかだからだ。同じ理由から、どこかの弁護士に対応を頼むことも、たとえその手続きがわかるとしても、考えられない。ふと、ハリーに助けを求めようかという考えが浮かんだ。けれどもそこで最後の別れの場面が思い出され、もうハリーのほうではこちらのことを忘れてせいせいしているかもしれないのに——そんなことを考えるうちに眼に涙が浮かんできた——いまさら呼び戻すのは失礼な気がした。

さまざまな考えに心を乱され、これにしようか、あれがいいかと思い悩み、どれもその後のことを考えるとだめだとなって、ローズは不安のあまり一睡もできなかった。翌日もひとりで苦慮した末に、どうしようもなくなって、やはりハリー・メイリーに相談するしかないと思い至った。

ここへ戻ってくるのは、あのかたにはつらいかもしれないけれど、わたしも同じくらいつらい、と彼女は考えた。でも、たぶん戻ってこないだろう。手紙ですませるかもしれない。それとも帰ってきて、わざとわたしに会わないようにするだろうか——別れたときにはそうだった。あんな別れ方をするとは思ってもみなかった。でも、あれでよかったのだ。ふたりにとって、ずっとよかった。ローズはそこまで考えてペンを置き、便《びん》箋《せん》から顔を背けた。自分の伝令となるその便箋に、泣くところを見られたくないかのように。

彼女が同じペンを取り上げ、また置くことを五十回はくり返し、手紙の最初の一行を、最初の一語も書けずに何度も考え直していたとき、ジャイルズ氏を護衛に連れて街を散歩してきたオリヴァーが部屋に飛びこんできた。新しい事件でもあったのか、息を切らしてひどく興奮していた。

「どうしてそんなにあわてているの?」ローズはオリヴァーに歩み寄って訊《き》いた。「教えて、オリヴァー」

「どう話せばいいのか。息ができなくなりそう」少年は答えた。「ああ！　ついにまた会えた！　ぼくがあなたにずっと本当のことを言ってたのが、わかってもらえるんです！」

「あなたが嘘《うそ》をついているなんて思ったこともないわ」ローズは少年をなだめた。「でも、どうしたの――誰のことを言っているの?」

「おじさんを見たんです」オリヴァーはまともに話もできなかった。「ぼくにとても親切にしてくれた、あのおじさん――ミスター・ブラウンロー。あなたに何度も話した」

「どこで見たの？」ローズは訊いた。

「馬車から出て家に入るところを」オリヴァーは喜びの涙を流して答えた。「声はかけませんでした――できなかった。おじさんはぼくのほうを見てなかったから。ぼく、ぶるぶる震えちゃって、近くまで行けなかった。でも、ジャイルズがぼくの代わりに、おじさんがあそこに住んでるのかどうかご近所に訊いてくれて、そしたら、住んでますって。ほらこれ」オリヴァーは紙切れを開いて見せた。「ここ。おじさんはここに住んでるんです。いますぐ行かなきゃ。ああ、どうしよう、どうすればいいんだろう。おじさんに会いにいって、またあの声を聞くと思うと！」

支離滅裂な歓喜のことばの洪水に少なからず注意をそらされながらも、ローズが住所を見ると、ストランド地区のクレイヴン通りとあった。彼女はすぐさまこれを利用しようと心に決めた。

「急いで！　馬車を呼んでもらって、わたしといっしょに行きましょう。一分も無駄にせずにあなたを連れていってあげる。おばさまに一時間外出するとだけ伝えたら、わたしもあなたと同じくらい早く支度しますからね」

オリヴァーは急《せ》かされるまでもなく、彼らは五分そこそこでクレイヴン通りへと出発した。到着すると、ローズは、老紳士に準備をしてもらったほうがいいからとオリヴァーを馬車に残し、家の使用人に名刺を渡して、緊急の用件でブラウンロー氏と面会したいと告げた。使用人はすぐにおりてきて、どうぞ二階へと言った。メイリー嬢が案内されて入った部屋には、濃い緑の上着を着た親切そうな老紳士がいた。彼からそう離れていないところにもうひとり、南京木綿《ナンキン》のズボンにゲートルという恰好《かっこう》の老紳士が坐《すわ》っていて、こちらはあまり親切そうには見えず、太い杖《つえ》の頭に両手を組んで、顎《あご》をのせていた。

「おお、なんと」濃い緑の上着の紳士があわてて慇懃《いんぎん》な態度で立ち上がった。「たいへん失礼しました、ご令嬢。またうるさい人間でも来たのかと思いまして――申しわけなかった。どうぞお坐りください」

「ミスター・ブラウンローでいらっしゃいますね？」ローズはもうひとりの紳士から、話しかけてきた紳士に眼を移して言った。

「さよう」老紳士は言った。「こちらは友人のミスター・グリムウィグ。グリムウィグ、しばらくこのかたとふたりで話させてもらえるかな」

「いまのところ」メイリー嬢はさえぎって言った。「こちらの紳士にわざわざ席をはずしていただく必要はないと思います。もしわたしの情報が正しければ、このかたも、これからわたしがお話しすることについてはご存じですから」

ブラウンロー氏は首を傾《かし》げた。しかつめらしくお辞儀をして立ち上がっていたグリムウィグ氏は、またしかつめらしくお辞儀をして、椅子《いす》にどすんと坐った。

「これからする話には、とても驚かれると思います、まちがいなく」ローズは当然ながら戸惑って言った。「ですが、あなたはかつて、わたしのとても大切な若い友人に大きな思いやりと善意を示してくださいました。彼の消息をお聞きになりたいのではないかと思います」

「なるほど！」ブラウンロー氏は言った。「その人の名前は？」

「あなたがオリヴァー・ツイストとして知っておられる子です」ローズは答えた。

その名前が彼女の唇からもれるや否《いな》や、机の上の大きな本を夢中で読むふりをしていたグリムウィグ氏がそれをばたんとひっくり返し、椅子にふんぞり返った。その顔には純然たる驚きしかなかった。うつろな眼で長々と中空を睨《にら》んでいたが、それほどまで感情をあらわにしたことが恥ずかしかったのか、痺《しび》れたように背筋を伸ばして、もとの態度に戻り、まっすぐまえを見て、長く低い口笛を吹いた。その音は最後には外に出てこず、彼の胃の奥底に消えていったようだった。

ブラウンロー氏も友人に負けず劣らず驚いたが、表現のしかたはそれほど奇天烈《きてれつ》ではなかった。坐っていた椅子をメイリー嬢のほうに近づけて言った。

「若いお嬢さん、どうかあなたがおっしゃった思いやりや善意については、ほかの誰もあずかり知らないことですから忘れてください。私は昔、そのかわいそうな子にあまり好ましからぬ意見を抱いたことがある。もしそれを覆《くつがえ》す証拠を何かお持ちでしたら、ぜひとも見せていただきたいものです」

「あれは性悪だ――そうでなかったら、この頭を食ってみせる」グリムウィグ氏が顔の筋肉ひとつ動かさず、腹話術のようななり声で言った。

「あの子は気高い性格と温かい心の持ち主です」ローズは頰を赤らめて言った。「あの年頃の子には不釣り合いな試練を与えようとお決めになった神様のおかげで、彼の胸にはその六倍の歳《とし》の人にとっても名誉になるほどの愛情と豊かな感情が育ったのです」

「わが輩はまだ六十一だ」グリムウィグ氏が相変わらず強張《こわば》った顔で言った。「あのオリヴァーとやらは少なくとも十二歳にはなっとるだろうから、いまのことばは的はずれだな」

「この友人のことは気にしないでください、ミス・メイリー」ブラウンロー氏は言った。

「本気で言ってはいないのです」

「本気だとも」グリムウィグ氏はうなった。

「いや、本気ではない」ブラウンロー氏は明らかに苛立《いらだ》っていた。

「本気でなければ自分の頭を食ってもいい」グリムウィグ氏は、またうなった。

「もし本気なら頭を叩《たた》き落としてもらうといい」ブラウンロー氏は言った。

「そんなことをしたがる人間がいたら是が非でも会ってみたいものだ」グリムウィグ氏は杖でどんと床を突いて応じた。

口喧嘩《くちげんか》がそこまで行ったところで、ふたりの老紳士はそれぞれ嗅《か》ぎ煙草《たばこ》をやり、そのあといつもの習慣で仲直りの握手をした。

「さて、ミス・メイリー」ブラウンロー氏が言った。「やさしいあなたがそれほどまで気にかけておられる話題に戻りましょう。あのかわいそうな子供について知っておられることを教えていただけますか。そのまえに申し上げておくと、私もあの子を見つけようとできるかぎりの手は尽くしましたし、この国を離れてからは、あの子が私をだまし、以前の悪い仲間にそそのかされて私の金品を盗んだという最初の印象はずいぶん揺らいでいるのです」

すでに考えをまとめていたローズはすぐに、ブラウンロー氏の家を出てからオリヴァーの身に起きたことを自然なことばで簡潔に説明した。ナンシーから聞いた話はあとでブラウンロー氏の耳だけに入れることにして、最後に、ここ数カ月のオリヴァーの悲しみは、かつての恩人であり友人に会えないことだけでしたと締めくくった。

「ありがたい！」老紳士は言った。「私にとってこれほどうれしいことはありません。本当にうれしい。ですが、あなたはまだ彼がどこにいるのか教えてくださっていない、ミス・メイリー。咎《とが》め立てするようで申しわけないが、どうして彼をここへ連れてきてくださらなかったのです」

「じつは、玄関のまえに停めた馬車のなかで待っています」ローズは答えた。

「玄関のまえ！」老紳士は叫ぶと、あとは何も言わずに部屋から駆け出して階段をおり、馬車の踏み板にのって、なかに入った。

ブラウンロー氏が出ていってドアが閉まると、グリムウィグ氏は顔を上げ、椅子のうしろの脚の一本を軸にして、坐ったまま杖と机を使いながら、くるくるくると三回まわった。この運動のあと立ち上がって、悪い足を引きずりながらできるだけ速く、少なくとも十数回は部屋のなかを往《ゆ》き来《き》し、ふいにローズのまえで止まると、なんの予告もなく彼女にキスをした。

「しいっ！」この尋常でない展開に令嬢が少し怯《おび》えて立ち上がったので、グリムウィグ氏は言った。「怖がらなくていい。わが輩はあんたのお祖父《じい》さんと同じくらいの歳だ。あんたはいい人だ――気に入ったよ。ほら、彼らが来たぞ」

そのことばどおり、グリムウィグ氏が先ほどの椅子に器用に飛びこむと同時に、ブラウンロー氏がオリヴァーを連れて戻ってきた。グリムウィグ氏はオリヴァーをじつに温かく迎えた。それまでローズ・メイリーがオリヴァーを気遣い、世話してきたことの唯《ゆい》一《いつ》の報酬がその一瞬の喜びだったとしても、彼女としては充分報われた気持ちになった。

「ところで、忘れてはならない人がもうひとりいるのです」ブラウンロー氏が言って、呼び鈴を鳴らした。「ミセス・ベドウィンを呼んでもらえるかな、頼んだよ」

年寄りの家政婦は大急ぎで上がってくると、部屋の入口でお辞儀をして、命令を待った。

「日ごとに眼が悪くなっているようだね、ベドウィン」ブラウンロー氏は少々苛立って言った。

「そうでございますよ、旦那様《だんな》」老婦人は答えた。「人の眼というのは、歳とともによくなることはありませんので」

「そんなことはわかっている」ブラウンロー氏は言った。「だが、眼鏡をかけてごらん。どうして呼ばれたかわかるかな？」

老婦人はポケットのなかの眼鏡を探しはじめたが、オリヴァーはただ待っている試練に耐えられず、最初の衝動のままに彼女の腕のなかに飛びこんだ。

「まあ、こんなことが！」老婦人はオリヴァーを抱きしめて叫んだ。「わたしの坊ちゃまじゃないの！」

「大好きなおばさん！」オリヴァーも叫んだ。

「きっと戻ってくると思っていましたよ」老婦人は少年を抱きかかえて言った。「なんて元気そうなんでしょう。それにまた、紳士の息子さんのような服を着て。どこにいたの、この長いあいだ？　ああ！　ちっとも変わらないやさしい顔立ちだけれど、もうあんなに青白くない。同じやさしい眼でも、あれほど悲しそうじゃない。顔も眼も、この穏やかな微笑《ほほえ》みも、決して忘れたことはありませんでしたよ。毎日、わたしがまだ若いころに亡くした愛《いと》しい子供たちの顔といっしょに思い出してました」そんなことを言いながら、オリヴァーを少し自分から遠ざけて、どのくらい大きくなったか確かめたり、しっかり抱きしめて愛しげに少年の髪に指を通したりして、気のいいこの老婦人はオリヴァーの首にすがりついて笑うのと泣くのを交互にくり返した。

彼女とオリヴァーにゆっくりと話をさせておいて、ブラウンロー氏はローズを別の部屋に連れていき、彼女からナンシーとの会見の内容を細大もらさず聞いて、少なからず驚き、当惑した。ローズはまた、とりあえずロスバーン氏にはこの秘密を打ち明けていないと説明し、老紳士は、それは賢明な判断だったと同意して、みずから立派な医師とまじめに相談することを買って出た。さっそくその計画を実現すべく、ブラウンロー氏が当夜八時にホテルを訪ね、そのときまでにローズがメイリー夫人に事情をすべて慎重に知らせておくことになった。そうした準備が整ってから、ローズとオリヴァーはホテルに帰った。

立派な医師が怒るだろうというローズの懸念《けねん》は決して大げさではなかった。ナンシーの過去を知らされるなり、ロスバーン氏は脅しと罵《のの》りのことばを雨霰《あめあられ》と降らせ、さっそくその娘を有能なブラザーズとダフの生贄《いけにえ》にしてやると息巻いて、実際に帽子をかぶり、すぐにでもふたりの警官の助けを得ようと飛び出しかけた。その最初の怒りの爆発で、後先も考えずに意図を実行しかねなかったが、そこは同じくらい短気なブラウンロー氏が彼に負けない激しさで引き止め、よく考えられたことばで諄々《じゅんじゅん》と諭して、血気にはやる医師を思いとどまらせた。

「だったらどうしろと言うのです」ふたりの女性のまえに戻ったあとで、せっかちな医師は訊いた。「不埒《ふらち》な男女の悪党どもに感謝の決議をして、ひとり百ポンドかそこら、どうぞお受け取りくださいと申し出ますか？　ささやかながら、われわれの敬意と、オリヴァーに親切にしてくれたことへの感謝の印として？」

「その必要はありません」ブラウンロー氏が笑いながら言った。「ですが、これからはきわめて慎重かつ丁寧に、ことを運ばなければなりません」

「慎重かつ丁寧！」医師は叫んだ。「こんなやつらはいっそ全員――」

「どこに送ってもかまわない」ブラウンロー氏がさえぎった。「だが、どこかに送ることがわれわれの目的に適《かな》うかどうか、考えてみてください」

「目的とは？」

「簡単です。オリヴァーの出自を確かめること。そして、もしこの話が本当なら、彼から不正に奪われた遺産を取り戻すことです」

「ああ！」ロスバーン氏はハンカチで汗をふきながら言った。「ほとんど忘れかけていた」

「いいですか」ブラウンロー氏は続けた。「例の哀れな娘は考慮の外に置くとしましょう。かりに彼女の安全を脅《おびや》かさずに、悪党どもに法の裁きを受けさせることができたとします。それがわれわれのどんな得になります？」

「少なくとも何人かは、確実に絞首刑《こうしゅけい》にできるだろうし」医師は言った。「残りは国外追放になる」

「けっこう」ブラウンロー氏は微笑みながら言った。「しかしまちがいなく、放っておいても彼らはいずれそうなる。われわれが不用意に立ち入るのはドン・キホーテ的な無茶という気がするのです。こちらの利益にはまったくならない。少なくとも、オリヴァーの利益にはね。同じことですが」

「どういうことかな？」医師は訊いた。

「つまりですな、モンクスという男を屈服させなければ、この謎の核心にたどり着くことが至難になるのは明らかです。そのためには計略を巡らして、やつが悪党たちに囲まれていないときに捕まえるしかない。なぜなら、彼が逮捕されたとしても、こちらには有罪にする証拠が何もないからです。彼は一味による窃盗にかかわってすらいない（われわれが知るかぎり、あるいは、事実から推定するかぎり）。釈放されないとしても、放浪や物乞《ものご》いの罪で収監されるのが関の山でしょう。もちろん、モンクスはその後頑《かたく》なに口を閉ざします。見ざる言わざる聞かざる、要するにわれわれの目的にはちっとも役立たないまぬけになってしまうのです」

「だとすれば」医師は急き立てるように訊いた。「もう一度うかがいたい。その娘との約束を守ることは理に適っているとお考えですか？　本物の善意と親切心にもとづく約束でしょうが、じつは――」

「いまは議論しないでください、お若いお嬢さん、どうか」ブラウンロー氏は、何か言おうとしたローズをさえぎった。「約束は守るべきです。今後のわれわれの行動の邪魔になるとはまったく思えませんから。ただ、これから具体的にどうするかを決めるまえに、彼女に会う必要があるでしょうな。われわれだけの話にとどめて当局には通報しないという条件で、モンクスを指差してくれるかどうか確かめるのです。彼女にそうする気がない、またはできないということであれば、こちらでモンクスを見つけられるような情報、たとえば彼の行きつけの場所だとか、人相風体を教えてもらえるかどうか。彼女に会えるのは次の日曜の夜で、今日は火曜だから、それまでこのことはいっさい口外せず、オリヴァー自身にも秘密にしておくのがいいと思います」

まる五日の空白ができることに対して、ロスバーン氏は苦虫を嚙《か》みつぶしたような顔を何度もしたが、よりよい案がないことは認めざるをえなかった。ローズとメイリー夫人がブラウンロー氏を強く支持したこともあって、提案は全会一致で採用された。

「それから、わが友人であるグリムウィグの助けを得たいと思っているのです」ブラウンロー氏は言った。「変わり者ですが、抜け目ないので、大いに力になってくれるかもしれない。もとは弁護士の教育を受けたのですが、十年間で摘要書一件、裁判所への申し立て一件しか仕事がなかったので、嫌気が差して辞めてしまいました。もっとも、これが推薦の辞になるかどうかは皆さんの判断にゆだねますが」

「私からもひとり協力を頼んでよければ、ご友人を入れることに異議はありません」医師は言った。

「みんなで評決しなければ」ブラウンロー氏は言った。「それはどなたです？」

「こちらのご婦人の息子さんで、この令嬢の――昔からの友人です」医師はメイリー夫人のほうに首を振り、最後のところで彼女の姪《めい》に意味ありげな視線を送った。

ローズは顔を真っ赤に染めたが、医師の動議にことさら反対もしなかった（反対したところで、自分ひとりの少数意見だと思ったのかもしれない）。かくして、ハリー・メイリーとグリムウィグ氏も委員に加えられた。

「当然ながら、わたしたちはロンドンにとどまります」メイリー夫人が言った。「この調査が多少なりとも成功する見込みがあるかぎり。皆さんがこれほど深い関心を持っているあの子のためなら、費用も時間も惜しみません。少しでも希望があると請け合ってくださるなら、あと一年いたってかまいません」

「すばらしい」ブラウンロー氏が言った。「それともうひとつ。皆さんの顔には、なぜ私がオリヴァーの話の裏づけも取らずに突然この国を離れたのか尋ねたい、と書いてある。どうかそれについては、いま訊かないでいただきたいのです。その代わり、私がいいと思う時期が来たら、訊かれなくてもお話しする。信じていただきたいのですが、このようにお願いするのには充分な理由があります。でないと、しょせん叶《かな》わない望みをむやみにかき立てて、ただでさえたくさんある困難や失望をまた増やしてしまうことになりますから。さあ、食事の用意ができたようだ。隣の部屋にひとりきりでいる若いオリヴァーも、われわれが彼といっしょにいるのに飽きてまた世の中に放り出す謀《はかりごと》をしている、とそろそろ考えはじめているかもしれません」

老紳士はそう言うと、メイリー夫人の手を取って食堂へ向かった。そのあと、ロスバーン氏がローズを連れて続き、ひとまず会合は終了の儀となった。

41

オリヴァーの古い知り合いが、まぎれもない天才の証拠を示して都会の有名人になる

ナンシーがサイクス氏を眠らせ、みずから課した使命でローズ・メイリーのもとへ急いでいた同じ夜、グレート・ノース・ロードをロンドンに向かうふたりの人物がいたが、この伝記は彼らにもいくらか注意を払っておくべきだろう。

男と女のふたり連れ、といっても、大人の男女とは言えないかもしれない。前者は痩《や》せこけて手足が長く、X脚でよたよたと歩いているが、こういう外見の男は子供のときには育ち方が足りない大人に見え、大人になると育ちすぎた子供に見える。女のほうは若いが、がっしりしたたくましい体つきで、背中にくりつけた大きな荷物の重みに耐えるには、たしかにそのくらいの頑健さが必要だった。彼女の連れ合いの荷物は少なく、ふつうの小さな布包みをぶら下げた棒を肩に担《かつ》いでいるだけで、どう見ても軽そうだった。そこに常人離れした脚の長さが加わって、男は楽々と女の五、六歩先を歩くことができ、ときどき彼女の遅さにしびれを切らしたように、頭を跳ね上げては振り返り、も

っとがんばれと叱《しか》りつけた。

こうしてふたりは、ロンドンから土煙をあげて疾走してくる郵便馬車を通すために脇《わき》によけるときを除いて、まわりのものにはほとんど目もくれずに、埃《ほこり》っぽい道を骨折って歩いていたが、ハイゲートの高架橋をくぐり抜けたときに、まえにいた男のほうが立ち止まり、苛立《いらだ》たしげに女に怒鳴った。

「おい、速く歩けよ、え――どれだけのろまなんだ、おまえは、シャーロット！」

「荷物が重いのよ、見てのとおり」女が近づきながら言った。疲れて息を切らしている。

「重いだと！　なんの話だ――おまえはなんのためにいるんだよ」男の旅人は話しながら、自分の小さな荷物をもう一方の肩に移した。「おい、こら！　また休むのか！　おまえほど人を苛々させるやつはいないな、まったく」

「まだだいぶ先？」女は土手に腰をおろし、汗のたらたら流れる顔を上げて訊《き》いた。

「だいぶ先だと！　もう着いたようなもんさ」脚の長い旅人が前方を指差して言った。「ほら見ろ、あれがロンドンの明かりだ」

「あと二マイルはありそう」女はがっかりして言った。

「二マイルだろうと二十マイルだろうと気にするな」ノア・クレイポール――そう、彼である――が言った。「早く立って歩かないと蹴《け》り飛ばすぞ。あらかじめ言っといてやる」

ノアの赤い鼻が怒りでますます赤くなり、しゃべりながらいまの脅しをすぐにでも実行するぞという雰囲気で道を渡ってきたので、女はもう何も言わずに立ち上がり、彼の横をとぼとぼと歩きだした。

「今晩はどこに泊まるつもり、ノア？」数百ヤード歩いたあとで彼女が訊いた。

「知るかよ」歩いたことでかなり不機嫌になっていたノアは答えた。

「近くだといいんだけど」シャーロットは言った。

「いや、近くじゃない」クレイポール氏は答えた。「あそこだ——近くないだろ。だからそんなことは考えるな」

「どうして？」

「おれがちがうと言ったら、ちがうんだよ。どうしてもこうしてもない」クレイポール氏は偉そうに断言した。

「そんなにぷんぷんしなくていいじゃない」彼の道連れが言った。

「町を出て最初に見つけた宿に泊まるなんて、あほうのすることだろうが。もしサワベリーが追ってきて、あの爺《じじ》くさい首を突っこんだらどうする。手錠をかけられて、荷馬車で連れ戻されるぞ」クレイポール氏は嘲《あざけ》るような口調で言った。「だめだめ！　目についたいちばん狭い路地に逃げこんで、とんでもなく寂れた宿に行き当たるまでおれは止まらないぜ。はん、おれの頭がこんなにもいいことをお天道様《てんとさま》に感謝しな。最初にわざとちがう道を通って、田舎を横切ってこなかったら、おまえは一週間前に監獄にぶちこまれてたんだから、お嬢ちゃん。そうして馬鹿《ばか》の報いを受けるとこだった」

「あたしがあんたほどずる賢くないのはわかってる」シャーロットは答えた。「でも、何もかもあたしのせいにして、ぶちこまれてたなんて言うのはやめて。もしあたしが捕まったら、あんただって同じ目に遭ってたんだから」

「現金箱から金を盗んだのはおまえだぜ、わかってるだろ」クレイポール氏は言った。

「あんたのために盗んだのよ、ノア」シャーロットは言い返した。

「おれがそれを懐《ふところ》に入れたか？」

「いいえ、あたしを信用して、恋人みたいにあたしに運ばせてる。あんたは恋人だから」淑女は言ってノアの顎《あご》の下をなで、相手の腕に自分の腕をからませた。

たしかにそれは事実だったが、クレイポール氏にはむやみに他人を信用するなどという馬鹿げた習慣はないから、この紳士を正しく評価するために次のことは指摘しておくべきだろう。彼がシャーロットをここまで信頼したのは、万一追われたときに金がシャーロットの手元にあれば、自分は盗みに端《はな》からかかわっていないとしらを切り、逃げられるチャンスが格段に増えるからだった。もちろん、この時点でそんな動機は説明しておらず、ふたりは仲むつまじく歩きつづけた。

クレイポール氏は自身の入念な計画にしたがって、イズリントンのエンジェル旅館に着くまで一度も立ち止まらなかった。そこを行き交う通行人や乗り物の多さに、いよいよロンドンに入ったのだと賢く判断し、ちょっと足を止めると、いちばん立てこんでいて危なそうな通りを見きわめ、セント・ジョンズ・ロードに入って、すぐにごちゃごちゃと入り組んで汚い路地の暗い奥にまぎれこんだ。グレイズ・イン・レーンとスミスフィールドのあいだにあるその地区は、ロンドンのまんなかにありながら開発から取り残されて、街でもっとも卑《いや》しく治安の悪い場所になっていた。

ノア・クレイポールはシャーロットをうしろに引きずりながら、そういう路地を歩き、どぶに足を踏み入れて小さな居酒屋の構えをざっと眺めまわしたり、外観のしゃれた造りが開放的すぎてだめだと次に移ったりした。そしてついに、それまで見たなかでいちばんみすぼらしく、汚れた居酒屋のまえで立ち止まると、道の反対側に渡って舗道から眺め、今夜はここに泊まるぞとありがたくも宣言した。

「荷物をよこせ」ノアは言って女の肩から荷物をおろし、自分の肩に担いだ。「話しかけられないかぎり、自分のほうからは話すなよ。ここの名前はなんだ――T、H、R――スリー、なんだ？」

「クリップルズ」シャーロットが言った。

「スリー・クリップルズ」ノアはくり返した。「立派な看板だな。ほら、おれのすぐうしろについてろ。来い」そう命じると、ノアはがたつくドアを肩で押し開けて居酒屋のなかに入り、女が続いた。

バーにいたのは若いユダヤ人ひとりだけで、両肘《ひじ》をカウンターについて汚い新聞を読んでいた。彼はノアをぎろりと睨みつけ、ノアも鋭く睨み返した。

もしノアが慈善学校の服を着ていたら、そのユダヤ人が眼を見開く理由もわからないでもないが、ノアは制服もバッジも捨てて、革ズボンの上に短い作業着を着ていたのだから、居酒屋でことさら注意を惹《ひ》く外見でもなかったはずだ。

「ここは〈スリー・クリップルズ〉亭かい？」ノアは訊いた。

「それがここの名前《だばえ》だよ」ユダヤ人は答えた。

「田舎から出てくる道の途中で出会った旦那《だんな》に、ここがいいと勧められたんだ」ノアは言って、シャーロットを肘でつついた。相手から敬意を引き出す最高の方法を見ておけとうながしつつ、驚いた顔をするなと警告したつもりだろう。「今晩、ここに泊まりたいんだ」

「それはどうだがな」ただの店番のバーニーは言った。「でも訊《ぎ》いてみるよ」

「酒場に案内してくれ。あと、訊きにいくまえに冷肉とビールももらえるかい？」ノアは言った。

バーニーは言われたとおり、ふたりを奥の小さな部屋に案内し、注文された品を出した。次いで旅人たちに、その夜泊まれることを知らせ、和やかに飲み食いしているふたりを部屋に残して去った。

さて、その小部屋は酒場のすぐうしろの二、三段低いところにあって、床から五フィートほどの壁にガラス板がはめこまれていた。店とつながりのある人物が、その窓を隠す小さなカーテンを引き開ければ、なかにいる客に気づかれるおそれもほとんどなく、彼らを見おろして観察できただけでなく（その窓は壁の暗い隅にあり、観察者はそこと太い柱のあいだに体を押しこめなければならない）、仕切りに耳をつけると、なかの会話もかなりはっきりと聞き取ることができた。居酒屋の主人はすでに五分間、こののぞき窓から眼を離していなかった。バーニーが給仕をすませて引きあげてくると、すぐにフェイギンが、夜の見まわりで若い弟子たちの様子をうかがいに酒場に入ってきた。

「しっ！」バーニーが言った。「隣《どなり》の部屋に知らないやづらがいます」

「知らないやつら！」老人は囁《ささや》き声でくり返した。

「ええ！　それも変なやづらで」バーニーは言い足した。「田舎から出てきだんだけど、おれの勘ぢがいでなきゃ、旦那の同類です」

フェイギンはこの話に大いに興味を惹かれたようだった。椅子《いす》の上に上がってガラス板に慎重に眼を当てると、隠し窓から、クレイポール氏が皿の肉を取り、ジョッキで黒ビールを飲んでいるのが見えた。隣におとなしく坐《すわ》っているシャーロットには、どちらも薬ほどわずかしか与えず、自分は好きなだけ食べたり飲んだりしている。

「ほう！」ユダヤ人はバーニーのほうを振り返って囁いた。「あいつの面構《つらがま》えはいいな。われわれの役に立つ。すでに女の教育のしかたを心得てる。ネズミほども音を立てるんじゃないぞ、おまえさん、彼らの話を聞かせてくれ――何を話してるか聞きたい」

ユダヤ人はまたガラスに眼を当て、仕切りに耳を向けると、年老いた小鬼を思わせるずるそうで貪欲《どんよく》な表情を浮かべて注意深く聞き耳をたてた。

「おれは紳士になるつもりだ」クレイポール氏は両足を投げ出し、あとから来たフェイギンが最初の部分を聞き損ねた会話を続けた。「もうあんな陰気くさい棺桶《かんおけ》とはおさらばだ、シャーロット。これからは紳士みたいな生活さ。なんならおまえも淑女にしてやるぜ」

「そうしてもらいたいわ、あんた」シャーロットは答えた。「でも、現金箱から毎日お金をもらうわけにもいかないし、そのあといつも逃げきれるとはかぎらない」

「現金箱なんか知るか！」クレイポール氏は言った。「現金箱を空《から》にするより、もっとやることがあるだろ」

「どういうこと？」連れ合いが訊いた。

「ポケット、女のハンドバッグ、家、郵便馬車、銀行」ビールで気分が乗ってきたクレイポール氏は言った。

「全部は無理よ、あんた」とシャーロット。

「無理じゃない連中の仲間に入れてもらうさ」ノアは答えた。「おれたちは何かで役に立てる。おまえなんか、ふつうの女の五十人分の価値がある。おれがやれと言ったときのおまえほど、ずるくて人をだますのがうまい女は見たことないからな」

「あら、あんたにそう言われるととってもいい気分」シャーロットは感激してノアの不細工な顔にキスをした。

「こら、もういい。あんまりべたべたするな。おれの機嫌を損ねたくないならな」ノアは重々しい態度で女を振りほどいた。「おれは賊の首領になって、手下を引っぱたいたり、こっそりつけまわしたりしたいんだ。いい儲《もう》けになるんなら、そういうのがおれには合ってる。その手の紳士とつき合えるんだったら、おまえの盗んだ二十ポンドの手形を渡しても安いもんだ——どうせ現金にする方法もわからないんだし」

こうした意見を述べると、クレイポール氏は深い叡智《えいち》をたたえた表情でジョッキをのぞきこみ、中身をよく振り混ぜたあと、シャーロットを見下したようにうなずいて、一気に飲み干した。ああ美味《うま》いという顔をして、もう一杯飲もうかと考えているときに突然ドアが開いて、見たことのない男が入ってきた。

その男はフェイギン氏で、すこぶる愛想がよく、深々とお辞儀をしながら進み出た。ふたりのすぐそばの机について坐ると、にやにやしているバーニーに飲み物を注文した。

「いい夜ですな。だが、この時期にしてはひんやりしている」フェイギンはもみ手をしながら言った。「田舎のほうからおいでかな？」

「どうしてわかった？」ノア・クレイポールが訊いた。

「ロンドンにこれほど土埃はないのでね」ユダヤ人はノアの靴を指差し、続いてシャーロットの靴、ふたりの荷物へと指を移した。

「冴《さ》えてるね」ノアは言った。「は、は！　いまの聞いたか、シャーロット？」

「そう、この街じゃ冴えてないと、おまえさん」ユダヤ人は秘密を打ち明けるように声を落とした。「本当の話」

ユダヤ人はこのことばに続けて右手の人差し指で鼻の横を叩《たた》いた。ノアもまねようとしたが、彼の鼻はそれほど高くないのであまりうまくいかなかった。とはいえ、フェイギン氏はノアのふるまいを自説への完全な同意と解釈したらしく、バーニーが持ってきた酒をいかにもなれなれしくノアに勧めた。

「上等の酒だね」クレイポール氏は唇を鳴らして言った。

「おまえさん」フェイギンは言った。「こういうのを年じゅう飲もうと思ったら、せっせと現金箱を空にしなきゃならない。それか、ポケット、女のハンドバッグ、家、郵便馬車、銀行を」

クレイポール氏は自分の発言を引用されるや椅子の背にがくんともたれ、灰色の顔を恐怖で引きつらせて、ユダヤ人からシャーロットに眼を移した。

「心配しなくていい」フェイギンは椅子を相手に近づけて言った。「は、は！　おまえさんのことばをたまたま耳にしたのがわしだけでよかったな。わしだけで、本当に運がよかった」

「おれは盗《と》ってないよ」ノアはつかえながら言った。もう独立独歩の紳士のように脚を伸ばしてはおらず、椅子の下にできるだけ縮こまらせていた。「みんなこいつがやったんだ。おまえが持ってるだろう、シャーロット。持ってるのはわかってるはずだ」

「誰が持っていようが、誰が盗んだのだろうが関係ないさ、おまえさん！」とフェイギンは答えたが、それでも一瞬、鷹《たか》のように鋭い眼を娘とふたつの荷物に向けた。「わしも似たようなものなんでね。だからこそ、あんたたちが気に入ったんだ」

「似たようなものって？」「クレイポール氏は少し立ち直って訊いた。

「同業者ということさ」フェイギンは言った。「この居酒屋にいるみんなも。あんたたちは見事に探り当てたってわけだ。もうなんの心配も要らないよ。ロンドンじゅう探したって〈クリップルズ〉ほど安全な場所はない。もちろん、わしがそうしたければだが。わしはおまえさんと、この若い娘さんが気に入った。安全なのは請け合うから、楽な気持ちでいるといい」

その保証でクレイポール氏の気持ちは楽になったかもしれないが、体のほうはぜんぜんちがった。手足をもぞもぞと動かしたり、身じろぎしたり、恐怖と疑念の入り混じった顔で新しい友人を見ながら、さまざまな見苦しい姿勢をとった。

「まだある」ユダヤ人は娘に親しげにうなずき、激励のことばをかけて安心させてから言い足した。「おまえさんのその素敵な願いを叶《かな》えてくれそうな友だちが、ひとりいる。おまえさんが最初はいちばん自分に向いていると思う仕事を手がけて、残りのことはみんな教えてもらえるように、うまく計らってくれるだろう」

「どうやら本気で話してるようだね」ノアは言った。

「本気でなくて、わしにどんな得がある?」ユダヤ人は尋ねながら肩をすくめた。「さて、ほかの部屋でちょっと話そうか」

「わざわざ部屋を移らなくてもいいさ」ノアはまた少しずつ脚を投げ出して言った。「こいつに荷物を階上《うえ》に持っていかせりゃいい。シャーロット、荷物を頼むぜ」

さも偉そうに発せられたその命令に、シャーロットは文句ひとつ言わずにしたがい、ノアがドアを開けて見ているまえを、荷物を手に飛び出していった。

「なかなかうまくしつけてるだろ?」ノアはまた椅子に坐ると、野獣を飼い慣らしたような口調で言った。

「見事なものだ」フェイギンはノアの肩を叩いて言った。「おまえさんは天才だよ」

「そう思わなかったら、ここにはいないぜ」ノアは答えた。「けど、ぐずぐずしてると、あいつが戻ってくる」

「では、どう思う？」ユダヤ人は言った。「わしのその友人のことが気に入ったら、仲間に入るかね？」

「その人は羽振りがいいのかい？　そこんとこ大事だけど」ノアは小さな眼でウインクした。

「業界一だ」ユダヤ人は言った。「何人も人を使って、この仕事で最高の集団を作ってる」

「みんなロンドン生まれ？」

「仲間に田舎者はひとりもおらん。ただ、その男もちょうどいま人手に困ってなければ、たとえわしが推薦したところで、おまえさんを仲間には入れてくれんだろうがな」

「金を渡したほうがいいのかな」ノアはズボンのポケットを叩いて言った。

「それがないと無理だ」フェイギンは断固とした口調で言った。

「二十ポンドだぜ――大金だ！」

「自分で金に換えられない手形なら、大金とは言えんな」フェイギンは反論した。「番号と日付が控えられてるんだろう？　銀行では支払い停止？　はっ！　それじゃあ彼にとってたいした価値はない。国の外に持っていかなきゃならんし、そこでも高値はつかない」

「いつ彼に会える？」ノアは疑うように訊いた。

「明日の朝」ユダヤ人は答えた。

「どこで？」

「ここで」

「ふむ！」ノアは言った。「給金はどのくらい？」

「紳士として暮らせるさ——食事、住まい、煙草《たばこ》、酒、みんな無料《ただ》だ。あとは自分とあの若い娘の稼いだ額の半分が手元に残る」フェイギンは答えた。

どこまでも欲深いノア・クレイポールのこと、もし完全に自由の身であれば、これほどの好条件にも首を縦に振ったかどうか非常に疑わしい。しかし、断った場合には、この新しい知り合いがすぐさま自分を官憲に突き出せることを思い出し（それよりありえないことが実際に起きていた）、彼も次第に態度を和らげ、その条件でいいだろうと答えた。

「でも、ほら」ノアは言った。「あいつのほうが働き者だから、おれにはちょっとだけまわしてくれ」

「ちょっとだけ、品のいいやつを？」フェイギンが提案した。

「そう！　そういうのかな」ノアは答えた。「何がおれに向いてると思う？　それほどきつくなくて危険でもない——そういうのがいいね！」

「さっき、他人に対してスパイのようなことをするという話をしてなかったか、おまえさん？」ユダヤ人は言った。「わしの友人はそういうことが得意な人間を探してるんだが」

「ああ、してた。ときどきそれに協力してもいい」クレイポール氏はゆっくりと答えた。「だけど、それ自体は金にならないからね」

「まさに」ユダヤ人は深く考えながら――あるいは、考えるふりをしながら――言った。「たしかに金にはならないか」

「だったら何がいい？」ノアは熱心に相手を見つめて訊いた。「空き巣狙《ねら》いはどうかな。まちがいなく稼げるし、家にいるのと変わらないくらい安全だ」

「婆《ばあ》さん相手の仕事はどうだね？」ユダヤ人は訊いた。「バッグや包みを引ったくって路地に逃げこめば、けっこうな金になるぞ」

「婆さんたちって、ときどきものすごく叫んだり引っかいたりするだろう？」ノアは首を振りながら言った。「趣味じゃないなあ。ほかに何かない？」

「待て」ユダヤ人はノアの膝《ひざ》に手を置いて言った。「ガキ漁《あさ》りがある」

「それは？」クレイポール氏は訊いた。

「ガキ漁りというのはな、おまえさん」ユダヤ人は言った。「おっかさんから使いに出された小さい子がいるだろう、六ペンス銀貨やシリング銀貨を持った。そいつを狙うのさ。子供は金をすぐに払えるように、かならず手に握ってるから、どぶに突き落として、あとは何事もなかったかのように悠々と歩き去る。子供がひとり転んで怪我《けが》をしたというだけのことさ。は、は、は！」

「は、は！」クレイポール氏は喜びのあまり、両足を宙に蹴《け》り上げて笑い声を轟《とどろ》かせた。

「ああ、それがいい！」

「まさにぴったりだな」フェイギンも応じた。「カムデン・タウンとか、バトル・ブリッジとか、その近所にいい縄張りをいくつかやろう。子供がしょっちゅう使いに出てるから、昼間のいつでも好きなだけガキ漁りをやるがいい。は、は、は！」そう言ってフェイギンはクレイポール氏の脇腹をつつき、ふたりはいっしょに長々と大声で笑った。

「よし、それでいい」ノアは笑いが収まって、シャーロットが戻ってきたあとで言った。「明日の何時にする？」

「十時でどうだね？」ユダヤ人は尋ね、クレイポール氏が同意してうなずくと、「わが親友になんと名前を伝えればいい？」

「ミスター・ボルターで」こういう緊急事態に備えていたノアは答えた。「ミスター・モーリス・ボルター。こいつはミセス・ボルター」

「ミセス・ボルター、なにとぞよろしく」フェイギンは不気味なほど丁寧にお辞儀をして言った。「近いうちにもっとお知り合いになりたいですな」

「旦那の話を聞いてるか、シャーロット？」クレイポール氏が怒鳴りつけた。

「ええ、ノア」ボルター夫人が答え、握手の手を伸ばした。

「こいつはおれのことをノアと呼ぶんだ、ちょっとした渾名《あだな》でね」元クレイポール、いまやモーリス・ボルター氏がユダヤ人のほうを向いて言った。「わかるだろ？」

「ああ、わかるとも――完璧《かんぺき》に」フェイギンは初めて正直に言った。「おやすみ！　おやすみ！」

42

アートフル・ドジャーが面倒に巻きこまれた顛末《てんまつ》

「つまり、あんたの友だちってのは、あんた自身だったってこと？」クレイポール氏、またの名をボルター氏が訊《き》いた。ふたりのあいだで交わした取り決めにもとづいて、翌日、ユダヤ人の家に移ったときのことだ。「はん、昨日の夜から、そんなことだろうと思ってたよ！」

「人はみな自分の友だちだ」フェイギンは答えた。「ある魔術師は、三が魔法の数字だと言う。別の魔術師は七だと言う。だが、ちがうのだよ、わが友人。どちらでもないのだ。魔法の数字は一だ」

「は、は！」ボルター氏は大声で笑った。「一よ、万歳！」

「わしらのような小さな集団ではな」ユダヤ人はいまの見解をもう少し説明する必要があると感じて言った。「みんなが一番なのだ。わしやほかの若い連中を抜きにして自分だけ一番と考えるわけにはいかない」

「そんな馬鹿《ばか》な！」ボルター氏は叫んだ。

「つまりだ」ユダヤ人は相手の口出しに気づかなかったふりをして続けた。「われわれは一心同体で、ひとつの利益を追っている。そうでなくてはならん。たとえば、おまえさんの目的は一番――つまり、おまえさん自身――の面倒を見ることだろう」

「たしかに」ボルター氏は答えた。「そんなとこだな」

「だが、わしの面倒を見ずに、一番の自分の面倒だけ見ることはできない。わしも一番だからだ」

「二番、てことだろ？」利己主義の資質に大いに恵まれたボルター氏は言った。

「ちがう！」ユダヤ人は言い返した。「おまえさんにとって、わしはおまえさん自身と同じくらい大切なのだ」

「あのな」ボルター氏が割りこんだ。「あんたはたしかにとってもいい人で、おれは大好きだ。けど、そこまでべったり仲よくはないぜ」

「考えてみろ」ユダヤ人は肩をすくめ、両手を差し出して言った。「こう考えればいい。おまえはこれまでじつにうまい具合にやってきた。わしもそこを見込んだんだが、同時にそれは、おまえの首にクラバットを巻くということだ。そいつは簡単に絞まるが、ほどくのは非常にむずかしい。わかりやすい英語で言えば、絞首刑《こうしゅけい》だな！」

ボルター氏は、首のまわりのネッカチーフがきつくなったかのように手をやり、ぶつぶつと同意のことばをつぶやいたが、それも口先だけで、心から納得はしていなかった。「絞首台は」フェイギンは続けた。「絞首台はな、おまえさん、すぐそこの急な曲がり角を指し示す醜い道しるべだ。大きな街道を進んでいた多くの大胆不敵な連中の足を止めてきた。まず楽な道を通ること、その道しるべに近づかないことが、おまえさんの第一の目的だ」

「もちろん、そうだな」ボルター氏は答えた。「どうしてそんな話をする？」

「わしの言いたいことを、はっきりわかってもらうためさ」ユダヤ人は両眉《まゆ》を上げて言った。「絞首台から逃れるために、おまえはわしに頼る。わしの小さな商売を繁盛《はんじよう》させるために、わしはおまえに頼る。最初のがおまえの一番で、次がわしの一番だ。おまえにとって自分の一番が大切になればなるほど、わしの一番に注意しなきゃならん。そこでわれわれはようやく、わしが最初に言ったことに戻るわけだ――一番を大切にする気持ちがわしらをひとつにする。みんなで粉々に吹っ飛びたくないなら、そうでなくてはいけない」

「そのとおりだな」ボルター氏は考えこんで言った。「いやまったく、あんたはずる賢い偏屈爺《じい》さんだよ！」

フェイギン氏は、自分の力に対するこの賛辞がただのお世辞ではなく、新入りが天与の狡智《こうち》に本気で感心しているのを見て喜んだ。そもそも知り合いになるときには、そういう反応を得ることがもっとも重要だからだ。望ましくて便利なその印象を強めるために、彼は続いて、みずからの事業の大きさと深さをくわしく語った。目的に沿うように虚実を絶妙に織り交ぜ、最高の技術で脚色したので、ボルター氏の尊敬はいやが上にも高まり、同時にそこには一定の有益な恐怖も含まれていて、まことに都合がよかった。

「このお互いの信頼があればこそ、たとえ大きな損失があっても心の慰めが得られるのだ」ユダヤ人は言った。「じつは昨日の朝、わしの一番弟子がやられてな」

「え、まさか――」

「捕まった」ユダヤ人はさえぎって言った。「そう、捕まった」

「とくに重い罪で？」ボルター氏は訊いた。

「いや」ユダヤ人は答えた。「そんなに重くはない。スリの容疑だ。銀の嗅《か》ぎ煙草《たばこ》入れを持ってるところを押さえられてな。だが、あれは本人のものなのだ、おまえさん。あいつ自身が嗅ぎ煙草をやるから。嗅ぎ煙草が大好きでね。警察は今日まで彼を勾留《こうりゅう》している。持ち主を特定できると思ったんだな。ああ！　あいつには嗅ぎ煙草入れ五十個分の価値がある。取り戻せるなら、それだけの金を払ってやってもいいんだが。おまえさんもドジャーに会うべきだった。ドジャーと知り合いになるべきだった」

「ああ、これから知り合いになれるといいけど。なれないの？」

「むずかしいだろうな」ユダヤ人はため息をついて答えた。「もし新しい証拠が出てこなきゃ略式判決になるから、六週間かそこらで釈放されるだろうが、新しい証拠が出ると、流されるな。ドジャーが頭のいいやつだってことは連中もわかってるから、一生ものだ。少なくともアートフルは一生ものだろう」

「流されるとか、一生ものとか、どういう意味だい？」ボルター氏は尋ねた。「おれにそんな話し方をしてなんの得がある？　わかるように話してくれよ」

フェイギンがその謎《なぞ》めいた表現を卑俗なことばに言い換えて、ボルター氏が〝終身流《る》刑《けい》〟という意味を知らされそうになっていたそのとき、ズボンに両手を突っこみ、顔をなかば滑稽《こっけい》な悲しみにゆがめたマスター・ベイツが入ってきたので、会話が途切れた。

「終わりだよ、フェイギン」チャーリーは、新しい仲間を紹介されたあとで言った。

「どういうことだ」ユダヤ人は唇を震わせて訊いた。

「警察は嗅ぎ煙草入れの持ち主を見つけた。ほかにも二、三人、証人が来ることになってる。アートフルは島流しだ」マスター・ベイツは答えた。「あいつが出発するまえに面会に行くなら、上下の喪服と帽子の黒いリボンを用意しないとな。考えてもみなよ。ジャック・ドーキンズ——すばらしいジャック——ドジャー——アートフル・ドジャーが、たったの二ペンス半の嗅ぎ煙草入れのために国外追放だぜ！　あいつが鎖つきで刻印のある金時計以下の獲物でそんなことになるとは、夢にも思わなかった。どうせなら、どっかの金持ちの年寄り紳士を身ぐるみはいで、自分も紳士として流されりゃよかったのに。名誉も栄光もない、どこにでもいるこそ泥としてじゃなくて！」

こうして不幸な友人に対する感情を表すと、マスター・ベイツは無念と落胆の混じった顔つきで手近の椅子《いす》に坐《すわ》った。

「名誉も栄光もないとは、なんという言《い》い種《ぐさ》だ！」フェイギンが弟子をきっと睨《にら》みつけて怒鳴った。「あいつはおまえたちのなかで、いつも稼ぎ頭じゃなかったか？　何かを嗅ぎつけたときに、あいつに敵《かな》うやつがおまえたちのなかにいたか？　敵うどころか、少しでも近づけるやつが、え？」

「いない」マスター・ベイツは悔しそうなしゃがれ声で答えた。「ひとりもいないよ」

「だったら何を言ってる」ユダヤ人は叱《しか》りつけた。「なぜうだうだと泣き言を言うんだ」

「だって、記録に残らないだろ？」チャーリーは苛立《いらだ》ちと悔しさのあまり、尊敬すべき友人に正面から盾突いた。「あいつがどれほどすごいやつかってことは、起訴状にも書かれないし、人には半分もわからない。『ニューゲート・カレンダー』（訳注　もとはニューゲート監獄の処刑記録の官報だったが、名高い犯罪者の列伝として刊行され、流布された）にどう書かれるか？　たぶん、取り上げられもしない。ああ、まったく、ひどいこった！」

「は、は！」ユダヤ人は大笑いした。右手を伸ばしてボルター氏のほうを向き、発作のように体を震わせて言った。「わかったかね、こいつらがどれほど自分の職業に誇りを抱いてるか、おまえさん。すばらしいことじゃないか」

ボルター氏はうなずいて同意した。ユダヤ人はしばらくチャーリー・ベイツの嘆きようをいかにも満足げに見つめたあとで、その若い紳士に近づき、肩を叩《たた》いた。

「心配するな、チャーリー」フェイギンはなだめた。「いずれわかる。かならずわかるさ。どれほどやつが賢かったか、みんなの知るところとなる。ドジャーはそれをみずから証明するし、昔の仲間や先生たちの名を辱《はずかし》めるようなことはしない。それにあの若さだ！　あれほど若くして流されることがどれほどの名誉か、チャーリー！」

「まあ、名誉かな――たしかに！」チャーリーは少し慰められた。

「欲しいものはなんでも渡してやれ」ユダヤ人は言った。「石の壺のなかにいたって、チャーリー、紳士みたいに暮らすのさ。紳士みたいに毎日ビールを飲んで、ポケットには、使いきれなきゃ投げようが捨てようが好きにできる金があって」

「まさか。本当に？」チャーリー・ベイツは叫んだ。

「ああ、そうするとも」ユダヤ人は答えた。「それから、立派な弁護士先生をつけてやる、チャーリー。最高に弁が立つ御仁にあいつの弁護をしてもらおう。ドジャー自身にもしゃべらせるんだ、もし本人にその気があれば。あらゆる書類に書かれるぞ――〝アートフル・ドジャー――甲高い笑い声――法廷の全員が身悶《みもだ》え〟。どうだ、チャーリー、え？」

「は、は！」マスター・ベイツは笑った。「そうなったら愉快だな、フェイギン。アートフルはあいつらを困らせる、だろう？」

「もちろん！」ユダヤ人は叫んだ。「そうなるとも、まちがいなく！」

「ああ、まちがいなくそうなる」チャーリーは両手をこすり合わせてくり返した。

「あいつの姿が見えるようだ」ユダヤ人は弟子に眼を向けて叫んだ。

「おれにも見える」チャーリー・ベイツも叫んだ。「は、は、は！　見えるぞ、眼のまえに全部――誓って見える、フェイギン。なんて可笑《おか》しいんだ！　傑作だぜ！　かつらの連中がみんなまじめくさってるところに、ジャック・ドーキンズが判事の実の息子みたいになれなれしく、気楽に演説をぶってる。食事のあとのおしゃべりみたいに。は、は、は！」

こうしてユダヤ人が、一風変わった性格の若い友人を巧みにもり立てたので、マスター・ベイツは当初、囚《とら》われの身のドジャーを犠牲者と見なしていたのに、いまや類《たぐい》まれな最高の喜劇に登場する主役のように尊敬し、旧友がその才能を発揮できる恰好《かっこう》のチャンスが到来することを心待ちにするまでになった。

「何か手近な方法で、ドジャーが今日どうしてるか知らなきゃならんな」フェイギンが言った。「さて、どうするか」

「おれが行こうか」チャーリーが尋ねた。

「ぜったいだめだ」ユダヤ人は答えた。「気が変になったのか、おまえさん？　よりによってあそこにのこのこ出かけていくなんて、狂気の沙汰《さた》だ。いかんぞ、チャーリー、断じて。いなくなるのは一度にひとりでたくさんだ」

「あんたが自分で行くってことはないだろう?」チャーリーはふざけたように横目を使って言った。

「それも得策じゃない」フェイギンは首を振った。

「ならこの新入りを送れば?」マスター・ベイツはノアの腕に手を置いて訊いた。

「なるほど、本人がかまわないならな」

「かまう?」チャーリーは間髪入れずに言った。「こいつが何をかまうってんの?」

「まあ、そうだな、おまえさん」フェイギンはボルター氏のほうを向いた。「そりゃそうだ」

「おい、それはちょっとちがうぞ」ノアはドアのほうにあとずさりして、真顔で怖そうに首を振っていた。「いや、いや、だめだ。それはおれの担当じゃない」

「こいつの担当って何、フェイギン?」マスター・ベイツは憎々しげな目つきでノアの痩《や》せこけた体を眺めまわして訊いた。「都合の悪いときには逃げ出して、万事うまくいってるときにはごちそうを全部平らげる。それがこいつの担当?」

「そのへんでやめとけ」ボルター氏がやり返した。「歳下《としした》のくせに親分風吹かすなよ、坊主《ぼうず》。でないと、あとでひどい目に遭うぜ」

マスター・ベイツはこの大層な脅しに笑い転げ、フェイギンもしばらく口を出せなかったが、やがてボルター氏に、警察署を訪ねても危険が生じるはずがないと説明しはじめた。これまでにかかわった小さな事件の報告書も、彼の人相書きも、まだロンドンには届いていないし、逃げ場を求めてこの街に来ていることすら勘づかれていない可能性が高い。だから、きちんと変装すれば、警察署もロンドンのほかの場所と同じくらい安全だ。まして自分の意思で行くとは誰も思っていないだろうから。

ボルター氏はその説明でいくらか納得したものの、大部分はユダヤ人に対する恐怖心から不承不承、偵察の任務を引き受けた。フェイギンの指示で、彼はただちに荷馬車牽《ひ》きの服とビロードのズボンに着替え、革のゲートルを巻いた。みなユダヤ人の手持ちの衣装だった。そこに有料道路の切符をたくさん挟みこんだフェルト帽と御者の鞭《むち》が加えられ、ボルター氏は、コヴェント・ガーデンの市場に荷を運んできた田舎者が興味を惹《ひ》かれて立ち寄ったという風情《ふぜい》で、警察署にぶらぶらと入っていくことになった。もとより動きがぎこちなく、不恰好な痩せぎすの若者なので、いかにもそれらしく見えることにフェイギンはまったく疑いを抱かなかった。

そうした準備が整うと、ボルター氏はアートフル・ドジャーを見分けるさまざまな特徴を教えられ、暗く曲がりくねった道をマスター・ベイツに連れられて、ボウ・ストリートのすぐそばまで行った。チャーリー・ベイツは署の正確な場所を説明したあと、通路をまっすぐ進んで中庭に出たら、右手の段の上のドアから入って、部屋のなかでは帽子を脱げよなどと細かい指示をつけ足して、おれはここで待ってるから急いで行ってこいと命じた。

ノア・クレイポール、あるいは読者の好みでモーリス・ボルターは、与えられた指示に几帳面《きちょうめん》にしたがい、地元の事情にくわしいマスター・ベイツの指示がきわめて正確だったこともあって、途中で誰かに訊いたり邪魔されたりすることもなく、判事のまえにたどり着くことができた。そこは汚れたかび臭い部屋で、人々、とくに女たちが大勢集まって押し合いへし合いしており、彼も気づくと人波にもまれていた。奥のほうには高くなった壇があって、部屋の残りの部分から手すりで仕切られ、左手の壁際《かべぎわ》に被告席、中央に証人席、右手に治安判事の机が並んでいた。畏《おそ》れ多い最後の場所は衝立《ついたて》で隠され、判事席は傍聴人から見えないので、威厳に満ちた正義の全貌《ぜんぼう》は一般大衆の想像にまかされていた（想像できればだが）。

被告席には女がふたりいるだけで、応援する友人たちに会釈《えしやく》をしていた。書記が、ふたりの警官と机に寄りかかった私服の男に宣誓供述書を読み聞かせていた。看守がひとり、被告席の手すりにもたれて立ち、ずっと所在なげに大きな鍵《かぎ》で自分の鼻を叩いていたが、ときおり野次馬がうるさくなりすぎると「静粛に」と黙らせ、痩せ細った赤ん坊が母親のショールで押さえられた口から弱々しい泣き声をあげて裁判の荘重な雰囲気を壊すと、厳《いかめ》しい顔を上げて、母親に「その子を連れ出せ」と命じた。部屋はむっとする不健康なにおいに満たされ、壁は汚らしく変色し、天井は黒ずんでいる。炉棚には煤《すす》をかぶった古い胸像が置かれ、被告席の上には埃《ほこり》だらけの時計がかかっているが、その時計だけがきちんとやるべきことをやっているように見えた。堕落、貧困、あるいはその両方に慣れ親しんだことが、生けるものすべてに汚れを残していて、それは、彼らを睨みつけている生きていないものすべてについた、べとべとする厚い汚れと同じくらい不愉快だった。

ノアはあたりを真剣に見まわしてドジャーを探したが、件《くだん》の傑物の母親か姉として通りそうな女や、彼の父親とそっくりではないかと思われる男は数人いたものの、ドーキンズ氏自身の描写に当てはまる人間はひとりも見当たらなかった。宙ぶらりんで不安な気持ちを募らせて待っていると、女たちが公判に付されることが決まって得意げに出ていき、すぐ入れ替わりに別の被告が入ってきた。ノアはたちどころに、これこそ目的の人物であると直感した。

実際に、それはドーキンズ氏だった。いつものようにぶかぶかのコートの袖《そで》をまくり上げ、左手をポケットに突っこみ、右手に帽子を持って、看守のまえをなんとも形容しがたい体の揺すり方でゆっくりと入ってくると、被告席につきながら、まわりに聞こえる声で、どうしてこんな不名誉な場所に入れられるんだと訊いた。

「静かにしろ、いいな」看守が言った。

「おれはイギリス国民だろ、え？」ドジャーは言った。「人権はどこだい？」

「すぐに人権を与えてやる」看守が言い返した。「胡椒《こしょう》を利《き》かせてな」

「おれの人権を無視したら、判事さんが内務大臣になんと言われるか見てみようじゃないの」ドジャーは答えた。「さて、ここで何すんの？　そこの判事さんたち、新聞なんか読んでないで、さっさとこの仕事を終わらせてくれるとありがたいんだけど。なぜって、おれは街のある紳士と会うことになってて、約束は守る人間だから。仕事の時間に遅れたりしない。時間どおりに行かないとその人は帰っちまう。そしたら、おれを引き止めたそこのおっさんたちを損害賠償で訴えないとね。いや、ぜったい訴えてやるぜ！」

そこでドジャーが、今後の訴訟手続きのために念入りに準備しておきたいというそぶりで、〝判事席にいる食えない爺さんたちの名前〟を教えろと看守に要求したものだから、傍聴人は大喜びし、それを聞いたらマスター・ベイツもそうなりそうと思われるほど、大声で笑いに笑った。

「静粛に！」看守が叫んだ。

「こいつはなんだ？」判事のひとりが尋ねた。

「スリの容疑者です、判事」

「いままでここに来たことは？」

「何度も来ているはずです」看守は答えた。「ほかの法廷でも常連ですから。私も彼のことはよく知っております、判事」

「へえ、あんた、おれのこと知ってんの」アートフルは相手のことばを受けて叫んだ。「そりゃけっこうなこった。いずれにしろ、名誉毀損《きそん》事件だけどね」

ここでまた笑いが湧《わ》き起こり、静粛にという叫び声があがった。

「ところで、証人はどこです？」書記が言った。

「ああ！　そうだ」ドジャーがたたみかけた。「証人はどこにいる？　ぜひ会ってみたいね」

その願いはすぐに叶《かな》えられた。群衆のなかにいた紳士のポケットに被告が手を入れ、ハンカチを抜き取るのを見たという警官が進み出たからだ。非常に古いハンカチだったので、被告はそれで顔をふいたあと、あえて紳士のポケットに戻したという。そこで警官はドジャーに近づくとすぐに逮捕し、体を検《あらた》めたところ、銀の嗅ぎ煙草入れが出てきて、その蓋《ふた》には持ち主の名前が刻まれていた。そして、紳士録で見つけ出されたその名前の主は、法廷で宣誓したうえ、問題の嗅ぎ煙草入れが自分のものであること、前日に群衆から離れた際になくしたこと、そのとき人々のなかでとりわけ活発に動きまわっている若い紳士がいたが、その紳士がほかでもない、眼のまえの被告であることを証言した。

「この人に質問したいことがあるかね、きみ?」治安判事が言った。

「こんな人と会話して自分の品位を落とそうとは思わないね」ドジャーは答えた。

「何も言うことはないのか?」

「判事が何も言うことはないのかと訊いておられるぞ」黙っているドジャーを看守が肘《ひじ》でつついて言った。

「なんだって?」ドジャーは言って、どこか上の空のように相手を見上げた。「いまおれに話しかけた?」

「これほど性質《たち》の悪いごろつきは見たことがありません、判事」役人はにやりとして言った。「何か言うことはないのか、生意気な小僧」

「ないね」ドジャーは答えた。「ここでは何も。だってここは正義の場じゃないから。それに、おれの弁護士はいま、庶民院の副院長と朝食をとってる。けど、ほかの場所なら言いたいことはあるぜ。弁護士も、ほかに大勢いるおれの知り合いのお歴々も、言いたいことだらけさ。そこにいる判事どもに、おれの裁判をするんだったら、いっそ生まれてこなきゃよかったと思わせてやる。それか、使用人に手伝わせて、帽子の釘《くぎ》から自分を吊《つ》り下げてもらえばよかったって。おれは――」

「こいつは公判にまわす!」書記が割りこんだ。「連れていけ」

「来い」看守が言った。

「あ、おお、行くとも」ドジャーは帽子の埃を手で払いながら答えた。「おい（と判事席に向かって）！　怯《おび》えたふりしても無駄だぜ。おれは容赦しないからな。情けなんかこれっぽっちもかけてやるか。ご立派なおまえらに償いをさせてやる。おれは何をもらったって、おまえらみたいにはならない。もうおまえらがひざまずいて頼んでも、釈放されてやるもんか。さあ、ムショへ入れてもらおうじゃないか。さっさと連れてけ」

そんな捨《す》て台詞《ぜりふ》とともにドジャーは襟首をつかまれ、引きずられていった。中庭に出るまで、この件を議会に訴えてやると脅し、いかにもうれしそうな自己満足の体で看守の顔ににやにや笑いかけていた。

ドジャーがみずから小さな監房に入るのを見届けてから、ノアは大急ぎでマスター・ベイツを残してきた場所に引き返した。しばらく待っていると、その若い紳士が現れた。マスター・ベイツは安全な物陰から注意深く外をうかがい、新しい友人が無関係な人間に尾《つ》けられていないことを確認するまで、姿を見せるのを慎重に控えていたのだ。

ふたりはそこから、ドジャーが育ちに恥じない行動をとって輝かしい評判を打ち立てているという明るい知らせをフェイギン氏に伝えるために、家路を急いだ。

43

ナンシーがローズ・メイリーと交わした約束を果たすときが来るが、果たせず、ノア・クレイポールがフェイギンに託された秘密の任務につく

抜け目なく本心を偽る技術にかけては一流のナンシー嬢も、自分のしてしまったことを思うと、心に及ぶその影響を隠すことができなかった。ずる賢いユダヤ人と野蛮なサイクスが、ほかの誰にも話していないさまざまな計画を、彼女だけには打ち明けたことを思い出した。彼女を完全に信頼し、まったく疑っていないからだ。たしかに、それらの計画は胸が悪くなるほど邪悪で、発案者たちと同じく向こう見ずなものだったし、逃げ場のない悲惨な犯罪の深みに少しずつ自分を引きずりこんだユダヤ人にも、苦々しい感情は抱いていたが、そんなユダヤ人に対してさえ、今回の密告のせいで彼がこれまで延々と逃れてきた鉄の爪《つめ》についに捕らえられ、自分の手で滅ぼされるのだと考えると、本人が招いた運命とはいえ、かわいそうな気持ちになることもあった。

だが、それもただの気の迷いだった。ひとつのことに思いを定め、何があっても脇目《わきめ》も振らずにいようと決意していながら、古い仲間や知り合いから心が完全に離れられな

いのだ。まだ間に合ううちにやめてしまおうかと思った理由としては、サイクスに対する恐怖のほうが大きかっただろう。しかし、秘密はぜったいに守ってくれと条件をつけたわけだし、サイクスが捕まるような手がかりは何も残していない。自分を取り巻くあらゆる罪と不幸から救い出されるチャンスまでもらったのに、彼のために断ったのだ。ほかに何ができるというのか。だから彼女は決意した。

心の葛藤《かっとう》はすべてこの結論に行き着くのだが、それらは何度も何度もナンシーを襲い、痕跡《こんせき》を残していった。ほんの数日のうちに彼女は顔色が悪くなり、げっそりとやつれた。ときには眼のまえで起きていることにも注意を払わず、かつていちばん大声で参加した会話にも加わらなかった。愉《たの》しくもないのに笑ったり、理由も意味もなく騒いだりすることもあった。かと思うと、そのすぐあとでしばしば意気消沈して黙りこみ、頬杖《ほおづえ》をついて物思いに耽《ふけ》る。もっとも、そうした徴候よりも、無理に元気を出そうとする努力そのものが、彼女の心の不安と、仲間たちの議論からかけ離れたまったくの別件で頭がいっぱいになっていることを雄弁に物語っていた。

日曜の夜だった。最寄りの教会の鐘が時を打った。サイクスとユダヤ人が話していたが、口を閉じて鐘の音を聞いた。娘は膝《ひざ》を抱えて坐《すわ》っていた低い椅子《いす》から顔を上げ、同じように耳をすました。十一時だった。

「夜中まであと一時間だ」サイクスが日除《ひよ》けを上げて外を見、また椅子に戻った。「暗くてどんより曇ってる。仕事には打ってつけの夜だな」

「ああ！」ユダヤ人は答えた。「なんと残念なことだ、ビル、おまえさん。いまこれという仕事がないのだよ」

「たまにはおまえもまともなことを言うな」サイクスはつっけんどんに答えた。「残念だよ。おれもその気になってるのに」

ユダヤ人はため息をつき、がっかりしたように首を振った。

「調子がよくなったときに、この埋め合わせをしないとな。それは確かだ」サイクスは言った。

「そのとおりだよ、おまえさん」ユダヤ人は答え、思いきって相手の肩を叩《たた》いた。「そう言ってくれると心強い」

「心強いか、ふん！」サイクスは大声を出した。「ならそう思ってろ」

「は、は、は！」ユダヤ人は相手のたったそれだけの譲歩にも安心したらしく、笑った。「今晩はおまえさんらしいじゃないか、ビル――やっとおまえさんらしくなった」

「そのじじくさいガリガリの爪を肩に置かれたんじゃ、おれらしくなれない。どけろ」サイクスはユダヤ人の手を払いのけた。

「心配になるんだな、ビル。サツに捕まったときを思い出して、だろう？」ユダヤ人は何をされても腹を立てない決意で言った。

「悪魔に捕まったときを思い出すのさ」サイクスは言い返した。「サツじゃなくて。おまえみたいな顔をしたやつはほかにいないからな。おまえの親父《おやじ》を除いて。その親父も、いまごろ地獄で白髪混じりの赤ひげを焼かれてるんじゃないか。だが、そもそも親父なんかいなくて、おまえは悪魔からそのまま生まれたのかもしれんな。だとしても、ちっとも驚かない」

フェイギンはこのお世辞に返事をしなかったが、サイクスの袖《そで》を引き、ナンシーのほうを指差した。彼女はふたりが話しているあいだにボンネットをかぶり、部屋から出ようとしていた。

「おい！」サイクスは呼びかけた。「ナンス。こんな夜中に女ひとりでどこへ行く？」

「すぐそこまで」

「なんて返事だ！」サイクスは言った。「だからどこへ行く？」

「言ったでしょ、すぐそこよ」

「どこかと訊《き》いてるんだ」サイクスは大声で言い返した。「耳がついてるのか」

「どこか知らない」娘は答えた。

「おれは知ってる」サイクスは、娘が好きなところに行くのに本気で反対するというより、むしろ意地を張っていた。「どこにも行かないってことだ。坐ってろ」

「ちょっと気分が悪いの。さっきも言ったでしょ。外の空気を吸ってくる」

「窓から首を出して吸えばいい」

「窓からじゃ足りない。通りで吸いたいの」

「それなら吸うな」サイクスはきっぱり言って立ち上がり、ドアに鍵《かぎ》をかけて、その鍵を引き抜くと、娘のボンネットを頭から引ったくって衣装箪笥《だんす》の上に放り投げた。「ほらよ」強盗は言った。「これで静かに坐ってられるだろう、え？」

「帽子がないからってやめるような用事じゃないの」娘は青ざめて言った。「どういうつもり、ビル？　自分が何をしてるかわかってる？」

「何をしてるかわかってる――だと！」サイクスは叫び、フェイギンのほうを向いた。「こいつ、頭がいかれちまったよ。でなきゃ、おれにこんなしゃべり方をするわけがない」

「もっとめちゃくちゃなことをさせたいの？」娘は何か激しいものの爆発を抑えこむように、両手を胸に当ててつぶやいた。「行かせて、いいでしょ――いますぐ――早く――」

「だめだ！」サイクスは吠《ほ》えた。

「行かせろと言ってやって、フェイギン。そのほうがいいんだから。この人のためなの。聞いてる？」ナンシーは床を踏みつけて叫んだ。

「聞いてるさ！」サイクスは椅子の上でくるりと彼女のほうを向いた。「いいか、あと三十秒聞いたら、この犬がおまえの喉《のど》に咬《か》みついて、そんな金切り声が出ないようにしてやる。いったいどうしたんだ、この馬鹿《ばか》――どうした？」

「行かせて」娘はありったけの熱意で言い、ついにはドアのまえに坐りこんだ。「ビル、お願い。あんたは自分が何をしてるかわかってないの――わかってないのよ、本当に。たった一時間でいいんだから――お願い！」

「まちがいない！」サイクスは叫んで、彼女の腕を乱暴につかんだ。「こいつ、本当に狂っちまった。さあ立て！」

「行かせてくれるまで立たないよ――行かせてくれるまで――ぜったい――ぜったい！」娘は叫んだ。サイクスはしばらく様子を見て隙《すき》をうかがっていたが、突然彼女の両手をつかみ、暴れたりもがいたりするのを引きずって隣の小さな部屋に入ると、自分は長椅子に坐り、彼女を椅子に投げこんで力まかせに押さえつけた。ナンシーはじたばたしたり哀願したりをくり返していたが、十二時の鐘が鳴ると精根尽き果て、それ以上騒がなくなった。サイクスは、もう今夜は出ようとするなと警告し、さんざん悪態をついて念を押したうえで、あとは彼女が落ち着くまで放っておくことにして、ユダヤ人のところに戻った。

「ふう！」強盗は顔の汗をふきながら言った。「なんてわけのわからない女なんだ！」

「それは言えるな、ビル」ユダヤ人は思案しながら答えた。「それは言える」

「なんでまた、今晩出かけたいなんて思いついたんだろう。わかるか？」サイクスは訊いた。「なあ、おまえはおれよりあいつのことにくわしいだろう――なんでだと思う？」

「強情――女の強情というやつだろうな、おまえさん」ユダヤ人は肩をすくめて答えた。

「まあ、そうだな」サイクスはうなった。「ちゃんとしつけたつもりでいたんだが、相変わらずひどい」

「まえより悪くなってる」ユダヤ人は考えこんで言った。「わしもあんなのは見たことがない、これほどつまらないことでな」

「おれもだ」サイクスは言った。「まだ熱病が治りきってないのかもな。血のなかにまだ残ってる。どうだ？」

「かもしれん」ユダヤ人は答えた。

「医者の治療代わりに、おれが血を流させてやる。もしまたあんなふうになったらな」サイクスは言った。

ユダヤ人はその治療法もよかろうというふうにうなずいた。

「おれが寝こんでたときには、あいつは昼も夜もつきっきりだった。おまえはいつもながらオオカミみたいに腹黒いから、寄りつきもしなかった」サイクスは言った。「おれたちはずっと金もなかったし、それやこれやであいつも心配して気が滅入《めい》ったのかもしれん。ここに長いことこもりっきりだったのも、苛々《いらいら》する原因になっただろう――どうだ？」

「そうだな、おまえさん」ユダヤ人は囁《ささや》き声で答えた――「しっ！」

そのことばとともに、ナンシー自身がまた現れて、まえと同じ椅子に坐った。眼を赤く泣き腫《は》らしていて、体を前後に揺すり、頭を振り上げ、しばらくすると大声で笑いはじめた。

「おっと、今度は別の作戦か！」サイクスは驚愕《きょうがく》の表情をユダヤ人に向けて言った。

ユダヤ人はうなずいて、もう知らないふりをしていろと合図した。そこから数分で娘は落ち着き、ふだんの態度に戻った。フェイギンは、これでぶり返すことはないだろうとサイクスに囁いて、帽子を取り、おやすみと挨拶《あいさつ》をした。部屋の入口まで行くと、あたりを見まわし、階段が暗いから、火を持ってきて見送ってくれないかと尋ねた。

「行ってやれ」サイクスがパイプに煙草《たばこ》を詰めながらナンシーに言った。「ひとりで首の骨を折っちゃ、絞首刑《こうしゅけい》の見物人をがっかりさせて申しわけが立たないからな。ほら、火を出してやれ」

ナンシーは燭台《しょくだい》を持って、老人のあとから階段をおりた。ふたりで廊下まで来ると、フェイギンは人差し指を唇に当て、娘に近寄って囁いた。

「どうしたんだね、ナンシー、おまえさん」

「なんのこと？」娘は囁き返した。

「さっきの騒ぎだよ」フェイギンは答えた。「もしやつが、」――と痩《や》せこけた人差し指で階段の上を指して――「あんまりつらく当たるのなら（あれは獣だからな、ナンス、野獣だ）、いっそ――」

「いっそ、なんなの」娘は、フェイギンが彼女の耳に触れんばかりに唇を近づけて、じっと眼をのぞきこみながらことばを切ったときに、言った。

「いや、いまはいい」ユダヤ人は言った。「また今度話そう。わしはおまえさんの味方だからな、ナンス。信頼できる友だちだ。手近にこっそり使える手段もいろいろある。おまえさんを犬みたいに扱う連中に復讐《ふくしゅう》したいなら――いや、犬以下の扱いだ！　あいつも犬の機嫌はときどきとってるじゃないか――わしに相談してくれ。いいな、相談するんだぞ。あいつは昨日知り合ったような犬野郎だが、わしのことは昔から知っとるだろう、ナンス――昔から」

「よく知ってるわ」娘はなんの感情も表さずに答えた。「おやすみなさい」

フェイギンが手を握ろうとしてきたので、彼女はあとずさりしたが、落ち着いた声でもう一度、おやすみなさいと言い、相手の別れ際《ぎわ》の顔に、わかっているからというふうにうなずいて、ふたりのあいだのドアを閉めた。

フェイギンはわが家に向かいながら、頭のなかで渦巻く思考に熱中していた。ナンシーが強盗の残忍さに疲れ果て、どこかの新しい友人に愛情を抱くようになったという考えが湧《わ》いていたのだ。それは先ほどの出来事で思いついたことではなく、ゆっくりと、少しずつ形をなしていたのだが、この夜確信するに至った。ナンシーの態度が変わったこと、ひとりでたびたび出かけること、あれほど夢中だった仲間たちとのつき合いに以前ほど関心を示さなくなったこと、さらには、今晩の特定の時間にあそこまで必死で外出したがったこと――すべてがフェイギンの疑惑を裏づけ、少なくとも彼にとっては、ほぼ疑いのない事実となった。ナンシーの愛情の対象は、フェイギンの手下のなかにはいない。ナンシーほどの助手がついた男となると、仲間に入れる価値は充分あるから、すぐにでも確保しなければならない（とフェイギンは考えた）。

彼にはもうひとつ、もっと暗い目的があった。サイクスは何かと知りすぎているし、あの悪漢の嘲《あざけ》りについては、こちらが傷ついていることを表に出さないからといって、苦々しく思っていないわけではない。ナンシーは、あの男を捨てれば、相手が激怒してわが身が危うくなることを重々承知しているにちがいない。新しい男がそのあおりを食らって、まちがいなく手足を折られたり、ことによると命すら失うことも。だからちょっと言い含めれば、とフェイギンは思った。サイクスに毒を盛ることに同意させるのはたやすいのではないか？　昔から女というのは、同じ目的のためにそういうことをしてきた。もっと悪いことも。これで危険な悪党が――大嫌いな男が――いなくなり、代わりに新しいやつが入る。おまけに、自分だけが知るこの犯罪を脅しに使えば、娘に対する影響力は計り知れないものになる。

強盗の部屋にひとりで坐っていた短いあいだに、フェイギンの頭をこうした考えがよぎり、そのことばかり考えるようになっていたので、娘と別れるときに、いくつか可能性を仄《ほの》めかして様子をうかがってみたのだった。娘は驚いた顔をしなかったし、意味がわからないというそぶりも見せなかった。はっきり理解していて、別れしなの一瞥《いちべつ》にそれが表れていた。

とはいえ、おそらく娘は、サイクスの命を奪う企てには尻込《しりご》みするだろう。それがいちばん大事な目的のひとつなのだが。ユダヤ人は家に向かいながら、どうすれば彼女に対する影響力を強められるだろうと考えた。自分はどんな新しい力を得られるだろう。

フェイギンのような頭脳はいくらでも策略を生み出す。ナンシー自身に白状させなくても、見張りをつけて彼女の新しい相手を見つけ出し、自分の計画に協力しなければ情事のすべてをサイクスに知らせるぞと脅せば、（彼女はサイクスを非常に怖《おそ》れているから）したがわせることができるのではないか。

できる、とフェイギンは思わず声に出しかけた。そうなると彼女はとても断れない——命にかけても、ぜったいに！　こっちにはすべてある。手筈《てはず》は整い、あとは実行あるのみ。いまに見てろよ。

フェイギンは振り返って、自分より大胆な悪党を残してきた場所に暗い視線を投げつけ、脅すように手を振り上げて、また歩きはじめた。骨張った両手でしきりにぼろぼろの上着のひだをつかんでは、指の一つひとつの動きで憎き敵をひねりつぶすかのように、布地を固く握りしめていた。

翌朝、彼は早起きし、新入りの仲間が起き出してくるのをいまかいまかと待った。その当人はうんざりするほど寝ていたあとでようやく現れると、いきなり朝食に飛びかかって猛然と食べはじめた。

「ボルター」ユダヤ人は椅子を彼の向かい側に寄せて言った。

「え、いるよ」ノアは答えた。「何？　食べ終わるまで用事は頼まないでもらえるかな。ここのよくないところはそこだ。食事をする暇もない」

「食べながらでも話はできるだろう」フェイギンは心の底でこの親愛なる友人の貪欲《どんよく》さを呪《のろ》いながら言った。

「ああ、できるとも。話しながらのほうがよく食える」ノアはパンを分厚く切って言った。「シャーロットは？」

「外だ」フェイギンは言った。「今朝はもうひとりの娘と使いに出した。おまえさんとふたりきりになりたかったんでな」

「ほう！」ノアは言った。「まずバタートーストを作らせてからにしてもらえると、よかったんだけど。まあいいや。話して。食べる邪魔にはならないから」

たしかに邪魔になりそうなものはなかった。見たところ、ここで立派な仕事をしてやるという不動の決意で食卓についていたからだ。

「昨日はよくやったぞ、おまえさん」ユダヤ人は言った。「すばらしい！　初日から六シリング九ペンス半だからな。ガキ漁《あさ》りで大金持ちになれる」

「ついでに取ってきたパイント壜《びん》三本と、牛乳の缶も忘れないでよ」ボルター氏は言った。

「忘れるものか、おまえさん」ユダヤ人は言った。「パイント壜は天才的だったが、牛乳の缶に至っては至高の傑作と言うしかない」

「上出来だろ、新人にしちゃ」ボルター氏はさも満足そうに言った。「壜は地下の勝手口の手すりのところから取ってきたし、牛乳の缶は居酒屋の外に置いてあったから、雨で錆《さ》びたり風邪を引いたりしちゃいけないと思ってね。は、は、は！」

ユダヤ人も愉しそうに笑うふりをした。ボルター氏はひとしきり笑ったあと、続けざまにバターパンの最初の塊にかぶりついて食べ終え、ふたつめに取りかかった。

「ひとつやってほしいことがあるのだ、ボルター」フェイギンは机に身を乗り出して言った。「きわめて慎重に、注意深くやるべき仕事なんだが」

「言っとくけど、危ないところに無理やり行かされるのはごめんだからね。警察署もだめ。あれはおれに向いてない、本当に」

「危険はまったくない——ほんのわずかな危険もな」ユダヤ人は言った。「ある女のあとを尾《つ》けるだけだ」

「婆《ばあ》さん？」ボルター氏は訊いた。

「若い女だ」フェイギンは答えた。

「それなら、かなりうまくやれるぜ」ボルターは言った。「学校に行ってたときには、こっそりあとを尾けるのはお手のものだったから。なんのために尾けるの？　まさか——」

「何もしなくていいんだ」ユダヤ人はみなまで言わせなかった。「彼女がどこへ行ったか、誰と会ったか、そしてできれば何を話したか教えてくれ。行き先が通りだったら、その通りを憶《おぼ》えておく。家だったら、どの家かを。そういう情報すべてを、できるだけ持ち帰ってくれ」

「駄賃に何をもらえる？」ノアはカップを置いて、雇い主の顔を真剣に見つめた。

「うまくやれば一ポンドだ、おまえさん——一ポンドだぞ」フェイギンはなるたけ興味を持たせようと提案した。「よほど値打ちのある仕事でなければ、ここまで出したことはない」

「誰を追うんだい？」ノアは訊いた。

「仲間のひとりだ」

「へえ!」ノアは鼻をつんと上に向けて叫んだ。「その人を疑ってるの?」

「新しい友だちができたようなのだ。それがどういう連中か、知らなければならない」ユダヤ人は答えた。

「なるほどね」ノアは言った。「知り合いになりたいわけだ、彼らが立派な人たちだったら、だろ?――は、は、は!　引き受けた」

「引き受けてくれると思ってた」フェイギンは叫んだ。申し出が受け入れられたので喜んでいた。

「もちろん、もちろんさ」ノアは答えた。「で、彼女はどこにいる?　どこで待ち伏せすりゃいい?　いつ行く?」

「あとですべて説明するよ、おまえさん。そのときが来たら、女を教える」フェイギンは言った。「そういう心づもりで、あとはわしにまかせろ」

その夜も、次の夜も、また次の夜も、スパイはブーツをはいて荷馬車牽《ひ》きの恰好《かっこう》で坐り、フェイギンの声さえかかれば外に出られる準備をしていた。六晩がすぎた。うんざりするほど長い六晩だった。毎夜フェイギンはがっかりした顔つきで戻ってきて、まだだと告げた。それが七日目、喜びを隠しきれない様子でいつもより早く戻ってきた。

「女が今晩外出するぞ」フェイギンは言った。「まちがいなく例の件で。一日じゅうひとりでいるし、彼女が怖れている男は夜明けまえまで戻らない。わしと来るんだ。早く」

ノアは無言でさっと立ち上がった。ユダヤ人の激しい興奮がうつったのだ。ふたりは静かに家を出て、迷路のような通りを抜け、ようやく居酒屋のまえにたどり着いたが、そこはノアがロンドンにやってきた夜に泊まったところだった。

十一時すぎで、ドアは閉まっていた。ユダヤ人が低く口笛を吹くと、そのドアがそっと開いた。ふたりが音を立てずになかに入ったあと、ドアが閉まった。

フェイギンと、彼らをなかに入れた若いユダヤ人は、囁き声ですらほとんど話さず、ことばの代わりに手ぶりでノアにガラス窓を示し、段に上がって部屋のなかにいる人物を見ろと合図した。

「あれが例の女？」ノアは息遣いと変わらないくらいの小声で訊いた。

ユダヤ人が、そうだとうなずいた。

「顔がよく見えない」ノアは囁いた。「下を向いてるし、蠟燭《ろうそく》がうしろだから」

「そこにいろ」フェイギンが囁き、バーニーに手を振ると、バーニーはその場を離れ、すぐに隣の部屋に入った。そして蠟燭の芯《しん》を切るふりをしながら、燭台をいい位置に移し、娘に話しかけて顔を上げさせた。

「見えた」スパイが言った。

「はっきり見えたか？」ユダヤ人が訊いた。

「千人のなかにまぎれこんでもわかる」

ノアが急いでおりてくるなり部屋のドアが開いて、娘が出てきた。フェイギンはカーテンの陰になった小さい仕切りの裏にノアを引きこんだ。ふたりで息を殺していると、娘はその隠れ場所のほんの数フィートまえを通りすぎ、彼らが入ってきたドアから外に出た。

「行け！」ドアを押さえていた若者が囁いた。「早く」

ノアはフェイギンと顔を見交わし、飛び出していった。

「左だ」若者が囁いた。「左へ。道の反対側をずっと」

ノアはそれにしたがった。少し先を遠ざかっていく娘の姿が、街灯の光に浮かび上がった。ノアは見つからないと思うところまで距離を縮め、彼女の動きがよく見えるように、道の反対側を進みつづけた。娘は不安そうに二、三回振り返り、一度立ち止まって、すぐうしろに迫っていた男ふたりを先に行かせた。歩きながら勇気を奮い起こしたらしく、だんだん歩調が落ち着き、しっかりしてきた。スパイは同じ間隔を保って、彼女から眼を離さないようについていった。

44

守られた約束

教会の鐘が十一時四十五分を打ったとき、ふたつの人影がロンドン橋の上に現れた。足早に先を歩いてきたのは女で、そこにいるはずの人を探すように熱心にまわりを見ていた。もうひとりは男で、いちばん暗い陰を選びながら、いくらか距離を置いてこそこそとついてきた。歩く速さを女に合わせ、女が止まれば自分も止まり、女がまた歩きだせば、ひそかに進みだすが、追跡に熱中して女に追いつくようなことは決してなかった。こうしてふたりはミドルセックス側からサリー側の岸辺へと橋を渡り、女はそこで、通行人のなかに探している顔がなかったことに落胆した様子で、踵《きびす》を返した。なんの前触れもない動きだったが、彼女を見張っていた男はそんなことではうろたえず、橋脚の上の待避所に引っこんで、さらに身を隠すために欄干にもたれかかり、女が反対側の舗道を通りすぎてまえと同じくらいの距離ができると、また静かに欄干から離れてあとを尾《つ》けはじめた。橋のなかほどまで来たところで、女は立ち止まり、男も止まった。

真っ暗な夜だった。昼間から天気も悪かったので、この時間にこの場所を通っている人はほとんどいなかった。いたとしても急いで通りすぎるので、女とそれを見張っている男の姿は目に入らなかっただろうし、まして気に留めるはずもない。その夜の寝場所となる寒い屋根つき通路か、扉のない小屋を探してたまたま橋の上に来た、ロンドンの貧民たちのしつこい視線を浴びるような外見でもなかったので、ふたりは通行人の誰とも話さず、また声をかけられることもなく、静かにそこに立っていた。

川面《かわも》に霧が立ちこめ、あちこちの埠頭《ふとう》に舫《もや》った船の赤い炎がいっそう深い赤に、河岸《かし》の暗い建物がいっそう暗くぼんやりと見えていた。両岸にさまざまな家の屋根が密集しているなかから、煤《すす》で汚れた古い倉庫が重々しくぼうっとそびえ立ち、その不恰好《ぶかっこう》な形すら映せないほど黒い水を厳《いかめ》しく睨《にら》みつけていた。この古い橋の昔ながらの巨大な番人である、セント・セイヴィアー教会の古風な塔と、セント・マグナス教会の尖塔《せんとう》は、暗いなかにも見えたが、橋の下の帆柱の森や、その上のほうに散らばる教会の尖塔は、ほぼすべて闇《やみ》に隠されていた。

娘が落ち着きなく橋の上を往《い》ったり来《き》たりしていると――隠れた観察者はそれを逐一見ていた――セントポール寺院の重い鐘の音がまた一日の終わりを告げた。人があふれる街に、また真夜中がやってきた。宮殿、場末の酒場、監獄、精神科病院、誕生と死、健康と病にまつわる数々の部屋、死骸《しがい》の強張《こわば》った顔と、子供の穏やかな寝顔――それらすべての上に真夜中が訪れた。

十二時の鐘が鳴って二分とたたぬころ、若い令嬢が白髪混じりの紳士とともに、橋の近くに停めた貸し馬車からおり立ち、乗り物を帰してから、まっすぐ橋に歩いてきた。ふたりが舗道に立つなり娘ははっと気づいて、すぐさま彼らのほうへ歩きはじめた。

令嬢と紳士は、どうせ実現しないことに期待してもしかたがないといった雰囲気で、まわりを見ながら歩いてきたが、そこに突然この新しい知り合いが加わったので、はたと立ち止まった。驚きの声をあげそうになったが、ちょうどそのとき、田舎者のなりをした男が近づいてきたので――体が触れ合うほどだった――その声を抑えこんだ。

「ここはだめ」ナンシーが焦《あせ》って言った。「ここで話すのは怖い。離れましょう、人が通る道から。あそこの階段の下へ」

彼女がそう言いながら、ふたりを連れていきたい方向を指差すと、田舎者のなりの男が振り返り、舗道いっぱいに広がると邪魔だぞと乱暴に言って、通りすぎていった。

娘が指差した階段は橋のサリー側、つまりセント・セイヴィアー教会側の岸にあって、川からの荷揚げに使われていた。田舎者は見咎《みとが》められずにそこまで急いでたどり着き、ざっとまわりを確かめてから、下におりはじめた。

その階段は橋の一部で、途中に踊り場がふたつあった。下のほうの踊り場からさらにおりると、左側の石の壁がテムズ川に面した飾り柱になっていて、階段の幅も広がり、壁の角を曲がると、たった一段上にいる人間からも見えなくなる。田舎者はそこまでおりたところであわてて近くを見まわしたが、ほかにいい隠れ場所はなさそうだし、潮も引いていて充分広さがあったので、壁をまわりこみ、飾り柱に背をつけて待った。彼らが下まで来ることはまずないだろう、たとえ話し声が聞こえなくても、また安全に尾行を続けられると思った。

この寂しい場所で、時間はあまりにものろのろとすぎた。さらにスパイは、当初想像していたのとはまったくちがった会見の目的は何か、知りたくてたまらなくなっていたので、ここで待ったのは失敗だった、あの三人は階段のずっと上のほうで止まったか、ぜんぜん別の場所を選んで秘密の会話をしているにちがいないと一度ならず思った。ついに隠れ場所から出て上に戻ろうとしかけたとき、足音が聞こえ、すぐに耳元で話されているのかというほど近くで人の声がした。

スパイは壁にぴたりと張りつき、ほとんど息もせずに耳をそばだてた。

「もう充分離れた」ひとりの声が言った。明らかにあの紳士だった。「このお嬢さんをこれ以上歩かせるわけにはいかない。たいていの人ならあなたを疑って、ここまでだってついてこないところだ。しかしこれで、あなたをできるだけ尊重していることがわかっただろう」

「尊重するですって！」紳士をつれてきた娘の声が言った。「なんてご親切なんでしょう、ほんとに。尊重してくださるなんて。でも、それはどうでもいいことです」

「それにしても」紳士は少し口調を和らげて言った。「どういう目的で、われわれをこんなおかしなところに連れてきたのかな。どうして上で話をさせてもらえなかった？　暗くて陰気なこんな穴倉ではなく、上なら明るくて人通りもあったのに」

「だから言ったでしょう」ナンシーは答えた。「あそこで話すのは怖かったんです。なぜかはわからないけど」娘は震えながら言った。「でも、今晩はとにかく怖くて不安で、耐えられないほどなの」

「何が怖いんだね？」紳士は気の毒に思ったかのように尋ねた。

「それがよくわからないんです」娘は答えた。「わかればいいんだけど。死に関する怖《おそ》ろしい考えとか、血のついた死に装束とか、体に火がついて焼かれるような感じがする恐怖とか、そういうのに一日じゅう取り憑《つ》かれてた。今晩も時間をつぶすために本を読んでたんだけど、やっぱりそれが文字になって見えて」

「気のせいじゃありません」紳士は彼女をなだめた。

「気のせいだよ」娘はしわがれた声で答えた。「その本のどのページにも黒い大文字で〝棺《ひつぎ》〟と書かれてたんです。誓って見ました。それに今晩も、通りでそれを担《かつ》いでいる人たちがいて」

「別に珍しいことではない」紳士は言った。「私も通りでよくすれちがう」

「それは本物の棺でしょう」娘は言った。「あたしのはちがう」

娘の態度があまりにも尋常ではないので、そのことばを陰でひそかに聞いていたスパイはぞっとして血が凍る思いだった。だから、どうか落ち着いてと娘に話しかける令嬢のやさしい声が聞こえたときには、それまで味わったことのない安堵《あんど》を覚えた。そんな怖ろしい幻に心を許してはなりません、と令嬢は言った。

「この人にやさしくしてあげてください」彼女は紳士に言った。「かわいそうに！　この人にはやさしいことばが必要なんです」

「信心深い偉そうな人たちが今夜のあたしを見たら、ふんと見下して、地獄の火だとか、悪事身に返るとかお説教したでしょうね」娘は嘆いた。「ああ、愛《いと》しいお嬢さん、神の民とか言ってる人たちが、あたしたち哀れな貧民に対して、どうしてあなたみたいにやさしく親切じゃないんでしょう。あなたは彼らが失った若さや美しさや、何もかも持ってるんだから、そんなに謙虚にならずに少し威張ってもいいくらいなのに！」

「そう！」紳士は言った。「トルコ人は、祈りを唱えるときには顔をよく洗って、メッカのある東のほうを向く。ところが、その種の善き人々は、笑みも消えるほど俗世で顔をこすってから、同じくらいの回数、その顔を天のもっとも暗い側に向けるのだ。回教徒とパリサイ人のどちらかを選べと言われたら、私は回教徒のほうがいいね」

このことばは若い令嬢に向けられたようだった。おそらくナンシーに落ち着く時間を与えるためでもあったのだろう。紳士はすぐあとで彼女に話しかけた。

「あなたは先週の日曜の夜、来なかった」

「来られなかったんです」ナンシーは答えた。「無理やり家に引き止められて」

「誰がそんなことを？」

「ビル——お嬢さんにこのまえ話した男です」

「今晩われわれがここに来た問題で、連絡をとり合っていることを、まさか疑われたわけじゃあるまいね？」紳士は不安げに尋ねた。

「それはありません」娘は首を振りながら答えた。「理由をはっきり説明しないと、なかなか外に出してもらえないんです。先日も、出かけるまえにあの人にアヘンを飲ませなければ、お嬢さんに会えなかったくらいで」

「彼はあなたが帰るまえに目覚めたのかね？」紳士は訊《き》いた。

「いいえ。彼も、ほかの誰も、あたしを疑っていません」

「よかった。では、私の話を聞いてほしい」

「どうぞ」娘は相手がちょっと間を置いたときに答えた。

「このお嬢さんが」紳士は切り出した。「二週間近くまえにあなたが話したことを、私と、信頼できる何人かの友人に伝えた。正直に言えば、私は最初、あなたを信用できるのだろうかと疑っていたが、いまは完全に信用している」

「そうしてください」娘は熱心な口調で言った。

「もう一度くり返す。私はあなたを完全に信用している。そのことを証明するために、包み隠さず申し上げよう。われわれはこのモンクスという男を脅して、彼が握っている秘密を、なんであれ聞き出したい。しかし、もし——もしもだ——モンクスが捕まらなかったり、捕まったとしてもこちらの望みどおりに秘密を聞き出せなかったりした場合には、例のユダヤ人を引き渡してもらわなければならない」

「フェイギンを！」娘は叫んであとずさりした。

「あなたの手引きで、その男を差し出してもらう」紳士は言った。

「それは無理——できません」娘は答えた。「あんな悪魔みたいな人だけど、あたしには悪魔よりひどいことをしてきた人だけど、あたしはそんなことはしません」

「そうかね？」紳士はその答えを充分予期していたかのように言った。

「ぜったいに！」娘は言い返した。

「なぜ？」

「ひとつの理由は」娘はきっぱりと言った。「お嬢さんが知っています。あたしの味方になってくれます、きっと。約束してくださったのだから。そしてもうひとつの理由は、たしかにフェイギンは悪い生き方をしてきたけど、あたしだって同じなんです。同じ道を歩んできた仲間が大勢いて、どのひとりもあたしを売ることができたのに、そんなことはしなかった。みんな悪《わる》ばかりなのにね。だからあたしも彼らを裏切らない」

「ならば」紳士はすぐに言い継いだ。どうやら最初からこれをめざしていたようだった。「モンクスを私に預けて、対処をまかせてもらいたい」

「もし彼がほかの人たちを裏切ったら？」

「その場合にはお約束しよう。彼から真実を引き出せたら、この件は終わりとする。オリヴァーの身の上には、人目に触れさせるには忍びない事情がいろいろあるにちがいない。だから真実さえ明るみに出れば、ほかの連中の罪は問わないことにする」

「もし真実が引き出せなかったら？」娘が訊いた。

「そのときでも、あなたの同意なしでユダヤ人を官憲に引き渡したりはしない。そういう場合には、私からあなたにきちんと理由を説明して、納得してもらえると思う」

「お嬢さん、そのことを約束してもらっていいですか」娘は真剣に訴えた。

「約束します」ローズは答えた。「真心をこめて誓います」

「あなたがたが情報を得た経緯をモンクスに知られることはぜったいにありませんね？」短い沈黙のあとで娘が言った。

「ぜったいにない」紳士が答えた。「モンクスに圧力をかけるためにこの情報を使うことがあったとしても、出所は決して悟られないようにする」

「あたしは幼いころから嘘《うそ》つきで、嘘つきに囲まれてきました」また沈黙が流れたあとで娘は言った。「でも、あなたがたのことばは信じます」

安心して信じてほしいとふたりが請け合ったあとで、娘は、壁の向こうの聞き手がしばしば意味をつかむのにも苦労するほど小さな声で、彼女がその夜そこから尾けてこられた居酒屋の名前と場所を伝えた。ときおり話を中断するところから考えて、娘が伝える内容を紳士が急いで書き留めているようだった。場所の説明と、人に見られる心配なくそこを監視できる最高の地点、それまでの習慣でモンクスがいちばん現れそうな夜や時間の説明がすっかり終わると、娘はしばらく考えこみ、モンクスの人相や外見を懸命に思い出そうとした。

「背が高くて、たくましそうだけど太ってはいない」彼女は言った。「歩くときにはこそこそしていて、しょっちゅううしろを振り返る。右うしろを見たかと思うと、次は左というふうに。あと、忘れないで。眼がすごく落ち窪《くぼ》んでて、それだけでほかの人と区別できるくらいだから。顔の色は髪や眼と同じように濃いけれど、せいぜい二十六歳から二十八歳という感じなのに、げっそりとやつれてる。唇は血の気がなくて、歯の嚙《か》み跡でゆがんでることが多い。というのも、ひどい発作を起こすからで、自分の手を嚙んで傷だらけにしてしまうこともある――どうして驚いてるの？」と急にことばを切って言った。

紳士はあわてて、そんなつもりはないがと言い、話を続けるようようながした。

「いま話したことのなかには」娘は言った。「その居酒屋のほかの常連から聞き出したこともある。あたし自身は二度しか見たことがないし、そのどっちでも彼は大きな外套《がいとう》を着てたから。話せるのはそのくらい。でも待って」とつけ加えた。「喉《のど》のところ、ちょうど顔をこっちに向けたときに、ネッカチーフの上から一部がのぞくくらいの高い位置に――」

「大きな赤い傷跡があるのだな、火か熱湯で負った火傷《やけど》のような」紳士が叫んだ。

「どうしてそれを！」娘は言った。「あの人を知っているのですね！」

若い令嬢も大きな驚きの声をあげ、しばらく三人は黙りこんだ。スパイに彼らの呼吸の音が聞こえるほどだった。

「知っていると思う」紳士が沈黙を破った。「いまの説明を聞いてそう思った。いずれわかることだ。ただ、奇妙なくらい似た人間というのはいるものだからね――別人かもしれない」

いかにもさり気なくそんなことを言いながら、紳士は隠れたスパイのほうに一、二歩近づいたようだった。おかげで彼が「やつにちがいない！」と言うのが、スパイにははっきり聞こえた。

「さて」紳士は言った。声から察するに、また先ほどの場所に戻ったようだ。「あなたはきわめて貴重な情報を与えてくれた。こちらからもお返しがしたいのだが、何ができるかな？」

「何も要りません」ナンシーは答えた。

「まあ、そう言わないで」紳士はもっと頑固で冷たい心にも訴えるやさしい声で主張した。「いま考えて、教えてほしい」

「本当に、何も」娘は泣きながら答えた。「もう何をしてもらっても、あたしは助からないんです。希望はみんな捨ててしまいました」

「あなたは自分を追いつめすぎている」紳士は言った。「たしかに過去はあなたにとって、若い活力の浪費だった。創造主が一度だけしか与えてくださらない、かけがえのない宝物を無駄に費やしてしまった。けれど、未来に希望を抱くことはできるよ。あなたの心に安らぎを与える力がわれわれにあるとは言わない。それはみずから求めなければならないことだから。しかし、イギリスのなかでも、ここにいるのが怖ければ外国でも、隠れる場所は提供できる。私たちの能力でできるだけでなく、あなたのためにぜひともしたいと思っているのだ。この夜が明けるまえに、この川が一日の最初のかすかな光で目覚めるまえに、あなたはこれまでの知り合いの手がまったく及ばないところにかくまわれ、まるで地上から消えてしまったかのように、なんの痕跡《こんせき》も残さない。さあ、私はあなたをこのまま帰したくないのだ。昔の仲間とひと言でも話したり、昔の住まいをひと目でも見たり、あなたに害悪と死をもたらすそこの空気を吸ったりしてほしくないのだ。まだ時間とチャンスがあるうちに、そんなものはみな捨ててしまいなさい」

「この人は説得されかけています」若い令嬢が言った。「まちがいなく心が揺れている」

「そうでもなさそうだ」紳士は言った。

「ええ、だめです」娘は少し悩んだあとで答えた。「あたしはいままでの生活に縛られてるんです。いまはそれが嫌で憎くてたまらないけど、離れられない。深入りしすぎて、もう引き返せない。でも、わからないものですね。いくらかまえに、あなたがそんなことをおっしゃってたら、笑い飛ばしてたはずですけど」そこであわててまわりを見て、「また怖くなってきた。家に帰らなければなりません」

「家に！」令嬢はそのことばに力をこめてくり返した。

「そう、家です、お嬢さん」娘は言った。「あたしが生涯の仕事で築き上げた家に。さあ、別れましょう。あたしは見張られたり、人目についたりするかもしれない。もしお役に立てたのなら、こちらからお願いしたいことはただひとつ、あたしを放っておいて、自分の道をひとりで進ませてください」

「あきらめよう」紳士が言った。「おそらくここにいっしょにいるだけで彼女を危険にさらしてしまう。すでに彼女が思っていたより長く引き止めてしまったかもしれない」

「ええ、ええ」娘は急《せ》き立てた。「そうなんです」

「どうなるの」令嬢は叫んだ。「このかわいそうなかたの行く末は！」

「どうなるって」娘はくり返した。「眼のまえをご覧なさい、お嬢さん。あの暗い水を。あたしみたいな人間があの流れに身を投げて、あとには気遣う人も、嘆き悲しむ人もひとりもいなかったという話を何度、新聞で読みました？　遠い将来かもしれないし、ほんの数カ月先かもしれないけれど、あたしも最後にはそうなります」

「そんなこと言わないで。お願いだから」令嬢はすすり泣きながら言った。

「そうなったとしても、決してあなたの耳には入らないでしょう、やさしいお嬢さん。そんな怖ろしいことを神様が許すはずがありません」娘は答えた。「おやすみなさい。さようなら」

紳士は背を向けた。

「この財布を」令嬢は呼びかけた。「どうかわたしのために、この財布を持っていってください。何か必要になったり、困ったりしたときに足しになるかもしれないから」

「いいえ、いいえ」娘は答えた。「お金のためにしたことじゃありません。それを心の慰めにさせてください。ですが――何か身につけているものをいただければ、思い出に――いいえ、指輪はいけません――手袋とか、ハンカチとか――何かやさしいお嬢さんの持ち物で、あたしが取っておけるような。それでけっこうです。ありがとう――神様の祝福を！　おやすみ、おやすみなさい！」

娘の激しい動揺と、この会見を知られたら彼女が虐《しいた》げられ、暴力も振るわれるだろうという心配から、結局紳士は娘の要望どおり行かせようと心に決めたようだった。スパイの耳に遠ざかる足音が聞こえ、人の声がやんだ。

ほどなく若い令嬢と連れの紳士のふたつの影が橋の上に現れた。彼らは階段をのぼりきったところで立ち止まった。

「しっ」令嬢が言って耳をすました。「あの人が呼んだ? 声が聞こえた気がします」

「いいや、お嬢さん」ブラウンロー氏は悲しげに振り返って答えた。「彼女は動いていない。われわれが行ってしまうまで動かないだろう」

ローズ・メイリーはまだためらっていたが、老紳士は彼女の腕を取り、やさしいながらも力強く引いて歩きだした。ふたりがいなくなると、娘は石段の上にほとんど倒れかかるようにくずおれ、胸の苦悶《くもん》を苦い涙にして流した。

しばらくして彼女は立ち上がり、弱々しい足取りでよろめきながら階段をのぼって、通りに出た。スパイは愕然《がくぜん》として、そのあとの数分は身じろぎもせずその場に立っていた。が、注意深く何度もまわりを見てまたひとりになったと確信するや、隠れていたところから静かにゆっくりと出てきて、壁の陰になったところを、おりてきたときとおなじ忍び足で引き返した。

階段の上までたどり着くと、ノア・クレイポールは何度も首を伸ばして、誰からも見られていないことを確かめ、全速力で走りだした。脚が体を運べるかぎりの速さで、ユダヤ人の家をめざして駆けに駆けた。

45

致命的な結果

夜明けまで二時間ほどだった。秋のこの時刻は本当の真夜中と言えるかもしれない。通りは人気《ひとけ》もなく寝静まり、物音ですらまどろんでいるかのようだ。不品行で乱暴な連中も家によろめき帰って夢を見ている。静かで動きのないその時刻、ユダヤ人はいつものねぐらに坐《すわ》って、宙を見すえていた。その顔はゆがんで青白く、眼は真っ赤に血走って、人間というより、墓から出てきたばかりで湿り、悪霊《あくりょう》に悩まされている、見るもおぞましい亡霊に似ていた。

彼は冷たい炉辺に身を屈《かが》め、古びて破れた寝床の上がけをまとい、傍らの机の上で消えかけた蠟燭《ろうそく》のほうに顔を向けていた。右手を唇に当てて考えに沈み、長く黒い爪《つめ》を嚙《か》むたびに、歯のない歯茎のあいだから、犬かネズミのような牙《きば》が何本かのぞいた。

床のマットレスにノア・クレイポールが伸びて、ぐっすり眠っていた。老人はときどきそちらをちらっと見やり、また蠟燭に眼を戻した。芯《しん》がふたつ折りになるくらい蠟が垂れ、熱い獣脂が机にぽたぽたと落ちていることからも、老人の頭がほかのことで忙《せわ》しく働いているのがはっきりと見て取れた。

実際にそうだった。自分のすばらしい計画が頓挫《とんざ》したことは悔しいし、赤の他人とあえてよからぬ相談をしている娘は憎らしいし、彼を引き渡さなかったという娘の誠意などとても信じられず、サイクスに復讐《ふくしゅう》できなくなったことにも気落ちし、罪の発覚、破滅、死も怖《おそ》ろしく、それらすべてによって激烈な怒りが燃え盛っていた。煮えたぎる思考がくるくるといつまでも渦巻いてフェイギンの頭のなかを駆け抜け、心のなかには邪悪な思いと、この上なく腹黒い企《たくら》みがひそんでいた。

彼はそのままままったく姿勢を変えずに坐っていた。時がたつことなど毛ほども気にしていない様子だったが、やがて敏感な耳が通りの足音を聞きつけたらしかった。

「ついに来た」彼はつぶやき、渇いて熱を持った口をふいた。「来てしまった！」

言う間に呼び鈴が小さく鳴った。フェイギンは階上《うえ》に静かに上がり、顎《あご》の下まで外套《がいとう》にくるまって小脇《こわき》に包みを抱えた男を連れて、またおりてきた。男が坐って外套を脱ぎ捨てると、サイクスのたくましい体軀《たいく》が現れた。

「ほら！」サイクスは言って、包みを机に置いた。「大事に預かって、できるだけいい値をつけるんだぞ。手に入れるのもひと苦労だった。三時間前にはここに来てるはずだったんだがな」

フェイギンは包みを取り、食器棚に入れて鍵《かぎ》をかけ、無言でまた腰をおろしたが、その間、強盗から一瞬も眼を離さなかった。互いに向かい合って坐ってからも、相手をしっかりと見すえ、唇をぶるぶる震わせ、抑えきれない感情で顔つきもがらりと変わっていたので、強盗は思わず椅子《いす》をうしろに引き、本当に怖がっているような表情で老人をしげしげと眺めた。

「なんだよ」サイクスは大声で言った。「なんで人をそんなふうに見やがる」

ユダヤ人は右手を上げて、震える人差し指を左右に振ったが、こみ上げる感情の激しさに、しばらく会話もできなかった。

「ちくしょう！」サイクスは言った。危険を感じてか、胸の拳銃《けんじゅう》を探りながら言った。「こいつ、狂いやがった。もう自分だけが頼りだ」

「いや、いや」また声が出るようになったフェイギンが答えた。「あんたのことじゃないんだ、ビル。あんたに落ち度はない」

「ほう、そうなのか？」サイクスは睨《にら》みつけ、これ見よがしに拳銃を引き抜きやすいポケットに移した。「それは運がいいな――おれたちのどっちかにとって。それがどっちかは関係ない」

「あんたがこれを聞いたら、ビル」ユダヤ人は椅子を近くに寄せて言った。「わしよりひどいことになるぞ」

「はあ?」強盗は訝《いぶか》るように言った。「さっさと話せ! 早く。遅くなると、ナンシーに、おれがしょっ引かれたと思われるからな」

「しょっ引かれる!」フェイギンは叫んだ。「あの娘はとっくにそう思ってるさ、心のなかじゃ」

サイクスは途方に暮れてユダヤ人の顔をのぞきこんだが、謎《なぞ》かけの満足な答えが読み取れなかったので、大きな手で相手の襟首をつかんで激しく揺さぶった。

「さあ話せ! でないとこのまま絞め殺すぞ。口を開けてわかりやすいことばで説明しろ。話すんだ、この老いぼれ犬め、話しやがれ!」

「あそこで寝てる若いのが――」フェイギンは話しはじめた。

サイクスはそれまでノアが寝ていることに気づかなかったかのように振り返り、「なんだ?」と老人に向き直った。

「あの若いのが、密告したとする」ユダヤ人は続けた。「わしら全員を売るために、まず密告すべき相手を見つけ、街でそいつらと会ってわしらの人相を説明し、わしらを見つけるありったけの手がかりを与え、いちばん捕らえやすいねぐらを教える。かてて加えて、わしらがかかわっている計画を、多少なりとも想像してばらしたとする。しかも、逮捕されたり、罠《わな》にはまったり、裁判にかけられたり、牧師に説得されたり、パンと水だけの生活に耐えられなくなったりしてそうしたわけじゃなく、勝手な思いこみで自己満足のためにやったとする。夜こっそり抜け出して、わしらを懲《こ》らしめようと躍起になってる連中を見つけ、密告するのだ。ちゃんと聞いてるか？」ユダヤ人は怒りに眼を燃やして叫んだ。「あの若いのがそういうことを全部やったとしたら、どうだ？」

「どうもこうもない！」サイクスはすさまじい呪《のろ》いのことばで応じた。「おれが来るまでそいつが生きてたとしたら、このブーツの鉄の踵《かかと》で頭を踏みつけて、髪の毛と同じ数ぐらい粉々にしてやる」

「もしわしがそれをやったとしたら？」ユダヤ人がほとんど怒鳴り声で言った。「あらゆることを知り、自分のみならず大勢の首を吊《つる》すことのできるわしだったら？」

「どうするかな」サイクスは言った。そんなふうに仄《ほの》めかされるだけで歯を食いしばり、青ざめていた。「監獄で、わざと鉄の枷《かせ》をはめられるようなことをやるだろうな。で、おまえといっしょに裁判にかけられたら、人が大勢いるまえでおまえに飛びかかって、その枷で脳みそがはみ出るまでぶちのめしてやる。そのくらいの力はあるからな」強盗は筋肉隆々の腕を上げてつぶやいた。「その頭をつぶして、ものをいっぱい積んだ荷車に轢《ひ》かれたみたいにしてやる」

「本当だな」

「本当だとも」強盗は言った。「なんならやってみろ」

「もしそれがチャーリーや、ドジャーや、ベットや――」

「誰かは関係ない」サイクスは苛立《いらだ》って答えた。「そいつが誰だろうと、やることは同じだ」

フェイギンは強盗を穴があくほど見つめた。そして静かにしろと手を上げ、寝床のまえに行って身を屈め、寝ている若者を揺り起こした。サイクスはいまの思わせぶりなやりとりがどこにたどり着くのか知りたくてたまらないというふうに、両手を膝《ひざ》について椅子から身を乗り出した。

「ボルター、ボルター! かわいそうに!」フェイギンは悪魔めいた期待の表情でサイクスを見上げ、ゆっくりと、一語一語を強調して話した。「疲れてるんだ。長いこと彼女を見張ってたから——彼女を見張ってたんだ、ビル」

「どういう意味だ」サイクスは体をうしろに引いて尋ねた。

ユダヤ人は答えなかったが、寝ている若者のまえにまた身を屈め、体を引き上げて坐らせた。偽名がさらに数回くり返されると、ノアは眼をこすって大きなあくびをし、眠そうにまわりを見た。

「あの話をもう一度するんだ——もう一度だけ、この男に聞かせるために」ユダヤ人はサイクスを指差しながら言った。

「なんの話?」まだ眠そうなノアが不機嫌そうに体を揺すって訊《き》いた。

「あの——ナンシーの話だ」ユダヤ人は、しっかり聞くまで帰さないぞと言わんばかりにサイクスの手首をつかんだ。「おまえはあの娘を尾《つ》けたんだな?」

「ああ」

「ロンドン橋まで」

「そうだよ」

「そこであの娘はふたりの人間と会った」

「そう」

「紳士と婦人だった。ナンシーはすでに、そのふたりのところへ自分の意思で会いにいっていた。彼女はふたりに、仲間を引き渡せ、手始めにモンクスからだと言われて、したがった。モンクスの人相を教えろと言われて、教えた。わしらが集まったり行ったりする家はどこだと訊かれて、教えた。そこを見張るならどこからがいちばんいいかと訊かれて、教えた。みんながそこへ行くのは何時ごろかと訊かれると、それも教えた。こういうことを全部教えたのだ。脅されてもいないのに、不平ひとつ言わず、何から何まで。ちがうか?」ユダヤ人は怒りに半狂乱になって叫んだ。

「そうだよ」ノアは頭を掻《か》きながら答えた。「そのとおり」

「彼らはなんと言った? 先週の日曜日について」

「先週の日曜日」ノアは考えながら言った。「もうあんたに話したじゃないか」

「もう一度。もう一度話すんだ!」フェイギンはサイクスの手首をいっそう強く握り、もう一方の手を高々と振りまわして、唇から泡を飛ばした。

「ふたりが女に訊いたんだ」ノアはだんだん目が覚めて、サイクスが何者かわかってきたようだった。「どうして先週の日曜は来なかった、約束してたのにって。彼らが訊いたら、あの女は外に出られなかったと答えた」

「なぜ――なぜだ？」ユダヤ人は勝ち誇ったように口を挟んだ。「こいつに話してやれ」

「家に閉じこめられてたから。ビルが外に出してくれなかった――このまえ話した男がって」ノアは答えた。

「彼についてほかになんと言った？」ユダヤ人は叫んだ。「このまえ話した男について、ほかに何を？　さあ、早く教えてやれ」

「いやまあ、行き先がわかっていないと、なかなか外に出してもらえないって」ノアは言った。「だから、初めてそのお嬢さんに会いにいったときには――は、は、は！　聞いて笑っちゃったんだけど――彼にアヘンを飲ませたらしいよ」

「くそったれ！」サイクスが叫び、ユダヤ人の手を乱暴に振り払った。「離しやがれ！」

サイクスは老人を突き飛ばすと、部屋から飛び出し、猛然と階段を駆け上がった。

「ビル、ビル！」ユダヤ人はあわてて彼を追いながら叫んだ。「ひと言。ひと言だけ」

強盗は聞く耳を持たなかったが、ドアを開けられず、さんざん悪態をつきながらむなしく暴れているところへ、ユダヤ人が息をあえがせて追いついた。

「おれを外に出せ」サイクスは言った。「話しかけるな――ただじゃおかんぞ。出せと言ってるだろうが！」

「ひと言だけ聞いてくれ」ユダヤ人は鍵に手を置いて言った。「あんた――」

「なんだよ」

「あんまり――手荒なことはしないよな、ビル？」

夜が明けかけて、ふたりが互いの顔を見られるだけの光があった。つかのま彼らは視線を交わした。まちがいなく、どちらの眼にも炎が燃えていた。

「つまり」フェイギンはいまさら取り繕ってもしかたないと開き直って言った。「手荒なことをすると、かえって危ない。うまく立ちまわるんだ、ビル。無茶なことはしないように」

サイクスは返事をしなかったが、ユダヤ人が鍵をまわすとドアを引き開け、静かな通りに飛び出していった。

息もつかず、一瞬たりとも考えず、首を左右に向けたり、空を見上げたり、地面を見おろしたりもせず、残忍な決意を胸にひたすら前方を見すえ、緊張した顎が皮膚を突き破りそうになるほど歯を食いしばって、強盗はことばひとつつぶやかず、筋肉ひとつゆるめずに、自分のすみかをめざしてまっしぐらに走った。鍵を使ってドアを静かに開け、軽々と階段をのぼって部屋に入ると、ドアに二重に鍵をかけ、重い机を持ち上げてドアのまえに移動させ、ベッドのカーテンを引き開けた。

娘は服を脱ぎかけたまま、そこに横たわっていた。サイクスのせいで眠りから覚めたらしく、すでに驚き顔であわてて身を起こすところだった。

「起きろ」サイクスは言った。

「あんただったの、ビル!」娘は彼が帰ってきたのを喜んで言った。

「そうだ」が答えだった。「起きろ」

蠟燭が燃えていたが、男はすばやくそれを燭台《しょくだい》から引き抜き、暖炉の火床《ひどこ》の下に放り投げた。外の夜明けのわずかな光が見えると、娘は起き上がって窓のカーテンを開けようとした。

「開けるな」サイクスは言い、手を彼女のまえに突き出して止めた。「おれがこれからやることには充分な明るさだ」

「ビル」娘は怯《おび》えた小声で言った。「どうしてそんな眼であたしを見るの」

強盗は腰をおろし、鼻孔をふくらませて大きく息をしながら数秒間、娘を見ていたが、いきなり頭と喉《のど》をつかむと部屋のまんなかに引きずり出し、一度ドアのほうを見たあと、大きな手を彼女の口に当てた。

「ビル! ビル!」娘は底知れぬ恐怖の力に抗《あらが》いながら、あえいだ。「あたし――叫びも泣きもしない――ぜったい――聞いて――話して――あたしが何をしたの!」

「知ってるだろうが、この悪魔め！」強盗は息をひそめて言い返した。「おまえは今夜、見張られてたんだよ。口にしたことは、ひと言ももらさず盗み聞きされた」

「お願い、どうかお願いだから、命だけは助けて。あたしもあんたの命は救ったよ」娘はすがりついて訴えた。「ビル、愛《いと》しいビル、やさしいあんたはあたしを殺せるはずがない。ああ！　あたしがこのたった一夜だけ、あんたのためになにをなげうったか考えてみて。お願いだから落ち着いて考えて、こんな罪は犯さないで。ぜったい離さないから、投げ飛ばそうたって無駄よ。ビル、ビル、どうかあんた自身のために、あたしのために、あたしの血を流すまえにやめて！　あたしはあんたにずっと忠実だった。この罪深い魂に誓って、ずっとそうだった！」

男は腕を自由にしようと荒々しく振り動かしたが、娘にしっかりと抱きかかえられて、いくら引き抜こうとしても抜けなかった。

「ビル」娘は彼の胸に寄りかかりながら叫んだ。「今晩、その紳士とお嬢さんが外国の家の話をしてくれたの。あたしがひとり心安らかに人生を終えられるような。もう一度あの人たちに会わせて。ひざまずいて、あんたにも同じお慈悲と恩恵をってお願いするから。ふたりでこんな嫌なところから出て、どこか遠くでましな暮らしをしようよ。お祈りのとき以外は昔の生活は忘れて。もうお互い顔を合わせないようにしよう。悔い改めるのに遅すぎるってことはないって、あの人たちも言ってた。あたしもそう思う――

でも時間をかけないと――ちょっと、ちょっとだけでも！」

強盗は片方の腕をようやく引き離して拳銃をつかんだ。荒れ狂う怒りのなかでも、撃てばたちまち発覚するにちがいないという考えが頭をよぎったので、眼のまえにあった上向きの顔に、あらんかぎりの力で拳銃を二度、振りおろした。

彼女はふらついて倒れた。額の深手から雨のように血が流れて、眼はほとんど見えなかったが、やっとのことで起き上がってひざまずき、胸から白いハンカチを引き出して――ローズ・メイリーにもらった品だ――指を組んだ両手に持った。弱々しい力でできるだけ高くその手を天に上げ、創造主に慈悲を乞《こ》う短い祈りをつぶやいた。

見るからに怖ろしい光景だった。殺人者はよろめいてうしろの壁にぶつかると、片手で視界をさえぎりながら重い棍棒《こんぼう》をつかみ取り、彼女を殴り倒した。

46

サイクスの逃亡

それは広大なロンドンの街に夜の帳《とばり》がおりたあと、闇《やみ》にまぎれて犯されたあらゆる悪行のなかでも最悪のものだった。朝の大気に悪臭とともに立ち現れるあらゆる惨事のなかでも、もっとも不快でむごたらしいものだった。

人々に光だけでなく、新しい生活や希望や活力をくり返しもたらす太陽が燦然《さんぜん》と昇り、混み合う街を澄んだ栄光の輝きで満たした。高価なステンドグラス、紙で継ぎはぎされた窓、大聖堂の丸屋根、腐った家のひび割れから、太陽は同じ光を射《さ》し入れた。殺された女が横たわる部屋も照らした――容赦なく。いくら締め出そうとしても、光は流れこんだ。朝の薄明のなかですらおぞましい光景だったとすれば、いまのまばゆい光のもとで見るとどうだろう！

彼は動いていなかった。怖くて身動きできなかった。うめき声がして手が動いたときには、怒りに恐怖が加わって棍棒《こんぼう》を何度も打ちおろした。床の敷物をあれの上にかけてみたりもしたが、眼がどうなっているか想像すると、なおさら怖かった。血だまりで反射した陽光が天井で揺れ踊るのを見ているかのように上を睨《にら》みつけるのではなく、その眼がゆっくりと自分のほうを向くのではないかと想像すると。結局、彼は敷物を引きはがした。そこには死体があった――ただの肉と血だけだが、肉の存在感と血の多さときたら！

火打ち石で火を熾《おこ》し、そのなかに棍棒を突っこんだ。棍棒の先についていた髪の毛が燃え、縮んで軽い灰になり、気流に乗ってくるくると煙突を昇っていった。たくましい大男がそんなことにも震え上がった。それでも棍棒が割れるまで持っていたあと、石炭の上にのせ、灰になってくすぶるまで燃やしきった。手を洗い、服の汚れを落とした。いくつか落ちない血痕《けっこん》もあったが、その部分は切り取って燃やした。部屋じゅうにどれほど血が飛び散っていたことか！　犬の肢《あし》まで血まみれだった。

その間、彼は一度も死体に背中を向けなかった――一瞬たりとも。後始末が終わると、犬を引っ張りながら、あとずさりでドアに近づいた。また犬が肢を血に浸して通りに犯罪の新たな証拠を持ち出さないように注意した。ドアをそっと閉め、鍵《かぎ》をかけて引き抜き、家をあとにした。

道を渡って向かいの窓を見上げ、外から何も見えないのを確かめた。カーテンは引かれたままだった。彼女が生きていれば開けて光を入れただろうが、もう彼女が外の光を見ることはない。あのすぐ下に横たわっている。彼は知っていた。ああ、まさにあの場所に太陽がどれほど降り注いでいることか！

見たのは一瞬だった。部屋から離れられたことにほっとした。彼は口笛で犬を呼び寄せると、足早に歩き去った。

イズリントンを通り抜け、ウィッティントンの石碑が立つハイゲートの丘を登り、目的もわからず、行き先も決まらぬままハイゲート・ヒルのほうに下り、おりはじめたと思うとまたすぐ右に曲がり、草地を横切る小径《こみち》をたどって、ケンウッドをまわりこみ、ハムステッド・ヒースまで来た。ヴェイル・オヴ・ヘルスで窪地《くぼち》を渡って反対側の土手に登り、ハムステッドとハイゲートの村を結ぶ道を横切って、ヒースの生えた荒野の残りの部分からノースエンドの草地に入ると、生け垣の下にもぐりこんで眠った。

まもなく彼は起き上がり、また歩きはじめた――今度は田舎に向かうのではなく、大きな道をロンドンのほうへ――そしてまた引き返し――すでに歩いた土地の別の場所を通り――草地をあてどなくのぼりおりして、溝《みぞ》の縁に横たわり、またほかの場所をめざし、同じことをくり返してさまよいつづけた。

どこに行けば食べ物と飲み物にありつけるだろう。近場であまり人目につかないところ。ヘンドン――あそこがいい。さほど遠くないし、大勢の人の通り道からはずれている。彼はそちらに足を向けた。ときには走り、ときには奇妙に意地を張ってのんびりとぶらついたり、完全に立ち止まって、用もないのに棒で生け垣を壊したりした。しかし、ヘンドンに着いてみると、会う人会う人、家の入口に立つ子供までもが疑いの眼で見ている気がした。何時間ものあいだ何も口にしていなかったが、わずかな食料や飲み物を買う勇気も湧《わ》かず、もと来た道を引き返した。そして、どこに行くべきかもわからずにヒースの野辺をさまよった。

長々といつまでもさまよったあげく、同じ場所に戻ってくるのだった。朝と昼がすぎ、一日が暮れかけてもまだあちこち歩きまわり、のぼりおりをくり返し、ぐるぐるまわって、それでも同じ場所にいた。ついにそこから離れると、ハットフィールドに方向を定めた。

夜の九時、くたびれ果てた男と、慣れない遠出で肢を引きずりはじめた犬は丘をおり、静かな村の教会の横に出た。狭い道を重い足取りで進み、薄暗い明かりを頼って居酒屋までたどり着くと、なかにもぐりこんだ。バーには暖炉があり、火のまえで何人かの農夫が酒を飲んでいた。彼らは見知らぬ男のために場所を空けたが、男は部屋のいちばん遠い隅に坐《すわ》り、ひとりで食べ、飲んだ。犬といっしょに、と言うべきかもしれない。ときどき犬に食べ物の切れ端を投げ与えていたからだ。

居酒屋に集った男たちの話題は、隣の土地やそこで働く農夫のことだった。それが尽きると、このまえの日曜に埋葬された老人の年齢の話になった。居合わせた若者たちは、あの人はすごく歳《とし》をとっていたと言い、年嵩《としかさ》の連中は、あいつはかなり若かったと断言した。ある白髪の老爺《ろうや》は、わしよりは若かったと言った。もっと体に気をつけていれば、あと軽く十年か十五年は生きられた——気をつけていれば。

彼らの会話には注意を惹《ひ》くものも、警戒すべきものもなかった。強盗は勘定を払ったあと、同じ隅に黙って注目もされずに坐り、ほとんど眠りかけていた。そこに新しい客がひとり騒々しく入ってきたので、彼は薄目を開けた。

なかば行商人、なかば詐欺師《さぎし》という風変わりな客だった。国じゅうを徒歩で旅して、砥石《といし》や革砥《かわと》、剃刀《かみそり》、丸石鹸《せっけん》、馬具の磨き粉、犬や馬の薬、安物の香水、化粧品といった売り物を箱に入れて背負っている。その登場をきっかけに、田舎者のあいだで素朴な冗談がさまざまに飛び交い、それは彼が夕食を終え、宝の箱を開けるまで続いた。男は巧みに商売と余興を結びつけた。

「ところでそいつはなんだい？　食べられるのか、ハリー？」ひとりの田舎者がにやにやしながら、油脂の塊のようなものを指差して訊《き》いた。

「これか」男は一個を取り出して言った。「これはな、あらゆる種類の汚れや錆《さび》、土、白カビ、ゴミ、垢《あか》、染《し》み、撥《は》ねを落とせる、絶対確実、絶対重宝な石鹸さ。素材は絹、繻子《しゅす》、リンネル、キャンブリック、綿布、クレープ織り、毛織物、絨毯《じゅうたん》、メリノ、綿モスリン、綾《あや》織り、ウールとなんでもござれ。ワインの染み、果汁の染み、ビールの染み、水の染み、ペンキの染み、タールの染み、とにかくあらゆる染みが、この絶対確実、絶対重宝な石鹼でひとこすりすりゃ落ちる。ご婦人が自分の名誉を汚《けが》されたら、こいつをひとかけ呑《の》みこむだけで、あっという間に解決――なんせ毒だからね。紳士がそれを証明したけりゃ、この小さな四角いやつを呑みこむだけでいい。効き目はまちがいなし。拳銃《けんじゅう》の弾みたいに効果があって、それよりもっと不味《まず》くて、つまり呑みこめれば余計に偉いってことだ。四角ひとつで一ペニー。これだけ得なことがあって、四角ひとつで一ペニーだ！」

すぐにふたりが買った。聞いていたほかの者たちは明らかにためらっていた。それを見て取った行商人はますます饒舌《じょうぜつ》になった。

「できたとたんに売り切れだよ。十四の水車場と六つの蒸気機関とガルバニ電池で一日じゅう作ってるが、生産が追いつかない。職人が働きすぎで死んじまうと、かみさんには直接年金が支払われる。子供ひとりにつき年二十ポンド、双子《ふたご》には五十ポンドの上乗せだ。さあ、四角ひとつで一ペニー！　半ペニー銅貨二個でも同じだよ。ファージング銅貨四個でも喜んで受け取る。四角ひとつで一ペニーだ！　ワインの染み、果汁の染み、水の染み、ペンキの染み、タールの染み、泥の染み、血の染み！　ここにいる紳士の帽子にも染みがある。これを消してみせましょう、エールを一杯おごってくださるなら」

「こら！」帽子をとられたサイクスは叫んで立ち上がった。「返せ」

「消してみせますよ、旦那《だんな》」男は答え、客たちにウインクをした。「あなたがそこからこれを取り戻しにくるまえに。さて皆さん、この旦那の帽子についた黒い染みを見てください。シリング銀貨よりは小さいが、半クラウンの厚さより染みこんでいる。ワインの染みか、果汁の染み、ビールの染み、水の染み、ペンキの染み、タールの染み、泥の染み、はたまた血の染みか――」

男はそれ以上続けられなかった。サイクスがおぞましい呪《のろ》いのことばを吐いて机をひっくり返し、帽子を奪い取って店から飛び出したからだ。

一日じゅう、どうしようもなくひねくれて定まらない感情に支配されたまま、殺人者は尾《つ》けられていないことに気づくと、傍目には不機嫌な酔っ払いぐらいに見えるのだろうと考えて町に舞い戻った。通りに停まった駅馬車のまばゆい明かりを避けて通りすぎようとしたとき、それがロンドンから来た郵便馬車で、小さな郵便局のまえに停まっているのがわかった。結果はたやすく想像できたが、彼は道を渡って聞き耳を立てた。

車掌が馬車の扉のまえに立って、郵袋《ゆうたい》を待っていた。そこへ森番のような恰好《かっこう》の男が近づき、車掌は舗道に置いてあった籠《かご》を手渡した。

「あんたのお屋敷宛《あ》てだよ」車掌は言った。「さあ、そこ、ぐずぐずするな。早く袋を用意してくれ。おとといも準備できてなかっただろう。それじゃだめだ」

「ロンドンで何か変わったことがあったかい、ベン？」森番が立派な馬をよく見ようと窓の鎧戸《よろいど》のほうに下がって言った。

「いや、ないな」車掌は手袋をはめながら言った。「穀物の値がちょっと上がってる。殺人もあったらしい、スピタルフィールズのほうでな。あまり当てにならない話だけど」

「いや、それは本当だ」馬車の窓から外を見ていた紳士が言った。「残忍な殺人だった」

「そうなんですか」車掌が帽子に触れて言った。「殺されたのは男ですか、女ですか」

「女だ」紳士は答えた。「あれはおそらく――」

「おい、ベン」御者が苛立《いらだ》って言った。

「まったく、郵袋はどうなってんだか」車掌が言った。「あんたたち、そこで寝てるのか？」

「いま行く！」局長が飛び出してきて叫んだ。

「行くってさ」車掌は不満げに言った。「おれに惚れた金持ちの若い娘もそう言うんだが、それがいつだかわかったためしがない。さて、こっちによこして。出発！」

警笛が何度か景気よく鳴って、馬車は走り去った。

サイクスは通りに立ったままだった。耳にしたことを冷静に受け止めたらしく、どこに行くかと悩むことのほかに心が乱れている様子もなかった。長いことたったあとで、来たほうに引き返し、ハットフィールドからセント・オールバンズに至る道に入った。

そうして黙々と歩いた。とはいえ、町を離れて孤独な闇に包まれた道に飛びこむなり不安と畏怖《いふ》が忍び寄ってきて、心の芯《しん》まで揺さぶられた。物体だろうと影だろうと、止まっていようと動いていようと、眼のまえにあるものすべてが怖《おそ》ろしい何かに見えた。が、そんな恐怖も、その日の朝の、ぞっとする女の姿がすぐうしろからしつこくついてくる感覚と比べれば、何ほどのものでもなかった。その影を闇のなかにたどることもできた。輪郭のごく細かいところまで見え、いかにも堅苦しく厳《おごそ》かについてくるのに気づいた。服が木の葉に当たってカサカサ鳴る音も聞こえ、吹いてくるどの風にもあの最後の低い叫びが満ちていた。彼が止まると、人影も止まった。走りだすと、ついてきた。いっそ走ってくれれば気も楽になるのだが、生きているように動く力だけを与えられた死体さながら、舞い上がりも吹きおろしもしない、ゆるやかで憂鬱《ゆううつ》な風に乗ってくるのだった。

ときおり、たとえ眼が合って死ぬことになってもこの幽霊を追い払ってやると、捨鉢な決意で振り向くのだが、とたんにそれはいっしょにくるりとまわって背中のうしろに行くので、髪の毛が逆立ち、血が凍りつくだけで終わった。朝のうちはまえにいたのに、いまやうしろになった——つねに。土手に背を当ててもたれると、冷たい夜空を背景にそれがはっきりと自分を見おろして立っているのを感じた。彼は道に仰向《あおむ》けに寝転がった。すると幽霊は頭のところに黙ってまっすぐ立ち、動かなかった——まるで生きた墓のようで、墓碑銘は血で書かれていた。

殺人者は法の網を逃れ、神は眠っているなどとは言えない。殺人者の味わう苦悩と恐怖の長い一分間には、四百もの暴力的な死が詰まっていた。

通りすぎた草地に小屋があって、その夜のねぐらになった。入口のまえに大きなポプラの木が三本立っているので、小屋のなかは異様に暗く、木々のあいだを吹き抜ける風の音は物悲しい泣き声のようだった。もう次の夜明けが来るまで一歩も歩けなかった。彼は小屋の壁際《かべぎわ》に体を横たえ——新たな拷問《ごうもん》を受けた。

というのは、それまで彼が逃げてきた幻と同じくらい長続きする、さらに怖ろしい幻が、今度は眼のまえに現れて消えなかったからだ。カッと見開いた、光沢も生気もまったくないふたつの眼が闇のまんなかに現れて、彼を見すえた。それを見ること自体より、それについて考えることのほうが耐えられなかった。眼自体に光はあるが、まわりのどこも明るくならない。たったふたつの眼なのに、あらゆるところに存在した。その眼を視界から締め出すと、慣れ親しんだものがいつもの場所にあるあの部屋が現れた。記憶をひとつずつたどっても思い出せないようなものまであった。死体も本来の場所にあり、その眼も彼がこっそり逃げ出したときに見たままだった。彼は起き上がって外の草地に飛び出した。例の影がうしろにいた。また小屋に入り、隅にもう一度縮こまった。横になると、闇のなかに眼があった。

彼にしかわからない恐怖は居坐ったままだった。手足が震え、毛穴という毛穴から冷や汗が噴き出したとき、ふいに夜風に乗って遠い叫び声が聞こえてきた。続いて、驚きと警戒の入り混じった人々の声が響いた。その寂しい場所では、たとえ本物の危険を知らせる声であっても、人の立てる音には意味があった。わが身の危険を感じた彼は心身の力を取り戻し、さっと立ち上がると外気のなかに走り出た。

広大な空が燃え上がっているかのようだった。空中に火花が舞い散り、炎の幕が折り重なるようにうねって周囲何マイルもの世界を照らし、彼の立っている方向へ煙の雲を送っていた。新しい声が加わって叫び声はますますふくれ上がり、火事だ！という大声に混じって警鐘を打ち鳴らす音や、重いものが落ちる音、炎が新しい障害物を巻きこんで、食べたものに元気を与えられたかのように弾《はじ》け、舞い上がる音が聞こえた。見る間に音は大きくなった。人がいた——男も女も。光と喧噪《けんそう》があった。彼にとっては新しい人生のようだった。彼は駆け出した——まっすぐまえに、脇目《わきめ》もふらず。イバラやワラビの茂みを駆け抜け、狂ったように門や柵《さく》を飛び越えた。そのまえを犬も同じくらい懸命に、吠《ほ》え声も高らかに疾走した。

そして現場にたどり着いた。ろくに服も着ていない人々があわてふためき、怯《おび》える馬を厩《うまや》から引き出したり、庭や納屋《なや》から牛を動かしたり、降り注ぐ火の粉や、倒れてくる真っ赤な梁《はり》のなかで、燃える家から荷物を担《かつ》ぎ出したりしていた。一時間前には扉や窓があった空間に猛《たけ》り狂う炎があった。壁が揺らぎ、燃える火の泉のなかに崩れ落ちた。溶けた鉛と鉄が熱く白く地面に流れた。女子供は金切り声で叫び、男は耳障《みみざわ》りな大声と喚声で互いに励まし合っていた。消防ポンプの鳴る音、噴き出す水、燃え盛る材木に降りかかる水のシューシューという音が、すさまじい大音声《だいおんじょう》に加わった。彼も声がかれるまで叫び、記憶からも自分からも解放されて、人が密集したところに飛びこんだ。

その夜はあちこちを駆けずりまわった。ポンプに手を貸したかと思えば、煙と炎をかいくぐり、しかしどこだろうと、音と人がいちばん多いところからは離れなかった。梯《はし》子《ご》をのぼりおりし、建物の屋根にも上がり、自分の重みで揺れたり波打ったりする床も歩き、煉瓦《れんが》や石が落ちてくる下にも立ち、大火事のあらゆる場所に身を置いた。ところが、命を守る魔法にでもかかったように怪我《けが》はおろか、かすり傷ひとつ負わなかった。くたびれることも考えることもなく、またしても夜が明けて、残っているのは煙と黒い焼け跡だけになるまで働きつづけた。

この血迷った興奮が終わると、怖ろしい罪の意識がそれまでの十倍の力で戻ってきた。彼は自分のまわりを怪しむように見た。男たちがそこここに集まって話している。彼らの話題になっているのではないかと怖かった。来いと犬に指で合図して、人目を避けながらその場をあとにした。男たちが坐っているポンプのそばを通ったときに、食べ物があるからいっしょにどうだと声をかけられた。彼は肉とパンを受け取った。ビールを飲んでいると、ロンドンから来た消防士たちが殺人事件について話していた。「犯人はバーミンガムに逃げたらしいな」ひとりが言った。「だが、いずれ捕まるよ。捜索隊が出てるし、明日の夜には国じゅうに手配書が出まわる」

彼はそこから急いで離れ、地面に倒れそうになるまで歩いた。そして小径に横たわり、長いけれど途切れがちな、落ち着かない睡眠をとった。そのあと、孤独にすごす次の夜の恐怖に押しつぶされそうになりながら、また定まらない心で、あてどなくさまよった。

しかし突然、自棄《やけ》になってロンドンに戻ろうと決意した。とにかくロンドンには話のできる人間がいると思った。いい隠れ場所でもある。これだけ田舎に逃げた形跡を残しておけば、まさかロンドンでおれを捕らえられるとは思わないだろう。一週間かそこら身を隠したあと、フェイギンから金を搾《しぼ》り取ってフランスにでも行くか。そのくらいの危険は冒してやる。

こうした衝動に突き動かされ、彼はもっとも人通りの少ない道を選んで引き返しはじめた。街の中心部から少し離れたところにひそみ、暗くなってから遠まわりして街に入り、目的地と決めたほうにまっすぐ進むつもりだった。

しかし、犬がいた。手配書が出ているとしたら、そこにはかならず、犬がいなくなっていて、おそらく行動をともにしていると書かれているだろう。街に入ってから、そのせいで捕まらないともかぎらない。水に沈めて殺そうと心に決め、歩きながら池を探した。途中で重い石をひとつ拾って、ハンカチに結びつけた。

そうした準備のあいだ、犬は主人の顔を見上げていた。本能で目的に気づいて不安になったからか、強盗の投げる横目がいつになく冷たかったからか、とにかくふだんよりうしろをこそこそと歩き、体を小さくしてゆっくりとついてきた。主人が水辺に立って呼びかけると、犬はぴたりと止まった。

「呼んでるのが聞こえないのか。こっちへ来い！」サイクスは怒鳴って、口笛を吹いた。

犬は習慣の力だけで近づいたが、サイクスがしゃがんでハンカチを喉《のど》にくくりつけようとすると、低いうなり声を発してうしろに飛びのいた。

「戻ってこい！」強盗は言った。

犬は尻尾《しっぽ》を振ったものの、動かなかった。サイクスはハンカチで輪を作って、もう一度呼んだ。

犬はまえに出、あとずさり、一瞬止まったあと、全速力で逃げていった。

男は何度も口笛を吹き、どうせ戻ってくるだろうと坐って待った。だが、犬は二度と現れず、ついに彼はまた歩きはじめた。

47

モンクスとブラウンロー氏がついに出会う。
ふたりの会話と、その途中に届いた知らせ

黄昏《たそがれ》が迫るころ、ブラウンロー氏は自宅の玄関前で貸し馬車からおり、ドアを軽く叩《たた》いた。ドアが開くと、がっしりした体つきの男が馬車から出て、踏み板の片側に立ち、御者台にいた男もおりてきて、もう一方の側に立った。ブラウンロー氏の合図で、彼らは三人目の男を外に出し、両者のあいだに挟む恰好《かっこう》で足早に家のなかに連れこんだ。この男はモンクスだった。

彼らは同じ態勢でものも言わずに階段を上がった。ブラウンロー氏が先に立って、一同を奥の部屋へと導いた。その部屋の入口で、明らかに嫌々上がってきたモンクスが立ち止まった。ふたりの付き添いは、指示を待つように老紳士を見やった。

「この男はどうすべきかを知っている」ブラウンロー氏が言った。「もし部屋に入るのをためらったり、きみたちの命令以外で指一本でも動かしたりしたら、通りに引きずり出して警察を呼び、私の名前で重罪人として告発しなさい」

「よくおれにそんなことが言えるな」モンクスが言った。

「よく私にそんなことを言わせたものだな。だろう？」ブラウンロー氏は相手を正面から見すえて答えた。「この家から出ていくほど頭がおかしくなっているのか？　手を離してやれ。さあ、どうだ。行くのはきみの自由、追うのはわれわれの自由だ。だが、警告しておく。もっとも厳粛で神聖な誓いとして、きみが通りに足を踏み出した瞬間に、詐欺《さぎ》と窃盗の罪で逮捕させてやる。この決意は何があっても変わらない。そちらも同じくらいの決意なら、己の血を浴びる覚悟をすることだな」

「なんの権限があって、おれを街中《まちなか》で誘拐し、この番犬どもにここまで連れてこさせた？」モンクスは横に立っている男ふたりを交互に見ながら訊《き》いた。

「私の権限だ」ブラウンロー氏は答えた。「彼らの法律上の責任は私が引き受ける。自由を奪われたことに不服があるなら――とはいえ、ここに来る途中で自由を取り戻せるチャンスもあったのに、静かにしているのが身のためだと思ったようだな――もう一度言うが、外に出て法の保護を求めるがいい。こちらも法に訴えよう。ただ、引き返せないようなところまで行ってから、私に寛大な措置を乞《こ》わないでもらいたい。そのときには、権限はほかの人の手に渡っている。みずから淵《ふち》に飛びこむのだから、私に突き落とされたとは言うなよ」

モンクスは見るからに落ち着きを失い、危険を感じて、ためらった。

「早く決めるんだ」ブラウンロー氏は揺るぎない決意と冷静さで言った。「私が公《おおやけ》の場できみを告発し、予想するだけで身震いが走るが、これぱかりは加減のしようがない刑罰にきみをゆだねることを望むのなら、くり返しになるが、自由にその道を選べばいい。もしそれを望まず、私の寛容と、きみが大いに傷つけた人々の慈悲を乞いたければ、もう何も言わずにその椅子《いす》に坐《すわ》るのだ。この二日間、きみを待っていた椅子だ」

モンクスは何か聞き取れないことばを発したが、まだぐずぐずしていた。

「早くしろ」ブラウンロー氏は言った。「私のひと言でその選択肢は消えてしまうのだぞ」

なおも男はためらっていた。

「これ以上交渉する気はない」ブラウンロー氏は言った。「それに、ほかの人たちの大事な利益を守る立場だから、交渉する権利もない」

「何か――」モンクスはことばに詰まりながら訊いた。「何か――折り合える道はないのか」

「ないな。まったくない」

モンクスは顔色をうかがうように老紳士を見たが、そこには厳然たる決意の色しかなかったので、部屋に入って、肩をすくめながら坐った。

「外から鍵《かぎ》をかけて」ブラウンロー氏は付き添いの男たちに言った。「呼び鈴を鳴らしたら来てくれるかな」

男たちがしたがい、ブラウンロー氏とモンクスだけが部屋に残った。

「ずいぶん親切な扱いだな」モンクスは帽子と外套《がいとう》を床に放って言った。「父の旧友がやるにしては」

「きみの父親のいちばんの旧友だからこそだ」ブラウンロー氏は言い返した。「きみのお父さんと、若くして天に召され、私をひとり寂しくこの世に残した美しいあの人、彼と血のつながったあの人が、私の幸せな青春時代の希望や願いと分かちがたく結びついていればこそだ。きみのお父さんがまだ少年だったころ、ただひとりの姉さんが私の妻になるはずだった朝に――それは神の御心《みこころ》に沿わなかった――亡《な》くなり、私ときみのお父さんが臨終のベッドの横にひざまずいたからこそだ。そのときから、お父さんが幾多の試練とあやまちを経てこの世を去るまで、私の焼き尽くされた心から彼が離れなかったからこそだ。古い思い出や連想が私の心を満たし、きみの姿を見るだけでもお父さんのあれこれを思い出さずにはいられない。これらすべてがあるからこそ、いまもきみを穏やかに扱い――そう、エドワード・リーフォード、たとえいまでもだ――きみがその名前に値しないことを恥ずかしく思うのだ」

「名前になんの関係があるというんだ」モンクスは相手の興奮にことばを失い、なかば唖然《あぜん》と見つめたあとで言った。「名前がおれにとって何になる？」

「何も」ブラウンロー氏は答えた。「きみにとっては無意味だ。だが、それはあの人の、あの人の名前なのだ。これほどの時がたっても、見知らぬ誰かがその名前を口にするだけで、こんな老人の私にあのころの輝きとわくわくする気持ちが甦《よみがえ》る。きみが名前を変えてくれて本当によかった――本当に」

「たいへんけっこう」長い沈黙のあとで、モンクス（偽名をそのまま使うことにする）は言った。その間、むっつりとふてくされて体を前後に揺すり、かたやブラウンロー氏は片手で顔を覆《おお》って坐っていた。「とにかく、おれをどうするつもりだい？」

「きみには弟がいる」ブラウンロー氏は気持ちを奮い立たせて言った。「――弟だ。私が通りできみに近づいて、その子の名前を耳に囁《ささや》いただけで、びくびくしてここまでついてきたではないか」

「弟なんかいない」モンクスは答えた。「おれがひとりっ子だったのは、あんたも知ってるだろう。なんで弟の話なんかする？　おれと同じくらい知ってるくせに」

「きみはどうだか知らないが、私が本当に知っていることを話すから、よく聞くがいい」ブラウンロー氏は言った。「だんだん興味が湧《わ》いてくるだろう。家名と、きわめて浅ましく狭量《きょうりょう》な野心のために、まだ若かった不幸なお父さんが無理強いされたあのみじめな結婚で、ただひとつ生まれたきわめて不自然な成果が、きみだった」

「おれはどんなに悪口を言われてもこたえないぜ」モンクスは割りこんで、せせら笑った。「あんたは事実を知ってる。おれにはそれで充分だ」

「だが、ほかにも知っていることがある」老紳士は続けた。「あの不釣り合いな結婚の悲惨さ、じわじわと続く拷問《ごうもん》、終わりの見えない苦悩。あのみじめな夫婦が、自分たちにとって毒となった世界で力なく疲れ果てて重い鎖を引きずっていたことを、私は知っている。やがて冷たい形ばかりの関係が、露骨ななじり合いになったこと、無関心が嫌悪《けんお》に、嫌悪が憎しみに、そして憎しみがすさまじい憎悪《ぞうお》に変わって、ついにふたりがうるさい鎖をばらばらに断ち切り、互いに遠く離れ、どちらもそのつらい切れ端を持ち歩くことになったのを知っている。鎖をつなぐ鋲《びょう》は、死でしかはずせなかった。彼らはそれを隠して新しい社会に入り、できるだけ陽気な顔をこしらえた。きみのお母さんはうまくやり、鎖のことなどすぐに忘れてしまったが、お父さんの心のなかでは、それが何年もかけて錆《さ》び、腐っていったのだ」

「ふたりは別居した」モンクスは言った。「だからなんなんだ?」

「別居してしばらくたってから」ブラウンロー氏は続けた。「お母さんは大陸に渡って浮ついた生活にかまけ、十も若い夫のことなどすっかり忘れてしまった。一方、お父さんは将来の見通しも立たず、イギリスを放浪しているうちに、新しい友人ができた。少なくともこのことについては、きみも知っているのではないかな」

「知らないね」モンクスは眼をそらし、床を踏みつけて、すべてを否定すると決めたかのように言った。「おれは知らない」

「きみの態度を見ても、行動を見ても、片時もそのことを忘れず、つねに苦々しく思っているのは明らかだがね」ブラウンロー氏は反論した。「十五年前の話だ。きみは十一歳になるまえ、お父さんはまだ三十一歳だった。すでに言ったとおり、お父さんは彼のお父さんに命じられて結婚したとき、まだ本当に若かった。お父さんの思い出に暗い影を投げかける出来事を、私のほうから話さなければならないのかな? それとも、きみがその手間を省いて真実を打ち明けてくれるか?」

「打ち明けることなど何もない」モンクスは見るからに動揺して答えた。「話したいなら話すがいい」

「では続けよう。その新しい友人とは、海軍の退役将校で、妻が半年ほどまえに死んでいた。残された子供はふたり――子供はほかにもいたが、幸いふたりだけ生き残っていた。どちらも女の子で、ひとりは十九歳の美しい娘、もうひとりはまだ二、三歳だった」

「おれになんの関係がある?」モンクスは訊いた。

「その家族は」ブラウンロー氏は相手の質問が聞こえなかったかのように続けた。「きみのお父さんが放浪の末にたどり着いた地方に住んでいた。彼らは知り合い、急速に仲よくなって、友情を深めた。きみのお父さんは、めったにないほどすぐれた人物で、お姉さんと同じ美しい魂と容姿を持っていた。老いた将校は彼を知れば知るほど、愛するようになった。それですめばよかったのだが、娘さんも同じ気持ちになってしまったのだ」

老紳士はそこでことばを切った。モンクスは唇を嚙《か》んで、床にじっと眼を落としていた。老紳士はそれを見て、すぐにまた話しだした。

「その年の終わりには、お父さんはその娘さんと結婚の約束を交わした。厳粛な誓いだった。そしてお父さんは、汚《けが》れもこの世の苦労も知らぬ娘の熱烈な初恋の相手、情熱を捧《ささ》げるたったひとつの対象となったのだ」

「どれだけ長い話なんだ」モンクスが椅子でもぞもぞと体を動かして言った。

「本物の苦悩と試練と悲しみの物語だからね」ブラウンロー氏は言った。「そういう物語はたいてい長い。純粋な喜びと幸せの物語だったらすぐに終わってしまう。お父さんには親戚《しんせき》がひとりいて、その人物は自分の利益と地位を確保するために、お父さんを犠牲にしていた。そういう事例は珍しくないから、ほかにも犠牲者はいたのだが、ともかくその人物がついに亡くなり、みじめな思いをさせたことの償いにと、彼の考えるあらゆる悲しみの万能薬、つまり金を、お父さんに遺《のこ》した。その親戚は療養のためにローマにいて、身のまわりのことをごたごたにしたまま死んだので、お父さんは整理のためにローマに行かなければならず、行ったところが、当地で死病に罹《かか》ってしまった。病気の知らせがパリに届くなり、お母さんはすぐにきみを連れてローマに赴いたが、きみたちが到着した翌日に、お父さんは亡くなった。遺言書はなかった。遺言書がなかったので、遺産はすべてお母さんときみのものになった」

話のこの部分で、モンクスは息を凝らし、眼こそ話し手を見ていないが、真剣そのものの表情で聞き入っていた。ブラウンロー氏が間を置くと、モンクスは突然ほっとしたように坐り直し、火照《ほて》った顔と手をふいた。

「お父さんはイタリアに行くまえに、ロンドンに立ち寄ったのだ」ブラウンロー氏はゆっくりと、相手の顔に眼を釘《くぎ》づけにして言った。「私のところに」

「初耳だ」モンクスは言った。信じられないというより、不快な驚きが強く出た口調だった。

「彼は私のところに立ち寄って、いろいろなものを残していったが、そのひとつがあの絵――彼自身が描いた肖像画――あのかわいそうな娘の似姿――だった。家に置いてきたくはなかったが、急ぎの旅で持ち歩くわけにもいかなかったのだ。お父さんは心配と自責の念で幽霊さながらにやつれ、みずからが招いた破滅と不名誉について、やみくもに取り乱して語り、いかなる犠牲を払っても己の全財産を金に換えて、今回手に入った遺産の一部をお母さんときみに譲り、この国から逃げ出して二度と戻ってこないつもりだと言った。ひとりで逃げ出すわけではなかろうと容易に察しはついたがね。旧知の友である私、どちらにとっても最愛の人が眠る土に根ざした、厚い友情を結ぶ私にさえ、彼はそれ以上何もくわしいことは打ち明けずに、事情はすべて手紙に書く、そのあと今生の別れというときにもう一度会おうと約束した。悲しいかな、それが今生の別れになってしまった。手紙も来なければ、彼にまた会うこともなかったのだ」

「すべてが終わったときに」ブラウンロー氏はしばし沈黙したあとで言った。「私は行ってみた、彼の罪深い愛――けなされようが褒められようがもう彼には関係のないことだから、世間でよく言われることばを私も使うが――の現場にね。もし怖《おそ》れていたことが当たっていたなら、あやまちを犯した娘さんをかくまい、慰める心と住まいを提供しなければならないと思ったからだ。しかし、家族は一週間前にそこを離れていた。あちこちに残っていた少額の借金をきれいに返して、夜のうちに引っ越していた。なぜなのか、どこへ行ったのかは、誰にもわからなかった」

モンクスは安堵《あんど》したのか、息を吸い、勝ち誇ったような笑みを浮かべてまわりを見た。

「きみの弟が」ブラウンロー氏は相手の椅子に近づいて言った。「誰からも見放され、ぼろを着て、弱りきったきみの幼い弟が、たんなる偶然より強い力で私のまえに投げ出され、私の手で悪徳と不品行の世界から救い出されたとき――」

「なんだって！」モンクスが驚いて叫んだ。

「私の手でだ」ブラウンロー氏は言った。「だんだん興味が湧いてくると言っただろう。

そう、私が救い出したのだ。きみのずる賢い仲間は私の名前を言わなかったようだな。もっとも、言ったところで、きみが知っているわけはないと思ったのだろうが。あの子を救ってわが家で看病していたとき、私は先ほど話した絵が彼に生き写しだったので驚いた。泥まみれのみじめな姿でいるのを初めて見たときでさえ、あの子の顔には、あざやかな夢に出てくる昔なじみの面影がちらつくような気がしたものだ。その身の上を知るまえに、あの子がかどわかされたことは、ここで話す必要もあるまい」

「なぜ？」モンクスはすかさず訊いた。

「きみはすでによく知っているからだ」

「おれが！」

「否定しても無駄だ」ブラウンロー氏は言った。「私はもっと知っている。それを教えてやろう」

「あんた――あんたはおれに不利なことを何も証明できない」モンクスはつかえながら言った。「できるならやってみるがいい！」

「まあ、見ていたまえ」老紳士は探るような目つきで言い返した。「あの子はいなくなり、私の努力では見つからなかった。きみのお母さんは亡くなっていたから、この謎《なぞ》を解ける人間がいるとしたら、それはきみだけだというのはわかっていた。最後に私が聞いたところでは、きみは西インド諸島に所有する土地にいた。自分でもよく承知しているとおり、お母さんの死後、この国で重ねた悪行の結果から逃れるために、身を隠していたのだ。私は西インド諸島に出向いたが、きみは数カ月前に去っていて、ロンドンにいるということだった。居場所は誰も知らない。私は帰国した。財産管理人に訊いても、きみの住所は見当もつかなかった。相も変わらず行動は不可解で、あちこちに出没し、数日続けて現れるかと思えば、何カ月もいなくなる。どう見ても、なじみの低俗な場所に出入りし、乱暴で手のつけられない少年だったころからのあくどい仲間とまたつき合っているという話だった。私は管理人にしつこく問い合わせた。夜も昼も街中を歩きまわったが、ほんの二時間前までなんの成果もなく、きみの姿をちらと見ることもできなかった」

「いまは好きなだけ見てる」モンクスは大胆にも立ち上がった。「だから？　詐欺に窃盗とは大きく出たね。その証拠たるや、どこかの悪ガキが、死んだ男の描いた下手くそな絵になんとなく似ているというそれだけ？　弟だって！　その情けない男女に子供が生まれたことさえわかってない。あんたはそれすら知らないじゃないか」

「知らなかった」ブラウンロー氏も立ち上がって答えた。「だが、この二週間ですべてがわかったのだ。きみには弟がいる。きみはそのことも、弟本人のことも知っている。遺言書も存在したのだが、きみのお母さんが破り捨て、みずからの死に際して、秘密と財産をきみに残した。遺言書には、悲しい結びつきの結果、生まれた可能性のある子のことが書かれていた。その子は実際に生まれ、きみはたまたま彼と出会って、お父さんによく似ていたので初めて疑念を抱いた。そこで、あの子の生誕地を訪ねたところ、証拠が見つかった――長く隠されてきた、あの子の出生と血筋に関する証拠がね。きみはそれを破壊し、いまや共犯者のユダヤ人にきみ自身が語ったことばによれば、〝あの子の身元を証明する唯一のものは川の底に沈み、母親からそれを受け取った婆《ばあ》さんも棺桶《かんおけ》のなかで腐ってる〟。不肖の息子、卑怯者《ひきょうもの》、嘘《うそ》つき――それがきみだ――きみは夜中に暗い部屋で盗人《ぬすっと》や人殺しと相談し――その計略と誘惑で、きみのような人間の百万倍もの値打ちのある人にむごたらしい死をもたらし――揺りかごにいるときからお父さんの心の苛立《いらだ》ちと苦痛の種で――身の内のあらゆる邪悪な情念と悪徳と放蕩癖《ほうとうへき》が膿《うみ》と化し、ついには怖《おそ》ろしい病気として外に現れ、顔までもが心の醜さを表している。エドワード・リーフォード、これでもまだ私に刃向かう気か！」

「いいえ、いいえ！」矢継ぎ早に責められ、なすすべもなくなった臆病者《おくびょうもの》は答えた。

「みなわかっているのだ！」老紳士は叫んだ。「きみとあの忌《い》まわしい悪党とのあいだで交わされたことばは、ひと言ももらさずな。壁の影がきみたちの囁き声をとらえ、私の耳まで届けてくれた。虐《しいた》げられた子供の姿が、ある人の心の悪徳をねじ伏せ、そこに勇気と美徳に近いものを与えたのだ。その人が殺された。きみは実際には手を下していないにしろ、道徳上の共犯者だ」

「いや、ちがう」モンクスは言い返した。「おれは——おれは、そんなことは知らない。その話の真相をこれから聞こうというときに、あんたに捕らえられたんだ。殺しの原因は知らなかった。ありきたりの喧嘩《けんか》だと思ってた」

「あれできみの秘密の一部が暴《あば》かれた」ブラウンロー氏は答えた。「その口からすべて白状するか」

「はい、します」

「真実を記した口述書に署名し、証人のまえでくり返すか」

「はい、約束します」

「その書類ができるまでここでおとなしく待ち、証言するのにもっとも適切だと私が考える場所まで同行するか」

「それも必要だと言うのなら、したがいます」モンクスは答えた。

「まだやるべきことがある」ブラウンロー氏は言った。「あの無邪気で罪のない子に償いをしてもらう。罪深くとても不幸な愛から生まれた子だが、本当に純真無垢《むく》なのだ。きみは遺言書の条項を忘れていないだろう。その弟に関する部分を実行し、あとは好きなところへ行くがいい。きみたちふたりは、もうこの世で二度と会う必要はない」

モンクスが暗く邪《よこしま》な顔つきで往《い》ったり来《き》たりして、いまの提案とそれを切り抜ける方策について考え、恐怖と憎悪のあいだで引き裂かれそうになっていたとき、ドアの鍵が急いであけられ、ロスバーン氏があわてふためいて部屋に入ってきた。

「あの男が捕まる」医師は叫んだ。「あいつが今晩、捕まりますぞ」

「殺人犯が？」ブラウンロー氏が尋ねた。

「そう、そう」ロスバーン氏は答えた。「やつの犬が古巣のあたりにひそんでいたのです。であれば、主人がそこにいるか、夜の闇《やみ》にまぎれて戻ってくるのはほぼまちがいない。スパイがそこらじゅうをうろついています。捜索隊の連中と話しましたが、もう逃れようがないということでした。今晩、警察が百ポンドの懸賞金を告知するらしい」

「私が五十ポンド上乗せしよう」ブラウンロー氏は言った。「現場にたどり着けたら、この口で発表する。ミスター・メイリーはどこです？」

「ハリーは、あなたの友人が無事馬車でここに連れてこられるのを見届けるや、すぐにこの話を聞いた場所に引き返しました」医師は答えた。「それから馬に乗って、相談のうえ決めた、どこかの郊外にいる捜索の第一隊に加わるために、駆けていきました」

「ユダヤ人は」ブラウンロー氏は言った。「どうなりました？」

「最後に聞いたところでは、まだ捕まっていないが、時間の問題でしょう。あるいは、もう捕まっているかもしれない。警察も自信を持っています」

「心を決めたかね？」ブラウンロー氏は低い声でモンクスに訊いた。

「ええ」モンクスは答えた。「あの――おれの秘密は守ってもらえますね？」

「守る。私が戻るまでここにいなさい。安全なのはここだけだ」

ふたりの紳士は部屋から出て、ドアの鍵をかけた。

「どうでした？」

「望んでいたことはすべてやりとげました。それ以上だ。あのかわいそうな娘の情報と、私が持っていた知識、さらにわが親切な友人が現場で調べた結果を合わせてぶつけ、やつの悪行の全貌《ぜんぼう》を白日の光で隈《くま》なく照らし出して、逃げ場をなくしてやりました。明後日の午後七時に会合をおこなうという手紙を出してください。私たちは数時間前に行きますが、休息が必要だ。とくにあのお嬢さんには、当日、あなたや私がいま予想しているより気持ちを引き締めてもらう必要があるかもしれない。だが、とにかく私は、殺されたあの気の毒な娘の復讐《ふくしゅう》をしようと血がたぎっているのです。彼らはどっちに行きました？」

「まっすぐ警察署に行くといい。追いつけるでしょう」ロスバーン氏は言った。「私はここに残ります」

ふたりの紳士は、ともに抑えがたい熱に浮かされたように興奮して、足早に別れた。

48

追跡と逃走

ロザハイズの教会がテムズ川に臨んでいるあたり、河岸《かし》に並ぶ建物はかぎりなく汚れ、川に浮かぶ船は石炭船の粉塵《ふんじん》や、密集する家々の低い屋根から出る煙で真っ黒になっている界隈《かいわい》には、ロンドンでも市民の大多数に名前すら知られず、隠れるように存在する、もっとも汚くて謎《なぞ》めいて異様な地区がある。

ここを訪ねる者は、迷路のようにごみごみした狭い泥道を通っていかなければならない。川縁《かわべり》の住人のなかでも著しく粗野で貧しい人々がそこに集まり、彼らの必要から生じた商売が盛んに営まれている。店にはもっとも安くて不味《まず》い食べ物が山と積まれ、きわめて粗末でありふれた衣類が売り手の戸口にぶら下がり、家の手すりや窓ではためいている。職にあぶれた最下層の労働者、底荷《バラスト》を積んだり、石炭を運んだりする人夫、ふしだらな女たち、ぼろを着た子供、川からあがったゴミやがらくたとぶつかりながら、訪問者は苦労して進む。左右に枝分かれした狭い路地からは怖《おそ》ろしい光景やにおいが襲ってきて、角ごとにある倉庫群から品物の山を運び出す重い荷車の車輪の音が、耳を聾《ろう》する。そうしてさらに離れた、それまでより人気《ひとけ》の乏しい通りにようやく入ると、舗道に突き出してぐらつく軒並みや、まえを通るだけで揺れそうな屋根なしの壁、半分崩れて倒れようかどうしようかと悩んでいるらしい煙突、時の流れと汚れでぼろぼろに錆《さ》びた鉄棒に守られた窓、さらに想像しうるかぎりの荒廃と放置の印を、かいくぐって歩いていく。

サザーク区のドックヘッドを越えたあたりに、泥の堀に囲まれたジェイコブ島がある。その堀は、満潮で深さ六フィートから八フィート、幅十五フィートから二十フィートになり、かつてはミル・ポンドと呼ばれていたが、このごろはフォリー・ディッチの名で知られている。テムズ川の支流というか、用水路のようなもので、旧名の由来となったレッド・ミルズの水門を開ければ、満潮時にはいつでも水を満たすことができる。そんな折、ミル・レーンで堀を渡る木橋の上に誰かが立つと、その両側の住人たちが、勝手口や窓からバケツ、手桶《ておけ》、あらゆる種類の世帯道具を堀におろして水を汲《く》んでいるのを見ることができる。その作業から家自体に視線を移すと、眼前の光景に愕然《がくぜん》とするだろう。五、六軒の家が共同で使っているガタガタの木製のベランダには、下の汚泥《おでい》が見えるほどの穴がいくつもあいている。割れて継ぎはぎされた窓からは物干し竿《ざお》が突き出ているが、そこには洗濯物など干されたことがない。どの部屋もあまりに小さく、汚れて窮屈なので、なかの空気は、埃《ほこり》まみれでみすぼらしいそこの住人にとってさえ有害に思える。泥の上に張り出した木造の部屋は、いまにも堀に崩れ落ちそうだし、すでに落ちているのもある。埃がこびりついた壁、腐りかけた土台。胸が悪くなるような貧困のあらゆる形態、ぞっとする不潔、腐敗、廃棄物のあらゆる姿――それらすべてがフォリー・ディッチの岸辺を飾っている。

ジェイコブ島の倉庫は屋根がなく空っぽだ。壁は崩れかけ、窓はもはや窓ではなく、戸口は通りに傾き、煙突は黒ずんでいるが、煙は出さない。三十年か四十年ほどまえ、死去と相続をめぐる大法官府の裁判が相次ぐまではここも繁栄していたが、いまやすっかり荒廃した島である。家の所有者はおらず、勇気のある連中が入口を壊して入りこみ、なかで暮らして、死ぬ。ジェイコブ島に逃げ場を求めてくる者は、秘密の隠れ家が欲しい深い理由があるか、貧窮の極みにあるかのどちらかだ。

そうした家の一軒――かなり広い一戸建てで、ドアや窓はしっかりしているが、ほかはぼろぼろ、裏手は前述の堀に面している――の二階の部屋に、三人の男が集まっていた。ときどき困惑と期待の入り混じった顔を見交わしながら、暗く押し黙ってしばらく坐《すわ》っていた。ひとりはトビー・クラキット、もうひとりはチトリング氏、三人目は五十がらみの強盗だった。この強盗は昔の殴り合いで鼻がへしゃげ、おそらく同じときに顔に怖ろしい傷をこしらえていた。流刑《るけい》から逃げ帰ったこの男の名は、カッグズといった。

「おまえな」トビーがチトリング氏に言った。「ここじゃなくて、ほかのねぐらを選んでくれるとよかったんだがな。昔のふたつが危なくなったとはいえ、だ」

「どうしてそうしなかったんだ、このまぬけ」カッグズが言った。

「おれに会ったらもうちょっと喜んでくれるかと思った」チトリング氏が弱ったような口調で言った。

「なあ、若い旦那《だんな》」トビーが言った。「おれみたいにつき合う相手を厳選して、おかげで誰からものぞかれたり嗅《か》ぎまわられたりしない、居心地抜群の家に住んでるとな、おまえみたいな事情の旦那にいきなり訪ねてこられると、びっくりするわけよ。たとえそいつが、都合のいいときにはいっしょにカード遊びをするような、立派で愉快な御仁であろうと」

「まして、その交際相手を厳選している若い衆のところに、少し早めに外国から帰ってきた、判事のまえで帰国報告をするにはあまりにも恥ずかしがり屋の友だちが立ち寄ってるときにはな」カッグズがつけ加えた。

いっとき沈黙が流れたあと、トビー・クラキットが、これ以上いつもの無頼な見栄《みえ》を張ってもしかたがないと思ったのか、チトリングのほうを向いて言った。

「で、いつフェイギンは捕まった？」

「ちょうど食事時――昼の二時」が答えだった。「チャーリーとおれは、運よく洗濯場の煙突に逃げこんだ。ボルターは空っぽの水桶に頭から飛びこんだんだけど、脚がやたらと長いから、はみ出しちゃって、結局捕まえられた」

「ベットは？」

「かわいそうなベット！　死体の身元の証言に行ったんだけど」チトリングはますます暗い顔で答えた。「気がふれちまって、悲鳴をあげたり、わめき立てたり、壁板に頭を打ちつけたりするもんだから、拘束衣を着せられて病院に連れていかれたよ。いまそこにいる」

「ベイツの小僧は？」カッグズが訊《き》いた。

「暗くなるまえには来られないって外をうろついてるけど、もうすぐ来るよ」チトリングは答えた。「ほかに行くとこがないんだ。〈クリップルズ〉の人たちはみんな捕まっちゃって、あそこのバーには――おれ自身が行ってみて、この眼で確かめたんだけど――警官がうようよしてる」

「ひどいことになったな」トビーは言って、唇を噛《か》んだ。「あの世に行くのがひとりやふたりじゃすまんぞ」

「いま公判が開かれてるが」カッグズが言った。「死因審問が終わって、ボルターが警察に有利な証言をすれば――いままでのしゃべり方からすると、もちろんそうなるだろうが――フェイギンは事前共犯になって、金曜に公判にかけられ、今日から六日後にはぶら下がってる、かならずな」

「あいつらのうなり声を聞かせてやりたかったよ」チトリングが言った。「警察が必死に止めたけど、あれがなきゃ、みんなでフェイギンをばらばらに引き裂いてた。フェイギンは一度殴り倒されたんだ。でも警官たちが取り囲んで、人混みをかき分けるようにして進んでいった。泥だらけ、血だらけになったフェイギンがまわりを見て、まるでいちばん仲のいい友だちみたいに警官にすがりついてたところを見せたかったな。いまも眼に浮かぶようだ。警官たちが群衆にぎゅうぎゅう押されてまっすぐ立てずに、それでもフェイギンを取り巻いて引きずってく。野次馬たちがあちこちで跳び上がって、歯をむき出してうなり、野獣みたくフェイギンにつかみかかろうとする。フェイギンの髪やひげについた血も見えるし、女たちの怖ろしい叫びも聞こえる。通りの角の人垣のまんなかに割りこんで、あいつの心臓を引きちぎってやるって叫ぶんだ」その場面を思い出して恐怖に打たれた目撃者は、両手で耳をふさぎ、眼を固く閉じて立ち上がると、気もそぞろに部屋のなかを往《い》ったり来《き》たりした。

　チトリング氏がそんな調子で、あとのふたりが床を見つめて黙然と坐っていると、階段をぱたぱたと踏む音がして、いきなりサイクスの犬が部屋に飛びこんできた。彼らは窓に駆け寄り、階段から通りに走り出た。犬は開いた窓から飛びこんだのだが、彼らについてこようとはせず、主人の姿も見えなかった。

「どういうことだ？」みなで部屋に戻ると、トビーが言った。「やつが来るはずはない。ここには来ない——来ないでくれるといいが」

「もし来るなら、犬といっしょだったはずだ」カッグズが言い、屈《かが》んで犬を調べてみた。犬は床に寝そべってあえいでいた。「おい、ちょっと水をやれよ。走りすぎて気絶しそうだぜ」

「すっかり飲んじまった。一滴も残さず」カッグズは、しばらく黙って犬を見ていたあとで言った。「泥まみれだし、足は引きずり眼は半分見えず、よっぽど遠くから歩いてきたんだな」

「どこから来たってんだ！」トビーが叫んだ。「もちろん、ほかのねぐらをまわったんだろうな。どこも知らないやつらばかりだったから、何度も来たことのあるここにやってきた。だが、そもそも最初はどこから？　それに、なんで連れがいなくて、この犬だけなんだ！」

「あいつ（誰も殺人者を昔の名前で呼ばなかった）——あいつは自殺なんかしないよな。どう思う？」チトリングが言った。

トビーが首を振った。

「もし自殺したんなら」カッグズが言った。「この犬がおれたちをそこに連れていきたがるはずだ。そう、やつは国の外に逃げ出したんだと思う。この犬を残してな。なんとか振りきったにちがいない。でなきゃ、こいつがこんなにのんびりしてるわけがない」

　この解釈がいちばん現実味があったので、三人はそう考えることにした。犬は椅子《いす》の下にもぐって丸くなり、そのまま誰からもかまわれずに眠った。

　外が暗くなったので、彼らは鎧戸《よろいど》を閉め、蠟燭《ろうそく》をともして机に置いた。全員がこの二日間の怖ろしい出来事に衝撃を受け、わが身に迫る危険と不安でさらに打ちのめされていた。互いに椅子を寄せ合い、ちょっとした音にもびくっとした。ほとんどしゃべらず、話すときにも囁《ささや》き声で、まるで殺された女がまだ隣の部屋にいるかのように、神妙に押し黙っていた。

　そうしてしばらく坐っていると、突然、階下《した》のドアを急いで叩《たた》く音がした。

「ベイツの小僧だ」カッグズが自分の恐怖を抑えこもうと、怒ったようにうしろを向いた。

　また叩く音がした。ちがう、ベイツではない。ベイツはこういう叩き方はしない。

　トビー・クラキットが窓辺に歩いていき、全身を震わせて首を引っこめた。誰がいたかは言うまでもなかった。クラキットの青ざめた顔だけで充分わかる。犬もさっと耳を立て、クンクン言いながらドアに駆け寄った。

「入れてやらないと」クラキットが燭台《しょくだい》を取って言った。

「なんとかならないのか」もうひとりの男がかすれた声で言った。

「ならない。どうしたって入ってくる」

「おれたちを暗いなかに置いていかないでくれ」カッグズは言い、炉棚から蠟燭を取って火をつけた。あまりにも手が震えるので時間がかかり、火がつくまえにさらに二度、ノックがくり返された。

クラキットが入口までおりていき、戻ってきた。あとから入ってきた男は、顔の下半分をハンカチで隠し、もう一枚を頭に巻いた上から帽子をかぶっていた。二枚のハンカチをゆっくりと取ると、青白い顔に、落ち窪《くぼ》んだ眼、こけた頰、三日分伸びたひげ、瘦《や》せ衰えた体、せわしく激しい呼吸——それはまさにサイクスの亡霊だった。

彼は部屋のまんなかにあった椅子に手をかけて坐ろうとしたが、ぶるっと震えてうしろをうかがうような仕種《しぐさ》をし、椅子をできるだけ壁の近くに持っていって——椅子の背で壁をこするほど寄せて——腰をおろした。

ことばひとつ交わされなかった。サイクスは黙って三人を順に見ていった。みな彼と眼が合うと、たちまち視線をそらした。やがてそのうつろな声が沈黙を破り、三人はそろってぎくりとした。そんな声音はいままで耳にしたことがなかったのだ。

「どうしてあの犬がここにいる」彼は訊いた。

「勝手に来た。三時間前に」

「今日の新聞にフェイギンが捕まったと書いてあった。本当か？　でたらめか？」

「本当だ」

また沈黙ができた。

「こんちくしょう」サイクスが額をなでながら言った。「おれに何か言うことはないのか」

三人は気まずそうにもじもじしたが、何も言わなかった。

「ここはおまえの家だな」サイクスはクラキットに顔を向けて言った。「おれを売る気か、それとも捜索が終わるまでかくまってくれるのか」

「ここが安全だと思ったら、いればいい」訊かれた相手は少しためらって答えた。

サイクスはうしろの壁に眼を上げたが、実際には見るというより、首をめぐらそうとしただけだった。「あれは——死体は——埋められたのか」

三人は首を振った。

「なぜだ！」男は相変わらずうしろをちらちら見ながら言った。「あれほど気味の悪いものを、どうして埋めないで置いておく？——あのノックは誰だ」

クラキットが部屋から出ながら、心配無用というふうに手を振り、すぐにチャーリー・ベイツを連れて戻ってきた。サイクスはドアの向かい側に坐っていたから、部屋に入ってきた少年はいきなりその姿を目にした。

「トビー」少年はサイクスに眼を向けられるとあとずさりして言った。「なんで階下《した》で言ってくれなかったんだよ」

三人の怯《おび》え方があまりにひどかったので、みじめな殺人者は相手がベイツでもなだめようという気になっていた。そこでうなずき、握手でも持ちかけるように手を伸ばした。

「おれをほかの部屋に連れてって」少年はなおも後退して言った。

「なあ、チャーリー」サイクスは進み出て言った。「おれが——おれがわからないのか？」

「それ以上近づくな」少年はうしろに下がりつづけた。殺人者の顔を見すえ、眼に恐怖の色を浮かべて。「この化け物！」

男は途中で止まった。ふたりは見つめ合ったが、やがてサイクスの眼がだんだん下を向いた。

「三人とも、よく聞いてくれ」少年は握った拳《こぶし》を振りまわし、しゃべるうちにますます興奮して言った。「よく聞いとけよ——こんなやつ、怖くない——追っ手が来たら、おれはこいつを引き渡す。引き渡すとも。いまここで言っといてやる。なんならおれを殺すがいいさ、そんなことができるなら。でもおれがここにいるかぎり突き出してやるぜ、たとえこいつが生きたままぐつぐつ茹《ゆ》でられるとしても。人殺し！　手を貸せ！　三人のなかで肝のすわったやつがいたら手を貸してくれ。人殺し！　手を貸せ！　こいつを倒すぞ！」

そんなことを叫び、激しい身ぶりを加えながら、少年は本当にひとりで屈強な男に飛びかかっていった。そのものすごい勢いと不意打ちの効果で、相手はどさりと床に倒れた。

見ていた三人は呆気《あっけ》にとられて動くこともままならなかった。三人が手を出さないので、少年と男は組み合ったまま床の上を転がり、少年はむちゃくちゃに殴られるのもかまわず、殺人者の胸元をつかんでぐいぐい締め上げ、手を貸せと声をかぎりに叫ぶのをやめなかった。

とはいえ、力の差は歴然としており、この争いも長くは続かなかった。サイクスがチャーリーを押さえこみ、その顎《あご》を膝《ひざ》でつぶしかけたところで、クラキットが彼を引き離し、怯えた顔で窓を指差した。下のあちこちで光が躍り、大声で熱心に話し合う声や、すぐ近くの木橋を急いで渡る足音が聞こえた――しかも、それがいつまでも続く。人群れのなかに馬に乗った男がいるらしく、でこぼこの舗道を歩く蹄《ひづめ》の音がした。明かりの数が増し、足音もさらに増えて、うるさく続いた。ドアを叩く大きな音が響き、豪傑すら怖《お》じ気《け》づかせる群衆の怒号に混じって、しわがれた声も聞こえた。

「助けて！」少年が大気を引き裂く金切り声で叫んだ。「犯人はここだ。ここにいる！ドアを壊して！」

「王の名のもとに逮捕する」外の声が叫んだ。しわがれた叫びも先ほどより大きくなった。

「ドアを壊して！」ベイツが叫んだ。「なかの連中はぜったい開けないから。明かりの見える部屋へそのまま上がれ！　ドアをぶち壊せ！」

少年の叫びが終わるや否《いな》や、入口のドアや一階の窓の鎧戸をどすんどすんと打つ音がして、群衆から大きな歓声があがった。それで初めて、どのくらい大勢の人が集まっているかがわかった。

「このうるさいくそガキを閉じこめるから、どこかの部屋のドアを開けろ」サイクスが怒鳴った。いまや少年を空《から》の袋のように易々《やすやす》と引きずって走りまわっていた。「そのドアだ。早く！」ベイツをそこに放りこみ、閂《かんぬき》と鍵《かぎ》をかけた。「階下のドアはちゃんと閉まってるか」

「鍵ふたつに、鎖もかけた」クラキットが答えた。彼もほかのふたりと同様、なすすべもなく、おろおろするばかりだった。

「腰板は丈夫か」

「鉄板で裏打ちしてある」

「窓も？」

「ああ、窓もだ」

「畜生どもが！」自棄《やけ》になった悪漢は窓を開け、群衆を睨《にら》みつけて叫んだ。「好きにしてろ。いまに目にもの見せてやる！」

およそ人の耳に入る叫び声のなかで、怒り狂った群衆の絶叫ほど怖ろしいものはない。家のすぐそばにいる連中のなかには、この家に火を放てと叫ぶ者もいれば、犯人を撃ち殺せと警官にわめく者もいた。そんななかで誰よりも怒りをたぎらせていたのが馬に乗った男で、鞍《くら》から飛びおりると、水をかくように勢いよく人混みをかき分けて窓の下に寄り、ひときわ大きな声で、「梯子《はしご》を持ってきた者に二十ギニー出す！」と叫んだ。すぐ近くにいた人がそれを伝え、何百という人々がくり返した。梯子を持ってこいと呼ばわる者、大槌《おおづち》をよこせと言う者、それらを探してか、松明《たいまつ》を持って走りまわる者、戻ってきてまた吠《ほ》える者。意味もなく呪《のろ》いのことばや悪罵《あくば》を吐き散らす者も、気がふれたように夢中で突進し、まわりの人々の進行を妨げる者もいた。威勢のいい連中は、雨樋《どい》や壁の割れ目を伝って上に登ろうとしている。下の闇《やみ》のなかで、群衆全体が嵐《あらし》になぶられる麦畑のように右に左に揺れ、ときおり声をそろえてけたたましい雄叫《おたけ》びをあげた。

「満ち潮だ」殺人者はよろよろと部屋に戻ってくると、窓を閉じて人々の顔を締め出してから言った。「おれがここに来たときには満ち潮だった。縄をよこせ。長いやつを！やつらはみんな表にいる。フォリー・ディッチに飛びおりれば、そこから逃げ出せるかもしれん。さあ、縄を出せ。でないと、あと三人殺して最後におれも死んでやる！」

焦《あせ》った男たちは、言われた品物が置いてある場所を指差した。殺人者は急いでいちばん長くて丈夫そうな縄を選び取り、家の屋根に上がった。

家の裏手の窓はみなはるか昔に煉瓦《れんが》でふさがれていたが、少年が閉じこめられた部屋の小さな切り窓だけは例外だった。ベイツの体も通り抜けられないほど小さな窓だったが、彼はそこから外の群衆に、家の裏側に注意しろと呼びかけつづけ、殺人者がようやく跳ね上げ戸から屋根に出たときには、そのことを伝える大きな声が正面にいる人々に届いて、群衆は雪崩《なだれ》を打って家の裏側へまわりはじめた。

サイクスはよほどのことがないと跳ね上げ戸が内側から開かないように、そのために持ってきた板をしっかりあてがい、瓦《かわら》の上を這《は》って、低い胸壁越しに下を見た。

水が引き、堀は底の泥が見えていた。

短いあいだ、群衆は鳴りをひそめてサイクスの動きを見つめ、何をするつもりだろうと訝《いぶか》っていたが、彼の目論見《もくろみ》がわかって、うまくいかないと見て取ると、罵《のの》しりの勝ち鬨《どき》をあげた。その声の大きさに比べれば、それまでの叫びなど囁きに等しいくらいだった。彼らはふたたび、みたび叫んだ。離れていて意味がわからない人々も呼応して叫び、彼らの声はこだまし、またこだまして、まるでロンドンじゅうの市民が集まってサイクスを呪っているかのようだった。

家の正面から続々と人が詰めかけ、押し合いへし合いする群衆の流れは止まらなかった。まばゆい松明がそこここで彼らの怒りの形相を照らし出し、その憤怒《ふんぬ》と激情を余すところなく見せた。暴徒は堀の対岸の家々に押し入り、窓を開けたり、窓枠ごとはずしたりした。どの窓にも顔が積み上げたように並び、どの屋根にも人また人がしがみついていた。小さな橋（見える範囲に三つあった）はどれも人の重みでたわみ、それでも人の流れは止まらず、物陰や穴を見つけてはそこから叫んで憂《う》さを晴らし、犯罪者をひと目でも見ようとした。

「もう捕まったようなものだ」ひとりの男が最寄りの橋で言った。「万歳！」

群衆は帽子を取って騒ぎ出し、また万歳の声が湧《わ》き起こった。

「五十ポンド約束する！」老紳士が同じ場所から叫んだ。「生け捕りにした者に五十ポンド出す。賞金を受け取りにくるまで、私はここにいる」

またしても喚声があがった。家のドアがついに壊され、最初に梯子を要求した人物が部屋に上がっていったという情報が群衆に広がったのだ。これが口々に伝えられると、人の流れが急に変わった。窓に群がっていた連中は、橋の上の集団が逆に流れはじめると持ち場を離れ、通りに駆け出して、先ほどまでいた場所にぞろぞろと引き返す人々の混乱に加わった。みなできるだけ表の入口に近づいて、警察が連れ出す犯罪者を見ようと、互いにぶつかり合い、押しのけ合って、息をあえがせていた。窒息寸前まで押されたり、騒動のなかで踏みつけられたりした者たちの悲鳴や金切り声は、聞くだに怖ろしく、狭い路地は完全にふさがってしまった。その間、家のまえになんとか戻ろうとする人々と、むなしく雑踏から抜け出そうともがく人々が入り乱れ、逮捕に向けた万人の期待は、そんなことがありうるならさらに高まっているにもかかわらず、殺人者に対する直接の注意はそれた。

当の男は、群衆の怒りの激しさと、いよいよ進退窮まったことにすっかり気落ちしていたが、この突然の変化を目にするが早いか、ぱっと立ち上がり、最後の一手として決死の覚悟で堀に飛びおりることにした。泥で一瞬息ができなくなるかもしれないが、そこから闇《やみ》と混乱にまぎれて逃げ出すのだ。

新たな気力と体力を取り戻し、家のなかに追っ手が実際に入ってきたことを示す物音にも刺激されて、彼は煙突に足をかけると、そのまわりに縄の片端をしっかりとくくりつけ、もう一方の端に手と歯を使って、あっという間に頑丈な輪をこしらえた。この縄につかまって、堀の底から自分の背丈足らずのところまでおりられる。そこで縄を切って飛びおりようと、手にナイフも用意していた。

サイクスが輪縄を両脇《わき》の下に通すためにまず首を突っこみ、前述の老紳士（人の波に呑《の》まれまいと橋の欄干にしがみつき、まだ同じ場所にいた）がまわりの人間に、あの男が下におりようとしているぞと懸命に知らせていたその瞬間、屋根の上でうしろを振り返った殺人者は、両手を高々と振り上げ、恐怖の叫びを発した。

「またあの眼だ！」彼はこの世のものとも思われない悲鳴をあげ、雷に打たれたようによろめき、バランスを崩して、胸壁から転げ落ちた。輪縄がまだ首にかかっていた。本人の重みで縄は弓弦《ゆづる》のようにぴんと張り、それが放つ矢のようにすばやく締まった。彼は三十五フィート下に落ちた。びくんと体が止まり、手足がむごたらしく痙攣《けいれん》して、ぶら下がった。強張《こわば》った手には開いたナイフが握りしめられていた。

その衝撃で古い煙突は揺れたが、雄々しく持ちこたえた。殺人者は事切れて、壁のまえでぶらぶらした。ベイツ少年は視界をさえぎる宙吊《ちゆうづ》りの死体を押しのけて、野次馬たちに、お願いだから早く上がってきて、ここから出してと呼びかけた。

そのときまでどこかに隠れていた犬が現れ、ぞっとする吠え声をあげて胸壁の上を走りまわっていたが、一度止まって身構えると、死んだ男の肩めがけて跳んだ。ところが狙《ねら》いをはずして、空中で逆さになったまま堀に落ち、石に頭をぶつけて脳みそをまき散らした。

49

いくつかの謎《なぞ》が解明され、合意や金の話抜きで結婚が申しこまれる

前章の出来事があってからわずか二日後の午後三時、オリヴァーは生まれた町へとひた走る馬車のなかにいた。メイリー夫人、ローズ、ベドウィン夫人と、人のいい医師が同乗していた。ブラウンロー氏はもうひとりの人物をともなって駅馬車であとを追っていたが、その人物の名前は誰にも告げていなかった。

一行は道中、あまりしゃべらなかった。オリヴァーは興奮と不安のために頭のなかで考えをまとめられず、ほとんど話もできなかった。それが連れの人たちにも少なからず影響を与え、みな似たような状態になっていたのだ。オリヴァーとふたりの婦人は、ブラウンロー氏がモンクスから引き出した自白について、ごく慎重に説明されていた。今回の旅行の目的が、非常にうまく始まった仕事の仕上げであることは承知していたが、それでも事態の全貌は相変わらず疑念と謎に包まれていて、彼らは答えのまったく見えないもどかしさに耐えなければならなかった。

親切な老紳士は、ロスバーン氏の協力も得て、つい先日起きた怖《おそ》ろしい出来事の詳細が彼らの耳に入らないように、あらゆる経路を注意深く遮断していた。「たしかに」と彼は言った。「あの人たちも近いうちに知らなければならないことだけれど、いまよりいい時期があるだろう。いまは最悪だ」そこで一同は黙って馬車に揺られ、自分たちがこうして旅をすることになった目的についておのおの思い巡らしながら、押し寄せる考えを誰も口に出そうとはしなかった。

しかし、見たこともない道を通って生誕の地に旅するオリヴァーが、こうした事情から黙っていたのだとしても、かつて家のない放浪の少年として、助けてくれる友も、雨露をしのぐ屋根もなく、徒歩で通ったあたりに馬車が入ると、思いは一気に過去にさかのぼり、胸の内にさまざまな感情がどっとあふれた。

「あそこを見て、あそこ――」オリヴァーはローズの手をぎゅっと握り、馬車の窓から指差して叫んだ。「ぼくはあの踏み段を越えたんです。誰かに捕まって連れ戻されるのが怖くて、あの生け垣の裏にもぐりこんだんです。畑を横切るあの小径《こみち》をずっと行くと、小さいころに住んでた家があるの。ああ、ディック、ディック、ぼくの大好きな友だち。いまきみに会えたらなあ！」

「もうすぐ会えるわ」ローズは、オリヴァーが組んだ手をそっと自分の手で包みこんで答えた。「あなたがいまどのくらい幸せか、どのくらいお金持ちになったか話してあげなさい。そして、彼を幸せにするためにも戻ってこられたのが何よりもうれしいって」

「うん、うん」オリヴァーは言った。「それで、あの子をここから遠くに連れ出して、服を着せたり、勉強を教えたり、どこか静かな田舎にやって、丈夫で健康になってもらったり――でしょう？」

ローズはそうよとうなずいた。少年がうれし涙を流して微笑《ほほえ》んでいるので、何も言えなかったのだ。

「お嬢さんはあの子にも親切でやさしくしてくれますね、誰に対してもそうだから」オリヴァーは言った。「あの子の話を聞いたら、きっと泣くでしょう。それはわかってるけど、気にしないで。大丈夫、すぐに終わるから。ディックがどのくらい変わったか考えれば、また笑顔になります。それもわかってる。ぼくのときもそうだったから。ディックはぼくが逃げるときに、〝神様の祝福を〟って言ってくれたんです」少年は愛情が一段とこみ上げた様子で叫んだ。「だからぼくは〝きみにも神様の祝福を〟と言うつもりなんです。そう言ってくれたことでどれだけディックが好きになったか教えてやるの！」

馬車が目的の町に近づいて、いよいよその狭い通りを走りだすと、少年の興奮を鎮《しず》めるのは容易ではなくなった。サワベリーの葬儀屋があった。昔のままだったが、ただ記憶にあるより小さくなって、堂々としていないように見えた。なじみの店や家が現れ、たいていどれにもちょっとした思い出があった。煙突掃除のガムフィールドの荷車もまったく昔と変わらず、古い居酒屋のまえに置いてあった。幼いオリヴァーにとって怖ろしい監獄だった救貧院も、変わらず陰気な窓を通りに向けていた。門のまえに同じほっそりした門番が立っていて、それを見たオリヴァーは思わず尻込《しりご》みしたが、そんな愚かな自分を笑い、泣いて、また笑った。戸口や窓にはオリヴァーのよく知っている顔が何十とあった。まるで町を出たのが昨日のごとく、ほぼすべてがそのままで、いまの生活はただの幸せな夢のように思えた。

しかし、それは純粋で、ひたむきで、喜びに満ちた現実だった。馬車が町で最高のホテルにまっすぐ乗りつけると（かつてオリヴァーは畏怖《いふ》の念に打たれてそれを見上げ、壮大な宮殿だと思ったものだが、いま見るとさほど気高くも大きくもなかった）、グリムウィグ氏が待ってましたとばかりに彼らを迎え、おり立った若い令嬢と夫人にキスをした。一家の祖父さながら満面の笑みを浮かべ、親切で、自分の頭を食べてみせるとは一度も言わなかった――年老いた御者と、ロンドンへのいちばんの近道について議論し、自分ほどくわしい人間はいないと言い張ったときですら。もっとも、グリムウィグ氏はその道を一度しか通ったことがなく、しかもその間ぐっすり眠りこんでいたのだが。ホテルには正餐《せいさん》が用意され、部屋もとられていて、あらゆるものが魔法のように整っていた。

にもかかわらず、最初の三十分があわただしくすぎると、今回の旅をずっと支配してきた気づまりな沈黙がまたおりてきた。ブラウンロー氏は食事に加わらず、別室にこもっていた。ほかのふたりの紳士は心配顔でせわしなく部屋を出入りし、短いあいだオリヴァーたちといっしょにいるときにも、ふたりだけで話をしていた。一度、メイリー夫人が呼び出され、一時間近くたって戻ってくると、眼を泣き腫《は》らしていた。これらすべてによって、新しい秘密をまったく知らされていないローズとオリヴァーはそわそわと不安な気持ちになった。口をつぐんで、どうなっているのだろうと考えこんでいるか、二言三言交わすにしても、自分の声を聞くのが怖いかのように囁《ささや》き声で話した。

とうとう九時になり、もう今夜は何も聞けないのだと思いはじめたころ、ロスバーン氏とグリムウィグ氏が部屋に入ってきた。そのあとブラウンロー氏といっしょに現れた男を見て、オリヴァーは驚き、悲鳴をあげそうになった。それは自分の兄だと聞かされた男、市の立つ町でばったり出会い、オリヴァーの小さな部屋の窓からフェイギンとなかをのぞきこんでいた男だったからだ。男はこの期《ご》に及んでも、びっくりしているオリヴァーに隠しようのない憎悪《ぞうお》のこもった顔を向け、入口近くの椅子《いす》に坐《すわ》った。書類を手に持ったブラウンロー氏は、ローズとオリヴァーが坐っているそばの机に歩み寄った。

「つらい仕事だ」彼は言った。「しかし、ロンドンで大勢の紳士の立ち会いのもと署名されたこの口述書の要旨をここでくり返さなければならない。きみの面子《めんつ》も立ててやりたいところだが、別れるまえにきみ自身の口から聞く必要がある。理由はわかるだろう」

「どうぞ先を」話しかけられた男は顔を背けて言った。「早く！　もううんざりだ。ここにずるずる引き止めないでほしい」

「この子は」ブラウンロー氏はオリヴァーを自分のほうに引き寄せ、頭に手を置いて言った。「きみの異母弟だ。きみの父親であり私の親友でもあったエドウィン・リーフォードと、アグネス・フレミングという気の毒な娘とのあいだにできた庶子だ。彼女はこの子を産んで亡《な》くなった」

「そう」モンクスは、震える少年を睨《にら》みつけて言った。オリヴァーは激しく打つ心臓の音が相手に聞こえるのではないかと思った。「そいつがふたりの不義の子だ」

「いまのことばは」ブラウンロー氏が厳しく言った。「はるか昔にこの世の弱々しい非難の届かぬ先に旅立った人たちへの非難だな。そのことばで本当に恥ずかしい思いをするのは、使ったきみだけで、ほかに生きた人間では誰もいない。だからやめておきたまえ。この子はこの町で生まれたのだな？」

「この町の救貧院で」モンクスはむっつりと答えた。「そこに全部書いてあるでしょう」と苛立《いらだ》って書類を指差した。

「もう一度ここで話してもらう」ブラウンロー氏はまわりの聞き手を見ながら言った。

「なら聞くがいい」モンクスは言った。「こいつの父親は、ご承知のとおりローマで病気になった。そこへ、長らく別居していたその妻——おれの母親——が、パリからおれを連れて駆けつけた。おそらく父の財産を管理するためにね。母は父をあまり愛していなかったし、父のほうも同様だった。父はおれたちが来たことにも気づかなかった。すでに意識を失っていて、眠ったまま翌日死んだから。机の書類のなかに、発病した夜の日付で、あんた宛《あ》てのものがふたつあった。自分が死ぬまで投函《とうかん》しないようにと表に指示が書かれた包みには、あんた宛ての短い手紙が同封されていた。書類のひとつは例のアグネスという娘に宛てた手紙、もうひとつは遺言書だった」

「手紙はどういう内容だった？」ブラウンロー氏は尋ねた。

「手紙？——紙いっぱいに書き連ねた懺悔《ざんげ》と、彼女を救いたまえという神への祈りだった。父は、いつの日か説明するが、いまは明かせない秘密の事情があって、結婚はできないと娘を言いくるめていたようだ。彼女は辛抱強く父を信じ、ついには信じすぎて、取り返しのつかないものまで捧《ささ》げてしまった。そのころには、彼女はあと二、三カ月で出産というところまで来ていた。もし自分が生き延びたら彼女の恥を隠すためにできるかぎりのことをする、もし死んでも自分との思い出をどうか呪《のろ》わないでほしい、この罪の報いを彼女や幼子が受けるとは考えないでくれ、すべての罪は自分にある——そんなことを書いていた。小さなロケットと、アグネスという名を彫りこんだ指輪をあげた日を思い出しておくれ。指輪の空白のところには、いつか自分が与える苗字《みょうじ》を入れよう。どうかあれを大切にして、いままでどおり肌身離さず持っていてほしい。そんな調子で、頭がおかしくなったみたいに同じことを何度も何度も書き殴っていた。実際におかしくなってたんだろう」

「遺言書は？」ブラウンロー氏が言った。オリヴァーははらはらと涙を流していた。

モンクスは黙りこんだ。

「遺言書も」ブラウンロー氏はモンクスに代わって言った。「手紙と同じ精神で書かれていた。妻がもたらした不幸の数々、彼を憎むようにしつけられたひとり息子のきみの反抗的な性格や、悪意、悪癖、性質《たち》の悪い未熟な情動について述べ、きみとお母さんにそれぞれ八百ポンドの年金を遺《のこ》していた。そのうえで財産を二等分し、半分をアグネス・フレミングに、もう半分を彼女ときみのお父さんのあいだにできた子に、もし無事生まれて成年に達したら渡す。その子が女なら無条件で相続できるが、男の子だったときには、成年前に不名誉、卑劣、臆病《おくびょう》、不正な行為が公《おおやけ》になって自分の名前を汚《けが》すことがなかった場合にかぎる、という条件がついていた。そういう条件を課したのは、その子の母親に対する信頼と、その子が彼女のやさしい心と高貴な資質を受け継いでいるという確信があったからだ。その確信は彼の死期が近づくにつれて強まる一方だった。もし男の子が期待に応《こた》えられなければ、遺産はきみのものになる。つまり、ふたりの息子が同じ状態になったときに初めて、遺産に対するきみの優先権が生じるわけだ。きみはお父さんの心には優先権を持たず、幼いころから冷たい憎悪で彼をはねつけてきたのだが」

「母は」モンクスは少し大きな声で言った。「女なら誰もがやることをした――遺言書を燃やしたのだ。手紙は宛先には送らなかったが、彼らが汚点を嘘《うそ》でごまかそうとしたときに備えて、ほかの証拠といっしょに保管しておいた。アグネスという娘の父親には、母が憎しみのかぎりをこめて誇張した真相を書き送った。おれはそれで母が大好きになったね。恥辱と不名誉でいたたまれなくなった父親は娘たちを連れてウェールズの片隅に引っ越し、友人たちにも逃げた先を知られないように、名前まで変えてしまった。そしてさほどたたないうちに、ベッドで死んでいるのが見つかった。その数週間前に、娘がこっそり家出したのだ。父親は近くのあらゆる村や町を歩きまわって探したあげく、娘は父子の恥を隠すために自殺したにちがいないと思いこんで帰宅したその夜、死んだのさ」

短い沈黙ができた。ブラウンロー氏が話の穂を継いだ。

「その数年後、ここにいる男、エドワード・リーフォードの母親が私を訪ねてきた。この男はまだ十八歳のときに母親を捨てていた。彼女の宝石と金を盗んで賭博《とばく》に耽《ふけ》り、浪費を重ね、小切手を偽造し、ロンドンに逃げこんで、二年間、もっとも下劣な悪党とつき合っていたのだ。彼女は苦しい不治の病で弱っていて、死ぬまえに息子に帰ってもらいたがっていた。あちこちに問い合わせがなされ、くわしい調査がおこなわれて、それでも長いこと結果は出なかったが、ついに苦労が実を結んで、息子はフランスにいる母親のもとに戻った」

「そこで母は死んだ」モンクスが言った。「じりじりと病気にやられてね。母は死の床でおれにこうした秘密を打ち明けた。それにかかわったあらゆる人間に対する、抑えがたく激しい憎悪とともに。もっとも、そちらはわざわざ遺してもらう必要もなかった。とっくの昔に引き継いでたから。母は例の娘が赤子もろとも死んだとは思っておらず、むしろ男の子が生まれて、その子はどこかで生きていると堅く信じていた。おれは、もしそいつを追うような巡り合わせになったら決して機会を逃さず、もっとも厳しく容赦のない敵意で追いつめてやると母に誓った。胸の奥にある憎しみをそいつにぶちまけ、できれば絞首台《こうしゅだい》のたもとまで引きずっていって、あの中身のない高慢ちきで失敬な遺言に唾《つば》を吐きかけてやると。母は正しかった。そいつがついにおれのまえに現れたのだ。最初はうまくいっていた。あのおしゃべりのクソ女さえいなけりゃ、最後までずっとうまくいってたんだ。ぜったいに！」

悪漢が固く腕を組んで、悪事が挫折《ざせつ》したやりきれなさに小声で悪態をついているあいだ、ブラウンロー氏は傍らの怖《おそ》れおののく集団のほうを向き、この男の古くからの親友で共犯者だったあのユダヤ人は、オリヴァーを悪の道に引き入れることで莫大《ばくだい》な報酬をもらっていたと説明した。オリヴァーが救出された場合には、その一部をモンクスに返さなければならず、この点について意見が食いちがったので、ふたりはオリヴァーが当人であることを確かめるために田舎の家を訪ねたのだった。

「ロケットと指輪は？」ブラウンロー氏はモンクスに向き直って言った。

「付き添いの婆《ばあ》さんが死体から盗んでいたのを、このまえあんたに話した男と女がさらに盗み、彼らからおれが買い上げた」モンクスは眼を上げずに答えた。「あとはどうなったか、あんたも知ってるだろう」

ブラウンロー氏は黙ってグリムウィグ氏にうなずいた。グリムウィグ氏はいともすばやく姿を消すと、すぐに戻ってきて、バンブル夫人を部屋に押し入れ、嫌がるその夫を引きずりこんだ。

「おお、夢じゃなかろうか！」バンブル氏は見え透いた熱狂ぶりで叫んだ。「これは可《か》愛《わい》いオリヴァーじゃないか？　おお、オリヴァー！　私がおまえのためにどれほど嘆いていたことか！」

「黙りなさい、この馬《ば》鹿《か》」バンブル夫人がつぶやいた。

「だって当然じゃないか、ミセス・バンブル！」救貧院の院長は異議を唱えた。「これが感激せずにいられるかね、教区で立派に育て上げた子が、こんなにおやさしそうな紳士や淑女に囲まれているのを見たら！　私は昔から変わらずこの子を愛してきた、まるでこの子が自分の——自分のお祖父《じい》さんであるかのように」バンブル氏は適切なたとえが見つからずに口ごもった。「わが親愛なるオリヴァー坊ちゃん、白いチョッキのすばらしい紳士を憶《おぼ》えているかな？　ああ！　彼も先週、天に召されたよ、メッキの取っ手のついたオークの棺《ひつぎ》に納まってね、オリヴァー」

「ほら、院長」グリムウィグ氏が厳しく言った。「感激を少し抑えたまえ」

「努力しますよ」バンブル氏は答えた。「初めまして。ご機嫌うるわしいですかな」

この挨拶《あいさつ》は、立派な夫妻のすぐそばまで近づいたブラウンロー氏に向けられていた。ブラウンロー氏はモンクスを指差して訊《き》いた。

「この人物をご存じかな？」

「いいえ」バンブル夫人がきっぱりと答えた。

「あなたもご存じないでしょうな？」ブラウンロー氏は彼女の配偶者に尋ねた。

「生まれてこのかた、見たこともありません」バンブル氏は言った。

「この人物に何かを売ったこともない？」

「ええ」バンブル夫人が答えた。

「あなたはたぶん、金のロケットと指輪を持っていたこともないでしょうな？」とブラウンロー氏。

「もちろんありません」婦長は答えた。「どうしてこんなところに引っ立てられて、意味もない質問に答えなければなりませんの？」

ブラウンロー氏がまたグリムウィグ氏にうなずき、相手の紳士はふたたび異常なすばやさで足を引きずりながら姿を消した。しかし、今度は太った男とその妻ではなく、歩くときにも震えよろめく、よぼよぼの老女ふたりを連れて戻ってきた。

「サリー婆さんが死んだ夜、あんたはドアを閉めたけど」先に入ってきた老女がしなびた手を上げて言った。「声は締め出せなかったし、隙間《すきま》もふさげなかった」

「そう、そう」もうひとりの老女があたりを見まわし、歯のない顎《あご》を振って言った。

「無理、無理」

「サリー婆さんがやったことをあんたに話そうとしてたのが聞こえましたよ。あんたがあの人から紙切れを取り上げるのも見た。次の日、あんたが質屋に出かけるところもね」初めの老女が言った。

「そう」もうひとりも言い添えた。「あの紙には〝ロケットと金の指輪〟と書かれてた。わたしたちはそれも見たし、品物があんたの手に渡るところも見た。そのときそばにいたんだよ。そう、そばにね」

「もっと知ってるよ」初めの老女が言った。「ずいぶん昔に、よくサリー婆さんから聞かされたから。あの若い母親は、病気になってもうだめだと悟ったときに、お腹《なか》の子の父親の墓のそばで死のうと、そこに向かう途中で産気づいたんだって」

「質屋の主人にも会いたいかね？」グリムウィグ氏がドアのほうに行きかけた。

「いいえ」婦長は答えた。「この人が」とモンクスを指して、「自白するほど意気地なしで――実際にそうだったみたいだけど――あなたがたが婆さん全員に尋ねてこのふたりを探し当てたのなら、こちらからつけ加えることはありません。ええ、あれは売りましたとも。いまはもう誰の手も届かないところにあります。だから何？」

「なんでもない」ブラウンロー氏が答えた。「今後われわれのほうで、あなたたちが二度と重要な職につけないように手配するだけです。下がってよろしい」

「できれば」グリムウィグ氏が老女ふたりとともに消えると、バンブル氏がいかにも悲しげな顔つきでまわりを見やって言った。「このちょっとした不幸な出来事で、私が教区の職を追われるようなことにならなければいいのですが」

「追われます」ブラウンロー氏は答えた。「覚悟しておいたほうがいい。むしろ、それだけですんでよかったと思うことだ」

「全部ミセス・バンブルがやったことなんです――あの女がどうしてもと言って――」バンブル氏はまず夫人が部屋から出ていったことをしっかり確かめ、あわてて弁明した。

「言いわけは立たない」ブラウンロー氏ははねつけた。「あなたはあの形見が破棄された場所にいたわけだし、法律的な観点からは夫人より罪が重い。妻は夫の指示にもとづって行動したと推定されるからだ」

「法律がそんなことを推定するのなら」バンブル氏はこれ見よがしに帽子を両手で握りつぶして言った。「法律はまぬけだ——馬鹿者だ。そういう眼でものを見る法律というのは、独身者だ。せめて経験によってその眼が開かれることを望みますな——経験によって」

最後のところをめいっぱい強調してくり返し、バンブル氏は帽子をしっかりかぶると、ポケットに両手を突っこんで、連れ合いのあとから階段をおりていった。

「お嬢さん」ブラウンロー氏がローズのほうを向いて言った。「その手をこちらへ。そんなに震えないで。まだ少し話さなければならないことがあるが、怖がる必要はない」

「もしそれが何かわたしに関係することでしたら——どうしてそうなるのかはわかりませんけど、もしそうだったら——」ローズは言った。「どうか別の日にしてくださいませんか。いまは聞く気力も体力もありませんので」

「いや」老紳士は彼女の腕を引き寄せて言った。「あなたはもっと強い人だ、まちがいなく。きみはこの若い令嬢を知っているかな？」

「ああ」モンクスが答えた。

「わたしは見たことがありません」ローズが弱々しく言った。

「こっちは何度も見ている」モンクスは言った。

「不幸なアグネスの父親にはふたりの娘がいた」ブラウンロー氏は言った。「もうひとりの——子の運命はどうなった？」

「その子は」モンクスは答えた。「見知らぬ土地、見知らぬ名前で父親が死んだとき、友人や親戚《しんせき》を探し出せるような手紙も、本も、紙一枚すら残していなかったので、貧しい農家に引き取られて、彼らの子として育てられた」

「続けて」ブラウンロー氏はメイリー夫人を手招きしながら言った。「早く先を！」

「あんたたちはその一家が引っ越した先を突き止められなかったが」モンクスは言った。「友情がやれないことも、憎悪が強引にやってのけることがある。母は一年間、抜け目なく調べて見つけ出した。そう、その子を見つけたのだ」

「そして連れ帰ったのだな？」

「いや。その家族は貧乏で、少なくとも旦那《だんな》のほうは、昔かけた情けに嫌気が差していた。だから母は、彼らにあまり長くはもたない少額の金を与え、あとでもっと送るからと、する気もない援助を約束して、子供を彼らのところに残しておいた。とはいえ、その子を不幸にするには一家の不満と貧乏だけでは心許《こころもと》ないと考えて、姉の恥ずかしい身の上を、あることないことつけ加えて説明し、この子も同じ血筋だから充分注意したほうがいい、いつかかならず悪行に手を染めるからと吹きこんだ。またいろいろな状況がこの話にぴたりと符合していたものだから、一家はそれを信じこみ、子供はわれわれにも満足のいくみじめな生活を長く続けていたのだが、あるとき、チェスターに住んでいたひとりの未亡人がたまたまその娘に会って、哀れをもよおし、家で引き取ることにした。われわれには何かの呪いがかけられていたにちがいない。あれほど計略を巡らしたにもかかわらず、娘はその家にとどまって幸せに暮らしたからだ。ところが二、三年前に行方がわからなくなって、数カ月前までその姿を見ることはなかった」

「いま見ているかね?」

「ああ――あんたの腕に寄りかかってる」

「それでも、わたしの姪《めい》です」メイリー夫人が叫んだ。「何があっても、わたしの可愛い子です。世界じゅうの宝をやると言われたって、この子を渡したりはしません。わたしのやさしい友だち、わたしのかけがえのない娘なのです――」

「わたしのただひとりの友だち」ローズも叫んで、夫人にしがみついた。「おばさまはいちばんやさしくて、最高の友だち。ああ、胸が張り裂けそう。こんなこと――わたし、もう耐えられない」

「あなたはもっとたいへんなことにも耐えてきたわ。そしてその間ずっと、最高にすばらしい人として、まわりのみんなに幸せを届けてきた」メイリー夫人はローズをやさしく抱きしめて言った。「さあ、さあ、あなた。あなたを抱きしめたい人がほかにもいるのを思い出して。ほら、ここに。ご覧なさい!」

「おばさまじゃない」オリヴァーがローズの首に飛びついて叫んだ。「おばさまなんて呼ばない——お姉さん、ぼくの大切なお姉さん。だって最初から、心のどこかでこの人が大好きだって思ってたから。ローズ、ぼくの大好きなローズ！」

ふたりのみなし児がいつまでもひしと抱き合って流す涙よ、交わす切れ切れのことばよ、神聖であれ。この一瞬のあいだに、父と姉と母が得られて、失われた。杯のなかで喜びと悲しみが入り混じっていたが、つらい涙はなかった。悲しみ自体も和らぎ、甘くやさしい思い出に包まれて厳《おごそ》かな喜びとなり、あらゆる苦痛が消え去ったからだ。

彼らは長いこと、ふたりきりで部屋に残っていた。ようやく軽くドアを叩《たた》く音がして、外に誰か来たことを告げた。オリヴァーがドアを開け、静かに出ていくと、代わりにハリー・メイリーが入ってきた。

「すべて聞きました」ハリーは美しい娘の横に坐って言った。「親愛なるローズ、何もかも知っています」

「たまたまここに来たのではありません」長い沈黙のあとで、ハリーは言い添えた。

「今晩すべてを耳にしたわけでもありません。じつは昨日知ったのです——つい昨日。例の約束を思い出してもらうために来たことは、もう察していますね？」

「お待ちください」ローズは言った。「本当にすべてご存じなのですね？」

「ええ。最後にふたりで話したときに、あなたは一年のうちのどこかで、もう一度あの話をしていいという許可をくれた」

「ええ」

「決めた心を無理に変えてほしいというのではなく、同じことばをもう一度聞くことになるのなら、それでもかまわない。持てる地位も財産もあなたの足元になげうって、それでもあなたの以前の決心が動かないのであれば、ぼくはそれ以上何も言わず、何もしないと誓ったのでした」

「あのときと同じ理由から、いまもわたしの決心は変わりません」ローズはしっかりした口調で言った。「極貧と苦悩の生活から善意でわたしを救い出してくださった、あのかたへの恩義を厳に重んじるべきときがあるとしたら、今夜をおいて、いつがあるでしょう。たしかにつらい試練ですが、わたしは誇りを持って乗り越えます。苦痛ではありますが、わたしの心はこれに耐えなければなりません」

「今夜わかったことで――」ハリーが言いかけた。

「今夜わかったことでも」ローズは穏やかに答えた。「あなたとの関係において、わたしの立場は以前と変わりません」

「ずいぶんぼくに心を閉ざしていますね、ローズ」彼女の恋人は訴えた。

「ああ、ハリー、ハリー」令嬢はわっと泣きだした。「本当に閉ざすことができればいいのに。そうすれば、これほど苦しまなくてすむのに」

「なぜわざわざ自分を苦しめるんです」ハリーは彼女の手を取って言った。「考えてみてください、愛《いと》しいローズ。今夜聞いたことを、どうか」

「わたしが何を聞いたでしょう！」ローズは嘆いた。「何を聞いたかと言えば、わたしの父が心の底から恥ずかしい思いをして苦しみ、世の中のすべてを避けるようになったということだけじゃありませんか——さあ、もう充分話しました、ハリー。もう終わりにしましょう」

「まだです。まだいけない」若者は立ち上がった相手を引き止めて言った。「ぼくの希望も、願望も、将来の見通しも、感情も——あなたへの愛情を除いて、人生におけるすべての考えががらりと変わってしまったのです。ぼくがいまあなたに捧げるのは、あわただしい社会での栄誉でもなければ、悪意と中傷の世界とのつき合いでもない。本当は不名誉でも恥でもないことで、正直な人間が顔を赤らめなければならないような世界など、たくさんだ。ぼくはあなたに家庭を捧げる——この心と、家庭を——そう、愛するローズ、そのふたつだけがぼくの捧げるものです」

「どういう意味ですの？」令嬢はためらいがちに訊いた。

「たんにこういうことです。このまえあなたと別れたとき、ぼくは、あなたとのあいだにある空想上の障害をすべて取り払おうと固く決意した。ぼくの世界があなたに受け入れられないのなら、あなたの世界をぼくの世界にしてしまおう。家の誇りなどであなたが見下されるのなら、そんなものは捨ててしまおうと思い、そうしました。それでぼくから遠ざかっていった連中は、あなたからも遠ざかったから、その点であなたが正しかったことが証明された。かつてぼくに微笑みかけていた権力者や後援者、影響力と地位のある親戚たちは、いまぼくを白い目で見ています。けれども、このイギリスでいちばん豊かな土地で、野原が微笑み、木々が手を振っている。そばには村の教会があって――ぼくの教会です、ぼく自身の――一軒の田舎家が立っている。あなたが来てくれれば、そこはぼくが捨てた希望の何千倍もの誇りを抱ける場所になる。これがいまのぼくの地位と身分なのです。これをあなたに捧げます」

「恋人たちのために食事のお預けを食らうというのも、難儀なものだな」グリムウィグ氏は目を覚ますと、顔にかぶせていたハンカチを取って言った。

事実、夕食はかなりの時間まで延び延びになっていて、これにはメイリー夫人も、ハリーも、ローズも（三人はそろって入ってきた）、ひと言の弁解もできなかった。

「今晩こそ本気で自分の頭を食べてやろうかと思ったよ」グリムウィグ氏は言った。「ほかに何もないのでね。もしお許しいただけるなら、未来の花嫁にご挨拶を差し上げたい」

グリムウィグ氏は時をおかず、顔を赤らめる令嬢の頬にそれを実行した。この先例がほかの人たちにもうつって、医師とブラウンロー氏もローズにキスをした。ハリー・メイリーが隣の暗い部屋でそもそもの先例を作ったと断定する向きもあるが、最高の権威筋は、それはまったくのでたらめだと否定する。ハリーはまだ若く、聖職者でもあるからだ。

「オリヴァー、可愛いわが子」メイリー夫人が言った。「あなたはどこにいたの？　それに、どうしてそんなに悲しそうな顔をしているの？　隠してもいまほら、涙が流れていますよ。いったいどうしたの？」

この世は失意に満ちている。われわれがもっとも大切にしている希望、われわれの人間性に対する最高の誉れとなるような希望さえ、失意の淵《ふち》に沈むことがままある。

哀れなディックは死んでいたのだ！

50

ユダヤ人の生前最後の夜

法廷（訳注　オールド・ベイリーの通称で知られる中央刑事裁判所）は床から天井までびっしりと、敷石のように顔が並んでいた。被告席のまえの手すりから、遠くは傍聴席の端っこの狭苦しい隅に至るまで、ありとあらゆる空間から、詮索《せんさく》好きで熱心この上ない眼が、たったひとりの男――ユダヤ人――に向けられていた。彼のまえにもうしろにも、上にも下にも、右にも左にも顔があり、まるでギラギラ輝く眼に埋め尽くされた天空に囲まれて立っているかのようだった。

ユダヤ人はこのまばゆい生きた光のなかに立ち、片方の手をまえの板の上にのせ、もう一方の手を耳のうしろに当てて、裁判長から陪審員への説示をひと言も聞きもらすまいと首を突き出していた。ときどき陪審員に鋭い眼を向けては、ごくわずかでも自分にとって有利な影響を受けていないだろうかと観察し、不利なことが恐るべき明確さで述べられると、この期《ご》に及んでも弁護士のほうを向いて、何か反論してくれと無言で訴えた。そんな苛立《いらだ》ちを外に表すこと以外には、手も足も動かさなかった。裁判が始まってからほとんど動いていない。裁判長が話し終えても、緊張して真剣に注意を払う態度を変えず、まだ聞いているぞというふうに相手を見すえていた。

法廷内に小さなざわめきが起きて、ユダヤ人ははっとわれに返り、あたりを見まわした。陪審員が評決を下すために相談しているところだった。傍聴席に眼が行くと、誰も彼もが首を伸ばして彼の顔を見ようとしていた。急いで眼鏡をかける者もいれば、嫌悪《けんお》の表情を浮かべて近くの人間と囁《ささや》き合っている者もいる。彼のことなど気にかけずに、どうして評決がこんなに遅いのだと苛立って、陪審員ばかり見ている者もいたが、彼にほんの少しでも同情している顔は——大勢いた女たちのなかにも——ひとつもなく、みなひたすら有罪の宣告を待ちわびていた。

ユダヤ人が呆然《ぼうぜん》と首をまわしてそれだけのことを見て取るあいだに、また死のような沈黙が訪れ、振り返ると、陪審員たちが判事のほうを向いていた。静かに！

彼らは一度退廷する許可を得ただけだった。

ユダヤ人は出ていく陪審員の顔をひとりずつ、訴えかけるような眼で見ていった。大勢がどちらに傾いているのか探ろうとしたのかもしれないが、無駄だった。彼は看守に肩を叩《たた》かれ、機械的についていって被告席の隅の椅子《いす》に坐《すわ》った。看守が指し示してくれなければ、椅子があることにも気づかなかっただろう。

もう一度、傍聴席を見上げた。ものを食べている人も、ハンカチで顔をあおいでいる人もいた。廷内が混み合って非常に暑かったのだ。ひとりの若者が、小さな手帳にユダヤ人の似顔絵を描いていた。どんなふうに描いているのだろう。鉛筆の芯《しん》が折れ、絵描きがナイフで削りはじめるのを、ユダヤ人は所在ない見物人のように眺めた。

同じように判事に眼をやったときには、法服の型がやたらと気になり、値段はいくらだろうとか、どうやって着るのだろうといったことばかり考えた。判事席にはもうひとり太った紳士がいて、三十分ほどまえに出ていったのだが、戻ってきた。食事にいってきたのだろうか。何を、どこで食べたのだろうか。そんなどうでもいいことを考えていると、また新たなものが眼に留まり、別の考えが湧《わ》いてくるのだった。

とはいえ、彼の心はその間ずっと、足元に墓穴がぽっかり口を開けているという耐えがたい感覚に押しつぶされそうだった。その感覚は片時も離れることがなかったが、漠然と胸に広がっているので、思考を集中させることができない。かくして、もうすぐ死ぬという思いに体が震え、燃えるように熱くなりながらも、眼のまえの鉄釘《てつくぎ》の数を数えてしまい、どうして一本の釘の頭が折れているのだろう、これから修理するのだろうか、それとも放っておくのだろうかなどと思うのだった。今度は、絞首台《こうしゅだい》やその足場の怖《おそ》ろしさについて考え、次にそれをやめて、廷内を涼しくするために床に水をまいている男をじっと見つめ——また考えに耽《ふけ》った。

ようやく静粛を求める声が響き、みなが固唾《かたず》を呑《の》んで部屋の入口を見やった。陪審員が戻ってきて、彼のすぐそばを通った。その顔からは何も読み取れず、石でできているのと変わらなかった。完全な静寂が続いた――衣《きぬ》ずれの音もなく――息遣いさえ聞こえず――有罪。

すさまじい叫びが建物じゅうに響きわたった。二度。三度。深く大きなうなり声がこだまし、ふくれ上がるにつれて、怒れる雷《いかずち》のように力を増した。それは、ユダヤ人が月曜に処刑されるという知らせを聞いて、外の群衆があげた歓声だった。

騒ぎが静まったあと、ユダヤ人は、死刑判決を不当と見なすべき理由が何かあるかと尋ねられた。彼はまた真剣に聞く態度になり、尋ねている判事をじっと見つめたが、質問を二回くり返されてやっと聞こえたらしく、しかも答えはひと言、わしは年寄りですんで、だった。年寄りです――年寄りです――それが小声になり、囁き声になって、また黙りこんだ。

判事が黒い帽子をかぶった。被告は同じ態度と姿勢で立っていた。傍聴席にいたひとりの女がこの怖ろしい厳粛さに耐えかねて何か叫んだが、ユダヤ人は邪魔されて腹を立てたかのように、さっと見上げ、身を乗り出していっそう集中した。判決の言い渡しは厳《おごそ》かで感動的だった。刑の宣告は聞くだに怖ろしかったが、彼は毛筋一本動かさず、大理石の彫像さながらに立っていた。やつれた顔を相変わらず突き出し、下顎《したあご》を垂らし、眼は食い入るようにまえを見つめていた。看守がその腕を取り、退廷するよう合図した。ユダヤ人は一瞬呆然《ぼうぜん》とまわりを見て、指示にしたがった。

看守たちは彼を連れて法廷の下の敷石の部屋を通っていった。そこでは別の囚人たちが、自分の順番を待っていたり、中庭に面した鉄格子《てつごうし》のまえに集まった友人たちと話したりしていた。彼に話しかける人間はひとりもいなかったが、そこを通りかかると、囚人たちはまえをあけ、鉄格子にしがみついている人々に彼をもっと見えやすくした。人々は悪罵《あくば》を浴びせ、金切り声で叫び、野次った。ユダヤ人は拳固《げんこ》を振りまわし、唾《つば》を吐きかけてやろうとしたが、いくつか薄暗い明かりがともるだけの陰鬱《いんうつ》な通路を看守たちに急《せ》き立てられて、牢獄《ろうごく》のなかへ連れこまれた。

まず、法の執行を先取りして自殺するような道具を持っていないかどうか、身体検査をされた。その儀式が終わると、死刑囚の監房に連れていかれ、取り残された――たったひとりで。

ユダヤ人は入口の向かいにある、椅子と寝台の両方に使えるベンチに腰かけ、血走った眼を床に落として、考えをまとめようとした。ややあって、判事の言ったことばが途切れ途切れに思い出された。言われたときには何ひとつ聞こえない気がしたそれらのことばが、徐々に然《しか》るべき場所に収まり、次第に意味をなして、ほどなくほぼ言われたとおりに全文を理解することができた。絞首による死刑――それが結びのことばだった。

絞首による死刑。あたりがすっかり暗くなると、彼は絞首台で死んだ知り合いのことを一人ひとり考えはじめた。なかには彼自身がそこに送りこんだ者もいた。死者が次から次へと頭に浮かんできて、数えきれないほどだった。何人かは死ぬところも見物した。祈りを唱えながら死んでいったので、笑いの種にしたこともあった。絞首台の床が抜けるあのガタンという音！　あいつらはどれほど急に、強くて元気な男から、ただ服の塊になってぶら下がったことか！

彼らの何人かは、ユダヤ人がいまいる房に入ったのかもしれなかった——まさにこの場所に坐ったのかもしれない。真っ暗だった。どうして明かりを持ってこないのだろう。監房はかなり昔に建てられていた——何十人もの男がここで最後の時をすごしたにちがいない——死体があちこちに置かれた地下の墓所に坐っているようなものだ——目隠しの帽子、輪縄、うしろで縛られた腕——あの不気味な帽子をかぶっていてさえ、誰だかわかる顔——明かりだ、明かりをくれ！

重い扉や壁を叩きまくって、両手が赤くむけたころにようやく、ふたりの男が現れた。ひとりは蠟燭《ろうそく》を持ってきて、壁に取りつけられた鉄の燭台《しょくだい》に差し、もうひとりはその夜寝るためのマットレスを引きずってきた。もうこの囚人はひとりにしておけないことになったのだ。

そして夜が来た——暗く、鬱々として、静かな夜が。眠っていないほかの人たちは、教会の鐘の音が聞こえると喜ぶ。それは生命と新しい一日の到来を告げるからだ。しかしユダヤ人にとっては、鐘の音は絶望をもたらした。鉄の鐘がひとつ鳴らされるたびに、深くうつろな音がひとつ届けられた——死である。陽気な朝の物音やさざめきがなんの役に立つというのか。それは警告に嘲《あざけ》りが加わった、別のかたちの弔鐘でしかなかった。

一日がすぎた。昼——昼はなかった。来たかと思うと去っていった。また夜になった。あまりにも長く、あまりにも短い夜だった。ぞっとする静寂という点では長すぎ、すぎ去る時間という点では短すぎる。彼はあるときにはわめいて神を冒瀆《ぼうとく》し、別のときには吠《ほ》えて髪を引きむしった。同じユダヤ教の聖職者が傍らで祈るためにやってきたが、呪《のろ》いのことばで追い払った。彼らは慈悲の心で再度訪ねてきたが、彼はまたもや追い出した。

土曜の夜。生きていられるのもあとひと晩。そう考えているうちに夜が明けた——日曜だった。

この怖ろしい最後の日の夜になって初めて、ユダヤ人の枯れた魂に、もうどうしようもないという荒《すさ》んで絶望的な感覚が真の強さで迫ってきた。特赦にはっきりとした望みをかけていたわけではない。ただ、これほど早く死ぬことを、ぼんやりとした可能性以上に考えることがそれまでできなかったのだ。交替で彼に付き添っているふたりの看守とはほとんど口を利《き》いておらず、看守のほうも、ことさらユダヤ人の注意を惹《ひ》こうとはしなかった。彼は独房に坐って眼を開けていたが、夢を見ていた。一分ごとにはっと跳び上がり、はあはあと息をあえがせ、肌を火照《ほて》らせて、恐怖と憤怒《ふんぬ》の発作でせかせかと歩きまわるので、そのような光景に慣れている看守たちですら怖気《おぞけ》をふるって尻込《しりご》みした。邪悪な良心の責め苦に耐えかねたユダヤ人は、しまいに見るも怖ろしい状態になり、看守もひとりでは坐っていられず、ふたりそろって見張りをはじめた。

ユダヤ人は石の寝台の上で縮こまり、過去について考えた。捕らえられた日に群衆から石を投げられて怪我《けが》をしたので、頭に亜麻布の包帯を巻いていた。土気色の顔に赤い髪が垂れかかっていた。顎ひげは引きちぎられたり、よじれて玉になったりしている。眼は怖ろしい光で輝き、洗っていない肌はひび割れて熱を持ち、彼を焼き尽くす。八時――九時――十時。もしこれが自分をだまそうとするいたずらではなく、着々と進む本物の時間なのだとしたら、時計がひとまわりして同じ時刻を打つとき、自分はどこにいるのだろう！　十一時。まえの時刻を告げた鐘の余韻が消えないうちに、もう次の鐘が鳴った。朝の八時には、自分の葬列のただひとりの会葬者になる。十一時には――。

あまりにも多くの不幸と、ことばにならない苦悩を、人の眼からだけではなく、じつに多くの場合、そしてじつに長く、人の心からも隠してきたニューゲート監獄の怖ろしい壁の内側で、このときほど怖ろしい光景は見られたことがなかった。たまたま近くを通りかかって、明日絞首刑にされる男は何をしているだろうと考えた者が数人いたが、このときのユダヤ人を見ることができたら、さぞかし寝つきが悪くなったことだろう。

夕方から真夜中近くにかけて、二、三人の集団が門衛所のまえに現れては、死刑執行の延期命令は出ましたかと不安げに尋ねた。出ていないという答えを聞くと、彼らはその歓迎すべき知らせを通りの人々に伝えた。人々は死刑囚が出てくる扉を互いに指差し、絞首台が建てられるのはあそこだと教え合い、名残惜しそうに去りながら、振り返って死刑の場面を思い描いた。そうした人たちも、ひとり、ふたりと減っていき、夜更《よふ》けになると通りはまた静けさと闇《やみ》に包まれた。

監獄のまえの空き地が掃除され、予想される見物人の殺到に備えて、黒く塗られた頑丈な柵《さく》が早々と道をさえぎる恰好《かっこう》で置かれていたところへ、ブラウンロー氏とオリヴァーが現れた。くぐり戸で、州長官の署名のある囚人面会許可証を見せると、彼らはただちに守衛所に案内された。

「この若い紳士もごいっしょですか」案内役の担当官が言った。「子供さんが来るような場所じゃありませんが」

「たしかにそうだね、きみ」ブラウンロー氏は言った。「だが、今回の囚人に関する私の用向きは、この子と密接にかかわっているのだ。この子は彼の成功と悪事のすべてを見ている。だから、多少の苦痛と恐怖をともなうにしても、いまの彼の姿を見せておいたほうがいいと思うのだ」

この短い会話は、オリヴァーの耳に入らないように少し離れたところで交わされた。案内役は帽子に触れ、好奇の眼でオリヴァーをちらっと見てから、ふたりが入ってきた入口の向かいの門を開け、監房につうじる暗く曲がりくねった通路を先に立って歩いた。

「ここです」男はある暗い通路で立ち止まって言った。ふたりの男が黙々と何かの準備を進めていた。「死刑囚がここを通ります。こちらに来れば、やつが出ていく扉が見えます」

男は囚人たちの食事を作る大釜《おおがま》が並んだ石造りの厨房《ちゆうぼう》にふたりを連れていき、扉を指差した。その上に、外に開いた格子窓があり、男たちの声に混じって、ハンマーの音や、板を放り出す音が聞こえた。絞首台を建てているのだ。

そこから彼らはいくつか頑丈な門を通り抜けた。みな内側から別の看守が鍵《かぎ》を開けた。中庭に入り、狭い階段をのぼって、左手に堅固な扉が一列に並んだ通路に入った。案内役の看守はそこでふたりに待つよう合図して、持っていた鍵束でひとつの扉を叩いた。なかで付き添いの男ふたりが少し囁き合ってから、通路に出てきた。両人ともいっとき見張りから解放されてほっとしたかのように背伸びをし、看守について独房に入るようにと訪問者に身ぶりで指示した。彼らはそれにしたがった。

死刑囚は寝台に坐って体を左右に揺すっていた。その顔つきは人間というより罠《わな》にかかった獣のようだった。どうやら心は昔の生活に立ち戻って、さまよっていた。訪問者の姿もいま見ている幻覚の一部だとしか思っていないらしく、勝手にひとり言をつぶやきつづけていた。

「いい子だ、チャーリー――よくやった！　オリヴァーもだ、は、は！　オリヴァーもな――立派な紳士になった――まったく立派な――その子を寝床に連れていけ」

看守はオリヴァーの手を取り、怖がらなくていいと囁いて、無言で様子を見守った。

「その子を寝床に連れていけ」ユダヤ人は叫んだ。「誰か聞いてるか？　そいつが、あー、なんというか、このすべての原因だったんだ。そいつに技を仕込めば金になるぞ――ボルターの喉《のど》だ、ビル。娘なんか放っておけ――ボルターの喉をできるだけ深くかき切るんだ。ノコギリであの首を切り落とせ」

「フェイギン」看守が言った。

「わしだ！」ユダヤ人は叫んで、ただちに裁判のときのように耳をすます態度になった。

「年寄りですんで、判事閣下。もうよぼよぼの年寄りです」

「ほら」看守はユダヤ人の胸に手を当てて、落ち着かせようとした。「面会のかただぞ。いくつか質問したいらしい。フェイギン、フェイギン。おまえは男だろう？」

「もうじき男でなくなる」そう答えて見上げたユダヤ人の顔には、怒りと恐怖のほかに人間らしい表情はなかった。「みんなぶち殺してしまえ！　なんの権利があって、わしを無惨《むざん》に殺す？」

話しながらオリヴァーとブラウンロー氏の姿を認めると、寝床のいちばん奥に引っこんで、何をしにきたと尋ねた。

「落ち着け」看守は彼を押さえつけたまま言った。「どうぞ用件を言ってください——早く。時がたつほどおかしくなりますから」

「おまえは書類を持っているだろう」ブラウンロー氏が進み出て言った。「おまえが持っているほうが安全だからということで、モンクスという男が預けた書類だ」

「まったくのでたらめだ」ユダヤ人は答えた。「そんなものは持っとらん——持っとらんぞ」

「頼む」ブラウンロー氏は厳かに言った。「死が迫っているときに、そういうことは言わないで、書類の場所を教えてくれ。知ってのとおり、サイクスは死んだ。モンクスも自白した。隠したってなんの得にもならないのだから。さあ、書類はどこだね？」

「オリヴァー」ユダヤ人は大声で言って、オリヴァーを呼び寄せる仕種《しぐさ》をした。「こっちへおいで、さあ。おまえの耳に囁いてやろう」

「怖くありません」オリヴァーは低い声で言い、握っていたブラウンロー氏の手を離した。

「あの書類はな」ユダヤ人はオリヴァーを引き寄せて言った。「ずだ袋に入れて、いちばん階上《うえ》の表の部屋にある煙突の、少し上のほうの穴に隠してある。わしは話がしたい、おまえさんと——話がしたいのだ」

「ええ、ええ」オリヴァーは答えた。「お祈りさせてください。どうか。ひとつだけ、お祈りを。ぼくといっしょにひざまずいて、ひとつだけお祈りをして、それから朝まで話しましょう」

「外へ行こう、外へ」ユダヤ人は扉のほうに少年を押し出し、その頭の向こうをぼんやりと見ながら言った。「わしは寝たと言うんだ——あいつらもおまえの言うことなら信じるからな。そうすれば、わしを外に連れ出せるぞ。さあ、ほら」

「ああ！　どうかこのかわいそうな人を赦《ゆる》してあげて！」少年はわっと泣きだして叫んだ。

「そう、それでいい」ユダヤ人は言った。「泣けば出やすくなる。まずこの扉だ。絞首台のまえを通るときに、わしがぶるぶる震えても気にするな。だが、急げよ。急ぐんだ、ほら」

「ほかに訊《き》くことはありませんか」看守が尋ねた。

「質問はもうない」ブラウンロー氏は答えた。「ただ、この男に自分の立場を思い出させてやれれば——」

「それはどうやっても無理です」男は首を振った。「このままにしておくほうがいい」

独房の扉が開き、付き添いの男たちが戻ってきた。

「急げ、さあ急げ」ユダヤ人は叫んだ。「静かに、だがそんなに遅くちゃだめだ。もっと急いで。急げ！」

男たちはユダヤ人を取り押さえ、オリヴァーを彼の手から引き離した。ユダヤ人は破れかぶれの力で身をよじり、もがいて、金切り声で何度も叫んだ。その声は重厚な監獄の壁をも貫き、彼らが中庭に出るまで耳元で鳴り響いていた。

訪問者が監獄を去るまでにしばらくかかった。この怖ろしい場面のあと、オリヴァーが卒倒しかかり、力がまったく出なくなって、一時間かそこら歩くこともできなかったからだ。

ふたりがまた外に出たときには、夜が明けかかっていた。すでに大勢の人が集まり、窓という窓には、煙草《たばこ》を吸ったり、カードで遊んだりして愉《たの》しくその時を待つ人々の姿があった。群衆は押し合い、口論し、冗談を飛ばしていた。あらゆるものに生命と活気が感じられたが、ただひとつの例外は、まさにそれらの中央にある暗い塊——黒い台、横梁《よこはり》、縄のほか、すべての禍々《まがまが》しい死の道具一式だった。

51

終わりに

この物語に登場した人物の運命はほぼ書き尽くされ、伝記作家としては、わずかに残されたことをごく簡単に述べておきたい。

それから三カ月とたたないうちに、ローズ・フレミングとハリー・メイリーは、若い牧師のその後の仕事場となる村の教会で結婚式を挙げ、当日から新しく幸せな家庭を持つに至った。

メイリー夫人は、息子と嫁といっしょに暮らし、年老いた立派な人が、知りうるなかでも最高の幸福——正しく生きている人が、もっとも温かい愛情と、かぎりないやさしさを絶えず注いできたふたりの幸せを見守るという幸福——とともに、静かな余生を送ることになった。

遺漏なく念入りに調査したところ、モンクスの蕩尽《とうじん》の果てに残っていた財産（彼のもとでも、その母親のもとでも一度も増えたことはなかった）を、彼とオリヴァーで折半すると、それぞれ三千ポンドあまりにしかならないことがわかった。父親の遺言書の条項によれば、オリヴァーにそのすべてを相続する資格があったが、悪行を償ってまっとうな道に進む機会を上の息子から奪いたくないと考えたブラウンロー氏が、やはり折半にしてはどうかと提案し、オリヴァーは喜んで受け入れた。

モンクスは依然としてその偽名を使いながら、分配金を手に新世界アメリカの最果ての地に渡ったが、すぐに持ち金を使い果たしてしまうと、またぞろ昔の悪の道に入り、新たな詐欺《さぎ》と不正行為の科《とが》で長年収監されたのちに、昔の病気が激しくぶり返して獄中で死亡した。彼の友人フェイギンの一味で残っていた主要な者たちも、故郷から遠く離れた地で死んでしまった。

ブラウンロー氏はオリヴァーを養子に迎え、彼と旧知の家政婦を連れて、親しい友人たちが住まう牧師館から一マイルと離れていないところに引っ越した。オリヴァーの温かく誠実な心に残っていた唯一《ゆいいつ》の願いをこうして叶《かな》えてやったわけだが、ふたつの家族が結びついてできた小さな社会は、移ろいゆくこの世界でほとんど最高の幸せを実現した。

若人ふたりの結婚後ほどなく、立派な医師はチャーツィに帰ったが、彼の気性が許すならば不満を覚えただろうし、やり方さえ知っていたら不機嫌にもなっただろう。二、三カ月のあいだは、どうもここの空気が自分に合わなくなってきたようだと仄《ほの》めかすくらいだったのが、やがてチャーツィが彼にとって以前とちがう場所になってしまったことに気づき、仕事は助手に譲って、若い友人が牧師を務める村のすぐはずれに独身者用の家を買うと、とたんに元気になった。そこで庭造り、植木の手入れ、魚釣り、大工仕事、その他の似たような作業に、この人ならではのせっかちさで取り組み、以来、そのすべてについて地元では最高の権威として名を馳《は》せている。

引っ越しのまえに、彼はグリムウィグ氏と固い友情を結ぶことができた。あの風変わりな紳士もそれに心から応《こた》えた。そんなわけで、引っ越してからの一年で、ロスバーン氏はたびたびグリムウィグ氏の訪問を受け、そのたびにグリムウィグ氏はたいそう熱心に草木を植え、魚を釣り、大工仕事をやっている。それがまたじつに風変わりで前例のないやり方なのだが、グリムウィグ氏は例の頭を食べるという確約つきで、自分のやり方が正しいと言う。日曜にはかならず若い牧師の面前で、今日の説教はなってなかったと批判するのだが、あとでかならずロスバーン氏だけに、あれはじつにすばらしい説教だが、そう言わないほうがいいと思うのだ、と打ち明ける。ブラウンロー氏は、グリムウィグ氏がかつてしたオリヴァーに関する予言をしきりに持ち出してからかい、ふたりで時計をあいだに挟んで坐《すわ》り、オリヴァーの帰りを待っていた夜のことを思い出させたが、それに対してグリムウィグ氏は、自分はおおむね正しかったと反論し、その証拠にオリヴァーは結局帰ってはこなかったではないかと言い返す。そして自分のほうから笑いだし、ますます上機嫌になった。ノア・クレイポール氏は、ユダヤ人の罪を証言したことで国から特赦を得、釈放されて、どうもこの商売は思ったほど安全ではないと思い知った。あまり苦労せずに生計を立てる方法がわからず、しばらく困っていたが、いろいろ考えた末に密告を商売にしようと決め、それでいまは羽振りのいい暮らしをしている。彼の計略はこういうものだ。毎週一度、教会の礼拝がおこなわれている時間に、きちんとした身なりのシャーロットを連れて散歩に出る。そして、心の広い店主がいる居酒屋のまえでシャーロットが卒倒し、ノアは三ペニーを払って気つけのブランデーを売ってもらい、翌日、礼拝時に酒を売った店主を密告して罰金の半分を懐《ふところ》に入れるのだ。クレイポール氏自身が卒倒することもあるが、結果は同じである。

バンブル夫妻は公職を追われ、次第にみじめな窮乏の道をたどって、ついにかつて強権を振るった当の救貧院に、みずから貧民として収容されることになった。バンブル氏は、こんなていたらくにまで落ちぶれては、せっかく妻と別々に暮らせるようになっても感謝する気にもなれないと言ったらしい。

ジャイルズ氏とブリトルズは、相変わらず同じ仕事についているが、ジャイルズ氏のほうは禿《は》げ、ブリトルズのほうはすっかり白髪頭になった。ふたりとも牧師館に住んでいるものの、そこの家人と、オリヴァー、ブラウンロー氏、ロスバーン氏にまったく等しく仕えているので、村人たちは彼らが本当はどこに雇われているのかわからないままである。

マスター・チャールズ・ベイツは、サイクスの犯罪に肝をつぶし、あれこれ反省して、つまるところ正直に暮らすのがいちばんではないかと考えた。ぜったいにそうだという結論に達すると、彼は過去の活躍の場に背を向け、新天地で生活を立て直そうと決意した。しばらくは苦労が絶えず、つらいことも多かったが、もとより楽天家で目的も正しかったので、最後には成功した。農家の下働き、運送屋の若手から身を起こして、いまやノーサンプトンシャー州きっての陽気な牧畜業者になっている。

さて、こうしてことばを連ねてきた手は、仕事が終わりに近づくにつれ、滞りがちになってきたが、いま少し彼らの冒険の糸を紡《つむ》ぐことにしたい。

筆者としては、じつに長く行動をともにしてきた人々の幾人かともうしばらくいっしょにいて、彼らの幸せを描写し、分かち合いたい。ローズ・メイリーが若い女性の花盛りの美しさで人生の田舎道に柔らかくやさしい光をふり注ぎ、その光が彼女と歩む人すべてを照らし、彼らの心に射《さ》しこんだことを伝えたい。暖炉を囲む仲間や、活気あふれる夏の集いのなかにいるローズを描き、昼日中の蒸し暑い野原を歩く彼女についていき、月明かりの夜の散歩で、彼女があのやさしい声で静かに話すのを聞きたい。家の外では善良で慈愛に満ち、家の内では微笑《ほほえ》みながら疲れ知らずで家事をこなす彼女を見ていたい。死んだ姉の息子と彼女が幸せと愛に包まれ、悲しくも失ってしまった友人たちを思い出して長い時間いっしょにすごしていることを記しておきたい。ローズの膝《ひざ》をうれしそうな小さな顔が取り囲んでいるところをもう一度思い浮かべ、彼らの愉快な片言のおしゃべりに耳を傾けたい。あの清らかな笑い声と、あの穏やかな青い眼に輝いた同情の涙を呼び戻し、さらに千もの表情、笑顔、考え、ことば――それらをひとつ残らず思い出したい。

ブラウンロー氏が養子に膨大な知識を授け、少年の本性がすくすくと育って、こうなってほしいと願う種子を豊かに実らせることにいっそうの愛着を覚えながら、毎日をすごしたこと。少年のなかに新たに旧友の面影を見出《みいだ》して、愁《うれ》いを帯びながらも甘く心地よい昔の記憶が胸の内に甦《よみがえ》ったこと。逆境でつらい経験をしたふたりの孤児が、その教訓を忘れず、それゆえに他人にやさしく接し、互いに愛し合い、自分たちをここまで守ってくださった神様に深く感謝していたこと――これらはみな改めて書くまでもない。彼らが本当に幸せだったことはすでに述べた。深い愛情、心の謙虚さ、造物主――その掟《おきて》は慈悲、その大いなる特徴は生きとし生けるものへの仁愛である――に対する感謝の念がなければ、真の幸せは得られないからだ。

古い村の教会の祭壇に、白い大理石の板が飾られ、たった一語、〝アグネス〟の文字が刻まれている。その墓に棺《ひつぎ》は入っておらず、墓の上に別の名前が彫りこまれるのは、はるか遠い先であってほしい。しかし、もし死者の魂が地上におりてきて、生前に知っていた人々の、墓を超越した愛情によって浄《きよ》められた場所を訪れていることがあるとすれば、あのかわいそうな娘の霊は、厳《おごそ》かでひそやかなあの一角をたびたび訪れているだろうと筆者は信じる——たとえその場所が教会のなかであり、彼女が弱い心からあやまちを犯したのだとしても。

解説　アーネスト・リース編エブリマン叢書《そうしょ》版より

G・K・チェスタトン

ディケンズを類《たぐ》いまれな創意の人と考えるとき——彼についてはほぼつねにそう考えるべきだが——、私たちはその独創的なエネルギーの源となった先駆者たちのことを見落としがちだ。人間がひとりでいるのは好ましくない。いまの世界に生きるわれわれは、修道院生活や宗教的恍惚《こうこつ》についてそう言われれば、なるほどと思うけれども、絶対的なオリジナリティの要求は、じつは絶対的な引きこもり、絶対的な孤独の要求だということは認めようとしない。アナーキストは、少なくとも苦行僧並みに孤独なのだ。非常に旺盛《おうせい》な文学的活力を備えた人たち、つまりディケンズのような人たちは、総じて文学界と親しくつき合い、ふだんから既存の文学的テーマを嬉々《きき》として追いかけ、ときにはモリエール（訳注　劇作家。一六二二—七三年）やローレンス・スターン（訳注　小説家。一七一三—六八年）のように、あからさまな剽窃《ひょうせつ》に走ることもあった。盗用ですら、われわれが社会に依存していることの告白にほかならないのだ。しかし、ディケンズの場合、創作の基盤であるこの要素は、ことのほか見きわめるのがむずかしい。理由のひとつは、いまの読者にとって、彼がイギリス文学の長い歴史のなかで事実上ただひとり、読まれつづけている作家だからだ。ディケンズは、トバイアス・スモレット（訳注 小説家。一七二一―七一年）とオリヴァー・ゴールドスミス（訳注 劇作家、小説家、詩人。一七二八―七四年）を総括しているが、破壊してもいる。われわれのすぐそばにいるこの巨人は、彼の源であるほかの巨人たちの姿さえ見えなくしている。ディケンズと過去とのつながりがいっそうわかりにくいのは、彼が古い素材と、ほんのわずかに新しい素材、フランス革命から来た素材を混ぜ合わせたことによって、すべてが変容しているからである。その好個の例を見たければ、まさしく『オリヴァー・ツイスト』がそれだ。

ディケンズのほかの作品と比べて、『オリヴァー』はきわめて価値が高いとは言えないが、きわめて重要である。ところどころ粗雑で、あまりにもぎこちないメロドラマなので、これがなかったらディケンズもっと偉大な作家だったのにと、つい言ってしまいそうになる。だが、たとえこの作品がないほうが偉大になれたとしても、これなしではディケンズは不完全なのだ。ユーモアと恐怖を同時に含むいくつかの贅沢《ぜいたく》な部分を除くと、この本の興趣は、ディケンズの文学的天才がうかがえるというよりは、彼の性格を形作り、その文学的天才を永遠に支える道徳的、個人的、政治的な本能が発揮されているという点にある。『オリヴァー』は彼の作品中、群を抜いて気鬱《きうつ》な本であり、いくつかの意味でいちばん苛立《いらだ》たしくもある。それでも、最終的にその不恰好《ぶかっこう》なところが、大らかで色彩豊かな作品全体に、誠実さのひと筆を加えている。このひとつの不協和音がなければ、ディケンズの陽気さのすべてがただの無思慮に見えてしまったかもしれない。

とはいえ、『オリヴァー』を正しく評価するには、まず作家の伝記と年表のなかでの位置づけを思い出さなければならない。ディケンズは偉大な処女長篇『ピクウィック・クラブ』で舞台に上がり、全世界を笑いの渦に巻きこんだばかりだった。『オリヴァー』はそのアンコールだ。タップマンやジングル、ウェラー、ダウラーに笑い転げた人々から与えられた、第二のチャンスだった。そういう場合、舞台の朗読者は、愉快な話のあとに泣かせる話を持ってくることがある。ディケンズは数多くの美徳の持ち主だが、とにかく芝居《しばい》がかった人だった。もっとも、この説明だけではまったく不充分だし、価値もない。ディケンズには、ぞっとするほど異様で荒々しい別のエネルギーがあって、異なる時代の粗野を描くことができ、誰もが認めるおぞましさの象徴、たとえば棺《ひつぎ》、絞首台《こうしゅだい》、骨、血塗られたナイフを貪欲《どんよく》に求めつづけた。それらが大好きだったところに、彼の人間らしさ、とりわけ少年らしさがあった。読者はみな、ペトウカー嬢（のちのリリヴィック夫人）（訳注『ニコラス・ニクルビー』の登場人物）がしょっちゅう『吸血鬼の埋葬』という詩を口ずさんでいたことを思い出して、微笑むだろう。詩の内容が書かれていないのはじつに残念だ。その気になればディケンズは、ペトウカー嬢が口ずさむように、楽々と『吸血鬼の埋葬』を書くことができただろう。とにかく彼には、愉快な諧謔《かいぎゃく》とともにそういう資質があって、その両方がひとつの力強い冒険譚《たん》に結実している。ほかの作品でもそうだが、『オリヴァー』でもディケンズは、人間にとって永遠のあらゆる事物に近づいている。たとえば、いまだに何千もの悪魔が教会の上で鐘を鳴らすことを許していない宗教に。さらに彼は人々と結びついている。グラスを手に愉《たの》しく葬儀の話をするのが何よりも好きな本物の貧者たちと。ディケンズの陰気と陽気の両極端は、宗教と民主主義のしるしであり、それによって、哲学者の生ぬるい幸せからも、貴族の高潔な信条である禁欲主義からも遠ざかっている。『ピクウィック』で人間味のあふれるもてなしを考案した人物が、フェイギンの根城での非人間的な高笑いも思いついたのは、なんら不思議ではない。どちらも本物で、どちらも誇張されている。あざなわれた祝祭と恐怖の奇妙な結び目のなかに、人間の伝統のすべてが撚《よ》りこまれているのだ。人々がわれ先にと怪談を語り合うのは、クリスマス・イブの祝いの酒を飲むときである。

ディケンズにはこういう第一の要素があり、『オリヴァー』でそれが力強く前面に出ている。『ピクウィック』では、そこに充分な一貫性や連続性が見られず、読者の記憶にもまったく残らなかった。墓掘り人ゲイブリエル・グラブの話は、怖いというよりグロテスクだし、〝狂人の手記〟と〝奇妙な依頼人〟というふたつの暗い話は本筋とはなんの関係もなく、たとえ読者が憶《おぼ》えていたとしても、おそらく『ピクウィック』のなかで語られたことは記憶から抜け落ちている。批評家は、シェイクスピアが悲劇のなかに喜劇的な逸話を入れたことに不満をもらすが、ディケンズほどの勇気と気性の激しさを持ち合わせた人間だけが、喜劇のなかに悲劇的な逸話を入れることができるのだ。『ピクウィック』でそれらは話のなかに溶けこんでいないけれど、『オリヴァー』では、乱暴な思いつきか何かのように一気に噴出している。ディケンズの笑いの椀飯《おうばん》振舞に惚《ほ》れこんだ読者は、次にまったく種類のちがう料理が出てきて仰天したにちがいない。ウォードル氏のパンチボウルやウィンクル氏のスケートが気に入ってこの作家の本を買った人は、さっそく読みはじめたはいいが、ナンシーの命を消し去った胸の悪くなるような殴打《おうだ》の音や、謎《なぞ》めいた悪漢の病で醜くゆがんだ顔の描写に肝をつぶしたはずだ。たとえそのように読者が落胆したとしても、歴史には残っていない。なぜなら、『ピクウィック』のあとと同じように、『オリヴァー』のあとも、ディケンズの作家としての凱旋《がいせん》行進は続いたからだ。

いずれにせよ、いまの時代の批評家にとって、この本の何よりすぐれた点は、ディケンズが初めて、怖《おそ》ろしいもの、超自然的なものに筆力を示したことである。ごくかぎられたこの点に関しては、『オリヴァー』は本当にすばらしい。おのおのの心理が明確に構想されているとは言えない登場人物たちも、いくつかの場面では読者自身の心理を根底から揺さぶる。ビル・サイクスはかならずしも生身の人間らしくないが、それでも本物の殺人者だ。ナンシーは生きた女性としてはさほど魅力的ではないが、決まり文句で言われるように、美しい死体になる。くり返される暴力の場面や、主人の血塗られた足跡をたどる密告者の犬をサイクスが罵《ののし》るところを読むと、われわれのなかの永遠に子供の部分、あまりにも簡単に訪れる死に衝撃を受ける部分が、震え上がる。そしてこの興味深い崇高なメロドラマは、メロドラマでありながら痛々しいほどリアルで、サイクスの死というあのすぐれた場面で見るも怖ろしい高みに達する――包囲された家、そのなかで叫ぶ少年、外で叫ぶ群衆、狂ったようになって、弱い相手を意味もなく部屋じゅう引きずりまわす殺人者、屋根への逃亡、急に締まる縄、衝撃的で象徴的な突然の死、そして首吊《くびつ》りになった男。ここやほかの似たような場面には、ウィリアム・ホガース（訳注　画家。一六九七―一七六四年）を初めとする十八世紀初期のイギリスの多くのモラリスト（訳注　おもに人間の行動や風俗を具体的に描写して人間性の本質に迫ろうとする著作家を指し、いわゆる道徳家とは異なる）の資質につうじるものがある。このホガース的な資質をことばで定義するのはむずかしいが、子供の残酷な率直さのような、ある種の克明なリアリズムと言うことはできるだろう。しかしそこには、いまの時代でリアリズムと呼ばれるものとはまったくちがう特別な原則がふたつある。第一に、いまの道徳的な物語は、道徳的な人々に関する物語だが、当時の道徳的な物語は、非道徳的な人々に関する物語であることが多かった。第二に、いまのリアリズムはつねに道徳を繊細にとらえるが、当時は道徳を単純にとらえていた。ビル・サイクスの最期《さいご》は、法律が適用された場合の刑の執行にほかならず――まさにホガースふうの出来事だ――啞然《あぜん》とするほど陳腐《ちんぷ》な伝統にのっとっている。

『オリヴァー』のこの要素は、完全に作者の誠意から生まれたものだが、それでも、古い土壌、墓場、絞首台、そして幽霊が出る小径《こみち》に由来している。ディケンズはつねづねこうしたものに惹《ひ》かれ、(ジョン・フォースターが比類ない簡潔さで評したように)〝彼のすぐれた知性がなければ、愚かな心霊主義に堕してしまったかもしれない〟。実際には、文学史上すぐれた知性の大半がそうだったように、ディケンズも霊の存在をなかば信じていた。具体的には悪霊《あくりょう》を信じていたということだ。すぐれた知性がありすぎて心霊主義を信じこむ人々の重大な難点は、低俗で小さな超自然現象、たとえば前兆や、呪《のろ》い、幽霊、天罰といったものは受け入れるのに、高尚で幸福な超自然主義のほうは信じないことである。かくして清教徒は、秘蹟《ひせき》を否定する一方で魔女たちを火刑に処した。ディケンズのように理性的なイギリス作家にも、その影はいくらか落ちている。超自然主義は滅びかけていたが、もっとも醜い根は最後まで枯れなかった。ディケンズにとっても、天使に囲まれた聖母マリアの姿より、幽霊を信じるほうがたやすかったろう。良かれ悪《あ》しかれ、彼のルーツには古い魔術があり、それは『オリヴァー』にも表れている。ただこれも、喜び勇んで二番目の長篇を買い求めたファンを驚かせたであろう新たなディケンズの、第一の要素にすぎない。第二の要素も同じくらい明白で、議論の余地がない。やがて肥大化して、彼の作品の大きな部分を占めることになるが、その萌芽《ほうが》は『オリヴァー』にあった。魔術の要素については、『ピクウィック』は幸いそのまえに書かれたために、例外になったと考えることもできそうだ。『ピクウィック』には不気味な要素が反映された不適切な箇所がいくつかあったが、この第二の要素もところどころ不適切に顔を出している。とはいえ、『ピクウィック』を一読してこのテーマを記憶にとどめた人はまずいない。ただ読んだだけの人には、どんな話題なのかもわからないはずだ。諧謔と恐怖に続く、このディケンズの第三のテーマ――『オリヴァー』のディケンズとしては二番目に大きなテーマ――とは何か？

答えは、社会的抑圧だ。『ピクウィック』を読み、同じ作家の血のなかでこの問題が煮えたぎっていると推量した読者は、ひとりもいなかったと言っていい。たしかに『ピクウィック』のあちこちでも、とくにピクウィック氏が債務者監獄に入れられる場面などで、ディケンズが長い経歴の当初から近代文明の問題を大胆に批判していたことがわかる。しかし、極上の陽気さと活力があふれるその下に不機嫌の川が途切れず流れていようとは、当時の誰も想像していなかった。ディケンズのそういう厳しい面は、『オリヴァー』で突如表に出てくるのだ。『オリヴァー』の冒頭の数ページは、滑稽《こっけい》なときでさえ厳《いか》めしい。笑わせはするものの、スノッドグラス氏の愚行やウィンクル氏の屈辱の場面のようには愉しめない。以前の気楽なユーモアと、今回の新しい厳格なユーモアのちがいは、程度ではなく種類の問題だ。ディケンズがバンブル氏を馬鹿《ばか》にするのは、バンブル氏を抹殺したいからであり、ウィンクル氏を馬鹿にするのは、彼を永遠に生かしたいからだ。ディケンズは剣を手に取った——が、何に対して宣戦布告しているのか。そこがディケンズの偉大なところだ。衒学《げんがく》者と詩人のちがいはここにある。社会的、政治的な戦争に踏みこんだディケンズの最初の一撃は、重要というだけでなく驚嘆に値する。この点を完全に理解するには、まず国家の状況をきちんと把握しなければならない。当時は改革、それも急進的な改革の時代だった。世の中には急進派と改革派があふれていたが、十八世紀末に流布《るふ》していた多くの政治理論のうち特定の理論を信奉して、それに反するあらゆる物事に攻撃を仕掛ける人間があまりにも多かった。ある一派は共和主義の完璧《かんぺき》な理論をさらに完璧にしたあげく、ヴィクトリア女王が頭に冠を載せていることが気になって夜もおちおち眠れなかった。ほかの一派は、それまで人類が国家に二重三重に束縛されてきたと確信するあまり、関税と規則の撤廃のなかにしか真実が見出せなくなっていた。あの世代の多くの人は、明晰《めいせき》な思考と経済と確かな常識が、迷信と感情過多から生じた数々の誤りをもうすぐ正すだろうと信じていた。その考えにしたがって、新世紀の新人類の多くは、新時代に活力を与えるという自信に満ちて、古い感傷的な聖職者主義（訳注　特定の宗教やその聖職者による社会支配を容認する考え方）や封建主義、旧世界の司祭への信頼、旧世界のパトロン（後援者）への信頼、そしてとりわけ旧世界の物乞《ものご》いへの信頼を、根底から覆《くつがえ》そうとした。つまり、浮浪者に対する現実離れした親切心をことさらに捨てようとしたのだ。そうして改革派は、新しい改革法のみならず新しい救貧法も制定した。新しいものをいろいろ生み出すなかで、新しい救貧院も作った。戦いに打って出たディケンズが斧《おの》で真っ先に破壊したのは、その救貧院だった。

　そうしながらも、ディケンズの社会的反抗はたんなる政治活動より価値が高く、『オリヴァー』は目的ありきの俗悪な小説になっていない。ディケンズの反抗は、封建主義者に対する商業主義者の反抗ではなく、聖職者に対する非国教徒、保護貿易論者に対する自由貿易論者、保守党に対する自由党の反抗でもなかった。もし彼がいまの時代にいたら、それは個人主義者に対する社会主義者の反抗にも、社会主義者に対するアナーキストの反抗にもなっていないだろう。ディケンズのそれは単純明快に、永遠の反抗、すなわち強者に対する弱者の反抗だった。彼は抑圧に関する個別の議論を嫌ったのではない。抑圧そのものを嫌った。人間が別の人間を見下すときに顔に浮かぶ表情を嫌ったのだ。その顔の表情は、地獄の業火《ごうか》に焼かれるまえに、われわれが本気で戦わなければならないただひとつのものだ。当時もいまも、衒学者が〝ディケンズのセンチメンタリズム〟と呼ぶものは、じつはたんにディケンズの客観的な健全さだった。彼は立憲保守主義者のその場かぎりの説明には一顧だにしなかった。マンチェスター学派（訳注　十九世紀のマンチェスターを中心に経済的自由主義を唱えた一派）のその場かぎりの説明も相手にしなかった。フェビアン協会（訳注　十九世紀後半に設立されたイギリスの社会主義者団体）や、いまの科学的社会主義者（訳注 マルクス主義者）のその場かぎりの説明も、同じくらい気にしないだろう。ディケンズは、さまざまな形態の下に隠れたひとつの事実、すなわち人間に対する人間の横暴を見ていた。形態が古かろうと新しかろうと、それが見えれば、ただちに攻撃した。従僕や田舎の人間がレスター・デドロック卿《きょう》（訳注 『荒涼館』の登場人物）を怖れすぎているのがわかると、レスター・デドロック卿を攻撃した。卿が自分はイギリスを非難していると言おうが、鉄工場主のラウンスウェル氏が退廃的な寡頭《かとう》制を非難していると言おうが、ディケンズはおかまいなしで、そのときには作者として鉄工場主のラウンスウェル氏を厚遇し、貴族のレスター・デドロック卿を冷遇した。ところが、ラウンスウェル氏のもとで働く人々が工場主を怖れすぎているのがわかるや、今度はラウンスウェル氏に矛先を向け、彼をバウンダービー氏（訳注 『ハード・タイムズ』に出てくる工場主）に置き換えて、大いに冷遇した。古い法律と戦っていると思っていたころのディケンズは、ある意味で新しい法律全体をあいまいに承認していたが、いざ新しい法律と戦いはじめると、相手は痛い目に遭った。百もの経済的な議論が重ねられ、百もの経済的な考えが採用されたあとで、それでも新しい救貧院にいる貧民たちが、ちょうど古城で従僕がデドロック一家を怖れたように、いまだに教区吏を怖れすぎていることが判明すると、ディケンズはただちに不意打ちを食わせた。だからこそ、『オリヴァー』の冒頭の数章は非常に興味深く、重要なのだ。ディケンズが当時の詳細な経済的議論から距離を置き、影響されていなかっただけに、昔ながらの人間の横暴が真昼の太陽のように眼のまえに現れたという彼の突然の確信が、いっそうはっきりしていて印象深い。ディケンズは、お伽噺《とぎばなし》の少年が剣を手に人喰い鬼を探し歩き、ついに文句なしの人喰い鬼を見つけたかのごとく、感心するほどの素直さで新しい救貧院を攻撃する。同時代のほかの人たちは、経済が悪い、政治が悪い、科学が悪いと責め立てるが、ディケンズだけは、とにかく悪いことだから悪いと責める。ほかの人はみな筋金入りの急進派で、ディケンズひとりが一風変わった急進派なのだ。彼は邪悪なものに出会うと、あのすばらしい驚きをあらわにする。そしてそこから、あらゆる本物の喜びと、あらゆる義憤が始まる。ディケンズは、まさにオリヴァー・ツイストのような幼い子供として、救貧院に入る。

これが本書のあの有名な一節の、真の力と悲哀である。箴言《しんげん》にもなったあのことばは、さんざん使いまわされても不快なユーモアを失っていない。もちろん、『オリヴァー』から永遠に引用される、「お代わりをください」の台詞《せりふ》のことだ。台詞にこめられた痛切な思いが、ディケンズに代表される強力な社会批判派の特徴をよく表している。いまの時代のリアリストが陰惨な救貧院を描くとしたら、子供たちは全員打ちのめされ、ことばを発する勇気もなく、何も期待せず、希望も奪われて、皮肉な風刺にも絶望の訴えにもならないだろう。つまり近代人なら、救貧院にいる少年たち全員を悲観主義者にすることで涙を誘う。だが、オリヴァー・ツイストは、悲観主義者だから涙を誘うのではない。楽観主義者だから涙を誘うのだ。あの出来事の悲劇は、オリヴァーが世の中は自分にやさしくしてくれると本気で期待していること、自分は正しい世界に生きていると心から信じていることに尽きる。オリヴァーは、ぼろを着たフランス革命の農夫たちがヨーロッパの王や議会のまえに進み出たときのように、後見人たちのまえに進み出る。つまり、暗い経験はしているが、明るい哲学を持っている。人間に唾棄《だき》すべき悪が備わっているとわかっていても、要求すべき善もあると信じている。奇妙な事実としてよく指摘されることだが、歴史上、絶望して暴君を引きずりおろした民衆の典型として記憶されているフランスの貧困層は、じつは革命前のほかの多くのヨーロッパ諸国と比べて決して貧しくはなかった。現実には、フランス人は暮らし向きがよかったから悲惨だったのだ。ほかの国の人々はすでに悲しい体験を味わっていたが、彼らだけは並はずれた期待と独自の要求を持っていた。ディケンズが、彼らとその幸福の理論の申し子であることが皮肉にも当てはまるのは、まさにここだ。フランスの民衆は、無邪気に正義を要求する虐《しいた》げられし人々だった。彼らは、無邪気にお代わりを要求する教区の少年だったのだ。

（一九〇七年）

訳者あとがき

加賀山卓朗

チャールズ・ディケンズ（一八一二―一八七〇年）の長篇第二作、*Oliver Twist* の新訳をお届けする。

二十代で報道記者として働くかたわら、ディケンズは一八三六年に『ボズのスケッチ集』というエッセイ集を上梓《じょうし》し、時を置かずに初の長篇『ピクウィック・クラブ』を月刊分冊で発表しはじめた。それが好評を博したことから、記者の仕事は辞め、小説家として独立する。そして翌三七年、絶大な人気を背景に、『ピクウィック』の執筆を続けながら別の月刊誌《ベントリーズ・ミセラニー》の初代編集長を引き受け、連載を開始したのが『オリヴァー・ツイスト』だった。言うまでもなく、ディケンズの初期の代表作であり、映画やテレビドラマでくり返し映像化されている不朽の名作だ。

ディケンズの批評家としても名高いG・K・チェスタトンが、そのエブリマン叢書版に寄せた解説がある。本篇に続いて訳したので、参考にしていただきたい。かねて指摘されているように、作品全体の構成にはいびつなところもある。子供の待遇をめぐる社会批判で始まった話が、進むにつれて大人の犯罪小説、恋愛小説になるし、大団円に持っていくプロットもやや強引だ。それに何より、〝教区の少年の成長〟の物語であるはずなのに、当のオリヴァーは一向に成長せず、後半ではむしろ主役の座から遠ざかっている。では、おもしろくないのだろうか？　答えは否《いな》。それどころか、現代小説の山を吹き飛ばしてしまうくらいおもしろい。おそらくいちばんの要因は、ディケンズがもっとも得意とする人物造型の妙だろう。とくにフェイギン、サイクス、ナンシー、スリの少年たちといった〝悪〟の側にいる人物の印象が際立《きわだ》っている。しかも戯画としてデフォルメされているだけでなく、それぞれ人間としての深みがあり、たとえば、フェイギンがサイクスの暗殺について思案するあたりや、監獄に入れられてからの心理描写など、見事というほかない。脇役《わきやく》にも、空威張りの教区吏バンブル、救貧院の委員や老女たち、鼻持ちならない判事、葬儀屋、謎の男モンクス、そして〝善〟の側のブラウンロー氏、ローズやハリー……といった個性的な面々がそろい、あるときにはストーリーに絡《から》み、あるときにはコミック・リリーフとして、存分に活躍する。まさにチェスタトンが別の論評（G・K・チェスタトン著作集〈評伝篇2〉チャールズ・ディケンズ（春秋社）の「偉大な作中人物たち」）に書いたとおり、〝ディケンズのすばらしさは、彼がそれらを創造しただけではなく、多量に創造したところにある〟。成長しないオリヴァーはいわば〝触媒〟であり、彼が加わることで、それまで安定していた世界に思いがけない化学反応が起きたと考えればいいのかもしれない。

また、ドストエフスキーはディケンズの愛読者だったことで知られるが、本書でも、死んだ名もない貧民の家をサワベリー氏とオリヴァーが訪ねるところや、サイクスの逃亡の場面など、あたかもドストエフスキーの小説を読んでいるような錯覚に陥る。もちろん、ディケンズの影響をド氏が受けているのだが。荒野をあてどなく逃げ惑うサイクスには、『罪と罰』で老婆《ろうば》を殺して町をさまようラスコーリニコフの姿が重なる。

今回の新訳でも、過去の訳書や映像作品、研究論文、ディケンズ・フェロウシップから多くを学ばせてもらった。底本にはフィリップ・ホーン編集によるペンギン・クラシックス版を使用した。採用されているのは《ベントリーズ・ミセラニー》に一八三七年二月から三九年四月まで掲載された原稿（途中で三回休載がある）、つまり最初の版だ。それが初めて本になるのは一八三八年の十一月で、雑誌の連載が終わるまえに、最後の章まで三巻本として書籍化された。その後も版を重ね、ディケンズ自身も何度か改訂を加えているので、多くの邦訳は作者が最後に手を加えた一八六七年版を底本としているが、小池滋《しげる》訳『オリヴァー・トゥイスト』（ちくま文庫）では一八三八年の初版本を使用し、その解説で小池氏は、文学作品としての魅力、ことに文体上の魅力では初版本が最高と述べておられる。本書はその初版本よりまえの版（ただし最後の九章分は本が先行）だ。

したがって、初版本と比べてもちがいがいくつかある。まず目につくのは、出だしの〝マドフォッグ〟という町の名前だろう。これまでの邦訳には〝数多《あまた》の理由からここに名前を記さないほうがよかろうし、仮の名前をつけようとも思わない〟というふうに、具体的な町名は入っていなかった。じつは同じ月刊誌のひとつまえの創刊号に、ディケンズ自身がマドフォッグを舞台とする掌篇を書いていて、『オリヴァー・ツイスト』は同じ町の続き物として始まったという経緯がある。それが初版本でいまの文に改められた。その他、雨が降ったり降らなかったり、手を握ったり握らなかったり、オリヴァーの年齢が一歳ずれている、ナンシーの服装が異なるといった細かいちがいはあるが、大きなところでは、第15章の初めと第17章の途中に、初版本以降にはない比較的長い文章が入っている。いずれも初めて読むかたが多いのではないだろうか。章の区切りがちがうところもいくつかあるので、従来の版と比較してみるのも一興だろう。

なお、底本は全体が三巻に分かれ、おのおの第1章から始まっているが、本書の章立ては従来どおりの通し番号とした。参考までに三巻の分かれ目を示しておくと、第2巻は第23章から、第3巻は第37章から始まる。いずれもバンブル氏が登場する章だ。本書の名物男であるバンブル氏には、一種の狂言回しの役割もあるのかもしれない。

（二〇一七年三月）

新訳にあたり、タイトルの表記を『オリバー・ツイスト』から『オリヴァー・ツイスト』に改めました。

なお本作品中には、今日の観点からみると差別的表現ととられかねない箇所が散見しますが、作品自体のもつ文学性ならびに芸術性に鑑み、原文どおりとしました。

（新潮文庫編集部）

バーネット
畔柳和代訳
小公女
最愛の父親が亡くなり、裕福な暮らしから一転、召使いとしてこき使われる身となった少女。永遠の名作を、いきいきとした新訳で。

バーネット
畔柳和代訳
秘密の花園
両親を亡くし、心を閉ざした少女メアリ。ヨークシャの大自然と新しい仲間たちとで起こした美しい奇蹟が彼女の人生を変える。

C・ペロー
村松潔訳
眠れる森の美女
―シャルル・ペロー童話集―
赤頭巾ちゃん、長靴をはいた猫から親指小僧、シンデレラまで！　美しい活字と挿絵で甦ったペローの名作童話の世界へようこそ。

J・ヒルトン
白石朗訳
チップス先生、さようなら
自身の生涯を振り返る老教師。生徒の愉快な笑い声、大戦の緊迫、美しく聡明な妻。英国パブリック・スクールの生活を描いた名作。

M・ブルガーコフ
増本浩子
V・グレチュコ訳
犬の心臓・運命の卵
人間の脳を移植された犬、巨大化したアナコンダの大群――科学的空想世界にソ連体制への痛烈な批判を込めて発禁となった問題作。

スタインベック
伏見威蕃訳
怒りの葡萄（上・下）
ピューリッツァー賞受賞
天災と大資本によって先祖の土地を奪われた農民ジョード一家。苦境を切り抜けようとする、情愛深い家族の姿を描いた不朽の名作。

S・モーム
金原瑞人訳
ジゴロとジゴレット
―モーム傑作選―
『月と六ペンス』のモームは短篇の名手でもあった！ ヨーロッパを舞台とした短篇八篇を収録。大人の嗜みの極致ともいえる味わい。

アンデルセン
天沼春樹訳
アンデルセン傑作集
マッチ売りの少女／人魚姫
あまりの寒さにマッチをともして暖を取ろうとする少女。親から子へと世界中で愛される名作の中からヒロインが活躍する15編を厳選。

フローベール
芳川泰久訳
ボヴァリー夫人
恋に恋する美しい人妻エンマ。退屈な夫の目を盗み重ねた情事の行末は？ 村の不倫話を芸術に変えた仏文学の金字塔、待望の新訳！

M・ミッチェル
鴻巣友季子訳
風と共に去りぬ
（1〜5）
永遠のベストセラーが待望の新訳！ 明るく、私らしく、わがままに生きると決めたスカーレット・オハラの「フルコース」な物語。

J・M・バリー
大久保寛訳
ピーター・パンとウェンディ
ネバーランドへと飛ぶピーターとウェンディ。彼らを待ち受けるのは海賊、人魚、妖精、人食いワニ。切なくも楽しい、永遠の名作。

スティーヴンソン
田口俊樹訳
ジキルとハイド
高名な紳士ジキルと醜悪な小男ハイド。人間の心に潜む善と悪の葛藤を描き、二重人格の代名詞として今なお名高い怪奇小説の傑作。

新潮文庫最新刊

朝吹真理子著
TIMELESS
お互い恋愛感情をもたないうみとアミ。ふたりは〝交配〟のため、結婚をした――。今を生きる人びとの心の縁《よすが》となる、圧巻の長編。

安部公房著
飛ぶ男
安部公房の遺作が待望の文庫化！　飛ぶ男の出現、2発の銃弾、男性不信の女、妙な癖をもつ中学教師。鬼才が最期に創造した世界。

西村京太郎著
土佐くろしお鉄道殺人事件
宿毛へ走る特急「あしずり九号」で起きたコロナ担当大臣の毒殺事件を発端に続発する事件。しかし、容疑者には完璧なアリバイがあった。

紺野天龍著
幽世《かくりよ》の薬剤師6
感染怪異「幽世の薬師」となった空洞淵は金糸雀を救う薬を処方するが……。現役薬剤師が描く異世界×医療×ファンタジー、第1部完。

J・バブリッツ
宮脇裕子訳
わたしの名前を消さないで
殺された少女と発見者の女性。交わりえないはずの二人の孤独な日々を死んだ少女の視点から描く、深遠なサスペンス・ストーリー。

浅倉秋成・大前粟生
新名智・結城真一郎著
佐原ひかり・石田夏穂
杉井光
嘘があふれた世界で
嘘があふれた世界で、画面の向こうにいる特別なあなたへ。最注目作家7名が〝今を生きる私たち〟を切り取る競作アンソロジー！

Title: OLIVER TWIST
Author: Charles Dickens

オリヴァー・ツイスト

新潮文庫　テ－3－10

Published 2017 in Japan
by Shinchosha Company

平成二十九年五月一日発行
令和六年三月五日三刷

訳者　加《か》賀《が》山《やま》卓《たく》朗《ろう》
発行者　佐藤隆信
発行所　株式会社新潮社
郵便番号　一六二―八七一一
東京都新宿区矢来町七一
電話　編集部(〇三)三二六六―五四四〇
読者係(〇三)三二六六―五一一一
https://www.shinchosha.co.jp

価格はカバーに表示してあります。
乱丁・落丁本は、ご面倒ですが小社読者係宛ご送付ください。送料小社負担にてお取替えいたします。

印刷・株式会社光邦　製本・加藤製本株式会社

ISBN978-4-10-203007-3 C0197